I0561692

KC Burn

LES CONTES DE TORONTO : INTÉGRALE

KC Burn

LES CONTES DE TORONTO : INTÉGRALE

Publié par
DREAMSPINNER PRESS

5032 Capital Circle SW, Suite 2, PMB# 279, Tallahassee, FL 32305-7886 USA
www.dreamspinnerpress.com

Les contes de Toronto : Intégrale
Copyright de l'édition française © 2022 Dreamspinner Press.
Titre original : Toronto Tales
© 2015 KC Burn.
Première édition : octobre 2015
Traduit de l'anglais par Ingrid Lecouvez.

Illustration de la couverture :
© 2015 Paul Richmond.
http://www.paulrichmondstudio.com/
Conception graphique :
© 2022 L.C. Chase.
http://www.lcchase.com
Les éléments de la couverture ne sont utilisés qu'à des fins d'illustration et toute personne qui y est représentée est un modèle.

Édition e-book en français : 978-1-64108-310-2
Édition imprimée en français : 978-1-64108-311-9
Première édition française : janvier 2022
v 1.0
Le chemin de l'acceptation publié avril 2013
Faux-semblants publié juin 2014
La peur du rejet publié mars 2015

Édité aux États-Unis d'Amérique.

TABLE DES MATIÈRES

Le chemin de l'acceptation

Aux amis et à la famille qui m'ont soutenue et aidée afin que ce livre prenne vie, et plus particulièrement à Chudney, Jax, Dottie, et Alex. Je n'aurais pas pu faire tout cela sans vous.

I

KURT S'ACCROUPIT derrière la voiture, attendant le signal de Ben. À quel point ces voitures étaient-elles à l'épreuve des balles ? Trente ans auparavant, elles étaient construites comme des chars d'assauts. D'ailleurs, son père avait encore un de ces vieux modèles, une 'péniche'. Aujourd'hui... Eh bien, elles n'étaient certainement pas faites en titane.

Le soleil rayonnait, lui brûlant le visage et faisant dégouliner la sueur le long de ses cheveux courts jusque dans son col. Son tee-shirt bleu marine était déjà trempé – les gilets pare-balles en Kevlar tenaient chaud et pesaient lourd, mais ils étaient un mal nécessaire. C'était le dernier mardi de mai, mais la température rivalisait avec celle du milieu du mois de juillet. Il détestait vraiment les descentes de midi lors de journées aussi ensoleillées qu'en été. Le soleil signifiait qu'ils n'avaient aucun avantage en termes de visibilité et qu'un éclat soudain pouvait aveugler n'importe qui à un moment critique.

Il passa le dos de sa main sur son front. S'il avait été sous couverture, il aurait pu au moins porter un bandana pour éponger la transpiration. L'odeur âcre du bitume brûlant rivalisait avec celles du poisson pourri et des ordures provenant du quartier du marché tout proche. Il aurait préféré qu'ils aient attendu des renforts. Mais il était inspecteur depuis seulement trois ans alors que Ben faisait ce boulot depuis beaucoup plus longtemps ; il devait donc s'incliner devant sa plus grande expérience. Son partenaire pouvait être taciturne et réservé, mais c'était un officier dévoué et efficace. Kurt lui aurait confié sa vie.

Comme il se devait.

Ben se mit en position devant la porte d'entrée du bâtiment et lui donna le signal qu'il attendait. Tirant sur le col de son gilet pare-balles une dernière fois, Kurt avança lentement pour couvrir l'arrière du bâtiment, se collant le plus possible au mur pour rester invisible depuis la rangée de fenêtres.

Gustav, l'un des informateurs de Ben, avait contacté ce dernier pour lui fournir un tuyau à propos d'un suspect. Ben avait décidé d'enquêter immédiatement, et Kurt faisait confiance à son partenaire pour faire ce qui était le mieux, même si l'information avait trait à une affaire qui ne les concernait pas directement. Ben avait des contacts partout, et cela ne pouvait pas faire de mal de recevoir quelques félicitations de la part de la Brigade des Stups.

La prise familière sur son Glock prêt à servir le garda ancré les pieds sur terre tandis qu'il attendait l'inévitable échappée du suspect par la porte arrière – que tout individu tentait lorsqu'un officier s'annonçait à la porte de devant. Il s'étira pour jeter un œil à travers la fenêtre sale. Il n'y avait personne. Aucun mouvement. Rien qui laissait supposer que la pièce qu'il observait ait été utilisée récemment. Une couche de poussière recouvrait la table et les chaises.

Ben fit les sommations d'usage assez fort pour que Kurt les entende et reporte son attention sur l'entrée. Presque au même instant, Ben donna un coup de pied sur la porte et le bâtiment explosa, projetant Kurt en arrière.

LA LUMIÈRE lui fit mal aux yeux, mais Kurt ne pouvait fermer ses paupières plus qu'elles ne l'étaient déjà. Il souhaita d'ailleurs pouvoir faire de même avec ses oreilles et se protéger du bip infernal.

— Êtes-vous réveillé ? demanda la voix stridente d'une femme.

Il grinça les dents.

— Allons, il est temps de vous réveiller.

Le bip était régulier, rythmique… comme un moniteur cardiaque. D'accord. L'odeur âpre de détergent aurait dû le mettre sur la voie. Il était dans un hôpital. Les moniteurs devaient avoir alerté quelqu'un de son retour à la conscience.

— Que s'est-il passé ? coassa-t-il.

Bon sang. Ce n'était pas lui – sa voix ressemblait à celle de quelqu'un qui aurait avalé du gravier en guise de petit déjeuner. Parler lui faisait aussi un mal de chien.

— Pouvez-vous ouvrir les yeux, inspecteur O'Donnell ?

Pas moyen, putain.

— Trop… lumière, réussit-il à dire.

Ses tempes se mirent à pulser douloureusement. D'autres parties de son corps menacèrent de se manifester, ce qu'il n'attendait pas impatiemment mais, nom de Dieu, cela voulait dire qu'il n'était pas mort.

La lumière perdit en intensité et Kurt entrouvrit les paupières avec difficulté. Une infirmière avec – il se força à se concentrer – des ours en

4

peluche sur sa blouse, était penchée au-dessus de lui, tenant son dossier médical et grattant quelques notes avec le crayon de plus bruyant jamais inventé.

— Soif.

Malgré sa voix de verre brisé, l'infirmière lui sourit avec compassion.

— Je sais. Mais vous ne pouvez rien prendre avant que le docteur ne vous voit.

Elle tapota gentiment son épaule et quitta la pièce, la semelle de ses chaussures grinçant sur le sol, lui arrachant une grimace.

Bon sang, mais que s'était-il passé ?

Il essaya de bouger chacun de ses membres avec précaution, testant la douleur. Rien ne le fit hurler aussi fort que sa tête, mais il perçut un problème avec son bras gauche et sa jambe gauche. Jetant un œil autour de la pièce, il ne trouva rien qui puisse lui indiquer quel jour ou même quelle heure il était. La dernière chose dont il se souvenait était d'être monté dans la voiture avec Ben après avoir reçu un tuyau. Avaient-ils eu un accident de voiture ? Avait-il reçu une balle ? Les efforts qu'il faisait pour essayer de se souvenir mettaient sa tête à l'agonie. Poussant un soupir, il se détendit autant qu'il le put sur la dalle de béton que l'hôpital assurait être un matelas

Même s'il ne souhaitait rien d'autre que d'arracher son intraveineuse et se précipiter dans le couloir, en exigeant que quelqu'un lui raconte ce qui s'était passé, en vérité, il avait peur que cela ne le fasse souffrir encore plus. Il ne s'était jamais senti aussi misérable de sa vie – et il ne voulait pas savoir à quel point cela pouvait être pire.

Les immanquables éclats de voix d'un couple d'Irlandais en colère discutant au loin flottèrent jusque dans la chambre. Il se détendit davantage. Si ses parents ne pouvaient pas convaincre le médecin de se dépêcher et de l'examiner, dès que ses frères et sœurs débarqueraient, le personnel de l'hôpital aurait trop à faire pour se débarrasser de la bruyante progéniture le plus vite possible.

— C'est mon bébé qui est là !

Hum. Ils se rapprochaient, et Kurt priait pour que les infirmiers, au choix, calment sa mère ou la laissent entrer, car celle-ci était dans un tel état d'excitation que sa voix faisait un numéro de claquettes dans son cerveau.

— Mme O'Donnell. M. O'Donnell. Le docteur arrive, je vous le promets. Venez avec moi dans la salle d'attente, cela ne sera pas long.

Cette voix ferme appartenait à son patron. Que faisait-il ici ? Cela confirmait-il que, quoi qu'il soit arrivé, c'était lié à l'opération dans laquelle ils s'étaient engagés ? Pourquoi ne se souvenait-il pas de ce qui s'était passé ? Et où était Ben, nom de Dieu ?

Kurt leva sa main droite et frotta doucement sa tête. Seigneur tout-puissant, il avait besoin de médicaments, quoiqu'une décapitation ne serait peut-être pas si mal, au fond.

— Inspecteur O'Donnell, dit une femme mince en blouse blanche en entrant dans sa chambre. Je suis le docteur Sarwa. Comment va votre tête ?

— Douloureuse.

Et encore cette voix grinçante.

— Qu'est-il arrivé ?

— Dans une minute. Des nausées ?

— Non, pas vraiment.

Ce n'était pas un mensonge, mais il n'était pas non plus prêt à manger quoi que ce soit.

Le Dr Sarwa fit un bref signe de tête et griffonna quelques notes dans son dossier médical avant de le poser et de soulever les couvertures du côté gauche du lit. Kurt la regarda faire, malgré la tension qu'il ressentit dans les yeux, et vit un énorme bandage sur toute la longueur de son bras. Était-il cassé ?

Le médecin enleva la bande, révélant plusieurs points de suture noirs le long d'une coupure irrégulière qui s'étendait de l'intérieur de son bras jusqu'à son poignet en passant par le milieu du biceps.

— Vous avez de la chance, inspecteur O'Donnell, murmura le médecin alors qu'elle examinait doucement la…

Il ne pouvait pas vraiment appeler ça une incision. Aucun chirurgien au monde se respectant ne ferait une coupe aussi irrégulière et aléatoire.

— Vous n'avez aucune fracture.

Était-ce là sa définition de la chance ? Après avoir vu et pris conscience des dégâts, il sentit son bras commencer à l'élancer au rythme des martèlements de son cerveau.

Kurt prit une profonde inspiration. Sa gorge était si sèche, il ne voulait pas dire un mot de plus que nécessaire.

— Jambe ?

Elle émit un petit grognement.

— Juste un genou tordu, rien de sérieux.

— Soif.

— Je le dirais à l'infirmière quand je partirai. Vous pouvez avoir un peu de jus de fruits, dit-elle en refaisant son bandage. La plaie est belle.

6

Maintenant, pour le rapide compte rendu, vous vous êtes cogné la tête et des éclats de métal vous ont ouvert le bras.

Kurt se mit à rire, mais s'arrêta à la seconde quand les danseurs de claquettes dans sa tête furent remplacés par un groupe de percussionnistes frappant sur des bidons métalliques.

— Opinion professionnelle ?

Le Dr Sarwa lui sourit légèrement.

— Je pourrais être technique, mais vous vous rappellerez plus facilement de ce que je viens de vous dire une fois que votre fatigue aura disparu. Les éclats étaient dangereux – vous avez dû être transporté au bloc immédiatement, sinon vous vous seriez vidé de votre sang. Mais ça aurait pu être bien pire. Je reviendrai plus tard.

Il aurait pu s'assoupir quelques minutes mais une infirmière se montra presque immédiatement avec un verre de jus de fruits, suivie par sa mère et son père.

— Mon bébé, oh, mon bébé !

Sa mère vola vers le côté du lit opposé à celui où se trouvait l'infirmière. À cet instant, Kurt était davantage intéressé par l'approche de la paille pliable. La morsure acide de la pomme frappa son nez, et sa bouche sèche comme du parchemin saliva en réponse.

Sa mère saisit sa main et la pressa légèrement, la mouillant de larmes. C'était la première fois qu'il était… eh bien, certainement pas blessé. Avec six frères et sœurs plus âgés, il avait eu son compte de fractures et de contusions. Mais c'était la première fois qu'il était blessé en service, parce que sinon, pourquoi aurait-il une plaie due à des éclats de métal, même s'il ne pouvait pas se rappeler comment il se l'était faite ?

Sa soif apaisée, mais pas étanchée, il tourna la tête vers sa mère. L'infirmière s'en alla et fut remplacée par son père.

— Kurt, mon bébé…

— Maman, je vais bien.

— Non, tu ne vas pas bien, répondit-elle avec une pointe d'hystérie dans la voix.

Kurt grimaça et son père parla doucement.

— Deirdre, pas si fort. Rappelle-toi ce que le médecin a dit.

— Mais il ne va pas bien, Sean, dit-elle en se penchant en avant et en embrassant sa joue. Je suis désolée, mon bébé.

— Comment te sens-tu, mon garçon ?

La main de son père passa au-dessus de son bandage, pour finalement se poser sur son épaule.

— Endolori.

Mais maintenant qu'il était plus éveillé, il était prêt à rentrer à la maison. Sachant à présent ce qui n'allait physiquement pas chez lui, sa douleur commençait à s'atténuer, se stabiliser.

— Papa, que s'est-il passé ?

Ses parents échangèrent un regard. Sa mère commença à pleurer.

— Quoi ? s'enquit Kurt.

Ils n'étaient jamais à court de mots.

— Mon chéri, tu aurais pu mourir.

La voix de sa mère se brisa.

Le niveau sonore s'éleva à l'extérieur de la chambre. Le reste de sa famille devait être arrivé. Merde, ce n'était pourtant pas pire que lorsqu'Ian l'avait défié de grimper sur cet arbre pourri dans leur jardin. Il s'était cassé le bras et la jambe, alors. Là, il s'agissait juste d'une sale coupure, d'un coup sur la tête et d'un genou tordu. Vraiment pas de quoi en faire tout un plat. Mais ils agissaient toujours comme s'il était un bébé, alors qu'il avait trente et un ans. Pourquoi devait-il donc être le dernier enfant de ses parents ?

La porte s'ouvrit, mais ce ne fut pas l'un de ses frères ni l'une de ses sœurs qui entra. C'était son patron.

— Monsieur ?

La nausée bouillonna dans ses tripes et les pulsations dans sa tête s'accélérèrent.

— O'Donnell. Heureux de voir que vous êtes réveillé. J'ai peur d'avoir de mauvaises nouvelles.

Comme si sa mine sombre n'était pas révélatrice en soi.

— Quoi, Monsieur ?

La prise de sa mère s'affermit et son père s'éloigna pour aller regarder par la fenêtre.

— Vous rappelez-vous de ce que vous faisiez quand l'explosion s'est produite ?

Explosion ? Maintenant, les éclats qu'il avait reçus prenaient un sens. Rien d'autre n'en avait.

— Je n'ai pas souvenir d'une explosion. Seulement d'avoir récupéré une information de Gustav avant de monter en voiture avec Ben. La voiture a-t-elle explosé ?

8

Pourquoi n'était-ce pas Ben qui lui racontait tout cela ? La nausée s'était transformée en une douleur vive et brûlante dans ses tripes.

— Le bâtiment vers lequel votre informateur vous a envoyé était piégé. Nous sommes presque sûrs que l'un des types que Ben a coffré quand il travaillait à la Brigade des Stups – un mec du nom de Novi, l'Ours Russe – est derrière l'explosion. Il a été libéré sur parole il y a deux mois.

Novi. Kurt se rappelait d'histoires à son sujet – une petite frappe et un trafiquant de drogue, entre autres. Mais il pouvait dire à l'expression de l'inspecteur en chef Nadar qu'il y avait plus à venir.

— Je suis désolé, Kurt. Ben ne s'en est pas sorti.

Mort ? Il inspira. Des fragments de mémoire emplis de chaleur et de bruits l'assaillirent.

— Mon chéri, je suis tellement désolée, murmura sa mère.

Ses parents avaient rencontré Ben plusieurs fois. Celui-ci avait toujours été un homme solitaire, et même après trois ans de collaboration, Kurt ne savait pas grand-chose sur sa vie personnelle. Mais Ben était son partenaire. Ils avaient fait du bon travail ensemble, et Kurt considérait que tous deux étaient amis. Leur différence d'âge de presque quinze ans n'avait pas compté le moins du monde.

Ses yeux se remplirent de larmes et il détourna le regard de l'inspecteur Nadar, faisant ainsi face à sa mère. Elle tira un mouchoir de son sac et essuya son visage humide.

Inspirant profondément, il dirigea de nouveau son regard vers son patron.

— Ça fait combien de temps ? Avez-vous informé sa famille ?

Pour autant qu'il sache, Ben n'avait plus que sa mère. Il voulait être là pour elle, c'était son devoir.

— Je l'ai fait pendant que vous étiez en salle d'opération. Je n'ai pas encore les détails, mais l'enterrement aura certainement lieu samedi. Si vous voulez y assister, vous devez vous concentrer sur votre guérison.

— Oui, Monsieur.

Il serait là, même s'il devait traîner son intraveineuse derrière lui. Il s'inquiéterait plus tard de mettre l'Ours Russe derrière les barreaux.

— Bonne journée, M. et Mme O'Donnell, dit l'inspecteur Nadar en hochant brusquement la tête avant de tourner les talons et de quitter la pièce.

— C'est vrai, mon chéri. Tu as besoin d'aller mieux. Je ne sais pas ce que je ferais si je te perdais.

Ses frères et sœurs se précipitèrent dans la chambre, chacun lui offrant la compassion appropriée pour la perte qu'il venait de subir, et heureux qu'il aille à peu près bien. Chacun l'embrassant, maladroitement sans doute, mais sans étreinte ou embrassade, ce ne serait plus sa famille. L'un d'entre eux avait dû être chargé de l'intimidation du personnel médical, parce que Kurt croyait savoir que la plupart des patients hospitalisés n'étaient pas autorisés à recevoir plus de huit visiteurs à la fois. Il appréciait sincèrement sa famille, et il espérait que la mère de Ben avait quelqu'un pour l'aider elle aussi, si elle était lucide et en mesure de comprendre la perte qu'elle avait subie.

— Maman, je veux rentrer à la maison.

— Je sais, mon bébé. Le docteur veut te garder un jour de plus, ensuite ton père et moi te ramènerons à la maison avec nous. Erin a préparé la chambre d'amis pendant que nous nous dépêchions de venir ici. Nous allons prendre bien soin de toi.

Il remercierait sa sœur plus tard. Il se sentait stupide de vouloir que sa mère prenne soin de lui à son âge, mais la pensée de retourner dans son appartement vide lui donnait encore plus envie de pleurer. Il n'avait pas de petite amie ; il ne fréquentait personne régulièrement. Mais il avait sa grande et réconfortante famille.

L'ÉGLISE ÉTAIT petite mais sa jambe protestait déjà de son voyage en taxi. Ben ne lui en aurait pas voulu de s'asseoir devant ou derrière, il se glissa donc sur un banc vide au tout dernier rang. Attirer l'attention sur lui, le survivant, le mettait mal à l'aise.

Il aurait dû laisser ses parents l'accompagner, mais pour une raison qu'il ignorait, il avait voulu venir seul. Vraiment stupide. La canne n'était pas un support suffisant, pas quand il devait utiliser son bras blessé. Il scruta les personnes présentes, cherchant quelqu'un qui ressemblerait à Mme Kaminski. À défaut d'autre chose, il avait au moins besoin de lui présenter ses condoléances. La plupart des bancs étaient occupés par des personnes en uniforme – très peu étaient vêtues en civil.

Le prêtre s'approcha à pas lent, la mine sombre comme il se devait, pour commencer la cérémonie. Kurt remarqua qu'il n'y avait pas de cercueil comme cela avait été le cas pour les funérailles de sa grand-mère – la seule autre personne proche de lui à être décédée. Il espérait que c'était dû à un choix et non à une nécessité, mais il avait été tellement épuisé par ses blessures qu'il n'avait pas pensé à se renseigner sur les détails. Le service commença mais ne retint pas son attention. Aucun prêtre n'aurait pu avoir quelque chose à dire qui puisse réconforter Kurt. Pas maintenant.

Des souvenirs des heures qu'ils avaient passées ensemble en patrouille envahirent sa tête. Ben avait pu être réticent à propos de sa vie privée, mais il avait transmis des années de sagesse à un inspecteur débutant et Kurt avait tout assimilé, devenant chaque jour meilleur dans son travail grâce à lui.

Deux personnes en civil étaient assises au premier rang, sur le bord extrême droit du banc. La première rangée était entièrement inoccupée, réservée à la famille qui soit n'existait pas, soit ne viendrait pas. De l'endroit où il était assis, seul le profil de la femme était visible, mais elle avait à peu près l'âge de Ben. Ce n'était donc pas Mme Kaminski. Qui était-elle ? Il ne voyait aucune ressemblance physique entre Ben et l'inconnue – il semblait peu probable qu'elle soit de sa famille, malgré la place qu'elle occupait sur le banc.

Elle essuya les larmes sous ses yeux avec un mouchoir et en offrit un à l'homme à côté d'elle. Il le prit mais le serra dans son poing au lieu de l'utiliser. La femme se déplaça légèrement et le profil de l'homme devint alors visible. Kurt ne le reconnut pas davantage.

La congrégation se leva pour entonner un hymne, lui bloquant la vue. Il ne voulait pas imposer plus d'efforts à sa jambe en se levant et en s'asseyant constamment, il avait même eu la bénédiction de sa mère de ne pas le faire. Elle avait été catégorique sur le fait qu'il ne fasse rien qui puisse le blesser à nouveau.

Lorsque l'inspecteur en chef se leva pour prononcer l'éloge funèbre, une pointe de regret perça le cœur de Kurt. Cette tâche aurait dû lui incomber car Ben n'avait pas d'amis souhaitant s'en charger en dehors des forces de police. Mais la honte lui avait fait accepter l'offre de l'inspecteur de parler à sa place, et la honte le faisait se tortiller sur son siège tandis qu'il écoutait, essayant de ne pas déshonorer son uniforme en pleurant. Nadar n'avait pas passé autant de temps que Kurt avec Ben, et cette distance se reflétait dans ses paroles. Kurt regarda les inconnus au premier rang, s'attendant à ce que l'un d'eux se lève pour prendre la parole une fois que Nadar eut fini. Mais aucun d'eux ne fit un geste, excepté la femme qui sécha de nouvelles larmes.

Merde. Ce pouvait-il qu'il ait travaillé avec Ben aussi longtemps sans savoir qu'il avait une petite amie ? L'inconnue pouvait être de sa famille – peut-être – mais Ben n'avait jamais mentionné personne d'autre que sa mère. La femme leva une main tremblante vers son visage, déplaçant une mèche de cheveux sombres derrière son oreille, et cette fois il aperçut quelque chose qu'il aurait dû remarquer immédiatement. Une alliance.

C'était quoi ce bordel ?

Pourquoi Ben ne lui en avait-il pas parlé ? Certes, Kurt parlait probablement plus de sa vie privée que son partenaire n'aurait voulu l'entendre, mais Ben détournait presque toutes les questions personnelles. Kurt les croyait amis, et pourtant il ne savait même pas que Ben avait été marié et il reconnaissait encore moins la femme qu'il aurait dû rencontrer au moins une fois au cours des trois années qu'il avait passées avec Ben. Bon sang, la plupart des flics mariés qu'il connaissait côtoyaient leurs partenaires en dehors du travail, et fréquemment avec leurs épouses. Il devait admettre que Ben et lui n'avaient jamais fait plus que déjeuner ensemble, mais Ben avait rencontré ses parents et tous ses frères et sœurs au moins une fois, quand ceux-ci passaient par le poste de police.

Une douleur brûlante élança son bras. En y jetant un coup d'œil, Kurt réalisa qu'il avait posé la canne sur ses genoux et était en train de la serrer à deux mains. Aucun problème pour le bras droit, mais assurément trop d'efforts pour le gauche encore suturé. Inspirant profondément, il desserra ses doigts. Il devait parler aux deux inconnus après la cérémonie. En tant que partenaire de Ben, il avait un devoir, et il avait besoin de savoir. Tant qu'il pourrait contenir son amertume. Pourquoi Ben n'avait-il pas demandé un transfert s'il détestait Kurt à ce point ? Parce que Kurt ne pouvait imaginer d'autres raisons au fait qu'il n'est jamais mentionné son épouse, fussent-ils séparés, à son partenaire.

Il ne pouvait pas parler à Ed, l'ancien partenaire de Ben, afin de savoir s'il l'avait su. Ed était mort d'un infarctus après que Ben ait été assigné à Kurt en tant que nouvel coéquipier. La brûlure dans son cœur, sachant que son collègue ne lui avait pas fait confiance – du tout – rivalisait avec le vide laissé par un ami. Possible que leur relation ait pu être à sens unique, mais Ben lui manquait. Seigneur. Pourquoi n'avait-il pas su ? Avait-il été trop égocentrique, ou Ben lui avait-il délibérément caché cette information ? La culpabilité le dévorait comme l'acide, ramenant la brûlure au creux de son ventre. Cela devait être de sa faute.

Le service prit brusquement fin, ou du moins c'est ce qu'il sembla à Kurt, puisqu'il n'y avait pas prêté la moindre attention. Les deux inconnus s'éclipsèrent par une porte latérale quelques secondes avant que le prêtre finisse de parler. Sans réfléchir, Kurt se leva et se glissa hors de l'église, clopinant comme il le pouvait vers le côté de l'édifice pour essayer de les rattraper sur le parking.

— Attendez ! Attendez !

Deux têtes sombres pivotèrent vers lui, et l'homme murmura quelque chose à la femme, qui hocha la tête.

— Merci, haleta-t-il.

Seigneur, il espérait recouvrer ses forces rapidement. Il s'arrêta devant eux et déplaça sa canne dans sa main gauche afin de pouvoir au moins serrer leurs mains. Ils étaient indiscutablement frères et sœurs ; la femme était plus âgée de quelques années et avait cette légère rondeur sous la mâchoire que ses propres sœurs avaient affichée au tout début de leur grossesse. Ben allait-il être père ? Noyé par une amère culpabilité, Kurt n'était pas sûr de pouvoir trouver les mots qu'il cherchait.

— Je suis Kurt O'Donnell. Le partenaire de Ben.

L'homme haleta imperceptiblement et se détourna. Sa sœur lui donna un léger coup de coude dans le bras.

— C'est un plaisir de vous rencontrer, Kurt. Je suis Sandra. Et voici Davy, mon frère.

Elle aurait fait un excellent témoin à la barre. Ces mots lui donnaient seulement un minimum de données qu'il n'avait pas auparavant.

— Je suis sincèrement désolé pour votre perte.

Kurt prit sa main et la pressa doucement. Ses yeux étaient bordés de rouge et son visage avait la pâleur jaunâtre qu'il associait davantage à la maladie qu'au chagrin.

— Je suis désolé pour la vôtre, répliqua-t-elle.

Il tendit sa main à Davy, heureux que Sandra ait au moins un frère pour l'aider dans cette épreuve, mais leur langage corporel démentait ses croyances. Sandra avait son bras gauche autour de la taille de son frère, les épaules inclinées vers lui dans un geste protecteur. Cela aurait dû être l'inverse.

Davy tourna des yeux rougis, comme sa sœur, vers lui. Mais c'était leur seule ressemblance.

Sandra était triste. Davy était dévasté. Les yeux chocolat de Davy étaient emplis de toute la désolation de l'univers et plus qu'injectés de sang, comme s'il avait pleuré pendant des jours, et son nez était aussi gonflé et rouge que ses paupières. Son visage avait la pâleur mortelle du choc que Sandra aurait dû avoir, et il ne semblait pas être très concentré.

13

— Je suis tellement désolé, murmura-t-il, la main tremblante de Davy dans la sienne.

Il eut une soudaine envie d'étreindre Davy, mais il était trop occupé à essayer de dissimuler le choc et la trahison de son visage. Le monde tournoya vertigineusement alors que toutes ses idées préconçues et ses conclusions s'évaporaient, pour être remplacées par la nouvelle information maintenant en sa possession.

Davy ouvrit la bouche, mais rien ne vint. Il baissa les yeux, mais laissa sa main dans celle de Kurt. Sandra les sépara.

— Nous devons y aller maintenant, Kurt. Merci de vous être présenté, dit-elle en essayant de sourire.

Ils montèrent en voiture, Sandra s'installant au volant.

— Attendez !

Sandra se tourna sur son siège.

— Et pour la mère de Ben ? demanda Kurt.

— Oh, eh bien, elle n'était pas en état de venir. Le personnel de Sunshine Manors nous a déconseillé de l'amener.

Kurt recula et les laissa – il n'y avait pas d'autre mot pour cela – s'échapper. Il se stabilisa sur sa canne, regardant les feux arrière de la voiture s'éloigner et disparaître. En supposant que Ben n'ait pas menti à propos de sa mère, il était tout à fait possible qu'elle fût trop malade ou désorientée pour se rendre aux funérailles. Mais Sandra, elle, lui avait menti. Kurt était flic depuis trop longtemps. Il le savait.

II

CETTE NUIT-LÀ, sa famille s'efforça de le réconforter. Sa sœur aînée, Erin, avait amené ses filles avec elle avant que leur mère ne se rende au restaurant. Maintenant que tous leurs enfants étaient grands, ses deux parents passaient la plupart de leur temps dans le restaurant familial Finn's Frolic, un croisement entre un restaurant et un bar. Depuis l'opération de Kurt, sa mère avait passé presque tout son temps à la maison, tout comme d'autres membres de la famille, soit pour l'emmener à ses rendez-vous chez le médecin, soit pour lui rendre visite ou effectuer des services supplémentaires au Finn's afin de permettre à sa mère de rester avec lui.

Il s'assit à la table de la cuisine, nostalgique de la solitude de son appartement vide et sans joie.

— Kurt, chéri, les filles voulaient voir leur oncle préféré. Tu es prêt à jouer à un jeu ou deux ?

Elle embrassa sa joue et déposa plusieurs sacs de courses sur le comptoir de la cuisine.

— Bien sûr, ouais, pas de problème.

Tant qu'elles choisissaient quelque chose de simple, il pouvait jouer et continuer de digérer l'information qu'il avait reçue aujourd'hui. Il gratta une tâche sur la nappe jaune vif.

— Tu es ma nounou aujourd'hui ?

— Kurt ! s'écria Erin.

Elle aurait pu doubler sa mère. Il rougit. Toute sa famille essayait seulement de l'aider.

— Je suis désolé, ça a été une journée difficile.

Elle poussa un petit cri et vint l'embrasser, ses longs cheveux lui effleurant les avant-bras. Si un jour il laissait pousser ses cheveux jusqu'à cette longueur, il lui ressemblerait trait pour trait. Parmi tous ses frères et sœurs, Erin était celle avec qui il avait le plus de points communs : des cheveux châtains, une peau dorée et des yeux d'un bleu profond. Quand elle était à côté de lui, tout le monde, à peu de choses près, pouvait dire qu'elle était sa sœur, comme Davy et Sandra aujourd'hui.

15

— Hé, quand tu tombes enceinte, combien de temps mets-tu avant de devenir toute joufflue ?

Erin se retourna et lui jeta un torchon.

— N'as-tu pas encore appris à ne pas dire d'une femme enceinte qu'elle est grosse ? Après cinq neveux et nièces ?

Kurt lui renvoya le torchon.

— Je ne dis pas que *tu* es grosse. Non, j'ai vu une femme aux funérailles aujourd'hui. Elle avait ces mêmes rondeurs sur le visage, dit-il en faisant un geste vague autour de sa mâchoire inférieure. Tu sais, un peu bouffie. Je suis sûr qu'elle était enceinte, mais je ne sais pas depuis combien de temps.

Elle fronça les sourcils. La question était sans aucun doute étrange mais Kurt avait découvert qu'on lui accordait beaucoup de latitude depuis l'accident. Ce qui lui convenait très bien. Il voulait garder Davy et Sandra pour lui pour le moment – au moins jusqu'à ce qu'il ait décidé quoi faire d'eux. Ne pas savoir que Ben avait un bébé en route avec une femme que Kurt ne connaissait absolument pas était une chose, mais suggérer une quelconque relation avec Davy ne serait pas vraiment bien vu auprès de ses collègues, surtout si cela se révélait être faux. Il avait dû se tromper au sujet de l'origine du chagrin de Davy. Quoi qu'il en soit, Kurt devait être le pire des inspecteurs.

— Eh bien, les miennes sont apparues vers le quatrième mois et ont disparu au cinquième, mais Colleen et Caitlyn les ont eues vers le cinquième mois jusqu'à l'accouchement.

Comme on pouvait s'y attendre de la part de jumelles, il fallait toujours qu'elles fassent les choses à l'identique.

— Et pour Heather ?

Mike était le deuxième fils des O'Donnell et sa femme, qu'il avait épousée trois ans plus tôt, essayait toujours de s'habituer à leur grande fratrie. À l'instar de ses sœurs, elle ne disait pas tout, et sa grossesse, l'année précédente, était déjà bien avancée quand elle l'avait confirmée à tous. C'était ses joues un peu gonflées qui avaient fait spéculer les sœurs et la mère de Kurt, ce qui expliquait pourquoi il l'avait remarqué aussi rapidement chez Sandra.

— Avec Heather, c'était dur à dire. Mais je pense que nous l'avons tous soupçonné dans son quatrième mois aussi.

— Donc, pas avant que l'intéressée elle-même ne sache qu'elle était enceinte, c'est ça ?

— Effectivement, à ce moment-là, tu le sais déjà. Es-tu sûr de parler d'une femme présente aux funérailles ? Attends… tu n'as pas mis une pauvre fille dans le pétrin, n'est-ce pas ?

Bon, pas autant de latitude qu'il le pensait, finalement.

— Non, Erin. Je n'ai pas mis de fille dans le pétrin.

Il aurait déjà fallu qu'il sorte avec quelqu'un pour que cela se produise, et il avait été tellement fatigué de l'accident qu'il ne s'en était pas soucié depuis des semaines… des mois. Son frère, Ian, était presque accro aux rencards, mais Kurt ne savait pas pourquoi il y mettait tant d'efforts. Le sexe lui manquait, certes, mais ce n'était pas mieux que de se masturber, et il s'inquiétait toujours de savoir s'il faisait bien les choses et… Merde. Il n'allait pas penser au sexe alors qu'il était assis avec sa sœur dans la cuisine de sa mère.

— Ce n'est rien de plus que de la curiosité naturelle de flic, je te le promets. Mais ce n'est pas important. Je pensais que je devais jouer avec mes nièces.

Erin appela les petites dans la cuisine et Kurt joua avec elles pendant que sa sœur cuisinait. Mais il ne pouvait se défaire de la pensée que Ben avait dû être au courant de la grossesse. Kurt n'avait jamais remarqué chez son partenaire une grande joie, ou à l'inverse, de la dépression. Pas une seule fois. Combien de temps Ben avait-il été marié ? Cela le démangeait fortement de faire une recherche sur la plaque d'immatriculation qu'il avait mémorisée, mais si son patron venait à découvrir qu'il avait utilisé les ressources de la police pour des raisons personnelles, il serait dans une sacrée merde.

PENDANT UNE semaine et demie, Kurt vaqua machinalement à ses occupations. Il se rendit à tous ses rendez-vous de physiothérapie, vit le psychiatre mandaté par le commissariat, remplit des formulaires concernant son invalidité temporaire, discuta avec son médecin pour savoir quand il pourrait retourner travailler, passa du temps avec sa famille, et reçut la visite de collègues qui passaient par là. Mais il ne put se sortir de l'esprit les yeux bruns hantés de Davy.

Quand il se réveilla, un mardi matin, trois semaines jour pour jour après la mort de Ben, il trouva son frère Mike dans le salon, lisant le journal.

— Tu ne vas pas travailler aujourd'hui ? lui demanda Kurt.

Il avait besoin de retourner à son appartement. Son bras était toujours en piteux état et son genou instable, mais il n'était pas un bébé, bon sang. Depuis qu'il était sorti de l'hôpital, il n'avait pas eu une minute pour lui.

— J'ai pris la matinée. J'ai accumulé un paquet d'heures.

Son frère était banquier spécialisé en investissements, et sacrément bon par-dessus le marché. Comme le reste de la famille, c'était un travailleur acharné qui prenait rarement des vacances. Aussi agaçant que ce soit, cela lui réchauffait le cœur de savoir que sa famille était là pour lui.

— Je vais te conduire à ton rendez-vous chez le médecin, reprit-il.

Bien qu'il n'ait pas besoin de son genou gauche pour conduire, personne ne voulait le voir derrière un volant, risquant de déchirer les points de suture de son bras s'il avait besoin de réagir dans l'urgence. Cela lui donnait encore plus l'impression d'être un enfant sans défense, se faisant conduire partout. Il avait rendez-vous aujourd'hui pour enlever les sutures, mais il ne serait probablement toujours pas autorisé à prendre le volant tout de suite.

— Est-ce qu'on peut s'arrêter au poste en y allant ?

— Pour quoi faire ? demanda Mike.

Il posa son journal sur le côté et plissa les yeux. Après leur mère, il était le premier à dire que Kurt ne devait pas reprendre le travail avant d'être prêt. Mais ce n'était pas pour cela que Kurt voulait aller au poste ; il n'était pas pressé de retourner s'asseoir derrière son bureau, de regarder jour après jour le siège où Ben aurait dû se trouver, jusqu'au moment où il serait autorisé à reprendre le service actif. Ou pire encore, de s'asseoir en face d'un nouveau partenaire.

— J'ai besoin de parler à mon patron. À propos de formulaires et d'autres choses du même genre. Et de voir si le bureau de Ben a besoin d'être vidé.

— Je suis sûr que c'est fait, minus, lui dit Mike d'un ton doux. Mais juste au cas où, allons-y après ton rendez-vous, comme ça tu n'auras pas besoin de te presser.

Son frère se leva et lui donna une légère et rapide accolade.

— Merci, Mike.

IL FIXA le bâtiment en forme de bloc. Était-il déjà venu ici en dehors du travail ? Pas depuis qu'il avait déposé les derniers papiers administratifs requis avant son embauche.

— Peux-tu passer me récupérer plus tard ?

Mike lui tapota l'épaule.

— Pas de problème. Il y a un café au coin de la rue. Appelle-moi quand tu seras prêt. Tu as ton portable avec toi ?

Kurt leva les yeux au ciel. Il était flic, inspecteur, pour l'amour du ciel. Son portable était presque aussi important que son arme. Il n'avait pas porté son arme depuis l'accident, mais il avait gardé son téléphone sur lui presque obsessionnellement.

— Ouais, Mike, je t'appellerai quand j'aurai fini.

Avec la canne, il réussit à manœuvrer pour sortir sans trop d'efforts du véhicule surbaissé. Il ferma la porte et marcha lentement vers le bâtiment.

LES SALUTATIONS de ses collègues et amis furent un mélange inconfortable de 'heureux de te revoir' et 'triste de te revoir seul'. Kurt se dirigea résolument vers le bureau de Nadar sans regarder du côté qui abritait son bureau et celui de Ben.

— O'Donnell. Que faites-vous ici ? Prêt à reprendre du service ? Parce que je pense que vous devriez prendre plus de temps.

Les documents désordonnés sur la table révélaient la nervosité de Nadar. Ce qui rendit Kurt nerveux à son tour.

Après avoir fermé la porte du bureau derrière lui, il s'assit en face de son patron.

— Monsieur, j'ai besoin de l'adresse du domicile de Ben.

Nadar haussa les sourcils de surprise.

— Ça vous ennuierait de me donner des détails ?

— Vous avez dit être allé informer sa famille. Je pense que vous avez informé quelqu'un d'autre que la mère de Ben.

— Eh bien, vous êtes l'un de mes meilleurs inspecteurs. Êtes-vous sûr que c'est ce que vous voulez ? Si vous me le demandez, je ne peux que supposer que Ben ne vous faisait pas assez confiance pour vous donner cette information.

De nouvelles fichues larmes lui montèrent aux yeux.

— Et j'en suis malade, Monsieur. Il aurait dû. Je suis… j'étais… son partenaire. Et j'en ai besoin. S'il vous plaît.

— Tant que je n'entends pas parler de vous faisant quelque chose de stupide.

— Non, monsieur.

19

Quelques secondes plus tard, son patron lui tendit un bout de papier sur lequel il venait de griffonner une adresse.

— Merci, Monsieur. Et pour les affaires personnelles de Ben ?

— Je m'en suis déjà occupé. J'allais les empaqueter, mais en dehors de ses rapports, il n'y avait rien de plus que quelques snacks à grignoter sur son bureau. Il y avait dans son casier plusieurs vêtements de rechange que j'ai déjà retournés.

Ce n'était pas des informations nouvelles, mais elles renfermaient plus de pressentiment qu'auparavant. Kurt fourra le papier dans sa poche et se dirigea vers le bureau de Ben. Il s'assit sur le siège. Aucune des chaises n'était confortable, mais s'asseoir sur celle de Ben et regarder le département sous un angle différent était bizarre. Les autres inspecteurs étaient assez prévenants pour prétendre qu'il n'était pas là, gardant leurs yeux détournés tandis qu'il ouvrait les tiroirs et les refermait, dans l'espoir de trouver quelque chose de personnel ayant appartenu à Ben et que Nadar aurait manqué. Même sa tasse était tout ce qu'il y avait de plus banal. Son chef avait beau dire de Kurt qu'il était l'un de ses meilleurs inspecteurs, cela ne pouvait pas être vrai. Pas quand il avait manqué de remarquer cette absence d'objets personnels de Ben au travail. Il n'y avait pas de photos, rien ayant une valeur sentimentale, rien dénotant son soutien pour des causes ou des choses qu'il trouvait drôle. Kurt aurait dû être plus insistant, poser plus de questions. Montrer à Ben, de quelque manière que ce soit, qu'il était digne de confiance.

Incapable de rester assis là plus longtemps, il s'assura qu'il avait encore la petite note que Nadar lui avait donnée et appela son frère.

LE SAMEDI après-midi, il sortit d'un taxi et se retrouva debout sur le trottoir. Son physiothérapeute le tuerait mais il tenait sa canne dans la main gauche. Ce n'était peut-être pas idéal, mais c'était sacrément mieux que d'utiliser sa main gauche pour porter le lourd sac contenant une cocotte entièrement remplie du fameux ragoût irlandais de sa mère. Il ne pouvait pas gérer les deux à la fois avec sa main droite. En outre, si tout se passait comme prévu, il ne ramènerait pas la cocotte. Pas pleine, et pas tout de suite.

La petite maison de plain-pied en face de lui avait autrefois été propre et bien entretenue. Non pas qu'elle ait l'air délabré, mais on voyait que quelqu'un en avait jusqu'à peu pris soin avec une précision quasi obsessionnelle. Cette précision s'était atténuée, ou peut-être était-ce

20

juste l'imagination de Kurt. Une petite voiture qu'il ne reconnut pas était stationnée dans l'allée à côté de l'étincelante voiture de collection, pourtant nuisible à l'environnement, de Ben. Il ne vit nulle part celle dans laquelle Davy était monté aux funérailles, et les deux véhicules étaient couverts d'une fine couche de poussière.

Il se mordit la lèvre et se mit en marche. La boîte aux lettres était pleine, elle débordait même. Ce n'était pas une habitude particulièrement sûre, même quand il y avait quelqu'un à la maison. Les criminels y verraient une cible facile, présumant que le propriétaire était en vacances. Il jeta un coup d'œil aux enveloppes qui dépassaient de la boîte aux lettres comme des plumes accrochées à la gueule d'un chat de gouttière. Davy Broussard. Parfait. Maintenant, il avait un nom complet.

Levant sa canne, il l'utilisa pour toquer à la porte. Un léger écho résonna derrière la porte d'entrée. Il attendit et jeta un coup d'oeil par la fenêtre sur le côté de la porte. Une pile de journaux reposait à côté de plusieurs paires de chaussures et d'une mallette, mais le reflet du soleil l'empêchait d'en voir beaucoup plus.

Il utilisa sa canne une nouvelle fois pour frapper avec plus de force. Il ne voulait pas que Davy l'évite.

Plusieurs longues secondes plus tard, le pêne glissa et un Davy en pyjama froissé apparut. En pyjama. À trois heures de l'après-midi. Ses yeux – seulement un peu moins injectés de sang qu'aux funérailles – s'agrandirent en signe d'alarme, mais il ne montra aucun signe de reconnaissance.

— Je peux vous aider ?

Waouh. Était-ce possible que ce mec ait une si belle voix ? Plus profonde qu'il ne s'y serait attendu venant d'un type aussi maigre. Il aurait sans aucun doute pu faire de la pub ou quelque chose dans le même genre. Et puis, il ne se souvenait pas que Davy était plus grand que lui, mais ses cinq centimètres de plus face au mètre quatre-vingt de Kurt n'étaient rien comparés aux quelques vingt kilos de muscles supplémentaires qu'il avait. Kurt était peut-être plus petit, mais il était sacrément plus lourd.

— Bonjour, je suis Kurt O'Donnell. Le partenaire de Ben, vous vous rappelez ?

Davy inspira brusquement, le souffle coupé, comme il l'avait fait aux funérailles. Était-ce le fait d'entendre le nom de Ben qui le mettait dans un tel état de stress ?

— Puis-je entrer ? reprit Kurt. Ma jambe commence à faire mal.

Ce n'était pas le cas, mais c'était une bonne excuse. Il sentait que Davy avait envie de lui claquer la porte au nez et il était déterminé à l'en empêcher. Il avait des questions qui attendaient des réponses, mais pour l'instant, son sentiment d'obligation en tant que partenaire de Ben était plus important.

— Oh, bien sûr.

La politesse l'emporta sur le premier mouvement de Davy et Kurt ne lui laissa pas l'occasion de changer d'avis tandis qu'il se frayait un chemin dans la maison.

— Où se trouve la cuisine ?

— Pourquoi ? demanda Davy en pointant l'arrière de la maison – plus mécaniquement que mû par une réelle volonté d'avoir Kurt dans sa cuisine.

— Parce que j'ai apporté à manger.

— Pourquoi ? répéta Davy.

Kurt secoua la tête. Alors qu'il marchait vers l'arrière de la maison, il ne vit rien d'autre qu'un décor neutre appliqué avec une précision militaire. Rien de personnel, de vibrant, ou de vivant, à l'exception du fouillis de chaussures et de journaux devant la porte d'entrée.

La cuisine était la pièce la plus blanche qu'il avait vue de sa vie, et cela incluait la chambre d'hôpital dans laquelle il avait récemment passé trois jours. Tout, à part les brûleurs noirs de la gazinière et les robinets chromés de l'évier, était blanc. Après avoir déposé la cocotte sur le comptoir, il grimaça légèrement. C'était la plus vieille que possédait sa mère, avec un revêtement en céramique vert foncé et le dessin criard d'un coq rouge sur le devant. Elle semblait presque obscène, ainsi posée sur le comptoir blanc immaculé de la cuisine. Était-ce là ce que Davy aimait ? Ce… néant ? Même l'appartement merdique de Kurt possédait un canapé bleu et des torchons de couleur.

Il haussa les épaules. Puisqu'il était là, autant en tirer le meilleur parti. Il espérait qu'au moins Davy apprécierait le geste. Par devoir, il aurait dû se présenter plus tôt, mais son manque de mobilité avait influencé sa décision, autant que le fait que Davy ne le connaissait pas plus que Kurt ne le connaissait lui.

Après avoir trafiqué avec la cocotte, la gazinière, et avoir tout installé, il se retourna. Davy était assis à la table de la cuisine, effondré, le menton soutenu par une de ses mains, les paupières à demi closes. Les cernes sous ses yeux et ses joues creusées indiquaient clairement que les deux semaines qu'il venait de traverser avaient été difficiles. Ce qui était plus étonnant encore, c'était comment Davy, avec son pyjama bleu pâle et ses cheveux brun foncés, avait en quelque sorte réussi à se fondre jusqu'à disparaître dans cette toile vierge qu'était la pièce. Kurt espérait qu'il se démarquerait comme une rose parmi les mauvaises herbes, mais la blancheur le camouflait.

— Est-ce que ça va ?

Davy opina d'un mouvement des yeux, comme s'il était trop fatigué pour bouger sa tête entière.

— Sandra n'est pas là, vous savez.

Quoi ?

— Hum. Je sais ?

Une lumière vacilla dans son esprit. Aux funérailles, Davy avait intentionnellement mené Kurt à conclure que Sandra était la femme de Ben ou sa petite amie. Peut-être que Ben et Davy mentaient à *tout le monde* au sujet de leur relation, et pas seulement à Kurt.

— Pourquoi êtes-vous là dans ce cas ? demanda Davy.

— Je suis désolé, j'aurais dû être là plus tôt.

Un regard perplexe traversa le visage de Davy et il regarda l'horloge sur le mur.

— Aujourd'hui ? Excusez-moi, nous devions nous voir ?

Les joues de Kurt s'échauffèrent. Il avait fait irruption ici, sans invitation, et Davy n'avait vraiment pas l'air de savoir quoi faire de lui ou de cette situation. Peut-être que si le pauvre gars avait pu dormir depuis la mort de Ben – ce qui ne semblait pas être le cas – il aurait eu de meilleures facultés d'adaptation.

— Je suis ici parce que vous êtes là, et non Sandra.

À ces paroles, les yeux de Davy s'ouvrirent en grand et il se redressa sur sa chaise.

— Que voulez-vous dire ?

Sa poitrine palpitait rapidement comme celle d'un oiseau effrayé… ou d'un homme sur le point de défaillir d'hyperventilation.

Kurt se précipita et s'agenouilla en face de Davy, ignorant la douleur qui hurlait dans ses articulations blessées.

— Respire, mec, respire. Lentement. Inspire. Expire. Il n'y a aucune raison d'avoir peur de moi, c'est promis.

Il saisit doucement les genoux de Davy tandis qu'il parlait, essayant de faire en sorte qu'il se concentre sur lui et sur sa respiration.

Quelques minutes plus tard, Davy n'était plus sur le point de s'évanouir, et Kurt se redressa pour se laisser tomber sur une autre chaise.

Il avait juste réagi, mais à cause de ce genre de réaction, il était certain que son physiothérapeute lui remettrait sévèrement les pendules à l'heure. Il se pourrait même, une fois rentré chez sa mère, qu'il ait besoin de ressortir les médicaments contre la douleur que lui avait délivré l'hôpital et dont il lui restait encore la moitié d'une boîte. Mais pour l'instant, il avait des préoccupations plus urgentes.

— Ça va mieux maintenant ?

Davy hocha la tête, vraiment cette fois, les yeux pleins de questions.

— Je sais que c'est ici que Ben vivait. Je sais… ou du moins, j'ai déduit que tu vivais ici avec Ben.

Une légère lueur de crainte revint dans son regard et Davy se mit à jouer avec ses doigts qui semblaient froids et sans vie, mais il ne répondit pas.

Une nouvelle lumière se fit dans son cerveau. Le partenaire de Ben. Il s'était présenté comme étant le partenaire de Ben. Le terme avait une tout autre signification pour Davy.

— Tu étais le partenaire de Ben. Son compagnon, n'est-ce pas ?

Il n'avait pas vu de bague au doigt de Davy, donc il ne pensait pas qu'ils étaient mariés.

Les pâles lèvres roses de Davy se serrèrent, comme si ce dernier avait peur de ce qui pourrait arriver. Kurt avait déjà vu ce genre de comportement chez des personnes coupables qui n'étaient pas des criminels endurcis. L'envie de dire la vérité luttant contre la peur des conséquences.

Davy entrouvrit les lèvres, mais au lieu de la confirmation que Kurt attendait, le jeune homme répéta sa question précédente.

— Pourquoi êtes-vous là ?

— Parce que je voulais m'excuser. Parce que je voulais offrir mon aide, n'importe laquelle.

— Je ne comprends pas. Vous excuser de quoi ?

Les yeux de Kurt le brûlèrent à nouveau. De nouveaux souvenirs lui étaient revenus de ce jour fatidique, mais pas tous.

— J'aurais dû faire plus. Peut-être que si je l'avais fait, Ben serait encore en vie.

Davy se racla la gorge.

— L'inspecteur Nadar m'a expliqué ce qui est arrivé. Je ne pense pas que vous soyez à blâmer. Vous n'aviez pas besoin de m'apporter à manger.

Kurt haussa un sourcil alors qu'il examinait Davy de la tête aux pieds. Il ne l'avait vu qu'un court instant aux funérailles, mais il avait perdu cinq kilos, voire davantage, depuis leur rencontre et il était aussi pâle que la peinture sur les murs. Sa mère aurait une attaque s'il abandonnait Davy dans cet état. Il n'était pas prêt à laisser le compagnon de Ben se tuer par négligence.

— Je ne plaisantais pas quand j'ai offert mon aide. Ben était mon ami. Même si ce dernier ne le pensait pas.

— Femme, compagnon, enfants… j'offrirais mon soutien à tous ceux que Ben a laissés derrière lui. Maintenant, il va falloir à peu près trente minutes pour que le ragoût chauffe. Y a-t-il quoi que ce soit que je puisse faire ?

Davy hoqueta une fois. Puis une deuxième. Et soudain, il fondit en larmes. Des sanglots durs et éprouvants, et de grandes respirations secouèrent son corps mince. Il était prêt à courir, se frottant le visage frénétiquement, comme s'il pouvait cacher son chagrin.

Kurt ne pouvait pas le laisser souffrir, il ne pouvait pas le laisser s'enfuir et continuer à se cacher comme il l'avait fait jusqu'à présent. Il l'attrapa de sa bonne main et l'attira sur ses genoux comme un bébé. La tête de Davy se posa sur le haut de la cicatrice à peine guérie de son biceps et Kurt se mordit la joue pour ne pas crier. Il enroula son bras valide autour du corps raide et tremblant de Davy et quelques secondes plus tard, le jeune homme se blottit contre lui, absorbant la chaleur de son corps dans sa forme glacée. Kurt se déplaça afin que la tête de Davy repose sur son épaule, les larmes chaudes – la seule chose chaude chez lui à cet instant – mouillant son cou. Il se balança, comme il l'aurait fait avec l'une de ses nièces ou l'un de ses neveux, et les jambes de Davy remontèrent dans une position presque fœtale. Où diable était Sandra ? Où étaient les parents de Davy, ses amis ?

Fredonnant doucement un air irlandais que lui chantait sa mère quand il était enfant, Kurt berça Davy, le laissant pleurer, souhaitant qu'ils se soient trouvé tous les deux sur un canapé au moment où Davy s'était effondré. Quelques-unes de ses propres larmes glissèrent et tombèrent de son menton dans les cheveux doux de Davy. Sa perte n'était pas aussi profonde, mais elle lui faisait mal chaque jour qui passait.

Il avait vu de parfaits inconnus – des victimes et des familles de victimes – se briser et avoir besoin de réconfort. Ben n'avait jamais compris comment il pouvait faire ça, mais s'il sentait qu'il pouvait apporter son aide, il le faisait. Ben et lui avaient vu nombre de personnes dans la plus grande détresse, et une accolade pouvait soulager la douleur d'autrui. Davy était un inconnu mais n'aurait pas dû l'être. Il était hors de question que Kurt lui refuse le même réconfort qu'il aurait donné à n'importe qui d'autre. Pas quand cet homme pâle et maigre était celui que Ben avait aimé.

Kurt pouvait déchiffrer l'état de Davy comme s'il lisait du braille. Sous sa paume, sa colonne vertébrale et chacune de ses côtes racontaient l'histoire de sa propre négligence.

Les minutes passèrent tandis que la crise de larmes de Davy s'atténuait. Le corps dans ses bras irradiait maintenant de chaleur et les muscles s'étaient relâchés, assouplis.

Son épaule était trempée et Davy reniflait, son chagrin déchirant s'apaisant enfin.

— Allez Davy, je pense que tu as besoin de te reposer.

S'il avait pu éviter de déranger le jeune homme, il l'aurait fait, mais son bras et sa jambe étaient déjà en train de protester.

Il remit doucement Davy sur ses pieds et le suivit alors que celui-ci se dirigeait en trébuchant jusqu'à une vaste chambre à coucher et se laissait tomber dans un grand lit double. Il supposa que c'était la chambre que Davy partageait avec Ben, mais à part un petit tas de vêtements entassés sur un fauteuil près du lit du côté de Davy, la chambre aurait pu être celle de n'importe quel hôtel bon marché du pays.

Quelques secondes après avoir roulé dans son lit – heureusement, il portait un pyjama – Davy s'endormit, émettant un léger ronflement entrecoupé de reniflements.

De retour dans la cuisine, l'odeur alléchante du ragoût de sa mère qui mijotait doucement sur le feu chatouilla les narines de Kurt. Après son épisode cathartique, il se pouvait très bien que Davy dorme pendant des heures et Kurt aurait dû partir. *Aurait dû*. Mais bon sang. La situation de Davy et Ben dans son ensemble était étrange, et sa curiosité hyperactive était l'une des raisons majeures pour lesquelles il était devenu inspecteur de police en premier lieu.

Commençant par le frigo, il ouvrit toutes les portes qu'il trouva dans la cuisine. Cela ne fit que confirmer ce qu'il supposait – Davy n'avait pas fait de courses depuis un bail et n'avait probablement mangé que très peu depuis les funérailles. En revanche, il y avait des produits d'entretien en abondance, ce qui n'était pas surprenant étant donné la blancheur et la propreté parfaites des lieux. La confirmation de l'une de ses théories ne satisfit pas le moins du monde sa curiosité.

Kurt poursuivit en passant aux tiroirs ; il les ouvrit tous jusqu'à en découvrir un débordant de courriers non ouverts. Il les prit et les tria. Chaque

26

enveloppe était datée de la semaine de la mort de Ben ou des suivantes. Puisque Davy n'avait pas vidé la boite aux lettres depuis quelques jours, Kurt se demanda si c'était sa sœur qui avait déposé ces lettres dans ce tiroir. Il aurait voulu savoir qui de Ben ou Davy était un maniaque du rangement et de la propreté. Il avait seulement traversé la cuisine, mais c'était exactement ce qu'il voyait – une compulsion pathologique à la limite de l'obsession.

Il sortit de la cuisine pour aller récupérer le courrier dehors et s'arrêta à côté de la pile désordonnée de journaux devant la porte d'entrée. Ils dataient tous d'après la mort de Ben. Après avoir vidé la boite aux lettres, il déposa le courrier sur la table de la cuisine. Il soupçonnait que Davy l'enverrait rejoindre le reste dans le tiroir. Il poursuivit en jetant la nourriture qui pourrissait dans le frigo et en le nettoyant avec un peu d'eau de javel. Il ne connaissait pas le jour de ramassage des ordures, alors il laissa le sac poubelle dans le garage.

Après avoir baissé le feu au minimum – il pouvait rester comme ça toute la journée et ainsi Davy aurait quelque chose de chaud à manger quand il se réveillerait – Kurt reporta son attention sur le reste de l'habitation.

En passant la maison en revue aussi méthodiquement que lorsqu'il cherchait des preuves, et bien qu'elle soit très ordonnée, il ne trouva presque rien. Presque rien suggérant que quelqu'un vivait ici, et encore moins deux hommes apparemment engagés l'un envers l'autre. La décoration était uniformément terne et il n'y avait aucun effet personnel de l'un ou l'autre des deux habitants. Aucune tranche de couverture brisée, aucun livre en lambeaux n'était posé sur les quelques étagères présentes. Bon sang, pas même un livre neuf n'était visible. Pas une photo pour décorer la moindre surface horizontale. Même l'appartement solitaire de Kurt arborait des photos de sa famille – plus jamais Kurt ne dirait de son foyer qu'il était impersonnel. Il était peut-être un peu vide, mais pas impersonnel. Cette maison était impersonnelle, et il fut même tenté de chercher des empreintes pour prouver que Davy n'était pas un fantôme hantant une maison modèle.

Finalement, il ne resta plus que la chambre d'amis et la chambre principale à examiner. Il ne pouvait pas fouiller la chambre de maître sans réveiller Davy, bien qu'il soit plus curieux que jamais de découvrir les secrets – s'il y en avait – qu'elle contenait.

La chambre d'amis ne semblait pas différente des autres pièces du reste de la maison. La commode double, comme l'armoire et le lit, semblaient sortir d'un catalogue de meubles. Ce n'était pas surprenant. Si Ben n'était pas capable de parler à Kurt de sa manière de vivre, il ne devait

27

certainement pas recevoir d'invités à loger. En outre, les chambres d'amis étaient fréquemment en désordre.

Il ouvrit le placard. Seigneur, il y avait de quoi faire de mauvaises blagues pour l'éternité sur les homosexuels et ce placard. Le petit espace, du sol au plafond, regorgeait de couleurs. Des tee-shirts, des pantalons, des couvertures et même ce qui semblait être un dessus de lit fait main avec une débauche de couleurs folles. Des boîtes étaient empilées au hasard, avec des bouts de papier ou de tissu qui dépassaient des couvercles mal fermés. Des coussins, des jeux, des lampes dépareillées et des souvenirs s'entassaient pêle-mêle. Des bleus, des rouges, des verts, des violets et des jaunes heurtèrent ses yeux. Après avoir fouillé le reste de la maison, les couleurs surchargeaient ses rétines.

Une boîte à part, près de la porte, avait un couvercle sale et très usé. Il l'ouvrit. Des photos. Pourquoi quelqu'un garderait-il une boite de photos sans n'en mettre aucune sur les murs de sa maison ?

Une vieille photo Polaroid, surexposée, trônait au-dessus de la pile. Le tirage prit sur le vif environ dix ans plus tôt, montrait Davy et Ben qui riaient. Il faillit ne pas les reconnaître. Il n'avait jamais vu rire Ben, et le Davy qu'il avait rencontré était un pâle reflet du jeune homme heureux de la photo. Les deux hommes ne se touchaient pas, mais ils étaient assis côte à côte. Kurt se mordit la lèvre contre la brûlure soudaine de ses yeux.

Il passa rapidement au crible les autres photos de la boîte. Il n'y en avait pas d'autre de Ben, mais plusieurs de Davy et Sandra et d'autres personnes qu'il ne reconnaissait pas. S'asseyant sur ses talons, il examina les objets du placard. Les passer en revue maintenant prendrait beaucoup de temps ; Davy pouvait se réveiller à tout moment. Il ne faisait aucun doute que tout ici appartenait à Davy. Ce qui signifiait que l'obsession de la propreté et l'absence d'effets personnels avaient été du fait de Ben, un copier-coller de son espace de travail au poste de police.

Son expérience lui avait appris que les gens gardaient leurs biens les plus précieux proches de l'endroit où ils dormaient. Cette chambre le contredisait ; cette chambre était l'exception. D'une certaine manière, il sut que ce placard contenait toutes les choses chères au cœur de Davy.

Son enquête soulevait plus de questions qu'elle n'apportait de réponses ; il avait besoin de parler à Davy, mais cela n'arriverait pas aujourd'hui. Il fit un passage par le sous-sol, mais s'il fut émerveillé par l'incroyable salle de gym qu'il y découvrit, il n'apprit rien de nouveau.

Après avoir jeté un coup d'œil à Davy, toujours profondément endormi, il laissa un message sur le comptoir de la cuisine, près du ragoût qui mijotait, avec son numéro de téléphone et la demande que Davy l'appelle si nécessaire. Appel ou non, Davy avait besoin d'aide, et en dehors du respect qu'il devait à la mémoire de Ben, Kurt allait lui offrir cette aide et peut-être satisfaire sa curiosité par la même occasion.

III

ASSAILLI PAR un sentiment de déjà vu, Kurt sortit du taxi et marcha jusqu'à la porte d'entrée de chez Davy. Il n'avait même pas été capable de rester à l'écart pendant vingt-quatre heures.

La nuit dernière, il avait été agité, rembarrant ses parents et faisant les cent pas, se demandant si Davy avait mangé le ragoût de sa mère. Il ne put même pas dire à ses parents pourquoi il était de mauvaise humeur. Penser aux placards vides de Davy lui avait fait faire quelque chose d'incroyablement présomptueux. Peut-être devrait-il envisager de reprendre le boulot plus tôt qu'il ne l'avait prévu, pour s'empêcher de trop réfléchir.

Il quitta la maison pendant que ses parents étaient à l'église. Il n'était pas très pratiquant, et même si Davy l'était... à en juger par la poussière sur sa voiture, s'il n'allait pas travailler, il n'allait pas à l'église non plus.

Comme il l'avait fait la veille, il utilisa sa canne pour frapper à la porte. À nouveau, il attendit. Et à nouveau, il sonna à la porte.

Cette fois, lorsque Davy lui ouvrit, il le reconnut mais lui réserva un accueil méfiant.

— Bonjour, Davy. Ça va mieux ?

Il y avait un soupçon de couleur sur ses joues pâles, et les ombres violettes sous ses yeux s'étaient estompées. Cependant, il portait le même pyjama bleu qu'il lui avait vu hier.

Ce fut alors plus qu'un soupçon de couleur qui traversa son visage et il baissa les yeux.

— Oui, murmura Davy en regardant ses pieds. Je suis désolé.

— Tu n'as pas à être désolé pour quoi que ce soit. Sauf si tu ne me fais pas entrer.

— Ah, bien sûr, oui, dit Davy en reculant.

Kurt sourit, espérant mettre Davy plus à l'aise et se dirigea vers la cuisine. Le salon disposait probablement de sièges plus confortables, mais la majorité de sa famille traînait dans la cuisine et Davy avait besoin de passer plus de temps à proximité de nourriture s'il voulait reprendre quelques kilos.

30

— Merci pour le ragoût, il était très bon, dit Davy en s'asseyant en face de lui à la table de la cuisine.

Il ressemblait à un petit enfant perdu alors qu'il devait être un peu plus âgé que Kurt.

La cocotte, sans son couvercle amovible, s'affichait de manière voyante sur le comptoir d'un blanc immaculé. Ce qui était bon signe. Si Davy avait jeté le ragoût sans y toucher, il aurait nettoyé les plaques et aurait remis le couvercle sur la cocotte.

— Vous l'avez fait vous-même ?

— Non, c'est ma mère.

— Oh.

Ils s'assirent, se regardant l'un l'autre. Kurt ne voulait pas commencer une conversation trop personnelle, car il attendait une livraison. Davy pencha la tête sur le côté, un léger froncement de sourcils plissant son visage.

La sonnette retentit et le froncement de sourcils de Davy s'intensifia. Son regard voleta de Kurt à la porte et revint vers lui.

— Qui est-ce ? demanda Davy d'une voix empreinte de suspicion.

— Ne t'inquiète pas.

Kurt se leva et se dirigea vers la porte, Davy sur ses talons.

— Je ne veux pas de visiteurs.

Une pointe d'hystérie remplaça la suspicion alors que la voix de Davy s'élevait.

Kurt ouvrit la porte et montra au livreur où déposer les sacs de courses, ignorant les protestations à demi exprimées de Davy. Quand le type sortit pour le deuxième voyage, Davy articula finalement une phrase entière.

— Mais qu'est-ce que vous faites, nom De dieu ? demanda-t-il en palpant son pyjama, comme s'il allait trouver quelque chose dans ses poches inexistantes. Qui va payer pour tout ça ?

Ah. Davy cherchait son portefeuille.

— C'est moi.

— Je ne peux pas vous laisser faire ça. Dites-lui de tout reprendre immédiatement.

— Et te laisser mourir de faim ? Je ne crois pas.

— Je peux parfaitement aller faire mes propres courses.

Kurt étouffa un rire d'ironie.

— Eh bien, tu ne l'as pas fait.

Le livreur sortit à nouveau pour aller chercher le chargement suivant.

— Kurt !

— Seigneur, Davy, pourquoi ne pas aller prendre une douche et me laisser m'occuper de ça ? rétorqua Kurt en reniflant exagérément et en fronçant le nez.

Les yeux de Davy s'agrandirent de colère. Kurt ne sut pas si la couleur écarlate qui envahit le visage et le cou de Davy était due à la fureur ou à l'embarras, mais l'envoyer se laver le garderait hors de ses pattes le temps qu'il s'occupe des courses.

— Pourquoi diable dis-tu ça ? siffla Davy en jetant un regard de travers au type qui posait une caisse en plastique sur le sol de la cuisine.

Kurt leva les yeux au ciel.

— Parce que tu portes le même pyjama qu'hier. Tu ne crois pas qu'il est temps de te changer ?

— Tais-toi ! Il va se faire de fausses idées.

La voix de Davy devint d'une certaine manière plus énergique et plus calme en même temps.

— Quoi ? Attends une seconde.

Kurt reporta son attention vers le livreur qui avait besoin de sa signature pour le bordereau de carte de crédit. La porte se referma et Kurt revint dans la cuisine. Il lui faudrait un certain temps pour ranger les courses avec sa jambe et son bras blessé. Ensuite il pourrait commencer à préparer le déjeuner.

— Qu'est-ce que tu fais ?

— Je range les courses. Je pensais que tu allais prendre une douche.

— Je… je… bafouilla Davy. N'es-tu pas inquiet à propos de ce que ce gars pense ?

— Est-ce que je suis inquiet de ce que le livreur pense… de quoi ?

— De ça, tu sais, que nous sommes ensemble.

Davy murmura le dernier mot. Le coeur de Kurt se brisa. Qu'avait donc fait Ben à ce pauvre mec avec son secret ?

— Et alors, qu'est-ce que ça peut faire s'il pense que nous sommes ensemble ? C'est un livreur pour l'amour du ciel. Ça n'a pas d'importance.

Kurt n'était pas gay, mais il n'y avait pas de honte à avoir une relation homosexuelle et il n'en avait absolument rien à cirer que ce livreur pense qu'il le soit. Si tant est qu'il y ait pensé. Quoi qu'en dise Davy, le mec était plus intéressé par un pourboire que par leur vie amoureuse.

— Vraiment ?

Davy ne semblait pas comprendre. Kurt n'était pas sûr de comprendre non plus. Ben n'avait pas besoin de passer une petite annonce dans les journaux, mais merde, il y avait d'autres homosexuels dans la police. Ils étaient plus jeunes que Ben et le mariage gay avait été légalisé depuis des années. Pourquoi Ben avait-il été si secret à ce sujet, forçant par extension Davy à se cacher lui aussi ?

— Je crois que je vais aller me doucher, alors.

Kurt patienta jusqu'à ce qu'il sorte de la pièce avant de commencer à ranger les courses.

LE TEMPS que Kurt s'occupe des courses et prépare une omelette garnie, Davy revint, une odeur d'agrumes dans son sillage. Kurt sourit quand il vit le tee-shirt usé et le jean que Davy avait revêtus. Il avait eu à moitié peur qu'il revienne en portant un autre pyjama.

— Assieds-toi, dit Kurt en tournant le gaz sur le brûleur. Ce sera bientôt prêt. Tu aimes les œufs, n'est-ce pas ? Je ne sais pas faire grand-chose d'autre.

— Les œufs me conviennent. Je sais me faire à manger, tu sais.

Kurt se tourna pour le dévisager.

— Vraiment ? À quand remonte la dernière fois où tu as mangé ?

— Hier.

Un sourire germa sur les lèvres de Davy sans tout à fait les courber, mais l'intention était là.

Un petit rire échappa à Kurt.

— Avant ça.

L'amusement de Davy retomba.

— Je ne me souviens pas. J'aime cuisiner. Beaucoup. Mais c'est difficile si ce n'est que pour moi. Je ne voulais pas me préoccuper de ça.

— Tu sais cuisiner, alors ?

— Oui.

— Parfait. Que dirais-tu de me préparer à déjeuner demain ? Si tu sais cuisiner, tu peux sûrement faire quelque chose avec les quelques courses que j'ai faites.

Kurt servit les omelettes et les déposa sur la table avec le panache d'un serveur expérimenté. Comme le reste de ses frères et sœurs, il avait travaillé un nombre incalculable de fois chez Finn's, mais pas en tant que cuisinier.

Davy piqua ses œufs avec sa fourchette.

— Ils ne sont pas empoisonnés, tu sais.

— Kurt, que fais-tu ici ?

La gorge soudain nouée, Kurt posa sa fourchette sans avoir touché à son assiette.

— Ben et moi nous avons travaillé ensemble pendant trois ans. Je lui aurais confié ma vie. Je savais qu'il couvrait mes arrières, et même s'il n'avait pas l'air de le croire, je couvrais les siens. Cela inclut de m'assurer que tu ne meures pas de faim pour l'amour du ciel !

— Ben savait que tu le couvrais. Il disait que tu étais le meilleur partenaire qu'il aurait pu espérer après la mort d'Ed. Il parlait de toi tout le temps.

— Il n'a jamais parlé de toi, murmura Kurt.

Sa colère de tout à l'heure se transforma rapidement en regret, puis en larmes – elles n'étaient jamais bien loin – qui menacèrent de tomber. Il baissa les yeux sur son assiette.

— Je sais, répondit doucement Davy. C'était juste Ben. Mais je ne veux pas de toi ici parce que tu te sens désolé pour moi.

— Merde. Ce n'est pas ça, dit Kurt en relevant les yeux. Mais tu as besoin d'aide. Tes amis auraient dû être là. Ou ta sœur.

Davy haussa les épaules.

— Ma sœur... Eh bien, elle connaît des moments difficiles en ce moment. Son mari est posté en Afghanistan et elle fait une grossesse à risque. Je ne veux pas être un fardeau pour elle.

Davy piqua sa fourchette dans ses œufs mais ne prit aucune bouchée.

Kurt se contenterait de cette explication pour l'instant. Il voulait que Davy mange, et ce sujet n'aidait pas leurs appétits. Ils auraient le temps de découvrir où étaient les amis de Davy plus tard.

— Mange, Davy.

Espérant qu'il suive son exemple, Kurt fourra une pleine fourchette dans sa bouche, mâcha et avala.

— Que fais-tu dans la vie ?

— Je supervise des tests de médicaments pour une compagnie pharmaceutique.

— Oh, tu es un petit génie, hein ?

Davy baissa la tête, mais le compliment lui faisait manifestement plaisir.

— Pas vraiment.

— Ah ah. Je parie que tu as au minimum un diplôme d'études supérieures. En quoi, chimie ?

— Presque. Biochimie.

— Tu vois. Petit génie. Raconte-moi.

Davy parla, s'animant de plus en plus, et fut suffisamment distrait pour manger jusqu'à la dernière bouchée de son omelette. Mais il devint rapidement évident que sa vie professionnelle était aussi solitaire que sa vie personnelle. Il supervisait de nombreuses personnes mais avait peu de pairs. Pas de collègues pour l'aider.

Quand ils eurent terminé, Kurt débarrassa la table et fit une rapide vaisselle.

— Bon, eh bien, je ferais mieux d'y aller. Mais je reviendrai demain.

Il s'assura de programmer le numéro de Davy sur son téléphone avant que le taxi n'arrive pour le ramener chez lui.

— MON BÉBÉ, tu sors encore ? demanda la mère de Kurt en piétinant alors que le taxi s'arrêtait dans l'allée. Tu es sorti pour déjeuner tous les jours ces deux dernières semaines. Quand pourrai-je la rencontrer ?

— Maman, je te l'ai dit. Je n'ai pas de petite amie. Je traîne juste avec un ami.

Merde, il pouvait marcher sans canne et n'avait plus de points de suture, mais il n'avait pas encore retrouvé toutes ses forces. Il n'arrivait pas à s'imaginer faisant l'amour dans cet état. Normalement, il devrait être autorisé à conduire lors de son prochain rendez-vous, et dès lors il réaménagerait dans son appartement.

Deirdre soupira telle une mère se prêtant au jeu de son fils.

— Es-tu sûr que je ne peux pas te conduire ? Je m'inquiète pour toi, et le chauffeur de taxi ne t'aidera ni à monter ni à descendre de la voiture.

Mais de quoi parlait-elle ? Il n'avait pas eu besoin – ni voulu – d'aide pour sortir de cette fichue voiture depuis le jour où il était revenu de l'hôpital. Pourtant, sa mère se comportait comme s'il était fait en sucre, coupait presque sa nourriture et lui essuyait les fesses. Il n'était pas un putain de môme, il était en convalescence et récupérait, plutôt bien, d'une blessure.

— Le taxi est très bien, maman.

Elle fut blessée par son ton tranchant, mais il en avait assez. Kurt n'avait parlé à personne de Davy – il ne savait pas pourquoi – mais quand sa famille le traitait comme un incapable, il trouvait la force et le désir d'aider Davy, en dehors du simple plaisir de sa compagnie. Quand Davy retournerait au travail, il devrait renoncer à ces déjeuners quotidiens. Il ne lui restait plus que quelques jours de repos, il reprendrait donc le travail avant que le congé d'invalidité de Kurt ne soit terminé.

— Au revoir, maman, dit-il en embrassant sa joue en guise d'excuses. Je reviens bientôt.

L E TÉLÉPHONE de Kurt sonna dans le taxi et il ne reconnut pas le numéro qui apparut à l'écran.

— O'Donnell.

— Oh, euh, salut, Kurt ?

— Davy ? D'où m'appelles-tu ?

— De l'épicerie au coin de la rue.

— Quelque chose ne va pas ?

Davy ne l'avait jamais appelé avant, Kurt ne savait pas pourquoi il ne l'appelait pas de chez lui. Mais cela devait être la première fois que Davy quittait la maison depuis les funérailles, donc ce n'était peut-être pas une si mauvaise chose.

— Oh, euh, non. Écoute, avais-tu prévu de t'arrêter chez moi aujourd'hui ?

Comme s'il n'était pas passé chez lui tous les jours jusqu'à présent. Rendre visite à Davy faisait passer ses propres journées plus vite, et il était encore plus heureux de s'assurer que Davy n'était pas retombé dans la dangereuse dépression dans laquelle il l'avait vu le premier jour. Un jour, Davy ne serait plus aussi hésitant quand il parlerait avec Kurt, mais pour l'instant, eh bien, il avait en quelque sorte débarqué tête baissée dans la vie de Davy. Être le plus jeune de sept enfants signifiait qu'il devait travailler encore plus dur pour faire son propre chemin. Ses efforts n'étaient pas toujours couronnés de succès, mais il était toujours déterminé.

— Ouais, je suis en chemin.

Demain, si Dieu le voulait, il serait au volant de sa propre foutue voiture.

— Oh, je, euh… je ne pense pas que ce soit une si bonne idée. Comment ?

— Pourquoi ?

Heureusement que le chauffeur de taxi l'ignorait, parce que le visage de Kurt s'échauffa soudainement. Peut-être Davy était-il fatigué de le voir traîner autour de lui. Leurs déjeuners étaient la seule bonne chose qui aidait

Kurt à surmonter la mort de Ben et il pensait que sa propre présence aidait aussi un peu Davy. S'il devait en tirer une chose positive, c'était que le mec mangeait au moins une fois par jour. Mais il n'avait pas considéré qu'il puisse davantage irriter Davy que l'aider.

— Je suis désolé. J'abuse de ton hospitalité, n'est-ce pas ?

— Non !

Oh.

— Alors ?

— Je… ne me sens pas bien.

Davy mentait. Kurt pouvait le dire, même par téléphone. Ce qui ne le rendait que plus déterminé. Quelque chose n'allait pas, plus que Kurt jouant les mecs pénibles et déterminés.

— Davy, je passe sous un tunnel. Nous allons être coupés. À bientôt.

Kurt appuya fermement sur le bouton de son téléphone pour couper la communication. De toute façon, il avait plus de chances d'obtenir des réponses en voyant Davy en personne.

IV

Il demanda au chauffeur de taxi de passer d'abord devant l'épicerie, mais il ne vit Davy nulle part.

Quelques minutes plus tard, le taxi s'approcha de la maison de Davy. Ce n'était pas la maison de Ben, et ne l'avait pas été depuis que Kurt l'avait visitée le premier jour. En dépit de la voiture de Ben garée dans l'allée, Kurt n'avait pas d'autre image à l'esprit que Davy vivant ici.

Et Davy avait intérêt à être chez lui maintenant. Kurt sauta hors du taxi et lança un billet de vingt dollars au chauffeur. Il se déplaça aussi vite qu'il le pût dans l'allée. Pas aussi vite qu'il l'aurait voulu, mais maintenant il gardait sa canne avec lui juste au cas où, et il ne voulait pas avoir à s'en servir à nouveau.

Il appuya sur la sonnette et attendit. L'agaçante sonnerie qu'il s'attendait à entendre n'était pas audible, il martela donc la porte avec sa canne. Davy ouvrit d'un coup sec, agacé et en sueur.

— Quoi ? aboya-t-il.

Son irritation s'estompa un peu quand il vit Kurt.

— Hé, Davy, comment va ? Prêt pour déjeuner ?

Demain, il viendrait en voiture, et putain ils sortiraient manger quelque part.

— Je t'ai dit que je ne me sentais pas bien… Et, attends. Il n'y a pas de tunnels par ici.

Kurt haussa les épaules.

— J'ai menti.

Davy ouvrit et ferma la bouche comme un poisson rouge.

— Mais… mais… comment as-tu pu ?

Aussi tenté qu'il l'était de rire, Kurt s'abstint.

— Tu as menti, toi aussi, tu sais. Tu as l'air d'aller très bien.

Le rouge monta de la gorge de Davy et colora ses joues d'un rose ardent.

— Est-ce que je peux entrer ?

Une question rhétorique, puisqu'il dépassa Davy un peu comme il l'avait fait le premier jour. Au moins, Davy n'était pas en pyjama.

Seigneur, il faisait aussi chaud que l'enfer à l'intérieur.

— Davy, mais bon sang que se passe-t-il avec l'air conditionné ?

Devait-il se proposer d'y jeter un coup d'œil ? Bien sûr, il était toujours possible qu'il fasse pire que mieux.

Il entra dans la cuisine.

— Ouvre quelques fenêtres au moins. Il doit faire plus frais dehors que dedans.

Et plus clair aussi. Kurt batailla avec la fenêtre au-dessus de l'évier qui s'ouvrit avec une plainte douloureuse qui l'informa qu'elles étaient rarement, voire jamais, ouvertes. Une légère brise, chaude et humide, pénétra à l'intérieur.

— C'est mieux.

Il était venu ici assez souvent et s'était suffisamment imposé pour ne pas attendre que Davy lui offre à boire – il se consumerait de déshydratation bien avant s'il le faisait. Davy ne parlait vraiment pas beaucoup et il n'avait manifestement pas tout à fait compris quoi faire des visites quotidiennes de Kurt. Mais il n'avait plus montré de signes de cette effrayante envie de dormir tout le temps, prélude à la dépression qu'il avait affichée les deux premiers jours.

En ouvrant le frigo, la lumière ne s'alluma pas. Mais une se fit dans l'esprit de Kurt. Tournant sur ses talons, il laissa la porte se refermer derrière lui. Davy, qui l'avait suivi dans la cuisine, regardait ses pieds nus.

La suspicion l'envahissant, Kurt examina attentivement l'homme en face de lui et appuya plusieurs fois sur l'interrupteur derrière l'épaule de Davy. Éteint. Allumé. Éteint à nouveau. Allumé à nouveau. Rien.

Une panne d'électricité n'était pas inhabituelle. Les baisses de tension étaient une pratique courante quand la température s'élevait au-dessus d'un certain seuil, mais il ne faisait pas si chaud dehors. Une baisse de tension n'était pas une bonne raison pour expliquer la honte qui traversait le visage de Davy, même si ce dernier ne le regardait pas.

— Davy, qu'est-ce qui ne va pas avec le courant ?

Kurt serra les poings pour s'empêcher de secouer l'homme. Essayait-il de mettre fin à ses jours en se laissant rôtir lentement ? Parce que Kurt ne l'avait pas laissé mourir de faim ?

Puis il vit les gouttes qui tombaient sur les pieds de Davy. Des larmes. Merde. Il n'allait pas refaire ça dans la cuisine. Il était encore meurtri du jour où Davy avait pleuré dans ses bras – ces chaises de cuisine étaient des instruments de torture.

Il dépassa Davy pour se diriger vers le salon. Au moins, la pièce n'était pas blanche, mais le beige monochrome lui donna l'impression de se trouver à l'intérieur d'un champignon. Heureusement, les fenêtres de cette pièce-là s'ouvrirent plus facilement, parce qu'il ressentait un petit pincement dans le bras gauche suite à l'ouverture de la fenêtre de la cuisine. Il allait mieux, mais il ne voulait pas exaspérer sa psychothérapeute, sinon elle ne voudrait pas le laisser conduire le lendemain ou le laisser retourner travailler de sitôt. Avec les stores ouverts, l'intensité lumineuse augmenta significativement.

En se retournant, il vit Davy debout dans l'embrasure de la porte dans la même posture abattue. Kurt pointa le canapé cossu et pourtant quelconque.

— Assieds-toi.

Étonnamment, Davy s'assit. L'homme pouvait ne pas parler beaucoup, mais quand même, Kurt s'était attendu à un peu de résistance de sa part. Peut-être que Davy réalisait que Kurt n'était pas d'humeur à supporter une quelconque objection aujourd'hui.

Kurt s'assit sur la table basse en face de Davy dont les yeux s'agrandirent. Il souffla d'exaspération. Ben aurait sans doute paniqué de voir une paire de fesses ou de chaussures plantées sur la table, mais merde.

— Que se passe-t-il, bon sang ?

De légers tremblements secouèrent le corps mince de Davy. Les sons amortis du trafic flottaient dans la pièce, s'entremêlant avec la respiration saccadée de ses hoquets.

Kurt attendit, le sang battant dans ses tempes. Il était en colère mais il ne voulait pas l'être. Le chagrin ne disparaissait pas après quelques semaines, surtout quand votre partenaire de dix ans était décédé. Il faudrait des mois avant que Davy aille mieux. Il devait s'en rappeler, ne pas se sentir frustré par la façon dont il se cachait ici et prétendait que le temps s'était arrêté.

De longues minutes s'écoulèrent avant que Davy ne lève la tête. Ses yeux étaient humides et injectés de sang, comme Kurt les avait vus les deux premiers jours.

— Je ne peux plus payer les factures.

La déclaration n'était pas une surprise, et pourtant elle l'était. Kurt ne pouvait pas imaginer qu'un homme aussi responsable et dicté par les règles que Ben ait laissé son amant crouler sous les dettes.

— Je vais devoir vendre la maison, murmura Davy, laissant de nouvelles larmes jaillir de ses yeux pour glisser le long de ses joues trop minces.

L'envie de le prendre à nouveau dans ses bras et de lui dire que tout irait bien secoua Kurt. Il hésita une seconde – était-ce ce genre de réconfort dont il avait besoin ? Probablement pas. Pas cette fois. Néanmoins, il se glissa sur le canapé et passa un bras autour des épaules minces de Davy qui se pelotonna contre lui et se cramponna à son corps comme une sangsue. Combien de temps Davy était-il resté sans un simple contact humain ?

— Arrête-toi là. Attends un peu. Ton salaire ne couvre pas l'hypothèque ?

Il posait une question incroyablement indiscrète – Dieu savait que les valeurs immobilières étaient incroyablement élevées – mais la maison était plutôt modeste. On ne parlait que d'un vieux pavillon avec deux chambres et un sous-sol aménagé.

Dans le creux du cou de Kurt, Davy hocha la tête, puis la secoua.

— Si, mais toutes mes économies sont passées dans les funérailles. Tout le reste est prélevé automatiquement à la banque. Toutes les factures et les traites de la maison sont à mon nom. Ben... hésita Davy et déglutit difficilement, puis prit une profonde inspiration. Ben transférait généralement de l'argent sur mon compte chaque mois, mais la maison de retraite de sa mère a appelé pour dire qu'ils n'avaient pas reçu de chèque ce mois-ci. Je... ne savais pas quoi faire d'autre. Je leur ai envoyé le paiement mais, avec ça, je n'ai pas pu couvrir les factures d'électricité ou de téléphone. Je ne savais pas que le centre de soins pour personnes âgées coûtait aussi cher.

C'était la plus longue phrase que Davy avait prononcée en une seule fois depuis que Kurt avait fait irruption dans sa vie. Attends. Et l'appel téléphonique du coin de la rue.

— Ton téléphone fixe est mort aussi ? Et ton portable ?

Davy secoua de nouveau la tête.

— C'est pas vrai, Davy. Merde, c'est dangereux de ne pas avoir un téléphone. Et si tu te blessais ? Un incendie ? Un cambrioleur ?

Kurt s'arracha à l'étreinte de Davy pour lui lancer un regard furieux.

Sa seule réponse fut un regard de confusion. Kurt mit un frein à sa propre peur. S'il devait laisser son propre portable à Davy, il le ferait. Mais Davy avait d'autres problèmes plus inquiétants qu'une catastrophe hypothétique.

— Bon, d'accord. Désolé. Et pour l'assurance ? Est-ce que Ben avait des économies ? Je ne peux pas croire qu'il n'ait pas mis d'argent de côté pour sa mère... et pour toi. Il travaille – travaillait – dans un milieu dangereux.

Kurt avait fait un testament le lendemain de son entrée dans les forces de police, non pas qu'il ait beaucoup de choses à léguer mis à part quelques économies. Mais il n'avait personne qui dépendait de lui, pas comme Davy et la mère de Ben qui dépendaient de Ben.

Davy haussa les épaules.

— Je ne sais pas. Il n'a jamais rien mentionné.

Le battement dans ses tempes devint plus fort et plus insistant.

Ben avait été un mystère, et Kurt concédait qu'il avait été un grand flic, mais plus il en apprenait, moins il était sûr qu'il aurait aimé cette facette qu'il n'avait jamais connue.

— Avait-il un meuble de rangement ? Ou des dossiers ? Une boîte avec des papiers personnels ?

Davy se mordit la lèvre pendant une seconde avant d'acquiescer.

— Oui.

— D'accord, amène ça dans la cuisine.

Chaises inconfortables ou non, il suspectait qu'il aurait besoin de la table de la cuisine pour étaler tous les papiers. Il n'était pas un expert, loin de là, mais il ne pouvait pas laisser Davy sans électricité et inquiet de perdre sa maison, un mois seulement après la mort de Ben.

Davy alla dans la chambre à coucher et Kurt se dirigea droit vers le tiroir rempli de courrier non ouvert. Il était resté fermé depuis ce premier jour, mais il pourrait bien y avoir là-dedans quelque chose à propos de l'assurance-vie ou... de quoi que ce soit.

Kurt mit de côté les enveloppes qu'il supposait être des cartes de condoléances. Il y en avait si peu. Probablement parce que personne ne réalisait que Davy et Ben existaient en tant que couple, bon sang. Quelques enveloppes ressemblaient à des relevés bancaires, et Kurt les écarta. Les deux lettres recommandées qui venaient d'un cabinet d'avocats et adressées à Davy étaient, quant à elles, du plus grand intérêt.

Un filet de sueur glissa le long de son dos, lui rappelant désagréablement ce moment intense avant que l'attaque ne déraille complètement. Le tee-shirt large à manches longues qu'il portait ne lui aurait pas tenu si chaud si l'air conditionné avait fonctionné – il n'avait pas mis de tee-shirt à manches courtes en public depuis... eh bien... depuis le jour où Ben était mort. Au début, c'était pour protéger ses bandages et depuis c'était devenu une habitude.

Bordel. Tant pis. Il passa le tee-shirt au-dessus de sa tête, espérant que cela ne dérangerait pas Davy qui choisit ce moment pour arriver dans la cuisine, se figeant sur le seuil avec un dossier en accordéon dans les mains.

— Oh, hé, désolé. Je commençais à avoir un peu chaud

Et j'ai peut-être aussi un peu paniqué en repensant à l'explosion.

— J'espère que ça ne te dérange pas.

Kurt ne pensait jamais à deux fois avant de se promener dans son propre appartement ou chez ses parents, torse nu, ou même dans le jardin de ses potes lors de barbecues ou de parties de football et autres. Mais Davy avait passé dix ans avec le très correct Benjamin Kaminski. Quand le visage habituellement pâle de Davy blanchit un peu plus, Kurt attrapa son tee-shirt. Merde. Il se contenterait de souffrir.

— C'est bon, dit Davy en s'avançant enfin, posant le dossier en accordéon sur la table.

Kurt fit une pause dans son geste pour jeter son tee-shirt sur le côté.

— Tu es sûr ? Je ne veux pas te mettre mal à l'aise.

Parce que brusquement, il se souvint que Davy était gay. Cela ne serait pas mal interprété, n'est-ce pas ?

— Non. C'est juste que... je n'avais pas réalisé à propos de ton bras. Je sais que tu m'en as parlé, mais quelque part j'avais pensé, avec la canne et le reste, que ton genou était la blessure la plus grave. Mais ce n'est pas le cas, pas vrai ?

Oh. Bien sûr. Il n'avait même pas considéré combien sa cicatrice pouvait être horrible pour Davy. Ou pour n'importe qui, en fait. Les seuls qui l'avaient vue jusqu'à présent étaient les médecins et sa famille.

Il ramena son bras près de son torse et essaya de se battre pour remettre son tee-shirt d'une seule main.

— Je vais couvrir ça en une seconde.

Davy saisit son tee-shirt.

— C'est bon. J'ai juste été surpris. Avec... tout ça... j'oublie parfois que tu as été salement blessé.

Il haussa les épaules, le tee-shirt serré dans un poing, ne sachant pas s'il devait finalement le mettre ou non.

— Et... des tatouages. Je n'en avais pas idée. Ils sont vraiment chouettes. Je peux regarder ?

— Euh, merci. Bien sûr.

Les gens aimaient regarder les dessins autour de ses biceps. Les bandes complexes de dix centimètres de large qui représentaient des nœuds celtes étaient visuellement irrésistibles, à ce qu'on lui avait dit plus d'une fois, et Davy n'était pas le premier à poser la question. En général les femmes étaient les premières à vouloir les voir de près, mais Davy n'avait pas montré beaucoup d'intérêt pour quoi que ce soit, et Kurt était heureux de l'encourager.

Le bout de doigts légers le long des larges bords noirs du tatouage sur son biceps gauche lui donna la chair de poule sur la nuque, mais Kurt resta immobile sous l'inspection de Davy. Des doigts étonnamment forts saisirent son poignet et le tournèrent vers l'extérieur, exposant la longue cicatrice déchiquetée.

— Est-ce que ça fait mal ?

— La cicatrice ?

Elle était encore rose et d'un abord plutôt effrayant, mais elle guérissait bien.

— Parfois. J'ai probablement un peu forcé avec les fenêtres.

Un léger soupir, et les doigts de Davy s'agrippèrent à son poignet un tout petit peu plus fort.

— Je suis tellement désolé. J'aurais dû…

— Quoi ? Tu ne le savais pas, et moi je savais très bien à quoi je m'exposais. C'est bon.

Davy passa son index fin le long de la cicatrice à l'endroit où elle coupait le tatouage de Kurt.

— Est-ce qu'il fait tout le tour ? Ça a dû faire mal aussi.

— Pas autant que ces foutus éclats, permets-moi de te le dire, grommela-t-il.

Était-ce une punition pour sa vanité ? Parce que la cicatrice n'avait pas seulement brisé le cercle parfait, les bords ne correspondaient même plus, de même que son bras gauche à son bras droit non plus.

— Je ne sais pas si ça fera mal de tatouer au-dessus de la peau cicatrisée, mais je suppose qu'ils passeront un sacré bout de temps à essayer de réparer ça.

Davy hocha la tête et relâcha son poignet. Même dans la maison surchauffée, ses doigts avaient été froids et la sensation de fraîcheur avait perduré sur la peau de Kurt après qu'il se soit installé en face de lui et ait poussé le dossier en accordéon dans sa direction.

Environ une heure plus tard, après être resté assis en silence à passer les papiers au crible – organisés par tranche de leur vie, évidemment – Kurt s'étira. Davy était resté là, à regarder, pendant tout ce temps. Kurt fit glisser vers lui les deux lettres recommandées.

— Ouvre-les.

— Pourquoi ?

Davy les ramassa par un coin comme si elles étaient contaminées. Quand il fronça légèrement le nez, l'exaspération naissante de Kurt s'évapora. L'esquive était clairement le modus operandi de Davy. S'il n'ouvrait pas ces lettres, il n'aurait pas à faire face à l'étape finale qui consistait à laisser partir Ben. Et il était prêt à rester isolé dans son petit monde faiblement éclairé pour se faire.

— Parce que c'est le moment. Tu sais que tu es l'exécuteur testamentaire de Ben, non ?

Davy secoua la tête. Sérieusement ? Ben ne lui en avait pas parlé ? Ne l'avait pas préparé ? Pas étonnant. Davy n'avait absolument pas la moindre idée de ce qu'il fallait faire.

— En fait, ça me surprend que les avocats n'aient pas essayé de t'appeler.

Un coup d'œil furtif sur le téléphone indiqua à Kurt de manière plus évidente que des mots que Davy avait probablement reçu des messages auxquels il n'avait pas répondu.

— Arranger tout ça devrait largement te permettre de payer la maison.

— Et pour la mère de Ben ?

Une légère sensation de brûlure alerta Kurt de larmes imminentes. Il cligna des yeux pour les repousser – Davy pleurait assez pour eux deux. Ben avait peut-être mal traité Davy, mais peu importait les tendances de Davy à l'esquive, Kurt ne pouvait pas reprocher à Ben d'avoir choisi un amant au cœur tendre et aimant.

— Il y a deux polices d'assurance vie. Une pour toi et la maison et l'autre souscrite via le département de la police pour sa mère.

Ce qui correspondait tout à fait à la foutue façon de faire de Ben. À Dieu ne plaise que quiconque au boulot soit au courant de l'existence de son compagnon depuis dix ans, pas même l'administrateur de biens. Au moins, il avait eu assez de couilles pour prendre des dispositions pour Davy avec un avocat.

— Tu auras besoin de parler à l'avocat au sujet de la dispersion de ces fonds et de la personne qui prendra les décisions médicales pour Mme

45

Kaminski. Il y a peut-être moyen d'obtenir un peu d'aide de l'Etat ou d'un tuteur nommé par le tribunal.

— Non.

Les yeux de Kurt s'écarquillèrent. Il ne s'était pas attendu à une réponse aussi énergique.

— Non, Ben m'a laissé ça. Je dois le faire.

Davy écarta ses mains sur les documents comme s'il espérait que leur contenu atteigne son cerveau par une quelconque osmose.

— Tu n'as pas à faire ça tout seul. Tu sais que je t'aiderai, n'est-ce pas ?

Un mois auparavant, il aurait aidé Davy uniquement à cause de son obligation envers Ben. Maintenant cependant, il voulait aider parce que Davy était son ami.

Les larmes montèrent aux yeux de Davy alors qu'il articulait le mot 'merci' à Kurt sans le regarder. Prenant une inspiration profonde et tremblante, Davy cligna des yeux pour refouler ses larmes, pour les empêcher de tomber.

Kurt sortit son téléphone et le tendit à Davy.

— Appelle l'avocat. Prends rendez-vous. Après ça, nous commanderons une pizza, et pendant que nous attendrons le livreur, nous téléphonerons pour faire rebrancher l'électricité et le téléphone.

— Comment ?

— Nous mettrons les frais sur ma carte de crédit.

— Non.

Davy parla avec encore plus de force que lorsqu'il avait prononcé le même mot quelques minutes plus tôt et balaya la table d'un geste de la main.

— Je ne peux pas te laisser faire ça. Je suis bêtement responsable. J'aurais dû m'en occuper plus tôt.

Kurt se hérissa.

— Tu n'es pas bête. Tu viens de passer par plusieurs semaines d'enfer. Je suis un ami aidant un autre ami dans le pétrin. Et je ne te laisserai pas m'arrêter.

Il ne mentait pas. Quelque part en chemin, Davy était devenu son ami, pas seulement l'amant de son partenaire décédé.

Les larmes jaillirent à nouveau, mais cette fois Davy souriait presque.

— Un ami ?

L'estomac de Kurt se retourna. Il avait vraiment envie de frapper quelqu'un. Davy lui avait parlé de la grossesse à risque de Sandra et comment Ben avait progressivement isolé Davy de ses autres amis. Davy ne le lui avait pas dit avec autant de mots, mais Kurt savait. Il avait vu assez de victimes d'abus domestique pour les reconnaître, et même si Ben n'avait rien fait d'ouvertement abusif, l'isolement était déjà très mauvais en soi. Tout ça parce qu'il ne voulait pas que quelqu'un apprenne qu'il était gay. Mais Kurt n'arrivait pas à croire qu'aucun des anciens amis de Davy ne lui ait tendu un rameau d'olivier ou n'ait même vérifié comment il s'en sortait. Néanmoins, il sourit et hocha la tête.

Avec un autre sourire à peine visible, Davy prit le téléphone et commença à composer le numéro de l'avocat. Alors qu'il était mis en attente, Kurt rassembla les documents dont il avait besoin en une seule pile, puis se leva et se dirigea vers le salon pour laisser un peu d'intimité à Davy.

Kurt n'avait pas avoué qu'il avait fouillé dans le placard de Davy, mais il se demandait s'il devait le faire. Cette maison avait besoin d'un peu de couleurs.

Davy ne sautilla pas exactement – il était un peu grand pour cela – mais il y avait une certaine légèreté dans son pas quand il rendit le téléphone à Kurt.

— J'ai un rendez-vous demain à 10:30.

— Parfait. J'ai un rendez-vous chez le médecin en début de matinée. Après ça J'ai terminé, je viendrai donc te chercher et ensuite nous irons déjeuner à l'extérieur.

— À l'extérieur ?

Eh bien quoi, merde, Davy n'avait pas besoin de réagir comme si Kurt venait juste de faire des avances à une jeune fille de l'ère victorienne pour l'entraîner dans une partouse.

— Oui, dehors. Ce n'est pas un gros mot, tu sais.

— Mais... mais... en public ? Les gens ne vont-ils pas penser...

Ces mots ainsi que le volume de sa voix s'estompèrent jusqu'à devenir inaudibles. *Oh, Ben, bordel mais qu'as-tu donc fait à ce mec ?*

— Amis, tu te rappelles ? Les amis sortent ensemble, tu sais. En plus, je suis venu ici tous les jours à l'heure du déjeuner, les voisins pensent déjà probablement que tu as une liaison puisque nous n'avons *jamais* quitté la maison ensemble.

Les yeux de Davy s'agrandirent et la vive rougeur qui envahit ses joues sembla presque douloureuse. Mais ensuite il se détendit et un petit gloussement étouffé lui échappa avant qu'il ne puisse s'en empêcher. La gaîté resta dans ses yeux, et Kurt sourit. Bientôt, il ferait vraiment rire Davy. Bientôt, Davy ne se sentirait plus coupable d'aller de l'avant dans sa vie.

La semaine suivante, tous les deux retourneraient travailler, Kurt était presque guéri physiquement, mais Davy avait une montagne à escalader pour guérir son cœur et son esprit.

KURT INSPECTA l'intérieur du café-restaurant, se demandant s'il y verrait quelqu'un qu'il connaissait. Ils étaient un peu éloignés de son propre quartier, mais Lettie's était l'un des meilleurs café-restaurants de la ville ouverts toute la nuit et attirait donc naturellement quiconque travaillant en équipe de nuit. S'il était plus susceptible d'être fréquenté par des flics la nuit, il était apparemment le repaire des hommes d'affaires le midi.

— Alors, comment se fait-il que quelqu'un qui prétend être capable de cuisiner veuille aller dans un café-restaurant ?

Parce qu'aussitôt que Davy avait vu où se trouvait le cabinet d'avocats, il avait demandé s'ils pouvaient manger chez Lettie's.

— La nourriture est bonne. Ou du moins, elle l'était. Je ne suis pas venu ici depuis des années, mais j'avais l'habitude de manger ici avec des amis tout le temps.

Davy regarda autour de lui, les lignes fines de tension autour de ses yeux s'atténuant alors qu'il se perdait dans les souvenirs avec nostalgie.

— La nourriture est toujours bonne. Beaucoup de flics mangent ici.

— C'est… vrai ?

La tension revint alors que Davy jetait à nouveau un œil autour de lui, furtivement cette fois. Kurt comprit immédiatement. Il n'allait pas lui demander, mais il aurait parié les économies de toute sa vie que Ben était la raison pour laquelle Davy avait cessé de manger ici.

Ils discutèrent par intermittence jusqu'à ce que leur déjeuner arrive. Bon sang, tout ce que Kurt pouvait faire était montrer à Davy qu'il se fichait d'être vu en public avec lui.

— Je n'ai pas raté cette petite pique, tu sais, dit Davy avec un regard malicieux que Kurt fut heureux de voir.

— Quelle pique ?

— À propos de ma cuisine.

Kurt haussa les épaules. Davy leur avait préparé le repas plusieurs fois. C'était bon mais rien d'extraordinaire. Ils avaient surtout mangé des sandwiches ou des œufs préparés de diverses manières.

— Hé, pas de problème. C'est bon d'en rajouter à propos de tes succès, le taquina-t-il.

— En rajouter ? dit Davy en feignant d'être offensé. D'accord. Je vais faire ma spécialité ce week-end. Il faudra que tu viennes pour dîner.

— Ah oui ? Et quelle est ta spécialité ?

— C'est une surprise.

L'entrain de Davy lui convenait bien mieux que son état de zombie catatonique ou ses larmes.

— D'accord, alors quel jour te convient le mieux ?

Kurt ne retournerait pas bosser avant le lundi, mais Davy avait choisi de reprendre son travail le lendemain, pensant qu'une courte première semaine serait plus facile à gérer. Un jour ou cinq, Kurt ne se faisait pas d'illusions – la semaine de reprise de Davy allait être épuisante.

— Est-ce que samedi soir te convient ? Je sais que c'est habituellement le jour où les gens sortent en couple, reprit Davy

— Samedi, c'est très bien. Je n'ai pas eu de rencard depuis un bon moment.

Sa vie de famille avait été un sujet de conversation sans danger au cours des dernières semaines, mais il n'avait pas beaucoup parlé de ses rendez-vous amoureux.

Un soupçon de couleur apparue sur les pommettes de Davy, mais Kurt ne savait pas pourquoi. Était-il étrange de parler de sexe ou de ses rendez-vous avec un ami homosexuel ? Peut-être. Kurt prit mentalement note d'éviter ce sujet dans le futur.

— Davy Broussard, je n'en crois pas mes yeux, s'exclama une voix exagérément exubérante.

Kurt se tordit dans son siège pour apercevoir un homme blond impeccablement vêtu d'un costume. Il était plus petit que Davy et lui, mais il était tellement soigné et posé qu'il aurait pu être mannequin de prêt-à-porter plutôt qu'homme d'affaires.

— Jon ! s'exclama Davy, visiblement ravi. Comment vas-tu ?

— Je vais bien, chéri, mais j'aimerais savoir qui est ce beau mec.

— Oh, oui. Jon, c'est…

Davy sembla soudain mal à l'aise, manquant de pratique pour présenter les gens à ses amis.

— Je suis Kurt, un ami de Davy.

— Oh, un *ami*, dites-vous.

Jon ne fit pas le geste, mais il avait clairement mis des guillemets autour du mot 'ami'.

Kurt lui lança un regard d'acier, celui qu'il réservait habituellement aux suspects récalcitrants. Cependant, cela n'eut pas autant d'effet que s'il l'avait fait au commissariat.

49

— Eh bien, Davy, chéri, je suis heureux que tu ais enfin laissé tomber ce misérable personnage qu'était Ben.

Les mots furent comme une gifle au visage, et pour Davy ils devaient être bien pires. Un coup d'œil révéla que le visage de ce dernier palissait jusqu'à devenir aussi blanc que celui d'un fantôme, puis virait complètement au vert avant qu'il bondisse de la table en direction des toilettes.

— Bon sang, que lui arrive-t-il ? bredouilla Jon qui perdit le fil de son discours affecté dans sa confusion.

Peut-être n'avait-il pas été intentionnellement malveillant, comme Kurt le pensait au départ. Ce fut d'ailleurs la seule chose qui préserva le nez de Jon, mais Kurt ne put s'empêcher de serrer les poings.

— Qu'est-ce qui ne va pas chez vous ? Vous ne lisez pas les journaux, mon vieux ? Vous ne regardez pas les infos à la télé ? Ben est mort dans l'exercice de ses fonctions il y a environ un mois.

Le visage du blond tourna lui aussi au blanc pâteux et il se laissa tomber sur la banquette que Davy avait laissée inoccupée. Kurt fit signe à la serveuse de lui amener l'addition. Dès qu'il l'aurait payé, ils s'en iraient d'ici.

— Je ne savais pas, déclara Jon faiblement. Je veux dire…

— Comment pouvez-vous ne pas savoir ? C'était partout aux informations.

Jon plaqua une main devant sa bouche, les yeux écarquillés.

— Vous voulez dire, le mec dans l'explosion ? C'était le Ben de Davy ?

Se penchant au-dessus de la table, un regard honnête et sincère dans les yeux, Jon donna soudain l'impression d'être un jeune gamin jouant à se travestir.

— Sérieusement… Kurt, c'est bien ça ? Je suis ami avec Davy depuis le lycée, et je n'ai jamais rencontré Ben – je ne connaissais même pas son nom de famille. Il ne voulait jamais rencontrer aucun des amis de Davy, et j'ai vu une photo, mais c'était il y a bien longtemps. Au cours des cinq dernières années, Davy a quasiment disparu.

Jon baissa les yeux vers ses mains, puis il les releva.

— Comment va-t-il ? Est-ce que je peux être utile ?

Maintenant Kurt savait pourquoi les amis de Davy n'avaient pas été à ses côtés. Davy ne les avait certainement pas appelés. Si Kurt n'avait pas débarqué dans sa vie comme une brute mal élevée, Davy n'aurait eu personne d'autre qu'une sœur traversant une grossesse difficile dont le mari était basé à l'étranger. Il était tenté de dire à Jon que l'isolement de Davy n'était pas à sens unique, mais il avait d'autres préoccupations immédiates.

— Est-ce que Davy a votre numéro ?

— Il devrait, mais juste au cas où…

Jon tendit une carte de visite professionnelle par-dessus la table.

— S'il vous plaît, demandez-lui de m'appeler.

L'addition arriva et Kurt laissa un peu d'argent sur la table. Mettant la carte dans sa poche, il se leva.

— Je ferais mieux d'aller le voir.

— D'accord, merci. Dites à Davy que je suis désolé, s'il vous plaît ?

— Je le ferai.

Il se dirigea vers les toilettes où il trouva Davy pâle, nettoyant son visage avec une serviette en papier.

— Je suis désolé, murmura Davy.

Les mots prononcés à voix basse furent presque perdus dans l'écho caverneux des toilettes.

— Ne le sois pas. Tout va bien. Je pense que j'aimerais parler avec toi à propos de tes amis, mais pas maintenant.

Kurt débattit sur le fait de lui remettre la carte de visite ou d'attendre jusqu'à ce qu'il ait l'occasion de recommander à Davy de voir un conseiller ou un psychologue. Mais les amis étaient des amis, et peut-être que d'avoir quelqu'un d'autre à qui parler l'aiderait.

— Tiens, Jon a laissé ceci pour toi. Il s'excuse.

Tenant la carte comme si elle était fragile, Davy la retourna.

— Oh, Jon a eu une promotion. C'est super.

Des mots durs et furieux montèrent de la gorge de Kurt, mais les prononcer n'aurait fait aucun bien. Parce que même si Davy ne le voyait manifestement pas, il était une victime, et pas seulement un conjoint en deuil. À la place, il inspira profondément, toussant presque quand une importante quantité de désodorisants chimiques entra dans ses poumons.

— Allez, viens. Sortons ici.

Un peu de couleur revint sur les joues de Davy.

— Est-ce qu'il y a une porte de sortie par derrière ?

— Ouais, marmonna Kurt qui pouvait comprendre le besoin de Davy se cacher aujourd'hui.

PEU IMPORTAIT le nombre de fois où Kurt avait déplacé les dossiers sur son bureau, les piles ne diminuaient pas. En fait, il aurait fallu qu'il en fasse quelque chose pour que cela se produise, mais bon sang, ça l'emmerdait au plus haut point d'être piégé derrière un bureau. Si son patron avait son mot à dire, il serait enchaîné à son bureau encore deux semaines avant que son nouveau partenaire arrive. Ce qui signifiait qu'il avait toute la paperasserie du monde à rattraper, et beaucoup trop de temps à s'inquiéter pour Davy.

Ce qui était stupide, vraiment. Il avait pris l'habitude de voir Davy quotidiennement quand ils ne travaillaient pas tous les deux. Cela faisait longtemps qu'il n'avait pas aussi souvent traîné avec un pote – probablement depuis le lycée. Retourner au travail avait aidé Davy, plus que Kurt ne s'y était attendu, mais cela l'épuisait aussi. En fait, ils avaient regardé un match de baseball chez Davy deux fois au cours des deux dernières semaines, et à chaque fois Davy s'était endormi avant la sixième manche. Kurt fit la grimace. Davy ferait bien d'avoir plus d'endurance quand la saison de hockey arriverait, il le faudrait bien. Il n'avait même pas tenu sa promesse de cuisiner pour Kurt. Mais bon, ce n'était pas comme s'il ne pouvait pas avoir des plats maison quand il le désirait. Tout ce qu'il avait à faire était de se montrer dans le restaurant de famille ou dans la cuisine de sa mère.

— Hé, minus.

Le frère de Kurt, Ian, se tenait à côté de son bureau.

— Ne m'appelle pas comme ça, gringalet. Tu n'as qu'un an de plus que moi.

Kurt s'abstint d'ajouter qu'il pouvait mettre Ian par terre en quelques secondes, parce qu'ils le savaient déjà tous les deux. Leurs visages se ressemblaient beaucoup, malgré les cheveux sombres d'Ian et ses yeux bleu clair. Mais Ian était plus petit que Kurt – plus court et pas aussi large ni aussi musclé. Ce qui ne l'empêchait cependant pas de se moquer de lui.

— Comme tu veux, minus. Tu tentes quoi que ce soit et je le dis à maman !

Ian lui fit un clin d'œil et Kurt leva les yeux au ciel. Mike avait douze ans de plus que Kurt et était déjà un adolescent quand Kurt avait commencé à trottiner derrière lui. Le diminutif que Mike lui avait donné était resté, mais cela ne donnait pas à Ian le droit de l'appeler de la même manière que son autre frère, bon sang. Et encore moins au travail.

— Qu'est-ce que tu fais ici ?

— J'avais un déjeuner d'affaires pas très loin, mais il a été annulé à la dernière minute. Puisque tu joues toujours des coudes sur ton bureau, j'ai pensé que tu aimerais aller déjeuner avec moi.

Le regard d'Ian se posa sur le bureau vide de Ben avant de retourner vers celui de Kurt. Ce dernier avait fait la même chose presque constamment depuis qu'il était revenu travailler deux semaines plus tôt.

Il n'était pas sûr de savoir si Ian mentait à propos de son rendez-vous. Il ne pensait pas que ça gênerait sa famille le moins du monde de continuer à garder un œil sur lui, mais Ian et lui avait toujours était aussi bons amis que frères.

— Bien sûr, génial.

Kurt se tourna vers l'officier dans la rangée de bureaux à côté du sien.

— Hé, Christa.

Elle lui fit face avec un grand sourire.

— Salut, Kurt. Je suppose qu'il s'agit de l'un de tes frères.

— Ian. Nous sortons déjeuner. Je ne pense pas que quelqu'un aura besoin de moi mais juste au cas où…

— Pas de problème. Je le ferai savoir en cas de besoin.

— Merci, Christa.

Pendant un instant, la main de Kurt chercha ses clés de voiture, mais il y avait des tas d'endroits où manger à proximité. Il conduisit Ian vers la sortie du poste.

— T'as vu ça ? demanda Ian.

— Vu quoi ?

— Cette nana, Christa. Tu la branches complètement.

— D'accord, un, elle déteste être appelée 'nana' et elle pourrait t'envoyer valser aussi facilement que moi. Et deux, non.

— Quoi, non ? Elle est intéressée, je te dis.

— Aucune importance.

Seigneur, il faisait très chaud dehors et il était un peu tôt pour cette humidité. Un nuage de pollution était suspendu au-dessus de la ville, donnant à l'air un goût légèrement âcre et une teinte jaunâtre. Kurt regarda des deux côtés du trottoir, se demandant dans quelle direction aller.

— Elle est mignonne.

Thaï. Ce serait bien. Ian aimait la cuisine thaïlandaise autant que lui. Kurt tourna à gauche et ils commencèrent à marcher.

— Ouais, mais si les choses ne fonctionnaient pas, je devrais la voir tous les jours.

— Je lui demanderai peut-être son numéro.

— Si tu veux, répondit Kurt en haussant les épaules.

Vu les antécédents de son frère, il aurait eu des relations sexuelles avec n'importe quelle femme du moment qu'elle respirait, et ses aventures ne duraient jamais plus de quelques jours. Mais Christa pouvait prendre

53

soin d'elle. Kurt était trop difficile, et Ian ne l'était pas assez ; entre eux deux, leur mère désespérait qu'aucun ne s'installe.

Le parfum de citronnelle et de curry flottait par la porte ouverte du restaurant. Kurt avait été tenté de traîner son frère chez Lettie's, mais ce n'était pas pratique et il n'arrivait pas à comprendre pourquoi il voulait y retourner. La nourriture n'était pas fabuleuse au point qu'il ressente un manque quelconque suite à son précédent repas avorté. En plus, la cuisine thaïe était bonne.

Son téléphone sonna au milieu du repas. Clignant des yeux, il remarqua que c'était Davy qui appelait – ils s'appelaient rarement l'un l'autre, même si Kurt s'était assuré de programmer le numéro de téléphone de Davy dans son portable.

— Je dois prendre cet appel.

En mâchant, Ian le congédia d'un signe de la main.

Se frayant un chemin entre les tables jusqu'à la rue, Kurt répondit.

— Hé Davy, quoi de neuf ?

— Salut, Kurt, dit Davy d'une voix hésitante et tracassée, mais pas comme le jour où il avait téléphoné d'une cabine téléphonique. Est-ce que tu as l'intention de passer ce soir ?

Le match des Jays était retransmis ce soir-là, et Kurt avait pris l'habitude de passer pour le regarder avec Davy. Il n'était pas sûr de savoir à quel point le fait de regarder du base-ball plaisait à Davy, mais ils appréciaient la compagnie l'un de l'autre. Qu'il l'appelle en premier ne faisait pas partie de son mode opératoire. La plupart du temps, Davy était là, et bien qu'il ne lui eût pas officiellement donné rendez-vous, il devait savoir que Kurt s'arrêterait chez lui.

— Ouais, j'allais passer, si personne n'a besoin de moi pour une affaire.

Kurt ne sut pas comment il fut capable de répondre ça avec un visage impassible. Personne n'aurait besoin de lui tant qu'il serait collé à son foutu bureau. Mais il devait le prétendre – cette phase tordue et transitoire dans son travail lui donnait le sentiment d'être inutile. Il n'aidait personne en faisant ce boulot idéalisé.

— D'accord, euh, bien. Je me demandais juste.

— As-tu des projets avec quelqu'un ? Je peux regarder le match avec mes frères.

— Non, non. Je me demandais juste pour le dîner. On se voit ce soir.

54

Davy raccrocha et Kurt passa quelques secondes à regarder fixement son téléphone. Ce n'était pas la première fois qu'il se demandait si Davy avait besoin de parler à un professionnel. Au début, il avait été très inquiet que Davy ne se blesse intentionnellement, et plus tard également, après qu'il eût réalisé à quel point Ben l'avait foutu en l'air. Davy devait avoir besoin de plus d'aide que le simple soutien d'un ami. Et chaque interaction sociale toute bête ou étrange ne faisait qu'amplifier ce besoin. Mais il hésitait à bouleverser cette fragile amitié, au cas où Davy interpréterait cette suggestion dans le mauvais sens.

V

L'ODEUR ÂCRE de l'antiseptique lui brûla les narines, mais pas assez fort pour masquer l'odeur tenace de mort et de résidus corporels qui imprégnait Sunshine Manors. Il ne s'était jamais rendu dans un endroit comme celui-ci – sa grand-mère était morte rapidement, sans même un séjour prolongé à l'hôpital, et les gens aussi proches de la mort ne commettaient pas de crime. Les maisons de retraite ne ressemblaient pas à ces sortes d'établissements de soins de longue durée. Ils sentaient comme cette foutue morgue.

Kurt resta en arrière et laissa Davy se présenter à la réception. Davy l'avait surpris vendredi dernier en lui demandant de l'accompagner, mais maintenant qu'il était là, il comprenait sa réticence à venir seul. C'était probablement l'endroit le plus déprimant qu'il ait jamais vu... ou senti.

Un infirmier s'approcha du comptoir et Davy se tourna vers lui.

— Nous sommes prêts, dit-il.

Kurt s'avança et les suivit tandis que l'infirmer les conduisait au-delà de la zone d'accueil jusque dans une salle.

Quelques résidents – principalement des personnes âgées – tendirent la main pour les toucher au moment où ils passèrent, d'autres hochaient la tête vers des visiteurs invisibles, et d'autres encore parlaient en marmonnements étranges. On se serait cru en train de marcher dans une prison, sauf que ces pauvres âmes avaient été emprisonnées dans des corps invalides et des cerveaux effilochés.

Ils furent conduits dans une chambre propre mais spartiate avec un seul occupant dans un genre de fauteuil inclinable à côté du lit. La femme dans le fauteuil ne ressemblait en rien à l'homme que Kurt avait connu.

— Bonjour, Mme Kaminski. C'est moi, Davy. J'ai amené le collègue de travail de Ben. Il s'appelle Kurt. Nous allons nous asseoir et vous tenir compagnie un moment.

Ils s'installèrent sur les deux sièges visiteurs.

Le visage flasque de Mme Kaminski ne donnait aucune indication montrant qu'elle ait entendu un mot. Ses doigts dessinaient des motifs obscurs dans les franges de la couverture enroulée autour de ses épaules.

Davy continua de parler d'une voix apaisante et monocorde, et Kurt supposa que cela devait ressembler à ce qu'il avait vu Ben faire. Quelle honte que Ben n'ait jamais présenté Davy à sa mère avant qu'elle ne perde toutes ses facultés. Peut-être que la voix de Davy lui aurait apporté un peu de paix.

La femme les prit tous les deux par surprise en s'asseyant soudain bien droite dans son fauteuil et en saisissant l'avant-bras de Davy.

— Ben, Ben, je suis si contente de te voir. S'il te plaît, ramène-moi à la maison. Je n'aime pas être ici.

La tête de Davy pivota entre Kurt et Mme Kaminski, la douleur et la panique visibles dans ses yeux. Sans savoir si c'était la bonne chose à faire, Kurt posa une main sur l'épaule de Davy.

— Dis-lui ce qu'elle veut entendre.

— Euh… ouais… Je suis ici pour te ramener chez toi. Hum. Maman. Nous sommes juste…

Il regarda Kurt à nouveau, suppliant.

— Continue, murmura Kurt.

La voix de Davy s'affirma.

— Nous attendons juste qu'ils finissent de préparer tes affaires.

— Bien. Bien, répondit Mme Kaminski en souriant.

Elle lâcha le bras de Davy et se laissa retomber dans son fauteuil, ses doigts cherchant à nouveau sa couverture.

Les épaules de Davy se soulevèrent alors qu'il prenait quelques profondes inspirations. Quand finalement il regarda Kurt, ses yeux étaient humides, mais il ne pleurait pas. Kurt ne pouvait pas imaginer à quel point cela devait être dur, mais deux mois après la mort de Ben, le temps commençait à cicatriser les plaies de Davy.

— C'est assez pour aujourd'hui, je pense, dit Kurt.

— Comment savais-tu que je devais faire semblant ?

Kurt haussa les épaules.

— Ils ont dit qu'elle n'était plus très en forme ces derniers temps, et tu m'as dit que Ben ne lui avait pas vu de moments de lucidité récemment. Il était raisonnable de penser que quoi qu'il arrive, cela n'allait pas durer longtemps.

UNE FOIS dehors, Kurt respira profondément ; l'air humide et pollué était bizarrement rafraîchissant après une heure passée à l'intérieur de Sunshine Manors.

Davy avait l'air complètement lessivé et Kurt ne l'en blâmait pas le moins du monde. La visite aurait été aussi difficile même sans que Mme Kaminski ne prenne Davy pour Ben.

— Ben lui rendait-il visite souvent ?

— Deux fois par mois. Il avait l'habitude de venir plus souvent, mais quand elle a cessé de le reconnaître, il n'était plus sûr que ses visites lui fassent du bien.

Et même si Ben avait été un enfoiré envers Davy, ces visites devaient avoir été douloureuses. Kurt inspira à nouveau. Il avait vu pire dans l'exercice de ses fonctions, mais il était toujours déprimé, particulièrement quand il y avait si peu qu'il puisse faire pour aider.

— Et toi, que vas-tu faire ?

— Je vais essayer de garder le même rythme.

Kurt n'était pas surpris. Le cœur tendre de Davy ne lui laisserait pas faire moins, même s'il avait pris le temps de se blinder pour sa première visite.

— Si tu veux que je vienne avec toi, tu n'as qu'à me le dire.

Davy se mordit les lèvres et hocha la tête, mais il ne dit rien. Le trajet de retour à la maison fut silencieux et après ça, Kurt rejoignit son exubérante et bruyante famille chez Finn's.

LUNDI MATIN, un géant aux cheveux bruns suivait l'inspecteur Nadar hors de son bureau vers celui de Kurt.

— Kurt, voici Simon Trent, votre nouveau partenaire. Simon, je vous présente Kurt O'Donnell, dit l'inspecteur en pointant le bureau de Ben. C'est votre bureau. Kurt vous fera faire le tour pour le reste.

Kurt se leva et tendit la main pour le saluer. Étonnamment, il devait lever la tête pour regarder Simon. Et le mec était grand ; pas gros, juste grand. Il mesurait probablement dix à douze centimètres de plus que le mètre quatre-vingt de Kurt.

— Je vais vous laisser faire connaissance. Demain, vous retournez sur le terrain.

Nadar se retira dans son bureau.

Oh, merci seigneur. Simon ne posa pas de question à propos du dernier commentaire, Nadar avait dû le mettre au courant des blessures de Kurt.

— Je suis désolé pour ton partenaire.

— Merci. J'apprécie.

Kurt s'abstint de tout commentaire supplémentaire. Il avait de plus en plus de mal à concilier le partenaire qu'il pensait connaître – le partenaire qu'il avait perdu à plus d'un titre – avec l'homme qu'il apprenait à connaître et qu'il n'aimait probablement pas. Cela lui donnait l'impression d'être déloyal ; Kurt détestait cette sensation et ne voulait donc pas s'y attarder.

Au lieu de cela, il changea de sujet et donna à Simon un aperçu des bases dont il aurait besoin.

— PRÊT POUR la pause déjeuner ? demanda Simon quelques heures plus tard.

Kurt le regarda attentivement, se demandant si c'était déjà une autre tentative pour dorloter l'homme blessé, mais l'estomac de Simon laissa alors échapper un grondement sonore. N'importe qui de cette corpulence devait alimenter le moteur régulièrement.

Kurt se mit à rire.

— Je peux manger. Il y a beaucoup de bons endroits où on peut se rendre à pieds. Quelque chose te ferait plaisir ?

— Grec ?

— Ouais, c'est à seulement quelques pâtés de maisons.

— ALORS, POURQUOI as-tu choisi de quitter la PMRC ?

Les représentants de la loi sont les représentants de la loi, mais il existait une certaine aura autour de la Police Montée Royale Canadienne, même si elle patrouillait de plus en plus rarement à cheval.

— Je me suis marié il y a deux ans. Jen, ma femme, voulait revenir en ville, et je voulais un changement, donc j'ai postulé pour entrer dans les forces de police ici et à Vancouver.

Kurt haussa les sourcils.

— Donc n'importe quelle ville aurait fait l'affaire ?

Simon piqua une autre pomme de terre rôtie.

— Non, mais Montréal était hors-jeu parce que je ne parle pas français, et j'étais en poste à Halifax. Un déménagement est un déménagement, pas vrai ?

— Comment ça se passe jusqu'à maintenant ?

— Ça va. Le rythme est plus rapide, cependant. Nous sommes en train de nous installer, et Jen a commencé son nouveau travail cette semaine aussi. Nous ne connaissons pas beaucoup de monde. Hé, est-ce que tu veux venir dîner un de ces jours à la maison ? Si tu as une femme ou une petite amie, viens avec elle.

S'il avait besoin de compagnie, il pourrait probablement convaincre un de ses frères ou Davy de venir avec lui, mais l'offre fit fondre la tension que Kurt n'avait pas réalisé porter sur les épaules. Simon s'était déjà plus ouvert à Kurt ces quelques dernières heures que Ben ne l'avait fait en trois ans.

— Pas de femme, pas de petite amie, mais je serais heureux de venir, merci. Fais-moi savoir où et quand.

Simon sourit, heureux de la réponse de Kurt. Il connaissait Simon depuis une demi-journée et savait déjà que la dynamique de leur partenariat serait différente de celle qu'il avait connue précédemment. Avec Ben beaucoup plus vieux et expérimenté que lui, ils étaient tombés dans une relation mentor novice, mais avec Simon, ce serait un partenariat plus égalitaire.

VI

LE MOIS d'août était un enfer. Un mois de violences et de meurtres liés à la vague de chaleur qui garda Simon et Kurt sur le pied de guerre – beaucoup d'heures supplémentaires et pas autant de progrès qu'ils l'espéraient. Kurt avait suivi l'enquête sur le type qui avait tué Ben, mais il n'y avait pas le plus petit progrès en termes d'arrestation potentielle ou d'infiltration. Il devait à Ben – et à lui-même – de mettre ce fils de pute derrière les barreaux. Malheureusement, dès qu'on avait réalisé qui était derrière l'explosion, l'enquête avait été retirée des Homicides. Non pas que Kurt se soit fait la moindre illusion – son patron ne lui aurait jamais permis de rester impliqué dans l'enquête.

La clôture de cette affaire aurait été bénéfique pour Davy… l'aurait aidé à guérir un peu plus. Kurt eut seulement deux fois l'occasion de prendre Simon au mot à propos de son offre à dîner. Et rendre visite à Davy s'était réduit à une fois tous les dix jours ou à peu près. Peut-être que Davy allait déjà mieux. La dernière fois qu'ils avaient parlé, Davy était censé rencontrer quelques-uns de ses vieux amis, y compris Jon. Kurt avait été si content.

— Ouf. Je pense que nous pouvons arrêter pour ce soir, hein ? dit Simon en se penchant en arrière dans sa chaise. Tu veux prendre un verre, te détendre un peu ? Il doit certainement y avoir un match que nous pouvons regarder.

Kurt regarda sa montre. Il était trop tard pour passer voir Davy de toute façon. Également trop tard pour emmener Simon chez Finn's. S'ils s'y rendaient maintenant, ils resteraient là-bas toute la nuit et Kurt avait besoin d'une bonne nuit de sommeil. Mais il n'était pas encore prêt à rentrer dans son appartement vide et sans vie. Demain cependant, il y avait deux matchs à la télévision. Si rien ne se présentait d'ici là – et il ne valait mieux pas, sinon il serait capable de commettre lui-même un homicide – il pourrait passer chez Davy.

ARMÉ D'UN assortiment de snacks provenant de l'épicerie du coin, Kurt était prêt pour le double match de ce soir. C'était le dernier week-end d'août

61

et la vague de chaleur était finalement retombée, donnant un peu de répit à la police.

Ses frères avaient été surpris qu'il ne vienne pas le regarder avec eux, ce qu'il faisait habituellement s'il avait un jour de congé. Ian, en particulier, avait été irrité et avait essayé de s'inviter dans les plans de Kurt. Ce dernier avait réussi à s'en défaire, mais mentir à ce propos l'ennuyait. Révéler le secret que Ben gardait avec tant de zèle semblait déloyal en quelque sorte. De toute façon, Davy n'était pas prêt pour sa famille. Ils avaient parlé une ou deux fois de leurs familles, et Davy était tour à tour méfiant et fasciné du nombre de personnes que comptait la famille O'Donnell. Après avoir passé des années seul avec Ben, avec Sandra et Mme Kaminski, leurs uniques parents vivants, Kurt ne lui en voulait pas. Dans ces moments-là, quand l'un de ses frères ou sœurs le harcelaient, Kurt imaginait qu'il n'était peut-être pas aussi seul qu'il le supposait généralement.

Bien. La voiture de Davy était dans l'allée, donc Kurt n'aurait pas à retourner dans ce pub bruyant. Il aimait le bruit et l'agitation, mais il venait ici pour apprécier la quiétude de la maison de Davy. Il aurait dû appeler avant, mais son travail interférait si souvent avec ses projets, et il aimait que Davy ne soit pas gêné par ses visites surprises.

Frapper à la porte et appuyer son doigt sur la sonnette ne servit à rien. Cela lui rappela désagréablement les premières fois où il rendait visite à Davy, quand son arrivée l'avait sorti de son état dépressif. Il laissa tomber les sacs de nourriture et jeta un oeil à travers la fenêtre, mettant ses mains en coupe autour de ses yeux pour diminuer le reflet de fin d'été. Il n'y avait rien qui sortait de l'ordinaire. Davy pouvait être sous la douche. Il palpa inconsciemment sa hanche à la recherche de son arme, même s'il n'était pas en service. Quoi qu'il en soit, il n'y avait aucune raison de supposer le pire. Il n'y avait pas de signe d'effraction. Merde, le mec pouvait très bien être sorti se balader. Le besoin de protéger Davy avait été fort depuis le tout premier jour, au-delà des attentes prévues dans le cadre de son boulot. Quelque chose dans l'idée de protéger Davy le faisait se sentir infiniment grand et atténuait sa frustration d'être traité comme un enfant par sa famille ; il n'allait pas s'arrêter à moins d'y être obligé.

Il ressentit alors une écrasante déception en pensant qu'il ne pourrait peut-être pas passer la journée dans le calme confortable de la maison de Davy, bavarder avec lui et regarder le match. Cela lui rappela ses années de lycée, quand ses parents le privaient de sortie, lui faisant rater la plus belle fête de l'année. Pourquoi passer du temps avec Davy le mettait-il dans cet état-là, il ne le savait pas, mais le fait qu'il n'ait pas passé beaucoup de temps à cultiver des amitiés en dehors du travail ou de sa famille pouvait être une explication.

Peut-être que Davy était dehors dans le jardin. Il avait vu la jungle envahissante depuis la fenêtre de la cuisine, mais n'avait jamais fait de réflexion. Davy avait d'autres soucis à affronter sans y ajouter l'état de son jardin, mais peut-être était-il justement en train de l'affronter aujourd'hui.

La grande clôture privative ne surprit pas du tout Kurt, compte tenu de la paranoïa évidente de Ben, mais il fut surpris de trouver la porte du jardin grande ouverte. L'étendue d'herbe était un peu plus vaste qu'il l'avait supposé à première vue. Ce n'était pas si souvent que des maisons disposaient d'autant de terrain aussi près du centre-ville. Davy lui avait dit qu'ils avaient acheté celle-ci à peu près un an après que Ben et lui se soient mis ensemble, et ils étaient l'un des rares couples dans la rue à avoir conservé un jardin aussi grand au lieu de démolir la maison et de la reconstruire sur une plus grande surface. Kurt approuvait cette décision ; la maison de Davy avait beaucoup plus de caractère que les énormes nouvelles demeures.

Quatre chaises et une table étaient installées sur la terrasse, à l'évidence inutilisées depuis des mois vu leur état crasseux. Après une petite parcelle de pelouse, la jungle commençait. Juste à la démarcation, une grande poubelle en plastique verte était disposée à côté d'une pile de paniers usés servant à la cueillette. Kurt s'approcha et vit Davy à genoux au milieu d'innombrables rangées de plants de tomates, des paniers à moitié pleins sur sa droite. Il était dos à Kurt, et ses épaules tremblaient.

Kurt fit le tour de la poubelle et quelques feuilles séchées crissèrent sous ses pieds. Son approche ne passa pas inaperçue, comme le lui indiqua le dos devenu raide de Davy qui se tourna vers lui.

—Mon dieu Davy, que s'est-il passé ?

Son tee-shirt était maculé de rouge vif. Á cette vue, Kurt sentit son cœur s'accélérer et il chercha à nouveau son arme qui n'était pas là. Kurt dérapa en le rejoignant et s'agenouilla devant Davy, inspectant son tee-shirt.

— Où saignes-tu ?

Les yeux de Davy s'agrandirent avant qu'il ne laisse échapper un reniflement larmoyant.

— C'est de la tomate

Oh. De la tomate. Les joues de Kurt s'enflammèrent, se teintant probablement de la même couleur que les quelques tomates rondes et mûres posées dans le panier. Une humidité froide et collante s'infiltra dans son pantalon et il baissa les yeux sur les tomates sur lesquelles il venait de s'agenouiller – et qu'il avait écrasées. Beurk.

— Et les tomates te bouleversent à ce point, c'est ça ?

C'est vrai qu'elles semblaient vraiment dégoûtantes. Peut-être en aurait-il pleuré lui aussi. Mais cela faisait un moment qu'il n'avait pas vu Davy aussi bouleversé et son cœur se serra comme si, en quelque sorte, il avait échoué quelque part. Là encore, la plupart des gens semblaient s'accorder pour dire qu'il y avait beaucoup de mauvais jours durant la première année de deuil alors que la blessure guérissait. Cela ne faisait que trois mois que Ben était mort – il ne pouvait pas s'attendre à un miracle.

— Je n'y arrive pas, je n'y arrive simplement pas.

— Tu n'arrives pas à quoi ?

Davy lui faisait peur à nouveau. Jamais il n'aurait pu se pardonner s'il s'était volontairement blessé au cours de ces premiers jours, et maintenant … Et si Davy retombait dans son découragement du début ?

— Ça. Ben aimait ce stupide jardin, et je ne sais pas quoi en faire, bordel.

Le venin dans la voix de Davy fut un choc, de même que l'entendre jurer. Davy ne jurait pas souvent.

— Je l'ai ignoré. Je ne voulais pas regarder. Ben a planté tout ça le week-end avant… avant…

Kurt hocha la tête. Il n'avait pas besoin que Davy finisse sa phrase.

— Et ? Ne peux-tu pas juste les cueillir ces tomates ?

— Ben les cueille… les cueillait. Je faisais de la sauce tomate et du chou farci en suivant la recette de sa mère, et je congelais tout le reste. Comment puis-je faire ça cette année ? Je ne voulais même pas venir ici. Mais j'ai attendu trop longtemps. Ne le sens-tu pas ?

En reniflant, Kurt décela un parfum doucereux, presque écœurant. De tomates pourries. Sa tête pivota, passant en revue l'incroyable quantité de plants de tomates, beaucoup d'entre eux pendant et croulant au sol sous le poids du fruit. Merde. Ben avait vraiment dû aimer les tomates… ou les choux farcis. Seigneur.

— J'ai essayé de les ramasser, mais je ne peux même pas soulever ce foutu panier. Merde, comment je vais me débarrasser de tout ça ?

La voix de Davy s'éleva, presque stridente dans sa détresse.

— Hé, du calme.

— C'est tout ce que tu dis toujours !

Davy lui lança une tomate molle et spongieuse qui s'écrasa sur son tee-shirt avec un ploc humide. Pas pourrie, mais très, très mûre. Silence… Kurt haussa un sourcil et attrapa lentement une autre tomate plus que mûre. La bouche de Davy s'arrondie en un 'O' de surprise avant que Kurt la lui lance en guise de représailles. Davy le foudroya du regard et s'enfuit à toute jambe, s'armant d'une tomate dans chaque main. Se remettant debout, Kurt fit une cible parfaite avant de se pencher et d'attraper plusieurs tomates, les envoyant sur la silhouette en mouvement de Davy qui cherchait à esquiver les tirs.

Après plusieurs minutes de course poursuite et de, eh bien, bataille alimentaire, ils s'effondrèrent au sol en haletant. Davy était plus détendu, son visage et son corps entier étaient couverts de jus de tomate et de pépins, et les vêtements de Kurt étaient dans le même état catastrophique.

— Est-ce que tu veux de ces tomates ? Parce que je sais que ma mère pourrait utiliser les plus mûres chez Finn's.

Il ne voulait pas bouleverser Davy à nouveau, mais le problème initial était toujours là. Il ne serait pas sain de laisser la récolte pourrir sur pied.

— Est-ce que tu aimes les choux farcis ? demanda timidement Davy.

— Ouais, j'aime ça.

Kurt aimait toutes sortes d'aliments, y compris les choux farcis, mais à cet instant, il aurait dit oui à n'importe quoi.

— Alors je pourrais peut-être en garder un peu.

Kurt traîna le panier à moitié plein jusqu'à la porte de la cuisine.

— D'accord, je vais m'occuper du reste. Toi, tu te douches et tu prépares les choux farcis.

— Marché conclu.

Davy esquissa presque un sourire. Un jour, Kurt verrait un vrai sourire sur le visage de cet homme, et il tomberait à la renverse de surprise.

Kurt passa des heures à ramasser des tomates. Les plus mûres allèrent dans des paniers destinés à la cueillette, les trop mûres et les pourries allèrent dans le bac de compostage. Il chargea la voiture avec les paniers et traîna la poubelle sur le trottoir. C'était quelques jours trop tôt pour le ramassage des déchets organiques, mais avec ses horaires de travail, il ne pouvait pas garantir qu'il reviendrait pour le jour de la collecte. Le bac était sacrément lourd, et il ne voulait pas que Davy se blesse.

En entrant dans la maison, le parfum envoûtant de la viande qui mijotait, du chou et des tomates supplanta l'odeur douceâtre imprégnée sur ses vêtements.

— Ça sent bon, Davy. Ça te dérange si j'emprunte ta douche ?

Davy sortit de la cuisine, des maniques à chaque main, et jeta un œil au sac que Kurt tenait.

— Tu as amené des vêtements de rechange ?

Kurt haussa les épaules.

— J'ai appris très tôt sur une scène de crime particulièrement salissante de ne jamais aller nulle part sans au moins avoir un pantalon et un tee-shirt de rechange dans la voiture.

Oh, ça avait été horrible. Il pensait qu'il ne réussirait jamais à se débarrasser de l'odeur de chair pourrie incrustée dans sa voiture – porter ses vêtements pendant le trajet relativement court jusqu'au poste avait suffi à imprégner la puanteur sur les sièges. Il avait dû conduire avec les fenêtres grandes ouvertes tout l'hiver.

Davy ouvrit la bouche, sur le point de poser une question, mais il se ravisa et la referma. Ce qui valait bien mieux comme ça. La description n'était pas agréable, et il ne souhaitait pas que quoi que ce soit vienne gâcher les odeurs fabuleuses émanant de la cuisine.

— La douche ? demanda-t-il à nouveau.

— Oh, oui, bien sûr. Il y a des serviettes dans le placard du couloir et la douche est dans la salle de bain principale.

KURT SAISIT les serviettes et passa par la chambre jusqu'à la salle de bain. Il s'était douché dans des endroits autres que son propre appartement, et quand il avait demandé, il avait oublié que la seule douche de la maison lui faisait traverser la chambre à coucher de Davy.

Il se déshabilla et fit attention à ce que ses vêtements tâchés et trempés de sueur ne touchent que le carrelage et non la sortie de bain blanche ou le tapis. Mais bon sang, qu'est-ce qu'ils avaient tous avec le blanc dans cette maison ? La cuisine et salle de bain étaient comme des hôpitaux, et les autres pièces étaient agressivement neutres.

Il avança sous le jet, se mouillant entièrement. La pression de l'eau était fantastique. Kurt n'avait pas pris une douche aussi bonne depuis... Depuis combien de temps n'avait-il pas pris de vacances ? Deux ans ? Trois ans ? Depuis la dernière fois qu'il était allé à l'hôtel, en tout cas. Chez ses parents, la pression de la douche avait toujours été merdique, et c'était à peine mieux dans son appartement, tant qu'il ne se douchait pas quand tout le monde se préparait pour aller travailler.

66

Heureusement, Davy avait un grand chauffe-eau. Kurt chercha une barre de savon mais il n'en vit aucune. Au lieu de cela, Davy avait du gel douche d'une marque qu'il ne reconnut pas, non pas qu'il s'en souciât. Du savon était du savon en ce qui le concernait.

Un parfum de propre, un peu citronné, se fit sentir quand il ouvrit la bouteille. Il fit mousser le savon sur son corps, presque surpris de s'apercevoir de l'odeur agréable qui se dégageait. Pas féminine comme il s'y était attendu, et il aurait dû avoir honte d'y avoir même songé une minute. Davy était gay, pas efféminé. Kurt utilisa le même produit pour laver ses cheveux, ne se souciant pas de savoir si Davy avait quelque chose de différent. Ses cheveux étaient assez courts pour que cela n'ait pas d'importance.

Pourtant, quelque chose dans l'odeur du produit lui fit de l'effet, parce que son sexe tressauta. Il s'agissait peut-être seulement d'un réflexe conditionné par le fait qu'il se masturbait souvent sous la douche – mais jamais chez quelqu'un d'autre. Pas même chez les quelques femmes qu'il fréquentait. Il attrapa la bouteille de gel douche et lut l'étiquette. Citronnelle. Eh bien, il aimait effectivement la nourriture thaïe, mais il n'avait jamais eu d'érection pour ça. Ce devait juste être l'habitude. Il se nettoya rapidement, parce qu'il n'allait certainement pas se laisser aller dans la douche de Davy.

Il en termina vite avec la douche et s'essuya. Il balaya la salle de bain des yeux.

Merde.

Après avoir enroulé une serviette blanche de qualité hôtelière autour de sa taille, il ouvrit la porte de la salle de bain et passa la tête.

Merde de merde. Il avait laissé ses vêtements à côté du placard à linge. Et il n'y avait absolument aucun moyen qu'il laisse approcher ses autres vêtements de sa peau propre.

Il sortit dans le couloir et attrapa son sac de sport.

— Tu as fini ? appela Davy.

Kurt se retourna, saisissant son sac au moment où Davy sortait de la cuisine.

Les yeux de Davy s'agrandirent.

— Euh, manifestement, pas tout à fait, continua-t-il.

— J'ai oublié mes vêtements ici. J'en ai juste pour quelques minutes.

Le dos droit, Kurt retourna dans la salle de bain en passant par la chambre sans un regard à Davy, le bout de ses oreilles brûlant.

Il ferma la porte fermement derrière lui. Saisissant un regard de lui-même dans le miroir, il gémit. La serviette s'accrochait à son sexe de façon obscène et sa poitrine était luisante de sueur. Il s'était douché dans de nombreux vestiaires, s'était déjà trouvé nu devant des hommes auparavant, mais parader à moitié nu dans la maison d'un homme gay n'était tout simplement pas bien, d'autant plus que son sexe n'avait pas complètement dégonflé depuis la douche. Là encore, Davy n'avait pas pris cela comme une invite ou quoi que ce soit d'autre. Peut-être qu'il n'y avait pas de quoi être mal à l'aise après tout. Davy n'avait probablement pensé à rien de bizarre du tout par rapport à ça.

Une fois habillé, il rassembla ses vêtements sales dans un sac de course en plastique avant de les ranger dans son sac de sport. Inspirant profondément, il mit son embarras de côté et sortit rejoindre Davy pour dîner.

KURT S'ÉCARTA de la table de la cuisine pour s'appuyer contre le dossier de sa chaise, le ventre rassasié de choux farcis.

— Davy, c'était délicieux. Je sais que tu es hautement diplômé en chimie et tout ça, mais as-tu déjà pensé à devenir chef ?

La couleur envahit les joues de Davy. Il devait avoir mis dans le mille avec cette réflexion-là.

— J'y ai pensé. Mais je ne sais pas si j'aimerai autant ça, cuisiner pour des gens que je ne connais pas. En plus, les horaires de travail sont horribles.

Vrai. Ils pouvaient même être pires que ceux d'un flic.

— Eh bien, je déteste manger et filer, mais ces tomates ne vont pas apprécier de rester sur le siège arrière de ma voiture par cette chaleur. Je dois les mettre dans une chambre froide.

Davy le suivit jusqu'à la porte.

— Je suis désolé pour le match. Les matchs.

— Pas de problème. Ça devait être fait.

Kurt s'étira, faisant protester ses muscles. Peut-être pas tout en un jour, cependant.

— Et puis, il y aura d'autres matchs.

Et c'était agréable de prendre soin de quelqu'un. Il préférait ça que de voir les gens penser qu'il était aussi fragile qu'une poupée parce qu'il avait failli mourir dans l'explosion avec Ben.

68

— Au revoir, Davy.

Kurt se pencha en avant de quelques millimètres, presque comme s'il allait embrasser Davy. Holà. Il sortit de la maison aussi vite qu'il le put. Davy n'eut pas l'air surpris ou choqué ou quoi que ce soit, ce minuscule mouvement était donc peut-être passé inaperçu. Il l'espérait.

Se glissant derrière le volant, il monta la climatisation et resta assis là un moment, le temps que la voiture refroidisse. C'était quoi ce bordel ? Pourquoi diable avait-il presque embrassé Davy ? Pas *embrassé*, comme embrassé avec la langue, mais un simple baiser d'au revoir. Jusqu'à présent, il n'avait jamais pensé à embrasser Davy – ou aucun homme – avant, mais sur le moment quelque chose l'avait fait penser à ses parents et il avait été sur le point de donner à Davy un baiser d'au revoir comme son père le faisait tout le temps avec sa mère. Vraiment bizarre. Mais si Davy n'avait rien remarqué, Kurt n'allait pas ramener le sujet sur le tapis. Ce devait être une sorte d'aberration mentale due à l'épuisement.

Il était vraiment fatigué. Attrapant son téléphone, il appuya sur le numéro préenregistré pour joindre Finn's.

— Salut maman, dit-il quand elle décrocha.

— Coucou mon bébé. Comment vas-tu ? Nous ne t'avons pas vu depuis quelques jours. Est-ce que tu viens ? Tu as besoin de manger ?

Oh mon Dieu, il n'avait vraiment pas besoin de manger davantage. Pas tout de suite, et peut-être pas pendant plusieurs jours. Il avait mangé beaucoup plus de choux farcis qu'il aurait dû, mais ils étaient tellement bons. Comment était-il possible que Ben ne soit pas devenu un gros flic débraillé quand Davy cuisinait pour lui tout le temps ?

— Non, maman, je vais bien. Mais j'ai…

Kurt regarda dans le rétroviseur et fit un rapide calcul. Il avait même dû rabattre les sièges.

— Huit gros paniers de tomates. Tu penses pouvoir les utiliser ? Elles sont assez mûres.

Même si elle ne pouvait pas, il trouverait une poubelle quelque part. Il n'allait pas laisser Davy s'en occuper.

— Comment se fait-il que tu te retrouves avec autant de tomates ?

— J'ai aidé un ami à s'occuper de son jardin, et il ne savait pas quoi faire avec elles.

— Elles sont bonnes, au moins ?

De première main, il était certain qu'elles l'étaient.

— Ouais. Je crois bien avoir mangé un demi panier à moi tout seul tout à l'heure.

Sa mère se mit à rire.

— Bien sûr, je peux changer quelques-uns des plats du jour pour la semaine prochaine. Apporte-les-moi.

Kurt mit la voiture en route, et il s'éloigna en lançant un dernier regard à la maison de Davy.

VII

— HÉ, MEC, je suis content que tu sois là.

Simon ouvrit la porte et laissa entrer Kurt. À chaque fois qu'il lui avait dit que Jen recevait du monde, y compris quelques filles célibataires de son travail, Kurt avait envisagé d'annuler. Simon ne lui en aurait pas voulu, mais Kurt ne voulait pas faire de peine à Jen. Presque trois mois avaient passé depuis l'arrivée de Simon et ce dernier avait cessé de lui demander s'il voulait amener quelqu'un de particulier à leurs tranquilles petits dîners hebdomadaires. Cependant, il ne pensait pas que Jen arrêterait de souhaiter vouloir le caser.

Le brouhaha de voix féminines s'intensifia et le cœur de Kurt accéléra. Il aurait pu avoir besoin d'un ailier, et il regretta de n'avoir pas pensé à demander à Ian ou Davy de venir avec lui. Ce qui était stupide. Il n'avait jamais eu besoin de renforts avant, mais l'incident un peu gênant devant chez Davy quelques jours plus tôt l'avait convaincu qu'il avait besoin de s'envoyer en l'air. L'étape du rendez-vous était toujours chiante, mais il avait besoin de passer du temps avec une fille.

Debout devant le buffet, Jen lui fit signe. Kurt sourit et la rejoignit. Après une brève étreinte, Jen se tourna vers une femme blonde parfaitement soignée.

— Kurt, je voudrais te présenter une de mes amies de travail. Tiffany, voici Kurt.

Le sourire de Tiffany était éclatant, mais Kurt ne put s'empêcher de se souvenir d'un documentaire qu'il avait vu sur les lions. Un frisson d'effroi le parcourut jusqu'au creux de l'estomac mais il se força à sourire en retour. Tiffany était jolie, bien faite, et Jen l'aimait bien. Et il avait déjà décidé qu'il avait besoin de tirer un coup. Prenant une profonde inspiration, il chercha une ouverture pour entamer la conversation alors que Jen disparaissait.

— ALORS, COMMENT ça s'est passé avec Tiffany ? demanda Simon le lundi matin avec un sourire, en se glissant derrière son bureau en face de celui de Kurt.

71

Kurt lança un regard furtif en direction de Christa, heureux qu'elle n'ait rien remarqué. Après qu'Ian l'ait souligné, il avait remarqué qu'elle faisait beaucoup plus attention qu'elle ne l'aurait dû aux conversations tournant autour de ses habitudes de sorties, où de l'absence de celles-ci. Il haussa les épaules et changea de sujet.

— Allez viens. On doit se rendre sur une scène de crime.

— Oh, bien sûr, mec. Pourquoi ne m'as-tu pas appelé ? J'aurais pu te retrouver là-bas.

— C'est arrivé il y a une minute ou deux. J'ai pensé que ça pouvait attendre jusqu'à ce que tu arrives.

— D'accord, allons-y.

Alors que Simon sortait du parking, il s'éclaircit la gorge.

— Écoute, je suis désolé de me mêler de ce qui ne me regarde pas. Ce ne sont pas mes affaires… ni celles de Jen.

Voir un regard penaud chez cet homme grand et imposant était étrange.

— Non, non, ce n'est pas ça. Ben ne me demandait jamais rien à propos de mes rencards et tout ça.

Ou de quoi que ce soit qui n'était pas lié au travail, d'ailleurs, mais il ne voulait pas que Simon sache combien cela le touchait encore. Et Ben, bien sûr, n'avait jamais essayé de le caser.

— Et mon frère m'a dit que Christa était, eh bien, intéressée, reprit-il.

Simon quitta la route des yeux pour jeter un coup d'œil à Kurt.

— Oh, mec. Pourquoi ne m'as-tu pas dis que Christa et toi…

— Non, il n'y a pas de Christa et moi.

Bon sang, c'était sacrément embarrassant.

— Je viens juste de me rendre compte qu'elle s'intéressait beaucoup trop aux conversations qui me concernaient personnellement. Sortir avec quelqu'un du boulot ne me réussit jamais très bien, et quand tout part en vrille, je ne veux pas avoir à travailler en si étroite collaboration avec la fille en question, enfin, tu vois ? Je ne veux pas la blesser.

— C'est sympa de ta part. Mais je suis désolé que les choses n'aient pas bien fonctionné avec Tiffany.

— Si tu le savais, pourquoi as-tu demandé ?

Seigneur, Tiffany avait-elle décortiqué chaque étape embarrassante auprès de Jen ? Il n'avait jamais vécu une expérience aussi humiliante avant.

Simon se mit à rire.

— Je suis inspecteur, comme toi. Tu serais probablement plus optimiste au sujet de la drague si les choses s'étaient bien passées. Honnêtement, Tiffany n'est pas la personne que je préfère. Je la trouve un peu excessive, mais je pensais qu'elle était ton genre puisque tu avais pris un rendez-vous pour la nuit suivante.

Non, Tiffany n'était pas vraiment son genre, mais il avait souvent du mal à dire non aux femmes entreprenantes. Était-ce parce qu'il était trop habitué à son énergique de mère et à ses sœurs ? Où était-ce simplement plus facile, en quelque sorte, de céder ?

— Mais ce n'est pas grave. Tu n'as pas à en parler. Je comprends.

Dans un flash, il vit soudain comme il devait paraître réticent à Simon. La dernière chose qu'il voulait était de se retrouver dans une nouvelle relation d'amitié guindée et maladroite – il devait l'admettre maintenant – avec son partenaire de travail.

— Simon, je suis toujours un peu mal en point.

Simon fronça les sourcils vers la route et Kurt réalisa que ses paroles pouvaient être interprétées de nombreuses façons différentes. Merde, il avait probablement utilisé exactement les mêmes mots qu'au lycée quand il arrivait en classe le matin, encore ivre de la nuit précédente.

— Désolé, je m'explique. Je ne sais pas ce que l'inspecteur Nadar t'a dit à propos de Ben, mais j'étais content de ne pas avoir à te raconter quoi que ce soit à son sujet moi-même. Je veux dire, je suis allé voir le psy à propos de sa mort, ça faisait partie des conditions de ma réintégration, mais il y a un tas de trucs... eh bien... dont je n'étais pas prêt à discuter, avec personne.

Simon gara la voiture. Étaient-ils déjà arrivés ?

Les yeux bruns foncés le scrutèrent, sérieux et sympathiques, de façon tellement inattendue de la part de son partenaire si facile à vivre.

— Le boulot d'abord, hein ? Mais garde ça en tête. Nous allons sortir boire une bière ce soir, et nous en reparlerons. Parce que tu souffres, et je ne veux pas de ça pour mon partenaire ou mon ami.

L'acide se mit à bouillir dans l'intestin de Kurt. Il n'avait vraiment pas envie de discuter de ses problèmes, mais il avait le sentiment que Simon n'allait pas le laisser s'en tirer comme ça. Son nouveau partenaire n'était rien d'autre qu'entêté. Et il aimait parler – beaucoup.

ILS AVAIENT réussi à finir le boulot à une heure raisonnable, et c'est à contrecœur que Kurt suivit Simon dans leur nouveau bar favori, le Bar à

Bière. Kurt n'était jamais aller prendre un verre avec Ben, mais il était sorti avec quelques-uns des autres inspecteurs, et c'était l'endroit que Simon préférait. Un de ces soirs, il faudrait qu'il emmène Simon chez Finn's. Il adorerait.

Au lieu de se rapprocher du bar qui offrait la meilleure vue sur les écrans de télévision, Simon commanda deux bières et se fraya un passage vers une table dans l'une des alcôves du fond.

— Là c'est bon ? Tu pourras parler ici ?

Kurt se glissa sur la banquette.

— C'est très bien, Simon, merci.

Il jouait avec la condensation sur le verre, traçant des motifs dans la buée. Simon s'assit tranquillement, attendant.

Sa mère disait souvent de commencer par le commencement. Après une profonde inspiration, c'est exactement ce qu'il fit.

— Je n'ai jamais pris un verre avec Ben. Il ne m'a jamais posé aucune question sur mes rencards ou même sur ma famille. Nous n'avons jamais mangé ensemble en dehors du boulot. Et je pensais que nous étions amis ; même si ce n'était pas très typique, je n'ai jamais remis ça en question. Ben était un bon flic. J'ai beaucoup appris de lui. Mais j'ai réalisé après sa mort que je ne le connaissais pas du tout. Nous n'étions pas amis, et j'ai découvert des choses qui m'ont fait me demander si je l'aurais même apprécié en dehors du travail.

Avalant sa bière, Kurt ne put se résoudre à regarder Simon. Que verrait-il dans ses yeux ? Rien que de prononcer les mots à voix haute lui donnait l'impression d'être foutrement déloyal. Et il détestait ça.

Simon souffla bruyamment et Kurt osa lui jeter un rapide coup d'œil. Il n'y avait aucun reproche dans son expression.

— Je suis désolé, Kurt. Nous ne pouvons pas toujours bien nous entendre avec notre partenaire, mais je pense que toi et moi allons bien ensemble, tu sais ? Ben était peut-être un bon flic, mais il y a plein de bons flics qui ne sont pas nécessairement des personnes irréprochables. Tu ne peux pas te sentir responsable pour ça.

— Mais… mais… je me sens si déloyal.

Il baissa à nouveau les yeux.

— Quoi, tu n'as jamais connu personne qui ait demandé un transfert ? Demandé un nouveau partenaire ? Tous les gens ne s'entendent pas. Pourquoi te sentir déloyal ? Je n'ai pas entendu un seul commentaire négatif sur Ben, ce qui veut dire que tu n'as parlé à personne de vos problèmes… même si tu aurais probablement dû. Je pense que ton sens de la loyauté est plus développé que la plupart des gens. Et c'est pourquoi c'est si douloureux pour toi.

Vraiment ? Un peu de la tension accumulée dans sa poitrine s'évanouit.

— Euh, merci, murmura-t-il.

— Sens-toi libre de me parler de ce que tu veux. Parce que je finirai probablement par t'en raconter plus que tu ne voudras en entendre à mon sujet. Je veux devenir ami avec mon partenaire. En fait, je dirais même que nous sommes déjà amis.

Kurt se détendit davantage. Il prit une nouvelle gorgée de sa bière sans se presser.

— Donc, y a-t-il quelque chose que tu veuilles me dire à propos de Tiffany qui te soulagerait ?

Oh, seigneur. Tiffany. Il ne voulait vraiment pas que qui ce soit, soit au courant de ça, mais il ne savait pas avec qui d'autre il pouvait en parler. Sa relation avec Ben l'affectait encore plus qu'il ne le pensait. Il avait réprimé beaucoup de ses problèmes personnels. Même s'il était enclin à supporter les taquineries auxquelles il pouvait s'attendre de la part de ses frères, il avait cessé de se confier à eux depuis longtemps, sa relation professionnelle avait débordé sur sa vie personnelle. Merde. Si Ben avait encore été en vie, Kurt aurait pu le frapper. Il n'allait certainement pas en parler aux autres gars du bureau, et Davy ne pourrait probablement pas apporter un avis sur la question.

Il haussa les épaules en évitant à tout prix de regarder Simon dans les yeux.

— Nous sommes allés chez elle. Nous avons tous les deux pensé à coucher ensemble, mais je… je n'ai pas pu.

— Tu ne voulais pas d'un coup d'un soir ? Il n'y a rien de mal à ça.

— Non, je veux dire je n'aipaspubander.

Il prononça les quatre derniers mots rapidement, les noyant ensemble dans l'espoir de cacher leur véritable signification.

Bien sûr, il avait entendu que cela arrivait parfois aux hommes, mais il n'avait jamais eu de problème auparavant.

— Quoi ? Oh… dit Simon alors qu'il déchiffrait les mots de Kurt. Eh, ça peut arriver.

Seigneur, il était tellement minable.

— Ça t'est déjà arrivé ?

— Eh bien, une fois quand j'étais vraiment bourré.

Bien sûr. Kurt grimaça. Il n'avait même pas cette excuse. Il avait bu davantage maintenant qu'il ne l'avait fait la nuit de son rendez-vous. Le dîner avait été beaucoup trop rapide, Tiffany apparemment désireuse de l'emmener chez elle. Mais il n'avait pas eu un seul soupçon d'intérêt sous la ceinture.

— Et puis, reprit Simon, si ça avait été Tiffany, j'aurais probablement eu le même problème. Mec, elle peut être vraiment agaçante.

Kurt ne put s'empêcher de sourire devant l'effort apparent de Simon pour le réconforter.

— Donc, rien ? Du tout ? demanda Simon après avoir pris une gorgée de sa propre bière.

Kurt secoua la tête.

— Pourquoi es-tu parti avec elle, alors ? Je veux dire, elle est agréable à regarder, mais comme je viens de le dire, agaçante.

— Je voulais qu'il se passe quelque chose. N'importe quoi.

Simon le regarda pensivement.

— C'était quand la dernière fois qu'il s'est passé… quelque chose ?

À quand remontait la dernière fois ? Le sexe représentait souvent plus de travail que de récompense alors qu'utiliser sa propre main… Mais, en y repensant, il n'avait pas l'impression d'avoir utilisé sa main depuis… depuis…

— Avant la mort de Ben.

Oh, bordel. Presque quatre mois. Au début, il avait supposé que c'était à cause des médicaments. Mais il n'en avait pas pris depuis des semaines. En fait, c'est dans la putain de douche de Davy qu'il avait été le plus près de la lever. Peut-être aurait-il dû s'en occuper, puisque apparemment c'était devenu si rare.

Simon hocha la tête comme s'il venait juste de révéler les secrets de l'univers.

— Bon, je ne suis pas psychologue ou quoi que ce soit, mais tout le monde pleure la mort de quelqu'un à sa manière. Je suppose que la perte d'intérêt pour, euh, le sexe, fait partie du processus de guérison de ton esprit. Maintenant que tu penses à nouveau à ça, et que tu en as envie, ça reviendra. Ne te pousse pas. Je m'assurerai que Jen te fiche la paix avec ses coups montés, parce que je crois qu'elle a une liste de femmes en tête pour toi.

Eh bien, c'était probablement la chose la plus embarrassante que Kurt ait jamais eue à dire ou à entendre, et à en juger par les joues roses de Simon, il ne s'en était pas sorti entièrement indemne. Mais à sa grande surprise, il se sentait vraiment plus léger. Il avait failli mourir, il avait découvert des choses très troublantes sur lui-même et son partenaire, sans compter que le fait de savoir que l'homme qui avait tué Ben marchait toujours librement dans les rues le stressait énormément. Se mettre la pression pour une partie de jambes en l'air exacerbait le problème. Simon avait raison. *Cela* reviendrait suffisamment tôt, et il pouvait bien attendre jusque-là pour plonger à nouveau dans la piscine infestée de requins spécialistes du flirt.

— Merci, mon vieux. Je me sens un peu mieux.

— Parfait. Tu veux venir voir le match jeudi ? Je promets qu'il n'y aura que toi, moi et Jen.

— Non, merci, j'ai des projets pour ce soir-là. Mais j'apprécie l'offre.

Cela faisait trop longtemps qu'il n'avait pas été en mesure de se détendre et de regarder un match avec Davy. Malgré les étranges événements récents, la maison de Davy était confortable et relaxante – cela lui manquait de traîner avec son ami.

Simon leva son verre pour porter un toast et Kurt fit tinter le sien. La discussion dériva sur des sujets moins personnels alors qu'ils finissaient leur bière.

KURT APPORTA à nouveau de quoi manger, mais Davy avait surgelé plusieurs portions de choux farcis qu'il proposa de servir pour le dîner. La première manche avait à peine commencé quand ils finirent de manger et de faire la vaisselle.

Davy se recroquevilla sur le canapé, les jambes repliées contre sa poitrine.

— Tu as froid ? Si tu ne veux pas réparer le thermostat, pourquoi n'attrapes-tu pas une couverture ?

Sans un mot, Davy détala et se précipita dans l'une des chambres. En quelques secondes, il revint avec une couette d'une couleur extravagante, une que Kurt pensa reconnaître et qui provenait du placard aux trésors cachés.

Il y eut une soudaine chaleur dans la pièce stérile qui n'avait rien à voir avec la température. Davy devait l'avoir senti, lui aussi, parce qu'il lui sourit.

— Tu soutiens à nouveau les Jays ? demanda Davy.

— Bien sûr, pourquoi ?

Pour une fois, Davy allait peut-être rester éveillé pendant tout le match.

— Je suis pour les yankees aujourd'hui.

Kurt mit la main à sa poitrine comme s'il était mortellement blessé.

— Pourquoi ? Pourquoi voudrais-tu faire une chose pareille ?

Son regard diabolique fût adouci et atténué par la couette, le faisant ressembler à un enfant espiègle. Le haussement d'épaules fut lui aussi à demi camouflé.

— Sais pas. Parce qu'ils sont meilleurs.

— Ils ne le sont pas.

Davy leva les yeux au ciel.

— Bien sûr qu'ils le sont.

D'accord, maintenant Davy devenait obstiné. Kurt le savait, mais cela ne l'empêcha pas de relever le défi de Davy.

— Très bien. Qu'est-ce que tu paries qu'ils perdent ?

— Le perdant paie des bières au gagnant pour tout le mois prochain.

— Pari tenu.

Kurt n'avait jamais pris autant de plaisir à regarder un match avec quelqu'un qui soutenait l'équipe adverse. À chaque fois que les yankees faisaient quelque chose de bien, Kurt s'attendait presque à voir Davy lui tirer la langue. Il avait aperçu des soupçons de cette espièglerie avant. Entre ça et la bataille de tomates, la combativité naturelle de Davy reprenait le dessus.

Pendant la dernière séquence du match, les yankees marquèrent trois points et remportèrent la victoire, et Davy se leva d'un bond, abandonnant la couette sur le canapé.

— Oh, ouais ! Je t'avais dit qu'ils étaient meilleurs !

La danse de la victoire de Davy était hilarante, mais Kurt se mordit la lèvre et le plaqua au sol, luttant avec lui comme il l'aurait fait avec l'un de ses frères.

Davy poussa un cri, les yeux écarquillés, les muscles tendus, la panique traversant son visage jusqu'à ce que Kurt se mette à rire et frotte ses jointures dans ses cheveux. Il était allongé, appuyé sur ses bras, au-dessus de Davy, mais ne le retenait plus.

— D'accord, tu gagnes le pari, dit Kurt, feignant la contrariété.

— C'est comme ça que tu te comportes chez toi avec tes frères ?

— Absolument, s'ils ont le mauvais goût de soutenir quelqu'un d'autre que les Jays. Mais ils opposent une meilleure résistance que toi au combat, dit-il en souriant.

Vivre avec trois frères plus âgés impliquait qu'il avait probablement connu davantage de bagarres que la plupart des gens. Et, de ses trois grandes sœurs, il avait appris comment donner des coups en traître. Il ne semblait pas que Sandra ait prodigué les mêmes enseignements à Davy, cependant.

Davy éclata de rire, un son doux et musical. De profondes et adorables fossettes apparurent de chaque côté de sa bouche. Comment avait-il pu connaître Davy depuis si longtemps et ne jamais les avoir vues ?

Son sexe gonfla et il haussa les sourcils. Avec toute la dignité qu'il put rassembler, il se redressa rapidement et s'éloigna aussi nonchalamment que possible vers la salle de bain. Il se regarda dans le miroir avant de baisser les yeux vers son pantalon. Bordel, c'était quoi ça ? Bien sûr, il avait déjà bandé en regardant du sport de haut niveau par le passé. Cela arrivait, à cause de brusques montées d'adrénaline. Mais il n'arrivait pas croire que son sexe ait choisi cet instant pour se réveiller de sa torpeur, alors qu'il tenait un autre homme sous lui. Là encore, peut-être que s'il recommençait à ressentir des choses, n'importe quoi aurait pu servir de déclencheur. Il n'y avait aucune raison de s'inquiéter. C'était comme la puberté qui recommençait.

Après avoir tiré la chasse d'eau et s'être lavé les mains, il retourna dans le salon. Davy s'était réinstallé sur le canapé et avait changé de chaîne pour en choisir une qui diffusait un match de la côte ouest. Il avait aussi apporté des bières fraîches.

Rien n'avait changé. Il soupira de soulagement et se laissa tomber sur le canapé seulement quelques minutes avant que son téléphone ne sonne. Le boulot, merde.

— Je dois y aller, Davy.

Davy hocha la tête et s'enfonça à nouveau dans le canapé, sachant désormais que Kurt veillait toujours à bien fermer la porte derrière lui.

— Fais attention à toi.

Kurt se demanda, et pas pour la première fois, si Davy disait cela à Ben à chaque fois que ce dernier recevait un appel du travail.

SEIGNEUR, LES heures supplémentaires le tuaient. Il était complètement épuisé. La prolongation de ses horaires avait été une bonne chose autant qu'une mauvaise. Bonne parce qu'il avait eu l'occasion de rendre visite à Davy seulement trois fois depuis leur pari, et à chaque fois il avait été brusquement appelé pour travailler et avait donc pu éviter de penser à une quelconque maladresse potentielle. Mauvaise parce que cela lui manquait de passer du temps avec son ami. Simon devenait un bon ami, lui aussi, mais Kurt n'arrivait pas à comprendre pourquoi ce n'était pas suffisant.

Son téléphone sonna, un numéro inconnu s'afficha sur l'écran. S'il ne s'était pas emmerdé autant, il l'aurait laissé basculer sur la messagerie.

— O'Donnell, aboya-t-il.

— Est-ce que c'est Kurt ?

Il ne reconnut pas la voix.

— Oui.

— Oh, salut. Je ne sais pas si vous vous rappelez de moi, mais je suis Jon, l'ami de Davy.

Un éclair de mémoire lui montra un bel homme blond dans un costume coûteux.

— Jon, oui, je me rappelle.

— Bien, très bien. Nous avons essayé de faire sortir Davy pour son anniversaire samedi, mais il dit qu'il n'est pas prêt pour une nuit en ville, donc nous avons pensé faire quelque chose chez lui. Je sais qu'il est ami avec vous… Cela vous dirait-il de vous joindre à nous ?

— L'anniversaire de Davy est samedi ?

Pourquoi ne savait-il pas cela ?

— Non, en fait c'est le mardi suivant.

— Oh, c'est vrai. Ouais, bien sûr, je serai là si je peux.

Si tant est qu'aucune de ses affaires n'explose.

— À quelle heure ? Je dois amener quelque chose ?

— Venez aux environs de vingt heures. Comme je connais Davy, il aura préparé la nourriture, mais s'il y a quelque chose que vous voulez boire en particulier ou si vous avez de la bière, amenez ça.

— Bien sûr, merci, Jon. J'apprécie l'invitation.

Kurt raccrocha, souhaitant déjà être samedi. Samedi était censé être son premier jour de congé depuis deux semaines et il serait sacrément déçu si quelque chose venait tout gâcher maintenant. Bien sûr, il devrait trouver un cadeau pour Davy. Merde, qu'allait-il donc bien pouvoir trouver ? Il faudrait de la couleur dans son cadeau. Davy avait semblé si vivant enveloppé dans sa couverture, et Kurt n'avait pas été capable d'effacer de sa mémoire le patchwork de couleurs caché dans son placard.

— Eh, mec, on y va, dit Simon, le faisant sursauter. Perdu dans tes pensées, pas vrai ?

— Impatient d'être à samedi, c'est tout.

— Comme si je ne le savais pas. Tu as des projets ?

— J'en ai maintenant.

— Un rendez-vous ? demanda Simon.

Si cela avait été quelqu'un d'autre, le mot aurait pu contenir une pointe de moquerie, mais Simon était simplement concerné.

Kurt sourit.

— Non. Juste une petite fête d'anniversaire pour un ami.

LE VENDREDI, il sortit avec Simon pour déjeuner, mais il ne put se concentrer sur la conversation. Kurt n'avait toujours aucune idée du cadeau à offrir à Davy pour son anniversaire. Leur amitié avait évolué pour dépasser le stade de la tragédie, et il ne savait pas quel genre de cadeau lui plairait. Généralement, les cadeaux pour ses collègues de travail étaient soit de l'alcool, soit une collecte d'argent où quelqu'un d'autre était l'ultime responsable du choix du cadeau.

En tant que benjamin, sa famille avait pris l'habitude de lui dire quoi acheter pour un autre membre de sa tribu, et très franchement, cette habitude était restée. Du moins, il espérait que c'était cela et non une quelconque idée fausse au sujet de ses capacités.

Quoi qu'il en soit, il avait commencé à considérer cette pratique comme acquise. Ce serait la première fois qu'il achèterait un cadeau pour quelqu'un sans conseil, et il était complètement perplexe. Il n'avait jamais eu de petite amie assez longtemps pour lui acheter un cadeau non plus.

Kurt et Simon dépassèrent la devanture d'un magasin dont l'aspect brillant et multicolore n'avait jamais attiré l'attention de Kurt avant aujourd'hui.

Il s'arrêta de marcher.

La vitrine était envahie de lampes étranges, de chaises en plumes et fausse fourrure, de cadres stylés, et de bols kitch à mourir. Il n'était pas sûr de ne pas faire des suppositions stéréotypées fondées sur ce placard et la sexualité de Davy. Pouvait-il trouver quelque chose que Davy aimerait dans cet endroit ? Ses doigts tâtonnèrent sa poche, voulant appeler quelqu'un – Jon – pour l'aider. Mais Jon n'était que récemment revenu dans la vie de Davy après une longue absence.

— Hé Kurt, appela Simon presque à un pâté d'immeubles plus loin. Tu viens ?

Kurt jeta un dernier regard à la devanture et rattrapa Simon.

— Voulais-tu t'arrêter dans ce magasin ? Je peux attendre.

— Non, c'est bon. Je n'avais simplement jamais remarqué cet endroit avant.

Simon arqua les sourcils mais il préféra se remettre à marcher plutôt que de questionner le manque d'observation de Kurt qui déambulait à ses côtés. Kurt était fatigué de penser à ça, mais qu'il soit damné s'il se mettait aussi à parler de ce sujet-là avec Simon.

VIII

Kurt se tenait sur le seuil de la porte devant chez Davy, la bouche sèche, les paumes moites. Sa prise sur le pack de douze bières belges ne s'était pas relâchée, mais ça n'allait pas tarder. Mais putain, pourquoi était-il si nerveux ? Il avait eu des couilles d'acier quand il avait débarqué chez Davy pendant son deuil, mais sa fête d'anniversaire le rendait aussi nerveux qu'une vierge nue dans une pièce pleine de mecs bourrés appartenant à une fraternité. Bon sang, même quand il avait complètement dépassé toutes les bornes de la politesse et commandé des courses pour Davy, il ne s'était pas senti si mal à l'aise.

De la musique en sourdine et une explosion de rires étouffés filtra à travers la porte. Il fourra le paquet enveloppé sous son bras, prit une profonde inspiration et sonna à la porte.

Quelques secondes plus tard, un Jon souriant, au visage rouge, ouvrit la porte.

— Kurt, salut, allez entre.

Kurt tira une bouteille du pack de bière et se tourna pour prendre note de la grande quantité de snacks sur le comptoir et sur la table de la cuisine. Il avait commencé à avoir faim un peu plus tôt, mais il ne se sentait pas tout à fait en état de manger. La chemise avait été une erreur. On pouvait bien être en automne, mais entre le surplus de personnes à l'intérieur et ses stupides nerfs, il faisait sacrément chaud. Posant bière et cadeau sur le comptoir, il roula ses manches avant d'attraper les deux à nouveau et de se diriger à grandes enjambées vers le salon.

La tête de Davy se leva à son entrée et il eut droit à un large sourire faisant apparaître ses fossettes – merde, ces fossettes. Davy n'avait pas été aussi heureux depuis longtemps, mais Kurt savait maintenant que ces fossettes étaient le test décisif.

— Salut, Kurt.

— Salut, Davy. Joyeux anniversaire en avance.

Il offrit son cadeau, espérant que Davy ne l'ouvrirait pas. Il ne serait certainement comparable à aucun de ceux que ses autres amis avaient apporté.

Davy se leva du canapé et prit le paquet, déchirant le papier. Les oreilles de Kurt s'enflammèrent. Il aurait dû retourner au magasin à côté de son boulot au lieu de se dégonfler et de reporter son choix sur l'une des grandes librairies.

— Tu as dit que tu aimais cuisiner et tout ça...

— Hamburgers pour Gourmets, hein ?

Davy feuilleta le livre de cuisine.

— Ça a l'air super. Merci beaucoup !

Davy lui donna une rapide étreinte, trop rapide pour que Kurt ait même le temps de se raidir ou de s'inquiéter de sa réaction. Il n'y avait aucune déception dans les yeux bruns de Davy ou dans son large sourire, ce qui le fit lui sourire en retour. Au moins, cette étape était passée.

— Qui est ce beau mec ? Et est-ce que je peux l'avoir ?

La rougeur de Kurt revint en un éclair. Il ne s'était pas attendu à ce que les mecs présents lui fassent du plat. Un petit blond s'approcha de lui dans une pause décontractée de manière à ce que ses hanches soient mises en avant de façon suggestive.

— Tais-toi, Rick. C'est Kurt. Tu ne peux pas l'avoir, dit Davy.

— Oh, est-ce que tu le revendiques ?

Les mots sensuels furent accompagnés d'une petite caresse de la main le long de l'avant-bras de Kurt.

Quelqu'un allait devoir baisser la température ou ouvrir une fenêtre, parce que maintenant, Davy et lui étaient tous les deux en train de rougir.

— Rick, il est hétéro ! protesta Davy.

Jon éclata de rire, les deux mains sur le ventre.

— Non, dis-moi que ce n'est pas vrai !

Rick continua à caresser son bras. La sensation était bizarre parce que Rick était bien un homme ; il n'y avait aucun doute sur le fait que cette caresse était prodiguée par la main d'un homme, mais la taille de ce dernier, sa minceur et son tee-shirt pourpre et brillant rappelèrent beaucoup à Kurt les nombreuses filles avec lesquelles il était sorti.

— Désolé, Rick.

— Et ses frères ? Est-ce que tu as des frères, Kurt ?

— J'ai des frères, mais aucun n'est gay.

Rick lui dédia un froncement de sourcils féroce et une autre caresse rapide. Kurt aurait dû s'écarter. Il ne savait pas pourquoi il laissait Rick le toucher, si ce n'était parce qu'il avait grandi dans une famille très démonstrative. Les limites de son espace personnel étaient moins étendues que celles de la plupart des gens. De toute façon, Davy éloigna Rick de force.

— Rick, tiens-toi bien. Je t'ai dit qu'il était hétéro.

— Oui, oui. Je parie qu'il aime les pipes autant que n'importe quel mec. Et je suis sacrément bon à ça.

Kurt ne put s'empêcher de rire. Rick était le genre de mec qui avait besoin d'être le centre d'attention dans toutes les situations, mais ses commentaires ne dérangeaient pas Kurt.

Davy le présenta rapidement aux deux autres hommes présents, un couple, Keith et David. Il apprit que Jon, Davy et David étaient des amis de lycée et que c'était son amitié avec David qui avait poussé Davy à réponde au nom de Davy. David était certes un chouette prénom, mais ces fossettes-là étaient plus adaptées à un Davy.

La dynamique de la soirée aurait été étrange si Jon et Rick avait été un couple, eux aussi, mais ce n'était pas le cas ; Keith et David étaient le seul couple présent.

Kurt s'assit dans le fauteuil en cuir et écouta les autres bavarder et se rappeler leurs souvenirs. Il n'était pas capable de dire si les trois étaient liés par leurs intérêts communs ou parce qu'ils étaient tous gays, et il ne posa pas la question. C'était le genre de curiosité qu'il réservait pour le boulot.

Les mains de Davy s'agitaient tandis qu'il parlait, sa joie et son animation étaient évidentes. Kurt ne crut pas une minute que Davy était complètement sorti d'affaires, mais il avait déjà fait des progrès.

Les margaritas étaient variées, mais Kurt s'en tint à la bière. Il ne savait pas quoi attendre d'une fête avec une brochette d'homosexuels, mais il se détendit quand il se rendit compte que ce n'était rien d'autre qu'une fête comme celles auxquelles il avait déjà pu se rendre, avec un peu plus de grossièretés et de commentaires grivois.

— Est-ce que nous jouons ce soir ? demanda Jon.

Un jeu ?

— Je peux mettre le match de hockey pour toi, Kurt, offrit Davy.

Davy n'allait pas regarder le hockey ? Cela devait être un sacré jeu – Davy adorait le hockey bien plus qu'il aimait le base-ball, ainsi que Kurt l'avait découvert quand la saison de hockey avait démarré. Kurt préférait lui aussi le hockey.

— Vous allez jouer au Twister à poil ?

— Non, bredouilla Davy.

— Oh, si !

Rick tourna vers lui, ou plutôt vers son entrejambe, un regard appuyé. Kurt leva les yeux au ciel.

— Au Jeu de la Bouteille alors ?

Secouant la tête, Davy laissa échapper un petit rire.

— Est-ce qu'on peut ? risqua Rick.

— Au Strip Poker ? tenta encore Kurt.

— Non ! répondit Davy qui accentua la dénégation d'un rapide mouvement de la main.

— S'il te plaît ?

Ce Rick était persistant.

Alors Davy éclata de rire. Et continua de rire. Il tomba sur le canapé, les yeux larmoyants tandis qu'il s'étouffait. C'était peut-être les margaritas. Ou la compagnie. Kurt se fichait complètement du comment ou du pourquoi. À en juger par les regards d'indulgence sur les visages de ses amis, eux aussi.

— À quel genre de jeu t'attendais-tu au juste ? hoqueta Davy alors que son rire s'apaisait.

— Eh bien, je n'étais pas vraiment sûr. Mais si vous n'attendez pas de moi que je me mette à poil, je suis presque sûr de pouvoir faire face à n'importe quel jeu auquel vous allez jouer.

— Oh, chéri, je n'ai aucun doute là-dessus.

Étonnamment, Rick l'amusait davantage qu'il ne l'irritait.

— Mais je ne suis pas contre l'idée d'avoir le match de hockey en sourdine. Pour voir le score.

Davy alluma la télé en mettant le son au minimum tandis que Jon tirait quelques boites d'un sac.

— On commence avec un jeu de société ou deux, puis en général on passe aux cartes. Au poker, le plus souvent, ou au Trou de Cul.

Kurt haussa un sourcil.

— Vous voulez que je joue à un jeu qui s'appelle Trou de Cul avec vous tous ?

La réflexion ramena les fossettes sur le visage de Davy et son fou rire.

Ce n'était pas la peine de leur dire qu'il connaissait le jeu dont il parlait, ainsi que toutes les stratégies qui pouvaient influencer la victoire dans un jeu dépendant principalement de la chance. Le poker était davantage fait pour lui, cependant. De nombreux joueurs de poker amateur ne pouvaient pas bluffer aussi bien que certains des criminels qu'il avait interrogés.

— Je n'ai jamais entendu parler d'aucun de ces jeux avant.

Kurt fit un geste en direction des boîtes. Sa famille avait des tonnes de jeux de société – c'était une façon peu coûteuse de tenir sept enfants occupés. Mais c'était surtout des jeux courants auxquels tout le monde avait déjà joué au moins une fois ou deux.

Les jeux sur la table basse du salon étaient complexes et comportaient tout un tas de pièces, et si Kurt avait dû apprendre les règles par lui-même, cela lui aurait probablement pris des heures, rien que pour lire les manuels.

Alors qu'ils commençaient tous à jouer, les yeux de Davy prirent la même lueur que ceux d'un fanatique. Jon et David se révélèrent eux-mêmes rapidement d'aussi féroces adversaires, presque obsessionnels.

— Oh mon Dieu. Vous trois étiez des cracks à l'école, pas vrai ? Des mordus de jeu.

Davy leva les yeux de la lecture attentive du plateau de jeu, une pointe de rose envahit ses pommettes anguleuses, dignes de celles d'un top model et qu'il n'avait jamais associées auparavant à ces gamins intellos et bizarres qu'il avait admirés à l'époque.

— Oh. Euh. Ouais, en quelque sorte. Et je suppose que tu as toujours été un plaisantin ?

— Pas vraiment. C'est dur d'être catégorisé comme ça quand tous les 'rôles' habituels sont pris par tes frères et sœurs aînés. Mais je suis surpris que tu n'aies pas de console de jeu. J'adore les jeux vidéo.

Ian et lui s'étaient chamaillés et bagarrés des tas de fois au cours des années à propos de leurs scores aux jeux vidéo.

Contre toute attente, Davy se recroquevilla sur lui-même. Ce n'était pas physique. Pas vraiment. Davantage comme sa vitalité s'éteignait. Kurt aurait pu se donner des coups. Il aurait dû savoir que le très correct Ben n'aurait pas approuvé les jeux vidéo.

Tous les amis de Davy remarquèrent le subtil changement dans l'atmosphère, mais aucun d'eux ne sembla en deviner la cause. Kurt savait, comme si une enseigne au néon s'était allumée au-dessus de la tête de Davy – le spectre de Ben avait laissé un champ de mines tout autour des interactions sociales de Davy.

Merde. Il devait régler ça. Il passait un bon moment, mais plus important, Davy aussi. Si seulement il pouvait penser à quelque chose à dire qui n'empirerait pas les choses.

— Hé, qu'est-il arrivé à ton bras ? demanda Rick.

Super. Ce n'était vraiment pas le moment que quelqu'un remarque ces maudites cicatrices. Encore des souvenirs de Ben pour Davy.

— Rien, marmonna Kurt en baissant sa manche.

— Il a été blessé dans l'exercice de ses fonctions, ce ne sont pas tes affaires, répondit Davy, une pointe de mordant protecteur dans son ton.

La détermination était peinte sur son visage, et il esquissa un petit sourire tremblant. Pas de fossettes, mais c'était un début.

Kurt lui sourit en retour, espérant que Davy puisse y voir ses excuses.

— À qui le tour ?

À LA surprise générale, ce fut Kurt qui remporta la première partie. Ils avaient éteint la télé à la moitié de la première période du match de hockey, quand il était devenu évident que le résultat allait être douloureux et déprimant. Avec de la musique en fond sonore, Kurt se jeta complètement dans la partie, mais il n'était encore qu'un simple débutant.

Anticiper le jeu, évaluer les meilleurs coups de ses adversaires et les contrer, était une seconde nature de son job qui devenait bien pratique pour le jeu. David et Keith n'avaient pas été enchantés de la facilité avec laquelle il avait assimilé les règles mais, pris en sandwich entre Davy et Rick sur le canapé, il eut également de nombreuses félicitations. Il pouvait même accepter les… eh bien, disons… 'câlins' de Rick, en l'absence d'un meilleur mot.

Jon rangea le jeu de société pour entamer un autre jeu, et Kurt s'enfonça dans le canapé. Davy se leva pour aller chercher une bière fraîche pour Kurt tandis que Rick servait une nouvelle tournée de margaritas pour tout le monde.

Rick prit la pose dans le champ de vision de Kurt, main sur la hanche et bassin en avant, mais il parla à Davy.

— Davy, tu sors avec nous pour Halloween ? Nous allons dans cette nouvelle boîte en ville, l'Empire.

Le côté du canapé sur lequel se trouvait Davy bougea légèrement alors qu'il haussait les épaules.

— J'en doute. Aller en boîte pendant Halloween, c'est un peu trop dingue pour moi.

— Oh, mais ce n'est qu'une partie du plaisir. Tous ces mecs jeunes et sexys, transpirants et à moitié nus dans les costumes coquins qu'ils auront choisis. Il y aura tellement de monde que tu ne pourras pas t'empêcher de toucher, et il y aura de la peau nue *partout*.

Rick dandina les hanches et jeta sa main libre sensuellement sur le côté de son torse.

Jon se lécha les lèvres.

— Ouais, tout ça en vaut largement la peine.

Keith et David ne faisaient pas attention à la conversation. David était assis sur les genoux de Keith et tous les deux s'embrassaient comme s'il n'y avait personne d'autre dans la pièce.

Davy grogna.

— Les mecs, nous sommes là parce que je ne peux pas encore tout à fait affronter une sortie en boîte pendant un week-end *normal*. Halloween est seulement dans deux semaines. On verra peut-être l'année prochaine. Bien que j'aurai alors trente-trois ans. Il se pourrait que j'aie moins d'énergie.

— Attends, tu vas avoir trente-deux ans mardi ?

Kurt pivota sur lui-même pour faire face à Davy, qui rougit.

— Je sais, je fais plus âgé, n'est-ce pas ?

Rick lui tapa légèrement le bras avant de se tortiller sur le canapé pour se placer à côté de lui.

— Chéri, tu vas lui donner un complexe, et alors il ne sortira *jamais* avec nous.

Il ne voulait pas ramener Ben sur le tapis étant donné que la luminescence de Davy s'était à peine estompée au cours de la nuit, mais la seule raison pour laquelle il avait présumé que Davy était beaucoup plus vieux, c'était parce que Ben avait quarante-cinq ans quand il était mort. Merde. Davy n'avait été qu'un bébé quand Ben et lui s'étaient mis ensemble.

— Honnêtement, Davy, tu as l'air…

Kurt n'avait aucune idée de la manière dont finir sa phrase. Ses sœurs l'auraient frappé pour avoir même évoqué le sujet. Davy avait l'air bien plus jeune que lui quand il prenait le repos dont il avait besoin.

— Oh, laisse ce pauvre hétéro respirer, Davy. Tu es en train de le mettre mal à l'aise, dit Rick.

Davy lui lança un sourire qui disait qu'il le taquinait. Ouf.

— Quel âge as-*tu*, chéri ? minauda Rick qui laissa son doigt cheminer le long de son biceps.

Au moins, ses tatouages étaient couverts, sinon Rick aurait probablement été en train de les lécher à l'heure qu'il était.

— Trente-et-un.

— Oh-oh, chanta Jon. Davy, tu n'es plus le bébé ici.

Ah merde. Kurt était fatigué de toujours être le plus jeune.

— Oh, pratiquement un éphèbe, déclara Rick de manière suggestive.

Kurt n'allait certainement pas demander ce qu'était un éphèbe. C'est à ça que servait Internet.

Même David et Keith arrêtèrent de se lécher le visage pour rire à cette déclaration.

— S'il n'était pas hétéro, il serait quand même le moins éphèbe de nous tous, dit Davy.

Rick fit la moue, mais Kurt savait déjà que c'était plus pour l'effet que pour la pique elle-même.

— Alors, beau gosse, ça te dit de sortir avec nous pour Halloween ? Tu pourrais t'habiller en pompier sexy ou en ange déchu... Je pourrais te trouver un super costume.

— Rick !

La voix de Davy contenait un avertissement.

— Il est flic, tu sais.

— Eh bien, je ne pensais pas qu'il voudrait venir déguiser en flic pervers – ça lui rappellerait le boulot et tout ça – mais c'est lui qui voit.

Kurt ne put retenir son éclat de rire.

— Aussi tentant que cela puisse paraître, je travaillerai certainement ou alors je donnerai un coup de main chez ma sœur pour distribuer des bonbons.

— Quelle charmante scène de famille. Quel gâchis, soupira Rick.

— Davy, est-ce que tu distribues des bonbons ici ? demanda Kurt, pensant que ce serait quelque chose que Davy aimerait faire.

Les yeux de Davy s'assombrirent juste un peu.

— Non. Je ne l'ai jamais fait, mais je vais chez Sandra pour l'aider. Connard de Ben.

— Prêts à jouer ? demanda Jon en poussant David qui avait recommencé à embrasser Keith.

DAVY GAGNA la seconde partie, ce qui enchanta tout le monde, et ils décidèrent de passer aux cartes.

— Mais d'abord, le gâteau, dit Jon.

Le gâteau. Kurt n'avait même pas pensé au gâteau. Généralement, c'était le domaine de sa sœur ou de sa mère. Jon et Rick se rendirent dans la cuisine pendant que David retournait sur les genoux de Keith. Mais leur baiser évolua rapidement vers quelque chose à la limite de l'obscène.

— Tu ne l'as pas fait toi-même, n'est-ce pas ? souffla Kurt, détournant les yeux de l'attouchement flagrant.

— Le gâteau ? Non, Rick l'a apporté. L'un des potes avec qui il baise est boulanger.

— Oh, d'accord.

Davy montra Keith et David d'un geste de la main.

— Essaye de les ignorer. Ils partiront certainement après le gâteau. Je te promets qu'ils ne vont pas – eh bien, qu'ils ne vont probablement pas – montrer leur peau. Ils aiment avoir un public.

Kurt haussa les épaules. Ils n'étaient pas le premier couple de gays qu'il avait vu faire, mais ils étaient les premiers qu'il voyait dans un cadre non professionnel. Il pensa qu'il aurait dû se sentir plus mal à l'aise, mais si Davy pensait qu'ils ne faisaient rien d'impoli, ou du moins ne semblait pas s'en soucier, alors Kurt non plus.

Le sourire sur le visage de Davy alors que Jon et Rick revenaient était plus lumineux que les bougies sur le gâteau. Davy ferma les yeux pendant une seconde avant de toutes les souffler. Sa main allait découper le gâteau quand Kurt l'arrêta. Sa mère et ses sœurs insistaient toujours pour faire une photo avec le gâteau à chaque anniversaire – c'était une sorte de tradition. En fait, vu le nombre de fêtes d'anniversaires dans sa famille, il était surpris que cela ne lui soit pas venu à l'esprit plus tôt.

— Que penses-tu de prendre une photo ?

— Bonne idée, mon cœur, ronronna Rick. Tu as un appareil ?

Comment Rick réussissait-il à rendre presque chaque mot aussi suggestif ? Mais Kurt n'avait pas d'appareil ; il ne lui était pas venu à l'esprit d'en amener un.

— Non. Attends, mon téléphone.

Kurt se leva et fit signe aux autres de se rassembler autour de Davy. Il prit une photo.

— Attends. Tu dois aussi être dessus, dit Davy. Est-ce que tu as un retardateur ?

— Je ne crois pas.

Et il avait bu assez de bière pour ne pas vouloir chercher et trouver. Keith bondit.

— Je vais la prendre.

— Tu es sûr ? demanda Kurt qui n'était pas certain de savoir si la question s'adressait à Davy ou à Keith, mais Davy hocha la tête.

Rick remua ses sourcils et se déplaça afin que Kurt puisse prendre la place qu'il occupait, et le flash se déclencha. Keith lui rendit son téléphone, et Kurt le glissa dans sa poche.

À MINUIT, ils avaient mangé le gâteau et changé de jeu pour passer au poker. À deux heures du matin, lui et Jon se battaient encore pour savoir qui serait le vainqueur. Keith et David étaient partis après le gâteau comme Davy l'avait prédit, Rick somnolait sur le canapé, et Davy bricolait dans la cuisine, nettoyant et rangeant.

Combien de ces foutues bières avait-il bues ce soir ? Assez pour se féliciter d'être venu en taxi.

Kurt regarda ses cartes. Enfin de quoi tenter un quitte ou double. Il misa le tout pour le tout. Jon le regarda avec des yeux vitreux. Kurt était peut-être bourré, mais il n'y avait aucune chance pour que Jon soit suffisamment sobre pour ramasser la moindre mise. Le boulot de Kurt le rendait un peu trop bon à ce jeu. Il ne serait probablement plus invité à jouer à nouveau, mais même si Jon gagnait – et c'était peu probable – cela vaudrait la perte de ses vingt dollars. Son lit l'appelait à grands cris.

— Je suis.

Kurt retourna ses cartes.

— Merde, mec, la prochaine fois on jouera au Trou de Cul, dit Jon d'une voix pâteuse.

Kurt haussa les épaules et rassembla ses gains. Jon appela un taxi et commença à ramasser les jeux qui traînaient.

QUELQUES MINUTES plus tard, des feux apparurent par la fenêtre de devant.

— Allez, Rick. Le taxi est là.

Jon aida Rick à bouger et les deux hommes titubèrent vers la porte.

— Tu veux prendre le taxi avec nous ? lui demanda Jon par-dessus son épaule.

— Nan, je vais rester ici encore un peu. Aider Davy à nettoyer.

Jon et Rick sortirent, accompagné d'un coup de vent d'un froid polaire. L'hiver arrivait.

Bizarrement, il y avait peu de désordre. Kurt rassembla ses bouteilles de bière et deux verres de margaritas et les emmena dans la cuisine. Bientôt, il y aurait assez de bouteilles de bière stockées chez Davy pour que cela vaille le coup d'aller les déposer et récupérer la consigne. Toute la nourriture était emballée et rangée, et à part les verres de margaritas, il ne restait aucune vaisselle sale.

Il sentit une petite pointe de culpabilité le traverser. Davy n'avait peut-être pas préparé son propre gâteau, mais il avait cuisiné et nettoyé pour sa propre fête d'anniversaire. Ce n'était pas juste. Entre son mal de crâne et ses membres qui devenaient de plus en plus lourds, il ne pouvait rien faire pour arranger les choses ce soir. Il était temps de rentrer chez lui. Il appela son propre taxi.

— Davy ?

Où était-il passé ?

Kurt ouvrit quelques portes.

— Davy ?

Davy était endormi, étalé nu sur le lit. Ses cheveux noirs ébouriffés, le visage caché dans son oreiller, un léger sourire aux lèvres seulement à moitié visible. Les lignes minces de son dos descendaient vers la courbe de ses hanches et de ses fesses, la peau brillait dans la lumière argentée du clair de lune qui traversait le lit. Dans le V de ses jambes, une bosse indistincte reposait. Le fait que Kurt soit en train de regarder filtra à travers les quantités de bière qu'il avait ingurgitées, et il se hâta de faire remonter son regard vers le nord.

Kurt ne savait pas ce que Davy avait bu de son côté – il n'avait pas non plus fait le compte de sa propre consommation – mais il soupçonnait que Davy s'en mordrait les doigts au réveil. Kurt dépassa le lit pour se rendre dans la salle de bain, où il remplit un verre d'eau.

En ouvrant la porte de l'armoire à pharmacie, la première chose qu'il vit fut une bouteille de lubrifiant. Il referma la porte.

Du lubrifiant. D'accord. Kurt avait lui aussi du lubrifiant, mais le voir dans la salle de bain d'un homosexuel lui renvoya l'image d'une utilisation alternative, et cela… le surprit, un peu.

Il rouvrit la porte et réussit à forcer son regard au-delà du tube jusqu'aux comprimés pour les maux de tête.

Attrapant les cachets, il les emporta ainsi que l'eau jusqu'au chevet de Davy. Il s'était retourné sur le dos, sa peau douce bleutée dans le clair de lune. Un bras plié au-dessus de sa tête et l'autre reposant sur sa poitrine, les doigts effleurant la pointe d'un mamelon comme s'il se caressait lui-même. En dépit de la résolution de Kurt, son regard dériva vers le bas.

Un puissant coup de klaxon le fit sursauter et il courut hors de la maison, en s'assurant que la porte soit bien fermée derrière lui. Il ne voulait pas que le chauffeur de taxi réveille les voisins, mais il n'avait pas non plus l'intention de permettre à un voleur d'entrer chez Davy, encore moins quand celui-ci était ivre et endormi.

LE TRAJET en taxi jusqu'à son appartement dura assez longtemps pour lui permettre de reprendre son souffle. Après ces longues et difficiles semaines, il avait besoin de sommeil ; il se déshabilla donc et s'allongea sur le lit, jouant paresseusement avec son sexe à moitié dur tandis que la pièce tanguait doucement autour de lui.

Tendant la main vers la table de chevet, il sortit son propre tube entamé de lubrifiant. Ce n'était pas la même marque que Davy, mais bon, pourquoi cela l'aurait-il été ? Un orgasme l'aiderait à dormir.

La main glissante, il se caressa plus fermement. Le clair de lune qui jouait sur le plafond se transforma en la vision d'une peau douce couleur de marbre, tendue sur de longs os et des muscles fins. Dans son esprit, la main au repos de Davy s'anima, titillant le minuscule mamelon, la bouche tordue en un grognement vigoureux. L'image passa au jour où il avait plaqué Davy à terre, mais cette fois Davy était nu – ils l'étaient tous les deux – Davy se tortillant sous lui alors qu'il lui maintenait les bras contre le sol.

Sa main accéléra le mouvement, le son glissant de la chair lubrifiée contre sa main puissante résonnant dans ses oreilles.

Pendant une seconde – juste une seconde – il vit les jambes de Davy se relever alors qu'il se préparait à enfoncer Son sexe dans l'ouverture étroite qui lui était offerte et il imagina ses lèvres bouger, formant les mots *Baise-moi*.

Avec un grognement, Kurt éjacula sur ses doigts et son ventre, une semence chaude et poisseuse qui se mélangea au lubrifiant.

Les doigts encore enroulés autour de son membre épuisé, il glissa dans le sommeil.

IX

BORDEL DE merde. Combien de bières avait-il donc bues la nuit dernière ? Il poussa un cri alors qu'il cognait son tibia contre le bord de la baignoire. Chancelant, il plaqua une main contre le carrelage mural pour se tenir debout. Il porta son autre main à sa tempe tandis que l'écho de ses salutations bruyantes du jour résonnait dans son cerveau déshydraté.

Du sperme séché s'écailla sur son ventre alors qu'il se grattait distraitement. Une vision de lui-même en train de se masturber – sur une image de Davy – lui revint. Il grogna. Beaucoup trop de bière. Ça devait être ça. Plus jamais ça.

Il tourna le robinet de la douche et avança sous le jet avant que l'eau ne soit chaude comme il l'aimait, et il fit disparaître les preuves.

Personne ne savait. Personne ne devait savoir. Les gens faisaient des choses stupides quand ils étaient ivres. Il était assez vieux pour le savoir, mais il pouvait prétendre que cela n'était jamais arrivé. La mémoire avait des contours assez flous de toute façon.

— SALUT, KURT, comment vas-tu ? demanda Christa en souriant.

Oh. Si fort. Il était allé au restaurant familial, sa gueule de bois de la soirée d'anniversaire passée la veille chez Davy lui martelant toujours le crâne, et il avait été irrité de boire encore plus pour essayer de garder ses problèmes pour lui. Il n'avait pas non plus voulu admettre à ses frères qu'il avait la gueule de bois – ou plus spécifiquement, pourquoi. Bon sang, il leur avait même dit qu'il avait passé la nuit de samedi à travailler. Il y avait bien longtemps qu'il n'était pas arrivé au boulot dans un état pareil, et cela ne se reproduirait jamais plus.

— Bien, Christa.

Il fit attention de ne pas sourire. Après la visite d'Ian, il ne voulait pas donner à cette fille de fausses idées.

— Simon est là ?

— Oui, je pense qu'il est dans la salle de pause.

95

Du café. Oui. Kurt enroula sa main autour de son gobelet en carton chaud. Il s'était arrêté en chemin, impatient de s'offrir sa première dose de caféine de la journée. Il prit une pleine gorgée et l'avala, espérant que le café le réveillerait vite.

Son téléphone sonna et il vérifia l'appel entrant. Juste un message de la part de sa sœur, Erin. Il le fit défiler. Rien d'important. Ses doigts hésitèrent au-dessus des touches, essayant de se retenir de regarder ses photos. Comme hier – plusieurs fois – il échoua. Il n'avait que deux photos de samedi soir, mais celle que Keith avait prise était vraiment bien. Cela lui rappelait toutes ces photos heureuses cachées dans le placard aux trésors de Davy.

Les fossettes de Davy étaient profondes, et ses yeux brillaient et… Merde. Un autre souvenir refit surface, celui de Davy en train de cuisiner et de nettoyer. Un reproche familier de culpabilité l'assaillit. Peu importait quelle aberration avait fait qu'il… imagine ce qu'il avait fait samedi soir. Cela ne changeait rien au fait que Davy ne pouvait pas passer le mardi tout seul. Pas son premier anniversaire depuis la mort de Ben. Et ce n'était pas non plus à lui de faire tout le travail.

— Quelque chose d'important ? demanda Simon, en pointant son menton vers le téléphone de Kurt.

— Bon sang, ne te faufile pas comme ça derrière moi.

Kurt baissa les yeux et appuya avec force sur son téléphone pour cacher la photo.

— Et non, juste ma sœur

— Tu vas bien ?

— Ouais, bien sûr. Désolé, juste un peu fatigué.

Merde.

MARDI, ALORS qu'il se tenait devant chez Davy en fin de journée, Kurt se sentait encore plus hésitant que le samedi soir. Davy serait-il capable de deviner ce que Kurt avait fait ?

Merde. C'était stupide. Bien sûr que non. En plus… ce n'était pas arrivé.

Il leva le doigt pour sonner quand la porte s'ouvrit. Sandra se tenait là, enceinte jusqu'aux yeux et un peu blême.

— Bonjour, Sandra.

Oh, seigneur. Il était stupide. Bien sûr que Davy ne passait pas son anniversaire seul.

— Salut, Kurt. Quoi de neuf ?

Kurt serra les poings et sentit du papier se froisser sous sa prise. C'est vrai. Le cadeau.

— Je passais juste déposer un cadeau pour Davy. Et j'ai pensé que je pourrais l'emmener dîner mais j'avais oublié que tu serais certainement là.

Un voile de transpiration se forma sur sa lèvre supérieure. Pourquoi avait-il admis cette dernière partie ?

Sandra inclina la tête de côté.

— Vraiment ? Parce qu'honnêtement je ne me sens pas bien. Je suis supposée me reposer au lit, mais je ne pouvais pas laisser mon petit frère tout seul aujourd'hui.

Elle se tourna.

— Davy ? Tu es d'accord si Kurt t'emmène faire un tour à ma place ?

— Kurt ? Pourquoi me parles-tu de lui ?

Ouais. Il aurait dû téléphoner d'abord. Même si cela aurait bien été la première fois.

— Parce qu'il est juste là dehors, chéri.

Seigneur, il voulait faire demi-tour et courir.

— C'est vrai ?

Davy jeta un œil au-dessus de l'épaule de Sandra et lui dédia un large sourire qui fit ressortir ces fossettes et calma les tremblements qui agitaient son estomac. Quels que soient les doutes qu'il avait, rien ne valait le sourire de Davy.

— Salut, toi. Sœurette, je sais que tu ne te sens pas bien. Ça ne me pose pas de problème de sortir avec Kurt ce soir.

— Merci, les gars. J'apprécie.

— Pouvons-nous déposer Sandra chez elle ? Je suis allé la chercher en revenant du travail.

— Bien sûr. Tiens, dit-il en poussant le paquet enveloppé de papier brillant dans les bras de Davy. Bon anniversaire.

David lui lança un regard étrange. Ce n'était pas surprenant, parce qu'il ne s'attendait probablement pas à recevoir un second cadeau de la part de Kurt. Mais hier après le déjeuner, Kurt était repassé devant cette devanture colorée et un cadre d'un bleu vif aux contours ondulés et irréguliers se détachait dans la vitrine. Il l'avait acheté et avait fait imprimer la photo d'anniversaire de Davy dans un magasin de fourniture à proximité. Le cadeau semblait s'accorder à sa personnalité et il était plus personnel que le livre de cuisine. Mais qui donnait deux cadeaux d'anniversaire à un ami ? Il n'avait pas anticipé à quel point cela serait embarrassant.

— Est-ce que je peux l'ouvrir plus tard ?

Kurt haussa les épaules.

— Comme tu veux.

Le sourire de Davy s'estompa un peu et il retourna à l'intérieur. Kurt conduisit Sandra jusqu'à sa voiture et l'aida à s'installer pendant que Davy fermait la maison.

UNE HEURE plus tard, ils étaient garés à un pâté de maison du Lettie's. En fait, l'emplacement était idéal, même si se garer là un mardi soir n'était pas exactement très recherché.

— Tu es sûr de vouloir retourner là ?

Leur dernière visite avait été… 'Désastreuse' était peut-être un mot un peu fort, mais ce n'était certainement pas un grand souvenir, pour aucun d'eux. Même si cela avait ramené d'anciens amis dans la vie de Davy.

— Oui, je suis sûr.

— D'accord, c'est ton anniversaire, je te suis.

Kurt décida de ne pas commander de bière – sa gueule de bois d'hier étant toujours fraîche dans son esprit – mais il essaya d'encourager Davy.

— C'est bon, c'est moi qui offre, et je conduis. Commandes-en une si tu veux.

— Tu n'as pas besoin de m'inviter.

— Si, je le veux. Tu as fait tout le travail samedi et c'était ta propre fête.

Kurt le regarda sérieusement et Davy se mit à rire.

— D'accord, d'accord, mais pas de bière. Ça faisait longtemps que je n'avais pas eu de gueule de bois, et je n'ai pas besoin de réitérer cet exploit alors que je travaille demain. Au fait, que m'as-tu acheté ?

— Ouvre le paquet quand tu seras rentré et tu verras. Vraiment, ce n'est rien.

Il ne voulait pas en parler. Cela semblait tellement sentimental, et même s'il pensait que c'était parfait pour Davy, c'était peut-être bizarre pour un mec d'offrir ça à un autre mec.

— Comment va le boulot ?

Ils revinrent à leurs sujets de conversations traditionnels quand une main vint le frapper sur l'épaule.

— Kurt, comment vas-tu ?

Il leva haut la tête pour voir Simon – vêtu d'un costume trois pièces – debout à côté de lui. Dieu que ce mec était grand. Il jeta un œil à Davy qui s'était fait tout petit dans un coin de la banquette, silencieux et cherchant vraisemblablement à essayer de se rendre le plus invisible possible.

— Simon, que fais-tu ici ?

— Jen et moi nous avons des billets pour aller au théâtre. Je t'ai entendu parler de cet endroit, donc nous avons décidé de l'essayer.

Un rapide coup d'œil autour de lui confirma à Kurt que Simon et Jen n'étaient pas les seules personnes à profiter de la bonne nourriture et du service rapide du Lettie's avant leur spectacle. La foule était mieux habillée qu'à l'accoutumée, mais Kurt venait rarement ici à cette heure de la journée.

— Simon, Jen, je vous présente un ami à moi, Davy. Davy, voici Simon, mon partenaire, et sa femme, Jen.

Simon ne dut pas remarquer le léger tressaillement de Davy à la mention du mot 'partenaire', et Kurt pensa un instant que Davy n'aller pas serrer la main tendue de Simon, mais il le fit.

— Salut, Davy. Heureux de te rencontrer.

Jen se glissa sur la banquette à côté de Kurt et Simon s'assit à côté de Davy. Cela avait du sens, rapport à la taille de chacun, puisque Jen et Davy étaient minces tous les deux, beaucoup plus que Simon et lui, mais la proximité de Simon mettait Davy mal à l'aise et Kurt ne savait pas pourquoi.

— J'espère que cela ne vous dérange pas si nous nous joignons à vous, dit Simon en levant les yeux au ciel, sachant que c'était entièrement la décision de Jen.

— Oh, toi, chut, dit Jen en donnant une petite tape à Simon. Je n'ai pas vu Kurt depuis une éternité. En plus, nous avons juste le temps de prendre un en-cas. Avez-vous déjà commandé l'apéritif, les gars ?

Davy secoua la tête, se réchauffant face à l'effervescence de Jen.

— Parfait.

Elle regarda Simon qui leva immédiatement une grande main pour faire un signe à la serveuse.

Kurt savait que Simon n'était pas mené à la baguette par sa femme, ou dominé, ou quel que soit le nom peu flatteur que les gens donnaient aux hommes qui étaient simplement attentifs envers leur femme. En fait, il était jaloux de leur relation. Il avait trente-et-un ans. Quand allait-il trouver une personne comme ça pour lui-même ?

Ils commandèrent des nachos à partager pendant que Jen et Davy parlaient de leur travail respectif, puis des différentes pièces de théâtre qu'ils avaient vues tous les deux et de ce qu'ils pensaient d'elles. Kurt avait seulement entendu parler de quelques-unes d'entre elles – soit parce qu'il avait lu les pièces au lycée ou parce qu'une campagne de publicité avait pénétré sa conscience. Cela ne lui ferait probablement pas de mal d'en voir un peu plus, cependant. Ses sœurs lui avaient dit plus d'une fois que le théâtre à Toronto était… rustre mais de classe internationale ? Quelque chose comme ça. Il devrait peut-être en tirer avantage, et ce serait moins cher et plus facile que d'obtenir des billets pour un match de hockey des Leafs.

Quand les nachos arrivèrent, ils étaient tous assez affamés pour piocher dans le plat, créant une accalmie dans la conversation. Ce temps d'attente avait également permis à Davy de se détendre en cette compagnie inattendue. Davy lui sourit tout en suçant la sauce de son pouce et Kurt se mordit à lèvre. La première chose qui lui vint à l'esprit fut une image de Davy suçant tout autre chose, et Kurt poussa ses hanches plus loin sous la table.

Bordel mais qu'est-ce qui n'allait pas chez lui ? Pourquoi Davy, pour l'amour de Dieu ? Il avait besoin de s'envoyer en l'air. Et pas avec Davy, bon sang.

Il fit en sorte d'éviter son regard jusqu'à ce que Simon et Jen s'en aillent. Au moins, les hamburgers qu'ils avaient commandés en guise de repas ne devraient provoquer aucune pensée sexuelle vagabonde ou un quelconque mauvais tour de son esprit.

— Ils ont l'air gentil, commenta Davy alors que la serveuse déposait leurs hamburgers.

Davy poussa la moutarde vers lui.

— Je ne sais pas pourquoi tu n'aimes pas la moutarde, lui dit Kurt en badigeonnant la substance jaune et visqueuse sur son pain.

Davy frissonna de dégoût.

— Et je ne sais pas non plus pourquoi tu aimes ça. La couleur n'est pas naturelle et ça a un goût horrible.

— Oh, et le ketchup c'est tellement mieux ? Ce n'est que du sucre rouge et collant.

— C'est largement mieux que la moutarde.

Kurt rit alors que le nez de Davy pointait vers le plafond, soulagé que sa brève montée d'énergie sexuelle ait disparu. Elle avait disparu. Vraiment. Tout au moins, sa foutue verge se tenait bien.

— Alors, tu aimes le théâtre ?

Kurt reprit le fil de la conversation commencée avec Simon et Jen. Des billets feraient un bon cadeau pour son prochain anniversaire – il devrait se rappeler de l'ajouter à son calendrier.

— J'adore. Je ne suis pas… Je n'y étais pas allé depuis longtemps.

Une colère irrationnelle – ou peut-être pas si irrationnelle que ça – monta dans les tripes de Kurt. La colère était une émotion plus acceptable, quoique pas familière. Il détestait la façon dont Davy avait presque été un prisonnier. Pas durant les dix années entières de sa relation, cependant ; d'après ce qu'il avait entendu, le comportement de Ben avait empiré au fil du temps, particulièrement après son quarantième anniversaire. Voir un conseiller pourrait aider Davy mais Kurt n'amènerait certainement pas le sujet le jour de son anniversaire. La prochaine fois qu'il irait chez lui, peut-être. Il ne voulait pas être celui qui balayerait la joie de son visage, la conversation qui l'attendait était potentiellement truffée de mines, comme l'histoire des jeux vidéo le jour de sa fête.

— Waouh, je suis repu.

Davy repoussa son assiette, le hamburger à moitié mangé et les frites intouchées. Kurt, lui, mangeait toujours – il s'était habitué à l'appétit d'oiseau de son ami.

— Tu veux aller voir un film ? C'est moi qui régale.

Kurt joua des sourcils, faisant rire Davy.

— Il est presque vingt heures. Il n'y aura pas beaucoup de choix.

— Et alors ? Nous irons voir le film de la prochaine séance, quel qu'il soit.

Kurt n'était pas prêt à rentrer chez lui. Vieillir l'emmerdait déjà bien assez sans qu'il doive rentrer chez lui après un repas d'anniversaire et avant vingt-et-une heures en plus. Vingt-et-une heures ! Davy méritait de faire une pause dans sa vie d'adulte responsable, mais il n'était pas sûr que l'accompagner chez lui soit une bonne idée.

— D'accord, mais je parie que quel que soit le film de la prochaine séance, il sera nul.

— Et alors ? C'est mon argent. En plus, nous pouvons toujours jeter du pop-corn sur l'écran.

— Jeter du pop-corn ? Est-ce là le comportement approprié d'un parfait inspecteur de police intègre ?

Un grognement amusé ruina le discours sévère de Davy.

— Hé, tant que tu ne le dis à personne, ça devrait aller.

Davy sourit encore.

— Marché conclu. Et j'ai un *je-te-l'avais-bien-dit* en poche, prêt à l'emploi. Mais laisse-moi payer, au moins.

— Pas question, c'est ton anniversaire. Prêt ?

Davy hocha la tête et Kurt laissa quelques billets sur la table tandis qu'il se glissait hors de la banquette. Un petit coup sur sa manche le fit s'arrêter.

— Merci, Kurt.

Un remerciement sincère brillait dans les yeux de Davy. Celui-ci le remerciait pour davantage que ce simple dîner, et la dernière pointe d'anxiété de Kurt disparut. Il ne pouvait pas laisser tomber Davy.

— Quand tu veux. Tu le sais, n'est-ce pas ?

Les yeux un peu brillants, Davy sourit. Pas de larmes ce soir, Dieu merci. Ce serait vraiment de la malchance que de pleurer le jour de son anniversaire.

POPCORN ET verres en mains, ils se glissèrent dans leur siège deux minutes avant le début du film. Aucun d'eux n'en avait entendu parler, mais c'était la dernière séance de la soirée.

— Es-tu sûr que c'est la bonne salle ? demanda Davy en jetant un coup d'œil autour de lui.

— Oui. C'est la numéro huit. Ce n'est quand même pas difficile à ce point de retenir ça ?

— Mais il n'y a personne d'autre ici.

C'était bizarre. Les mardis n'étaient pas toujours complets, mais Kurt se serait quand même attendu à un public plus large – que seulement eux deux – pour un film d'horreur quasiment à la veille d'Halloween. Mais bon, peut-être que personne n'avait entendu parler de ce film.

Le générique d'ouverture commença à défiler et Davy scruta l'écran avec un regard exagéré, d'une telle attention que Kurt ne put s'empêcher de rire. Le film était aussi terrible que Davy l'avait prédit. Le gore n'était pas du tout crédible, et les procédures de police étaient, au mieux, risibles. Dès que Davy lançait un commentaire sarcastique et moqueur à propos d'un des personnages ou de leurs réactions et conclusions ridicules, Kurt répliquait avec sa propre dénonciation cinglante de l'application de la loi. Parfois, ils riaient si fort que Kurt était sûr qu'il manquait une partie des dialogues guindés et figés, ce qui n'avait aucune importance pour la compréhension de l'intrigue.

La dernière scène du film laissait typiquement la voie ouverte à une suite, même si Kurt n'avait aucune idée de qui serait assez fou pour s'en charger.

Davy se tourna vers lui.

— Ça doit être un film à dix pipes, au moins.

Le seul fait d'entendre Davy prononcer ces mots envoya une vague de chaleur au creux de ses reins.

— Quoi ?

— Dix pipes. Tu sais, combien de fellations a-t-il fallu pour convaincre quelqu'un de faire ce film.

Kurt se mit à rire si fort qu'il faillit presque s'étouffer sur la dernière gorgée de sa boisson, et ses côtes lui faisaient déjà mal depuis la moitié du film.

— Dix. Vraiment ? J'aurai dit cent. Peut-être cinq cent.

Davy se mit à rire avec lui.

LE TRAJET de retour chez Davy ne fut pas assez long pour que les côtes de Kurt arrêtent de le faire souffrir, en partie parce que Davy continuait de lui remémorer quelques-uns des moments les plus drôles. En s'arrêtant dans l'allée, la tentation presque irrésistible de l'embrasser l'envahit. Seigneur. Ils n'étaient pas à un putain de rendez-vous. Kurt agrippa fermement ses mains sur le volant et regarda devant lui.

— Merci encore, Kurt. J'ai passé un bon moment, dit Davy en lui donnant une petite tape sur l'épaule avant de sortir de la voiture.

Kurt aussi s'était amusé. En dépit du film lui-même, c'était probablement le meilleur moment qu'il avait jamais passé au cinéma.

DE RETOUR chez lui, dans son lit, il imagina le mouvement des fesses de Davy alors qu'il marchait pour rentrer chez lui. Merde. Tout ça commençait à lui échapper. Il n'était pas gay. Il n'avait jamais pensé aux mecs avant. Davy n'était pas efféminé non plus, donc cela n'expliquait pas sa fascination. Bien sûr, il était mince, mais il avait l'ombre d'une barbe naissante, de grandes mains et il était plus grand que lui, bon Dieu.

Pourtant, ses lèvres roses étaient un tourment. Imaginer les lèvres de Davy sur son… N'importe où… le fit sentir bien à l'étroit dans sa peau et son pouls bondit alors même que cela le faisait complètement paniquer.

Son esprit se remplit de davantage de petits films sensuels de Davy. En particulier Davy à genoux, le suçant. Bordel, il ne serait jamais capable de dormir sans se masturber.

Il saisit son sexe déjà dur et douloureux. Pourquoi imaginer la bouche de Davy sur son corps lui faisait-il cet effet ? Putain, son sexe montrait plus d'intérêt pour les fossettes de Davy que pour la poitrine dénudée d'une Tiffany, il n'avait qu'à se donner la peine de le prendre en main.

Non. Non, il pouvait dormir sans ça. Il pouvait. Il dénoua ses doigts un à un, souhaitant que son érection disparaisse. Il essaya de ne pas penser à Davy se glissant sous la table chez Lettie's pour descendre sa braguette. Il essaya de ne pas penser à Davy se penchant sur ses genoux dans la salle obscure du cinéma. Il essaya de ne pas s'imaginer recevant une fellation illégale pendant qu'il conduisait. Même ce scénario incluait les cheveux sombres de Davy – et ceux de personne d'autre – lui chatouillant le ventre. Ses mains se crispèrent sur les draps de lit tandis que ses hanches remuaient. Se soulevaient du lit en une supplication.

— Merde !

Son cri perça le silence de la chambre, mais les murs étaient en béton épais – il n'avait pas à s'inquiéter de réveiller les voisins.

Il roula sur le côté et attrapa le lubrifiant sur la table de chevet. Il ne l'utilisait pas si souvent, mais ce soir, il le voulait. Enduisant ses mains, il en plaça une sur son sexe et l'autre autour de ses testicules. Il gémit de pur plaisir au contact.

Commençant doucement, comme il aimait, Kurt caressa toute la longueur de son membre, donnant une petite torsion à la pointe avant de faire redescendre sa main jusqu'à la base, puis répéta le mouvement, prétendant que la moiteur glissante était la bouche de Davy dégoulinante de salive. Pendant tout ce temps, il massa ses testicules et s'imagina en train de baiser la bouche de Davy.

Avant de s'en apercevoir, Kurt s'imagina au-dessus de Davy, dont les jambes étaient écartées, ouvertes et en attente. Son sexe reposait lourd et en érection sur son ventre, le gland épais pointant vers son menton. Maintenant frénétique, sa main bougea plus vite sur sa verge et son autre main glissa plus bas, un doigt s'insinuant de lui-même à l'intérieur de son canal, là où rien n'avait jamais pénétré avant. Le film dans son esprit vit son membre disparaître dans le corps de Davy, et il poussa son doigt plus profondément, imaginant la même chaleur et la même étroitesse autour de son sexe. Pour son plus grand choc, il ressentit une immense plénitude. Son doigt le caressait au rythme de son poing autour de sa verge mais ce fut la pensée de Davy jouissant partout sur lui, Kurt profondément ancré dans son corps, qui le fit basculer dans le plaisir avec un gémissement soutenu.

Haletant, il resta allongé là, son sperme refroidissant sur son ventre, son doigt toujours fermement logé à l'intérieur de son corps. Il ferma les yeux. Qu'il aille se faire foutre. Il n'était pas gay, n'est-ce pas ? Il arrivait parfois que des mecs fantasment sur d'autres mecs, non ? Cela ne lui était jamais arrivé avant...

Il libéra son doigt et son sexe tressaillit à cette sensation supplémentaire. Il sauta hors du lit et alla se doucher, faisant disparaître les preuves, mais à sa grande horreur, il se retrouva appuyé contre le carrelage mural, le doigt à nouveau enfoncé en lui et caressant follement sa verge sur une image mentale de Davy. Alors qu'il éjaculait dans sa main, il se rendit compte que cette fois, il ne pouvait même pas blâmer la bière.

Oh seigneur.

X

— Combien de temps avant l'attaque ?

Kurt s'installa sur une chaise pliante près de la porte, Erin dans un siège identique en face de lui. Les deux filles d'Erin et ses autres neveux et nièces étaient partis faire du porte à porte, lançant leur 'un-bonbon-ou-un-sort', avec le mari d'Erin et le reste de ses frères et sœurs mariés. Kurt avait presque été submergé par toutes les démonstrations d'affection du petit groupe qu'ils formaient. Les bouts de chou étaient tous vêtus de leurs costumes, emmitouflés dans leurs volumineuses parkas de dernière minute ; exactement comme quand il était enfant. Cette maudite vague de froid arrivait toujours quelques jours avant Halloween, gâchant tout le concept d'un costume prévu depuis l'été.

— Je pense que nous avons dix, peut-être quinze minutes avant l'arrivée du premier enfant.

Erin déballa une mini tablette de chocolat qu'elle venait de prendre dans un bol à ses pieds et la glissa dans sa bouche.

— Hé, sœurette, retiens-toi. N'avale pas tout avant que les gosses arrivent ici.

Erin lui jeta une des barres à la tête, qu'il évita en riant.

— *J'allais* dire que c'était sympa de traîner avec mon petit frère. Mais je pense que j'ai changé d'avis. Comment se fait-il que tu ne sois pas de sortie ? Puisque tu ne travailles pas, tu aurais pu aller avec Ian et Dylan.

Kurt haussa les épaules. Il était sûr que la fête à laquelle ses frères célibataires se rendraient serait toute aussi folle que la boîte où les amis de Davy avaient prévu d'aller. Il aurait eu la garantie de s'envoyer en l'air, c'était du moins ce que Ian lui avait assuré. Mais…

— Je peux toujours être appelé. C'est pour ça je suis ici à faire le pied de grue avec toi.

Il lui tira la langue et Erin lança une autre mini barre de chocolat sur lui. Qu'il attrapa et mangea, cette fois.

Ils furent interrompus par la sonnette de la porte d'entrée et Erin se leva pour aller brailler sur les gamins.

Il s'était demandé ce que cela aurait donné de prendre Rick au mot à propos de son invitation... Si Davy y allait lui aussi. Il y avait bien longtemps qu'il n'était pas allé danser, et l'idée de regarder Davy se trémousser était une tentation séduisante et mystérieuse. Il avait fait des descentes dans quelques clubs gays à ses débuts dans la police, mais même en service, il avait remarqué que l'atmosphère était emprunte de sexe. Davy était-il un bon danseur ?

Le choc d'une barre chocolatée sur son crâne le fit pousser un cri.

— C'est pour quoi ça, merde ?

— Surveille ton langage, minus.

Erin le foudroya du regard.

— Mer... Pourquoi tu as fait ça ? demanda Kurt en se frottant le front.

— Je ne sais pas où tu étais, mais ce n'était sûrement pas ici. Comment s'appelle-t-elle ?

— Qui ?

— Tu devais être en train de penser à une fille. Tu affichais un sourire un peu idiot, et tu étais complètement perdu dans tes pensées. Quand nous la présentes-tu ?

Pas moyen, putain.

— Peu importe. Ce n'est rien.

— Oh, d'accord. Pourtant, tu ne réponds pas quand je t'appelle. Deux fois. Ça doit vraiment être quelqu'un.

— Laisse tomber, Erin.

Il utilisa sa voix de flic la plus sévère et la plus directe, combinée à un regard de colère, mais une femme qui avait changé ses couches ne réagissait comme aucune autre personne ne l'aurait fait. Il était toujours le petit garçon qui ne pouvait pas prendre soin de lui-même. Le minus.

Elle leva les yeux au ciel et l'effleura en le dépassant.

— Je vais chercher quelques trucs *bons pour la santé* à grignoter. Tu t'occupes du prochain groupe.

La sonnette retentit, noyant son dernier mot, et Kurt se leva d'un bond en espérant qu'elle n'ait pas remarqué la rougeur sur son visage. Seigneur. Si Erin le soupçonnait d'avoir une petite amie, sa mère se mettrait sur l'affaire. Et il ne pouvait pas leur dire qu'il était tout retourné à cause d'un mec. D'autant plus qu'il ne s'agissait que d'une phase passagère dont il allait se remettre. C'était un attachement né de la façon peu commune dont il avait rencontré Davy. Une fois que Davy aurait complètement récupéré, tout cela serait du passé. Et puis, sortir en société avec des hommes gays, régulièrement, était nouveau pour lui, il pouvait donc être excusé pour ses quelques pensées vagabondes.

Erin revint avec un plateau qu'elle posa sur la petite table de l'entrée. Il y trouva des bâtonnets de légumes avec un accompagnement de sauce.

— Merci, Erin.

Il venait juste de prendre un bâtonnet de carotte quand la sonnette résonna à nouveau, en même temps que son téléphone vibra dans sa poche.

— Je dois décrocher.

Erin hocha la tête et se dirigea vers la porte alors qu'il s'en allait plus loin dans la maison pour échapper à l'agitation des enfants surexcités par les bonbons.

— Salut, Davy. Quoi de neuf,

— C'est Sandra. Je suis chez Sandra.

La panique dans le filet de voix rauque de Davy était audible même par-dessus les cris des enfants.

— Calme-toi. Qu'est-ce qui ne va pas ?

C'était sa voix de flic anti-panique. Ce soir, il utilisait tous les tons officiels de son répertoire.

— Prends une grande inspiration et retiens-la pendant une seconde.

Kurt écoutait attentivement, s'assurant que Davy suive ses instructions.

— Bien, relâche-la lentement, dit-il, puis il attendit un moment. Maintenant, qu'est-ce qui ne va pas ?

— Sandra. Elle saigne et elle a de fortes contractions. C'est trop tôt pour le bébé. Elle ne doit pas accoucher avant deux semaines.

— As-tu appelé le 911 ?

— Non, pas encore.

Une chaleur se répandit dans la poitrine de Kurt quand il sut que Davy l'avait appelé en premier, attendant de lui qu'il l'aide ou parce qu'il savait qu'il prendrait les choses en main. Davy ne pensait pas qu'il était un minus inutile.

— Ça va bien se passer. Le bébé n'est pas si en avance, mais Sandra va probablement passer un moment difficile, dit-il en espérant qu'il ne mentait pas à propos du *tout va bien se passer*. Je vais raccrocher maintenant, et appeler le 911. Je parlerai au répartiteur pour savoir dans quel hôpital elle sera emmenée et je te retrouverai là-bas, d'accord ?

La respiration de Davy s'accéléra à nouveau.

— Davy. Respire. Lentement. Sinon tu vas t'évanouir et tu dois aider Sandra.

Il n'aimait pas utiliser un ton si tranchant avec Davy, mais il devait couper court à sa panique.

— Très bien. Je raccroche maintenant. Ils seront bientôt là.

Kurt attrapa son manteau et ses clés puis il dépassa Erin.

— Je dois y aller, sœurette. On discutera plus tard.

Beaucoup, beaucoup plus tard, si elle devait le passer au grill au sujet d'une petite amie imaginaire.

Son travail avait au moins l'avantage d'éviter les questions et les protestations quant à son départ. Il démarra sa voiture tout en aboyant des instructions dans le téléphone.

Quelques minutes plus tard, il se dirigeait vers l'hôpital, en gardant un œil vigilant sur les enfants dans les rues.

LE TRAFIC était dingue, ce n'était pas une nuit pour conduire ni pour avoir besoin des services d'urgence. Bien qu'il soit encore tôt pour que les Urgences soient débordées par les mésaventures d'ivrognes et les overdoses. Pour l'instant. Quand il débarqua finalement à l'hôpital, l'impassible infirmière de l'accueil dirigea Kurt vers la pièce où Davy attendait. Celui-ci était presque aussi pâle que le jour où Kurt avait posé les yeux sur lui pour la première fois.

— Hé, tu as des nouvelles ?

Davy tourna de grands yeux vides vers lui. Il lui fallut une seconde avant qu'une pointe de reconnaissance n'apparaisse dans son regard. Le soulagement envahit son visage et il fit un pas vers Kurt avant de s'arrêter, les poings serrés de chaque côté de son corps.

— Ils l'ont amenée ici très vite. Elle est avec le médecin pour l'instant. Je… je ne sais rien d'autre.

— Viens par ici. Assieds-toi avant de t'effondrer.

Kurt guida Davy vers une chaise et s'assit à côté de lui. Il voulait le prendre dans ses bras. Il l'aurait fait avec chacun de ses frères dans la même situation, mais il se méfiait d'autre chose que la simple réaction de Davy. Il n'était pas sûr de pouvoir se faire confiance et de ne pas transmettre son étrange obsession à tout le monde.

109

Pour la première fois, il ressentit une sympathie réticente pour Ben et la manière dont il avait géré sa relation avec Davy. Mais Ben était gay. Si Kurt était gay, il n'aurait aucun problème à l'admettre.

Ou pas ? Il avait réussi à éviter toutes pensées sexuelles concernant Davy – récemment. C'était un bon signe, pas vrai ?

Davy se mit à trembler. Kurt laissa ses soucis de côté et passa un bras autour de ses épaules, les pressant brièvement.

— Je vais aller te chercher un café. Pour te réchauffer un peu, dit-il en regardant autour de lui. Où est ton manteau ?

Davy tourna la tête, perdu.

— Je ne sais pas. Je ne pense pas que j'en portais un.

— D'accord, on s'inquiétera de ça plus tard. Mais il te faut absolument quelque chose de chaud à boire. Je reviens dans une minute.

Kurt s'en alla vers la cafétéria et revint. Les urgences n'étaient pas encore surchargées, donc même si Sandra avait été admise tout de suite, son état ne devait pas être aussi grave que Davy le craignait.

Il poussa le gobelet en carton contre les doigts exsangues de Davy, qui s'enroulèrent autour de lui mécaniquement.

Inclinant sa tête au-dessus du gobelet, Davy inspira la vapeur parfumée avant de prendre une gorgée prudente. Il grimaça.

— C'est très sucré.

— Tu as besoin de sucre. Alors bois. En plus, j'ai déjà pris un café ici. C'est vraiment de la pisse de chat, donc crois-moi, plus il y a de sucre, mieux c'est.

Ses paroles amenèrent un sourire fugace sur les lèvres de Davy et son regard de petit garçon perdu s'estompa. Après qu'il eut avalé quelques gorgées supplémentaires, Kurt l'interrogea un peu plus.

— As-tu eu l'occasion d'appeler le mari de Sandra ? Ou ses amis ?

Ils n'avaient pas souvent parlé de la sœur beaucoup plus âgée de Davy, mais Kurt savait que son mari, William, était basé à l'étranger et que d'autres femmes de militaires l'aidaient pendant sa grossesse difficile.

— William est censé être en permission dans deux semaines.

Mais Davy comprit la suggestion tacite de Kurt et sortit son téléphone. Il prit le café fermement dans une main et pressa le téléphone sur son oreille avec l'autre.

Kurt erra dans la pièce, ramassant des magazines et les feuilletant pour donner un peu d'intimité à Davy. Lorsqu'il rangea son téléphone dans sa poche, Kurt revint s'asseoir à côté de lui.

— Je n'ai pas réussi à joindre William, mais j'ai laissé un message à son commandant. Et j'ai appelé la meilleure amie de Sandra, Liz. Hum...

Davy baissa la tête, essayant de cacher son visage du regard de Kurt.

— Quoi ?

— Elle m'a demandé si j'avais besoin d'elle pour me soutenir, dit Davy en parlant à une plante en pot dans un coin de la pièce. Je lui ai dit que ce n'était pas la peine, et que je l'appellerai quand j'en saurai plus. Tu... tu n'es pas obligé de rester. Je suis heureux que tu sois là, mais je ne veux pas gâcher ta soirée. Il se peut que je sois là pour un moment.

— Je ne vais nulle part, Davy.

Kurt enleva son manteau et le déposa sur le dossier de sa chaise.

Davy ferma les yeux et se mordit la lèvre avant de laisser échapper un énorme soupir.

— Merci.

— Quand tu veux, Davy, tu le sais.

Davy lança un rapide coup d'œil autour de lui. Il tapota le bras de Kurt pendant une brève seconde avant de retirer sa main avec un autre regard coupable. Personne ne faisait attention à eux, chacun étant plongé dans ses propres soucis. Ils s'installèrent pour regarder les idioties qui passaient à la télévision fixée au mur.

DEUX HEURES plus tard, Davy s'était endormi contre son épaule. Le stress et l'ennui étaient une combinaison mortelle. Les yeux de Kurt étaient eux aussi un peu fatigués, même si les séries télé étaient légèrement plus intéressantes que de rester assis à attendre sans rien faire.

Un jeune médecin en blouse violette parla rapidement à une infirmière au bureau d'enregistrement, qui montra Davy du doigt. Le médecin se dirigea vers eux et Kurt réveilla Davy, soulagé de voir un sourire sur le beau visage du médecin.

— Monsieur Grey ? Vous êtes le père ?

— Non, non je suis le frère de Sandra, Davy Broussard.

Davy serra la main du docteur, qui tourna alors un regard interrogatif vers Kurt.

— Pas moi non plus. Je suis juste un ami.

Il attendit un moment, mais Davy n'offrit aucune explication supplémentaire.

111

— Le mari de Sandra est à l'étranger. Même s'il obtient une permission d'urgence, il mettra plusieurs heures à arriver.

Le médecin montra un visage compréhensif.

— Eh bien, Monsieur Broussard, votre sœur va bien. Nous avons dû pratiquer une césarienne d'urgence, et nous devrons la garder au moins quelques jours. Elle vous demande, même si elle est encore un peu groggy.

— Et le bébé ? demanda Davy.

— Il va bien. Vous devriez pouvoir le voir demain, une fois qu'il sera installé dans la nursery. Il restera en observation un petit peu plus longtemps que votre sœur.

Le sourire de Davy revint en force, ses fossettes illuminant son visage. Kurt n'avait pas de réel 'radar à gay' – il n'en avait jamais eu besoin – mais il ne manqua pas le regard appréciateur du médecin sur la bouche de Davy. La simple pensée que Davy puisse également être intéressé par le médecin fut suffisante pour planter un coup de poignard de jalousie dans son abdomen. Il n'avait jamais été jaloux de quiconque dans sa vie, et cela le secoua.

Davy se tourna vers Kurt et ouvrit la bouche.

— Ne t'inquiète pas, le coupa Kurt, je vais attendre ici le temps que tu rendes visite à ta sœur.

Parce que Davy aurait besoin qu'on le raccompagne chez lui, et qu'il n'allait pas le laisser prendre un taxi dans ce froid, sans manteau.

Davy hocha la tête et suivit le médecin de l'autre côté d'une porte coulissante.

Dix minutes plus tard, Davy revint, l'air plus détendu que Kurt lui avait vu depuis longtemps.

— Tout va bien ?

— Oui, tout va bien. Liz ou moi viendrons la chercher quand elle aura reçu l'autorisation de sortir. Je suis impatient de voir mon neveu.

Davy était plein d'énergie, ce qui était contradictoire avec les cernes sombres qu'il avait sous les yeux. Il avait vraiment besoin de sommeil. Mais Kurt se rappela la première fois que l'une de ses sœurs avait accouché... Il se rappelait de tout, en fait. Il y avait là-dedans quelque chose de spécial, quelque chose qui rendait humble, et il n'allait pas en vouloir à Davy d'être excité.

— Comment s'appelle-t-il ? Ont-ils déjà choisi un prénom ?

— Oh, oui. Oliver Alain, pour nos parents. Maman s'appelait Olive et papa, Alain.

Davy ne parlait pas beaucoup de ses parents. Kurt savait qu'ils étaient morts dans un accident de voiture quand il était adolescent, et Sandra, de onze ans plus âgée, avait été désignée tutrice de Davy. La douleur de cette perte s'était probablement estompée, comparée à la perte plus récente de Davy, mais c'était l'absence d'un réseau de proches pour le soutenir – en particulier quand Sandra avait ses propres problèmes à gérer – qui avait réellement inquiété Kurt quand il avait rencontré Davy pour la première fois.

— J'ESPÉRAIS que tu te montrerais ce soir.

— Oh ?

Le cœur de Kurt accéléra alors qu'il dénouait son écharpe. Il était resté à l'écart pendant treize jours après l'admission de Sandra en salle d'urgence, et il se détestait d'avoir compté ces putains de jours. Quand il n'avait pu le supporter plus longtemps – ce qui s'était en fait produit trois jours plus tôt – il lui avait encore fallu trouver une excuse, et il n'y avait pas eu de match de hockey retransmis à une heure raisonnable jusqu'à aujourd'hui.

Davy ne devait jamais savoir ce à quoi il pensait au milieu de la nuit. Bon sang, Kurt essayait de ne pas y penser non plus. C'était de la curiosité ou une fichue toquade incontrôlable. Ça passerait. Peut-être. En tout cas, il n'était pas prêt à renoncer à son amitié avec Davy parce que son sexe était subitement devenu imprévisible dans ses préférences.

— Ouais, j'ai acheté des trucs pour faire quelques-uns de ces hamburgers du livre de cuisine que tu m'as offert.

— Oh, génial.

Il avait pensé que c'était un cadeau stupide, mais ils aimaient tous les deux les hamburgers.

— Installe-toi confortablement. Je vais aller préparer tout ça.

Kurt traîna dans le salon et alluma la télévision. Alors qu'il s'installait sur le canapé, un éclair de couleur taquina le coin de son œil. Il se releva pour inspecter la cheminée.

La chaleur s'insinua dans ses joues, mais cela ne l'empêcha pas de sourire. Le cadre qu'il avait offert à Davy, avec la photo de sa fête d'anniversaire occupait une position centrale au sommet de la cheminée. Davy avait l'air si foutrement heureux.

Et cette photo n'était pas la seule. Kurt inspecta les autres, disposées sans aucune symétrie apparente. Il ne reconnut personne à part Davy et Sandra, mais c'était réconfortant de voir Davy ressusciter certains de ses biens les plus précieux. Il y avait une photo d'un petit bébé rougeaud, que Kurt supposait être le nouveau neveu de Davy, Oliver, mais, malgré sa propre expérience avec ses neveux et ses nièces, il n'était toujours pas capable de distinguer les bébés. Pour lui, ils se ressemblaient tous, et les photos que Davy lui avait déjà envoyées par texto ne l'aidaient pas.

Au moins, le mari de Sandra était finalement revenu. Il était rentré chez lui six jours après Halloween, retardé par plusieurs tempêtes hivernales, ici et là dans toute l'Europe. Même avec l'aide des amis de Sandra, Davy avait été débordé avec le nouveau-né.

Kurt avait eu du mal à s'associer à la joie fatiguée de Davy, et cela lui avait permis d'éviter de le voir. Mais il aurait dû demander à ses sœurs, sa mère et sa belle-sœur de l'aider. Elles l'auraient fait, à la simple demande de Kurt, mais à chaque fois qu'il sortait son téléphone, la honte et la culpabilité luttaient contre la peur que sa famille ne découvre qu'il tenait à Davy plus qu'il l'aurait dû.

Se retournant, il contempla la pièce. La couverture en patchwork de Davy que sa mère avait faite, était drapée sur le dossier du canapé. Celui-ci arborait également deux gros oreillers rouges duveteux que Kurt n'avait jamais vus auparavant. La bibliothèque contenait maintenant plusieurs livres, au lieu du catalogue stylé rempli de babioles. À voir la tranche des livres bien usés, il était évident que Davy aimait lire. Kurt ne se souvenait pas d'avoir jamais parlé littérature avec Ben.

Il marcha à grand pas vers les étagères pour parcourir les titres. Il y avait des livres de cuisine, et un espace visible, au milieu, de la taille de celui sur les hamburgers qu'il avait offert à Davy. Il y avait des romans d'auteurs qu'il reconnut et d'autres qu'il ne connaissait pas. Principalement du genre fantastique, de science-fiction, et un peu de suspense. Il sortit un titre d'un auteur qu'il ne reconnaissait pas. Son visage rougit quand il vit deux hommes, torses nus, sur la couverture. Il le remit en place avec précaution et s'éloigna des étagères.

La pièce s'était transformée en une salle de séjour où quelqu'un vivait réellement. Les couleurs vierges et stériles des murs et des meubles étaient en quelque sorte atténuées par les nouvelles touches que Davy avait ajoutées à la pièce. Cela devait être un signe de guérison – l'endroit n'était plus le sanctuaire où Ben avait voulu rester caché. C'était bien pour Davy.

114

Ajouter un feu de cheminée serait une belle touche. Davy avait-il du bois de chauffage ?

Davy entra dans la pièce avec empressement, portant deux bouteilles de bière.

— Voilà, le dîner sera prêt dans dix minutes environ.

— Ça sent bon.

Et c'était vrai. Kurt ne parvenait pas à distinguer les odeurs, mais Davy traînait dans son sillage le délicieux fumet de viande cuite. Davy sourit et ses fossettes illuminèrent son visage, provoquant une montée de chaleur inattendue et indésirable dans l'aine de Kurt. Bon sang. Cela allait-il arriver de plus en plus souvent à mesure que Davy redeviendrait heureux et retrouverait le sourire ? Il n'était pas prêt de dépasser cette folie ; à en juger par le nombre de nuits où il s'était masturbé en pensant à Davy, la situation ne faisait qu'empirer.

Non. N'empirait pas exactement. Suivait simplement son cours. Empirait, avant de s'améliorer.

Kurt et Davy s'assirent sur le canapé et écoutèrent les commentateurs annoncer la composition de l'équipe.

Puis s'ouvrit une page de pub. Il y avait toujours beaucoup trop de ces fichus trucs.

— Tu as du bois de chauffage ?

— Du bois de chauffage ? Non, tu as froid ?

— Pas vraiment, je me demandais simplement si tu avais déjà utilisé la cheminée.

— Jamais. Ben n'aimait pas la fumée – trop salissante – et il disait que le bois était rempli de bestioles.

Un muscle de la mâchoire de Kurt se tendit. Qui n'aimait pas les feux de cheminée ? Ils étaient particulièrement bienvenus les jours où il neigeait, quand il faisait froid et venteux dehors sans qu'il y ait cependant suffisamment de neige pour nécessiter un déblayage. Les jours où il n'y avait nulle part où aller et rien d'autre à faire que se détendre. Au moins, il y avait un pare-feu et un serviteur avec les accessoires nécessaires, mais cela semblait être un gaspillage inutile si personne ne s'en servait.

— Il faudrait contrôler le conduit de cheminée afin de s'assurer qu'il n'est pas obstrué, mais si tu en veux un, dis-le moi. Mon frère Dylan possède un ranch en dehors de la ville et il a toujours du petit bois pour le chauffage.

Kurt regarda le doux tapis blanc en face du canapé. Pour une raison inconnue, Davy n'aimait pas avoir une table basse devant le canapé, de sorte que la table qu'ils utilisaient lorsqu'ils en avaient besoin occupait un coin de la pièce avec deux chaises, créant une petite alcôve à côté de la bibliothèque. Comme aucun d'eux n'avait encore déplacé la table en face du canapé, l'espace devant de la cheminée était ouvert. Kurt eut la vision d'une chaude lueur orangée émanant du foyer de la cheminée, du blanc cru du tapis adouci par la lumière du feu. Contre sa volonté, il imagina un Davy nu et mince allongé sur le tapis, se prélassant dans la chaleur. Oh, bon sang. Il fallait vraiment que ça s'arrête.

Il se pencha en avant, les coudes sur les genoux, espérant cacher le soubresaut de sa stupide verge sans cervelle. Bien sûr, il supposait que Davy regardait. Ce qui n'était pas le cas. Davy était en deuil, et il n'avait jamais donné à Kurt une raison de croire qu'il était attiré par lui le moins du monde. Ce qui était bien. Ça l'était. Davy savait que Kurt était hétéro.

— Merci, je vais y réfléchir.

En entendant un bip aigu, Davy claqua sa bière sur la table à côté du canapé et se précipita hors de la pièce. Kurt laissa échapper un soupir. Peut-être que le truc du feu de cheminée n'était pas une bonne idée. Pas tant qu'il n'était pas sorti de cette phase, de toute façon. En tout cas, il n'allait certainement pas remettre le sujet sur la table. Le dîner était presque prêt, il se leva donc et déplaça la table pour la mettre en face du canapé. Heureusement, elle n'était pas trop lourde.

Se laissant retomber dans le canapé, Kurt jeta un œil à la télé, mais sans vraiment la voir. Le bruit d'un plateau heurtant la table le fit sursauter.

—Eh, j'aurais pu t'aider avec ça, dit Kurt.

Davy haussa les épaules.

— Pas de problème. J'avais l'habitude de m'occuper du service et des tables pendant mes études à l'université, comme toi. Je n'ai jamais vraiment perdu la main.

— Alors, qu'est-ce qu'on mange ? demanda Kurt.

Davy arrangea les assiettes à sa façon, comme il lui plaisait. Kurt aimait manger devant la télé, et il pariait que Ben ne l'aurait jamais permis.

— Hamburgers à la grecque. Agneau haché farcis avec de la feta et garnis de tomates et d'une sauce tzatziki fortement assaisonnée à l'ail.

La salade d'accompagnement avait vraiment l'air grecque elle aussi, avec des olives, des tomates et de la feta.

Oooh.

— Du tzatziki maison ?

Davy hocha la tête.

116

Fantastique. À chaque fois que Kurt allait dans un restaurant grec, il badigeonnait tout avec la savoureuse sauce au yaourt et aux concombres.

Davy attrapa une bouteille en plastique jaune.

— Bon, j'ai aussi apporté ça pour toi, mais pourrais-tu au moins essayer de goûter d'abord sans mettre de moutarde ?

Kurt grogna.

— Ok, ok, je sais que j'aime la moutarde sur les hamburgers. Mais la plupart des restaus où je vais n'ont pas de sauce tzatziki.

Il aurait pu mettre quand même un peu de moutarde, juste pour exaspérer Davy.

Ce dernier déposa la bouteille à contrecœur sur la table, semblant prêt à l'arracher des mains de Kurt si ce dernier tentait le moindre mouvement.

— Du calme. Ça sent super bon, dit Kurt en prenant une bouchée. C'est vachement bon, Davy, marmonna-t-il entre deux bouchées.

Davy était un grand cuisinier. Entre un accès libre aux petits plats cuisinés de sa mère chez Finn's et les petits plats de Davy, Kurt était gâté. Et il devrait aller au club de gym plus souvent.

Se détendant, Davy s'attaqua à son propre plat, et quand le match commença, il n'y avait plus rien d'autre à faire que manger et crier sur l'écran.

KURT S'ASSIT à son bureau en attendant que Simon revienne de réunion. Il parcourut la dernière série de photos de bébé que Davy lui avait envoyées. Il aurait presque pu croire que Davy était le père d'Oliver et non son oncle gâteux, mais après tout, Davy avait eu terriblement peur de perdre une autre personne qu'il aimait, et ce n'était pas un crime d'aimer sa famille. Kurt aimait sa famille, même si elle le frustrait parfois.

La naissance du bébé de Sandra avait eu un effet secondaire imprévu. Davy se sentait maintenant assez à l'aise pour lui envoyer des textos. Souvent. Cela rappela un peu à Kurt les petits papiers qui s'échangeaient en classe, mais cela ne l'empêchait pas de vérifier impatiemment son téléphone à chaque fois qu'il bipait pour lui signaler un message entrant. Et il les sauvegardait tous, les relisant, comme un idiot obsédé. Cette situation devait cesser au plus vite. Le problème, c'était qu'il ne savait pas comment la stopper sans couper complètement les ponts avec Davy, et il ne pouvait se résoudre à faire ce pas.

— Hé. Tu as quelque chose de sympa là-dessus ?

Le téléphone tomba bruyamment sur le bureau après un cafouillage coupable.

— Non, juste les photos de bébé d'un ami.

Kurt s'obligea à ne pas rougir, mais il ne pensa pas y avoir vraiment réussi.

Simon leva les yeux au ciel.

— Ne montre pas ça à Jen. Elle me fait des histoires pour avoir un bébé. Je voudrais bien qu'on soit un peu plus installés d'abord.

Kurt glissa son téléphone dans sa poche

— En parlant de Jen… Vous êtes libres tous les deux samedi soir ?

— Peut-être. Pourquoi ? Tu veux sortir en couple ?

Si Kurt n'avait pas rougi tout à l'heure, il était sûr que maintenant c'était le cas. Surtout parce qu'il se rappelait du soir où il était sorti avec Davy pour son anniversaire. Avec Simon et Jen présents, cela aurait pu être un double rendez-vous.

Simon se pencha et baissa la voix.

— Désolé mec, je n'aurais pas dû.

Kurt secoua la tête.

— Non, euh, mes parents organisent une fête dans leur restaurant pour l'anniversaire de mon frère. Ils adoreraient vous rencontrer, Jen et toi.

— Oh, super. Ouais, je vais voir ce que nous pouvons faire. Tu es prêt à partir ? J'ai reçu des adresses que nous devons vérifier.

Dieu merci. Plus de discussion à propos de rendez-vous. Entre Tiffany et Davy, sa tête était tellement embrouillée.

— Allons-y.

Kurt attrapa son manteau et suivit Simon jusqu'au parking.

XI

KURT VIT Simon dès qu'il franchit la porte, couvert de neige. Il était plus grand que toutes les personnes présentes dans la pièce. Il supposa que Jen se trouvait à côté de lui, mais elle était si petite qu'elle était engloutie par la foule. Finn's était toujours bondé le samedi.

Il agita un bras au-dessus de la foule et Simon hocha la tête avant de se diriger vers lui. C'était salle comble ce soir, mais la plupart des autres invités avaient participé suffisamment souvent à ce genre d'évènement pour savoir que la fête se déroulait dans l'arrière-salle.

— Hé, comment ça va ? C'est donc l'entreprise familiale.

Simon donna une tape sur l'épaule de Kurt.

— C'est un endroit formidable, déclara Jen alors qu'elle se penchait pour l'embrasser.

— Ouais, c'est une ancienne brasserie que mes parents ont achetée peu de temps après avoir émigré ici. Ils l'ont réaménagée et baptisée du nom de mon grand-père. Ils n'ont jamais eu l'idée d'en faire autre chose. Mais c'était chiant de grandir ici parce qu'on était toujours enrôlés comme serveurs ou commis. Quand les affaires se sont stabilisées, mes parents ont pu embaucher du personnel régulier, et maintenant on donne un coup de main de temps en temps seulement, surtout pour permettre à maman ou papa de faire une pause.

Kurt se retourna et les conduisit vers l'arrière-salle.

— Oh, Kurt, mon petit, qui voilà donc maintenant ?

Comme toujours, sa mère fut la première à repérer un nouveau visage.

— Voici mon partenaire, Simon, et sa femme, Jen. Simon, Jen, je vous présente ma mère, Deirdre.

Simon attira la mère de Kurt dans une étreinte d'ours. Elle eut l'air surprise, mais gloussa de rire quand même. Jen leva les yeux au ciel mais elle n'était pas du tout agacée.

— Ravi de vous rencontrer, Mme O'Donnell, dit Simon en reposant la mère de Kurt sur ses pieds.

— Oh, non, vous n'avez pas entendu mon petit ? C'est Deirdre.

— Deirdre. C'est noté, répondit Simon en souriant.

Toute la famille de Kurt remarqua l'arrivée de Simon – comment auraient-ils pu faire autrement ? Mike fut le premier de ses frères et sœurs à venir à leur rencontre. Sa mère était en train de discuter avec Jen quand Mike arriva.

— C'est ton nouveau partenaire, minus ?

—Minus ? demanda Simon, un sourcil levé.

Jen étouffa un rire avec son poing.

— Simon, Jen, je vous présente mon grand frère Mike, c'est son anniversaire. C'est un vieil homme aujourd'hui. Quarante-trois ans.

Mike plissa les yeux, mais accepta gracieusement les vœux d'anniversaire de Simon et Jen.

— Minus, alors ? demanda Simon à nouveau.

Kurt gémit et Mike rit.

— Ouais, eh bien, nous pensions tous que le dernier de la portée serait un avorton, mais il a fini par nous prouver que nous avions tort. Il s'est révélé être le plus fort du lot.

— C'est juste parce que c'est moi que maman aime le plus.

Kurt tira la langue et Mike fit un geste pour le saisir par le cou, prélude à un 'shampooing' en règle incluant les poings, mais il s'arrêta et opta pour une rapide pression sur la nuque.

Kurt espérait que c'était plus par sens des convenances qu'à cause d'une séquelle persistante suite à son expérience de mort imminente six mois plus tôt.

— Comment tu te sens, minus ? Je ne t'ai pas vu beaucoup par ici ces derniers temps.

Nan, ce n'était pas par sens des convenances.

— Je vais bien, Mikey. Vraiment. Regarde, complètement guéri.

Il remonta sa manche pour révéler la cicatrice sur son bras. Seule restait une traînée rose de sa récente blessure.

— D'accord, d'accord.

Kurt la fixa un instant, se rappelant les doigts de Davy la parcourant, son léger soupir, et il sourit avant de redescendre sa manche.

— Je suis sûr que ce beau jeune homme prendra soin de mon bébé, dit sa mère en pressant l'avant-bras de Simon.

Kurt avait peine à croire à la différence de dynamique entre sa famille et son nouveau partenaire, comparé à leurs précédentes – et rares – interactions avec Ben.

— Bien sûr, m'dame.

— Charmant garçon. Maintenant, Mikey, je sais que c'est ton anniversaire, mais pourrais-tu s'il te plaît emmener Simon et Jen prendre un verre ? Et les présenter au reste de la famille ?

— Oooh. Tu es dans le pétrin maintenant, chanta Mike à Kurt tandis qu'il emmenait Simon et Jen – tout sourire – vers le bar.

Au lieu de le réprimander, comme Mike s'y attendait clairement, sa mère étreignit de nouveau Kurt comme elle l'avait fait quand il était arrivé.

— Alors, quand est-ce que je la rencontre ?

— Qui ?

— Ton amie.

— Mer… Je veux dire, mince. Maman, tu as parlé à Erin ? Je n'ai pas de petite amie.

— Non, je n'ai pas parlé à Erin à ce sujet, mais je vais le faire maintenant. Tu es en train de me mentir, petit. La seule fois où j'ai vu ce regard chez l'un de mes fils, Mike venait juste de commencer à sortir avec Heather. J'ai su à ce moment-là qu'il allait lui demander de l'épouser.

— L'épouser ! Bon sang, maman, je ne sors même pas avec quelqu'un !

Tant que personne ne comptait les dîners et les soirées qu'il avait passés avec un homme et qui étaient plus amusantes que n'importe quel rendez-vous auquel il s'était jamais rendu.

Sa mère leva la tête pour le regarder dans les yeux et posa sa main sur son avant-bras entaillé.

— Oh, mon bébé. Je me moque de savoir si tu sors avec elle. Tu l'as rencontrée. Quelque chose à propos de cette cicatrice t'a fait penser à elle. Et je peux le voir aussi clairement que le jour. Mon bébé est amoureux.

C'était un *lui*. Et Kurt n'était pas amoureux, merde. Sa mère devait être folle. Ou elle avait trop bu.

— Je ne le suis pas, maman, je te le jure.

Kurt espérait que sa mère ne saurait pas comment interpréter le grincement de panique aigu qui précéda ses mots. Elle devait le croire.

— D'accord, bébé, d'accord, ne t'inquiète pas. Elle reviendra vers toi. Tu es une belle prise pour n'importe quelle femme.

Merde. Elle l'avait entendu.

— Rappelle-toi seulement que tu peux toujours me parler. Je suis peut-être ta vieille maman, mais j'en sais beaucoup sur les femmes.

Kurt laissa échapper un petit rire amer. Elle n'aurait pas été si prompte à le voir s'installer si elle savait ce qui se passait dans sa tête. Sa mère était

121

une bonne catholique. Elle le détesterait au lieu de lui offrir des conseils, si elle savait. Sa famille entière le détesterait.

— Hé, minus, dit Ian en s'approchant de lui et en lui mettant une bière dans la main – la seule raison pour laquelle il n'eut pas droit à un regard meurtrier *et* à un doigt d'honneur. J'ai rencontré ton partenaire. Il a l'air d'être un chic type.

Dylan, qui se tenait derrière lui, hocha la tête.

— Viens. On l'a défié au billard et on a besoin d'un quatrième.

Kurt se laissa entraîner, heureux de s'éloigner de l'effrayante perspicacité de sa mère. Seigneur. Si elle n'avait ne serait-ce qu'un soupçon qu'il s'était entiché d'un autre homme – et non pas tombé amoureux, bon sang, il n'était pas gay – et qu'il fantasmait sexuellement sur lui, elle paniquerait. Et le renierait probablement. Comme le reste de sa famille.

— Hé, mec, qu'est-ce qui se passe ? Je ne t'ai jamais vu si épouvanté, dit Ian.

— Maman me parlait de mariage, de m'installer.

— Oh, merde, ça craint. Pourquoi voudrais-tu faire ça ? Il reste tant de femmes à tester.

— Et ce n'est pas faute d'avoir essayé, hein ? grogna Dylan. Vraiment. Une seule femme pour le reste de ta vie ? Peut-être que je serai prêt pour ça dans quelques années.

Kurt avait beau être le bébé, Dylan et lui n'avaient que trois ans d'écart, et Ian tombait presque exactement au milieu. Ils avaient tous encore beaucoup de temps devant eux avant de penser à s'installer.

— Tu n'aurais pas une petite amie dont tu ne nous aurais pas parlé, n'est-ce pas ? demanda Ian.

— Non.

Kurt avait besoin d'arrêter de parler de ça, maintenant.

Ian et Dylan échangèrent un regard amusé. Oh, bon sang. Ils ne se doutaient pas de quelque chose, n'est-ce pas ? Comment le pourraient-ils ?

— Alors… billard…

SIMON ÉTAIT presque aussi bon qu'eux trois, ce qui en disait long parce qu'ils s'étaient entraînés sur cette table depuis qu'ils étaient assez grands pour voir ce qu'ils faisaient. Mais d'autres attendaient, et après avoir rapidement débarrassé la table, ils s'éloignèrent, laissant la place à d'autres de leurs amis.

Jen s'approcha tranquillement, une bière à la main pour Simon.

— Merci, chérie.

Il se pencha pour lui donner un tendre baiser.

— J'aime ta famille, dit-elle à Kurt.

— Merci. Je l'aime aussi, la plupart du temps.

Jen sourit et Ian lui donna un léger coup sur l'épaule.

— On revient dans une seconde, dit Dylan, alors qu'Ian et lui inspectaient leurs bouteilles de bière vides.

— Ramenez-en une pour moi, lança Kurt.

Ian se retourna pour lui faire un doigt d'honneur.

— Je suis désolée, j'aurais dû t'en prendre une, déclara Jen.

— Non, bien sûr que non. Je vais aller en chercher une dans une minute. Il fait juste le con.

Caitlyn, une autre de ses sœurs, s'empressa vers leur table.

— Vous voilà, dit-elle à Jen. Allez viens, amène Simon.

Elle fronça les sourcils en se tournant vers Kurt.

— Tu aurais dû me dire que tu connaissais Jen.

— Quand et pourquoi aurais-je dû faire ça ?

Kurt ne pensait pas qu'il était déraisonnable d'être agacé face à son ton accusateur. C'était avec les jumelles qu'il passait le moins de temps – elles faisaient toujours des trucs ensemble dans leur propre petit noyau familial.

— Nous venons juste de commencer à travailler ensemble. Je ne m'étais pas rendue compte jusqu'à ce soir que Simon et toi étiez partenaires, répondit-elle.

— Oh, et bien sûr j'aurais dû savoir vous travailliez ensemble.

Le sarcasme débordait des paroles de Kurt, mais sa sœur était, comme toujours, insouciante. Kurt l'aurait probablement su si Caitlyn ne changeait pas d'emploi plus souvent que certains vidangeaient leur voiture. Comment était-il supposé suivre ?

— Allez-y, dit Kurt en voyant Simon hésiter à partir. Je vais au bar.

Il prit une autre bière et s'appuya contre le mur le plus proche. Il y avait des couples tout autour de lui. Ses sœurs avaient invité quelques amies célibataires, mais Kurt ne pensait pas que sortir avec elles valait mieux que de sortir avec quelqu'un du boulot.

— Salut. Vous devez être Kurt.

Une petite femme brune, généreusement dotée, se tenait devant lui… beaucoup trop près pour une personne qu'il ne connaissait pas. Elle était très jolie, cependant, et avec sa taille, il avait une vue imprenable sur son décolleté plongeant, duquel dépassait une pointe de dentelle rose.

— C'est moi.

— Je suis Heidi. Une amie de Heather.

— Ravi de vous rencontrer, Heidi.

— Heather m'a dit que vous étiez flic.

Heidi se pencha davantage vers lui et posa doucement le bout de ses doigts fins sur son biceps. Kurt pensa alors qu'il devrait également s'abstenir de sortir avec les amies de sa belle-sœur.

— Vous devez être très courageux, reprit Heidi. Et vous êtes à l'évidence très fort, murmura-t-elle en lui serrant le bras.

Kurt but une longue gorgée de bière pour éviter de lever les yeux au ciel.

Pourtant… il essaya de s'imaginer en train de se pencher pour l'embrasser. De la déshabiller. De sentir le poids de ses seins dans ses paumes. Et il n'y arriva pas. Pas même le moindre signe d'intérêt dans son bas-ventre – encore moins que quand il était sorti avec Tiffany.

Oh putain.

Il essaya encore. Cette fois, en les mettant ensemble au lit, nus. Mais elle n'était pas assez grande. Elle n'avait pas de fossettes.

Oh putain. Il se mit soudain à transpirer et il essaya de s'échapper, mais le mur empêchait sa fuite.

— Ah, te voilà.

Simon fit irruption dans sa rêverie. Heidi s'était collée à lui, ses doigts enfouis sous son pull tandis que ses seins pressaient contre ses abdos.

— Désolé, mademoiselle, j'ai besoin d'emprunter Kurt un moment.

Simon lui sourit, dégagea sa main, et entraîna Kurt vers la table de billard.

— Merci pour le sauvetage.

Kurt pouvait à nouveau respirer. Il s'était dirigé vers une répétition de la débâcle qu'il avait connue avec Tiffany, et il ne pensait pas que son ego pourrait subir un autre coup de ce genre.

— Ne me remercie pas, remercie Jen, dit Simon en l'indiquant du pouce et Jen leur fit un signe de la main, un sourire de sympathie sur le visage. Elle a dit qu'elle reconnaissait un requin quand elle en voyait un.

Un requin, hein ? Lui aurait dit qu'elle avait plutôt compris à quel point il était paniqué. Super. Vraiment foutrement génial. Il ne pouvait pas lui en vouloir, cependant. Il préférait voir Jen le sauver plutôt que de devoir résister au rentre-dedans lourd et si peu original d'Heidi.

124

— Tu veux faire une autre partie ? Jen et moi contre toi ?

— Non, jouez tous les deux. Je vais regarder.

Kurt s'assit sur un tabouret, le dos appuyé contre le mur. Il avait une vue parfaite sur la table de billard, mais le jeu ne retint pas son attention.

Son frère Mike, un sourire heureux sur le visage, embrassait sa femme, Heather. Son père déchargeait sa mère d'un lourd plateau, en souriant. Le mari d'Erin remettait tendrement une mèche de ses cheveux derrière son oreille. Simon enlaçait Jen par derrière sous prétexte de lui montrer comment réaliser un tir difficile, mais son petit rire étouffé racontait une autre histoire.

Il était entouré par ses amis et sa famille qui l'aimaient et il ne s'était jamais senti aussi seul. Il n'aurait pas dû laisser sa peur l'empêcher d'inviter Davy. En fait, les raisons pour lesquelles il ne l'avait pas fait lui rappelaient tellement Ben que la honte l'envahit. Il savait que Davy se serait bien entendu avec sa famille. Ils l'auraient aimé, et Davy lui aurait tenu compagnie toute la soirée. Simon était un bon ami, mais il avait Jen. Ian et Dylan étaient supers, mais ils avaient déjà quitté la fête, probablement à la recherche de 'rendez-vous' pour plus tard. Eux non plus n'aimaient pas pêcher dans un étang trop proche de leur maison.

Mais il ne pouvait pas avoir Davy ici avec lui, même s'il le voulait. Il ne pouvait risquer que qui que ce soit devine ou spécule.

Jen frappa une boule qui atteint sa cible et poussa un cri aigu, attirant à nouveau l'attention de Kurt sur la table. Elle avait gagné, ce qui, compte tenu des compétences de Simon, ne devait probablement pas arriver si souvent.

— Hé, mec. Nous allons rentrer, dit Simon, un bras autour des épaules de Jen. Merci de nous avoir invités.

— Quand tu veux. Ma famille vous aime beaucoup. Je suis heureux que vous ayez pu venir.

Jen l'étreignit et, alors qu'ils partaient, Kurt regarda sa montre. Minuit passé. Il pouvait partir lui aussi. Bien qu'il ait voulu boire beaucoup plus, il n'avait pris que deux bières – il pouvait encore conduire.

Il salua sa famille, à l'exception d'Ian et Dylan qui étaient toujours aux abonnés absents et quitta la fête pour traverser la foule dans la zone publique du restaurant.

Quelqu'un attrapa son bras et il se raidit avant de réaliser que c'était seulement Ian.

125

— Où vas-tu ? La nouvelle serveuse sexy vient de nous inviter à une fête plus tard. Ses amies sont strip-teaseuses, siffla Ian. Et elles sont vingt.

Ian lui envoya un regard de connivence.

Bon sang. Une fête remplie de femmes agressives comme Heidi. Des femmes avec des attentes qu'il ne serait pas capable de – qu'il ne voudrait pas – satisfaire. Au vu et au su de ses frères aux mœurs légères. Il préférait qu'on lui crève les yeux avec une cuillère à cocktail. Son appartement merdique, vide et solitaire, avec sa bouteille presque pleine de vodka, l'appelait.

— Pas ce soir, Ian. Je suis fatigué. La semaine a été longue.

— Le meilleur remède contre une longue semaine, c'est une baise rapide avec un mensonge facile, répondit Ian avec un sourit carnassier.

Kurt secoua la tête. Il y avait presque une pointe de désespoir dans les actions d'Ian. Peut-être qu'il vivait une crise précoce de la quarantaine.

— Fais attention que maman n'entende pas un truc pareil. Et je ne t'accompagne toujours pas.

— Très bien. On déjeune ensemble cette semaine ?

— Bien sûr, ouais, appelle-moi pour me dire quel jour te convient.

Ian s'en alla et Kurt resta planté là à se demander s'il avait pris la bonne décision. Il parcourut le bar des yeux, se demandant de quelle serveuse Ian avait parlé, quand un homme blond et mince attira son attention. Kurt promena son regard sur la silhouette de l'homme ; sa carrure et son profil étaient si semblables à ceux de Davy que s'il n'avait pas eu des cheveux blonds, Kurt l'aurait pris pour Davy. Le blond se retourna et croisa son regard. Kurt observa l'homme pendant quelques secondes, qui leva un sourcil et se lécha les lèvres, envoyant un éclair de désir inattendu dans les tripes de Kurt, son sang affluant tout droit vers le sud. Cet homme avait réussi à 'l'exciter' davantage en quelques secondes que plusieurs minutes passées avec la poitrine généreuse de Heidi plaquée contre lui.

Oh putain.

Il boutonna son manteau et fendit la foule pour se retrouver dehors, dans le froid mordant de fin novembre.

XII

IL ÉTAIT trop tard pour sonner à la porte. Mis à part les joyeuses lumières de Noël rouges et vertes qu'il apercevait par la fenêtre de devant, la maison de Davy était sombre. Kurt ne savait même pas pourquoi il était assis là dans sa voiture, sauf que deux bières n'avaient pas suffi à enfouir en lui le besoin irrésistible d'être près de Davy. Tous ces couples heureux chez Finn's – il se sentait si seul. Davy aurait probablement détesté la foule, mais Kurt était stupide de ne pas l'avoir invité. Il était stupide pour de nombreuses raisons, parce qu'aucune femme ne l'avait jamais fait se sentir si entier. Et s'il voulait voir comment Davy s'intégrait au reste de sa vie, il avait besoin de mûrir un peu et de le laisser entrer. Partager, mais ne pas pousser. Parce que Davy avait toujours un travail de guérison à faire sur lui-même. Kurt n'était pas prêt à franchir ce pas – c'est à dire mettre Davy ou quelqu'un d'autre au courant de l'appétit sexuel qu'il s'était récemment découvert. Il ne faisait toujours pas confiance à ce désir. Mais reconnaître complètement Davy en tant qu'ami ? Ça, il pouvait et devait le faire.

Kurt frotta les doigts de ses mains ensemble, son souffle s'échappant dans un nuage blanc.

C'était stupide. Il était assis là, dehors, comme s'il était en planque, sauf que jamais auparavant il n'avait bu avant une surveillance. Merde. Il avait probablement l'air complètement louche et il n'aurait pas été surpris de voir une voiture de patrouille arriver pour lui demander ce qu'il était en train de faire. L'inspecteur Nadar l'aurait copieusement engueulé pour son numéro. D'autant plus qu'il n'aurait pas pu l'expliquer sans admettre des choses qu'il ne voulait pas dire tout haut. Des choses qu'il n'était pas sûr de pouvoir s'avouer à lui-même.

Une petite voiture noire s'avança dans l'allée de Davy et le moteur s'éteignit. Un homme de taille moyenne, habillé tout en noir, sortit du côté conducteur.

Avant même d'avoir pris une décision consciente, Kurt sortit de sa voiture et coupa la rue pour l'intercepter. Il n'y avait aucune bonne raison pour que quiconque se dirige vers la maison de Davy alors qu'il était clairement endormi.

127

À ce moment-là, la porte passager s'ouvrit et Davy apparut. Kurt s'arrêta, comme s'il avait reçu un seau d'eau froide sur la tête, et resta pétrifié dans un coin d'ombre du trottoir. Il se trouvait seulement à quelques pas de l'allée de Davy, mais aucun des deux hommes ne l'avait remarqué.

Le froid de ses doigts s'étendit à tout son corps, bien que Kurt soit quasiment certain que ce n'était pas physique.

Il ne reconnut pas l'homme. Le murmure de voix masculines lui parvint alors qu'ils se tenaient tous les deux debout devant la porte et que Davy se tournait pour parler après avoir déverrouillé la porte.

Davy sourit, faisant ressortir ces fossettes une fraction de seconde avant que le blond prenne ses joues en coupe et plante ses lèvres sur les siennes.

Kurt dégela instantanément alors que sa colère explosait, bouillante et diffuse, dans sa poitrine. La neige craqua sous ses pieds quand il se mit à courir à travers la pelouse devant chez Davy. Il grimpa d'une traite les marches du porche et arracha l'étranger du corps de Davy. Son Davy.

L'étranger poussa un cri et retomba contre la fenêtre avec un bruit sourd.

Davy regardait, sans comprendre, tandis que la poitrine de Kurt se soulevait comme un soufflet de forge, les poings serrés de chaque côté du corps.

— Bordel, que se passe-t-il ? demanda Kurt d'une voix à peine reconnaissable.

L'étranger récupéra rapidement.

— Qui êtes-vous ? lança-t-il à Kurt.

— Merde, qui êtes-vous, *vous* ? Davy, tu étais à un putain de *rendez-vous* ?

Kurt n'était pas sûr de savoir comment exprimer la colère qui courait en lui sans les accuser agressivement, et même si cet enfoiré n'était plus en train d'embrasser ou de toucher Davy, sa fureur s'amplifiait.

— Mais c'est quoi ton problème, Kurt ? intervint Davy.

— Hé, mec, je ne savais pas que tu avais un ex jaloux.

— Je n'en ai pas.

Les mots qui sortaient de la bouche de Davy étaient comme des balles. Kurt n'avait jamais vu Davy aussi hargneux, et il le devint à son tour.

— Alors qui est ce connard ? répliqua l'homme

Kurt reporta son attention sur l'étranger.

— Personne qui te concerne, mec.

Le regard furieux de Kurt s'intensifia, et le blond s'alarma de cette soudaine escalade de colère.

— Est-ce que tu veux que j'appelle la police, Davy ?

— Non, il *est* la police. Rentre chez toi, Andrew.

Andrew. Kurt fut balayé par un nouveau flot de haine envers *Andrew*.

— Tu es sûr ? demanda-t-il, incertain.

Andrew passa loin de Kurt, le contournant comme un animal sauvage. Kurt aurait dû se méfier, mais il n'avait pas peur. Il était prêt à jeter ce connard hors du porche, la tête la première dans la congère la plus proche.

— Oui. Rentre chez toi, lui répondit Davy en employant le même ton tranchant que Kurt, qui ne l'avait jamais entendu parler ainsi avant.

Bien. Andrew marcha vers sa voiture.

Davy ouvrit la porte et franchit le seuil alors que la voiture s'éloignait.

— Entre, ordonna Davy. Je ne vais pas crier sur le perron alors que les voisins peuvent nous entendre.

Kurt le suivit dans le salon où Davy défit son manteau pour le jeter sur une chaise.

— Merde, mais qu'est-ce que c'était que ça ?

Le ton brusque et coupant de Davy n'avait pas faibli du tout.

— Et enlève tes foutues bottes. Tu mets de la neige partout.

— Est-ce que tu as déjà des putains de rendez-vous galants ? Comment peux-tu ?

Kurt jeta ses bottes dans un coin. Quelque part dans un profond et sombre recoin de son esprit, il pensa qu'il tenait là sa chance de découvrir ce qui se passait dans sa fichue tête et qu'il n'aurait plus à se soucier que Davy avance de son côté – en n'ayant plus besoin de lui.

Davy s'en décrocha la mâchoire.

— Je n'ai pas à te donner d'explications, mais non, je n'ai pas de *putain de rendez-vous galants*, dit-il, les mots sortant en une parodie moqueuse de ceux de Kurt. Pas encore.

Il était supposé avoir six mois de plus devant lui avant que Davy se mette à sortir à nouveau. C'est ce que les conseillers disaient concernant ce genre d'évènement, non ? Un an de deuil ? Il lui restait donc six mois de plus pour décider s'il voulait Davy pour lui ou s'il voulait purger cette stupide obsession de son système.

— Pas encore ? répéta Kurt.

Les mots de Davy auraient dû l'apaiser, mais ce ne fut pas le cas. Il commençait à vibrer du désir refoulé de remettre un peu de bon sens dans

129

l'esprit de Davy. Ces yeux brillèrent sombrement, reflétant les illuminations de Noël sur la fenêtre ; il n'avait pas pris la peine d'allumer en entrant. Ce qui était très bien. Ils n'avaient pas besoin de lumière pour ça.

— Donc, si tu n'as pas de rendez-vous, pourquoi était-il en train de t'embrasser ?

Davy le foudroya du regard et lança ses propres bottes mouillées en direction de Kurt.

— Oh, pour l'amour du ciel. C'est un ami de Jon, nous étions à une soirée, et Andrew a offert de me reconduire à la maison. Oui, il a fait un geste. Mais je dois te demander... Qu'est-ce que ça peut te foutre ?

Kurt se rapprocha, raccourcissant la distance autant que possible. Bien sûr, Davy avait quelques centimètres de plus, mais Kurt était plus large et il avait beaucoup d'expérience dans l'intimidation. Davy carra les épaules, plissa les yeux, et resta immobile ; il ne baissa même pas le regard.

— Je ne l'aime pas.

— Et alors quoi ? Tu n'as pas besoin d'aimer les gens avec qui je sors. Tu n'as pas besoin d'aimer les gens avec qui je baise.

— Les gens avec qui tu *baises* ?

Les mots le poignardèrent tout net, directement dans l'estomac. La douleur lui fit perdre son souffle.

Davy lui lança un regard noir.

— Pas *encore*. Idiot.

La douleur dans son ventre fut instantanément dissoute. Kurt prit une profonde inspiration, prêt à lancer une autre attaque, quand le parfum propre de citronnelle de Davy, combiné à celui chaud et musqué de sa transpiration, lui chatouillèrent le nez. Son sexe revint de façon immédiate et presque douloureuse à la vie. Se battre avec Davy était la dernière chose qu'il voulait faire.

Saisissant les épaules minces de Davy, il l'attira plus près de lui et colla, pour la première fois de sa vie, ses lèvres sur celles d'un homme.

Davy se raidit pendant un moment tandis que Kurt savourait la douceur inattendue de sa bouche. Il glissa ses mains sur ses joues et l'abrasion de sa barbe naissante contre ses paumes lui arracha un gémissement du plus profond de sa poitrine. Il lécha ses lèvres, souhaitant désespérément aller plus loin. Pendant une terrifiante minute, il pensa que Davy le refuserait, mais sa bouche s'ouvrit en même temps qu'il glissait ses bras autour de la taille de Kurt.

Oh mon Dieu. Le goût de Davy. La chaleur de la bouche de Davy. Cela lui appartenait, pas à ce salaud d'Andrew. Il le fit reculer vers le canapé et utilisa la force de son corps pour faire le faire basculer d'une manière agressive qu'il n'avait jamais utilisée – pris la peine d'utiliser – avec une femme.

Une dernière poussée et il fut au-dessus de lui, sexe contre sexe, bouche contre bouche. Un autre gémissement leur échappa ; Kurt pensa qu'il venait peut-être de lui. La nouveauté d'une érection massive pressant contre la sienne, des hanches ondulant contre les siennes, était incroyablement excitante. Jamais il n'avait été aussi physiquement proche d'une femme ; comment l'aurait-il pu ? Les plats fermes de son corps s'ajustaient à ceux de Davy comme s'ils étaient faits pour eux. Le baiser s'adoucit comme son attention voyageait entre toutes les sensations inhabituelles et conflictuelles qu'il ressentait, et son membre qui pulsait de désespoir, cherchant davantage de pression, de peaux, de frictions.

Davy s'accrocha à lui, le poussa, lutta contre lui, et coinça sa langue dans la bouche de Kurt comme s'ils étaient en train de se battre et non de s'embrasser. Se retrouver aux prises avec quelqu'un dont la force approchait la sienne était fascinant et avait plus d'attrait qu'il ne l'imaginait.

— Qu'est-ce que tu fous, bordel ? haleta Davy en arrachant sa bouche à son emprise.

— Je t'embrasse.

Ou peut-être était-ce, je te dévore.

— Pourquoi aurais-tu le droit de m'embrasser et pas Andrew ?

Les mots n'étaient pas une simple question, mais une moquerie méprisante.

La colère de Kurt revint en force et ses mains se déplacèrent dans les cheveux de Davy, tirant sa tête en arrière pour avoir accès plus facilement à sa bouche.

— Tu es à moi, grogna-t-il avant d'enfouir à nouveau sa langue dans la bouche de Davy.

Davy n'était pas prêt à se rendre ; il le repoussa et mordit sa lèvre. Kurt recula sous le coup de la douleur, même si ce n'était pas totalement désagréable.

— Conneries.

Davy lui jeta un regard furieux mais poussa ses hanches avec force vers le haut, la friction des deux jeans entre leurs sexes durs faisant haleter Kurt.

131

La pièce pencha soudain alors que Davy profitait de sa distraction momentanée. Kurt se retrouva par terre, le souffle coupé, le tapis doux amortissant sa chute. Davy se pencha au-dessus de lui, les cheveux en bataille, les lèvres gonflées, le visage rouge. Avant ce soir, jamais un homme n'avait lancé de regard concupiscent à Kurt – pour ce qu'il en savait – mais il n'y avait aucun doute sur l'émotion qui brillait dans les yeux de Davy. Et il n'y avait pas un soupçon de la tendresse qu'il avait pu voir dans les yeux des femmes qu'il avait connues.

Davy se jeta sur lui, tirant sur sa braguette d'un geste vif et lui arrachant son jean. Le sexe de Kurt jaillit, désireux de jouer. Davy ne perdit pas de temps, l'engloutissant tout entier dans le feu humide et chaud de sa bouche qui embrassait si bien. Kurt cria, cambrant les reins, essayant de s'enfouir lui-même dans la gorge accueillante de Davy.

Davy suça, lécha et mordilla – laissant Kurt impuissant sous son attaque féroce et sensuelle. Jamais personne ne l'avait sucé avec autant d'enthousiasme et de compétence. Seigneur.

Davy libéra sa verge avec un pop sonore et Kurt baissa les yeux. Pourquoi s'était-il arrêté ?

Avec un sourire démoniaque, Davy ondula sur son corps, relevant le pull de Kurt sur sa poitrine puis au-dessus de sa tête, sa langue traçant un chemin humide le long de la peau révélée. Kurt se tortilla, essayant de libérer ses bras du pull. Son désespoir fut accru par une main sur son sexe et des lèvres sur son mamelon.

Davy stoppa tout contact alors qu'il relevait la tête et regardait Kurt droit dans les yeux. Son expression était sérieuse, et Kurt sut qu'il était toujours en colère et excité dans la même mesure.

— Non. Tu en veux plus ? Tu devras rester comme ça.

Oh bon sang. Il n'aurait pas dû aimer autant ça. Et il aurait fait n'importe quoi pour que Davy continue de le toucher. Il s'immobilisa autant que possible, mais il ne put empêcher ses hanches de se soulever, de chercher la main de Davy dans l'air vide.

Il le regarda dans les yeux. Il ne pouvait pas se résoudre, eh bien, à supplier. Mais Davy devait avoir vu la prière dans ses yeux. Pas complètement heureux, il eut un sourire narquois, ces fossettes semblant diaboliques – et délicieuses. En quelques secondes, ils furent nus tous les deux, mis à part le pull empêchant Kurt de toucher Davy.

Nu. Avec un autre homme. Il ne s'était jamais trouvé aussi près de l'érection d'un autre homme avant, et l'énormité de la situation ouvrit un

132

abîme à ses pieds, l'invitant à y sauter à pieds joints. Son sexe n'y pensa pas à deux fois, mais sa respiration s'accéléra – un peu trop – pour une simple excitation. Malgré cela, il ne put détacher ses yeux de Davy. Ou de sa verge. Elle était longue, plus longue que la sienne, mais beaucoup plus fine, tout comme Davy. Le contraste de couleur était significatif contre la peau pâle de son ventre et ses cuisses, et la petite tache sombre de poils pubiens qui l'encadraient attirait le regard.

De l'humidité perla sur la pointe, et alors que son propre sexe sursautait en une réponse joyeuse, ses inspirations, elles, étaient beaucoup trop rapides et sa vision commença à se brouiller. Jusqu'à ce que la bouche de Davy retrouve son membre, le suçant avec une force presque punitive, et que le monde tourne à nouveau sur lui-même. Davy se retira à nouveau, prodiguant à la pointe une torsion avec sa langue comme personne ne le lui avait jamais fait. Un bras fouilla dans la petite table à côté du canapé.

Davy se glissa entre ses jambes et Kurt les écarta comme si ce n'était pas la première fois qu'il avait un homme agenouillé entre ses cuisses, comme si ce n'était pas la première fois qu'il jouissait des choses interdites et fantastiques que la bouche de Davy lui faisait. Un petit bruit sec se fit entendre par-dessus leur respiration difficile, mais Kurt ne sut pas de quoi il s'agissait avant qu'un long doigt fin et froid entre en lui. Du lubrifiant. S'il n'avait pas déjà essayé d'insérer un doigt en lui-même, et aimé cela, il se serait crispé. Peut-être aurait-il dû de toute façon, mais il était déjà trop loin, et c'était un million de fois mieux de voir Davy prendre le relais. Ses cuisses s'écartèrent davantage et un gémissement s'échappa de sa gorge.

Grondant en réponse autour de son sexe, la vibration se réverbéra dans les testicules de Kurt. Le doigt de Davy glissa dans un mouvement de va-et-vient et Kurt bougea ses hanches au même rythme. C'était la seule chose qu'il pouvait faire pour se rapprocher de l'orgasme.

Mais Davy n'était pas prêt à le laisser jouir, et la succion magique cessa alors qu'il poussait un autre doigt en lui. Kurt haleta à la brûlure inattendue. Ce n'était pas douloureux, pas exactement, mais cela repoussa son orgasme imminent. Cependant, il ne pouvait garder ses hanches immobiles.

— C'est ça, comme ça, murmura Davy.

Alors qu'il ajoutait un doigt supplémentaire, Kurt cria et se figea, la brûlure devenant plus ardente et plus intense. Pourquoi Davy faisait-il ça ? Kurt ouvrit la bouche pour lui demander d'arrêter lorsque celle de Davy attaqua de nouveau la pointe de son sexe et qu'il caressa en même temps quelque chose en lui avec ses doigts.

'*Oh mon Dieu*', fut en fait ce qui s'échappa de ses lèvres. Quelques secondes plus tard, c'était '*encore, s'il te plaît, encore*'.

Davy releva la tête, les lèvres brillantes dans la lueur rouge et verte des lumières de Noël, les doigts toujours enfouis en Kurt. Il découvrit ses dents et retira ses doigts.

Vide. Tellement vide. Kurt gémit et regarda Davy.

— Ce n'est pas ce que j'ai dit, haleta-t-il.

— Des plaintes ?

Davy se pencha sur lui en un éclair, sa bouche coupant court à ses protestations. Cette fois, il avait un goût salé et Kurt réalisa avec un sursaut qu'il goûtait sa propre saveur sur les lèvres d'un autre homme.

Alors ses désirs furent exaucés tandis que Davy l'embrassait. Son sexe pressa à l'endroit où s'étaient trouvés ses doigt quelques instants plutôt, la pointe passant facilement son ouverture étroite, et les bras de Kurt se tordirent au-dessus de sa tête, la panique et la luxure l'envahissant. La langue de Davy refusait de libérer ses exclamations de peur, de détresse et – oui, d'extase. Il voulait hurler, crier, gémir, mais il ne pouvait rien faire d'autre qu'accepter la lente et implacable poussée à l'intérieur de son corps.

Bien en place, Davy se redressa, sa verge emplissant Kurt mais ne poussant pas. Il ressemblait à un ange vengeur et Kurt vit la sauvagerie dans ses yeux, le besoin de bouger.

Kurt haletait, essayant d'assimiler les sensations et les émotions qui le bombardaient. Des muscles durs, des os saillants, des poils collants, pressaient de façon non familière entre ses cuisses. Le poids doux et léger des bourses de Davy contre ses fesses le chatouillait un peu. Il était plus vulnérable qu'il ne l'avait jamais été pendant un rapport sexuel, mais quand il se raidissait autour du sexe planté en lui, les faisant gémir tous les deux, c'était si bon, si incroyablement naturel.

Davy se retira presque entièrement avant de s'enfoncer à nouveau.

Un liquide transparent suinta du membre de Kurt.

— Encore, murmura-t-il à nouveau.

Un gémissement étouffé s'échappa de sa gorge alors que Davy accélérait le rythme, le claquement de la peau contre la peau presque aussi excitant que le va-et-vient sauvage dans son corps, caressant, titillant sa prostate. Le sexe de Davy le poussait de plus en plus vers la jouissance, le crucifiant d'une manière qu'il n'aurait jamais imaginée – Kurt aurait voulu que cela ne s'arrête jamais.

— S'il te plaît, s'il te plaît.

Il était si près, supplier semblait être le moyen le plus efficace et le plus rapide d'obtenir ce qu'il voulait. Et il voulait jouir. Il en avait besoin. Ses testicules allaient vraiment exploser de plaisir.

Davy saisit son membre et le masturba au même rythme frénétique qu'il le baisait. Kurt inspira, grogna et éjacula, son sperme jaillissant partout sur son ventre et dans la main de Davy. Le visage de ce dernier se crispa et il continua de pousser alors que les convulsions presque vicieuses de Kurt continuaient de le secouer.

Puis, il poussa son sexe en Kurt aussi loin qu'il le put.

— Oh, putain, murmura-t-il.

Les mots se noyèrent dans un gémissement alors que Davy éjaculait en lui, sa semence chaude emplissant Kurt tandis que Davy frémissait au-dessus de lui, les yeux fermés.

Davy s'effondra sur lui, haletant. Kurt prit quelques inspirations profondes, profitant du sentiment de satisfaction. Il n'avait jamais connu un tel plaisir aussi fantastique et il ignora délibérément les implications qui rôdaient dans son esprit. Il aurait le temps de s'inquiéter de cela plus tard, quand il se serait un peu remis de ce qui venait d'arriver. Il libéra facilement ses mains de son pull, maintenant que la luxure ne lui brouillait plus le cerveau, et il fut capable de savourer la douceur de la peau de Davy sous ses paumes. Il caressa le dos glissant de sueur de Davy, se rappelant un jour, plusieurs mois auparavant, où ces os étaient plus proéminents et effrayants, où il avait eu si peur pour la vie et la santé mentale de Davy. Maintenant, ces mêmes crêtes étaient moins évidentes et sacrément plus sexy.

Kurt bougea pour embrasser la tempe de Davy, mais ses lèvres touchèrent à peine sa peau que Davy se redressa en sursautant, soulevant sa poitrine de celle de Kurt. Il se cala au-dessus de lui comme s'il allait faire des pompes et baissa les yeux vers l'endroit où ils étaient toujours joints. Il fit facilement glisser son sexe hors du corps de Kurt. Puis ramena son regard sur son visage, le contemplant... de façon horrifiée – ce fut le seul terme qui lui vint à l'esprit. Kurt essaya de l'atteindre, mais Davy sauta au loin et commença à rassembler ses vêtements, gardant son regard par terre.

— Tu dois partir, Kurt.

— Quoi ? Pourquoi ?

Kurt attrapa son propre jean, ignorant le fluide visqueux entre ses cuisses du mieux qu'il put. L'ambiance de la pièce avait changé de manière significative. Il ne savait pas pourquoi, mais il pensa qu'il serait plus facile de faire face à la situation s'il était habillé. Quel que soit ce dont il s'agissait, cela n'attendrait pas qu'il prenne une douche rapide, et cela aurait facilité les choses si Davy avait bien voulu le regarder.

— Va-t'en. Cela n'aurait pas dû arriver.

— Pas question, rétorqua Kurt.

Il saisit Davy par les épaules et essaya de l'embrasser. Cette fois cependant, Davy se débattit réellement et Kurt recula. La dernière chose qu'il voulait était laisser Davy dans cet état.

— Casse-toi, putain !

— Davy, je suis désolé, mais pourquoi ? C'était bien, n'est-ce pas ?

S'il vous plaît, faîtes que Davy ait pris son pied. Parce que cela avait été incroyable pour Kurt.

Davy ouvrit la bouche. La ferma. Une rougeur de colère envahit ses traits et il envoya un coup de poing au visage de Kurt. Qui ne toucha pas sa cible – heureusement que Kurt était entraîné – mais il en fut complètement abasourdi.

Davy arracha son poing de la prise de Kurt et recula, des larmes dans les yeux.

— Ça n'aurait pas dû arriver. Je ne suis pas prêt. Et même si je l'étais, je ne m'engagerais jamais avec toi.

La vie de Kurt avait été complètement bouleversée depuis qu'il avait rencontré Davy et en quelques mots, ce dernier venait de le mettre en pièces. Le sang pulsa dans ses tempes et Kurt voulut de toutes ses forces le frapper à son tour, mais il envoya son poing contre le mur à la place. Quelques connexions dans son cerveau reconnurent que ses articulations seraient en piteux état demain, mais pour l'instant, il n'en avait rien à foutre.

— Et pourquoi non, bordel ?

— Parce qu'il est hors de questions que je sorte avec un autre putain de flic gay qui ne veut pas se l'avouer ! Je viens de passer dix ans à me cacher et tu ne vas pas me ramener à ça ! J'ai trop perdu. Plus jamais ça.

La perte de Davy frappa Kurt en pleine face. Dans sa stupeur post-orgasmique, il avait, d'une certaine manière, oublié qu'il était toujours en deuil.

— Davy, je ne suis pas Ben. Et ce n'est pas le meilleur moment, mais je pense que si tu voyais un conseiller…

Un livre vola jusqu'à sa tête, lui coupant la parole.

— Va te faire foutre. Et toi dans tout ça ? Étais-tu simplement là-dehors en train d'attendre que je rentre chez moi ? Est-ce que ce n'est pas ce qu'on appelle du harcèlement ?

— Je n'attendais pas vraiment. Je me suis juste arrêté après la fête d'anniversaire de mon frère.

Davy serra les lèvres.

— Et... est-ce que j'ai rencontré un seul membre de ta famille ? As-tu parlé de moi ce soir ? Est-ce qu'ils savent que tu es ami avec moi ?

Kurt ne savait pas quoi répondre. Mais apparemment, son silence était suffisamment éloquent.

— Exactement, cracha Davy. Exactement comme cet enfoiré de Ben. Ça me va quand nous sommes seuls, mais ça ne me va pas que tu refuses de laisser qui que ce soit savoir que nous sommes *amis*.

Davy prononça le dernier mot avec une pointe d'amertume.

— Et pour Simon et Jen ? lança Kurt.

— M'aurais-tu présenté s'ils ne s'étaient pas invités à s'asseoir à notre table ? Je ne pense pas. Bon sang, je ne sais même pas où tu habites – tu ne m'as jamais invité dans ton appartement. Es-tu trop gêné à l'idée que tes voisins me voient ?

Un autre livre vola par-dessus sa tête.

— Ce n'est pas ça.

Bien sûr que non.

— Non, maintenant tu veux que nous soyons des amis qui couchent ensemble en secret.

L'amertume dans les mots de Davy écorcha le cœur de Kurt, même s'il ne pouvait pas lui en vouloir. Ce qu'ils avaient fait était trop bon pour être étiqueté d'une façon aussi moche.

— Ce n'est pas vrai. Je...

— Tu... tu es gay maintenant ? Tu vas le dire à tes amis et à ta famille ? À ceux qui ne savent même pas que j'existe ? Tu vas admettre que tu as embrassé un homme ? Baisé un homme ? Et tes copains flics ? Tu penses qu'ils accepteront de travailler avec un pédé ? Ben n'y croyait pas.

Kurt ne savait pas comment réagir face à cette avalanche. Tout était arrivé trop vite et il n'avait pas eu l'occasion de réfléchir à toutes ces choses, et même s'il ne le regrettait pas, il n'avait pas de réponse pour Davy. Il n'était même pas sûr de pouvoir s'appeler lui-même gay ou simplement curieux. Mais les mots méchants effacèrent la dernière trace de contentement pour laisser place au désespoir.

— Je veux simplement t'aider. S'il te plaît.

137

— Je n'ai pas besoin de ton aide, bordel. Arrête d'essayer de prendre soin de moi. Je peux le faire moi-même. Et je peux le faire sans toi. Maintenant fous le camp – et ne reviens pas – sinon j'appelle les flics.

Davy courut dans sa chambre et claqua la porte derrière lui.

Abasourdi, Kurt resta là, son pull dans la main. Il voulait suivre Davy mais il ne savait pas quoi dire. Une petite part de lui voulait le blesser aussi durement qu'il l'avait blessé lui. Mais il ne voulait pas risquer de mettre Davy plus en colère. Et le vide douloureux qu'il ressentait en lui le rendait… imprévisible. Il respirait difficilement à cause de la douloureuse brûlure dans sa poitrine, luttant contre l'envie furieuse de réduire quelque chose en poussière.

Le surplus d'oxygène ne clarifia pas beaucoup plus son esprit. Il avait besoin de se calmer davantage, de plus de temps. Malgré le plaisir fabuleux qu'il venait de connaître, peut-être que Davy avait raison quand il disait que c'était une erreur. Il enfila son pull, sans se soucier qu'il soit à l'endroit où à l'envers. Peut-être que les mots de Davy le guériraient de sa toquade passagère.

Claquant la porte derrière lui, il courut jusqu'à sa voiture, grimaçant alors que la flexibilité de son corps lui rappelait bien trop vivement ses récentes activités.

APRÈS S'ÊTRE douché et avoir fait disparaître les preuves de la nuit, Kurt appuya ses mains sur le comptoir de la salle de bain. Il inspira avant de lever la tête et de se faire face dans le miroir. Il n'avait pas l'air différent. Il n'y avait pas de lumière clignotante au-dessus de lui disant qu'il avait baisé avec un mec. La couleur rose sur son menton due à l'abrasion de la barbe naissante de Davy aurait disparu avant le matin.

Un rire amer le surprit. Il avait perdu une virginité ce soir, et tout s'était passé si vite. Il aurait préféré qu'il n'y ait pas cette dispute et… Merde. Davy ne pensait pas ce qu'il avait dit, n'est-ce pas ? Il était juste en colère. Il n'avait pas complètement écarté Kurt de sa vie, pas vrai ?

Kurt avait peur. Qu'est-ce que cela signifiait pour l'avenir ? Il ne s'était jamais senti aussi peu sûr de lui. Aurait-il à nouveau des relations sexuelles avec Davy ? Kurt pouvait-il le permettre ? Seigneur, pouvait-il s'empêcher de le vouloir ?

— Je suis gay, murmura-t-il en regardant droit dans ses propres yeux.

Son estomac se souleva.

— Je suis gay, répéta-t-il plus fort, s'imaginant lui-même dire ces choses à sa mère.

Ses paumes devinrent moites.

Il imagina le dire à son frère, Ian. Sa respiration s'accéléra.

Son père. Son cœur palpita et il s'accrocha au lavabo alors que sa vision se brouillait.

— Je ne peux pas. Je ne peux tout simplement pas être gay. Je ne le suis *pas*.

Quelques respirations difficiles plus tard, il alla à la cuisine et sortit la vodka d'un placard. Il en restait assez dans la bouteille pour laver ses souvenirs, au moins temporairement. Il ne voulait pas se rappeler Davy le baisant. Pas tout de suite. Il ne voulait pas risquer d'être excité par quelqu'un qui détestait ce qu'ils avaient fait ensemble. Kurt devrait détester cela, et Davy aussi. Il aurait dû se sentir violé.

Ce n'était pas le cas. La brûlure, même maintenant, était un rappel agréable du meilleur orgasme qu'il avait jamais eu. Mais il ne pouvait pas gérer toutes les choses qui allaient avec.

Parce qu'il ne pouvait pas être gay.

XIII

CELA FAISAIT plus de deux semaines. Sans aucun doute la plus longue période qu'il avait passé sans voir Davy depuis qu'ils s'étaient rencontrés. Kurt s'affala dans sa chaise et fit tourner son téléphone sur son bureau à côté d'un dossier qu'il avait ignoré durant ces deux dernières heures.

Davy avait coupé toute communication. Ils se parlaient rarement au téléphone avant, mais maintenant il n'envoyait plus aucun message non plus. Plusieurs fois, Kurt était passé devant la maison de Davy – les jours de match – mais sa voiture n'était pas dans l'allée et la maison était sombre, même les lumières de Noël étaient éteintes.

Aussi tenté qu'il soit de s'asseoir devant la maison de Davy et d'attendre de voir s'il revenait en compagnie d'Andrew – pour qu'il puisse lui coller une raclée – il parvint à se retenir et à continuer de conduire. Quelque part, il pensait que tout redeviendrait comme avant. Mais cet espoir s'amenuisait un peu plus chaque jour.

Kurt n'avait pas appelé ni envoyé de messages lui non plus. Les questions difficiles que Davy avait soulevées tournaient en boucle dans sa tête. Elles devenaient plus assourdissantes quand Kurt était seul, mais la vodka les atténuait un peu. Aussi agonisant que cela soit d'entendre constamment la voix de Davy dans son cerveau, jusqu'à ce qu'il ait des réponses, il ne pensait pas avoir le droit de le contacter. Cela ne l'empêchait pas de penser que Davy céderait, donnerait un répit à cette torture.

Seize jours. Cela le tuait de ne pas savoir si Davy allait bien. Détestait-il Kurt ? Ou ne ressentait-il aucune perte ? Kurt n'avait peut-être pas laissé un trou béant dans sa vie, comme Davy l'avait fait dans la sienne.

Un soupir particulièrement lourd fit lever les yeux de Simon du rapport qu'il écrivait. Kurt avait complètement foiré l'écriture de ce rapport – il n'avait pas été capable de se concentrer – et Simon avait pris le relais sans un mot.

— Tu es sûr que tu ne veux pas venir dîner ce soir ? Jen se pose des questions à ton sujet.

— Non, merci. Je ne serai pas de très bonne compagnie.

Simon serra les lèvres et retourna à son rapport sans répondre. Kurt lui en fut reconnaissant. Il avait une dette envers lui, Simon lui apportait un soutien inconditionnel. Kurt devrait accepter l'invitation. Aller dîner chez Simon, avec ou sans quelques-uns de leurs autres amis, était devenu une habitude hebdomadaire. Une tradition. Comme pour se faire encore plus de mal, Kurt était rentré dans son appartement silencieux toutes les nuits depuis deux semaines. Il regardait la télévision et buvait, le téléphone à ses côtés, faisant semblant de ne pas être en train d'attendre que Davy l'appelle.

— Peut-être la semaine prochaine, offrit Kurt.

Peut-être que la semaine prochaine il pourrait prétendre être heureux.

Simon lui adressa un rapide sourire, mais l'expression de ses yeux disait à Kurt qu'il ferait mieux de s'en sortir bientôt, sinon Simon allait vouloir une explication.

Christa s'approcha de son bureau et se pencha vers lui, son parfum fleuri trop doux pour ses narines.

— Salut, Kurt.

— Hé, Christa. Qu'est-ce que je peux faire pour toi ?

Kurt avait appris à ne pas demander ce dont elle avait besoin. Il n'aimait pas le regard langoureux de biche qu'il obtenait en retour.

— J'ai du courrier pour toi.

Christa lui tendit une enveloppe blanche de taille standard avec une adresse manuscrite.

— Merci.

L'adresse de retour était celle du domicile de Davy. Et Christa qui ne voulait apparemment pas lui foutre la paix, était en fait en train de lui sourire, dans l'expectative.

— Tu ne l'ouvres pas ?

Quel était son problème ? Bien sûr, il ne recevait jamais de courrier personnel au boulot, mais bon, comme Davy le lui avait fait remarquer, il ne savait pas où il vivait, et en tant qu'inspecteur de police, il prenait grand soin de s'assurer que son adresse personnelle ne puisse pas être trouvée par de simples recherches sur Internet.

— Ce n'est rien.

Kurt glissa l'enveloppe dans la poche de son manteau et reporta son attention sur son ordinateur. Christa haussa les épaules et retourna s'asseoir à son bureau.

La peau de Kurt le démangeait. Il avait besoin de voir ce qu'il y avait dans cette enveloppe plus qu'il n'avait besoin de respirer. Mais si Christa ne le regardait pas, Simon le faisait. Ou son patron. Ou ce mec, Ivan, de la brigade des stupéfiants, qui était gay lui aussi. Non, pas *aussi*.

Et qu'est-ce que c'était que tout ça de toute façon ? Émettait-il des vibrations qui pouvaient être captées par un radar à gay ? Ou était-il simplement plus sensible maintenant ? Ou... Merde... est-ce qu'Ivan *connaissait* Ben ?

Les deux dernières semaines au boulot avaient été révélatrices. Maintenant qu'il y faisait attention, il entendait assez d'insultes et d'insinuations pour se rendre compte que tout le monde n'était pas aussi ouvert qu'il le devrait au sujet des policiers qui étaient de l'autre bord. Kurt espérait pour ces mauvaises langues que Nadar n'entende pas parler d'elles, mais cela ne semblait pas arrêter certains des pires détracteurs – au moins c'était tous des types dont Kurt pensait déjà qu'ils étaient des cons. Cela ne changeait rien au fait qu'admettre quoi que ce soit l'aurait soudain placé dans la catégorie des 'eux'. Ce qu'il ne souhaitait absolument pas.

Ivan marcha vers lui et se pencha, sa bouche proche de l'oreille de Kurt.

— Hé, mec, je pensais juste que tu aimerais le savoir, nous sommes sur le point d'arrêter Novi.

Sa voix était basse, mais audible.

Il lui fallut une minute pour se rendre compte qu'Ivan n'était pas en train de lui proposer un plan cul, ici, devant tous leurs collègues, et pour laisser sa panique disparaître.

— Sérieusement ?

— Ouais. Garde-le pour toi, cependant. Je ne suis pas supposé parler de ça, mais j'ai pensé que tu avais le droit de savoir. Nous allons avoir ce connard.

— Merci, j'apprécie.

Et c'était vrai. Kurt n'avait jamais vraiment eu de raison de parler à Ivan, mais c'était un mec bien. Il ne méritait pas la merde dans laquelle on le mettait parfois.

Bordel. Il remuait sur sa chaise. S'agitait avec des stylos sur son bureau. Faisait défiler ses e-mails sans rien voir. Qu'y avait-il dans cette foutue enveloppe ?

Simon lui jeta un regard soupçonneux.

— J'ai presque terminé le rapport. Je vais me chercher un café et ensuite nous sortirons. Tu en veux un ?

— Bien sûr.

Le café ne faisait pas bon mélange avec la vodka qu'il utilisait pour dormir la nuit, mais puisqu'il s'évanouissait plus qu'il ne dormait, il avait besoin de café. La nourriture ne faisait pas non plus bon mélange avec l'alcool ; il n'arrivait pas à se rappeler s'il avait mangé quelque chose aujourd'hui.

Simon s'éloigna, et pour une fois, les yeux de Christa n'étaient pas fixés sur lui. Déplaçant son corps loin d'elle, il tira prudemment l'enveloppe de la poche de son manteau. Chaque petite déchirure de papier résonnait comme un coup de feu, mais Kurt savait que les bruits de l'étage couvraient tous les sons compromettants.

À l'intérieur, il y avait une unique feuille de papier pliée. Kurt la déplia mais il lui fallut quelques secondes pour comprendre de ce qu'il avait en face des yeux.

Des tests sanguins. Une copie des résultats des tests sanguins de Davy… datés de deux jours après qu'ils aient baisé. Négatifs.

De l'acide brûla sous son sternum. Pas une fois il n'avait considéré les implications de ce qu'ils avaient fait sur sa santé. Et bordel, il aurait dû. Il froissa le bout de papier et le fourra dans sa poche.

La réalisation de son imprudence le submergea, le secouant comme une bouée dans l'océan. Son estomac se souleva. Encore.

Kurt sauta sur ses pieds et courut vers les toilettes pour hommes, poussant la porte d'une stalle juste à temps pour vider son estomac dans les toilettes.

Non pas qu'il eût beaucoup à rendre. Il avait à peine mangé depuis l'anniversaire de Mikey. Mais il ne pouvait pas s'arrêter de vomir.

Des pas lourds déboulèrent dans la pièce, s'arrêtèrent, puis il entendit le bruit de la serrure se fermer.

— Bon sang, dit Simon derrière lui. Tu as besoin que j'appelle les urgences ?

— Non, haleta Kurt entre deux violentes nausées.

Finalement, fourbu, il glissa contre le mur de métal froid de la stalle dans laquelle il se trouvait. Faiblement, il tendit la main pour tirer la chasse. Simon avait disparu, mais il revint avec une serviette en papier imbibée d'eau. Kurt nettoya son visage et jeta le papier dans la cuvette.

— Tu as une sale tête. Ça fait deux semaines. Tu devrais vraiment rentrer chez toi, te reposer, et te débarrasser de ce virus ou quoi que ce soit.

Virus. Kurt en aurait ri si ses tripes ne le brûlaient pas. À la place, il hocha la tête.

— Tu as besoin que je te ramène chez toi ? Est-ce que tu veux que j'appelle un de tes frères ?

Oh bon sang, non. La dernière chose dont il avait besoin en ce moment, c'était d'avoir sa famille aux petits soins pour lui. Il avait besoin d'être seul. En dehors de sa foutue blessure, il était rarement malade – il lui restait tout un tas de congés maladie à prendre.

— Tu as raison. Je rentre chez moi. Mais n'appelle personne, ça ira pour conduire.

— Tu en es sûr ?

Simon l'aida à se mettre debout et il chancela vers l'évier.

Il avait effectivement une sale tête. Après s'être rincé la bouche, Simon déverrouilla la porte.

— Hé, peux-tu me rendre un service ?

— Quand tu veux, Kurt. Tu sais ça ?

Kurt avait dit la même chose plus d'une fois à Davy, et il dut se mordre la lèvre pour lutter contre la douleur.

— Peux-tu aller chercher mon manteau et me retrouver à la voiture ? Je préférerais ne rencontrer personne pour l'instant.

— Ouais, bien sûr. Vas-y. je te rejoins là-bas en un rien de temps.

— Merci.

Simon avait l'air de vouloir prendre Kurt dans ses bras pour l'étreindre mais heureusement, il s'écarta simplement de son chemin pour le laisser atteindre la sortie.

Cet après-midi-là, après un arrêt prolongé au magasin d'alcool, Kurt s'assit avec plusieurs bouteilles de vodka et envoya un message à Davy.

Et encore un dix minutes plus tard.

Et un troisième après quelques verres supplémentaires de vodka. Dès qu'il eut décidé que Davy n'allait pas répondre, il téléphona au bureau pour prendre le reste de la semaine, espérant qu'il pourrait rester chez lui et se cacher sans alerter sa famille.

ALORS QUE Simon les conduisait sur la dernière scène de crime, le téléphone de Kurt bipa, les alertant d'un nouveau message. Des semaines plus tard, il espérait toujours que ce soit Davy. Mais, malgré le déluge de textos et occasionnellement de messages vocaux que Kurt avait envoyés juste après avoir reçu les résultats des tests, Davy n'avait pas rompu le silence. Pas une seule putain de fois. Kurt était passé devant chez lui plusieurs fois depuis, avait vu la voiture de Davy dans l'allée. Le courage qui l'avait fait débouler chez Davy ce premier jour l'avait complètement abandonné. Davy ne voulait pas le voir.

Kurt continuait de lui envoyer un message chaque jour, peu importait à quel point il savait que c'était futile et stupide. Et à chaque fois qu'il recevait un message, une part de lui espérait toujours, priait que ce soit Davy.

C'était sa mère cette fois. Casse-pieds.

— Simon, toi et Jen vous voulez venir manger à Noël avec ma famille ? Tu as dit que tu ne rentrais pas voir tes proches cette année.

— Je demanderai à Jen, mais un repas de Noël ? Avec vous tous ? Es-tu sûr que ta mère veuille recevoir autant de monde ? Ou est-ce au restaurant ?

— Bien sûr que non. Maman ne tolérerait jamais que le repas de Noël se fasse au restaurant. Mais il n'y aura pas autant de monde que tu le penses. En fait il n'y aura que mes frères, la femme de Mike et leurs enfants. Les jumelles vont faire du ski avec Mark, Evan et leurs enfants, et Erin sera chez ses beaux-parents.

— Très bien, Jen et moi avions prévu un dîner tranquille, mais je suis sûr qu'elle adorerait venir.

Kurt transmit à sa mère l'acceptation provisoire de Simon. Elle répondit immédiatement et Kurt dut répondre – fermement – qu'il n'amènerait personne de son côté. Seigneur. Que ferait sa mère s'il ramenait un homme à la maison ? Comment quelqu'un pouvait-il même sortir avec un homme sans se faire tabasser ou moquer ? Était-il trop vieux pour apprendre de nouvelles habitudes, de nouvelles règles ? Il s'inquiéterait de sortir beaucoup, beaucoup plus tard. Il était toujours aux prises avec l'idée d'avoir perdu Davy et de *vouloir* sortir avec des hommes, sans avoir peur de le faire.

En outre, le repas de Noël était une occasion spéciale. Il aurait pu amener Davy, mais il ne pouvait simplement amener personne, homme ou femme.

Ian passait un chiffon sur le bar.

— Je ne peux pas croire que nous soyons restés coincé au bar un des jours les plus chargés de l'année.

Le jour de la Saint-Valentin était toujours chargé, mais cette année, pour célébrer leur quarante-cinquième anniversaire de mariage, ses parents avaient décidé de faire une promotion spéciale. Ce qui signifiait un surplus de folie pour la journée.

— Hé, ça pourrait être pire, nous pourrions desservir les tables. Vraiment, ce travail ne me manque pas.

Kurt réarrangea les décorations devant lui. Il ne lui avait pas échappé que lui et Ian étaient les seuls membres de la famille qui travaillaient ce soir.

— Tu as un rencard ce soir ? lui demanda Kurt.

Cela pourrait expliquer le mécontentement d'Ian.

— Est-ce que tu te fous de moi ? D'abord, il y a des moyens moins coûteux pour se retrouver sous les jupes d'une nana. Et deuxièmement, tu demandes à une fille de sortir avec toi à la Saint-Valentin et elle s'attendra à une demande en mariage, sans aucun doute.

Ian souffla et secoua la tête comme si Kurt était le mec le plus naïf de la planète.

Est-ce que les hommes attendaient les mêmes choses ? Est-ce que les gays célébraient aussi la Saint-Valentin ? Il ne le savait pas. Le manque de connaissance ne l'avait pas empêché d'acheter une unique rose rouge qu'il avait laissée devant la porte de Davy cet après-midi. Il avait soigneusement choisi un moment où Davy n'était pas chez lui et où il n'avait aucune chance de tomber sur l'un de ses petits copains, en supposant – craignant – que Davy en eût un.

Pathétique. Stupide et pathétique – tant son achat que son incapacité à faire face à Davy comme un homme. La symbolique de toute sa vie. Ses messages quotidiens à Davy s'étaient réduits à un par semaine, mais il n'était toujours pas capable de dire ce que Davy voulait entendre – qu'il était prêt à dire la vérité au monde sur ce qui était arrivé entre eux.

En fait, il s'était envoyé des verres toute la nuit, essayant d'étourdir la douleur qui l'attendait à la vue d'une pièce remplie de couples heureux de célébrer leur amour.

— Dylan devrait être ici avec nous, dit Ian.

— Je sais. J'ai été surpris quand il nous a présenté une fille au dîner de Noël. Est-ce que tu savais quelque chose à son sujet ?

— Rien du tout. Il devait craindre que je lui fasse tourner la tête avant que ses sentiments ne soient sérieux.

Ian agita ses sourcils et se mit à rire.

— Dylan aime ses secrets.

— Comme toi, rétorqua Ian.

Son visage devint soudain sérieux et l'air autour de Kurt se fit plus rare.

146

— Qu'est-ce… que tu veux dire ?

— Tu as évité la famille ces derniers temps, et tu as l'air… affamé. Est-ce que tout va bien ?

Kurt serra les lèvres. C'était exactement la raison pour laquelle il avait évité sa famille. Ils le connaissaient tous trop bien. Noël aurait pu être pire, mais avec ses sœurs absentes, seule sa mère avait vraiment prêté attention à lui. À ce moment-là, il n'avait pas encore perdu autant de poids.

Elle l'avait entraîné dans la cuisine et lui avait posé exactement la même question.

— Mon chéri, est-ce que tu vas bien ? As-tu été malade ?

Kurt n'avait pas été capable de la regarder dans les yeux. Il avait été effrayé de ce qu'elle pourrait voir – sa mère semblait toujours tout savoir de lui et des secrets de ses frères et sœurs. Mais il ne pouvait pas la laisser découvrir celui-ci. Pas question.

— Oh, mon bébé. Est-ce que c'est cette fille ? Toujours pas de chance ?

Sa mère l'avait pris étroitement dans ses bras, le haut de sa tête atteignant à peine son épaule. Kurt avait réussi à effacer une larme furtive avant qu'elle le laisse partir.

— Il n'y a pas de fille, maman.

Kurt avait espéré qu'elle n'interpréterait pas correctement le double sens de cette déclaration. Il avait plutôt pensé que c'était la plus proche qu'il serait jamais capable de fournir sur son état.

— Eh bien, tu ferais mieux de manger ce soir. T'affamer au point d'être malade pour une fille qui manque manifestement du bon sens que Dieu lui a donné… je ne comprends pas. D'autre part, si elle ne peut pas voir quel homme bien tu es, elle n'est pas une fille pour toi.

Pas pour lui. Les mots avaient tranché dans le vif, logeant la douleur un peu plus profondément dans ses tripes. Il avait mangé cette nuit-là, essayant d'être normal, mais ensuite il était rentré chez lui, s'était enivré à s'en rendre stupide, et avait vomi le tout quelques heures plus tard. Cela devenait bien trop fréquent, mais il ne trouvait pas les freins pour arrêter ce train fonçant à grande vitesse sur la mauvaise voie.

LE CLAQUEMENT d'une serviette humide contre son épaule le tira de ses souvenirs.

— C'était pour quoi ça, merde ?

147

Ian le regarda attentivement. Kurt ne se rappelait pas de la dernière fois qu'il avait utilisé des gouttes oculaires. Utiliser ce genre de chose pour cacher ses yeux injectés de sang était également devenu une habitude récurrente.

— Je t'ai demandé si tu allais bien, dit Ian. Et tu as complètement déconnecté. Qu'est-ce qui se passe ?

— Rien du tout. Mais qu'est-ce qui ne va pas avec vous tous ? Est-ce que je ne peux pas passer une putain de mauvaise journée de temps en temps ?

Kurt jeta le verre qu'il tenait dans l'évier où il se brisa. Les yeux d'Ian s'agrandirent, et bien qu'il sache qu'il le regretterait plus tard, il écarta son frère de son chemin et se dirigea vers la salle de pause. L'affluence au bar était passée, tout comme les clients du restaurant étaient maintenant plus occupés à rentrer chez eux et aller baiser à en perdre la tête – bordel de merde – qu'ils ne l'étaient à boire un verre de plus. Ian pouvait s'occuper seul de la fermeture, enfoiré de curieux.

Une minuscule morsure de culpabilité grignota sa conscience, mais elle ne suffit pas à couvrir le chant des sirènes provenant de sa cuisine avec son stock nouvellement approvisionné de vodka. Dans son appartement merdique, il pourrait finalement boire assez pour oublier. Au moins pour quelques heures.

KURT FRAPPA à la porte du bureau de l'inspecteur Nadar.

— Entrez

Après avoir refermé derrière lui, Kurt prit un siège. Assez de rumeurs circulaient dans tout le poste quand il était arrivé pour avoir des soupçons sur ce que Nadar allait lui dire.

— O'Donnell, je sais que les derniers neuf mois et demi ont été difficiles pour vous.

Kurt retint à peine son grognement de mépris.

— Je sais à quel point vous vouliez rejoindre l'équipe d'investigations sur la mort de Ben, mais vous étiez trop proches, et quand nous avons réalisé que Ben avait été tué par vengeance, en raison de son ancien poste à la Brigade des Stupéfiants, eh bien, il semblait simplement plus normal de leur renvoyer l'affaire. Mais c'est du passé tout ça.

148

Kurt se foutait de tout ça comme d'une guigne. En particulier si les rumeurs étaient vraies. Il n'avait jamais compris pourquoi Nadar tournait autour du pot sur certains sujets et était presque douloureusement direct sur d'autres.

— L'équipe envoyée pour appréhender Viktor Novikov tard la nuit dernière a essuyé des tirs et a été contrainte de répondre à la fusillade.

Pendant une demi-seconde, Kurt ne comprit pas que Nadar était en train de parler de Novi, l'Ours Russe.

— Novikov est mort à l'hôpital tôt ce matin, mais il ne fait de doute pour personne qu'il était responsable de la mort de Ben.

Bien qu'il fût assis, heureusement sans expression, une joie sombre et amère l'envahit. Joyeuse Saint-Valentin à lui, avec un jour de retard. L'Ours avait eu ce qu'il méritait, néanmoins Kurt aurait voulu être celui qui avait délivré le coup fatal. Mais il avait une question importante.

— Monsieur, avez-vous informé…

— La famille de Ben ? Oui, dès que je l'ai su.

— Merci. Y a-t-il autre chose ?

— J'aimerais que vous preniez le reste de la semaine, que vous assimiliez la nouvelle.

Kurt haussa les épaules et quitta le bureau de Nadar.

— Hé, mec, tu vas bien ? Je viens juste d'apprendre.

Simon se précipita à sa rencontre.

— Tout va bien. Mais Nadar me renvoie chez moi jusqu'à lundi.

— C'est probablement une bonne chose. Appelle-moi si tu as besoin de quoi que ce soit.

Une bonne chose. Il ne voulait pas rentrer chez lui. Il commençait à détester son appartement et il ne pouvait pas aller chez Finn's ou chez n'importe quel membre de sa famille. Ils l'étoufferaient. Au moins, il pouvait se consoler en sachant que Davy pourrait d'une certaine façon refermer le dossier de ce triste passé et n'aurait pas à faire ressortir toute cette douleur au procès. Égoïstement, la pensée lui était venue qu'il aurait eu une chance de voir Davy au procès, mais cela n'arriverait plus maintenant.

Kurt envoya un message de plus à Davy pour l'informer de la situation même si, comme pour les autres, il ne s'attendait pas à recevoir une réponse.

Dehors, dans la neige fondue et la lumière grise de ce jour de février, Kurt conduisit d'abord jusqu'au magasin d'alcool, juste au cas où il n'en aurait pas assez chez lui pour s'étourdir pendant les prochains jours et dormir. Parce qu'il n'avait pas l'intention de quitter son appartement jusqu'au lundi matin. Bon sang, peut-être même qu'il ne se laverait pas jusque-là, non plus.

KURT OUVRIT le frigo et contempla les bières pendant quelques minutes.

Merde. Il claqua la porte et attrapa la bouteille de vodka. Il ajouta des glaçons dans un verre et versa l'alcool par-dessus.

Il toucha le téléphone mais il n'avait pas assez faim pour se donner la peine de commander quelque chose. En plus, une fois qu'il aurait ingurgité assez d'alcool, il n'aurait plus faim du tout.

Affalé sur le canapé, le verre à la main, il zappa sur un match de hockey. Il continuait de regarder à sa droite, comme si Davy allait apparaître. Mais alors, il ne pouvait imaginer Davy dans son appartement, sur son canapé, regardant sa télévision. Parce que Davy avait raison. Kurt avait fait irruption dans sa maison et dans sa vie, mais il n'avait jamais eu la courtoisie d'inviter Davy chez lui. Il était vraiment un moins que rien et il détestait regarder un match tout seul.

Il pouvait toujours aller chez Finn's, mais pour cela il aurait fallu qu'il se douche. Et qu'il se rase. Cela faisait des jours qu'il n'avait fait ni l'un ni l'autre, et il n'avait aucune intention de le faire avant de devoir retourner travailler le lundi. En outre, la compagnie de sa famille ne l'intéressait pas, il préférait échapper à leurs questions indiscrètes.

À la télé, le gardien laissa passer un but spectaculaire. Davy aurait exulté et juré comme un charretier. Il s'animait en regardant le hockey, beaucoup plus que devant un match de base-ball.

Kurt continua de fixer l'écran sans réellement voir aucun des jeux suivants, se remémorant le premier match de hockey qu'il avait regardé avec Davy. À la première décision discutable des arbitres, celui-ci avait sauté du canapé, en criant et jurant. Il avait fait tomber sa bière et regardé Kurt, complètement choqué et embarrassé. C'était… Putain… ça avait été si foutrement attendrissant. Kurt avait ri à n'en plus finir tandis qu'il aidait Davy à nettoyer la bière renversée.

Une acclamation provenant de la télé ramena son attention sur l'écran et il essaya d'avaler une nouvelle gorgée, mais il ne restait rien d'autre dans le verre que les glaçons. Des larmes mouillaient son visage et il les essuya d'un revers de la main.

— Fait chier tout ça.

150

Il envoya le verre contre le mur où il explosa dans un fracas satisfaisant, les glaçons fondant sur les éclats de verre étincelant. Il attrapa une bouteille de bière qui se trouvait à proximité et l'envoya voler, ajoutant des éclats marron aux morceaux de verre transparents.

Après la fin du match – il n'avait aucune idée de qui avait gagné, et il n'était même pas sûr de savoir qui avait joué – il vacilla vers le mur pour nettoyer le verre brisé.

Du rouge se mélangea et tournoya dans l'eau. Kurt retourna sa main, la profonde coupure ne lui fit aucun mal jusqu'à ce qu'il arrache le morceau de verre. À ce moment-là, oui, ça lui fit un mal de chien.

Qui avait inventé cette expression d'ailleurs ? Cela n'avait aucun sens. La pulsation continue lui permit de rester plus ou moins concentré sur sa main et sur le filet écarlate qui coulait de la blessure. Il nettoierait cette merde le lendemain.

Il enroula une serviette à peu près propre autour de sa plaie et s'effondra sur le lit complètement habillé. Avant de sombrer dans le sommeil, il espéra seulement que la coupure aurait suffisamment guéri le lundi pour que personne ne lui pose de questions.

XIV

CELA FAISAIT deux jours que Kurt était retourné travailler et il était heureux que sa fureur se soit en grande partie apaisée. Il ne voulait pas vraiment parler de Ben ou de Novi ou de quoi que ce soit d'autre. Il préférait arpenter les rues qu'écouter les commérages au poste de police. Tout ce qui l'intéressait à cet instant était de faire parler ce fichu témoin. Vraiment dommage que ce Wally soit une petite frappe de toxicomane fainéante.

Il encastra Wally contre le mur de briques et se pencha pour lui siffler une menace.

Simon le saisit par l'arrière de son col, le tirant en arrière et le soulevant sur ses orteils. Connard de géant. Alors que Kurt ne représentait plus un danger, Wally glissa sur une plaque de neige fondue et tomba sur un genou.

— Merde, arrête ça, O'Donnell, siffla Simon à son oreille.

Pour un spectateur extérieur, il n'aurait probablement pas semblé que l'homme le plus grand des deux retenait activement l'autre, mais Kurt aurait dû fournir un gros effort pour se libérer.

— Tire-toi de là, Wally, ordonna Simon.

Le petit homme dépenaillé ne perdit pas son temps à suivre les instructions de Simon. Il se releva du sol et se mit à courir.

Kurt se tordit dans la prise de Simon mais ne réussit qu'à s'étouffer lui-même.

— Mais qu'est-ce que tu fous ? Il s'enfuit !

Simon ouvrit la main et Kurt vacilla alors que tout son poids revenait sur ses propres pieds. Il se retourna pour faire face à Simon, seulement pour être accueilli par le regard féroce que celui-ci réservait aux suspects les plus récalcitrants. Ce qui l'enragea encore plus.

— Je l'avais. Merde, pourquoi tu as fait ça ?

— Si nous avions arrêté ce mec, tu aurais été suspendu.

En fait, Simon ne termina pas sa phrase avec les mots *espèce d'idiot*, mais Kurt les entendit dans son ton mordant de colère.

— Bordel, qu'est-ce que tu racontes ?

— Tu étais à la limite de la brutalité, et cette petite merde l'aurait crié à qui veut l'entendre à la seconde où il aurait mis un pied au poste. Qu'est-ce qui ne va pas chez toi ?

— Il n'y a rien qui cloche chez moi ! Pour qui tu te prends, ma mère ?

Kurt serra les dents, les poings, se balançant sur ses talons. L'adrénaline affluait et il allait devoir décider – très vite – si ça valait la peine d'envoyer un coup de poing à son partenaire.

— Seigneur, Kurt. Monte dans cette putain voiture.

Simon ne lui laissa pas exactement le choix et le força à s'asseoir sur le siège passager à l'aide de son énorme masse corporelle. Kurt ne souhaitant pas particulièrement être bloqué ou contraint d'utiliser les transports publics, il boucla sa ceinture et croisa les bras.

— Et pour Wally ? demanda Kurt dès que Simon fut monté dans la voiture. Il est toujours suspect et tu l'as laissé partir.

L'accusation fit tressaillir un muscle de la mâchoire de Simon.

— Il ne constitue pas une bonne piste et tu le sais.

Simon démarra la voiture et se mit en route.

Ils roulèrent en silence, le crépitement fort et intrusif de la radio entre eux. Quand Simon s'arrêta devant l'immeuble où se trouvait l'appartement de Kurt, sa colère s'était légèrement adoucie.

— Que fait-on ici ?

— Sors de la voiture.

Sans attendre de réponse, Simon se dirigea vers l'entrée du bâtiment et attendit qu'il le suive.

Le voile rouge de sa colère s'estompa et Kurt dut admettre qu'il avait peut-être un peu dépassé les bornes. Mais ce n'était pas à Simon de le dorloter ou de le protéger de ses propres actions. Simon était son partenaire, pas un parent à lui.

— Entre, dit Simon d'une voix toujours tendue.

Kurt ouvrit la porte de son appartement, enleva son manteau et se jeta sur le canapé comme un adolescent boudeur. Simon entra dans la cuisine… et revint aussitôt avec une bouteille de vodka vide. Il s'assit sur la table du salon face à Kurt et posa la bouteille de vodka – une des nombreuses que Kurt était sûr de ne pas encore avoir jetées – à côté de lui.

— Bon sang, Kurt.

La colère avait disparu, remplacée par quelque chose d'autre. De la pitié, peut-être. Kurt ne voulait pas l'entendre… ou la voir, donc il évita ses yeux. Il ne pensait cependant pas que Simon s'en irait s'il s'enfermait dans la salle de bain.

— Combien en as-tu bues ? Mais que se passe-t-il, bordel ?

Cette fois, il n'y avait pas d'agressivité dans ses mots pour hérisser les poils de Kurt.

— Je t'ai regardé t'enfoncer pendant des mois, mais je ne pensais pas que c'était moche à ce point.

Simon fit un geste de la main vers la cuisine. Kurt osa jeter un rapide coup d'œil ; l'inquiétude et la préoccupation se lisait sur le visage de Simon, mais il put à peine regarder son ami dans les yeux.

— Allez, Kurt. Parle-moi. Je suis ton partenaire. Je suis ton ami. S'il te plaît, laisse-moi t'aider, parce que tu ne peux pas continuer comme ça.

Kurt ouvrit la bouche, essayant de formuler les mots 'tout va bien', comme il l'avait dit et répété au cours des derniers mois.

À la place, il hoqueta, ses yeux se remplirent de larmes et le brûlèrent, et il déballa toute son histoire avec Davy. Chaque détail sordide et horrible, chaque sombre secret, ses peurs, son indécision, sa perte qui lui déchirait les entrailles.

Simon se leva seulement pour aller chercher un rouleau de papier toilette pour permettre à Kurt de se moucher. Autrement, il ne fit rien pour stopper le flot de paroles que Kurt avait gardées en lui depuis la mort de Ben. Comme pour n'importe quel débordement, une fois le barrage brisé, on ne pouvait plus endiguer le flot jusqu'à ce qu'il s'arrête de lui-même, emportant sur son passage des lambeaux de son âme pour le plus grand plaisir de Simon.

À la fin, Kurt regarda ses mains, tordant le papier toilette mouillé entre ses doigts. Sa gorge était irritée d'avoir trop parlé, comme s'il avait avalé du papier de verre, et la peau de son visage était tendue et douloureuse comme une prune sur le point d'éclater. Mais Simon n'était pas parti. Ne lui avait pas balancé son poing dans la figure. N'avait pas ri. Il n'avait pas non plus dit un mot depuis que Kurt s'était arrêté de parler et le silence était suspendu, épais et lourd, au-dessus de son canapé bon marché. Kurt avait-il une fois de plus détruit une amitié ? Était-il sur la bonne voie pour perdre tous les amis qu'il avait dans sa vie ? Pour quoi devrait-il vivre, alors ?

Simon prit une profonde inspiration et la laissa ressortir, envoyant voler les morceaux de papier toilette déchiquetés qu'il avait entre les mains.

— Ouf. Je comprends maintenant. Je vais juste te dire une chose, là, tout de suite. Je ne peux pas savoir à ta place si tu es gay ou non, mais je

154

pense que si tu es honnête avec toi-même, tu connais déjà la réponse à cette question. Si tu décides que tu l'es, si tu décides de t'ouvrir... je suis ton ami. Je serai toujours ton ami. Et cela blesse les gens qui tiennent à toi de te voir te démolir comme ça, dit-il en haussant un sourcil. Bon, je ne pense pas que tu aies encore besoin de picoler, hein ?

Un demi-sourire étira le visage de Kurt. Jamais il n'avait ressenti un tel soulagement.

— Et je t'ai regardé boire ton poids en café chaque jour depuis des semaines. Est-ce que tu as du thé, peut-être ? Sinon je peux demander à Jen d'en apporter.

Précisément ce que sa mère aurait prescrit.

— Mes parents sont Irlandais. J'ai du thé, quelque part, coassa-t-il.

Simon frappa ses mains sur ses cuisses et se leva, surplombant Kurt.

— Reste assis. Réfléchis. Retourne tout ça dans ta tête, même. Mais ne t'inquiète pas, d'accord ?

Contre sa volonté, le demi-sourire revint et il pencha sa tête en arrière contre les coussins du canapé, laissant le bruit familier de la préparation du thé l'apaiser et le détendre comme rien n'avait pu le faire depuis des mois.

Kurt avait dû s'assoupir un moment, parce que Simon était à nouveau assis en face de lui, une grande tasse fumante dans les mains. Sa mère avait dû le convaincre de garder du thé dans son appartement, mais elle n'avait jamais pu obtenir de lui qu'il ait des tasses à thé. Il prit le mug qui lui était offert, laissant la chaleur se diffuser dans ses mains froides, la vapeur soulageant sa peau gonflée.

Il attendit d'avoir pris plusieurs gorgées avant de parler.

— Tu t'en fiches vraiment ?

— Vraiment. Je connais des salauds qui t'en feront voir de toutes les couleurs. J'ai entendu que ce type, Ivan, à la Brigade des Stups, subissait pas mal d'emmerdes... Mais je n'ai jamais vu personne d'aussi confus que toi. Ce genre de secret t'embrouille la tête. Je sais également qu'Ivan a autant d'amis que de détracteurs.

— Je dois le dire à mes parents, n'est-ce pas ? Je ne sais pas si Davy me reparlera un jour, mais...

— Mais pour avoir ne serait-ce qu'une chance avec lui ? Alors oui, je pense que tu dois le dire autour de toi. Et rappelle-toi, ça ne fait même pas encore un an que Ben est mort. Vous avez besoin tous les deux d'un peu de temps pour rassembler vos esprits. Pour récupérer.

155

Kurt n'avait pas manqué de remarquer qu'ils étaient en train de discuter comme si Kurt était définitivement gay. Mais bon, comme Simon l'avait dit, s'il était honnête avec lui-même, il le savait déjà.

— Mais, et s'il ne…

Simon balaya l'air d'une main.

— Tu devras le laisser partir. Avancer. Mais cette inquiétude est pour plus tard. Tu as besoin de t'occuper de *toi*, d'abord. Ensuite seulement tu pourras te préoccuper d'une quelconque relation potentielle, d'accord ?

À l'idée de laisser partir Davy, Kurt sentit une sorte de vide douloureux brûler profondément en lui. Mais encore une fois, Simon avait raison. Une fois qu'il serait redevenu lui-même, il pourrait s'occuper de récupérer Davy. S'il ne pouvait pas être avec lui, alors au moins il essaierait de réparer leur amitié, d'une façon ou d'une autre.

— Une dernière chose, dit Simon. La boisson ?

— Je vais laisser tomber l'alcool. Je te le promets. Je ne suis pas alcoolique, je ne pense pas.

— Je ne le pense pas non plus. Mais si tu as le moindre problème à t'en débarrasser, dis-le-moi. Tu as compris ?

— J'ai compris. Merci, Simon.

Simon lui pressa l'épaule.

— Va dormir. Je parie que ça fait une paye que ça ne t'est pas arrivé.

Dans une transe semblable à celle d'un zombie, Kurt suivit la suggestion de Simon et alla se coucher. Alors qu'il tombait sur le matelas, le bruit des bouteilles tombant dans la poubelle et de la vaisselle s'entrechoquant dans le lave-vaisselle arriva jusqu'à lui. Avoir quelqu'un à ses petits soins n'était peut-être pas si mal… de temps en temps. Cela ne changeait rien au fait qu'il voulait être celui qui prendrait soin de Davy, même si cela ne serait peut-être jamais le cas. Une larme unique glissa sur sa joue alors qu'il sombrait dans le sommeil.

AVEC L'ANNONCE de l'arrivée d'une nouvelle unité opérationnelle interservices, Kurt fut suffisamment occupé au travail pour éviter toute discussion sérieuse – non liée au travail – avec qui que ce soit. C'est à dire qu'il put éviter de parler à ses proches de la révélation qu'il avait eue, le jour où il avait presque battu Wally. Simon n'évoqua plus jamais le sujet, sauf pour lui dire que Jen était au courant, et Kurt fut à nouveau capable de se détendre lors de ses dîners hebdomadaires chez eux. Jen rongeait toujours

156

son frein pour le caser, cette fois avec des hommes avec qui elle travaillait, et il lui était reconnaissant pour sa retenue.

Il continuait d'envoyer des messages à Davy chaque semaine, mais chaque semaine sans réponse tuait une autre minuscule lueur d'espoir. Au moins, Davy n'avait pas demandé d'ordonnance restrictive contre lui. Il n'avait pas bu une goutte d'alcool depuis sa confession à Simon presque trois mois plus tôt et heureusement, ne ressentait aucun manque.

Il était capable de se regarder dans le miroir et de dire 'je suis gay', sans grincer des dents ou rougir. Mais s'imaginer le dire à sa famille lui donnait encore des suées.

Donc, il faisait la seule chose qu'il pouvait faire. Les éviter. Par chance, Caitlyn et Colleen avait récemment annoncé qu'elles étaient enceintes toutes les deux, encore une fois en même temps. C'était suffisant pour éloigner l'attention de lui pendant un moment.

Ce soir pourtant, il avait fini de se cacher. Ce soir, il n'avait pas d'excuses à donner à sa mère pour manquer sa propre fête d'anniversaire. Bien sûr, il n'allait pas gâcher la fête en révélant sa vérité à tout le monde, mais bientôt. Cela allait devoir être bientôt. Il était prêt.

Peut-être.

Il avait demandé au taxi de le déposer quelques pâtés de maisons avant le restaurant, espérant qu'une balade dans la fraîcheur de cette nuit de printemps l'aiderait à se calmer.

Cela ne fonctionna pas. Chaque contact, chaque étreinte le faisait tressaillir. Chaque mot était teinté d'insinuations imaginaires. Chaque regard était sournois et entendu.

Ses parents l'étreignirent mais il y avait une lueur étrange dans les yeux de sa mère. Hantée, peut-être. Quoique ce fût cependant, il avait besoin de lui donner quelques explications, et bientôt.

Après quelques minutes passées à accueillir les invités, à se sentir comme un parfait hypocrite, il attrapa une bière et s'installa dans un coin, espérant que la nuit passerait vite.

Sa vie serait-elle différente aujourd'hui s'il avait simplement invité Davy à la dernière fête d'anniversaire ? Seraient-ils amis ? Amants ? Ils auraient peut-être assisté à l'anniversaire de Kurt comme un couple ouvertement reconnu. Il ne le saurait jamais maintenant.

— Hé, par ici, mon frère.

La voix d'Ian le fit sursauter et il renversa sa bière.

— Oh, euh, salut.

157

Jusqu'à maintenant, sa tentative d'agir normalement était un échec total. Si ça avait été un job d'infiltration, il serait mort.

— Oh, euh, salut, se moqua Ian. C'est tout ce que tu as à dire ? Je ne t'ai pas vu depuis des mois. Pas depuis que tu m'as laissé tomber au bar le jour de la Saint-Valentin. Tu t'es fait séquestrer par une nana sexy ?

Au moins, Ian n'avait pas l'air trop en colère. Il ne gardait généralement pas rancune.

— Non, je suis juste occupé au boulot.

Ce qui n'était pas un mensonge, au moins.

— Excellent ! Tirons-nous d'ici dès que possible, j'ai un passe VIP pour ce bar chic sur Queen Street. Les filles sont super sexy. C'est un endroit idéal pour célébrer ton anniversaire, et hé, tu es le seul frère célibataire qui me reste. On doit en tirer le meilleur parti maintenant que Stéphanie semble avoir assagi Dylan.

Comme ce jour-là avec Simon, Kurt en eut assez. Plus de mensonges.

— Où est maman ?

— Quoi ?

— Peu importe. Je…

Faire semblant était trop dur.

— Je dois trouver maman.

Il laissa Ian bouche bée, mais c'était le moindre de ses soucis.

Il scruta la foule par-dessus les têtes, cherchant sa mère. Il la repéra, préparant le gâteau au bar, et se dirigea vers elle.

— Maman, j'ai besoin de te parler.

Elle jeta un œil au gâteau et à la foule.

— Maintenant ?

— S'il te plaît, dit-il, une prière dans les yeux.

Il pourrait ne pas avoir le courage plus tard.

— La salle de repos ? demanda-t-elle

La salle de repos était petite, mais privée, et il y avait une porte.

— Oui.

Elle pinça les lèvres, elle paraissait triste et résignée à la fois.

— Et ton père ?

Le petit garçon en lui trembla.

— Non, pas tout de suite. Seulement toi, s'il te plaît.

Si elle le détestait, il n'aurait pas de raison de risquer également de décevoir son père. Il partirait simplement, ferait une coupure nette. Sa mère fit passer un message silencieux à son père, quelque chose qu'il avait seulement commencé à remarquer chez les couples depuis sa rencontre avec Davy – et il avait commencé à vouloir ce genre de connexion pour lui-même.

Alors que sa mère se dirigeait vers la salle de repos, Kurt regarda par-dessus son épaule. Simon, qui le regardait droit dans les yeux, hocha la tête en signe d'encouragement. Jen était là elle aussi, même s'il ne pouvait pas la voir. Il avait au moins deux personnes qui le soutenaient, et cela devrait lui suffire pour l'instant.

Ils s'installèrent sur des chaises, et sa mère joignit ses mains. Kurt voulait faire de même mais il avait peur de casser sa bouteille de bière. Il but une gorgée, cherchant à gagner du temps, mais cela ne suffit pas à calmer les papillons ninjas qui avaient élu domicile dans son estomac.

— S'il te plaît, mon chéri, parle-moi.

Les yeux de sa mère se remplirent de larmes et il réalisa que sa douleur avait été partagée, même s'il n'en avait pas eu conscience. Si elle le détestait… non. Il devait lui dire, lui donner une chance d'être la mère aimante qu'il avait toujours connue.

— Je suis gay, murmura-t-il.

Quelque part, il trouva le courage de continuer de la regarder dans les yeux. Parce qu'il devait savoir ce qu'elle pensait, ce qu'elle ressentait.

Les larmes contenues dans ses yeux roulèrent, mais elle sourit à travers elles. Elle était soulagée ?

Elle se jeta sur lui, l'étreignant, et il lui rendit son geste, sa coquille protectrice s'effritant un peu. Il espéra que cet aveu ne serait plus jamais aussi effrayant.

Reculant, elle embrassa son front, puis retourna s'asseoir sur sa chaise, retenant une de ses mains dans la sienne.

— Oh, mon bébé. J'avais peur que tu me dises que tu étais malade ou quelque chose de terrible.

— Ce n'est pas terrible ?

Kurt ne put s'empêcher de chuchoter.

— Non, mon chéri, non. Je t'aime. Je veux que tu sois heureux, et tu ne l'as pas été. Pas depuis longtemps.

Ses yeux s'agrandirent et elle le regarda intensément.

— Bébé. J'avais raison, cependant, n'est-ce pas ? Tu es amoureux.

Elle repoussa sa manche le long de son bras et toucha sa cicatrice.

— Qu'est-il arrivé ?

159

Oh, seigneur. Ses yeux étaient en train de brûler. Il espérait dévotement que c'était le tourment émotionnel de sa révélation qui faisait monter les larmes et non une quelconque prédisposition au fait d'être gay. Parce que c'était horrible.

— J'étais – je suis – amoureux. Mais il ne veut pas de moi.

Il avait déjà raconté toute l'histoire une fois, et il ne voulait pas recommencer. Même quand il en avait parlé à Simon, il ne lui avait en fait pas dit… ne l'avait pas admis pour lui-même… qu'il était tombé amoureux. Il savait pourquoi tant de gens déploraient et louaient leur premier amour. C'était plus beau qu'un lever de soleil, et plus douloureux que d'être consumé par les flammes de l'enfer.

Il eut droit à une nouvelle étreinte.

— Eh bien, s'il ne peut pas voir à côté de quoi il passe, il n'est pas assez bien pour toi. Sauf s'il est marié. Dans ce cas-là, il devrait être abattu.

Sa mère était réellement indignée pour lui, et son cœur s'allégea quelque peu.

— Non, il n'est pas marié. C'est principalement ma faute. Je n'ai pas été honnête avec moi-même et avec lui. J'essayais de me cacher.

— Et maintenant que tu as décidé de ne plus te cacher ?

— Je ne sais pas. C'est compliqué.

L'anniversaire de la mort de Ben était à peine deux semaines plus tard. Il espérait que Jon, ou même Andrew, serait là pour Davy, parce qu'il ne voulait pas qu'il traverse cette épreuve tout seul. Même s'il voulait être à ses côtés, lui dire qu'il était en train de s'ouvrir aux gens, il savait aussi qu'il ne pouvait lier son coming-out à son besoin de Davy. Révéler son homosexualité devait être un acte pour lui-même, pas pour Davy. Davy – et Simon – lui avaient montré qu'il devait d'abord être honnête avec lui-même, sinon il ne pourrait jamais l'être avec un amant.

— Est-ce que je connais ce jeune homme ? Comment s'appelle-t-il ?

— Il s'appelle Davy. Je te parlerai de lui un jour. Et pour le reste de la famille ?

Elle haussa les épaules.

— Tu devras leur dire. Tout le monde s'est inquiété à ton sujet. Tu n'as pas besoin de le faire ce soir. Sauf pour ton père. Il est si calme la plupart du temps, mais il voit tellement de choses. Il s'est inquiété autant que moi, sauf qu'il pensait que peut-être tu te droguais.

— Que je me droguais ? Pourquoi diable aurait-il pensé ça ?

C'était un peu trop proche de la vérité, pourtant. Ses parents avaient peut-être plus d'enfants que la plupart des couples, mais ils n'en négligeaient aucun, et ne l'avaient jamais fait. Ils considéraient chacun de leurs enfants en tant qu'individu, et n'étaient jamais trop occupés pour remarquer quand ceux-ci étaient en colère ou en souffrance.

— Comme il l'a dit, tu as un travail très stressant. Ce n'est pas rare pour des personnes stressées de recourir à l'aide de certaines substances.

Les joues de Kurt s'enflammèrent. Pas étonnant qu'il n'ait jamais été capable de s'en tirer comme ça quand il était enfant. Il les avait évités pendant des mois, et ils avaient toujours une longueur d'avance.

Les papillons revinrent en force.

— Est-ce qu'il va me détester ?

— Kurt Patrick O'Donnell. Ton père est un homme bien, et il t'aime, le sermonna-t-elle. Je te l'envoie, et ensuite nous mangerons ton gâteau d'anniversaire.

La pression rapide de sa main lui indiqua que sa mère savait à quel point il était terrifié.

IL ATTENDIT dans la salle de repos, alarmé par la similarité entre cette situation et toutes ces fois où, pendant son enfance, il avait été mis dans cette pièce pour un de ses nombreux méfaits, attendant que son père prononce la punition. En général c'était quelque chose d'horrible, comme nettoyer les toilettes du restaurant. Il souhaita ne pas avoir fait le parallèle entre les deux situations, parce que maintenant, c'était encore plus dur d'imaginer comment tout cela pourrait bien finir.

La silhouette de son père emplit le cadre de la porte, rien de plus qu'une silhouette sombre au premier abord. Mais il n'était plus un enfant essayant de cacher ses transgressions. Il était un homme, et il n'avait aucune honte à avoir, même s'il craignait la réaction de son père.

Son père fit un autre pas, la lumière illuminant complètement son visage, des questions dans les yeux.

— Salut, papa.

— Kurt.

Son père s'installa dans la chaise que sa mère avait laissée vacante. C'était toujours un homme vigoureux et en bonne santé, mais l'inquiétude – qu'il éprouvait pour Kurt – était gravée sur son visage. En fait, il y avait peut-être quelque chose dont il pouvait avoir honte : il avait blessé ses parents. Pourtant… c'était peut-être la chose la plus difficile qu'il aurait jamais à dire à son père.

Ils étaient assis là en silence. Bien que son père ne parle pas beaucoup, il n'avait pas non plus la patience de tourner autour du pot.

— Crache le morceau, fils. C'est comme arracher un sparadrap.

D'accord. Un sparadrap.

— Je suis gay.

Son père inspira, mais ne dit pas un mot.

Kurt essaya d'attendre, mais il ne put supporter le silence.

— Je suis désolé.

Sean secoua la tête.

— De quoi, fils ? D'avoir inquiété ta mère ? Oui, tu devrais être désolé pour ça.

— Mais, et de…

— D'être gay ? termina son père.

Kurt s'attendit presque à voir les lèvres de son père se tordre de dégoût, mais cela n'arriva pas.

— Oui.

— Fils, si c'est ainsi que Dieu l'a voulu, alors il n'y a rien à regretter. Cela m'a juste pris une minute. Je… pensais que tu étais peut-être…

— C'est bon. Maman me l'a dit. J'ai, euh, peut-être bu un peu trop récemment.

Oh, il voyait finalement cette sévère désapprobation à laquelle il s'attendait.

— Et maintenant ?

— Je suis…

Kurt réfléchit à ce qu'il allait dire. Oui, dernièrement il avait été trop occupé pour se complaire dans sa misère, mais en vérité il n'avait pas besoin de l'alcool. Et maintenant, il avait quatre personnes qui étaient de solides soutiens. Il n'était pas impatient de le dire à tout le monde, mais sa conscience était déjà débarrassée d'un énorme poids.

Il laissa s'échapper sa peur dans un long soupir.

— Tu devras le dire aux autres membres de la famille. C'est terminé de les éviter, tu m'entends ? Mais ta mère et moi nous te laisserons leur dire quand tu l'auras décidé.

Ils se levèrent tous les deux et Sean pencha la tête d'un côté, étudiant Kurt.

— Oh, mon garçon, cela te dévorait de l'intérieur, n'est-ce pas ?

162

Kurt se mordit la lèvre et acquiesça. Son père l'attira dans une étreinte d'ours, du genre qui disait qu'il était en sécurité chez lui. Kurt l'étreignit en retour et quand ils se séparèrent, les yeux de son père étaient un tout petit peu plus brillants qu'ils l'étaient auparavant.

— Allez, sors d'ici et va prendre un bout de gâteau avant que ta mère nous fasse la peau à tous les deux. Ou que tes sœurs se mettent à hurler. Seigneur Dieu, je n'ai jamais vu de femmes enceintes mourir d'envie de sucreries comme ces deux-là.

Quand Kurt retourna à la fête, il fut étonné de voir à quel point il se sentait différent. Plus heureux. Davy lui manquait, presque comme s'il lui manquait un membre, mais la vérité lui avait soudain donné une liberté incroyable.

Sa famille l'amadoua pour prendre la traditionnelle photo d'anniversaire avec son gâteau, mais Kurt était sûr qu'il ne voudrait jamais regarder cette photo. Une onde de douleur le traversa au souvenir des moments heureux passés avec Davy lors de sa fête d'anniversaire, et il ne put qu'imaginer le genre de grimace qu'il avait faite devant l'appareil.

Sa mère lui sourit tristement quand il coupa son gâteau. Elle devait savoir que cette année, son souhait serait que Davy revienne dans sa vie.

Simon capta son regard à l'autre bout de la pièce et haussa un sourcil. Kurt leva sa bière comme pour porter un toast et lui renvoya un grand sourire. Simon lui sourit à son tour et se baissa pour dire quelque chose à Jen qui se dressa sur la pointe de ses pieds pour lui faire un signe de la main.

Kurt vida sa bière et décida de boire une bouteille d'eau à la place d'une autre bière. Ian se faufila jusqu'à lui au bar.

— Alors, tu as de gros ennuis ?

— Des ennuis ?

— Les parents t'ont entraîné dans la salle de repos à ta propre fête. C'est clair qu'ils voulaient te faire la leçon à propos de quelque chose.

— Nan, ce n'est pas le cas. Tout va bien.

Et pour la première fois depuis des mois, ces mots n'étaient pas un mensonge. Il se mit à rire.

— D'accord, je te crois. Maintenant que tu as laissé ces femmes enceintes voraces avoir leur part de gâteau et que tu as fait ta tournée, allons au club de strip-tease.

— Non, Ian, je n'y vais pas.

— Pourquoi non ?

Ce moment était aussi bon qu'un autre.

163

— Je suis gay.

Ian plissa les yeux.

— Qu'est-ce que tu as dit ?

— Je suis gay. C'est ce dont je parlais avec maman et papa tout à l'heure.

Ian pâlit, ses cheveux et ses sourcils sombres marquant un contraste encore plus tranché que la normale.

— Je… je…

— Hé, mec, je sais que c'est un choc.

Ian tourna les talons et courut presque hors de la pièce. Sa réaction fut comme un coup de poing à l'estomac de Kurt, gâchant sa récente bonne humeur. De tous les membres de sa famille, il pensait qu'Ian serait en fait le plus compréhensif car ils avaient toujours été très proches.

Simon et Mickey virent tous les deux la scène, et tous les deux se dirigèrent vers Kurt, l'atteignant en même temps.

— Minus, qu'est-ce que tu as dit à Ian ?

Kurt jeta un regard à Simon, qui lui fit un léger signe de tête et lui donna une tape sur les épaules. Ouais, il pouvait tout aussi bien retirer le sparadrap avec tout le monde.

— Je lui ai dit que j'étais gay.

Mike regarda rapidement Simon comme s'il pensait que Kurt était en train de lui jouer un tour. Mais alors, il eut droit au même regard pensif que son père lui avait adressé plus tôt.

— Hein ? Et il a été bouleversé par ça ?

Allons, bon. N'obtiendrait-il pas au moins une seule expression de choc ? C'était quoi cette histoire ? Ce n'était quand même pas possible qu'ils aient deviné qu'il était gay alors qu'il était arrivé à son âge sans même le suspecter lui-même.

— Il semblerait.

— Il reviendra, minus. Ça veut dire que tu vas finalement nous présenter quelqu'un ? Maman déteste que tu ne sois pas encore casé, tu sais.

Une minuscule inspiration de Simon indiqua à Kurt qu'il savait à quel point la question lui faisait mal, même si ce n'était pas l'intention de Mike.

— Peut-être. Un jour.

À LA fin de la nuit, sa famille entière le savait, et ses sœurs au moins avaient été choquées, mais pas bouleversées. Ian n'était pas revenu et n'avait appelé

164

personne, mais Kurt ne pouvait pas s'en inquiéter maintenant. Si Ian devait le prendre comme ça, Kurt allait devoir apprendre à vivre sans lui. Parce qu'il avait largement de quoi occuper son esprit et ses pensées sans avoir à convaincre son frère de ne pas le haïr pour un code inscrit dans ses gènes. Il n'était pas exactement heureux, mais le niveau émotionnel atypique et perturbant de cette histoire s'était aplani. Satisfait ? Presque.

XV

LES LONGUES journées d'été semblaient seulement entraîner des journées de travail à rallonge. L'unité opérationnelle demandait beaucoup de temps supplémentaire pour l'intervention qu'elle préparait. On n'attendait pas grand-chose de Simon et lui – ils étaient en grande partie dans l'équipe en tant que renfort. Quand cette opération serait achevée, ils pourraient à nouveau être débordés de travail, au lieu de carrément surchargés.

— Nous devons tourner ici, indiqua Kurt.

Il avait levé les yeux de son message pour diriger la conduite de Simon. Son partenaire se repérait de mieux en mieux en ville, mais ils s'épargneraient une dizaine de minutes en évitant les rues principales à cette heure de la journée. Il appuya sur 'envoyer' et glissa son téléphone dans sa poche.

— Merci. C'est le message pour Davy ?

— Oui, soupira Kurt.

Renoncer à sa dernière connexion avec l'homme qu'il aimait lui était encore impossible, même s'ils ne s'étaient pas parlé depuis presque six mois. Il avait envoyé un message de plus à la date anniversaire de la mort de Ben, mais même celui-là était resté sans réponse. Pour ce qu'il en savait, Davy avait peut-être changé de numéro. Bien sûr, il aurait pu le savoir assez facilement, mais il ne voulait pas renoncer à son aveuglement, imaginant qu'au moins Davy souriait en lisant les messages hebdomadaires qu'il lui envoyait.

— Comment ça va ?

Kurt haussa les épaules.

— Toujours rien.

Pathétique, et il le savait. Il était sûr que les mecs qui rendaient publique leur homosexualité avaient beaucoup plus de rapports sexuels que lui. Mais Kurt était encore un peu perdu. Il n'avait jamais été doué pour sortir avec des femmes, mais il avait eu un certain nombre d'années pour assimiler les règles et les coutumes qui régissaient le déroulement d'un rendez-vous. Peut-être qu'il demanderait à Ivan de devenir son mentor.

— Tu viens à notre fête samedi ? demanda Simon.

166

— Bien sûr.

Il préférait leurs dîners tranquilles aux fêtes – s'il voulait être entouré d'un tas de gens qu'il ne connaissait pas et boire un verre, il pouvait aller chez Finn's – mais Jen serait blessée s'il ne se montrait pas.

Ils sortirent de la voiture en arrivant sur la scène du crime. L'un des policiers en faction ricana et murmura 'pédé' dans sa barbe. Simon et lui grognèrent, et le mec détala.

Kurt leva les yeux. Ça faisait chier – la perte de respect qu'il endurait avec certains de ses collègues, juste à cause de son orientation sexuelle. Vu qu'il était pratiquement chaste, c'était vraiment de la blague. Mais la plupart des mecs qui faisaient des commentaires étaient ceux avec qui il n'avait jamais voulu entretenir une quelconque relation de toute façon. À part la pulsation occasionnelle qu'il ressentait dans la poitrine, Kurt les ignorait. Mais il faudrait qu'il voie si Ivan voulait aller prendre une bière avec lui. Pas en tant que petit ami, mais en tant que personne avec qui il avait quelque chose en commun, un spécialiste… Peut-être même en tant qu'ami gay.

— Qu'est-ce qu'on a ?

Et le boulot reprit comme d'habitude. Kurt s'habituait à ce que Davy lui manque.

— Kurt ! Je suis contente que tu sois venu.

Jen l'embrassa et l'entraîna dans la maison. Kurt pencha la tête sur le côté. Jen avait l'habitude de l'étreindre, mais elle était rarement aussi enthousiaste à le saluer. Enfin, puisqu'il s'agissait d'une fête plutôt que de leur traditionnel dîner, peut-être qu'elle avait déjà bu un peu de vin.

Il la suivit dans le salon. Il reconnut quelques personnes, y compris Tiffany. Qui lui sourit et agita ses doigts vers lui, sans aucune trace de méchanceté ou de mépris.

— Est-ce qu'elle sait ?

Jen suivit son regard vers Tiffany.

— À propos de toi ? Oui, je lui ai dit. Elle était un peu anxieuse au sujet de votre euh… rendez-vous. J'espère que cela ne te dérange pas.

Est-ce que cela le dérangeait ? Kurt retourna cette pensée dans sa tête un moment.

— Non, en fait pas du tout.

Il n'avait pas l'intention de porter une affiche dans le dos ou de passer une annonce, mais cela ne le dérangeait pas que les gens sachent, que ce soit lui qu'il le leur dise ou non.

— Ne t'en fais pas pour elle, déclara Jen.

Elle sautait pratiquement sur place. La crainte s'infiltra dans son estomac et il ralentit.

Jen regarda autour d'elle et saisit son poignet, le tirant dans la salle à manger, et s'arrêta devant un homme brun et mince de quelques centimètres de moins que lui. La crainte dans ses tripes devint panique.

— Justin ?

L'homme se détourna de sa contemplation du buffet pour les regarder.

— Salut, Jen, répondit-il, ses yeux bleu pâle balayant Kurt de la tête aux pieds.

— Justin, je te présente notre ami Kurt. Kurt, voici Justin. C'est notre voisin du bas de la rue.

— Ravi de vous rencontrer, Kurt.

Oh merde. C'était un coup monté. Cela ne pouvait rien être d'autre, pas quand Jen lui adressa un petit sourire et disparut immédiatement. Elle avait fait la même chose avec Tiffany. Justin était plus immédiatement et viscéralement attirant, mais il ne savait toujours pas ce qu'il devait faire.

— Alors, Jen m'a dit que tu étais inspecteur, comme Simon.

Justin lui tendit une assiette et lui fit de la place près du buffet.

— Oui, effectivement. Mais je dois dire que je suis un peu désavantagé.

Seigneur. Il ressemblait à sa grand-tante Martha. Et les papillons ninjas lui coupèrent l'envie de manger, mais il prit quand même l'assiette.

— Oh, eh bien, pas tant que ça. C'est à peu près tout ce que je sais, avoua Justin.

Kurt sourit.

— Très bien, dans ce cas.

Justin lui rendit son sourire.

— Je suis dans le marketing. Toujours collé à mon bureau, mon boulot est probablement loin d'être aussi intéressant que le tien.

— Il faut de la patience, il y a beaucoup d'attente. Beaucoup de paperasserie, de consultation de bases de données, de recherches sur Internet, des trucs comme ça. Tout ne tourne pas autour de la traque de suspects et l'échange de coups de feu.

Il n'aurait su dire si Justin était fan de flics ou non. Il avait rencontré un tas de femmes qui auraient baisé n'importe quel flic juste à cause de sa profession. Il supposait qu'il y avait des mecs gays qui faisaient pareil. Et il vit soudain Justin sous un nouveau jour, considérant la combinaison mentale de cet homme mince et du mot 'baiser'.

Ils continuèrent à discuter, se déplaçant vers le patio, où la nuit d'été n'était pas aussi humide que ces derniers jours. Ils parlèrent assez longtemps pour que Kurt se demande s'il devenait impoli à monopoliser ainsi Justin. Et il ne pouvait pas dire si Justin était attiré par lui ou se sentait tout simplement désolé pour lui.

— Écoute, est-ce que je peux être honnête avec toi ?

Depuis sa fête d'anniversaire, il avait été plus enclin à aller droit au but.

— Euh, bien sûr, répondit Justin en reculant un peu, méfiant.

— C'est nouveau pour moi... Ça.

Kurt fit un mouvement de la main pour les montrer tous les deux.

— Qu'est-ce qui est nouveau pour toi ? demanda Justin.

Il fronça ensuite les sourcils et se pencha en avant, entrant dans l'espace de Kurt.

— Attends. Tu viens juste de faire ton coming-out ?

Kurt hocha la tête.

— Quand ?

Quand ? Cette fête était la première véritable coupure qu'il faisait depuis son anniversaire – les jours avaient commencé à fusionner en un vaste flou.

— Il y a six semaines ?

— Oh mon Dieu. Tu es pratiquement vierge !

Le visage de Kurt s'enflamma et il espéra que cela ne se voyait pas dans l'obscurité. Il ne faisait cependant pas assez sombre pour manquer Justin ajustant une bosse dans son pantalon, ce qui fit qu'à son tour, son propre pantalon le serra davantage.

Justin regarda autour de lui.

— Tu veux parler dans un endroit un peu plus privé ?

Pas de doute sur cette invitation. Le sexe de Kurt gonfla encore.

— Bien sûr.

ILS MARCHÈRENT dans l'ombre de la maison, gardant une distance prudente entre eux. Les sons de la fête étaient amortis, comme s'ils ne pouvaient pénétrer l'obscurité. Cela créait un sentiment d'isolement, comme si Justin et lui étaient les seuls aux alentours. Malgré sa petite taille, Justin le pressa contre le mur de briques et se pencha pour l'embrasser.

Kurt ouvrit la bouche, laissant pénétrer la langue de Justin. Il agrippa ses hanches minces, pressant leurs bas-ventres ensemble alors qu'il explorait sa bouche avec sa langue. Justin ondula contre lui, caressant son érection contre celle de Kurt.

Embrasser un homme lui semblait toujours aussi naturel que la première fois, mais des pensées de Davy le tirèrent de la brume sensuelle qui l'entourait. Il poussa Davy dans un coin de son esprit et plongea plus profondément dans la bouche de Justin, essayant de le dévorer. Justin gémit et faufila une main entre eux, frottant le sexe de Kurt. Cela faisait si longtemps qu'il n'avait pas été excité... Si longtemps depuis que Davy... Et c'était tellement mieux avec un homme que cela ne l'avait jamais été avec une femme.

Justin s'occupa rapidement de la fermeture éclair de Kurt, tirant son sexe dans l'air la nuit. Le sentiment de vulnérabilité, le sentiment que quelqu'un puisse les voir, les attraper, fit pulser et suinter son membre. Pour la première fois, il comprit pourquoi des gens prenaient le risque de se faire arrêter pour outrage à la pudeur. En tant que flic, il devrait être plus malin que ça, mais son cerveau n'était déjà plus maître de ses actions. L'épaisse colonne de chair que Justin caressait prenait toutes les décisions.

— Défais mon pantalon, murmura Justin.

D'accord. Il devait retourner la faveur. Les doigts légèrement hésitants et travaillants maladroitement autour de la main sur son sexe, Kurt réussit à ouvrir le pantalon de Justin et libérer son érection. Son propre plaisir se mit un peu retrait alors qu'il enveloppait sa main autour de la verge de quelqu'un d'autre. C'était dur et doux à la fois, familier et étranger. Il laissa glisser sa main sur toute la longueur, la caressa comme il l'aurait fait pour lui-même, et s'il s'imaginait que c'était le sexe de Davy, eh bien, personne n'avait à le savoir. Sa poitrine se fendit d'une douleur acérée alors qu'il regrettait de n'avoir jamais réellement eu l'occasion de toucher Davy. Ses doigts glissèrent autour du gland, entraînant avec eux la semence qu'ils trouvèrent là. Il n'avait pas pu goûter Davy non plus. Dans les jours de solitude qui étaient passés depuis, il avait goûté son propre sperme... imaginant toujours que c'était celui de Davy.

Justin prit les commandes, saisissant leurs deux sexes dans sa main, laissant Kurt libre de simplement ressentir les sensations alors que Justin les caressait de plus en plus vite. Le souffle de Kurt accéléra à l'unisson de

170

celui de Justin, et son orgasme s'abattit sur lui, la main de Justin glissant plus aisément comme son membre tressautait et se libérait.

Avec un frémissement et un gémissement, Justin trouva sa propre délivrance, et l'odeur lourde de sexe imprégna l'humidité de l'air d'été autour d'eux.

Justin le lâcha et s'accroupit pour essuyer sa main sur l'herbe avant de se redresser et de s'écarter dans l'ombre. Kurt lui emboîta le pas, mais plus lentement. Il avait eu un orgasme, et pas tout seul. Ce qui aurait dû être super. Mais ce n'était pas le cas. La fissure en lui s'élargit, le laissant vide et creux.

S'appuyant contre le mur, il se demanda si sa vie sexuelle, sa vie amoureuse, serait un jour plus facile. S'il jouirait un jour du confort que ses amis et sa famille avaient trouvé dans leurs relations.

— C'était génial, Kurt.

Justin déposa un baiser rapide sur ses lèvres.

— Je peux te revoir ? demanda-t-il.

Kurt pensa à sa question. Justin semblait être un chic type. Ils avaient parlé pendant un long moment et il était attiré par lui. Mais Justin n'était pas Davy, et tant que Kurt ne serait pas en paix avec cette idée, ce n'était pas juste pour Justin. Sa mère lui botterait le cul s'il traitait une femme comme le substitut d'une autre, et elle ne serait pas plus heureuse s'il traitait un homme de la sorte. Mais surtout, Kurt ne serait pas heureux de le faire. Il était devenu flic parce qu'il voulait faire le bien. Et cela ne l'était pas.

— Je suis désolé Justin. Je suis…

Il prit une profonde inspiration. La soudaine résurgence de musc masculin dans ses narines lui fit remettre en question, pendant une fraction de seconde, sa décision.

— Je suis amoureux de quelqu'un d'autre, et tant que je n'aurai pas tourné la page, je ne pense pas être prêt.

— Amoureux ? Oh. D'accord, eh bien, je t'aime bien Kurt. Comment se fait-il que tu ne sois pas avec ce mec ?

— C'est une longue histoire, mais il ne veut rien avoir à faire avec moi, et j'essaye de me dépêtrer de tout ça. C'est pour cette raison que j'ai fait mon coming-out.

— Et quoi, il t'a laissé tomber après ça ? Pourquoi diable n'aurait-il pas gardé un mec comme toi ? Je sais qu'on vient juste de se rencontrer, mais j'ai de l'instinct. Tu es un mec bien, et tu es sexy en diable.

L'obscurité cacha l'embarras de Kurt.

— Tu es un mec bien, toi aussi. En fait, il ne le sait pas. Il pensait que je voulais l'isoler, le garder caché, alors il m'a largué. Et j'ai fait mon coming-out parce qu'il avait raison. Ce n'était pas un secret que j'aurais dû garder.

— Alors, pourquoi n'es-tu pas… Bon sang, Kurt. Est-ce qu'il *sait* même que tu l'as fait ?

— Non, je… Merde.

— Oh, Kurt, dit Justin avant de lui donner un autre long baiser et de reculer d'un pas. Dis-lui. Et si ça ne fonctionne *toujours* pas, appelle-moi. Transmets mes remerciements à Simon et Jen pour cette superbe fête, mais je pense que je vais rentrer chez moi maintenant.

Justin le laissa là, dans le noir, alors que sa vision du monde se modifiait pour se reformer sous ses pieds. Pour ce qu'il en savait, Davy ne lisait peut-être même pas ses messages. Voir Davy en personne, l'obliger à écouter ce qu'il avait à dire, voilà ce qu'il devait faire.

Kurt avait grandi en luttant pour le droit de prendre ses propres décisions, pas pour laisser sa famille le dorloter. Il s'était battu pour sortir du rang et devenir inspecteur. Il s'en sortait tant bien que mal avec son auto révélation, admettant pour lui-même qu'il était gay. Il avait même trouvé le courage de dire à sa famille quelque chose qui aurait pu le perdre à leurs yeux, les décevoir. Mais il ne lui était jamais venu à l'esprit qu'il devrait à affronter Davy pour avoir une chance de les rendre heureux tous les deux. Il s'était suffisamment apitoyé sur lui-même. Dès que cette foutue intervention avec l'unité opérationnelle serait terminée, il irait le trouver.

Les bruits de la fête se firent plus forts, ou du moins, il en devint plus conscient. Jetant un œil sur lui-même, il jugea que son apparence ne montrait rien de fâcheux ; personne ne devinerait qu'on l'avait masturbé dans l'obscurité. Il se mit à rire. Exactement comme à une fête de lycée où tout le monde se pelotait comme les maniaques sexuels pleins d'hormones qu'ils étaient. Comme c'était… embarrassant maintenant qu'il était adulte.

Il retourna dans le jardin où il lui apparut que le plus gros de la fête s'était déplacé sur la véranda. Des torches polynésiennes diffusaient une accueillante lumière jaune, et Kurt sortit de l'ombre, en espérant que personne ne se demanderait d'où il revenait.

Pas de chance. Simon se pencha sur une glacière, prit une bière et se dirigea droit vers lui.

— Alors… Où est Justin ?

Heureusement, Simon parla à voix basse.

172

— Il est rentré chez lui. Il te remercie de l'avoir invité.

— Mm mm. Rentré chez lui, hein ? J'ai remarqué que vous vous étiez absentés un moment. Tu vas le revoir ?

Oh seigneur. Peut-être y avait-il des avantages à avoir un ami qui ne voulait rien savoir de ta vie personnelle. Pourtant, il était content d'avoir rencontré Justin. À défaut d'autre chose, cela lui avait au moins confirmé une fois de plus qu'il était homo, malgré son ignorance des règles de conduite gay. Orgasme mis à part, l'intermède s'était beaucoup mieux déroulé qu'avec nombre de ses précédentes conquêtes féminines.

— Non, je ne pense pas.

Les yeux de Simon s'élargirent. Il ne s'était pas attendu à la réponse de Kurt.

— Nan. Je vais… aller parler à Davy. En personne. Essayer d'éclaircir les choses. Voir si nous pouvons dépasser ce qui est arrivé.

— C'est une bonne idée. Je me demandais quand tu allais le comprendre. Je déteste te voir lui envoyer un message chaque foutue semaine.

— Ouais. Je ne sais pas si ça va changer quelque chose, mais il est temps pour moi de retrouver mes esprits. Je vis ma vie à moitié et c'est un peu stupide.

Simon lui donna un coup de coude.

— Je suis heureux que *tu* dises que c'est stupide. Quand vas-tu le faire ?

— Honnêtement, j'ai peur qu'il ne change pas d'avis. Et puis, avec ce gros coup à venir, je préfère attendre et voir Davy après. Si ça ne se passait pas bien avec Davy, je pourrais avoir du mal à garder la tête froide pendant l'opération.

Et si cela ne marchait pas, si Davy en avait vraiment fini avec lui, au moins il savait qu'il serait capable d'avancer. Quand il aurait récupéré du choc, il se remettrait à sortir – avec des hommes, cette fois.

Ils sirotèrent leur bière tous les deux.

— Hé, as-tu fini par manger quelque chose ?

— Non.

L'estomac de Kurt choisit ce moment précis pour se faire entendre.

— Viens, je pense qu'il reste quelques hamburgers.

Devant le barbecue, Simon flanqua rapidement un steak haché entre deux tranches de pain avant de tendre l'assiette à Kurt.

— Les garnitures de base sont là – ketchup, moutarde, cornichons. Tout le reste est à l'intérieur.

Kurt posa sa bière sur la table et allongea le bras pour attraper la bouteille en plastique jaune derrière la moutarde de Dijon. Il se figea soudain, bouteille en main. La moutarde. Oh, seigneur. Il se souvint de ses discussions avec Davy sur la moutarde. De la première fois qu'il avait mangé des hamburgers chez Davy, sans moutarde. Des hamburgers chez Lettie's, où Davy lui tendait la moutarde sans lui demander s'il en voulait. De la moutarde arrivant avec les hamburgers grecs faits maison de Davy… moutarde que Davy avait achetée et conservée chez lui juste pour Kurt, même si Davy détestait ça. Et ce n'était qu'un des nombreux cas où Davy avait montré qu'il se souciait de ce que Kurt aimait, qu'il se souciait de ses préférences.

La moutarde était l'une de ces toutes petites choses qu'il avait enviées à propos des relations que partageaient ses amis, les membres de sa famille. La danse silencieuse des couples, leurs modes de communication, les blagues qu'ils ne faisaient qu'entre eux, leurs regards pleins de sous-entendus, leur complicité. Kurt avait eu tout cela avec Davy, mais ne l'avait pas vu. Il avait pensé avoir trouvé le meilleur ami qu'il ait jamais eu, mais en fait, Davy avait été bien plus. Lui-même ne le savait peut-être pas non plus, ce qui était probablement la raison pour laquelle leur première fois, agressive, les avait séparés. Aucun d'eux n'avait été prêt à reconnaître le changement soudain qui avait bouleversé leur petit monde, leur passage d'amis à amants. Bon sang, Davy n'avait probablement pas su jusqu'à cette nuit-là que Kurt avait des doutes sur sa sexualité, et cela expliquait peut-être leur vicieuse altercation.

L'espoir, le véritable espoir, emplit le sombre vide en lui. Peut-être qu'il avait vraiment une chance de trouver le bonheur, après tout.

Simon le regarda et vit le grand sourire étirer des muscles que Kurt n'avait pas utilisés depuis un bon moment.

— Quoi ?

— Je viens de me rappeler quelque chose. Quelque chose qui veut peut-être dire que je comptais aussi pour Davy, en fin de compte.

Il obtint un grognement en réponse.

— Bien sûr qu'il tenait à toi, je l'ai su la nuit où Jen et moi l'avons rencontré. Simplement, je ne savais pas que tu tenais à lui de la même façon. Jen le savait, en fait.

La surprise effaça son sourire.

174

— Jen le savait ?

— Je ne l'ai pas vraiment crue au départ, pas avant de l'entendre de ta propre bouche. Même si j'ai bien vu la façon dont tu étais à l'aise avec lui. Et Jen a dit qu'elle a commencé à se poser des questions après l'incident avec Tiffany.

Simon baissa la voix et regarda autour de lui avant de prononcer le nom *Tiffany*, au cas où elle se serait trouvée à portée de voix.

Ah. Étrangement, cela lui faisait apprécier son amitié avec Simon – et Jen – encore plus. Parce qu'ils ne l'avaient jamais questionné, ne l'avaient jamais traité différemment, et Jen l'avait même sauvé d'une femme à l'anniversaire de Mike. Bon sang, les femmes étaient tout le temps amies avec les homosexuels, c'était du moins ce que la télévision semblait dire. Elle avait dû le suspecter bien avant lui. Vouloir essayer de se cacher lui-même des gens pour qui il comptait était encore plus stupide.

Deux semaines. Deux semaines et il parlerait à Davy. Peut-être aurait-il la chance de venir ici avec Davy ou d'aller à un double rendez-vous avec Simon et Jen. D'emmener Davy à l'une de ses tapageuses fêtes d'anniversaire familiales.

Si les choses ne marchaient pas, ça le tuerait, mais il ne pouvait pas étouffer l'espoir qui grandissait en lui, et n'était pas sûr de le vouloir. Se rappeler l'épisode de la moutarde l'aiderait à passer les quelques prochains jours.

XVI

DES LUMIÈRES rouges flashaient par intermittence dans les yeux de Kurt. Ce n'était pas censé se passer comme ça. La civière fit un bruit métallique alors qu'elle heurtait le fond de l'ambulance, lui arrachant un sifflement. Il voulait crier, pleurer, mais la douleur était si intense qu'il avait à peine assez d'air pour respirer.

— Faites attention à lui, aboya Simon aux ambulanciers.

Ses yeux se mouillèrent de larmes.

Simon monta à côté de lui, et Kurt le regarda depuis la civière où il se trouvait. Son partenaire avait la couleur laiteuse d'un fantôme de dessin animé, des éclaboussures de sang faisant contraste sur son tee-shirt bleu. Une odeur cuivrée luttait avec les émanations antiseptiques à l'arrière de l'ambulance.

— Accroche-toi, Kurt.

Il essaya de forcer une réponse, mais ses poumons et sa gorge l'en empêchèrent. Une piqûre à l'endroit où l'intraveineuse fut insérée le surpris, surtout parce qu'il ne pensait pas être capable de sentir autre chose que la blessure par balle. Il ne voulait pas mourir, mais il avait l'impression qu'un boulet de canon lui avait transpercé la poitrine.

— Vous allez vous-en sortir, déclara l'ambulancière.

Probablement pour l'aider à se calmer, mais Kurt ne la crut pas. Il n'allait pas bien. Il pourrait ne plus jamais aller bien. Il suffoquait lentement dans un océan de douleur.

— Sss…

Putain.

Le véhicule fit une embardé sur la route, et il cria.

— Bon sang, donnez-lui quelque chose contre la douleur !

Simon était en colère et il avait peur. Ce qui effrayait Kurt encore plus. Il tendit la main et tira sur la manche de Simon.

— C'est bon, mec, c'est bon, murmura Simon, sa tête basculant vers lui.

Kurt ouvrit la bouche et tira à nouveau sur sa manche.

— N'essaye pas de parler.

Il inspira encore, du mieux qu'il put.

176

— J'ai appelé tes parents. Ils vont venir nous rejoindre à l'hôpital.

Kurt essaya de secouer la tête, tirant sur Simon. Si seulement il pouvait dire quelque chose, bordel.

Simon se pencha.

— Quoi, mec, qu'est-ce qu'il y a ?

— Davy, expira-t-il dans un souffle.

Il voulait voir Davy, une dernière fois.

— Davy. Je vais l'appeler, je te le promets. Toi, tu t'inquiètes seulement d'aller mieux, d'accord ? Tu dois être d'accord.

La main que Simon avait posée sur la sienne était aussi chaude que des braises. Mais cela voulait dire que Kurt était glacé. Des frissons secouèrent son corps et Simon serra ses doigts. Était-ce cela que l'on ressentait quand on saignait à mort ?

Puis, comme s'il était en train de regarder du mauvais côté d'un télescope, Simon s'éloigna, et l'obscurité l'envahit.

KURT CLIGNA des yeux et les sentit graveleux et douloureux. Il leva une main pour les frotter et remarqua l'intraveineuse dans son bras. Encore. C'était une habitude dont il n'était pas friand. Un vague souvenir de l'agonie qu'il avait ressentie après s'être fait tirer dessus lui revint en mémoire. Il cligna des yeux à nouveau. Il respirait facilement et ne ressentait pas la moindre douleur. Sans l'intraveineuse et les dalles du plafond de l'hôpital, ennuyeuses à mourir, il aurait pensé qu'il était mort. Il était étonné de ne pas l'être, en fait.

Quand la balle l'avait frappé, personne ne s'était rendu compte qu'il n'y avait plus personne dans le gang qui n'avait pas fui ou été arrêté. Et il portait son gilet par balles. Simon n'avait même pas compris au début qu'il avait été blessé. Kurt découvrirait bien assez tôt ce qui avait foiré.

Il entendait une conversation en sourdine à sa droite. Il se tourna pour regarder. Et siffla de douleur. Putain, il avait quand même mal quelque part. Cette fois, il fit seulement rouler sa tête, et même ce geste lui provoqua un tiraillement inconfortable dans la poitrine.

Sa mère, son père et Simon se tenaient regroupés dans un coin. C'était vraiment une très grande chambre rien que pour lui – quelqu'un avait dû se rappeler de sa famille et de la dernière fois qu'il s'était trouvé là. Il se demanda où était le reste de ses proches.

Simon lui jeta un regard et poussa légèrement sa mère du coude.

— Oh, mon bébé. Tu nous as fait une telle frayeur. Encore. Comment te sens-tu ? Veux-tu que j'appelle un médecin ?

Elle tira une chaise à côté de lui et lui caressa la joue.

— Je vais leur signaler qu'il s'est encore réveillé, dit Simon.

Le tee-shirt mal ajusté qu'il portait, avec un logo de l'hôpital, lui rappela le sang éclaboussant Simon alors que celui-ci s'employait frénétiquement à endiguer l'hémorragie. Il ne devait pas encore être rentré chez lui.

Sa mère embrassa sa joue et son père lui tapota le bras doucement.

— Content de voir que tu es réveillé, mon garçon.

— Quelle heure est-il ? Quel jour sommes-nous ?

Sa voix était éraillée, mais au moins elle fonctionnait. Merde, il ne pensait pas avoir été aussi effrayé de sa vie que dans cette ambulance.

— Il est dix heures du matin. On est mercredi. Nous avons renvoyé les enfants à la maison la nuit dernière, mais Simon, ta mère, et moi sommes restés, répondit son père.

Seulement un jour. À moins qu'il ne soit resté inconscient pendant une semaine, mais Simon serait rentré chez lui pour se changer si cela avait été le cas. Les mardis étaient en train de devenir des jours de malchance pour lui, en tout cas en ce qui concernait les blessures.

— Oh, mon bébé, dit sa mère en se mettant à pleurer et en enfouissant son visage dans son cou. Tu as été opéré pendant des heures. Ils ont failli te perdre dans l'ambulance. Mon chéri, tu ne peux pas laisser ça se reproduire ; mon cœur ne pourra pas le supporter.

Ses larmes mouillèrent les cheveux de sa nuque ; il voulait la serrer très fort dans ses bras, mais il avait peur de bouger, peur de ramener la flambée de douleur à la vie.

— Deirdre, mon amour, tu es en train de tremper ce pauvre garçon.

Son père s'assit à côté de sa mère et il posa une main réconfortante sur chacun d'eux.

Simon revint dans la pièce.

— L'infirmière a dit que quelqu'un serait là dans un instant. Bon sang, c'est bon de te revoir, Kurt.

Il marcha jusqu'au pied du lit.

— Que s'est-il passé ?

Simon lui dirait ce qu'il avait besoin de savoir. Parce qu'ils avaient tous les deux été là en renfort. En fait, il y avait eu étonnamment peu à faire, même lorsque les balles avaient commencé à voler.

— Es-tu sûr de vouloir entendre ça maintenant ?

— Oui, s'il te plaît.

Il allait devoir s'installer chez ses parents pour récupérer. Encore une fois. Merde.

— De quoi te souviens-tu ?

Kurt réfléchit un instant.

— En dehors de fragments de souvenirs dans l'ambulance, je me rappelle que l'opération se déroulait à peu près comme prévu. L'équipe d'intervention avait encerclé tout le monde, nous nous apprêtions à partir. Ensuite, je suis sur le dos, et j'ai du mal à respirer.

Le ciel avait été si bleu et clair.

— Bon, eh bien, ils en ont raté un. La plupart des membres de la bande étaient menottés, mais deux mecs de notre équipe ont acculé un dernier type qui leur a tiré dessus. Il a été pris, mais pas avant qu'une balle perdue ne te frappe dans un mauvais angle et entre dans ta poitrine par les sangles.

Simon déglutit fortement et leva les yeux vers le plafond.

— Seigneur. Je me suis retourné et tu étais par terre avec du sang partout. Ton poumon a lâché dans l'ambulance. J'ai cru… j'ai cru que c'était fini.

Quelqu'un haleta devant la porte. Tout le monde se retourna pour regarder et Kurt pensa être en train d'halluciner.

Davy. Plus maigre que la dernière fois que Kurt l'avait vu, et pâle. Les paupières gonflées autour d'un regard injecté de sang. Et sous la peur, il y avait une expression de tendresse dont Kurt avait rêvé tant de fois.

— Tu as dit de l'appeler, lui rappela Simon.

Kurt ne s'en souvenait pas et il ne savait pas pourquoi Simon n'était pas heureux. Si recevoir une balle signifiait revoir Davy, il était presque reconnaissant d'avoir été touché.

— Davy. Heureux de voir que tu as finalement pu venir.

Oh, Simon était en colère. Il ne prenait presque jamais ce ton sarcastique. Son père et sa mère se levèrent, et Kurt les vit se demander s'ils devaient faire quelque chose, comme virer cet étranger à coup de pieds.

Davy eut un sourire tremblant mais son regard ne quitta jamais Kurt.

— J'étais à Pickle Lake avec ma sœur et sa famille. C'est à huit heures de route de Thunder Bay. Et quand j'ai pu arriver là-bas, j'avais déjà raté le dernier vol d'hier.

— Pickle Lake ? Oh, ouais, en fait, tu prenais du bon temps. Désolé. C'est juste que tu as dit que tu serais là sous… commença Simon.

179

— Eh bien, j'ai paniqué.

Davy entra dans la chambre, avançant doucement vers le lit, ne sachant visiblement pas comment il serait accueilli.

Kurt leva la main vers Davy, qui s'approcha, mais pas assez près.

— Maman, est-ce que Davy peut s'asseoir là une minute ?

Elle regarda longuement Kurt avant de se tourner vers Davy.

— Venez-vous asseoir, Davy, c'est bien ça ? Nous allons attendre dehors que le reste de la famille arrive. Quand ils seront là, ils tiendront compagnie à Kurt pendant que nous aurons une petite discussion.

— Maman ! Laisse-le tranquille.

— C'est lui, n'est-ce pas ? C'est lui qui…

Davy suivit leur échange comme s'il regardait un match de tennis.

— Maman, arrête, s'il te plaît.

— Eh bien, je pense avoir le droit de connaître l'homme dont mon bébé est amoureux.

Cette fois, tout le monde laissa échapper un hoquet ahuri. Il faisait confiance à sa mère pour savoir comment le mettre dans l'embarras le plus total. Il n'avait pas eu l'intention de mettre la pression à Davy ; il voulait juste se délecter de sa présence. Davy était pétrifié et Kurt était à moitié effrayé de le voir s'enfuir avant qu'ils aient une chance de parler.

— Sortons, Deirdre. Laisse parler les garçons.

Son père conduisit sa mère hors de la chambre et Simon les suivit, mais il se retourna.

— Si tu as besoin de quoi que ce soit, Kurt, crie un bon coup.

— Ça ira, lui répondit-il en retour.

Sauf si bien sûr, Davy s'enfuyait. Il aurait besoin de Simon pour courir après lui et le ramener.

La porte se referma derrière eux, et comme si un sort avait été brisé, Davy se précipita à côté de Kurt et lui prit la main.

— Je… je… bafouilla-t-il tandis que des larmes roulaient de ses yeux rougis, mouillant sa main. Je suis tellement désolé, Kurt.

— Je suis désolé aussi.

Davy n'arrêtait pas de remuer, tapotant les draps, son bras, caressant ses doigts.

— Assieds-toi, s'il te plaît.

Davy s'assit et enlaça ses doigts avec ceux de Kurt.

— Je sais que nous devons parler, mais ce n'est probablement pas le bon moment, commença Davy

180

Un écho de cette impuissance terrible et à couper le souffle qu'il avait vécue dans l'ambulance revint. Avoir à parler n'était jamais une bonne chose. Soudain, il se demanda ce que Simon avait dit à Davy pour le faire venir. Davy était-il seulement ici parce que Kurt l'avait demandé sur ce qui semblait être son lit de mort ? Pour satisfaire la requête d'un mourant ? Ce serait vraiment horrible. Parce que quand il avait vu Davy dans l'encadrement de la porte, il avait pensé que tout allait s'arranger. Mais Davy n'avait même pas fait allusion à la grande révélation de sa mère. Peut-être qu'il s'en fichait.

— S'il te plaît. Dis-le-moi. Je ne veux pas attendre. Si tu veux disparaître de ma vie pour de bon, dis-le. Que ce soit une rupture claire et nette.

Kurt regarda l'oreille de Davy, ne voulant pas voir la pitié dans ses yeux.

Le moniteur à côté de son lit bipa juste un peu plus vite, et Davy y jeta un œil avant de regarder Kurt attentivement.

— Nous avons toujours besoin de parler. Mais plus tard, pas moins de vingt-quatre heures après que tu te sois fait tirer dessus. Mais je ne veux pas sortir de ta vie. Je veux… en faire davantage partie.

Kurt saisit l'occasion et déplaça son regard. Il n'avait pas imaginé la tendresse qu'il avait vue dans les yeux de Davy un peu plus tôt.

— Vraiment ? demanda-t-il incertain.

— Si tu le veux aussi, bien sûr.

Kurt hocha la tête.

— S'il te plaît.

Davy se pencha et l'embrassa, ses lèvres aussi douces et tendres que dans son souvenir, replaçant la pièce manquante dans le cœur de Kurt.

Davy leva la tête.

— Encore, dit Kurt.

Riant à travers de nouvelles larmes, Davy secoua la tête.

— Appelle ça un encouragement à aller mieux.

Les paupières de Kurt commencèrent à tomber.

— Tu as besoin de repos. Je vais aller parler à ta mère, je suppose. Je ne peux pas… je ne peux pas croire que tu lui aies parlé de moi.

— Eh bien, je ne lui ai pas *tout* dit.

— Oh, bien.

— Simon, en revanche…

Davy tourna des yeux horrifiés vers lui. Kurt hocha la tête et voulut rire, mais il savait que cela lui ferait un mal de chien.

181

— Je ne peux pas y croire… Attends… tu lui as tout dit ? Tu as fait ton coming-out auprès de *lui* aussi ?

Ouais, Davy avait raison. Ils avaient besoin de parler, mais il était beaucoup trop fatigué pour le faire maintenant.

— Hum… Je vais te laisser dormir maintenant, mais, est-ce que ta mère voulait vraiment dire ce qu'elle a dit ? Je veux dire… est-ce que tu…

Kurt n'entendit pas la fin de la question.

QUAND IL se réveilla une nouvelle fois, Davy était à nouveau assis à côté de lui – ou toujours – et endormi, sa tête brune nichée sur un coin de l'oreiller aussi plat qu'une crêpe de Kurt. Le parfum de citronnelle surpassait l'odeur d'antiseptique de l'hôpital et il sourit. La nourriture thaïe était au menu dans un avenir proche. Même s'il adorait la cuisine thaïe, il n'avait pas été capable d'en manger depuis que Davy l'avait quitté. Il tenta de bouger et même si le pincement dans sa poitrine était encore là, ce n'était pas tout à fait aussi douloureux que la dernière fois. Ses mouvements alertèrent Davy, qui leva la tête et lui sourit doucement. Ces fossettes étaient si adorables et si absolument désirables. Bientôt, il céderait à cette envie.

— Comment te sens-tu ?

— Un peu mieux.

Peut-être plus qu'un peu. Son esprit n'était plus aussi brumeux, mais cela pourrait changer dès qu'il recevrait des analgésiques.

— Comment s'est passée ta conversation avec ma mère ?

— Bien, en fait. Ça a été bref, cependant. Elle m'a renvoyé chez moi pour que je me repose un peu, et le temps que je revienne ici, tout le monde était déjà parti pour la nuit.

— Est-ce que mes frères t'ont donné du fil à retordre ?

— Je ne les ai pas vus. Ils ont dû passer entre mes visites.

Kurt supposait qu'ils étaient venus, bien qu'il fût certain de ne s'être réveillé pour aucun d'eux.

— Quelle heure est-il ?

Davy tordit son poignet pour regarder sa montre.

— Presque minuit.

Minuit ? L'éclairage semblait ne jamais changer à l'hôpital. Tout le temps aussi lumineux qu'à midi.

— Non pas que je ne sois pas heureux que tu sois là, mais comment se fait-il qu'ils t'aient laissé rester ?

Ses joues se colorèrent légèrement et Davy baissa les yeux.

— Ta mère leur a dit que j'étais de la famille.

Kurt ne savait pas trop pourquoi Davy avait l'air presque honteux. Ou coupable. Peut-être...

— Est-ce que tu veux parler maintenant ? Je doute que ma famille si attentionnée nous interrompe.

— Est-ce que je peux t'embrasser d'abord ? demanda Davy.

Oh. Il sentit un petit élancement entre les jambes. Il était trop tôt pour qu'il puisse ne serait-ce que penser au sexe, mais il était bon de savoir que tout fonctionnait bien.

— Oui, s'il te plaît.

Kurt ne pouvait pas attendre jusqu'à ce qu'ils puissent échanger plus qu'un baiser. Il avait l'impression d'avoir attendu Davy une vie entière.

— Oh, attends... Ça fait, genre, trois jours que je ne me suis pas brossé les dents.

Davy eut un petit sourire amusé.

— Nous sommes dans un hôpital. Nous n'allons pas nous rouler un patin.

Davy mordilla sa mâchoire avant de faire glisser ses douces lèvres sur les siennes et de les grignoter à leur tour.

Kurt retourna le baiser, paradoxalement troublé que Davy ne cherche pas à l'embrasser plus intensément.

— Si je me déplace un peu, est-ce que tu t'allongerais à côté de moi ?

— Je ne veux pas te faire de mal.

— S'il te plaît.

Après quelques douloureuses secondes, Kurt fit une place à Davy sur le lit étroit et inconfortable. Davy glissa doucement ses bras autour de Kurt, et il fut capable de se détendre.

— Alors, je t'écoute, invita Kurt.

— Par où commencer ? Je suis allé voir un conseiller, comme tu l'avais suggéré. Je n'allais pas le faire. J'étais assez furieux contre toi, en fait. Jon m'a finalement convaincu que c'était une bonne idée. Je... euh... j'ai tout raconté à Jon, aussi.

Oh. La prochaine rencontre de Kurt et Jon promettait d'être intéressante.

— Continue, l'invita Kurt.

— Eh bien, j'ai beaucoup appris sur moi-même et ma relation avec Ben. J'ai aussi appris que j'ai fini par te blâmer pour un tas de choses que

183

Ben avait faites ; une sorte de transfert, je suppose. En plus, tu m'as aidé à traverser des moments difficiles, et c'était un peu castrateur même si je commençais à tenir à toi. J'avais l'impression de trahir Ben, je me sentais stupide de désirer un hétéro – un mec hétéro qui avait vu le pire chez moi – et j'avais peur de ne pas savoir comment me débrouiller seul. Jusqu'à cette nuit chez moi, je ne savais pas que tu étais attiré par moi. Mais alors, mon attirance s'est mêlée de colère... et j'ai été vraiment horrible avec toi. J'espère que tu pourras me pardonner.

Se blottissant un peu plus près de la chaleur du corps mince de Davy, Kurt soupira.

— J'étais déjà arrivé à la conclusion qu'aucun de nous n'était prêt pour notre rencontre. Je, eh bien, je n'avais jamais été attiré par un mec avant de te connaître. Je n'étais même pas sûr de savoir si ce que je ressentais était une véritable attraction sexuelle. Je me suis battu contre mes sentiments pour toi, jusqu'à cette nuit-là, quand Andrew m'a rendu complètement fou. Mais c'est arrivé, et même si je regrette ce qui s'est passé après, c'était la meilleure baise de ma vie. En partie parce que j'étais déjà amoureux de toi, même si je refusais absolument de l'admettre.

Alors que Kurt parlait, Davy s'appuya sur un bras pour le regarder, incrédule.

— Oh, mon Dieu. Je me sens coupable. Tu n'avais jamais été attiré par un mec avant ? Tu n'avais jamais eu de rapports sexuels avec un homme avant ? Putain de merde. Je pensais que tu étais un gay si profondément inavoué que, à cause de tous les problèmes que je traversais, je ne l'avais pas remarqué. Ça m'a rendu si triste.

Davy ferma les yeux.

— Oh, Kurt. Je n'arrive pas à y croire. Je ne t'ai pas fait mal, n'est-ce pas ?

Kurt grogna.

— N'as-tu pas entendu ce que j'ai dit ? Meilleure. Baise. De ma vie. J'aurais pu me passer de cette dispute dramatique et tu n'as répondu à aucun de mes appels.

Davy devint aussi rouge qu'un camion de pompiers.

— Je suis désolé.

— Et le jour où j'ai reçu les résultats de tes tests... Disons juste que j'ai connu des jours meilleurs. Ça ne m'est pas venu à l'idée à ce moment-là d'utiliser un préservatif.

184

— Je suis désolé pour ça aussi. J'ai eu tellement honte quand j'ai réalisé que je n'avais pas mis de préservatif. Ben et moi étions monogames, nous n'avions pas utilisé de préservatifs depuis des années. Mais j'aurais dû te protéger.

Ses mots auraient dû hérisser Kurt, mais il commençait à réaliser que dans une relation, on se protégeait l'un l'autre, parce qu'on ne pouvait pas supporter que l'autre soit blessé.

— Honnêtement, jusqu'à ce que j'ouvre cette enveloppe, ma seule pensée était que je ne pouvais heureusement pas avoir d'enfant. J'aurais peut-être dû t'envoyer les miens également ?

L'étiquette propre à ce genre de pratique lui échappait toujours.

Davy secoua la tête.

— Tu passes des tests dans la police, n'est-ce pas ? Je n'étais pas inquiet à ton sujet. Et je ne voulais pas que tu t'inquiètes à propos de moi. J'aurais dû appeler ou écrire un mot, mais j'avais peur. Je pensais que tu serais rentré chez toi et que tu te serais rendu compte que tu me détestais moi... ou le sexe...

— Je t'aime, tu te souviens ? Même ma mère le sait. Je n'aurais pas pu rêver d'une meilleure initiation. Sauf que je n'ai jamais pu de toucher. Sucer ta queue.

Quelque chose poussa sur le côté de Kurt et Davy se tortilla. Il sourit. Il devenait plus facile de lire ce genre de signaux. Il avait juste besoin d'utiliser son sexe comme baromètre. Mais alors, il se souvint de ses transgressions, et ses propres joues se mirent à brûler.

— Donc, euh, je pense que la conclusion de cette discussion est que nous voulons être ensemble, c'est ça ?

Davy hocha la tête.

— Eh bien, euh, je devrais probablement te dire quelques petites choses moi aussi. Avant que nous ne prenions une quelconque décision.

Kurt ne garda rien pour lui, ni la boisson, si son comportement erratique, ni son coming-out, ni la réaction d'Ian, ni son intermède avec Justin. Quand il eut fini, il chercha le visage de Davy, se demandant ce qu'il pensait.

— Laisse-moi bien comprendre tout ça. Tu as fait ton coming-out, à cause de moi. Tu m'as envoyé des messages chaque semaine pour me faire savoir que tu pensais à moi, même si je n'ai jamais retourné aucun de tes messages. Tu m'as laissé cette magnifique rose, que j'ai fait sécher et que j'ai toujours. Savoir que tu étais là dehors et que tu pensais toujours à moi

185

m'a aidé – plus que je ne saurais jamais le dire – à traverser mes problèmes. Tu pensais que je ne voudrais jamais te revoir. Tu ne me détestes pas parce que je t'ai laissé traverser ça tout seul. Et pourtant tu penses que le fait de t'être fait masturber par un étranger me fera réfléchir à deux fois avant de t'aimer.

— Euh.

Kurt n'était pas vraiment en mesure d'enregistrer autre chose que Davy disant qu'il l'aimait.

— Oh, Kurt. La plupart des mecs dans ta situation auraient baisé tous ceux qui auraient écarté les jambes pour eux. Ne te méprends pas, je suis heureux que tu ne l'aies pas fait. Mais je ne te blâme pas pour Justin.

Les mots filtrèrent finalement dans son esprit. Cela arrivait réellement. La douleur dans sa poitrine n'était absolument rien comparée à son besoin impérieux d'embrasser Davy. Il enroula une main autour du cou de son amant et l'attira à lui, rencontrant ses lèvres dans un baiser affamé.

Davy gémit et oublia son décret 'pas de patin à l'hôpital'. Kurt soupira contre ses lèvres avant d'envoyer sa langue lutter contre celle de Davy.

Ils haletaient tous les deux quand Davy releva la tête.

— Oh, je te veux, murmura-t-il.

— Pas ici, pourtant, hein ?

Le regret s'entendait dans le ton de la voix de Kurt.

Lui souriant, Davy promena ses doigts sur son front et les fit glisser dans ses cheveux.

— Non, pas ici. À la maison, plus tard.

— À la maison ? répéta Kurt.

— Je sais que nous avons toujours des choses à régler, et sortir ensemble… eh bien, plus j'y pense, plus je me rends compte que nous sortions déjà ensemble, mais qu'aucun de nous n'en était conscient. Donc je veux que tu vives avec moi. Je veux prendre soin de toi, t'aider à récupérer. Je veux être là pour toi quand tu rentres à la maison après une longue journée.

Vivre avec Davy. Il avait détesté son appartement pendant des mois, et il pouvait l'admettre maintenant – c'était parce que Davy n'y était pas. Il s'était toujours senti bien chez Davy, senti chez lui. La pensée d'y passer tout son temps le remplit de joie.

— Tu es sûr ? Mes horaires sont bizarres et souvent longs. J'aurais peut-être à annuler des projets à la dernière minute.

Être flic était difficile à concilier avec une relation amoureuse.

186

Davy grogna et embrassa son front.

— Euh, oui, Kurt, je sais ça.

Oh, ouais, bien sûr qu'il le savait. Il avait vécu avec un flic pendant dix ans.

— Mais à ce propos, je ne suis pas sûr… Non, oublie.

— Quoi ? insista Kurt.

Il n'allait certainement pas prendre ce genre d'engagement s'il n'abordait pas les doutes de Davy, pour commencer.

— Peut-être que nous devrions attendre pour en discuter, murmura Davy timidement, enfouissant son visage dans le cou de Kurt.

— Non. Je suis réveillé, tu es réveillé, et je veux savoir ce qui te préoccupe.

Davy resta dans cette position si longtemps que Kurt commença à se demander s'il était à nouveau endormi.

— J'ai peur. Tu as été blessé deux fois maintenant, et nous savons tous les deux que tu aurais pu être tué, marmonna Davy contre son cou.

Kurt tourna la tête, ignorant l'étirement des muscles qui descendait dans sa poitrine, et réussit à embrasser le haut de la tête de Davy tandis qu'il mettait de l'ordre dans ses pensées.

— Je sais que c'est dur. L'attente, l'inquiétude de voir un officier à la porte. C'est pour ça qu'il y a un taux de divorce aussi important dans cette profession. Et tu dois savoir que je n'aime pas plus que ça être blessé. Je fais ce que je peux pour l'éviter. Je devrais probablement refuser ces fichues opérations spéciales. Le service des Homicides n'est généralement pas aussi dangereux.

— Attends. Tu as été blessé pendant une opération spéciale ?

Davy se redressa à nouveau et le regarda.

— Ouais, cette fois.

Ses blessures avaient été plus une coïncidence qu'autre chose, et la dernière fois, eh bien, personne n'avait cherché à se venger de lui en particulier.

— N'en fais plus. S'il te plaît. Je pense… je pense que je pourrai le supporter si tu ne participes plus à ce genre d'opération.

— D'accord. J'en parlerai à mon patron.

Ils auraient le temps de discuter du futur de sa carrière plus tard. Kurt aimait son travail et il était compétent, mais il ne voulait pas faire partie des tristes statistiques de divorce. Il savait déjà ce que c'était que de vivre sans Davy, et c'était foutrement moche – ils méritaient tous les deux un peu de bonheur, et il ne perdrait cette chance pour rien au monde. Si Davy ne pouvait réellement pas supporter son travail, il trouverait quelque chose d'autre à faire.

— Alors d'accord, je le ferai. J'emménagerai chez toi, dit Kurt.

Et il n'avait même pas peur. C'était naturel, c'était la bonne chose à faire, et même la douleur de perdre l'amitié et le respect d'Ian serait plus facile à supporter grâce à l'amour de Davy.

Ses fossettes illuminant son visage, Davy l'embrassa, tendrement au début, puis de plus en plus avidement et sauvagement. La main de Davy se faufila sous la fine couverture et glissa le long de la jambe nue de Kurt, sous la blouse d'hôpital si attirante. Kurt ne pouvait blâmer un accès aussi facile. Mal à propos, il étendit le bras pour chercher le sexe de Davy et gémit… de douleur, avant de retomber en arrière. Davy le libéra instantanément et brisa leur étreinte.

— Oh, Kurt, je suis désolé.

Un voile de transpiration marqua son front et malheureusement, son sexe dégonfla.

— Nan, ne le sois pas. Mais je pense que je vais avoir besoin d'un peu plus de temps pour récupérer.

Davy se blottit à nouveau contre lui, déposant de légers baisers sur son épaule, sa poitrine mince se soulevant de façon saccadée alors qu'il laissait son excitation retomber. Sa respiration reprit enfin un rythme régulier et il s'endormit doucement.

Réchauffé et plus heureux qu'il ne l'avait été depuis des mois, Kurt se laissa également glisser dans le sommeil.

— Hé, minus, réveille-toi.

Les yeux de Kurt papillonnèrent.

— C'est quoi ton problème, Mike ? marmonna Kurt d'une voix endormie. Qui réveillait un mec qui se remettait d'une blessure par balle ?

— Je devine que c'est le petit ami, hein, minus ?

Davy était toujours endormi au chaud contre lui. Mike mentait-il quand il disait que son homosexualité ne le dérangeait pas, maintenant qu'il avait la preuve devant les yeux que son petit frère était gay ? Kurt fit un geste du menton vers son frère.

— Ouais, et alors ?

— Bon sang, qui a pissé dans tes céréales ce matin ?

L'estomac de Kurt gronda.

— Oh, je vois. Tu es grincheux quand tu as faim. Peu importe. Maman est en chemin. Je suppose qu'elle ne considèrera pas ça très propice à ta guérison.

Le doigt de Mike voyagea entre lui et Davy.

— Et toute la famille est avec elle, ajouta-t-il.

Une tension soudaine traversa Davy et Kurt sut qu'il était éveillé et conscient. Par la porte ouverte, Kurt entendit les voix de sa famille. Davy également, mais il ne bondit pas du lit à temps. Ses cheveux étaient en bataille. Il avait l'air coupable, terrifié et abasourdi. Kurt voulait juste qu'il revienne se pelotonner à côté de lui – son côté était tout froid maintenant – et il refusa de libérer la main de Davy, qui après quelques secondes, arrêta d'essayer de se dégager.

Mike le regarda de haut en bas.

— Quel est ton nom, petit ami ? demanda-t-il alors que Dylan et ses sœurs entraient dans la chambre, devançant ses parents.

Et s'arrêtaient, chacun regardant Davy et ses doigts enlacés à ceux de Kurt.

— Davy, murmura-t-il.

— Mike, fiche-lui la paix.

Mike tourna son regard glacial vers Kurt.

— Minus, il t'a fait du mal. Il n'était pas là pour toi.

— Je sais, grand frère. Il y a… des choses que tu ne sais pas, et je lui ai fait du mal également. Mais nous avons éclairci tout ça. Nous nous aimons. Je vais emménager chez lui.

Il y eut un soupir collectif du côté des femmes.

Le regard de Mike passa sur Davy et revint vers Kurt. Ce dernier leva les yeux pour voir la réaction de Davy et fut étonné de voir le sourire doux et chaleureux que celui-ci lui adressa.

Erin poussa Mike sur le côté et le dépassa, lui donnant une tape sur l'arrière du crâne.

— Arrête de te prendre pour papa. Salut, je suis Erin… Davy, d'après maman, c'est bien ça ?

Elle l'étreignit et Davy sembla terrifié et heureux à la fois.

LE TEMPS que l'infirmière arrive pour mettre les visiteurs en excès dehors, Davy était plus à l'aise avec sa bruyante, turbulente et affectueuse famille.

189

En fait, Kurt soupçonnait que Davy avait hâte de faire partie d'une grande famille. Même s'il pouvait changer d'avis une fois qu'il se retrouverait dans une pièce avec la tribu au complet, nièces et neveux compris. Sa famille proche pouvait être envahissante, sans compter les membres qui s'y étaient ajoutés au fil des années.

Il souhaitait juste qu'Ian pourrait trouver un moyen de lui rendre visite, et il le dit à sa mère.

— Il reviendra. Il était là quand tu étais sur la table d'opération. Il s'inquiétait pour toi. Je ne sais pas ce qui prend à ce garçon, mais il reviendra.

— Je ne sais pas, maman. Est-ce qu'il t'évite aussi ?

— Vous les garçons, je ne vous vois jamais autant que je le voudrais. Vous êtes trop occupés avec vos fêtes, vos sorties et votre travail.

Le travail. Ouais, c'était certainement son problème. Et non faire la fête ou sortir.

— Je suppose que tout ça va changer, du moins une fois que Dylan sera marié, répondit Kurt pensivement.

Sa mère le regarda longuement.

— J'attends que Davy et toi fassiez des apparitions régulières aussi. Et bien sûr, tout le monde t'aidera à déménager et t'installer. Après tout, tu ne seras pas capable de soulever quoi que ce soit pendant un moment.

— Merci, maman.

— Mon bébé, inquiète-toi seulement d'aller mieux.

Après que sa famille soit partie déjeuner, Davy revint à ses côtés.

— J'aime bien ta famille.

— Ils t'aiment bien aussi.

— Tous sauf Ian.

Les narines de Kurt s'élargirent.

— Ma mère dit qu'il reviendra.

— Mais tu n'y crois pas.

Était-ce le cas ? Il ne pouvait pas croire qu'Ian irait jusqu'à renier leur parenté, mais il avait entendu des tas d'histoires pires que celle-là.

— Je ne sais pas. Je ne pense pas.

— Je suis désolé. J'ai l'impression que c'est de ma faute.

— Non. Ne sois pas désolé pour ce que nous avons trouvé. Je ne le suis pas. Je t'aime.

— Je t'aime aussi. Tu es en train de te fatiguer. Je vais te laisser dormir et rentrer à la maison, la préparer pour toi.

Davy lui donna un baiser rapide et s'écarta avec un regard moqueur quand Kurt essaya de l'approfondir.

— Toi, tu dors.

— Sinon quoi ? demanda Kurt de manière suggestive.

La chaleur emplit le regard de Davy.

— Je vais penser à quelque chose. Mais quoi que je trouve, tu n'auras pas la chance d'en profiter à moins d'aller mieux, c'est compris ?

Jusqu'alors, Kurt n'avait jamais pensé qu'il aimerait que quelqu'un prenne en charge sa vie sexuelle comme Davy le faisait, ni qu'il l'aurait espéré de son petit ami… amant… compagnon… avant de le vivre vraiment. Mais il aimait ça. Il aimait Davy. En souriant, il garda son regard rivé sur la courbe admirable du cul qu'il était impatient de toucher, jusqu'à ce qu'il disparaisse de sa vue.

Un an plus tôt, Kurt avait touché le fond, comme cela ne lui était jamais arrivé auparavant, mais sans cette période vraiment merdique, il n'aurait jamais connu cette joie, cet amour.

ÉPILOGUE

SIMON S'ÉTIRA, ses doigts touchant presque le plafond. Il n'avait que quelques taches de peinture sur lui, alors que Jon, Rick et Davy avaient tous des stries multicolores sur leurs vêtements.

— Je vais aller chercher quelques pizzas. Je ne serais pas long, déclara-t-il.

— Mauviette, lança Kurt qui changea de position sur le canapé alors que Simon haussait un sourcil.

— Tu as de la chance d'être toujours en convalescence. Sinon, tu serais en train de faire toute la peinture toi-même.

Simon jeta un chiffon humide à la tête de Kurt, qui atteignit sa cible avec un bruit mouillé.

Davy se mit à rire et se laissa tomber à côté de Kurt.

— Je pense qu'il est temps de faire une petite pause. Nous avons tous travaillé dur.

— Moi aussi. Tout superviser est un travail difficile.

Kurt sourit à son amant. Il avait déménagé tout de suite après sa sortie de l'hôpital, il y avait deux semaines de cela, et ils avaient repris leurs confortables habitudes l'un avec l'autre, comme s'ils n'avaient jamais été séparés, comme s'ils avaient toujours vécu ensemble. Certaines choses étaient nouvelles – Kurt accompagnait maintenant Davy lors de ses visites bimensuelles à la mère de Ben, il avait annulé son abonnement au club de gym, et Sandra commençait à parler à Oliver de son oncle Kurt.

Il y avait encore mieux, cependant : il y avait de nouveau des fellations dans sa vie. Bon sang. Jamais elles n'avaient été aussi bonnes. Il avait rapidement découvert qu'il aimait en donner autant, et peut-être même plus, qu'en recevoir. Davy, dans les affres de l'orgasme, était plus magnifique et désirable que tout ce qu'il avait jamais vu.

Raison pour laquelle il était impatient de se débarrasser de leurs amis dès que cela serait humainement possible. Le médecin de Kurt avait donné son accord la veille pour des exercices plus énergiques – ça les avait tué tous les deux d'attendre depuis qu'ils s'étaient retrouvés – mais Kurt avait voulu faire une surprise à Davy, qui était resté coincé au travail assez tard.

Il ne pouvait pas annuler la partie de peinture prévue aujourd'hui, mais bon sang, chaque fois que Davy bougeait, le sexe de Kurt répondait. Il lui tardait d'avoir son mec pour lui seul.

— Mais tu as fait de l'excellent travail.

Davy passa une main sur sa cuisse et Kurt retint son souffle. Entre cette caresse et ses souvenirs du sexe de Davy dans sa bouche la nuit passée, Kurt était sacrément heureux d'être assis. Il devait arrêter de penser au sexe alors que leurs amis étaient là.

— Oh, arrête de nous l'exhiber, Davy, dit Rick en faisant la moue.

— De vous l'exhiber ?

— Nous savons tous que tu as un flic grand et fort à ton entière disposition. Tu as converti un hétéro. On a compris. Arrête de le tripoter et de nous rendre tous jaloux.

— Je ne suis pas jaloux, répondit Simon avec un grand sourire.

— C'est ce que tu dis, le taquina Rick.

— Bon, sur ce, je reviens.

Simon attrapa ses clés et quitta la maison.

— Sérieusement, cependant, cette pièce est en train de devenir vraiment superbe, déclara Kurt.

Il avait voulu refaire la décoration ; pas exactement effacer Ben, puisque la maison n'avait de toute façon pas beaucoup de personnalité, mais plutôt pour s'approprier leur chez-eux, et non une relique de la relation de Ben et Davy. Quand ils s'étaient rendus au magasin de décoration intérieure, Davy avait jeté son dévolu sur des tons vifs et chaleureux avec un enthousiasme inattendu. Bientôt, la maison entière serait pleine de couleur, pas seulement cette pièce. Leur chambre était la seule à être encore blanche, mais Davy avait choisi un tas d'échantillon de couleur à peindre. À chaque coup de pinceau, il rayonnait, et Kurt aimait tout ce qu'il voyait. Il attira Davy pour l'embrasser, qui finit sur ses genoux. Jon et Rick gémirent.

Kurt n'avait jamais eu de tendances exhibitionnistes, mais il trouvait amusant de narguer les amis de Davy. Il ne devrait probablement pas en être fier, mais pour l'instant, c'était très amusant.

La sonnette de la porte d'entrée retentit.

— Non, vraiment, ne vous levez pas, les gars. J'y vais, les taquina Jon.

Davy se releva des genoux de Kurt et Rick jeta un coup d'œil à l'entrejambe de Kurt pour faire à nouveau la moue.

— Arrête de mater mon homme, Rick, dit Davy en lui lançant un regard noir.

193

— Je ne savais pas que ton frère venait nous aider, déclara Jon depuis l'entrée.

Kurt échangea un regard perplexe avec Davy. Euh. Le voyage d'affaires de Mike avait dû être annulé parce qu'il n'y avait aucune chance pour que Dylan puisse se défiler des préparatifs de son mariage pour passer un samedi entier à peindre.

Ian suivit Jon dans le salon, ses yeux suppliant Kurt, mais pourquoi, il ne savait pas. Ian ne lui avait pas dit un mot depuis des mois, et même si sa mère lui avait dit qu'il lui avait rendu visite à l'hôpital, que Ian reviendrait, Kurt ne l'avait pas crue. Il ne le croyait toujours pas.

— Qu'est-ce que tu fais là ?

Kurt se leva et fit quelques pas vers lui.

Il sentit Davy se placer à ses côtés pour le soutenir et présenter un front uni. Davy et lui n'avaient pas mentionné la défection d'Ian aux autres, même si Simon était au courant. Leurs amis n'avaient rencontré aucun des frères de Kurt – pour l'instant. La fête d'anniversaire d'Erin arrivait et Kurt avait prévu de tous les inviter.

— Oh, mon Dieu, Kurt ! *C'est* un de tes frères ?

La voix de Rick chuta pour prendre l'intonation que Kurt avait commencé à appeler sa voix de *Je-veux-que-tu-me-baises*.

— S'il te plaît, dis-moi qu'il est gay aussi.

— Il est hétéro, répondirent Kurt et Davy en même temps.

— Je ne le suis pas, répliqua Ian.

Kurt fut vaguement conscient du cri perçant de Rick exprimant sa joyeuse gaieté, mais pour l'instant, tout ce qu'il voyait, c'était son frère.

Il ne pouvait parler avec tout ce monde autour d'eux, mais il attrapa le bras d'Ian et le conduisit vers le sous-sol. Ils avaient besoin d'intimité pour discuter, et il ne n'allait pas emmener Ian dans la chambre qu'il partageait avec Davy – leur sanctuaire. Surtout si cette discussion ne tournait pas bien.

— Oh merde, Kurt, dit Ian en se retournant, passant en revue la gigantesque salle de gym que Davy avait au sous-sol. C'est incroyable.

Oui. Kurt adorait cette pièce lui aussi. Il s'était vu en rêve s'entraîner ici avec Davy, puis passer à un autre type d'exercice en utilisant les différentes machines.

— Arrête de tourner autour du pot. C'est quoi ce bordel ?

Ian le regarda fixement, mais ne parla pas.

— Sérieusement, Ian, qu'est-ce que tu as voulu dire là-haut ?

Kurt n'avait jamais été tenté de frapper un de ses frères dans l'intention de lui faire du mal, mais l'envie montait soudain en lui. Ian l'avait blessé. Méchamment.

Passant ses mains dans ses cheveux, Ian se mit à marcher de long en large.

— Je… je suis gay aussi.

Kurt fronça les sourcils. Il savait qu'il aurait dû lui témoigner un soutien sans faille, comme le reste de la famille l'avait fait pour lui, mais merde. Ian était-il en train de se moquer de lui ?

— Et qu'en est-il de toutes ces filles ? Ces strip-teaseuses ?

— Je pourrais te poser la même question. Tu as eu des petites copines, riposta Ian du tac au tac sur un ton accusateur, le regard sombre.

— Et donc, tu viens juste de t'en rendre compte ?

Ian baissa les yeux.

— Non, je le sais depuis un moment. Des années. Les femmes étaient juste une couverture.

— Des années ? Tu te fous de moi, sérieusement ? C'est quoi ces conneries ?

— J'avais peur. Je pensais que je perdrais tout le monde. Donc je l'ai caché. Quand tu me l'as dit, tout… béat et confiant… Je pensais que tu l'avais découvert et que tu te foutais de moi. Ensuite, j'ai réalisé que tu disais la vérité, et tout le monde l'a accepté sans aucun problème… J'étais en colère contre toi.

Ian baissa les yeux sur ses pieds et ses épaules s'affaissèrent en signe de défaite.

La colère de Kurt s'évanouit. Il se rappelait les mois terribles qu'il avait passés à agoniser au sujet de sa sexualité. Si ce n'avait pas été pour Davy… Parce qu'il voulait être avec Davy… Il aurait pu faire la même chose qu'Ian. Pendant des années. Seigneur, des années.

— Viens là.

Kurt ouvrit ses bras. Ian ravala un sanglot et le serra contre lui. Kurt lui rendit son étreinte, sentant que sa vie était soudainement et finalement complète.

Ils s'assirent sur un des bancs recouverts de vinyle.

— Vas-tu le dire à tout le monde ?

Il ne voulait pas le pousser, mais Ian devait se rendre compte qu'il pouvait être franc. S'il le voulait.

195

— Ouais. Ça me tuait de faire semblant. Je n'arrive pas croire que tu aies eu le courage de tout dire à ta propre fête d'anniversaire.

— Eh bien, j'avais une certaine motivation. Tu as vu mon copain ?

Kurt voulut introduire un peu de légèreté à la conversation.

Ian sourit et essuya ses yeux humides.

— Le mignon petit blond ?

Rick ? Vraiment ?

— Est-ce que tu as un petit ami ? lui demanda Kurt.

— Non, seulement beaucoup de rencontres d'un soir.

— Eh bien, retournons au salon. Laisse-moi de présenter à Rick.

— Rick ?

— Le mignon petit blond. Mon Davy, c'est le grand aux cheveux bruns…

Merde. Le mot sexy lui avait presque échappé des lèvres. Il n'avait jamais utilisé ce mot de toute sa vie. Rick avait clairement une mauvaise influence.

— Allons-y. Je vais rester vous donner un coup de main, si tu es d'accord.

Kurt fit les présentations et se rassit sur le canapé avec Davy pour manger la pizza que Simon avait ramenée. Tous les trois ainsi que Jon regardèrent alors Ian et Rick se tourner autour comme… eh bien, Kurt n'avait aucune comparaison pertinente. C'était une parade amoureuse, à mi-chemin entre une exhibition de plumages et un bras de fer visant à désigner un mâle dominant. Par miracle, avec toute cette testostérone, les travaux de peinture furent achevés, mais Ian et Rick s'échappèrent sans prévenir.

LE SOLEIL se couchait, de simples toiles blanches couvraient tous les meubles – sauf dans la chambre. Ils étaient enfin seuls et Kurt était un peu nerveux.

— Je vais prendre une douche, dit-il tandis que Davy embrassait sa tempe. Tu veux venir ?

Se doucher tous les deux avait été un autre plaisir sensuel qu'il avait découvert avec Davy. Mais s'ils se douchaient ensemble, auraient-ils encore assez d'énergie pour ce que Kurt espérait qu'il arrive ? Il serait fou de renoncer à un Davy humide et glissant, quoi qu'il en pense.

Kurt tendit la main et Davy le conduisit dans la salle de bain.

L'EAU ÉTAIT chaude, mais les mains de Davy le savonnant en douceur étaient sacrément plus brûlantes. Davy l'attira dans un baiser, l'eau se déversant sur leurs têtes, glissant le long de leurs bouches scellées. La langue de Davy explorait profondément la bouche de Kurt, mimant ce que Kurt espérait qu'il lui ferait plus tard avec son sexe. Quand Davy déplaça ses lèvres pour sucer l'eau sur sa nuque et ses épaules, Kurt fit courir ses mains savonneuses sur la peau lisse de son amant, le touchant partout, ne s'attardant nulle part, le taquinant, apprenant. Une fois qu'il estima que Davy était aussi propre qu'il pouvait l'être, la main de Kurt dériva jusqu'à sa verge longue et mince. Il aimait la sensation dans sa paume, presque autant qu'il aimait la façon dont Davy la faisait glisser dans sa bouche ; mais il était presque sûr qu'il aimerait plus que tout le moment où Davy pilonnerait si bien son cul.

Ce soir, il le saurait incontestablement.

Davy lui retourna la faveur, mais s'intéressa tout de suite à son bas-ventre. Caressant son sexe, jouant avec ses poils humides, faisant rouler doucement ses testicules. Les doigts d'une main pressant sous ses bourses tandis que les doigts de l'autre s'insinuaient entre ses fesses, se dirigeant vers l'endroit convoité par le haut. Kurt se cambra, laissant son membre glisser sur la peau de Davy.

Déplaçant ses propres mains sur la taille de Davy, il passa ses doigts le long des courbes fermes de son postérieur, adorant la texture de la fine toison de poils sous ses doigts. Si différent d'une femme et si parfait.

— C'est ça. Si beau et érotique. J'aime te rendre fou. Tu vas me lécher, me sucer ?

Kurt ne savait pas où Davy trouvait le souffle pour prononcer ces choses coquines et grossières mais une fois qu'il commençait, ses douces lèvres laissaient échapper une traînée d'obscénité qui faisait suinter et contracter son sexe.

Pourtant, si la nuit devait se déroulait comme il l'espérait, Kurt allait devoir trouver le souffle – et le courage – de dire quelque chose.

— Je veux que tu me baises.

Davy s'immobilisa, le doigt prêt à pénétrer son corps.

— Quoi ?

— Le docteur m'a autorisé à, euh, m'adonner à des activités plus vigoureuses.

Davy laissa échapper un gémissement étouffé et ses hanches tressaillirent.

— Bon Dieu, Kurt. J'ai presque joui. Tu es sûr que c'est ce que tu veux ?

Ses mains se déplacèrent pour serrer les fesses de Kurt.

197

Ce dernier s'écarta, prit le visage de Davy dans ses mains et plongea intensément son regard dans les yeux de son amant, dilatés par la luxure.

— Je n'attends que ça, je n'arrête pas d'en rêver.

Davy en resta bouche bée, le regardant fixement pendant un moment avant de retrouver ses sens.

— Alors tu ferais mieux de bouger ton cul jusqu'à la chambre.

Davy ponctua l'ordre avec une forte claque sur ses fesses, qui fit écho dans leur douche.

— Meeerde, gémit Kurt.

La légère sensation de brûlure lui fit trembler les genoux.

Kurt passa la main derrière Davy pour arrêter l'eau. Ils s'étaient à peine séchés quand Davy le chassa dans la chambre. Kurt se jeta sur le lit ne ressentant qu'un léger pincement dans l'épaule. Davy avança lentement au dessus de lui et se jeta sauvagement sur sa bouche, sa langue ne faisant rien d'autre qu'entrer et sortir dans une imitation sensuelle de ce qui allait arriver.

Il gémit, adorant la façon dont Davy dirigeait les choses. Davy repoussa les mains de Kurt au dessus de sa tête, maintenant une prise ferme sur ses poignets. Il déplaça son bassin et glissa son sexe entre les fesses de Kurt, sa pointe gonflée le taquinant.

Kurt gémit à nouveau et écarta davantage les jambes, essayant de l'encourager à s'enfoncer en lui. Davy emplit sa bouche d'un grognement et du ballet de sa langue. Il releva brusquement la tête et fouilla dans la table de chevet pour trouver le lubrifiant.

La bouteille entre les mains, il s'arrêta.

— Préservatif ?

— Tu as baisé quelqu'un d'autre depuis moi ? demanda Kurt en haletant.

— Bien sûr que non.

— Alors viens. Maintenant.

Lubrifiant ses doigts, Davy en plongea deux immédiatement en Kurt. Son dos se cambra au dessus des draps. La brûlure était intense – il n'avait pas encore beaucoup d'expérience. Brûlure mise à part, c'était sacrément bon, surtout quand Davy appuyait le bout de son doigt sur sa prostate.

— Oh, putain ouais.

— C'est si chaud à l'intérieur, murmura Davy. Étroit. Si étroit, bordel.

Il baissa la tête et suça passionnément sa bouche. Kurt cria et agrippa les cheveux humides de Davy.

Un autre doigt glissa en lui.

— Mmmm. Ouvre-toi pour moi. Montre-moi à quel point tu aimes ça.

La voix de Davy, dont l'intonation venait de baisser, vibra dans ses testicules, le poussant plus près de l'orgasme.

— Dépêche-toi, s'il te plaît.

Léchant ses lèvres, Davy retira lentement ses doigts. Kurt se contracta, essayant de garder ces doigts magiques à l'intérieur, même s'il savait que le sexe de Davy lui donnerait encore plus de plaisir. Davy caressa sa verge avec une nouvelle dose de lubrifiant, frimant pour Kurt.

Pesant sur lui, il saisit à nouveau ses poignets, donnant à Kurt l'illusion d'être maintenu captif, même s'il n'y avait aucun doute dans leurs esprits que Kurt pouvait arrêter ce jeu à l'instant s'il le voulait. Mais il ne voulait vraiment pas que ça cesse. Il pourrait lever les yeux vers le visage de son amant, à l'expression diaboliquement sensuelle, pour le reste de sa vie.

Davy le taquina avec son gland. Kurt poussa vers lui, mais Davy sourit et se retint, gardant cette chair tentante juste hors de sa portée. Kurt gémit et se tordit sous lui.

— Oh ouais, tu en as désespérément envie.

— De toi.

Kurt n'avait prononcé des mots de cette voix haletante qu'une seule fois auparavant, la dernière fois que Davy l'avait baisé.

Davy baissa la tête et suça un de ses mamelons alors même que son sexe glissait dans le corps de Kurt sans résistance. Sous cette double sensation, Kurt agrippa les draps et cambra le dos sur le lit.

Un lent retrait et Kurt aurait juré pouvoir sentir chaque veine et aspérité de la verge de Davy en lui. Une autre poussée délibérée et le gland de Davy heurta sa prostate. Il cria une nouvelle fois.

Davy se déplaça vers l'autre mamelon, mais Kurt pouvait à peine se concentrer sur autre chose que le lent va et vient en lui. Encore, il en voulait encore.

— Davy, oh, Davy.

— J'adore la façon dont tu me supplies, en utilisant juste mon prénom.

Davy relâcha ses poignets, mais avant que Kurt ne puisse baisser les bras et attraper son sexe pour lui donner la pression dont il avait un besoin fou, Davy repoussa ses genoux contre sa poitrine.

— Tiens-les, lui ordonna-t-il.

Kurt obéit, et dès que Davy eût déplacé son poids, il commença à marteler Kurt, plus vite, plus fort.

— Davy, s'il te plaît.

Il avait besoin de jouir, il avait besoin de sentir Davy en lui.

Une main s'enroula autour de son sexe gonflé et douloureux et le caressa durement.

Un son long et bas venu du plus profond de son âme s'échappa de sa gorge alors que sa jouissance se répandait sur son ventre.

Davy grimaça alors qu'il continuait de baiser Kurt pendant son orgasme, se retenant jusqu'à ce que le dernier frisson de plaisir quitte son corps. Alors, il s'enfonça aussi loin qu'il le put. Une teinte rosée colora la peau pâle et glissante de sueur de la poitrine et du cou de Davy qui tressaillit, jouissant sans un son. Le jet de sperme épais qui se déversa en Kurt fit tressauter son sexe épuisé.

Kurt attira Davy contre sa poitrine, ce dernier toujours enfoui à l'intérieur de son corps. C'était l'un des meilleurs moments de leur vie commune – s'endormir avec Davy dans ses bras.

— Je t'aime, murmura Kurt en l'embrassant.

Davy souleva son poignet, embrassant une extrémité de la cicatrice blanche, puis celle rose et satinée sur sa poitrine.

— Moi aussi, je t'aime.

Oui, les marques sur son corps représentaient les jalons de leur relation, aussi permanentes qu'un tatouage. La vie de Kurt avait pris un sens dans la douleur, le désespoir et la tristesse. Mais le résultat final, avoir Davy dans sa vie, en valait la peine.

Faux-semblants

Pour tous ceux qui ne sont pas parfaits.

Remerciements

Merci comme toujours à mon super groupe de soutien – Alex, Dottie et Chudney. Un merci tout particulier à Dolorianne qui m'a sauvée sur celui-là.

Je dois également remercier le Centre de Soutien de Vol d'Identité Canadien, et particulièrement Heather, qui a été d'une aide très précieuse et a répondu à toutes mes questions. Si quoi que ce soit devait être incorrect, c'est entièrement ma faute.

I

L'INSPECTEUR IVAN Bekker entra en boitant dans l'immeuble du quartier général de la police. L'opération spéciale avait été un désastre complet depuis le tout premier ordre de commandement. Le responsable de la Lutte contre le Crime Organisé ainsi que son propre patron, à la Brigade des Stupéfiants, avaient foncés tête baissée depuis le début. Le plus étonnant, c'est qu'ils avaient réussi à faire tomber plusieurs acteurs majeurs du réseau de trafic de drogue tenu par la mafia russe. La frappe supposément chirurgicale avait dégénéré en une fusillade désordonnée au milieu du quartier des entrepôts.

Il y avait eu un certain nombre de blessures et de plaies par balles, mais quelque part, aucun des 'bons' n'était mort.

Pas encore.

Ivan balaya l'étage des yeux, son regard portant au-delà des inspecteurs occupés sur leurs ordinateurs, au téléphone ou en train de griffonner sur des papiers, vers les bureaux vides à côté du bureau de l'inspecteur en chef Nadar. Son ami, Kurt avait été emmené en ambulance, recouvert de sang, et son partenaire, Simon, l'avait accompagné. Il n'avait pas fallu longtemps pour comprendre qu'un des leurs avait été le plus durement touché, et il n'y avait pas encore de pronostic quant à son état. Ce n'était pas juste ; Kurt et Simon avaient été dépêchés en renfort par le service des Homicides, et par une malchance extraordinaire un tir avait atteint Kurt.

Il se traîna péniblement jusqu'aux vestiaires et se débarrassa de son équipement. Avant qu'il puisse ôter ses vêtements maculés de sang, l'inspecteur Sergio Martelli, chef de la Brigade des Stupéfiants, se précipita dans la pièce.

— Bekker, mon bureau. Tout de suite.

Toujours aussi bref que d'habitude, aujourd'hui en plus, son patron semblait être également énervé. Super. Juste ce dont Ivan avait besoin. Tout ce qu'il voulait, c'était une douche chaude et une chance d'aller à l'hôpital, prendre personnellement des nouvelles de Kurt. Ivan avait été attiré par Kurt après que le précédent partenaire du mec, Ben, ait été tué dans l'exercice de ses fonctions presque un an plus tôt. Pas attiré au sens physique du terme, mais quelque chose à propos de Kurt avait changé après la mort de Ben, faisant qu'Ivan l'avait remarqué. Quelques semaines plus tôt, ils étaient sortis boire un verre, et Kurt lui avait révélé être gay. La plupart des flics homosexuels gardaient cette information bien cachée, pour eux, et Kurt n'était pas différent, mais Ivan était déjà sorti du placard.

Ils avaient réussi à aller boire un coup ou manger trois fois seulement avant le foutu désastre d'aujourd'hui, mais Ivan le considérait comme un ami. Il ne pouvait vraiment pas mourir maintenant.

Avec un regard funeste vers les douches, Ivan arracha la chemise moite et ensanglantée de son corps.

— Maintenant, Bekker !

La voix de son patron résonna à travers la pièce, comme celle du sergent instructeur auquel tout le monde aimait à le comparer. En fait, il avait entendu dire qu'il n'avait pas fallu longtemps aux autres collègues de Martelli, à l'Académie de Police, pour raccourcir Sergio en Serge puis en Sarge [1]. La plupart des gens pensaient que c'était son rang, et celui-ci semblait apprécier le jeu de mots.

Ivan claqua la porte de son casier et marcha d'un pas lourd vers le bureau de son patron. S'il mettait du sang partout sur les chaises visiteurs du bureau de Martelli, qu'est-ce que ça pouvait bien lui foutre ?

Dehors, dans le couloir, il n'y avait aucun signe de Martelli. Les pas d'Ivan ralentirent à mesure que la lassitude prenait la relève de sa colère momentanée. La voix de Martelli, aussi grave et tonnante fût-elle, n'avait certainement pas pu porter jusqu'ici depuis son bureau.

Deux officiers passèrent à bonne distance de lui alors qu'ils le dépassaient. Ivan ne les blâma pas, il devait ressembler à l'évadé d'un film d'horreur. Bon sang, avec ses cheveux blond foncé et les traits slaves qu'il avait hérités de sa mère, il ressemblait davantage au gangster russe qu'il avait abattu un peu plus tôt. Et dont le sang le recouvrait maintenant. La mort n'était pas une victoire, et même alors que des balles sifflaient et percutaient les murs autour de lui, Ivan s'était précipité pour essayer de sauver le mec. Il avait échoué. La plupart des trafiquants et des petites frappes iraient en prison – certains seraient extradés – mais l'ennemi d'Ivan, lui, se dirigeait vers la morgue. Lorsque les ambulanciers étaient arrivés, ils avaient découvert que le nom du jeune homme était Dmitri. Le dicton disait que l'on n'oubliait jamais son premier meurtre, et maintenant il savait pourquoi.

---

1 Abréviation de sergent.

206

Sans frapper ni même annoncer sa présence d'une quelconque façon, Ivan pénétra dans le bureau de Martelli et se jeta sur la chaise bleue à sa droite. Bien fait pour lui si son patron devait faire retapisser ces fichues choses.

Le nez plongé dans un rapport, Martelli ne sembla pas remarquer son arrivée.

Ivan remua sur sa chaise plusieurs fois. Il aurait déjà pu être douché.

L'irritation et l'impatience eurent raison de lui.

— Merde, qu'y a-t-il de si important que je ne puisse même pas avoir le temps de me changer d'abord, Sarge ?

— Fermez la porte, Bekker.

La colère échauffa ses joues et son cou. Était-il littéralement possible de bouillir ? Parce qu'Ivan en était à deux doigts. Il se leva et claqua la porte si fort qu'il fut assis avant que les réverbérations ne cessent.

Levant un sourcil grisonnant, Martelli lui jeta un regard noir.

— Cela était-il nécessaire ?

Ivan cligna des yeux, d'un air innocent. En cas de doute : ne rien dire qui pourrait être incriminant.

— Que s'est-il passé là-bas ? reprit-il.

Plissant les yeux, Ivan essaya de déterminer l'humeur exacte de Martelli. Définitivement très énervé, mais Ivan ne pouvait pas avoir été le seul à tuer une de leurs cibles. Avec la quantité de balles volant autour d'eux, cela n'avait été rien de moins qu'une zone de guerre localisée. Pas question qu'il soit le seul à écoper d'une enquête dirigée par l'Unité des Enquêtes Spéciales.

Il n'avait pas eu l'intention de tuer qui que ce soit, mais il n'avait rien fait de mal. Il haussa les épaules et relata les événements de la journée, de son point de vue. Martelli et l'UES allaient avoir besoin d'informations de la part de très, très nombreux officiers avant que quiconque puisse pleinement reconstituer les événements qui s'étaient produits aujourd'hui.

— D'accord. Bon travail. Je vais avoir besoin d'une déclaration écrite avant que vous partiez.

— Avant que je parte ?

Bon Dieu, de quoi parlait-il ? Il n'avait aucune intention d'écrire un quelconque rapport aujourd'hui. Pas avec Kurt à l'hôpital, dans un état incertain.

— Oui, je crains de devoir insister.

— Pourquoi, Sarge ?

Ivan frappa ses poings sur les accoudoirs, mais ce n'était pas assez. Il s'élança hors de sa chaise avec suffisamment de force pour la faire vaciller de façon précaire avant qu'elle se rétablisse à nouveau sur ses quatre pieds. Ivan ne lui accorda même pas un coup d'œil alors qu'il se mettait à tourner en rond dans la pièce. Il n'était pas aussi grand que certains autres officiers, mais il utilisait ses muscles durement gagnés pour intimider quand cela était nécessaire. Malheureusement, Martelli y était totalement insensible. Maudit soit-il. Là encore, Ivan n'était pas un de ces idiots empotés de la Brigade. Beaucoup de gens le sous-estimaient à cause de ça.

Son patron connaissait ses capacités, cependant, et même si Ivan marchait nerveusement comme un lion en cage, Martelli l'observait avec indulgence, comme s'il n'était rien de plus qu'un chaton remuant.

Il ne pouvait pas laisser passer ça sans une protestation. Pivotant sur lui-même, il poussa la chaise d'un coup sec et la regarda déraper jusqu'à heurter le mur. Il lui jeta un regard mauvais, les poings serrés de chaque côté du corps. Balancer son poing dans quelque chose l'aurait fait se sentir mieux pour... une fraction de seconde. Il n'y avait rien dans le bureau qui ne lui aurait pas cassé les jointures s'il avait essayé, et comme il frappait normalement avec la main qui tenait son arme, eh bien... brandir son pistolet ou tirer avec des jointures éclatées, ce n'était pas la joie.

— Ça va mieux ? demanda Martelli.

Ivan desserra les poings et se laissa tomber sur l'autre chaise. Il eut un moment de vicieuse satisfaction à mettre du sang et de la crasse partout sur les deux chaises, mais ce n'était pas une compensation suffisante pour lui faire faire de la paperasse aujourd'hui.

— Et maintenant, curieux de savoir pourquoi j'ai besoin que vous fassiez cela ?

La nuance de reproche dans le ton de Martelli était sans équivoque.

Ivan gratta un filet de sang séché sur le dos de sa main qui avait échappé à son premier nettoyage.

— Ouais.

Sa mère l'aurait frappé derrière la tête s'il lui avait répondu sur ce ton, mais Martelli n'était pas sa mère, merci, Seigneur.

— Vous, Kessel, et Gillespie êtes en congé administratif, le temps de l'enquête de l'UES. Je ne sais pas combien d'agents des autres divisions sont concernés, mais il n'était pas censé y avoir de victimes. Et au dernier décompte, il y en a eu dix. Tout ça va me revenir en pleine figure et m'en faire baver.

— Putain, Sarge, comment me faire faire de la paperasse va-t-il aider en quoi que ce soit ?

Jetant un regard furtif sur son département, Martelli baissa tellement la voix qu'Ivan dut se pencher pour l'entendre.

— J'ai un travail pour vous, complètement officieux.

Le choc fit se rasseoir Ivan au fond de sa chaise. Martelli avait de grands projets pour entrer en politique une fois qu'il aurait terminé ses vingt-cinq ans dans les forces de police, soutenu par la riche société de son épouse. En conséquence, Ivan savait que son patron ne se pliait jamais aux règles, et maintenant, il lui proposait… quoi, exactement ?

— Quel genre de travail ?

— Vous êtes l'un de mes meilleurs inspecteurs, Bekker.

Vraiment ? Ivan était sacrément bon dans son travail, mais découvrir que Martelli pensait qu'il était l'un des meilleurs le surprit. Peut-être que là encore, Martelli estimait inconfortable de lui montrer un quelconque favoritisme puisqu'il était gay. Il était un chef efficace, mais il était habituellement sourd aux calomnies et aux insultes dont Ivan faisait l'objet de manière régulière de la part d'autres officiers et inspecteurs – en cela, il avait envié Kurt. L'inspecteur Nadar, des Homicides, semblait beaucoup plus politiquement correct que Martelli, réprimandant ceux qui agissaient ou parlaient agressivement. La plupart des gars étaient bien avec ça ; il y avait seulement une poignée de pommes pourries dans le lot.

Ceci étant… Comment devait-il répondre ?

— J'écoute.

Martelli hocha la tête, comme s'il avait attendu une sorte d'acceptation de la part d'Ivan. Bizarre ça aussi.

— Nous savons tous les deux que nous avons eu de la chance aujourd'hui. Un seul flic blessé dont la vie est en danger. Considérant…

La voix de Martelli baissa encore à nouveau.

— Considérant ? reprit Ivan.

Un froncement de sourcils accentua les plis sur le front tanné par endroits de Martelli.

— Considérant que nous avons une fuite. Peut-être même pire.

Les narines d'Ivan s'évasèrent. Merde. Il avait essayé de ne pas y penser, mais il avait connu plus d'une opération de ce genre au cours de sa carrière, et c'était la première fois qu'ils avaient rencontré ce degré de résistance organisée.

— Pire ?

— Je ne veux pas spéculer pour l'instant. Ce que j'attends de vous en revanche c'est une mission d'infiltration pendant que vous êtes en congé administratif. Je déteste vous demander cela, mais nous avons une piste qui a besoin d'être vérifiée, et j'ai besoin de vous là-dessus.

S'effondrant dans son fauteuil, Ivan regarda attentivement Martelli. Cela allait tellement à l'encontre des règles que ça n'en était même pas drôle. Si cela venait à se savoir, Ivan pouvait perdre son job. Mais le travail de la police n'était pas toujours propre et correct, peu importait combien tout le monde pouvait souhaiter qu'il en soit ainsi. Et s'il perdait son poste à cause de cette mission, eh bien, ce n'était pas la première fois qu'il envisageait de changer de secteur d'activité. Il avait voulu être flic pour arranger des choses, pour les améliorer, mais il n'avait jamais réalisé qu'il devrait renoncer à sa vie privée.

— De quoi s'agit-il ?

— Nous avons appris que l'un des suspects montant dans l'organisation de Razhin avait passé une annonce pour un colocataire. Je veux que vous alliez sur place et voyez : un, si la connexion est réelle ; et deux, si vous pouvez trouver des informations de première main sur Razhin. Si nous ne parvenons pas à le faire tomber, nous aurons encore plus d'incidents comme celui d'aujourd'hui.

En tant que chef de la mafia Russe de Toronto, Viktor Razhin était le responsable numéro un de tout le trafic de drogue ou d'êtres humains dans lequel les Russes avaient main mise.

Martelli tapota un doigt sur son bureau.

— D'après les informations que je possède, ce nouveau gamin possède deux propriétés et a passé les derniers mois à mettre son nez dans le marché de la marijuana.

— Marijuana ? C'est un peu bas de gamme pour lui, non ?

— D'après ce que je peux dire, le gamin est un opérateur indépendant, et l'herbe est moins dangereuse et nécessite moins de capital pour démarrer que des opérations ayant trait à la coke, le crack, ou les méths [2].

— Et maintenant, il a pris assez d'ampleur pour que Razhin s'intéresse à lui ? Un petit entrepreneur avisé. Mais pourquoi un mec comme lui aurait-il besoin ou même *voudrait-il* d'un colocataire ?

Levant les yeux au ciel, Martelli lui tendit une feuille de papier.

---

2 Abréviation de la méthamphétamine. C'est une drogue de synthèse psycho-stimulante hautement addictive.

— Aucune idée. Fouillez un peu de ce côté-là si vous en avez l'opportunité, mais la connexion avec Razhin est votre principale préoccupation. Vous avez là toutes les informations essentielles. Assurez-vous de déchiqueter tout ça avant de quitter le bureau.

— Pas même un fichier ? demanda Ivan en fronçant les sourcils.

— Je ne peux pas me le permettre. Je crains même qu'entrer ces informations dans le système alerte la taupe.

Ivan parcourut la feuille, mais à part quelques noms, des adresses, et des numéros de téléphone, il y avait trop peu de données pour qu'il se fasse une opinion. Parker Wakefield. Pas de photo, pas de permis de conduire, pas de relevé scolaire ni même de rapport portant une quelconque mention. Pas la moindre chose exceptée une annotation mentionnant qu'il fréquentait l'Université de Toronto, avait vingt-deux ans et un petit ami du nom de Neil Travers. Ivan essaya de garder sa grimace pour lui. Vraisemblablement, Martelli lui faisait confiance, mais la connerie à propos d'être l'un des meilleurs inspecteurs n'était rien de plus que ça. Il l'avait choisi pour cette opération parce qu'il était le seul membre de l'équipe ouvertement gay. Ivan en connaissait un autre, et en soupçonnait deux de plus, mais pas question pour Martelli de mettre un connard homophobe sur l'affaire.

— Je suis un peu vieux pour être étudiant à l'université ou pour avoir besoin d'un colocataire. Comment voulez-vous que je gère ça ?

— Homme divorcé que sa femme a plumé. J'espère qu'il aura une certaine compassion pour vous, mais de toute façon, la personne en charge de l'affectation des logements à l'université me doit une faveur. Vous serez présenté comme le candidat potentiellement le plus acceptable.

— Ma femme ?

Génial. Retour dans le placard pour une autre putain de mission d'infiltration.

— Est-ce que ça veut dire que Trish est ma couverture ?

Sa partenaire jouerait parfaitement la femme méprisée. La plupart des gars du département pensaient que Trish était une salope royale, mais Ivan appréciait son franc-parler, sa capacité à discerner l'hypocrisie, et sa vivacité d'esprit. Ils s'entendaient très bien.

Martelli secoua la tête, et une bande serrée lui comprima le cœur. Si Trish était mouillée, Ivan le saurait, bon sang.

— Si je n'ai pas Trish pour couvrir mes arrières, pourquoi ne puis-je y aller en tant qu'homosexuel qui vient de rompre avec quelqu'un ?

Rien de mieux que la foutue vérité pour vendre une histoire d'infiltration.

Martelli renifla avec mépris.

— Ne soyez pas ridicule. La dévastation n'a pas la même force qu'un divorce. Nous voulons qu'il soit compatissant et confiant.

Si Ivan n'avait pas été assis, il serait tombé. Il en perdit le souffle comme s'il avait été frappé à l'estomac. Il avait vécu avec Colin plus longtemps que duraient la plupart des mariages du département. Et pourtant, d'une certaine manière, sa relation en était moins fondée ? Bien sûr, Colin et lui ne s'étaient jamais mariés. Ivan n'était pas sûr de la façon dont iraient les choses pour un flic gay, mais Colin ne l'avait jamais poussé, et Ivan avait été satisfait de leur relation telle qu'elle était. Jusqu'à ce qu'il rentre plus tôt chez lui un jour, l'automne dernier et surprenne Colin en train de baiser quelqu'un d'autre dans leur lit. Comment sa douleur, son sentiment de trahison, pouvaient-ils ne pas être aussi valables ?

Pourquoi être gay était-il toujours une bataille si ardue ? Cette mission tout entière l'usait, aujourd'hui plus que jamais. En particulier depuis que l'urgence de Martelli signifiait qu'il était peu probable qu'il puisse faire un détour par l'hôpital pour savoir comment allait Kurt… Savoir s'il allait même pouvoir survivre.

— Donc, je suppose que vous n'avez pas besoin de moi sur ce coup-là pour le séduire ?

Ivan essaya de refouler la note d'amertume de son sarcasme, mais n'y réussit pas complètement vu le regard perplexe que Martelli lui dirigea.

— Non ! Je veux dire, non. Même si cette méthode de 'confidences sur l'oreiller' marchait entre deux hommes, il est bien trop jeune pour vous.

Les sourcils d'Ivan se soulevèrent aux paroles franches et énergiques de Martelli et à son rougissement intense. Il avait à moitié plaisanté en disant cela, mais il n'était pas certain de savoir pourquoi son patron était contre un piège impliquant le flirt, voire plus. Si ce n'était à cause de ses trente-quatre ans, ce qui était pratiquement un âge canonique pour la plupart des standards gays, il aurait pu s'offenser que Martelli pense qu'il n'ait pas ce qu'il fallait pour draguer un jeune de *vingt*-deux ans. Bon sang, vu son état actuel, il n'était même pas sûr de pouvoir attirer un mec à demi-aveugle de *quatre-vingt*-deux ans.

Il avait été tellement en manque ces derniers mois – jusqu'à en perdre son bon sens – mais sa récente pratique avec des coups d'un soir ne demandait pas les mêmes compétences requises pour réussir un piège amoureux. Pour être honnête, la plupart des opérations n'en requerraient aucune pour coucher avec quelqu'un pour le boulot. Trop facile de perdre la perspective.

— Peu importe. Qu'en est-il de l'enquête de l'UES ? Comment suis-je supposé participer ? Et mon arme ?

Martelli sortit un téléphone portable banal et bon marché et le fit glisser sur le bureau.

— Utilisez ça. Je vous appellerai depuis un autre téléphone anonyme et je vous tiendrai au courant de vos rendez-vous. Ce n'est pas comme si ce job attendait de vous que vous traîniez toute la journée à la maison.

Rendez-vous. Avait-il perdu son travail en même temps que son épouse hypothétique ? Où allait-il sérieusement avoir à traîner quelque part toute la journée, à prétendre bosser ? Cette mission empirait de minute en minute, mais il n'était pas exactement impatient de rentrer dans son appartement à moitié vide.

— Et une voiture ?

S'il acceptait la mission d'infiltration, il ne pouvait pas prendre sa propre voiture. C'était l'un des rares petits plaisirs qu'il avait, et ce n'était pas la seule raison pour laquelle il était peu enclin à en faire une cible de tir, il ne pouvait permettre aux gars de Razhin de découvrir sa véritable identité grâce à sa voiture.

Martelli secoua la tête.

— Pas de voiture.

Non, bien sûr que non. Pourquoi diable obtiendrait-il le droit d'avoir une voiture ? L'opération tout entière n'était pas autorisée. La crainte et le malaise qui avaient commencé à tournoyer dans son estomac dès qu'il avait réalisé que son projectile avait abattu ce gamin, passèrent au niveau supérieur. Bon sang, mais pour quelle raison faisait-il donc tout cela ? Risquer son travail – la seule chose qui lui restait – pour une opération d'infiltration foireuse et un patron qui pensait que ses relations n'étaient pas dignes de regrets ou de traumatisme émotionnel quand elles finissaient.

— Monsieur, je…

— Vous le devez.

Martelli lui jeta un regard suppliant.

— Je n'ai personne d'autre à qui me fier.

Bon Dieu. Comment avait-il pu oublier la taupe ? Son inconfort et la possible réprimande n'étaient rien comparés au fait de protéger ses collègues d'un traître. Kurt pouvait bien être un nouvel ami, mais il ne méritait rien

213

de moins que l'entière attention d'Ivan dans cette affaire. Surtout quand la fuite dans le département pouvait être la raison pour laquelle Kurt venait de se faire descendre.

— Très bien.

Il ne pouvait même pas demander à être tenu informé de l'état de Kurt. Trop d'interférences avec sa vraie vie ne seraient que plus dangereuses pour toutes les personnes impliquées, et il ne voulait pas que quelqu'un puisse retracer les numéros sur son téléphone anonyme. Et puis, si Kurt ne s'en sortait pas, tout ce qu'Ivan aurait à faire serait d'ouvrir un journal.

— Je vais aller préparer votre rapport avant de partir, Sarge. Autre chose dont j'ai besoin ?

Une clé et un bout de papier avec une adresse et un numéro de téléphone inscrit dessus vinrent rejoindre le téléphone quelconque.

— Liz a tout arrangé, vous pouvez emménager demain.

— Liz ? Qui est Liz ?

— La personne qui se charge de l'affectation des logements à l'université. C'est grâce à elle que j'ai découvert cette ouverture.

Le regard de Martelli dévia vers son bureau, se concentra, apparemment sur l'agrafeuse avec laquelle il n'avait pas cessé de jouer ces dernières minutes. Seigneur. Cette personne, Liz, était-elle sa nouvelle petite amie ? Pour un homme qui dépendait de l'argent et des relations de sa femme pour lancer une carrière politique, il était étonnamment incapable de garder son pantalon fermé.

— Peu importe. J'ai un rapport à écrire.

Ivan jeta la feuille de renseignements sur le bureau, ramassa ses maigres possessions et sortit en coup de vent, claquant la porte derrière lui.

Après son entrevue, les autres officiers et inspecteurs lui semblèrent soudain beaucoup plus sinistres. Son chez lui avait cessé d'être un refuge après la trahison de Colin, et maintenant il avait perdu le réconfort de son travail. Il était trop vieux et usé pour ces conneries.

IVAN DÉVERROUILLA tranquillement la porte et entra dans la maison. Cette mission avait été montée rapidement et facilement. Beaucoup trop facilement. Ivan était en partie suspicieux et en partie impressionné. Peut-être que c'était ce qui se passait quand les coups montés de ce genre n'avaient pas besoin d'autorisations signées en trois exemplaires et d'être approuvées par Dieu lui-même. Hier encore, il était assis dans le bureau de Martelli, acceptant cette opération sous couverture peu orthodoxe, et aujourd'hui, il était un divorcé hétéro. Malgré le manque d'appui du département, il avait été en mesure d'utiliser une fausse identité, confisquée lors de sa dernière descente clandestine ; il n'avait donc pas besoin de se présenter avec sa propre carte d'identité sur laquelle figurait son adresse réelle.

Secouant la tête, il ferma la porte derrière lui. Parker avait, apparemment sur un coup de tête, passé une annonce pour trouver un colocataire. Était-ce de la chance ? Où était-ce le signe que cette opération allait droit dans le mur, avec Ivan au cœur du vortex ? Ces années en tant qu'inspecteur lui avait appris que la facilité aboutissait souvent à un piège. Un dangereux trompe-l'œil. Mais Martelli était moins superstitieux. Ou simplement plus optimiste quand il s'agissait de la sécurité d'*Ivan* qui était en ligne de mire. D'ailleurs, c'était peut-être ce qui arrivait avec les opérations officieuses.

— Il y a quelqu'un ? lança Ivan.

Il n'avait pas encore rencontré Parker, le propriétaire de la maison. La personne chargée de l'attribution des logements sur le campus avait facilité l'ensemble de la transaction. Il l'avait appelée pendant qu'il rédigeait son rapport, et elle lui avait confirmé qu'elle avait averti Parker de son emménagement immédiat. Ivan rencontrerait vraisemblablement le petit ami de Parker, mais il ne voulait pas les rencontrer ensemble. Il avait besoin d'établir une relation avec son futur colocataire, car Martelli soupçonnait que Parker aurait un faible pour le perdant qu'Ivan avait l'intention de jouer.

— Il y a quelqu'un ? lança-t-il de nouveau, mais il n'entendit rien.

La régisseuse lui avait assuré que son emménagement dans un délai aussi court n'était pas un problème, et cela avait été confirmé par la clé que son patron lui avait remise la veille. Ivan s'attendait donc à un accueil quelconque. Une indication de plus que Parker n'était pas un homme convenable. Comme si le trafic de drogue n'était pas suffisant pour le convaincre. Peut-être que le petit ami pourrait être sauvé des aspirations dangereuses de Parker.

Ivan jeta un rapide coup d'œil dans le salon et la cuisine. Tout était propre et bien rangé, il n'y avait même pas un plat dans l'évier. Quelque peu inattendu, mais même les dealers pouvaient avoir des standards de propreté. Apparemment, Parker allait à l'université, mais cet endroit ne ressemblait à aucune des fraternités étudiantes qu'il avait pu voir jusqu'à présent. Malgré l'absence d'éléments dont disposait la police, Martelli pensait que Parker n'avait pas un cursus chargé de cours, et il n'avait pas de source connue de

215

revenus. Le défaut de revenus pouvait expliquer le besoin d'un colocataire, mais il n'expliquait pas pourquoi Parker possédait une maison, ni pourquoi un petit nouveau dans l'organisation de Razhin aurait besoin ou voudrait d'un colocataire durant le semestre d'été. En plus de découvrir qui étaient les associés de Parker, Ivan voulait trouver la réponse à cette question. Quelque chose clochait ici et Ivan voulait savoir ce que c'était avant de baisser les yeux sur le canon d'une arme à feu.

La maison mitoyenne, d'à peu près une centaine d'années, était minuscule. Une petite cuisine, une salle à manger, et un salon transformé en pièce multimédia constituaient le rez-de-chaussée, ainsi qu'une petite salle de bain à laquelle Ivan ne s'était pas attendu. La plupart des maisons comme celle-ci n'avaient qu'une seule salle de bain à l'étage au même niveau que les chambres. Les installations du rez-de-chaussée n'étaient donc pas d'origine, et il y avait une quantité incroyable de boiseries – vraisemblablement d'origine pour le coup – peintes en blanc dans une sorte de parodie de décoration. Une porte menait au sous-sol, mais Ivan aurait suffisamment de temps pour l'explorer plus tard.

— Il y a quelqu'un ? répéta-t-il à nouveau.

Ivan monta l'escalier étroit, le tapis ne faisant rien pour étouffer le craquement des marches. Vivre dans cette foutue baraque aurait été l'enfer pour un adolescent voulant se faufiler chez lui après le couvre-feu.

Personne ne répondit.

En haut des escaliers, une petite surface, trop étroite pour être considérée comme un palier, menait à trois chambres et une seconde salle de bain.

L'une des chambres sur la gauche contenait un futon, plusieurs étagères et un bureau avec un ordinateur. Ensuite, Ivan trouva une chambre stérile et quelconque, dépourvue de tout caractère. Probablement la sienne. On lui avait assuré qu'il était le seul colocataire, mais cela pouvait être une chambre d'amis, et il pouvait très bien être logé au sous-sol. Néanmoins, il laissa tomber son sac de sport à côté du lit et jeta un rapide coup d'œil à la salle de bain fonctionnelle et étonnamment propre avant de s'arrêter devant la seule porte fermée. Quand personne ne répondit à son léger coup, Ivan entrouvrit la porte et passa la tête dans la chambre principale.

Le lit était gigantesque. Foutrement immense. Un de ces lits king-size californien. Ou était-ce une sorte d'illusion d'optique renforcée par l'étroitesse de la chambre ? De toute façon, il n'avait jamais connu d'étudiant possédant un lit king-size. Deux petites tables de chevet flanquaient les

216

bords du lit, et elles devaient avoir été graissées pour glisser dans l'espace entre le matelas et le mur.

Et puis, il y avait le foutoir. Ne disposant pas de temps pour faire la moindre recherche, tout ce qu'il put faire fut d'observer les lieux. Après un moment, le fouillis s'organisa de lui-même en simple… désordre. Beaucoup, beaucoup de désordre. Des oreillers douillets et des tentures richement chamarrées accentuaient le caractère de la chambre, mais des boîtes en carton drapées de tee-shirts et de jeans se mêlaient à une coiffeuse très féminine et un paravent asiatique des plus exotiques. La tête de lit ressemblait à du fer forgé, mais était de qualité standard, sortant d'un catalogue IKEA. Elle ne cadrait pas avec l'armoire et la commode, toutes deux possédant une touche asiatique distincte qui s'harmonisait avec le paravent. La chambre ne criait pas trafiquant de drogue universitaire, c'était le moins qu'on puisse dire. Ivan n'avait pas la moindre idée de ce que cela signifiait, excepté que cela allait être une vraie gageure de chercher la cachette de Parker. Dieu seul savait ce que dissimulait tout ça, mais Ivan devrait le découvrir de toute façon.

Il battit silencieusement en retraite et referma la porte. Il devrait trouver le temps d'inspecter minutieusement la chambre de Parker, mais plus tard. Il n'avait aucune idée du moment où son colocataire pouvait revenir, et se faire prendre en train de fouiner durant sa première heure passée dans la maison ne serait pas synonyme de réussite de sa mission.

De retour au rez-de-chaussée, Ivan était toujours seul, il s'aventura donc en bas.

Le sous-sol était humide et inachevé. Un vieux four se terrait comme une bête dans un coin d'ombre. Quelques ampoules nues pendant des poutres du plafond illuminaient le gris dépressif des murs en parpaings. À part le four, qu'Ivan avait peine à croire qu'il fonctionnait, le sous-sol ne contenait rien de plus que quelques cartons assombris par l'humidité, une machine à laver, un sèche-linge et un ensemble d'étagères.

Il remonta à l'étage d'un pas lourd et défaisait son sac quand la porte s'ouvrit.

— Il y a quelqu'un ? entendit-il dire.

Bon dieu, c'était qui ça ? La voix rauque comprima l'estomac d'Ivan comme si quelqu'un venait juste de lui caresser les parties. Ivan ferma le tiroir, se demandant s'il devait répondre.

— Ivan, vous êtes là ?

Oh, merde. Parker ? Pourquoi personne ne l'avait-il prévenu que la voix de Parker était comme du miel sombrement ambré distillé de sexe ?

— Je descends dans une minute.

Ivan n'était pas sûr de savoir si sa couverture fonctionnerait comme il fallait, mais ce n'était pas le meilleur moment pour avoir des doutes. La Fac était depuis bien longtemps derrière lui. Ivan paraissait plus jeune que ses trente-quatre ans, mais Parker était douze ans plus jeune que lui. Comment allaient-ils s'entendre suffisamment pour qu'il lui fasse confiance ? Et lui fasse confiance peut-être plus qu'à son petit ami, Neil ?

Relâchant un profond soupir, Ivan essuya les paumes de ses mains sur son jean et passa mentalement en revue sa couverture. Il commençait à détester les missions d'infiltration. Où était-ce juste la Brigade des Stupéfiants qu'il détestait ? Chaque rôle devenait plus pénible à jouer.

Ivan entra dans la cuisine où Parker était en train de ranger les courses dans le réfrigérateur. Il portait un tee-shirt vert détendu et très usé sur un jean lâche. Il était grand et mince, probablement plus grand de quelques centimètres que le mètre quatre-vingt d'Ivan.

— Salut, dit Ivan doucement.

Parker ne se retourna pas, continuant sa tâche tandis qu'Ivan prenait note de ce qu'il pouvait voir de lui de derrière. Ses cheveux étaient brun foncé, hérissés de pointes dorées semblant provenir d'un travail de teinture blonde et qu'il laissait pousser, un look pour lequel Ivan avait un léger penchant.

— Salut, répondit Parker en plaçant le dernier pot de yaourt sur une étagère et en fermant la porte. Là. Terminé. J'avais espéré finir avant que tu arrives.

Parker se retourna.

Ivan s'agrippa au comptoir.

Oh bon sang. Ivan s'était attendu à des complications, mais pas comme celle-là. Parker était sacrément superbe. Presque androgyne, avec des traits bien définis et des lèvres pleines qui semblaient douces. Et ses yeux. Des yeux qui ressemblaient aux pierres lisses du lit d'une rivière. Gris, vert, parsemés de taches d'or, entourés par les cils les plus longs et épais qu'Ivan avait jamais vus chez un homme. Il aurait pu regarder ces yeux-là pendant des heures. Les cheveux lui seyaient parfaitement. Ils convenaient à ce bel homme. Qui pourrait être un putain de mannequin s'il le voulait.

Seigneur. Ivan devait vivre avec lui ? Essayez de faire ami-ami avec lui ? Garder ses mains loin de lui et prétendre être un foutu hétéro ?

218

— Désolé, je suis Parker.

Parker lui tendit la main, son doux sourire adoucissant les traits de son visage comme les vieilles étoiles du grand écran vues à travers des lentilles imprégnées de vaseline.

Ivan se rapprocha du comptoir et serra la main de Parker, reconnaissant que le comptoir soit assez haut pour cacher le renflement croissant dans son pantalon.

— Je suis Ivan.

Sa voix était rauque, donnant probablement une impression de brusquerie. Du moins, l'espérait-il. Si Parker savait à quel point Ivan le trouvait attirant, il serait impossible de découvrir ce qu'il avait besoin de savoir. Faire des avances au petit ami de quelqu'un n'était pas très ingénieux, surtout quand il ne s'agissait pas d'un paramètre établi de l'opération. Même si Martelli croyait que les hommes gays baisaient au lieu de se serrer la main, il serait difficile pour Ivan d'attirer ce jeune canon dans son lit. Il était plutôt séduisant, mais rien à voir avec un tel Adonis. Et il n'était pas assez vieux pour satisfaire une quelconque tendance sexuelle que Parker pourrait avoir envers une figure 'paternelle'.

— Ravi de te rencontrer.

La voix de Parker gronda au travers de son étroite poitrine. Il n'était pas maigre ni osseux, mais cette voix profonde ne cadrait définitivement pas avec son physique.

— Est-ce que tu bois ? demanda Parker.

— Oui, bien sûr, à peu près de tout.

C'était vrai, mais le dire le faisait ressembler à un ivrogne.

— Oh, parfait. J'espérais que ce serait le cas. J'ai apporté des bières à la maison. Je pensais que nous pourrions commander une pizza, boire quelques bières, et apprendre à nous connaître.

Ivan regarda Parker. Tout cela était plus prévenant qu'il ne s'y était attendu de la part de son trafiquant de coloc connecté au crime organisé.

— Euh. Si tu veux, bien sûr.

Le sourire de Parker s'estompa face à la longue pause d'Ivan, remplacé par un regard hésitant. Ivan eut l'impression d'avoir, à lui seul, tiré les nuages devant le soleil. Comment un sourire pouvait-il faire une telle putain de différence ?

— Bien sûr. Ça m'a l'air bien. C'est moi qui invite.

Ivan essaya de rattraper le terrain perdu. Un Parker malheureux ne serait pas un Parker communicatif.

Parker inclina la tête de côté, comme un oiseau.

— Oh. Mais je pensais…

Ses joues rosirent et il baissa les yeux.

Seigneur. Sa foutue couverture. Il devait se mettre dans l'esprit d'Ivan Baker, le perdant.

— Hé, c'est bon. Ma femme m'a à peu près tout pris dans le divorce, mais je peux me permettre d'offrir une pizza sans retourner les coussins du canapé pour trouver de la petite monnaie. Je le jure.

Parker gloussa, et son grand sourire revint. C'était une friandise dont Ivan voulait se gaver. Pourquoi, mais pourquoi, Parker ne pouvait-il pas ressembler aux foutus voyous qu'il arrêtait tout le temps ? Aucun criminel ne l'avait jamais rempli du désir de glisser ses doigts dans leurs cheveux, désespéré d'attirer leurs lèvres sur les siennes.

Putain !

PUTAIN ! QUELQUE chose contrariait le nouveau colocataire de Parker. La nervosité lui tordait l'estomac. Il aurait peut-être dû demander une femme. Parker ne savait pas comment se faire des amis de sexe masculin, et encore moins avec des mecs sexy, hétéros, et plus âgés qui avaient probablement une cargaison d'expérience personnelle dans la vie et… de quoi allaient-ils parler ? Il ne savait pas grand-chose sur le sport, les voitures ou le sexe avec des femmes. Bon sang, il n'avait eu des relations sexuelles avec quasiment personne, bien qu'il ait renoncé à sa virginité six ans plus tôt.

Neil pensait qu'il était stupide de vouloir un colocataire. La gentille dame du département des affectations des logements de l'université lui avait dit que le mi-semestre était le pire moment pour en chercher un. Quand elle l'avait appelé en lui disant qu'elle avait un candidat, bien que non étudiant, Parker avait été extatique. Un homme récemment divorcé pouvait être aussi solitaire qu'il l'était, parce que le vide de son chez lui était en train de l'écraser, et Neil refusait d'emménager avec lui. Il ne s'était certainement pas attendu à trouver le mec en question attirant.

— Alors, bière ? offrit Parker en tendant la bouteille fraîche et en espérant que l'alcool faciliterait les choses.

Il ne voulait pas que Neil ait raison. Le désespoir de prouver que Neil avait tort s'intensifia alors que les lèvres d'Ivan s'étiraient et qu'il tendait la main vers la bouteille.

— Merci. Y a-t-il une pizzeria que tu aimes dans le coin, ou dois-je simplement appeler Pizza-Pizza ?

— Pizza-Pizza c'est parfait.

C'était la préférée de Parker, de toute façon. Être capable d'appeler un simple numéro de téléphone, peu importe où vous vous trouviez en ville, et être livré d'une bonne pizza était une aubaine pour les étudiants autant que pour les camés.

— J'ai vu que tu avais une télé sympa là-bas. Tu veux mettre quelque chose pendant que j'appelle ? proposa Ivan.

— Euh, bien sûr.

Qu'était-il censé mettre ? Il était clair qu'ils n'allaient pas parler. C'était probablement trop demander. Ils ne sortaient pas ensemble. Parker grimaça. Il présumait que les hétéros utilisaient la télévision comme un mécanisme d'évitement, tout comme les hommes gays qu'il connaissait.

Avec un soupir, il se laissa tomber sur le canapé. Neil l'avait persuadé d'acheter un ensemble hi-fi vidéo, mais il n'avait pas fallu longtemps à Parker pour réaliser que ce n'était pas pour son propre bénéfice. Il joua avec la télécommande de la télé, repoussant le moment de l'allumer.

— Qu'est-ce que tu veux sur ta pizza ? demanda Ivan depuis la cuisine.

Parker se frotta le ventre et fronça les sourcils.

— Des peppéronis.

Il ne put dire ce que le grognement d'Ivan signifia, mais le grondement bas et continu qui suivit était à l'évidence la voix de l'homme en train de commander une pizza, même si Parker ne pouvait distinguer aucun mot en particulier.

Quelques minutes plus tard, alors que Parker fixait la télécommande qu'il tenait dans les mains, Ivan sortit de la cuisine et se laissa lui-même tomber dans un fauteuil. La pièce sembla plus petite, en quelque sorte, bien qu'Ivan soit plus petit de quelques centimètres que Parker. Sa carrure toutefois, était assez large pour couper le souffle de Parker, et sous le polo de golf bleu quelconque, il y avait un corps en super forme. Non pas qu'il aurait essayé quoi que soit si Ivan s'était assis à côté de lui sur le canapé. La proximité d'hommes attirants le rendait stupide et remuant.

Ivan tendit une main, et Parker la fixa un moment avant de laisser échapper un petit rire embarrassé et de lui remettre la télécommande.

— Voyons voir ce que l'on peut faire pour que cette télé en vaille la peine.

Ivan alluma la télévision d'une main experte de vétéran. La vaste étendue de chair sur l'écran immense renseigna Parker sur ce que Neil avait regardé en dernier tandis que la pièce s'emplissait de gémissements et du son glissant d'une baise correctement lubrifiée. La caméra recula pour faire un gros plan sur un sexe géant en train de pilonner le cul de quelqu'un. Le corps entier de Parker se figea alors que tout le sang se précipitait vers son visage – probablement pas le résultat escompté par le cinéaste. Il bondit par-dessus la table basse, cognant son tibia contre celle-ci ce faisant, et appuya à tâtons sur les boutons du lecteur DVD. Connard de Neil.

Faisant de son mieux pour bloquer l'écran de son corps, Parker attendit une éternité que le disque s'éjecte. Après ce qui lui sembla plusieurs minutes d'un enfer interminable, l'écran béni du menu bleu remplaça le sexe surdimensionné, la paire de couilles et le cul aussi rond qu'une pleine lune. Il arracha le disque du lecteur et le jeta derrière le téléviseur. Bien fait pour Neil s'il se cassait. Il était probablement piraté de toute façon.

Avec effroi – et un visage en feu – Parker se retourna vers Ivan. Avait-il remarqué qu'il s'agissait de deux mecs en train de baiser ? Quand Parker avait demandé un colocataire, il ne lui était pas venu à l'idée de préciser qu'il était gay, mais tout à coup cela lui sembla une énorme erreur. La courbe dure des biceps d'Ivan dépassant furtivement de ses manches courtes était la preuve de la puissance que ce dernier pourrait donner à un coup de poing. Le tibia de Parker le lança, lui rappelant combien un corps pouvait être vulnérable.

— Euh…

Abasourdi ne voulait pas dire dégoûté, non – ou n'exprimait pas une envie d'homicide – n'est-ce pas ? Ou dans ce cas, d'homo-cide ?

Les lèvres d'Ivan bougèrent, mais il ne dit rien.

— Ce n'est pas à moi.

Parker voulut ravaler les mots aussitôt qu'ils lui eurent échappés. Sérieusement, aurait-il pu paraître plus coupable ?

Ivan détourna le regard vers le canapé, et le visage de Parker s'enflamma encore plus qu'avant. Était-il en train d'imaginer Parker assis là, à se branler ? Serait-il moins embarrassant – ou dégueu – d'expliquer que c'était Neil ? Parce que Parker ne voulait pas penser à ça non plus. Indubitablement, Ivan était heureux de ne pas s'être assis dans le canapé. Il allait falloir un effort suprême de volonté à Parker pour retourner s'asseoir dessus avant de lui faire subir un traitement complet antitache.

— D'accord, murmura Ivan.

Il donnait presque l'impression de croire Parker.

— Tu veux… ? dit-il en agitant la télécommande vers lui afin qu'il bouge, et un nouveau flot d'humiliation inonda Parker alors qu'il se déplaçait de sa position protectrice et obstructive de devant l'écran de télé.

Essayant de ne pas paraître trop évident, Parker inspecta le canapé. Il ne put voir aucune nouvelle tache, et il boita autour de la table de salon pour s'y asseoir avec précaution.

Ivan zappa pour retourner sur le canal vidéo avant de se tourner vers lui. Parker n'avait pas vraiment pris le temps de regarder son nouveau colocataire dans la cuisine, mais maintenant il le fit. Ivan avait les yeux écartés et les pommettes bien définies que Parker associait aux hommes d'Europe Orientale, similaires aux mecs que Neil avait ramenés à l'occasion, mais si rude et magnifique que ça en faisait mal. Des cheveux blond doré, des yeux bleu foncé et un corps sans une once de graisse… Même si Parker ne verrait aucun inconvénient à faire une inspection minutieuse de ce corps nu pour en être certain. Au moment où une partie de son sang quittait son visage – enfin – pour une destination plus au sud, Ivan leva un sourcil interrogateur.

Parker toussa et jeta un œil au film qui se jouait sur l'écran. Il ne le reconnut pas, mais il y vit tout un tas de cheveux décolorés et en épis. Il n'aurait pas dû détailler son nouveau colocataire comme ça, en supposant qu'il ne l'ait pas déjà assez effrayé. Même si Ivan n'était pas hétéro, il était hors de portée de Parker et de loin. Ivan pensait probablement qu'il n'était rien de plus qu'un idiot de gamin allant à l'université, passant tout son temps libre à se masturber sur le canapé.

Le silence s'étendit à l'infini, ponctué par les hurlements distinctif de la musique électronique des années quatre-vingt. Ivan ne devait pas avoir réalisé que le DVD avait montré deux mecs en train de baiser, sinon il aurait dit quelque chose, non ? Et puis, son regard déterminé avait été très semblable à celui de l'un de ses professeurs essayant d'attraper quelqu'un en train de mentir, ce qui était un peu bizarre.

—As-tu, euh, trouvé ta chambre ? Elle te convient ? On peut y déplacer certains des meubles. Tu peux faire ta lessive en bas, et nous pouvons faire un planning pour nettoyer et faire les courses et des trucs et…

Parker s'interrompit. Ses paroles s'étaient accélérées, mais il n'avait pas été en mesure d'y mettre un frein jusqu'à ce que son souffle lui manque et que les yeux d'Ivan se soient agrandis au beau milieu de sa tirade. L'embarras s'épanouit sur son visage – encore – et il se mordit la lèvre pour s'empêcher de dire un mot de plus. C'était pour ça qu'il n'avait pas beaucoup d'amis en dehors de Neil. Neil était le seul qui avait bien voulu traîner avec le gamin obèse et rester dans les parages après que Parker ait perdu du poids, mais qui avait également conservé son inaptitude sociale.

Ivan fronça les sourcils, et Parker fit de même en retour, pas très sûr de savoir quoi faire maintenant. Il bougea ses jambes et se cogna à nouveau le tibia sur le bord de la table basse.

— Aïe ! Merde !

Une douleur lancinante explosa à l'endroit où il s'était heurté la jambe durant son saut disgracieux par-dessus la table, et il enroula une main autour d'elle, se balançant et se mordant la lèvre pour se garder de laisser sortir le moindre gémissement.

— Laisse-moi regarder.

Ivan quitta son fauteuil pour se laisser tomber à genoux à côté de Parker, le faisant se figer net.

Avec des doigts doux, Ivan déplaça la main de Parker et releva son jean le long de sa jambe. Il pressa ses doigts autour de la contusion, la douleur faisant siffler Parker.

— Tu vas avoir un vilain hématome, et tu t'es éraflé la peau, mais ce n'est pas méchant. Il n'y a pas de fracture, je pense. Est-ce que tu as une trousse de premiers soins ?

Ivan leva les yeux vers son visage, et Parker eut un peu de mal à reprendre son souffle.

— Oui, euh, dans la salle de bain. Sous l'évier.

Parker agita la main vers l'avant de la maison.

Ivan tapota son genou et se leva, se dirigeant vers la salle de bain.

— La plupart des vieilles maisons comme celle-là ne possèdent pas de salle de bain au rez-de-chaussée.

Le carrelage dans la pièce d'eau fit légèrement gazouiller la voix d'Ivan.

— Vrai. Mais après que ma mère soit tombée malade, nous avons fait installer une salle de bain pour qu'elle puisse rester à la maison et ne pas s'inquiéter des escaliers.

Une boîte en plastique blanc à la main, Ivan sortit de la salle de bain et dévisagea Parker. De nouveau.

— Ta mère a vécu ici ?

Ivan jeta un œil autour de lui, et Parker hocha la tête.

— Ouais. Vers la fin, elle avait du mal à se déplacer, donc nous avons fait installer la salle de bain et nous avons aménagé cette pièce en chambre à coucher.

— Où vit-elle aujourd'hui ?

Parker laissa tomber son regard vers la bosse violacée et légèrement ensanglantée de son tibia et haussa les épaules. Sa mère avait été sa meilleure amie, et même s'il avait eu quelques années pour se préparer à sa mort, cela l'ébranlait toujours. Encore maintenant, près de six mois plus tard, il l'appelait parfois quand il rentrait à la maison. Au moins Neil ne l'avait jamais entendu le faire.

— Oh, quand est-ce… Je veux dire… Je ne savais…

La voix hésitante d'Ivan cherchant ses mots comme Parker le faisait habituellement lui fit lever les yeux. Ceux-ci le brûlèrent à la vue de la compassion sur son visage.

— Je n'avais pas réalisé, Parker, dit Ivan en se rapprochant de lui.

— Pourquoi l'aurais-tu su ?

Reprendre le contrôle de lui-même fut plus facile quand Ivan reporta son attention sur le nettoyage de sa jambe. Parker ravala son offre de le faire lui-même. Cela aurait été la manière la plus virile et autonome de le faire, mais il y avait si longtemps que personne ne l'avait pas touché tendrement, de façon désintéressée, et avec une véritable envie de prendre soin de lui.

Le passage d'un tampon imbibé d'alcool sur l'éraflure le fit flancher, mais la sensation de fraîcheur inattendue alors qu'Ivan soufflait sur la plaie amena la chair de poule sur sa nuque. Avait-il des enfants ? Était-ce la façon dont il prenait soin de blessures mineures comme celle-ci ?

Ivan continua de lui administrer les premiers soins.

— Cela fait combien de temps ?

— Six mois. Cancer, répondit Parker qui n'eut besoin d'aucune clarification pour répondre à la question d'Ivan.

— Je suis désolé.

Ivan plaça deux sparadraps sur la coupure, ses doigts chauds glissant sur la peau de Parker.

— Merci, dit Parker en s'éclaircissant la gorge.

Alors qu'il réajustait la jambe de pantalon, Ivan releva la tête. Parker n'avait jamais vu d'aussi beaux yeux bleus avant, et la compassion qui les emplissait le réchauffa de l'intérieur.

La sonnette retentit, et Ivan fit un bond en arrière, basculant presque à en tomber sur les fesses.

— Ce doit être la pizza, dit Ivan en se dirigeant vers la porte et en sortant son portefeuille.

Soudain refroidi, Parker enroula ses bras autour de lui. Il ne put décider si le fait de vivre avec Ivan allait être le paradis ou l'enfer.

II

APRÈS AVOIR payé pour les pizzas, Ivan apporta les boîtes dans la cuisine en prenant garde de ne pas regarder dans le salon. Cette mission était déjà tellement compromise, et pas étonnant que ce gamin ait volé sous les radars de tout le monde. Il semblait si innocent, en deuil de sa mère. Personne le rencontrant ne penserait qu'il vendait de la drogue. Ivan allait avoir besoin d'être prudent, sinon il se trahirait avant de découvrir quelle partie des renseignements qu'ils avaient sur ce mec était du vent et quelle partie concernait le véritable Parker.

Quoi qu'il en soit, il avait besoin de se reprendre et de commencer à entrer dans les bonnes grâces de Parker, et non pas de trouver un moyen de le mettre dans son lit. Il s'était fait des films plutôt chauds dès qu'il avait vu Parker, et le porno grandeur nature qui était apparu sur l'écran de télévision n'avait pas aidé. Il n'avait jamais vu personne rougir comme ça avant, et aussi tentant que cela avait été de faire un commentaire pour le garder dans cet état troublé et embarrassé, celui-ci aurait pu faire une attaque cérébrale si plus de sang lui était monté à la tête.

Entre s'occuper de la blessure de Parker et l'imaginer assis nu sur le canapé en train de se faire plaisir en regardant un film porno, Ivan avait été distrait comme jamais au cours d'une enquête. Une raison de plus pour lui de réévaluer sa vie et sa carrière une fois son congé administratif terminé.

Alors qu'Ivan cherchait des assiettes, il dressa une liste mentale de toutes les raisons pour lesquelles il ne pouvait même pas commencer à penser au sexe avec Parker. C'était un criminel, il pensait qu'Ivan était hétéro, il était beaucoup trop jeune, et, par-dessus tout, il avait un petit ami. Ivan n'avait pas vu beaucoup de criminels qui soient inflexibles à propos de la notion de fidélité, mais après en avoir fait l'expérience de première main avec Colin, il n'avait aucun intérêt à prendre parti en ce qui concernait la question. Heureusement, sa couverture excluait qu'il ait à faire quoi que ce soit de la sorte. Fichue situation étrange. La dernière fois qu'il avait cohabité avec un parfait inconnu, c'était à l'université, mais il avait l'impression que cela faisait des lustres depuis qu'il avait eu cet état d'esprit insouciant, et il n'était pas sûr de savoir comment le retrouver suffisamment pour s'entendre avec un mec de douze ans plus jeune que lui.

Une fois qu'il eut rassemblé tout ce dont il avait besoin, y compris son sang-froid, il plaça le tout sur les boîtes de pizza et emporta la nourriture jusque dans la pièce principale.

Fixant la télévision sans relâche, Parker ne s'était pas détendu d'un pouce. Ce qui n'arriverait pas. Ils devaient trouver un terrain d'entente, une manière d'être amis, ou ce job ne serait pas seulement une simple perte de temps, il pourrait même le faire tuer.

— Je nous ai apporté quelques bières supplémentaires.

Ils pouvaient tous deux utiliser l'alcool.

— Oh, merci.

Parker fixa les boîtes à pizza.

— Je ne m'attendais pas à ma propre pizza.

Ivan haussa les épaules et fit glisser la boîte avec les peppéronis dessus. Parker ouvrit la boîte et fronça les sourcils.

— Est-ce qu'il y a une erreur dans la commande ? demanda Ivan.

— Euh, non, dit Parker en se frottant le ventre. Qu'est-ce que tu as commandé ?

— Poulet et brocolis.

Cela n'avait jamais été un choix très populaire auprès des autres inspecteurs, mais c'était une option des plus saines, et il n'avait jamais été capable de renoncer totalement à la pizza. Quand il avait découvert cette combinaison, il l'avait trouvée plutôt plaisante, et c'était devenu sa commande régulière. D'ailleurs, maintenant qu'il se faisait plus vieux, trop de graisse lui pesait et irritait souvent son estomac. Le café du poste de police était une agression suffisante pour ses entrailles.

— Poulet et brocolis ? Je ne savais même pas qu'on pouvait avoir des brocolis sur une pizza.

— Cela vaut mieux pour le corps que des peppéronis, dit Ivan en étouffant un grognement.

Rien de tel que d'avoir l'air d'un prêcheur ou d'un parent pour faire faire marche arrière à un enfant. Mais Parker eut l'air plus intrigué que têtu.

— Ah ouais ?

— Tu veux goûter ?

Il fit tourner la boîte de sorte qu'elle s'ouvre face à Parker.

Avec un sourire timide, il tendit la main vers la boîte et s'empara d'une part de pizza. Ce mec était un putain de grand acteur. Il serait même capable de tromper la mère d'Ivan, et elle avait une tolérance encore plus faible envers les mythomanes que n'importe quel flic qu'il n'avait jamais rencontré. Bien sûr, être professeur dans un lycée expliquait sans doute pourquoi.

Le souvenir de sa mère le fit gémir. Il avait oublié de lui téléphoner avant de venir ici. Manquer des dîners de famille lui arrivait, mais les manquer sans préavis était totalement hors de question. Il devrait trouver le temps de filer et de le lui faire savoir avant dimanche.

— Qu'y a-t-il ?

— Oh, rien, je viens juste de me souvenir que j'ai un coup de fil à passer.

— Tu peux utiliser le téléphone de la maison.

Parker pointa la petite table à côté du canapé.

— Non, merci, ça concerne mon… Euh… Mon divorce, et je ne veux pas penser à ça pour l'instant.

Parker ne répondit pas, il prit juste une bouchée et mâcha. Ivan faillit tout avouer à la vue du sourire de compassion que Parker lui adressa, complété d'une minuscule tache de sauce tomate au coin des lèvres. Bon sang, mais depuis quand les missions d'infiltration étaient-elles devenues si ardues ? Était-ce Parker ? Le mec pourrait facilement être un foutu mannequin, mais il avait le tempérament d'un chiot impatient. Ce gamin devait être un sociopathe jouant un rôle à son attention, sinon il n'était pas seulement le plus stupide criminel existant, mais Razhin allait le mettre en pièces avant de s'approprier le commerce, quel qu'il soit, qu'il avait réussi à bâtir pour son propre compte.

Il devait se rappeler qu'il était un pauvre homme divorcé, et que Parker était un étudiant universitaire naïf. C'étaient les rôles qu'ils avaient tous deux choisi de jouer, et qu'ils joueraient aussi longtemps qu'il le faudrait. Ivan avait au moins l'avantage de savoir que Parker jouait la comédie, alors que Parker n'avait aucune raison de soupçonner qu'Ivan faisait de même.

Ivan saisit une part de sa propre pizza.

— Tu aimes ? demanda-t-il à Parker.

— Est-ce que je peux partager la tienne ? Je vais mettre l'autre au frigo. Pour… Euh, pour plus tard.

— Bien sûr.

Ils mâchèrent en silence pendant quelques instants. On aurait dit le plus inconfortable des rendez-vous, avec absolument aucune chance de tirer un coup au final. Dommage que toutes ses manœuvres d'amorçage de conversation puissent facilement flanquer la trouille à quelqu'un ayant quelque chose à cacher. En fait, tout ce qui ressemblerait à une interrogation ne serait pas perçu comme ayant un lien avec leur colocation. C'était de loin l'opération sous couverture la plus insolite sur laquelle il avait jamais été missionné.

— Vas-tu apporter des meubles ? On peut faire de la place.

Ivan résista à l'envie de poser son pouce sur le visage de Parker pour enlever la sauce tomate qui y traînait.

— Non, vraiment rien. J'ai quelques petites choses dans le garage d'un ami que j'irai chercher dans les prochains jours, mais ce que ma femme n'a pas pris, je n'en veux pas vraiment non plus.

— Oh. Je suis désolé. Est-ce que ça va ? Tu as des enfants ? Ou bien tu préfères ne pas en parler ? À part les parents de quelques personnes, je ne connais personne qui soit divorcé.

— Pas d'enfant.

Merci, Seigneur, il n'avait pas besoin de feindre ça.

— Je préfère ne pas en parler, si ça ne te dérange pas.

Parler peu de sa couverture signifiait qu'il avait peu de chance de voir ses mensonges lui revenir en pleine figure.

Comment ce gamin simulait-il ce regard blessé ? La came mise à part, ce gosse pourrait escroquer les mamies de leurs économies de toute une vie avec quelques clignements de ses longs cils généreusement fournis.

— Excepté du divorce… Et de ma femme, nous pouvons parler de tout ce que tu veux.

Avec ces quelques mots, le sourire de Parker retrouva son éclatante puissance. Damné soit-il, damné soit Martelli et damné soit la putain de taupe responsable de tout ça.

Parker fit un geste en direction de la télévision avec une part de pizza à moitié mangée.

— C'est le genre de musique que tu écoutes ? Je ne pensais pas que tu étais si vieux.

Ses yeux s'écarquillèrent quand il réalisa ce qu'il avait dit, et un autre rougissement l'envahit jusqu'à la racine des cheveux.

La propre peau d'Ivan rougit légèrement en réponse. La plupart de ses amis étaient encore dans la musique grunge et le rock des années quatre-vingt-dix qui avait si intensément influencé leurs années lycée, mais Ivan avait deux sœurs aînées qui aimaient la musique new-wave electronica [3], et regarder des vidéos avec elles, pleines de beaux mecs portant de l'eye-liner et des vêtements serrés… Ivan avait découvert très tôt qu'il était gay. Son premier coup de foudre avait été pour tous les membres du groupe Duran Duran. Mais il ne pouvait pas admettre ça ici, pas quand il prétendait être hétéro.

— J'ai deux sœurs plus âgées que je peux blâmer pour ça.

Il mâchouilla l'intérieur de sa lèvre pour s'empêcher de sourire. Peut-être que c'était exactement ce qu'il ferait la prochaine fois qu'il réussirait à se rendre à un dîner de famille. Il ne serait pas à la hauteur de son rôle de petit frère s'il n'embêtait pas un peu ses sœurs.

— Je vois. Je n'en ai pas vraiment beaucoup entendu parler. Je ne sais même pas qui sont la plupart de ces groupes.

Parker cilla à nouveau, et Ivan fut capable de pardonner, pendant un instant, le rappel additionnel involontaire de son âge avancé.

— Quels sont les cours que tu suis ?

Seigneur. On aurait dit le père de quelqu'un. Encore. Pas étonnant que Parker ait demandé s'il avait des enfants.

Le regard du jeune homme dériva au loin.

— Oh, juste quelques petites choses. Rien d'intéressant.

Les cours pouvaient ne pas être intéressants, mais la réaction de Parker était certainement aussi fascinante que suspecte. Mais approfondir le sujet maintenant serait une erreur.

— Et ton père ? Où vit-il ?

Le regard blessé revint puissance dix et prit Ivan aux tripes. Bordel, mais qu'est-ce qui n'allait pas chez ce mec et ses yeux à fendre l'âme ? Ivan voulait sauter sur le canapé, l'enlacer et lui dire que tout irait bien. Complètement à l'opposé de son propre caractère. Même s'il était sorti du placard – dans sa vie réelle – Colin s'était souvent plaint de son manque d'affection et le lui avait jeté au visage quand Ivan avait découvert sa tromperie.

— Je ne sais pas. Je ne sais pas qui c'est.

— Oh. Je suis désolé.

Ça n'allait pas bien. À quoi avait-il bien pu penser en plongeant dans une situation comme celle-là seulement quelques heures à peine après avoir tué Dmitri, un jeune homme qui aurait très bien pu être Parker ? Tuer

---

3 Genre musical, de la grande famille de la musique électronique tournée vers l'expérimentation et qui n'a pas comme vocation première la danse.

231

quelqu'un, même en état de légitime défense, avait un prix. Il y avait une raison pour délivrer un congé administratif, en dehors de tout cet aspect de l'enquête, et quelque part, cela avait été négligé par lui et son supérieur. Mais il était là maintenant, et se morfondre au sujet de sa propre maison vide n'allait pas aider l'état d'esprit dans lequel il se trouvait.

Sa main eut un tremblement.

— Écoute, Parker, je suis crevé. Tu ne vois pas d'inconvénient à ce que j'aille me coucher ? Je nettoierai tout ça demain matin.

— Non, vas-y. Je peux ranger avant de commencer à faire mes devoirs.

Une bonne nuit de sommeil ferait des merveilles et avec un peu de chance, le remettrait d'aplomb. Bon sang, il n'avait même pas encore décidé de sa profession factice. Et si Parker lui avait demandé ce qu'il faisait dans la vie, pour l'amour de Dieu ? Ce dont il avait besoin, c'était d'un job lui permettant de justifier des horaires flexibles, mais pas aussi souples que d'être au chômage. Cela ne faisait-il pas de lui le colocataire de l'année ? Chômeur, divorcé, hétéro et vieux. Comme le putain de rêve de Parker devenant réalité.

Ivan serra un poing en se traînant dans les escaliers grinçants. Il devait arrêter de se demander si Parker voyait en lui plus qu'un ami ou une connaissance. Rien d'autre ne comptait.

LE CLAQUEMENT non familier d'une lourde porte réveilla Ivan, et il s'assit dans son lit, le souffle court, prenant note de la pièce inconnue dans laquelle il se trouvait. Il s'était réveillé dans une quantité de lits étrangers, mais dans celui-ci, il avait assurément dormi seul, rien qu'à voir l'étroitesse du lit, celui-ci ne laissait place à personne d'autre que lui-même.

C'est ça. Il était en mission sous couverture. C'était la chambre qu'il louait chez Parker.

La lumière du soleil se diffusa sans entrave à travers les fenêtres, rendant la pièce à la fois chaude et brillante comme Ivan l'aimait. Un coup d'œil sur le réveil lui confirma qu'il avait sommeillé jusqu'à une heure avancée de l'après-midi. Il avait dormi lourdement et longtemps, mais il n'était pas sûr d'avoir bien dormi. Des fragments de rêves s'accrochaient, encore vivaces dans son esprit, la plupart centrés autour de Parker. Dès le début, ils avaient été sensuels – une échappatoire sûre pour la forte attraction qu'il avait ressentie pour cet homme plus jeune – mais ils s'étaient transformés en quelque chose de plus sombre et de plus douloureux. La dernière chose dont il se souvenait était de Parker à la place de Dmitri, le sang bouillonnant au coin de ses lèvres et jaillissant d'entre les mains d'Ivan alors qu'il essayait de le sauver du coup de feu qu'il avait reçu.

Ivan passa une main lasse sur son visage. Il ne voulait rien d'autre que de courir dans la chambre de Parker pour s'assurer qu'il allait bien, mais c'était stupide. C'était un job, et Parker était un criminel. Quand Ivan aurait des preuves, il irait en prison, et lui pourrait retourner à sa vie normale. Et si ses rêves étaient d'une quelconque indication, le plus tôt serait le mieux.

Il vérifia son téléphone, mais il n'avait aucun appel manqué et aucun message de Martelli. Gagner la confiance de Parker était la première étape. Jusqu'à ce qu'il apprenne son planning et sache qu'il pouvait commencer à fouiner sans se faire prendre, il ne pouvait pas entamer son enquête. Mais il y avait quelques autres petites choses qu'il pouvait faire dans l'intervalle, comme aller chercher quelques cartons de vêtements et de livres chez lui pour au moins donner l'impression qu'il allait réellement emménager. Il n'avait même pas apporté de pyjamas. Il dormait généralement nu, mais c'était différent quand on vivait avec quelqu'un qu'on ne baisait pas. Il réajusta son slip et sauta hors du lit.

Ce dont il avait vraiment besoin était une douche, mais il n'avait même pas eu la bonne idée d'emporter une serviette. Qui emménageait dans un nouvel endroit sans même apporter une serviette ? Seigneur. Si Ivan se faisait tuer sur cette opération, ce serait à cause de sa propre bêtise.

Parker avait certainement une serviette qu'il pourrait emprunter pour un jour ou deux jusqu'à ce qu'il s'organise. Ivan ouvrit la porte de l'armoire à linge. Le placard ressemblait exactement à celui que sa mère aurait pu avoir – propre, bien rangé et le linge plié. Sa propre armoire n'était pas aussi soignée. Rien concernant cet endroit ne ressemblait à ce à quoi il s'attendait tant de la part d'un trafiquant de drogue que d'un étudiant à l'université. Parker ne correspondait pas non plus à ce à quoi il s'attendait, et il devait assimiler cette information au plus tôt. Une serviette blanche, douce et moelleuse à la main, il ferma la porte, une autre porte en bois d'origine, peinte en blanc. Que ne donnerait-il pas pour décaper et refaire les finitions du bois dans cette maison. Repeindre les murs d'une couleur plus en harmonie avec les boiseries. Mais alors, cela ressemblerait encore moins à un logement étudiant.

APRÈS DEUX heures et demie passées dans le taxi, le métro, le tramway et le bus, Ivan arriva à son appartement sans avoir été filé. Ne pas avoir de

233

voiture le faisait chier, un max. Comment allait-il suivre quelqu'un en cas de besoin ? Il avait un petit plaisir motorisé dans le parking du bâtiment, mais sa nouvelle voiture était trop caractéristique, trop voyante, et surtout, enregistrée au nom d'Ivan Bekker, pas sous celui d'Ivan Baker.

Il déverrouilla la porte de son appartement et entra. Passer mentalement de Baker à Bekker était merdique. Surtout parce que ce n'était pas une opération d'infiltration ordinaire. Il jouait deux rôles différents – même sa vie réelle n'était pas vraie en ce moment. Garder la trace de ces mensonges sur les deux tableaux allait être un défi. Un qu'il ne se sentait pas capable de relever, malheureusement.

Après avoir appelé le poste de police, il obtint le numéro du portable de Simon. Si quelqu'un pouvait lui donner une info sur l'état de santé de Kurt, ce serait son partenaire.

Le téléphone collé contre l'oreille, il se laissa tomber sur le canapé d'exposition que Colin avait choisi et qu'inexplicablement il n'avait pas voulu emporter quand il avait déménagé.

Simon décrocha après deux sonneries.

— Trent, répondit une voix d'un ton sec.

— Hé, Simon. C'est Ivan.

Il s'arrêta un moment.

— Bekker. De la Brigade des Stupéfiants.

Simon rit, et son ton se réchauffa considérablement.

— Je sais de quel Ivan on parle. Kurt est sorti de chirurgie, il est tiré d'affaire, et il est éveillé. Enfin, il était éveillé. Il est en train de dormir en ce moment.

Le soulagement le submergea.

— C'est super.

— Je suis content que tu aies appelé. Je sais que Kurt aime traîner avec toi.

Hein ? Ivan n'avait pas beaucoup parlé à Simon, mais le précédent partenaire de Kurt, Ben, avait fait partie de la Brigade des Stups avant d'être transféré aux Homicides. En un appel, Simon avait clairement fait comprendre qu'il était un tout autre genre d'homme, très différent. Ben avait toujours été très à l'écart. Bon flic, mais pas du tout social.

D'une certaine manière, Ivan n'avait pas été surpris d'apprendre que Ben avait un amant caché. Avant sa mort en service, juste un an plus tôt, Ben avait été le cas d'école typique d'un homme gay inavoué. Il avait été beaucoup plus surpris en revanche quand il avait découvert que Kurt était tombé amoureux de l'amant de Ben, Davy. Il avait également été heureux quand Kurt s'était rapproché de lui en tant qu'ami après que les choses aient mal tourné concernant sa relation naissante avec Davy.

— Moi aussi. Je suis content qu'il aille mieux. Écoute, je vais être injoignable pendant un certain temps, mais fais savoir à Kurt que je viendrai lui rendre visite dès que je le pourrai.

— Pas de problème. Je ne suis pas sûr de savoir quand il sera autorisé à sortir, mais il emménagera avec Davy quand ce sera le cas.

— Davy ? Vraiment ?

Kurt s'était langui de cet homme pendant des mois. Ivan ne connaissait pas tous les détails, mais il savait que Kurt était profondément épris.

— Ouaip. Ils ont raccommodé les choses.

— C'est bien. Je suis content.

Et il l'était. Il était heureux que la relation de quelqu'un fonctionne. Personne ne le méritait plus que Kurt.

— Comment vas-tu, Ivan ? Plusieurs gars sont venus rendre visite à Kurt et ils nous ont dit que tu étais sur la touche.

— Ça va. Ou ça ira.

Dès qu'il aurait terminé cette enquête, il irait bien.

— Excellent. Je sais que cela inquiétait Kurt.

— Je dois y aller, Simon. Mais je parlerai à Kurt dès que je le pourrai.

— À plus tard, Ivan.

Après avoir raccroché, Ivan poussa un soupir de soulagement. Simon n'aurait pas été si détendu si Kurt n'avait pas été en voie de guérison. Ivan jeta son téléphone sur la table et se leva.

Qu'avait-il besoin d'emballer ? Ivan erra dans son appartement, évaluant ses biens. Cela faisait-il vraiment huit mois que Colin avait déménagé ? Il y avait toujours des emplacements vides aux endroits où il avait enlevé ses meubles et bibelots. Merde, la bibliothèque était à moitié vide, et il y avait une nette démarcation dans son placard là où les vêtements de Colin s'étaient autrefois trouvés. Pathétique. C'était comme s'il attendait que Colin revienne et se glisse à nouveau dans la vie d'Ivan comme s'il n'était jamais parti. Non pas qu'il voulait que ce connard infidèle revienne, mais le fait qu'il n'ait pas comblé les espaces laissés par des affaires faisait moins ressembler l'appartement à un foyer. Cela avait-il été un foyer même quand Colin était là ? Ivan ne pouvait pas vraiment s'en souvenir. Les mois précédents leur rupture catastrophique avaient été… tendus et inconfortables, alors qu'ils réalisaient lentement que leur relation ne se développait peut-être pas dans la direction vers laquelle chacun d'eux l'espérait. Ivan aurait eu beaucoup plus de respect pour Colin s'il avait juste mis un terme à leur histoire avant de se mettre à coucher à droite et à gauche.

Il était étrangement désireux de retourner chez Parker, malgré son ras-le-bol des missions d'infiltration. Le stress et la pression de constamment devoir faire attention aux paroles et aux actions, de se souvenir des mensonges qu'il avait racontés... Eh bien, c'était beaucoup plus facile quand le mec à qui vous mentiez n'avait pas l'air si doux et si innocent.

Ivan attrapa plusieurs cartons et emballa quelques affaires essentielles. Il hésita devant sa table de chevet. Lubrifiant. C'était tout ce qu'il devrait emporter, mais il jeta néanmoins une boîte de préservatifs dans le carton. Mieux valait prévenir que guérir, même si ceux-ci le tentaient de s'accorder un petit plaisir là où il ne devrait pas. Pas de sex-toy, cependant. C'était évident. Ils seraient un indice mortel si Parker ou ses associés en venaient à décider de fouiner un peu autour du nouvel arrivant. Les hommes hétéros ne gardaient pas de godes ou autres appareils du même genre dans leur table de chevet, il était certain de ça. Sauf s'ils voulaient que quelqu'un s'interroge sur leur orientation, et Ivan ne voulait pas soulever de questions.

Ses paquets faits, il prit quelques minutes pour appeler sa mère et lui faire savoir qu'il serait indisponible pendant une période indéterminée.

— Ouais, m'man, je sais. Non, je n'ai rencontré personne.

Il soupira et poussa l'un des cartons du bout de sa chaussure, n'écoutant sa mère que partiellement.

— Non, je ne mens pas. Je te le promets, si je rencontre quelqu'un et que c'est sérieux, je l'amènerai pour dîner.

Parker ne comptait pas comme 'rencontrer quelqu'un', et pas question qu'il laisse un nouveau venu dans l'organisation de Razhin s'approcher à distance raisonnable de sa famille.

Il fronça les sourcils vers les quatre cartons qu'il venait d'emballer.

— Quoi ? Non, maman, je dois y aller.

Il éteignit son portable, coupant sa mère au milieu d'une phrase. Il en entendrait parler plus tard, il pouvait en être certain.

Bon sang, comment allait-il emporter ces cartons chez Parker maintenant ? Tous ses amis étaient flics, mais il ne pouvait laisser aucun d'entre eux savoir ce qu'il faisait. Il ne savait pas à qui il pouvait faire confiance. S'ils n'étaient pas compromis, l'un d'eux pouvait rapporter à la mauvaise personne ce que lui et Martelli essayaient d'accomplir, et cela pourrait être tout aussi préjudiciable. Les amis de Colin étaient partis avec lui, et louer une voiture pouvait être dangereux. Sa famille était hors de question ; il ne voulait pas d'elle à proximité de son travail.

Il pianota sur son téléphone, mais au moment où il finissait de faire défiler sa liste entière de contacts, son 'nouveau' téléphone sonna, le faisant sursauter.

— Allô ?

— Ivan, êtes-vous en train d'emménager ?

Il lui fallut un moment pour reconnaître la voix de son patron.

— Ouais, plus ou moins.

— Bien, bien. Vous avez un rendez-vous auquel vous devez vous présenter. Demain, au 31 Bloor, Suite 1912 à 15 heures.

Ivan leva les yeux au ciel. Le rendez-vous avec l'UES devait avoir lieu au quartier général de la police, donc ce rendez-vous-là devait être celui avec le psy, un cadeau mandaté par le département. Qui diable voulait déballer sa vie un vendredi après-midi ? Il gribouilla l'adresse et l'heure sur le bloc de papier à côté de son lit.

— Très bien. J'y serai. Et pour l'UES ?

— Dans le courant de la semaine prochaine. Soyez prudent.

— Bien sûr, Sarge.

Ivan raccrocha, toujours incertain quant à la façon dont il allait emmener ses cartons chez Parker sans créer un intérêt excessif sur ses mouvements.

— VOTRE CHAR est avancé, s'exclama le blond élancé en sautant hors du siège conducteur.

— Merci, Rick, j'apprécie vraiment.

— Oh, pas de soucis. C'est le moins que je puisse faire.

Rick posa la hanche en avant et lui adressa un clin d'œil suggestif. Ivan se mit à rire. Il l'avait rencontré peu de temps après avoir rompu avec Colin. Ils avaient passé une soirée très agréable et avaient couché ensemble plusieurs fois – alors qu'Ivan se vantait d'être célibataire – au cours desquelles il avait découvert qu'il aimait bien le mec. Il avait rencontré un couple d'autres amis de Rick, mais seulement brièvement. Ils allaient généralement ensemble dans des clubs ou des bars et partaient avec d'autres personnes. Il n'avait pas vu Rick depuis plusieurs semaines à cause des heures supplémentaires passées sur la préparation de la récente opération, mais leur amitié commençait peu à peu à sortir du cadre des bars. Ils ne sortaient pas ensemble, cependant. Il était super au pieu, mais ils n'étaient pas compatibles, et Rick n'était pas intéressé par une relation durable de toute façon. Ivan l'avait appelé parce que c'était un ami qui ne pouvait pas facilement être associé avec Ivan Bekker ou la police.

Ivan chargea ses cartons dans la voiture de Rick, puis recula et évalua le véhicule du regard. Rick était un des gays les plus flamboyants qu'Ivan connaissait, ce qui renforçait d'autant plus l'incongruité de sa voiture ridiculement discrète. Certainement un bonus pour ses besoins.

— Alors, tu veux me dire de quoi il s'agit, mon grand ? Je pensais que ton petit copain en titre avait déménagé.

— Hum, je ne peux vraiment pas en parler. Mais veux-tu bien me faire une faveur et faire un détour en rentrant chez toi ?

Il saisit le téléphone de Rick et enregistra son nouveau numéro de portable, sous le nom de Baker.

— Appelle-moi à ce numéro si tu remarques quoi que ce soit d'inhabituel, mais s'il te plaît, je t'en prie, ne me contacte que si c'est une urgence.

Rick leva un sourcil.

— Je suppose que tu ne parles pas d'une urgence du genre 'je vais mourir si je ne peux pas baiser ce mec'.

Il regarda son téléphone.

— Baker ?

— Ne pose pas de question. S'il te plaît.

Avec un haussement d'épaules, Rick replaça son téléphone dans son jean moulant.

— C'est toi le patron. Prêt à partir ?

— Juste une minute.

Ivan saisit une poignée de boue sur le côté du jardin provenant des rosiers récemment arrosés et en barbouilla les deux plaques d'immatriculation. Pas trop pour que Rick soit contraint par la police de s'arrêter, mais suffisamment pour masquer le numéro de la plaque lors d'une éventuelle inspection, en particulier en roulant.

— Incognito. Super. Mais tu ferais mieux de bien t'essuyer les mains avant de monter.

Rick s'installa du côté conducteur et démarra la voiture.

Ivan s'essuya les mains dans l'herbe et fixa l'entrée de son immeuble.

— Attends une seconde, dit-il à Rick avant de retourner chez lui en courant.

Cela pouvait être une énorme erreur, et il espéra que ce ne serait pas dangereux pour Rick, mais Ivan était désespéré.

Quand il revint à la voiture, il laissa tomber son portable et son chargeur sur le siège entre eux.

— Rick, s'il te plaît garde ça chargé pour moi, et si je t'appelle pour te voir, prends-le avec toi.

— Bien sûr, mon grand.

— Et n'y réponds pas.

Rick leva les yeux au ciel puis hocha la tête.

— On peut y aller maintenant ?

— Une dernière chose. Ne parle de ça à personne, d'accord ?

— Oh, chéri, ne sois pas ridicule. On ne me croira jamais de toute façon.

IL PRENAIT un risque en demandant à Rick de l'aider, mais ne pas avoir d'ami serait suspect, surtout s'il réussissait à retourner chez Parker avec quatre cartons, sans aucune trace d'un véhicule quelconque. Il avait demandé à Rick de garer la voiture assez loin de la maison pour recueillir ses plaintes sur la distance qu'il était censé parcourir en transportant les cartons, mais la voiture ne pouvait pas être vue de la maison, et par conséquent, ne pouvait donc pas être facilement identifiée. Jusqu'ici, Ivan n'avait pas vu le moindre indice mettant en évidence que Razhin surveillait la maison de Parker, mais cela pouvait changer à tout moment, en particulier si la taupe avait vent de ce qu'il faisait.

— Eh bien, cet endroit n'est pas si mal. Où veux-tu mettre tout ça ?

Ivan déposa ses cartons au pied de l'escalier.

— Ici c'est très bien. Je les monterai plus tard.

Rick laissa tomber ses cartons à l'endroit indiqué et épousseta ses vêtements.

Un grondement audible attira son attention. Et celle de Rick par la même occasion.

— Il y a quelqu'un ? demanda Rick en le dépassant pour entrer dans le salon avec Ivan sur les talons.

Parker était étendu sur le canapé, profondément endormi, et il ronflait. Sans ses rougissements et sa maladresse, il avait encore l'air adorable, mais ce n'était pas du tout à la façon d'un petit frère. En fait, la pose décontractée ne ressemblait à rien d'autre qu'à celle d'un mannequin prêt pour une séance photo. L'homme était époustouflant. Époustouflant. Et il était sur le point de ruiner sa putain de vie entière en se mettant au lit – métaphoriquement – avec Razhin.

Rick inspira profondément et parla d'une voie feutrée et respectueuse.

239

— Est-ce ton nouveau petit copain, chéri ? Pas étonnant que tu emménages si vite. Je ne voudrais pas laisser cette petite chose hors de ma vue, moi non plus.

— Ce n'est pas ce que tu crois, chuchota Ivan.

Il ne voulait pas réveiller Parker, mais il ne voulait pas non plus cesser de le regarder.

— Oh, vas-tu me présenter alors ?

Le regard de Rick devint sauvage et carnassier. Ou peut-être qu'Ivan imaginait des choses.

Tous ses muscles se tendirent. Plutôt mourir que de présenter Parker à Rick. Il y avait tellement de raisons de ne pas le faire, du coup la protection de Rick perdit brusquement de son importance. Et il devait se sortir ces conneries de la tête le plus vite possible, parce que la jalousie à propos d'un mec qu'il avait rencontré à peine 24 heures plus tôt était ridicule, sans parler que Parker était un criminel sur lequel il était censé enquêter.

— Dépêche-toi, Rick. Il vaudrait mieux que tu t'en ailles avant qu'il se réveille.

— C'est ce que tu dis, répondit Rick en remuant les sourcils.

Ivan poussa Rick vers la porte.

— Rappelle-toi. Appelle-moi s'il se passe quoi que ce soit d'étrange.

— Plus étrange que ce qui est arrivé jusqu'à présent ?

— Et essaye d'oublier cette adresse, d'accord ?

Rick accorda à la dernière question d'Ivan toute l'attention qu'elle méritait, c'est-à-dire un équivalent de rien du tout.

Rick lui adressa un petit clin d'œil salace.

— Je me tire. Vas-y fonce, le tigre [4].

— Arrête. Ce n'est pas ce que tu crois. Mais merci pour ton aide.

Rick l'étreignit, et Ivan s'autorisa à apprécier le contact. Cela faisait trop longtemps qu'il n'avait pas serré le corps chaud d'un homme contre lui.

— Bonne chance, murmura Rick.

L'ODEUR DE sauce tomate réveilla Parker. Il cligna des yeux, essayant de retrouver ses repères. Avait-il laissé quelque chose sur le feu ? Tout ce

---

4 Tiger : utilisé par quelqu'un d'au moins un an plus vieux comme petit nom sexuel pour décrire une personne plus jeune qui a de grandes compétences au lit ou pour se moquer de son énergie, immaturité, dynamisme…

dont il pouvait se rappeler, c'était d'une longue journée et d'être resté assis devant la télévision qu'il n'avait même pas pris la peine d'allumer.

— Neil, c'est toi ?

Parker s'extirpa du canapé pour se rendre dans la cuisine.

— Oh, salut, tu es réveillé, constata Ivan en lui souriant.

— Hum, ouais.

Ivan était rentré à la maison et avait commencé à cuisiner sans le réveiller ? Il devait avoir été sérieusement dans les vapes. Il avait mal dormi la nuit précédente et s'était réveillé avec un mal de tête qui n'avait fait qu'empirer après sa sieste involontaire.

— Le dîner est presque prêt. Veux-tu bien mettre la table ?

Parker fronça les sourcils. Il se demandait s'il n'était pas préférable qu'il retourne simplement se coucher pour la nuit, mais il ne pouvait se souvenir de la dernière fois où quelqu'un avait cuisiné pour lui. Bon, Ivan n'avait pas cuisiné *pour* lui, mais il avait préparé le repas et était prêt à le partager. Le battement sourd dans son crâne l'empêchait de prendre une décision, et il se massa la tempe.

— Est-ce que ça va ?

Ivan posa la cuillère de sauce et se tourna vers lui.

— Ouais, juste un mal de tête.

— À quand remonte la dernière fois où tu as mangé ?

Quand était-ce ? Il était à la bourre quand il s'était réveillé ce matin.

— Pizza la nuit dernière, je suppose.

Les yeux d'Ivan s'agrandirent de surprise.

— La nuit dernière ? Pas étonnant que tu aies mal à la tête. Prends un peu d'eau et assieds-toi.

Parker fit ce qu'on lui dit, mais il ne put se défaire de sa confusion.

Affalé sur la table, la tête posée dans une main, il n'entendit pas Ivan approcher jusqu'à ce qu'une assiette de spaghettis glisse devant lui. Il releva les yeux pour voir Ivan s'installer sur la chaise en face de lui avec un sourire.

— J'espère que tu aimes les pâtes.

Parker lui sourit en retour. Sa mère avait l'habitude de faire des spaghettis pour lui quand il était enfant. Il plongea sa fourchette et engloutit une pleine bouchée avant d'en savourer le goût. Les pâtes remplissaient leur double fonction de 'facile à faire pour pas cher', mais il s'inquiétait de leur effet sur son poids. Une fois ne ferait pas de mal, cependant.

— Oui, merci.

— Alors, qui est Neil ?

La chaleur qui s'était répandue en lui coagula légèrement à la mention de Neil. Ils étaient amis depuis le collège, et Neil représentait encore une part importante de sa vie, même si dernièrement, ils ne partageaient plus vraiment le même point de vue.

— C'est... Euh... Un ami.

Neil avait également été son premier petit ami, mais il n'était pas sûr de savoir comment Ivan réagirait à cette information. Parker n'avait jamais eu l'occasion d'avouer son homosexualité à un homme comme lui, et quand cet homme était son colocataire, cela rendait les choses encore plus délicates. Il voulait qu'Ivan l'apprécie et il ne voulait pas que cette situation soit inconfortable. Pour aucun d'eux.

Un silence flotta dans l'air avant qu'Ivan parle.

— Comment s'est passée ta journée ?

— Euh, la mienne ?

Ivan rit.

— Oui, la tienne. Qui d'autre y a-t-il ici ?

Le visage de Parker s'échauffa. Il devait vraiment contrôler ses bredouillages. Il n'avait jamais eu de colocataire avant. Un qui était sexy, lui faisait à dîner et lui posait des questions à propos de sa journée, c'était complètement inattendu.

— Très bien. J'ai eu deux cours aujourd'hui, et je suis allé à la bibliothèque.

Il fourra une autre fourchette débordante de pâtes dans sa bouche et essaya de ne pas gémir. Comment se faisait-il que les plats cuisinés par quelqu'un d'autre avaient toujours meilleur goût ?

Ivan mâcha et avala avant de se lécher les lèvres, et Parker se retrouva le regard rivé sur sa bouche.

— Qu'est-ce que tu étudies ?

— En ce moment, la sociologie, principalement.

Il voulait être physiothérapeute, mais il avait d'abord besoin de sa licence.

— Principalement ? N'as-tu pas déjà décidé de ta matière principale ?

Parker remua sa fourchette dans son assiette, créant des tourbillons dans la sauce. Il ne devrait probablement pas manger davantage.

— Je suis un peu en retard. J'ai pris un peu de temps libre pour m'occuper de ma mère, et quand je suis revenu, je n'étais pas sûr de pouvoir gérer un programme de cours à plein temps, donc je suis seulement revenu à temps partiel.

Ce qui avait été une erreur. S'il avait pris plus de cours, peut-être qu'il n'aurait pas remarqué à quel point la maison était vide, ou qu'il n'aurait pas été dans le coin trop souvent pour entendre Neil lui demander pourquoi il prenait même la peine de perdre son temps avec l'université. Bien sûr, si Neil savait où Parker avait commencé à passer la plupart de son temps, il piquerait probablement une crise.

— C'est compréhensible. Tes cours se passent bien ?

Parker sourit.

— Oui, en fait. Aussi bien que possible jusqu'ici.

Ivan sourit en retour.

— Tant mieux pour toi. Oh, j'ai oublié de demander. Veux-tu un verre de vin ?

— Nous n'avons pas de vin.

— Eh bien, j'ai apporté quelques bouteilles dans mes affaires.

Ivan inclina légèrement la tête.

— Tu es assez vieux, n'est-ce pas ?

— Oui, bien assez. J'ai vingt-deux ans.

— Oh, vingt-deux ans, se moqua gentiment Ivan alors qu'il quittait la table pour attraper une bouteille dans l'armoire. Un vieil homme.

— Pourquoi, quel âge as-tu ? demanda Parker, curieux.

Plus âgé que lui certainement, mais pas 'vieux'. Certainement pas.

— Trente-quatre ans.

Parker eut l'impression d'être un enfant sans éducation devant la façon expérimentée dont Ivan déboucha la bouteille.

Le liquide écarlate fut versé dans deux verres à vin que Parker ne se souvenait pas de posséder. Il ne comprenait pas la vague grimace qu'Ivan arborait sur le visage. Trente-quatre ans n'étaient pas vieux, surtout pas avec son physique, mais vingt-deux ans le faisaient passer pour un novice en comparaison.

— Au fait, je ne t'ai pas demandé… ce que tu faisais dans la vie ?

Si Liz au bureau du logement en avait parlé, il n'y avait pas prêté attention.

— Courtier en assurances.

Hein ? Ivan était bien trop beau pour être un vendeur d'assurances, mais d'un autre côté cela le faisait davantage ressembler à un mec normal.

Ivan s'assit et lui tendit un verre avec un grand geste. Parker le prit et le renifla. Il n'avait jamais vraiment bu de vin auparavant, mais il sentait bon.

— Qu'est-ce que c'est ?

— C'est un merlot léger. Je n'y connais rien en vin, mais il y en a quelques-uns que j'aime. Et celui-ci en fait partie.

Le commentaire indifférent détendit Parker et il prit une gorgée. Il ne put sentir aucune des choses dont il avait entendu parler pour décrire un vin, mais il aima l'explosion de saveur et la chaleur qui lui brûla la gorge.

— C'est bon.

Ivan leva son verre pour porter un toast.

— À un nouveau colocataire.

La douce chaleur au creux de son ventre avait peu à voir avec le vin, mais tout avec la gentillesse attentionnée d'Ivan. Il savait que ce n'était pas un rencard, il savait qu'il était hétéro, mais il pouvait faire semblant pendant un court moment, non ?

— À un nouveau colocataire, murmura Parker en levant son propre verre pour trinquer avec Ivan avant de prendre une autre gorgée.

Contrairement à ce que Neil pensait, son annonce pour trouver un colocataire était la meilleure idée qu'il ait eue depuis longtemps.

— Alors, quel genre de films aimes-tu ? Peut-être que nous pourrions regarder quelque chose après le dîner.

Parker eut un grand sourire. Ce n'était pas un rencard, mais tous les rencards *devraient* se passer comme ça.

III

IVAN RÉUSSIT à se trouver une place assise au fond du bus dans un coin. Avoir son dos et son flanc protégé lui convenait très bien cet après-midi. Quatre heures dans les transports en commun à tourner en rond pour une heure de rendez-vous avec un psychiatre semblaient difficilement en valoir l'effort. Surtout depuis qu'il devait dépenser plus d'efforts intellectuels qu'il l'avait prévu pour cacher ce qu'il faisait au nom de Martelli et du département. Le psy déplorerait sans aucun doute la vérité, mais le Dr Sanchez n'avait pas été tellement impressionné de ses réponses évasives et à demi foireuses. À ce rythme, il serait en congé administratif pour des mois.

N'était-il pas suffisant qu'il revive la fusillade dans ses rêves ? Devait-il également ressasser tout ça pendant son rendez-vous ? C'était là, bien sûr, que l'esquive commençait. Parce qu'il ne voyait pas Dmitri dans ses rêves, il voyait Parker. Il l'avait rencontré à peine quelques jours plus tôt et déjà il rêvait qu'il tuait Parker, essayant désespérément d'enrayer l'hémorragie, de stimuler son cœur pour qu'il batte à nouveau. Comment pouvait-il dire ça à Sanchez ? Il n'était pas supposé le connaître et Ivan ne parvenait pas non plus à s'expliquer pourquoi Parker avait envahi ses rêves comme ça. Il était un job comme un autre.

Ensuite, Sanchez avait fourré son nez dans sa vie privée. L'homme n'avait pas exprimé le moindre signe de désapprobation au sujet de son orientation sexuelle – après les problèmes qu'Ivan avait traversés depuis la fusillade, cela lui aurait valu un coup de poing éclair dans la figure, docteur ou pas. L'absence de compagnon ne devrait pas empêcher ses progrès le moins du monde, même s'il ne pouvait nier que la pensée de rentrer à la maison et de s'affaler sur le canapé, et peut-être de regarder un autre film avec Parker, recelait un attrait indéniable. En gros, tout ce qui n'impliquait pas de parler de ses putains de sentiments, bon sang.

Le rendez-vous l'avait laissé écorché et vulnérable, et il voulait que quelqu'un lui cherche des noises – en dehors de la brusquerie normale des transports publics – pour qu'il puisse se défouler un peu. Asséner un coup de poing ou deux. Faire plaisir aux chaudes vapeurs de

245

la colère qui l'envahissait aux moments inopportuns. Mais il était trop proche de chez Parker. Attirer l'attention de la police serait stupide et dangereux.

Ivan leva le bras et appuya sur le bouton d'arrêt. Le bus fit une embardée à un stop et il sauta de son siège, se frayant un chemin à travers la foule du vendredi soir.

Un homme trapu avec des cicatrices d'acné sur les joues lui lança un regard noir, qu'Ivan lui renvoya.

— Regarde où tu vas, grogna l'homme, un épais accent russe occultant presque ses mots.

Ivan fronça les sourcils et continua d'avancer, ne sachant pas si le renflement qui l'avait heurté provenait d'une arme dissimulée ou non. Il sortit, mais se retourna pour regarder à l'intérieur du bus. Le Russe l'observait à travers la fenêtre, son regard ne le quittant pas alors que le véhicule se remettait en mouvement.

Merde. Coïncidence ? Ou avait-il été suivi ?

Ivan referma ses doigts soudain froids et sans vie en un poing. Arpentant la rue, il aperçut un café et se précipita à l'intérieur, commandant le plus grand café du menu, et réquisitionnant un des fauteuils à côté de la fenêtre. Tandis qu'il le sirotait, il observait l'extérieur, jaugeant chaque passant en quête de menaces. Il ne pouvait se permettre d'amener une personne suspicieuse jusque chez Parker. Si les associés mafieux de Parker le connectaient aux flics, ou décidaient qu'il était une menace, l'un d'entre eux, ou même tous les deux, mourraient.

— Voulez-vous un autre café, Monsieur ?

Ivan leva les yeux. Une serveuse se tenait debout à côté de sa table, un regard inquiet sur le visage.

— Non, merci, j'ai juste…

Il fronça les sourcils. Le gobelet autour duquel il avait enroulé ses mains était presque froid. Le liquide déborda quand il le souleva ; il en avait à peine bu.

— Quelle heure est-il ?

— Dix-neuf heure trente.

Il était resté là deux heures. Bon sang, comment cela était-il possible ?

— Merci.

Il jeta un peu d'argent sur la table et se précipita vers la porte. Personne ne sembla lui accorder la moindre attention et il marcha les deux derniers blocs vers la maison de Parker en jetant quelques coups d'œil occasionnels par-dessus son épaule.

UNE FOIS rentré, il claqua fermement la porte et s'appuya contre elle, les yeux fermés. Perdre sa concentration comme ça, ou plus précisément, se concentrer si intensément qu'il avait perdu la vision du monde qui l'entourait, ne lui ressemblait pas. Pas du tout. Était-ce comme cela que tout finissait ? Rien de néfaste, non, mais son propre esprit se rebellant contre la fiction et les mensonges et faisant de lui son pire handicap.

— Tu rentres tard. Journée chargée au bureau ?

Ivan sursauta au son de la voix inattendue, mais quand il ouvrit les yeux pour voir le doux visage de Parker et son chaud sourire, sa tension disparut. Il pouvait être en train de devenir fou, mais au moins il faisait des progrès avec une partie de sa mission. Parker le traitait déjà comme un ami.

— Euh, oui. Chargée. J'ai perdu du temps dans les transports en commun.

Ivan se concentra pour respirer régulièrement et uniformément. Il n'y avait aucune raison de transmettre sa perception accrue des choses qui l'entouraient à Parker – tout à fait ce qu'il fallait pour rendre les criminels soupçonneux.

— Je suppose que oui. Personnellement cela ne me dérange pas vraiment, mais je pense que si tu as l'habitude de conduire, ça ne doit pas être marrant.

Parker haussa les épaules avant d'enchaîner.

— Il y a des restes de macaronis au fromage si tu as faim. Cela n'a rien de comparable avec tes pâtes, mais c'est là tout ce que je peux cuisiner. Tu es le bienvenu si tu en veux.

Macaronis au fromage. Il n'était pas le moins du monde intéressé pour aller faire des courses, pas sans voiture, mais des pâtes deux nuits d'affilée, c'était un peu trop. Il devait certainement y avoir quelque chose d'autre dans le garde-manger. Pourtant, quelque chose dans les mots de Parker toucha une corde sensible.

— Tu as vécu ici toute ta vie ?

Ivan prit une autre profonde inspiration, se redressa, et se dirigea vers la cuisine, Parker sur les talons.

— Oui, maman et moi vivions ici. C'était la maison de ma grand-mère.

Hum. Cela expliquait que la maison appartienne à Parker. Un petit mystère de résolu.

— Et tu ne conduis pas ?

Parce que dans ce cas, il serait assez difficile pour lui de distribuer de la marchandise où que ce soit, à moins que son unique mode de distribution soit de prendre un sac à dos sur le campus universitaire. Si c'était le cas, le coup du colocataire servant de couverture serait sacrément excessif. Parker n'était même pas assez costaud pour être un petit revendeur à la sauvette.

Parker s'adossa contre le comptoir, donnant l'apparence décontractée d'un mannequin de magazine, à l'aise pour un shoot de photos, le bassin poussé suffisamment en avant pour attirer l'œil sur son entrejambe, mais pas assez pour être vulgaire. Le jeune homme semblait inconscient de sa posture, mais la pose gracieuse ne pouvait être un accident. Il devait être délibérément en train de séduire Ivan, ce qui voulait dire qu'il n'avait pas réussi à jouer son rôle de mec hétéro aussi bien qu'il le pensait. Aussi fort qu'il veuille accepter l'offre non dite de Parker, il n'aimait pas l'idée que celui-ci puisse s'offrir lui-même avec une telle désinvolture à son nouveau colocataire plus âgé.

— Je n'aime pas vraiment conduire dans les bouchons du centre-ville, mais j'ai toujours la voiture de ma mère.

Donc Parker avait une voiture. Il faudrait qu'Ivan découvre où il la gardait, parce qu'il aurait besoin d'y jeter un coup d'œil, là aussi.

Ivan fouilla dans le frigo pour trouver les ingrédients nécessaires pour une omelette toute simple, puis commença à couper les légumes.

— Tu ne veux pas les macaronis au fromage ?

La voix de Parker contenait une intonation blessée, et quand Ivan leva les yeux, un léger soupçon de douleur assombrissait ses yeux.

— J'en prendrai avec mon omelette.

Écœurant, mais Parker ressemblait à un jeune chiot et il n'aimait pas le fait d'avoir l'impression de le rembarrer.

— Je suis assez affamé ce soir. Il n'y a pas assez avec ça pour le dîner.

Juste comme ça, le sourire radieux de Parker revint, et Ivan sourit en retour, de manière automatique.

— Oh, d'accord alors. Donc, comment s'est passé ta journée, à part le fait qu'elle ait été longue et chargée ?

La mâchoire d'Ivan se desserra légèrement. Il se rappelait d'avoir déjà fait ça – partager sa journée – avec Colin. Cela avait été une manière agréable de se détendre – en préparant le dîner, en parlant de leur journée –

248

même si Ivan ne pouvait pas vraiment parler des dossiers en cours. Cela lui avait manqué davantage que les huit mois qu'il venait de passer séparé de Colin depuis qu'ils avaient rompu, cependant. S'il pouvait se rappeler le moment exact où ils avaient cessé de s'intéresser l'un à l'autre, il serait probablement capable de déterminer à quel moment leur relation s'était brisée et classer l'information pour sa prochaine incursion sur les montagnes russes d'une future relation. Mais il ne se serait jamais attendu à recréer cette interaction avec un suspect.

— Oh, seulement beaucoup de discussions, le patron qui râle à propos des quotas. Dans ce climat économique, c'est difficile de convaincre les gens de dépenser leur argent sur quelque chose qui ne leur apporte pas de résultats immédiats et tangibles.

Voilà. Cela avait l'air complètement crédible. Devait-il s'acheter une mallette ? Ou Parker trouverait-il cela bizarre qu'il n'en ait pas déjà une ? S'il lui posait la question, il pourrait sûrement dire qu'il avait laissé ses affaires au bureau. Si seulement il avait eu du temps pour penser à ce qu'il aurait besoin d'emporter pour son boulot. Il devrait…

— Ne devrais-tu pas mélanger ça ?

Ivan cligna des yeux et regarda l'oignon qui commençait juste à fumer dans la casserole.

— Oh, ouais, bien sûr. Désolé, j'étais un peu distrait.

Ce qui était dangereux et pas seulement à cause de la possibilité que la cuisine prenne feu. Il avait besoin de sacrément se reprendre en main.

— Comment s'est passée ta journée ?

Ivan jeta un nouveau coup d'œil à Parker, incapable d'écarter son regard très longtemps du magnifique jeune homme.

— Rien de spécial. Juste apprendre et étudier.

Ivan assembla rapidement l'omelette avec les oignons presque carbonisés et Parker le suivit jusqu'à la table.

— As-tu des plans pour le week-end ? demanda Parker alors que son regard se verrouillait sur le dîner qu'Ivan venait de préparer.

— Nan. Rien de prévu. Est-ce que tu en veux un peu ?

Le gamin ne mangeait pas assez. Peut-être avait-il des difficultés à joindre les deux bouts, ce qui pouvait expliquer pourquoi il voulait un colocataire et rejoindre la bande de Razhin. Les banques ne cautionneraient pas un second prêt immobilier – qui lui permettrait d'acheter de la drogue, même si la valeur de revente de ce produit était bien supérieure à la plupart d'autres marchandises.

Un bref éclair de nostalgie apparut sur le visage de Parker avant qu'il ne secoue la tête.

— Non, merci.

— Et toi ? Tu as des plans ? lui demanda Ivan.

Les lèvres pleines de Parker étaient sur le point de former une réponse, mais le bruit de la porte d'entrée s'ouvrant et se fermant l'interrompit, faisant sursauter Ivan qui se raidit, prêt à affronter l'intrus.

— Y'a quelqu'un ?

— Par ici, lança Parker.

Ivan grimaça. Ne venait-il pas juste de se dire à lui-même qu'il devait se reprendre en main ? Il était nerveux, mais il ne savait pas pourquoi. Il s'obligea à se détendre puisqu'à l'évidence Parker connaissait suffisamment l'étranger pour ne pas s'en faire sur le fait qu'il se balade dans la maison.

Un petit homme musclé entra dans la cuisine en se pavanant, et Ivan analysa instantanément la démarche arrogante et les muscles comme une compensation de sa taille. Il y avait eu des fois, quand il était plus jeune, où il aurait donné à peu près n'importe quoi pour grandir de deux centimètres supplémentaires et atteindre cette cible idéale du mètre quatre-vingt. Il ne pouvait qu'imaginer la frustration d'être dix centimètres trop court, mais il avait rencontré tellement de mecs qui avaient laissé cela affecter leur personnalité. Celui-là en était un de plus. Malgré sa taille, le nouveau venu était beau et attirait probablement beaucoup l'attention dans les clubs, mais à côté de Parker, il paraissait simplement hirsute et inachevé. Comme une célébrité prise en photo à l'improviste sur la plage alors que Parker était la célébrité prête pour un shoot publicitaire.

— N'est-ce pas mignon ? Qui est-ce, Parker ?

L'arrogance pondérait son ton, et Ivan résista à l'envie de se redresser de toute sa hauteur. Avec ses propres muscles en comparaison, il serait aussi imposant face à ce mec que Parker l'était avec sa haute taille.

Il reposa toutefois sa fourchette.

— C'est mon colocataire, Ivan.

La fierté contenue dans la voix de Parker obligea Ivan à se tourner vers lui pour le regarder. Parker lui souriait joyeusement et il ne put s'empêcher de lui rendre son sourire.

— Ivan, c'est mon... ami, Neil.

Alors c'était lui son petit ami ? Ivan le regarda attentivement alors qu'il lui tendait la main. Comme prévu, Neil serra plus fermement sa main que d'ordinaire dans ces cas-là, essayant de prouver quelque chose qu'il passait probablement bien trop de temps dans sa vie à tenter de prouver.

— Ravi de te rencontrer, Neil.

Neil grogna une réponse. Parker ne leva pas exactement les yeux au ciel, mais quelque part, Ivan sut qu'il n'en était pas loin. À l'évidence, ceci n'était pas un comportement inattendu ni inhabituel.

— Alors, Ivan, tu es un petit peu vieux pour retourner à la fac.

Les mots antagonistes de Neil n'altérèrent pas l'état détendu de Parker, donc Ivan choisit de ne pas s'en préoccuper non plus.

— Je n'y vais pas, déclara-t-il.

Mais ce n'était pas une mauvaise idée. À un moment ou à un autre, il devrait filer Parker. Prétendre suivre un cours ou deux lui donnerait une raison plausible de se trouver sur le campus.

Neil fronça les sourcils ce qui lui jeta un air perplexe manifestement faux et exagéré.

— Dans ce cas pourquoi as-tu besoin d'un colocataire ?

— Parce que ce n'est pas cher. Ma femme a tout obtenu lors de notre divorce.

Les sourcils levés, Neil parla à nouveau sur le même ton sarcastique.

— Oh ? Et pourquoi ça ? Tu la trompais ? Tu la maltraitais ?

Parker sursauta et posa une main sur l'épaule de Neil.

— Tu ne devrais pas demander ces choses.

— Pourquoi pas ? Je sais que tu n'as pas demandé, et tu aurais dû, avant de laisser un étranger emménager. Je veux juste savoir comment, à notre époque, un homme comme Ivan se laisse plumer par une simple femme.

Ivan prit un moment pour tempérer la soudaine poussée de colère qui l'avait embrasé en entendant le venin dans le ton de Neil et dut résister à l'envie de se lever et de se tenir bien droit, juste pour qu'il se sente inférieur. Contrarier le petit ami ne lui ferait gagner aucun bon point avec Parker.

— Ma femme a tout obtenu parce qu'elle avait d'excellents avocats.

Ivan n'allait pas se lancer dans un match sans intérêt avec Neil à ce sujet.

— Ivan, je suis désolé. Tu n'as pas à répondre.

— Ne t'excuse pas pour moi, bordel, aboya Neil.

Une rougeur de colère embrasa les joues de ce dernier.

— Parker, laissons ton nouveau colocataire prendre son repas.

— Mais…

251

— J'ai besoin de te parler.

Parker lui jeta un regard plein d'excuses avant de quitter la pièce, et Ivan ne put s'empêcher d'observer ce qui devait être le cul le plus sexy du monde. Que Dieu lui vienne en aide, mais Parker et cette opération allaient le rendre complètement cinglé.

Comme si Neil avait senti que le sexe d'Ivan revenait à la vie, il enveloppa un bras protecteur autour de la taille de Parker. Le grincement désormais familier des marches de l'escalier annonça leur progression à l'étage, et dès que la porte de la chambre se referma, Ivan regarda son dîner. Son appétit avait complètement disparu, mais il se força à prendre quelques bouchées supplémentaires avant d'abandonner et de jeter le tout dans la poubelle.

NEIL S'AFFALA sur le lit de Parker tandis que celui-ci prenait une des chaises qu'il gardait dans sa chambre.

— Était-ce nécessaire ? Tu aurais pu être plus sympa.

— Pourquoi faire ? Je ne sais toujours pas pourquoi tu perds ton temps avec un colocataire. Ce n'est pas comme si tu en avais besoin.

Parker haussa les épaules. Il avait essayé d'expliquer à Neil depuis des mois combien la maison lui paraissait vide, à quel point il détestait rentrer chez lui, vers l'inhumanité d'un lieu qu'il ne partageait avec personne. Il avait espéré un autre corps, une personne avec laquelle il pourrait s'entendre, mais il ne s'était pas attendu à avoir un colocataire qu'il aimait autant, sans parler du fait qu'il était assez sexy pour susciter quelques – plusieurs – pensées érotiques.

— Seulement pour avoir un peu de compagnie, enfin tu sais.

Neil souffla.

— Bien joué ! Tu récoltes un vieux gars ennuyeux. C'est probablement un pervers.

— Ce n'est pas un pervers, bon sang. Et il n'est pas vieux.

Plus vieux que Neil et lui l'étaient, bien sûr, mais pas *vieux*.

— Comment sais-tu que ce n'est pas un pervers ? Il te matait carrément le cul.

Le choc l'empêcha de prononcer un seul mot, même son visage s'enflamma.

— Il était marié.

— Ça ne veut pas dire qu'il n'est pas gay. Et il a un penchant pour ton gros cul. Probablement le plus proche qu'il ait pu être de celui d'un minet depuis une décennie.

Neil tira un joint et s'agita pour l'allumer, complètement indifférent à la réaction de Parker qui enfonça ses doigts dans le tissu des bras du fauteuil, essayant de reprendre son souffle après la myriade d'émotions que Neil lui avait impitoyablement jetée au visage en quelques courtes phrases.

Le mépris désinvolte avec lequel Neil l'avait traité de minet était précisément la raison pour laquelle il n'aimait pas l'ensemble de la scène gay. Il voulait parler, apprendre à connaître quelqu'un avant de se mettre au lit avec lui. Il voulait un petit ami, pas un coup unique, mais à chaque fois que Neil l'emmenait quelque part, c'était comme si les étiquettes étaient l'aspect le plus important de l'approche sexuelle.

Le pire, cependant, c'était l'espoir. L'espoir qu'Ivan puisse, en fait, être gay. Puisse, en fait, être en lui. Il aimait déjà rentrer à la maison pour lui et espérait qu'il ne s'en irait jamais. Il balança son pied – un tic nerveux dont il n'avait jamais été capable de se défaire – faisant grincer la vieille chaise presque aussi fort que le vieil escalier. Tous les deux étaient des sons familiers et réconfortants.

Après quelques bouffées du joint, Neil leva les yeux vers lui.

— Oh, Bon Dieu. Tu en pinces pour lui, n'est-ce pas ?

Avec les rideaux fermés et la nuit s'infiltrant à l'intérieur, la seule lumière douce et orangée provenait de la lampe de chevet. Neil ne pouvait donc certainement pas le voir rougir.

— C'est mon colocataire. Et jusqu'à présent, il a était un bon colocataire. Je pense que nous pouvons être amis.

— Amis.

Neil déforma le mot en quelque chose de laid et d'encore plus méprisant que minet.

— Ne sois pas stupide. Même s'il est aussi ennuyeux qu'il le paraît, et qu'il n'est pas un tueur en série aux mœurs bizarres, comment pourriez-vous être amis ? Tu n'as jamais voyagé ou eu de vrai travail. Tu es encore étudiant. Que pourriez-vous bien avoir en commun ?

La jambe de Parker se balança un peu plus vite, le craquement devenant une indication audible de son agitation.

— Mais…

Lever les yeux au ciel et prendre une autre bouffée en même temps nécessitaient des compétences, mais Neil y parvint. Il retient la fumée dans ses poumons pendant un moment et la laissa s'échapper ; pendant tout ce temps Parker chercha ses mots pour réfuter les arguments de Neil.

— Mais rien du tout, dit Neil, finissant sa phrase.

Trop tard.

— Je parie que c'est un de ces mecs flippants qui n'ose pas s'avouer qu'il en est et qui espère que tu lui briqueras la tige le temps qu'il sorte se trouver une nouvelle femme. D'ailleurs, où as-tu déniché ce gars-là ?

Parker ne pouvait pas arrêter le balancement de son pied.

— La responsable des logements de l'université. Elle lui a fait passer un entretien.

— Elle lui a fait passer un entretien ? Et tu te contentes de sa parole ? Tu es un idiot, Parker.

L'humiliation contracta son estomac. Avait-il fait une erreur en faisant confiance à Liz ? Elle semblait compétente et gentille. Ivan avait été si prévenant, et pas une fois il s'était trop approché de lui ou l'avait touché de façon inappropriée comme la moitié des amis de Neil. Bien sûr, il savait qu'ils le faisaient tous pour coucher avec lui, lui permettant ainsi de dire non, mais quand même.

— Je l'aime bien.

Parker jeta un regard noir à Neil. Comment le mec qui l'avait protégé tout au long de ses études, qui était resté avec lui durant la maladie de sa mère et sa mort, qui l'avait aidé avec toutes les règles, règlements et paperasses, réussissait-il à le faire se sentir pareil à un idiot incompétent et sans attrait ? Non pas qu'il ait jamais dit cela à Neil. L'expression favorite de son ami était 'aie des couilles mec, sois un homme' et Parker l'avait entendue bien trop souvent au cours de ces dernières années.

Neil secoua la tête.

— Tu vas regretter de le laisser vivre ici.

— Eh bien, tu ne voulais pas emménager.

— Pas question, mec. J'ai besoin de mon propre espace. Tu sais ça.

Parker haussa les épaules.

— Je sais. Mais j'aime partager mon espace.

Il n'avait pas réalisé à quel point la maison était vraiment vide jusqu'à ce qu'il soit seul.

— Je ne pouvais vraiment pas attendre de vivre par moi-même. Et cet endroit pouvait être idéal pour faire la fête, mais avec le vieux qui a emménagé, tu ne pourras plus jamais prendre ton pied. Ne viens pas pleurer sur mon épaule quand tout partira aux quatre vents.

254

Cela n'allait pas partir aux quatre vents. Peu importait ce que Neil pensait, Ivan n'était pas gay. Ou, s'il l'était, il n'était pas attiré par Parker. Personne ne l'était, de toute façon. Neil et lui avaient tous deux été la première fois l'un de l'autre, plusieurs années auparavant, quand ils avaient réalisé qu'ils étaient gays. Mais ils étaient de meilleurs amis que des petits amis. Depuis lors, Neil avait probablement baisé dix gars pour chaque mec que Parker avait aimé, mais il n'arrivait pas à se résoudre à coucher avec un seul. Le sexe était trop intime pour lui pour qu'il se livre avec désinvolture, même si ça le faisait paraître 'girly', comme Neil le disait souvent. Gras et girly. Pas du tout un mec chaud et sexy pour lequel Ivan serait intéressé, même s'il était apparemment le mec le plus gentil du monde.

— Très bien, Neil, je ne le ferai pas.

La jambe de Parker n'avait cependant pas arrêté son mouvement de balancement.

— Il ne reste que quelques bouffées. Viens en tirer une. Tu as clairement besoin de te détendre.

Il agita le bout incandescent de son joint vers la jambe de Parker.

— Non, je ne peux pas.

Ses yeux s'écarquillèrent davantage pour appuyer son refus. La fumée indirecte serait bien suffisante pour qu'il relâche son esprit en fait, mais avec sa condition, trop planer pouvait le tuer. Neil semblait penser qu'il exagérait, mais il avait fait la peur de sa vie à sa mère une fois ou deux au lycée, et il ne lui avait pas fallu longtemps pour être absorbé par cette saleté. S'il avait été seul à la maison, il en serait probablement mort.

Neil inspira sa dernière taffe et écrasa le joint dans le cendrier que Parker laissait dans sa chambre pour lui.

— Tu as changé d'avis à propos de m'accompagner ce soir ?

— Tu sais que je n'aime pas ces boîtes.

Tous ceux qui cherchaient à l'emballer rendaient Parker mal à l'aise. Il ne pouvait jamais vraiment croire que les mecs qui l'approchaient étaient sérieux. Il n'aurait pas été surpris d'apprendre que Neil les payait pour lui 'donner un coup de main'. Et les regards. Tout le monde le regardait, et chacun de ses défauts semblait amplifié sous ces lumières stroboscopiques colorées.

— Mon Dieu, quelle mauviette.

— Pourquoi ne resterais-tu pas à la maison avec moi ? Nous pourrions regarder un film.

Avant que sa mère meure, et juste après, ils avaient fait ça très souvent. Parker avait été reconnaissant de la compagnie qu'il lui procurait, mais Neil s'était fait une quantité de nouveaux amis durant les derniers mois, et Parker ne cadrait pas avec eux. Comme toujours.

— Pas moyen. J'ai des affaires dont je dois m'occuper ce soir. Si je veux ouvrir mon propre club, j'ai besoin de parler à certaines personnes quand les boîtes sont ouvertes.

Cette logique semblait toujours étrange à Parker. Comment quiconque pouvait-il tenir une réunion de travail convenable avec un niveau de décibels aussi élevé ? Super pour danser. Terrible pour discuter. Mais Neil était certainement plus au courant que lui. Dès qu'ils avaient mis les pieds dans leur première et ahurissante boîte de nuit, Neil avait voulu la sienne.

— Mais si tu projettes de rester à la maison, fais quelque chose à propos de ces cartons.

Neil frappa du poing le carton le plus proche.

— Et ne passe pas ton temps à souhaiter que ton nouveau coloc s'insinue dans ton pantalon.

Neil lui lança un oreiller qui le heurta en pleine face.

Parker sursauta, et Neil se contenta de rire.

— Oh, Parker… Je veux ta queue…

Neil parla avec une étrange voix de fausset un peu voilée que Parker interrompit en lui renvoyant l'oreiller avant de s'élancer hors de la chaise et de plaquer Neil sur le lit.

Neil éclata simplement d'un rire dopé.

— Je n'arrive pas à croire que tu en pinces pour ton colocataire. C'est tellement cliché.

— Cliché. C'est un bien grand mot pour toi. Sais-tu seulement ce qu'il signifie ?

Neil gloussa bêtement et frotta ses jointures sur le sommet du crâne de Parker. Ils se laissèrent tomber sur le dos dans le lit, regardant le plafond.

— Mets un peu de musique, tu veux ? J'ai un peu de temps avant de devoir y aller.

Neil tira un autre joint alors que Parker saisissait la télécommande de la station d'accueil de son MP3, la programmant en lecture aléatoire et pas trop fort. Il n'avait pas eu l'occasion de discuter des règles de base avec Ivan, comme du niveau sonore de la musique et du fait de recevoir des gens à la maison

— Tu peux venir ici après, si tu veux.

Parker se détestait de demander. Ivan offrait des possibilités, mais Neil était devenu un incontournable dans sa vie. Son ami représentait une certaine stabilité à des moments où il avait semblé n'en avoir aucune.

— Pas question. Je me tape quelqu'un ce soir. En plus, tu sais que je ne peux pas dormir ici.

Parker passa un bras sur sa tête, laissant l'odeur douceâtre de la fumée de Neil le détendre alors qu'il imaginait que le corps chaud à côté de lui était celui de quelqu'un d'autre que son meilleur ami. Quelqu'un avec qui il pourrait partager sa vie. Quelqu'un qui voudrait coucher avec lui. Mais s'il ne pouvait même pas obtenir de son ami qu'il passe la nuit ici, alors comment pouvait-il s'attendre à ce qu'un petit ami potentiel le fasse ?

IVAN ALLUMA la télé et s'affala sur le canapé. Il zappa sur plusieurs chaînes, mais ne put rien trouver pour le distraire de l'image de Neil enveloppant son bras autour de Parker et le guidant dans l'escalier. Ce n'était encore que le début de soirée. Ils n'étaient sûrement pas en train de baiser, non ? Pas déjà. Neil était habillé pour sortir. Mais bon, il pouvait s'être habillé pour impressionner son petit ami super sexy. Cela demandait certainement beaucoup de travail, même pour un gars aussi bien foutu que Neil, de jouer dans la même ligue que Parker.

Un léger grincement au-dessus de sa tête lui fit mettre la télé en sourdine. Merde. La chambre de Parker était juste au-dessus de lui. Ce qu'il devrait faire, là tout de suite, c'était d'en profiter pour chercher des preuves au rez-de-chaussée pendant que Parker était occupé, mais l'insoutenable brutalité de l'avoir laissé monter pour qu'il puisse baiser fit virer la couleur de ses oreilles au rouge de colère. Certes, il n'était pas un invité, ni rien de ce genre, mais quand même ! Il ne vivait même pas ici depuis une semaine entière ! Un peu de considération aurait été de mise, non ?

Il se mit à fouiller dans le tiroir de la table basse mais constata qu'il ne pouvait pas se concentrer. Il avait besoin de foutre le camp d'ici. Peut-être d'aller courir. Il n'avait pas fait d'exercice depuis… Depuis le jour où il avait tué ce gamin. C'était la période la plus longue qu'il avait traversée sans bosser depuis qu'il avait rejoint les forces de police. Pas étonnant qu'il soit agité.

Dommage que toutes ses fringues soient à l'étage.

Ivan se tint debout au bas de l'escalier. Ces deux-là l'entendraient-ils s'il grimpait les marches ? Cela ferait-il une différence si c'était le cas ?

257

Un léger craquement, puis un autre et encore un autre provoquèrent des images dans la tête d'Ivan. Des images dont il ne voulait pas. Le désespoir le poussa dans l'escalier, essayant d'être aussi silencieux que possible.

Changeant de vêtements en un temps record, il quitta sa chambre, mais l'odeur caractéristique de la marijuana lui frappa les narines. Il se rapprocha de la porte de la chambre à coucher, pas très sûr de savoir quel était son objectif. Il ne voulait pas entendre ce que Neil et Parker faisaient. Ce n'était pas ses affaires. Même s'il voulait fracasser la porte et leur dire de ne pas faire les idiots. Leur dire que les drogues ruineraient leurs vies. Mais ce n'était pas son travail. Il ne pouvait même pas prétendre le faire par amitié. Aussi à l'aise qu'il se sente avec Parker, il pouvait difficilement se définir comme un ami.

Le grincement rythmique et régulier le mit en colère, l'excita et l'embarrassa tout à la fois.

Ses précédentes opérations sous couverture n'avaient jamais déclenché aucun sentiment autre qu'une colère abstraite au nom de tous ceux qui étaient blessés par le commerce des drogues. Mais jamais cette douleur personnelle et poignante qui l'emplissait du désir de briser la porte et de jeter Neil par la fenêtre. Quelques minutes passées en compagnie de Neil l'avaient convaincu que quels que soient les plans de Parker avec Razhin, Neil avait dû être celui qui l'avait initié au monde de la drogue.

Un bruit sourd et un petit rire surprirent Ivan et le poussèrent dans l'escalier puis hors de la maison avant qu'il ait une chance d'entendre les sons que Parker émettait quand il jouissait. C'était le genre de choses que vous ne pouviez pas faire semblant de ne pas entendre. Et s'ils en avaient presque terminé, la dernière chose qu'il voulait, c'était de se trouver face à l'un d'eux juste après qu'ils aient couché ensemble. Embarrassant pour chacune des parties.

Sur la pelouse devant la maison, Ivan se dépêcha de faire quelques étirements. Avec effort, il réussit à s'échauffer suffisamment sans regarder vers les fenêtres de la chambre de Parker. Cela ne pouvait pas faire de mal de faire un tour de reconnaissance personnelle et rapprochée des environs, de vérifier discrètement si quelqu'un de suspect gardait un œil sur la maison.

Après une profonde inspiration, il s'élança dans la chaleur de la soirée.

IV

Neil regarda sa montre et jura.

— Merde, je dois y aller. Tu es sûr que tu ne veux pas venir au club ce soir ? J'ai des amis qui aimeraient te rencontrer.

L'énergie frénétique soudaine de Neil dispersa l'agréable léthargie dans laquelle se trouvait Parker provoquée par le troisième joint que Neil avait fumé, additionnée des deux taffes qu'il l'avait convaincu de prendre.

— Non, vas-y, toi. Amuse-toi.

Neil et lui n'avaient vraiment pas les mêmes goûts en matière d'hommes, et presque tous ceux avec lesquels Neil essayait de le brancher ne lui convenaient pas, pour une raison ou pour une autre. Peut-être qu'Ivan accepterait de regarder un film avec lui.

Parker se traîna à la suite de Neil et attendit près de la porte qu'il attrape sa veste et l'enfile.

— Je sais pourquoi tu ne veux pas venir. Tu espères que ton nouveau coloc pourrait vouloir un morceau de ton gros cul, pas vrai ?

Neil saisit le derrière de Parker à pleines mains pour ponctuer ses dires, le faisant sursauter.

— Qu'est-ce qui te prend, Neil ? Ce n'est pas la raison.

— Mais oui, bien sûr ! Tu ne peux pas me mentir, Park. Nous sommes amis depuis trop longtemps. Une bonne chose qu'il ne soit pas là. Il ne t'apportera que des ennuis, n'oublie pas ça.

— Où irait-il ?

La porte de la chambre d'Ivan n'était pas fermée, il n'entendait pas la machine à laver au sous-sol, et à moins qu'il soit assis dans le noir dans le salon, Neil avait raison : Ivan n'était pas là.

Neil lui tapota la joue.

— C'est vendredi soir. La plupart des gens ont des plans, ils sortent. Peut-être qu'il a un rendez-vous galant.

Parker déglutit avec difficulté. Ivan n'avait pas à lui rendre de comptes à propos de ses allées et venues, mais soudain, sa belle soirée à la maison allait se transformer en une autre nuit solitaire dans une maison vide. Et il savait par expérience que c'était exactement l'humeur à ne pas avoir pour accompagner Neil en boîte. Il n'en serait que plus déprimé.

— Ouais, ouais, peu importe. Je te vois demain ?

— Hé, peut-être. Tout dépendra de comment iront les affaires aujourd'hui.

Neil n'était pas toujours de bonne compagnie et Parker était assez facile à vivre, suffisamment pour ne presque pas s'en faire de se retrouver seul à nouveau. Il alluma la télévision, mais les choix proposés mettaient en évidence – et de façon très claire – que la compagnie du câble devait penser que tout le monde était dehors en train de s'amuser ou en rendez-vous torrides et qu'en conséquence, elle pouvait diffuser des navets sans aucun intérêt.

Pendant une nouvelle publicité stupide – encore – il fureta dans les armoires de la cuisine et le frigo, mais rien ne piqua son intérêt.

Chaque petit bruit lui faisait jeter un œil vers la porte, se demandant si Ivan était rentré à la maison. Ce qui était vraiment trop pathétique. S'il n'était pas partant pour sortir s'amuser et prendre du plaisir, autant travailler un peu sur ses cours. Après avoir saisi son ordinateur portable, il éteignit la télé avec l'intention de rejoindre sa chambre. La dernière chose qu'il voulait, c'était qu'Ivan rentre à la maison pour voir à quel point son colocataire était un perdant. Trop humiliant. Après coup, il se pencha et ramassa le DVD du porno qu'il avait jeté derrière le téléviseur le jour où Ivan avait emménagé. Pas question de le regarder dans leur espace commun, mais ses révisions pouvaient bien attendre jusqu'à demain.

S'arrêtant devant la porte de sa chambre, Parker lança un regard par-dessus son épaule vers celle d'Ivan, vers la porte entourée d'ombres. Sous l'emprise d'une intense curiosité – probablement due à l'herbe – il jeta l'ordinateur et le DVD sur son lit et se dirigea dans celle de son colocataire.

Après seulement quelques jours, la chambre était déjà imprégnée de l'odeur d'Ivan. Bien, vraiment bien. Différente de la senteur sèche et désaffectée de néant que la chambre diffusait avant son arrivée. Il renifla à nouveau. Elle sentait bon, en fait. Il alluma l'interrupteur près de la tête de lit. Ivan ne mentait pas. Il n'avait pas beaucoup d'affaires. Sa femme devait être une vraie salope.

Assis sur le bord du lit, il ramassa le thriller posé sur la table de chevet et jeta un œil à la quatrième de couverture. Ça avait l'air sympa ; peut-être demanderait-il à l'emprunter plus tard. Quelques autres livres et bibelots étaient disposés sur l'étagère à côté de l'armoire. Une mallette était posée sur le bureau avec rien d'autre dessus. Se mordillant la lèvre, il passa un doigt sur la poignée du tiroir en laiton de la table de chevet. Il ne pouvait pas l'ouvrir, n'est-ce pas ? Voulait-il vraiment une preuve de l'hétérosexualité d'Ivan sous la forme de photos de seins nus ?

Au lieu de cela, il se leva et ouvrit le placard en grand. Deux boîtes étaient empilées sur le sol, et malgré la petite taille du placard, les quelques chemises et costumes qu'Ivan possédait ne remplissaient pas tout l'espace.

Après avoir regardé rapidement les tailles – pourquoi, il ne savait pas – Parker passa à la commode. Il sentit la lotion après-rasage. Rien de spécial, rien d'extravagant, mais c'était assurément la source du parfum irrésistible d'Ivan. Ça devait être difficile de recommencer sa vie à trente-quatre ans, à partir de rien. Si Ivan se révélait être un bon colocataire, Parker pourrait reconsidérer le loyer, peut-être même le diminuer pour lui laisser une chance de retomber sur ses pieds. Comme Neil était si fier de le dire, ce n'était pas comme si Parker avait réellement besoin d'un colocataire. L'assurance de sa mère avait été plus que suffisante pour payer ses dépenses, ainsi que les services publics et les taxes foncières. Il n'avait aucune hypothèque puisque tant sa maison en ville que celle qu'il possédait à la campagne étaient dans la famille depuis longtemps. À vingt-deux ans, grâce au sens avisé de sa mère en matière de finances, il était en bien meilleure position qu'Ivan.

De retour à côté du bureau, il écouta attentivement si un bruit de pas se faisait entendre dans l'escalier. Rien qui ne sort de l'ordinaire : il y avait beaucoup de bruit de fond, car l'endroit était situé à la fois à proximité du centre-ville et du campus universitaire.

Son insatiable curiosité à propos de son colocataire emporta la bataille sur son sentiment de honte, et Parker ouvrit la mallette. Contre toute attente, elle ne contenait pas d'ordinateur, simplement un désordre anarchique de dossiers, de contrats vierges, et de tables actuarielles. Ennuyeux. À quoi s'attendait-il de toute façon ? Le truc le plus intéressant devait se trouver dans la table de chevet, et un chant de sirène résonnait dans son cerveau. Il voulait regarder, mais savait qu'il serait déçu s'il le faisait.

Il remit les papiers dans la mallette et jeta un nouveau regard vers la table de nuit, mais les aboiements du chien du voisin le convainquirent de sortir de la chambre d'Ivan. Irriter son nouveau colocataire n'était pas dans ses intentions, en supposant qu'Ivan ne panique pas en découvrant que Parker était gay. D'ailleurs, il faudrait probablement qu'il ait cette conversation et rapidement.

Se repliant dans sa chambre, il referma rapidement la porte derrière lui et attendit. Après plusieurs minutes de patience durant lesquelles la porte d'entrée resta close, un bâillement le prit soudain par surprise. Vraiment pathétique d'être si fatigué à dix heures du soir, mais l'herbe le rendait généralement léthargique, même malgré le peu de taffes qu'il avait prises. Ivan pouvait être dehors en charmante compagnie ou en train de faire tout autre chose et pouvait très bien être parti pour des heures. Ou il avait pu sortir prendre l'air jusqu'à la supérette la plus proche et être de retour d'une minute à l'autre.

Avec un soupir, il se déshabilla et s'assit sur le lit, à côté de sa table de chevet. Le second tiroir, celui du bas, contenait du lubrifiant et des préservatifs. Il n'avait jamais acheté de magazines – cela semblait un peu ridicule alors qu'il pouvait trouver de bien meilleurs supports pour ses fantasmes sur Internet, de sorte que le seul indicateur potentiel de son orientation sexuelle était le plug et le gode. Son historique sur Internet racontait une histoire beaucoup plus détaillée. Certains jours, cela valait la peine de faire usage de ses jouets, mais la plupart du temps, c'était juste déprimant. Il sortit la boîte de préservatifs du tiroir. Scellée et sans date d'expiration, mais aussi sans risque d'être utilisée non plus. Déprimant, ça aussi.

Il devrait probablement considérer l'offre de Neil et se faire présenter des mecs, mais les hommes qui intéressaient Parker – son esprit évita de former une image d'Ivan – ne se trouvaient pas dans les clubs que son ami fréquentait et il ne savait pas comment en draguer un. Il passa un doigt sur le contenu simple et minimaliste de son tiroir à sexe. À l'intérieur, il avait toujours l'impression d'être le gamin obèse, ennuyeux et socialement maladroit qu'il avait été et les sex-toys n'allaient pas changer ce fait.

Avec un froncement de sourcils, il ferma le tiroir en le claquant et ouvrit celui du dessus. Il y avait beaucoup plus de choses permettant de comprendre qui il était là-dedans, mais rien de bon ou d'intéressant. Son contenu était la raison pour laquelle il avait toujours été seul, pourquoi il n'avait jamais eu de petit ami convenable, et pourquoi son meilleur ami ne pouvait pas supporter de passer la nuit avec lui.

D'une certaine manière, il avait toujours imaginé qu'être plus mince aurait, comme par magie, amélioré sa vie. Manger peu durant les dernières années de la vie de sa mère avait fait fondre la plupart de ses kilos en trop, mais il était vraiment loin d'être maigre. Il essayait de ne pas trop manger, de manger sainement, mais il avait toujours des poignées d'amour, et avec elles – ironiquement – il n'avait pas trouvé quelqu'un qui l'aimerait. Même Neil plaisantait sur ses fesses grasses et sa bouée de sauvetage.

Même avec sa perte de poids, il avait encore des apnées du sommeil. Il avait toujours besoin du redoutable appareil qui lui fournissait une ventilation assistée pendant son sommeil pour être sûr qu'il ne s'arrête pas de respirer au beau milieu de la nuit. Comment pouvait-il s'attendre à ce qu'un homme supporte le bruit, sans parler du fait que Parker ressemblait à un pilote de chasse toute la nuit ? Ce n'était pas exactement propice aux câlins ou aux fellations surprises au milieu de la nuit ni même au fait de simplement partager un lit avec quelqu'un. Toutes les choses qu'il désirait et espérait connaître un jour.

Sa mère avait toujours semblé heureuse qu'ils soient simplement tous les deux, mais Parker voulait une relation. Il voulait partager sa vie avec quelqu'un, mais avec ses problèmes de poids et son inaptitude sociale, il n'y avait aucune chance sur terre qu'il puisse l'obtenir. Peut-être avait-il besoin de revoir ses standards sur les 'coups d'un soir' ; il ne devait certainement pas se souvenir d'à quel point ils étaient mauvais.

Parker plaça le masque sur son nez et enclencha l'appareil avant d'éteindre la lampe. Même avec ça, il savait que ses ronflements étaient parfois insupportables. S'il oubliait de le porter pendant qu'il dormait ou faisait la sieste, il se réveillait habituellement avec un simple mal de crâne. Mais après avoir complètement fait flipper sa mère plusieurs fois, il essayait de ne pas l'oublier, même quand elle n'était pas dans les parages pour le lui rappeler. Il était particulièrement important qu'il le porte après avoir fumé, même si son médecin lui avait fortement recommandé de ne pas se défoncer.

Allongé sur le dos, il fixa les ombres vacillantes qui se dessinaient sur le plafond et qui provenaient des lampadaires de la rue, et laissa le bruit blanc uniforme de sa machine le bercer pour qu'il s'endorme, comme elle le faisait toutes les nuits depuis des années et des années.

Ivan trébucha dans la maison sombre, frissonnant alors que l'air froid frappait son corps trempé de sueur. Il avait couru sur un sacré long trajet, beaucoup plus long qu'il l'avait prévu au départ, mais il n'avait pas remarqué l'ombre d'une surveillance quelconque. Pas vraiment une surprise. Les barons de la drogue avaient plus de ressources que les flics, mais même eux n'avaient pas les effectifs nécessaires pour surveiller un

263

dealer de seconde zone à plein temps, à moins qu'Ivan ne leur donne une raison d'être soupçonneux. Que l'incident du bus soit une coïncidence ou non, il était peut-être anodin.

Il envoya valser ses chaussures de course avant d'attraper une bouteille d'eau dans le réfrigérateur. La moitié de la bouteille disparut en une gorgée, puis il se pencha au-dessus du comptoir, haletant. Ses jambes tremblaient, mais il avait couru assez loin et assez vite pour s'assurer de dormir toute la nuit. Il avait besoin d'une bonne nuit de sommeil.

Avec le bruit rapide de son pouls battant encore dans ses oreilles, il ne pouvait entendre aucun son provenant de la chambre à l'étage. Rien ne lui indiquait si le couple s'était endormi ou s'ils étaient sortis. Il avait dépassé l'envie de sortir après dix heures du soir à moins de chercher à s'envoyer en l'air, mais Neil et Parker étaient assez jeunes pour sortir vers 22 heures plutôt que ce ne soit l'heure de leur couvre-feu.

Cela seul suffit à affaisser ses épaules. Cela ne devrait pas importer qu'un criminel de seconde zone ait plus d'énergie et une meilleure vie sociale que lui, et peut-être qu'après avoir pris une nuit décente de repos, il arrêterait de s'en faire.

Le lit d'Ivan et une douche furent les seules choses qui le convainquirent de grimper l'escalier grinçant. Sinon, il aurait été heureux de s'écrouler nu sur le canapé. Arrivé sur le palier, il se figea. Il ne se souvenait pas d'avoir entendu ce léger vrombissement auparavant. Se rapprochant de la porte fermée de la chambre de Parker, le son s'intensifia légèrement. On aurait dit... non. Cela ne pouvait pas être ça. Un vibromasseur ? Ils ne pouvaient pas encore être en train de baiser, si ? Ivan se précipita dans sa chambre et ferma la porte. Un essuyage vite fait avec une serviette ferait l'affaire pour ce soir. Il ne quitterait pas sa chambre jusqu'au matin.

Le clair de lune inondant sa chambre lui fournissait suffisamment d'éclairage pour qu'il n'ait pas besoin d'allumer la lumière. En quelques secondes, il avait lancé ses vêtements trempés de sueur dans le panier et attrapé une serviette pour essuyer les pires traces de sa course. Il s'allongea sur le lit, un bras derrière sa tête, capable de se détendre maintenant qu'il ne pouvait plus rien entendre des frasques sexuelles de Parker. La sueur qui séchait sur son cuir chevelu le démangeait, mais il l'ignora. Il pourrait se doucher demain matin, une fois que ses muscles auraient récupéré de sa course.

Quel genre de sexe aimait Parker ? Il n'avait pas vraiment eu le temps de s'en rendre compte lors de la courte vision du porno qu'il avait

264

été si rapide à éteindre, mais bon, les préférences en matière de pornos ne traduisaient pas toujours les préférences au lit. La peau de Parker était d'une texture fine, faite pour être léchée. Les sourires timides, si contradictoires avec ce qu'Ivan attendait d'un trafiquant de drogue, disaient qu'il réagirait probablement bien à quelques douces succions et de petits mordillements autour de l'oreille et dans le cou. Lentement, il ferait descendre ses lèvres sur la clavicule proéminente qui dépassait de ses tee-shirts. Les disques plats de ses mamelons seraient-ils de la même couleur pêche soutenue que ses lèvres, ou quelques coups de langue seraient-ils nécessaires pour faire ressortir leur couleur ?

Alors que sa verge commençait à gonfler, il enroula ses doigts autour d'elle et tira. Parker le saisirait-il fermement ou avec hésitation ? Ses longs doigts seraient-ils frais sur sa peau surchauffée, ou brûlants, comme des tisons ? Neil ne semblait pas être un amant attentionné – y avait-il quelque chose dont Parker ait manqué ? Anulingus, peut-être ? À quoi ces yeux innocents ressembleraient-ils quand il contemplerait le corps mince de Parker presque plié en deux alors qu'il enfouirait sa langue entre ses fesses rebondies ? Parker se répandrait-il juste avec cela ? Ou lui-même ?

Ivan cracha dans sa main et pompa son sexe maintenant complètement dur, appliquant une légère torsion sur le bout à chaque mouvement ascendant. Il avait du lubrifiant dans son tiroir, mais même cela demandait plus d'énergie qu'il en avait.

Provoquerait-il un orgasme chez Parker avec une langue glissant le long de sa raie ou sucerait-il sa verge jusqu'à la dernière goutte, juste pour la sentir fléchir contre sa langue au moment où il jouirait ? Non, il voulait le voir se répandre partout sur lui-même, impuissant contre le raz-de-marée de son orgasme ; il voulait en observer chaque seconde.

Le souffle d'Ivan devint haletant et il arqua le dos alors que son propre orgasme explosait sans avertissement. Et il se répandit presque exactement comme il avait imaginé Parker le faire, même s'il se l'était dépeint imberbe. Haletant, il utilisa la serviette qu'il avait laissé tomber à côté du lit pour se nettoyer du sperme collant. Demain matin il s'en voudrait sérieusement, mais entre l'orgasme et l'exercice physique, il était trop comblé pour s'en soucier maintenant.

Alors que ses paupières de fermaient, il examina sa chambre une dernière fois et se redressa, le sommeil s'évanouissant dans un flot d'adrénaline. Il alluma la lampe de chevet et sortit du lit. Sa mallette avait été déplacée. Ou non ? Parker s'était-il glissé dans sa chambre pour la fouiller pendant qu'il était sorti courir ? Scrutant le bureau, il essaya de se rappeler comment il l'avait laissée. Pas une chose qu'Ivan possédait ne pouvait l'incriminer, donc une fouille ne ferait que confirmer qu'il n'était rien de plus que le perdant que son identité secrète proclamait, mais c'était un dur rappel de la réalité de sa situation. Il ne pouvait pas baisser sa garde un seul instant. Y compris quand il fantasmait sur l'homme sur lequel il enquêtait. À quel point pouvait-il agir comme un amateur et un idiot ?

Il éteignit la lumière et s'allongea sur le lit, tendu, mais de manière désagréable. Chaque fois qu'il fermait les yeux, il pensait entendre quelque chose bouger, ou alors il jetait un œil sur un autre endroit de la chambre, essayant de la comparer avec ses souvenirs flous quant à la manière dont il avait précisément laissé ses affaires. En fin de compte, la fouille avait dû le faire paraître inoffensif, mais il ne pouvait s'empêcher de se demander s'il avait manqué quelque chose qui l'identifierait en tant que flic ou en tant qu'Ivan Bekker. Sans avoir eu le temps de planifier quoi que soit, il avait emballé ses propres vêtements, utilisé son propre sac de voyage. Bon sang, il avait amené un échantillon de ses propres livres, parce que s'il avait le temps de lire, il fallait que ce soit sur des thèmes qui l'intéressaient. Pouvait-il avoir oublié un reçu avec son nom et son adresse dessus ?

Son pouls battait, plus rapide et intense qu'au summum de sa course. Dormir était impossible, mais cette fois, il n'était pas déçu. Dormir l'amenait à faire des cauchemars, et cela avait été un miracle qu'il n'ait pas réveillé Parker avec ses cris au cours des deux dernières nuits. Il sauta hors du lit, alluma à nouveau la lumière et enfila un pantalon de survêtement. Puisqu'il était debout, il pouvait tout aussi bien voir si sa nouvelle identité avait été compromise. Il commencerait en secouant chaque livre pour s'assurer qu'il n'avait pas glissé un reçu ou une note entre les pages. Demain, il se fondrait pleinement dans son identité de couverture et ferait connaissance avec son nouveau colocataire.

PARKER SE laissa tomber sur le divan, une pomme à la main. Pourquoi avait-il laissé Neil l'emmener à l'étage dès son arrivée la nuit dernière ? Il n'avait pas eu le temps de poser des questions à Ivan à propos des courses et c'est pourquoi il était allé au marché fermier ce matin dans l'espoir d'acheter des choses qu'il aimerait aussi. Bêtement, il avait pensé qu'avoir un colocataire pouvait signifier avoir de la compagnie pour aller faire les courses, ou même juste se partager les courses, mais ils n'en avaient pas encore discuté. Parker ne savait pas ce qui était normal, mais il ne devrait probablement pas s'attendre à être accompagné pour aller à l'épicerie ou au marché. C'était plus du domaine du petit ami que du colocataire. N'est-ce pas ?

Et la petite pointe d'amertume qui avait surgi en y allant seul ? Eh bien, ce n'était rien face à la pensée d'Ivan tirant un coup tard hier soir et qui l'avait obligé à se lever tard ce matin. Probablement que tout le monde sur terre tirait un coup les vendredis soir, alors que lui allait se coucher tôt avec son engin de malheur. Pathétique.

Pour célébrer son état troublant, il allait regarder *Serenity*. Encore. Neil ne rentrerait pas avant plusieurs heures, en supposant que même qu'il le revoit ce week-end, et le film serait fini depuis belle lurette avant que Neil ne se montre pour se moquer de lui. Il disait que la science-fiction n'amenait personne au pieu, et pour être honnête, son ami avait certainement plus de relations sexuelles que Parker le geek, mais comment pouvait-on ne pas aimer Mal [5] ? C'était un de ses films préférés, que même sa mère avait aimé, malgré sa préférence pour les énigmes policières.

Il n'avait pas besoin de quitter à nouveau la maison jusqu'à lundi, pour ses cours, et peut-être qu'il ne le voulait tout simplement pas. Il avait un tas de films qu'il pouvait regarder. Peut-être un marathon *Firefly*.

Après cinq minutes de film et trois coups de dents dans sa pomme, les marches craquèrent. Parker se raidit et regarda fixement l'écran, bien que toute son attention soit tournée vers la personne qui descendait. Et si Ivan avait amené quelqu'un à la maison la nuit dernière ? C'était encore pire que de l'imaginer dehors en rendez-vous galant. Devrait-il se présenter à elle ? Devrait-il l'ignorer ? Pourrait-il s'y soustraire en prétendant qu'il était tellement absorbé par le film qu'il ne l'avait pas remarqué ? Quel était le protocole normal du colocataire dans cette situation ?

— Bon film ?

Parker sursauta.

— Quoi ? Oh, oui.

Il obligea sa tête à se détourner de l'écran de la télévision. Ivan était seul – Dieu merci – mais il était également torse nu. Sa poitrine était magnifique. Musclée et couverte d'une fine toison d'un ton plus sombre que les cheveux dorés de sa tête. Un pantalon de survêtement gris couvrait son entrejambe, de telle manière qu'il pouvait avoir aisément une bonne idée

---

5 *Serenity* est un film de science fiction qui fait suite à la série *Firefly* de Joss Whedon avec Nathan Fillion dans le rôle de Malcolm 'Mal' Reynolds.

de la taille et de la forme de ses attributs sans cependant lui permettre d'en discerner les détails.

Ivan se racla la gorge, et Parker leva les yeux, ses joues commençant à rosir. Depuis combien de temps était-il en train de fixer l'attirail d'Ivan ? Hors de question qu'il puisse avoir la conversation, 'je suis gay, j'espère que ça ne te fait rien' maintenant. Pas après qu'il vienne juste de lorgner le mec comme s'il voulait le manger. En fait, Parker voulait effectivement le dévorer, mais l'admettre était un moyen infaillible de mettre un hétéro mal à l'aise. Ce qui n'était pas la chose à faire quand celui-ci se trouvait dans une nouvelle maison.

— Comment ça va ?

Maintenant que Parker regardait le visage d'Ivan, les cernes profonds sous ses yeux attestaient d'un manque de sommeil, et probablement pas pour la raison que Parker avait crue.

— Longue nuit ? demanda-t-il.

Ivan haussa les épaules.

— C'est une façon de parler.

— C'était bien au moins ?

— Je suis sûr que ta nuit a été bien meilleure.

Parker retint à peine un rire sardonique. Sa nuit avait été à chier, mais il avait au moins assez de bon sens pour ne pas l'admettre.

— Impossible de dormir après ma course, continua Ivan. En fait, je pense que je me suis endormi bien après l'aube.

Parker cligna des yeux.

— Tu es allé courir hier soir ?

— Ouais, j'avais besoin de quelque chose à faire et tu étais… Euh… Occupé avec Neil.

Ivan mit un drôle d'accent sur le mot 'occupé'. Peut-être avait-il senti l'herbe de Neil ?

— Courir. Je pensais que tu avais un rencard.

Ivan leva les yeux au ciel.

— Ouais, comme si j'étais tellement intéressant !

— Tu veux manger quelque chose ? Je suis allé au marché ce matin.

— Tu veux dire au marché Saint-Lawrence ? Tu aurais dû me réveiller. J'y serais allé avec toi. J'adore cet endroit.

Ivan sourit et se gratta le ventre.

— Oh, je suis seulement allé jusqu'au marché fermier local, mais nous pourrons aller au marché Saint-Lawrence la semaine prochaine.

— On fait comme ça, on a donc rendez-vous.

La sensation de plaisir que ces mots causèrent fut tempérée par le fait de savoir qu'Ivan les avait seulement utilisés comme une expression, non parce qu'ils sortiraient effectivement ensemble.

Ivan avança assez dans la pièce pour voir le film par-dessus l'épaule de Parker.

— Tu vas regarder des vidéos toute la journée ?

— Probablement, répondit-il en haussant les épaules. J'ai un devoir sur lequel je dois bosser, mais à part ça, je suis complètement à jour.

— Oh, tant mieux pour toi. Laisse-moi prendre une douche et je le regarderai avec toi, si ça te convient.

Quelle question stupide.

— Bien sûr. Nous sommes colocataires.

Parker retint le petit rire joyeux qui voulut s'échapper. Ivan n'avait pas besoin de savoir à quel point il voulait traîner à la maison. Ses amis à l'université auraient tué pour le programme de cours allégé de Parker, mais jusqu'à ce qu'Ivan emménage, il avait regretté de ne pas avoir choisi le programme complet. Cela lui avait donné davantage de temps pour réfléchir au vide qu'il ressentait lorsqu'il rentrait chez lui. Maintenant, cependant, cela lui laissait beaucoup de temps pour s'assurer d'être à la maison quand Ivan y était.

Ivan bâilla, et Parker fronça les sourcils.

— Tu es sûr que tu ne veux pas retourner te coucher ?

— Quoi ? Non, ça va. Ça fait un bail que je ne me suis pas vautré dans un canapé à regarder des films. Je reviens dans quelques minutes.

Ivan monta les marches d'un pas lourd. Après que plusieurs portes eurent claqué, les tuyaux dans le mur s'ébranlèrent quand l'eau commença à couler.

Se renfonçant dans son fauteuil, Parker essaya de se concentrer sur Mal. Mais en écoutant Ivan se doucher, il se l'imagina ici, supplantant la gouaille du capitaine sexy, un exploit que Parker n'aurait jamais cru possible.

Devait-il aller chercher des trucs à grignoter ? Préparer le petit déjeuner d'Ivan ? Non, c'était stupide. Impossible qu'il puisse faire passer ça comme un 'oh, je me préparais moi-même un petit quelque chose…' parce qu'il était presque une heure de l'après-midi, et Ivan savait déjà qu'il était allé faire des courses ce matin. Préparer le petit déjeuner pour un homme était différent que de partager un déjeuner ou un dîner, il en était tout à fait certain. C'était plus intime. Un truc de petit ami.

Parker était toujours en train de débattre avec lui-même quand Ivan redescendit l'escalier, jusque dans la cuisine et commença à farfouiller dans le frigo.

— Hé, tu as acheté des trucs vraiment super. Probablement pas assez pour durer toute la semaine, mais je peux faire une omelette complète avec ça. Tu en veux ?

— Oh, j'ai ma pomme.

Ivan passa la tête dans l'embrasure de la porte.

— Une pomme ? Tu as besoin de plus que ça pour le déjeuner. Une omelette sera parfaite pour mon petit déjeuner et ton déjeuner.

L'estomac de Parker gargouilla. La pomme était censée être à la fois son petit déjeuner et son déjeuner, mais pourtant il en voulait encore. Ivan était un bon cuisinier, et il avait faim. Dommage que ce soit vraiment un cas de 'oh, je me préparais quelque chose…', mais Parker pouvait vivre avec ça. Quand ils commandaient chinois, le plus qu'il obtenait de Neil était une proposition pour ajouter un aliment en extra et un rouleau de printemps. Et Parker finissait toujours par payer pour eux deux. Et généralement, Neil ne pouvait pas rester en place assez longtemps pour regarder un film entier avec lui, et encore moins envisager de passer la journée à le faire.

— Euh, d'accord, bien sûr, merci.

Ivan se mit à l'œuvre dans la cuisine et moins de vingt minutes plus tard, il était assis dans le fauteuil à côté du canapé après avoir placé une assiette appétissante et variée à base d'œufs en face de chacun d'eux.

Il voulait qu'Ivan s'asseye à côté de lui, mais il serait alors tenté de se blottir contre lui, et cela ne risquait pas d'arriver.

ALICIA LUI fit signe à travers la foule éparse de la salle de conférence. Parker sourit et se dirigea vers elle. Il n'était pas sûr de savoir quel sadique avait planifié un cours de statistiques trois fois par semaine à neuf heures du matin, mais cela rendait difficile de se réveiller les lundis. D'un autre côté, Alicia et lui s'étaient liés dès le premier jour à cause des statistiques horribles et du semestre d'été.

— Alors, raconte-moi.

Elle saisit la manche de son tee-shirt et tira dessus, lui laissant à peine assez de temps pour se glisser sur son siège.

— Te raconter quoi ?

Un sourire minuscule courba le coin des lèvres de Parker.

— Allez, tu ne m'as même pas envoyé de message pour me dire comment ça se passait avec le nouveau colocataire.

— Hé, je ne suis pas celui qui a fait l'école buissonnière pendant une semaine pour aller au Mexique avec mon copain. Et tu ne m'as certainement pas inondé de détails toi non plus.

Alicia fronça les sourcils, mais rougit.

— Hé, si quelqu'un avait ouvert sa maison de campagne cette année, peut-être que nous n'aurions pas eu à faire la route jusqu'au Mexique.

— Oh, ouais, comme si ma maison avait quelque chose à voir avec le Mexique.

La vérité était qu'il n'était pas encore prêt à affronter cette maison, ce qui était la raison pour laquelle il avait décidé de ne pas l'ouvrir cette année.

— Comment le saurais-je ?

Parker ouvrit la bouche pour continuer leur badinage, mais le professeur entra dans la classe, le front plissé et les sourcils se touchant presque tant il les fronçait, prêt à démarrer. Si ce n'était son air perpétuellement renfrogné, l'homme aurait pu être beau, mais son tempérament n'était pas des plus souriants non plus. Ses élèves avaient appris dès le premier jour à se tenir à carreau et à prêter attention à ce qu'il disait s'ils ne voulaient pas le regretter. Bien sûr, c'était un cours de statistiques, donc le regret était inévitable. Dommage que ce soit un cours obligatoire. Même la version humaine de ce cours pour ceux qui avaient la psychologie et la sociologie en matières principales comme lui, était difficile.

Deux heures plus tard, ils s'échappaient. Alicia accrocha son bras au sien.

— Partant pour un déjeuner avancé ? Je veux tout entendre au sujet du nouveau colocataire.

— Bien sûr.

Un déjeuner anticipé n'était pas inhabituel. Leurs cerveaux étaient tellement grillés après le cours de stats qu'ils avaient besoin de cette pause. Il n'avait aucun regret d'avoir choisi ce module dans le cadre de son cursus allégé. Il aurait eu bien du mal à suivre le rythme de ce cours avec un programme complet.

Ils choisirent leur repas et trouvèrent facilement une table à cette heure matinale. Le petit ami d'Alicia, Chris, se montra quelques instants plus tard, son plateau chargé de nourriture.

— Salut, Chris.

— Salut, Parker.

Chris régala Alicia d'un intense baiser, ce qui avait troublé Parker quand il les avait rencontrés pour la première fois, mais il était habitué à leurs démonstrations occasionnelles d'affection et maintenant, un tout petit peu envieux.

— Alors, dis-moi tout de lui, lança Alicia.

Chris lui sourit.

— Tu as rencontré un mec ? Tu sais que ma nana va vouloir tout savoir de lui.

— Oh, euh, non, pas exactement.

Il avait rencontré un mec, c'était vrai. Ça ne faisait même pas une semaine, et si Ivan était gay, il pourrait être l'homme parfait pour Parker.

— Oh mon Dieu, tu ne m'écoutes donc jamais ?

Alicia donna une petite tape sur l'épaule de Chris qui fit semblant d'être mortellement blessé. Ils sortaient ensemble depuis assez longtemps pour qu'elle ne fasse que lever les yeux en signe d'exaspération.

— Le nouveau colocataire de Parker a emménagé cette semaine.

— Ça craint que tu aies besoin d'un colocataire. La plupart d'entre eux sont de parfaits emmerdeurs, et les autres sont encore pires, dit Chris bien fort, s'assurant d'attirer l'attention de son propre colocataire qui passait non loin d'eux.

Thom répondit à Chris d'un simple doigt d'honneur avant de sourire et de hocher la tête vers Parker et Alicia.

Parker sourit en retour. Il n'avait rencontré Thom qu'à quelques reprises, mais il était assez gentil. En fait, Thom et Chris s'entendaient très bien, mais ils semblaient tous deux s'amuser à entretenir une relation controversée.

Chris lui retourna son doigt d'honneur et regarda à nouveau Parker.

— Sérieusement, pour en revenir à ça, la plupart d'entre eux peuvent vraiment te pomper l'air, dit-il.

Un drôle de regard passa sur son visage, et Alicia le frappa à nouveau sur l'épaule.

— Ne le dis pas, prévint-elle.

— Dire quoi ? répondit Chris en faisant à nouveau l'innocent et l'offensé à la fois.

— Tu allais dire combien Parker serait heureux si son colocataire le pompait vraiment. Littéralement.

Parker rit cette fois, et personne n'avait à savoir qu'il y avait un embryon de vérité dans cette déclaration.

— Quoi, j'ai tort ? demanda Chris, paumes vers le haut et levant les yeux vers Parker pour chercher du soutien.

— Non, pas vraiment.

Alicia haleta de surprise, mais, finalement, rit elle aussi.

— Et puis, coucher de temps en temps ne te tuera pas.

Le tuer ? Non. L'embarrasser royalement ? Peut-être. Il y avait si longtemps qu'un autre mec ne l'avait pas touché qu'il exploserait probablement en quelques secondes comme un volcan. Cela n'aidait pas vraiment qu'à presque chaque coup d'œil qu'il jetait sur Ivan, il se retrouve à bander.

— Sérieusement, dit Chris à nouveau, mais cette fois d'un ton plus posé. Existe-t-il vraiment une personne qui cherche un nouveau colocataire en milieu de semestre ? Si c'est le cas, on l'a probablement fichu dehors parce que c'était un connard fini. Tu aurais au moins dû attendre jusqu'au début du semestre prochain.

Parker haussa les épaules. Il leur avait laissé croire qu'il avait besoin d'un colocataire pour des raisons financières, parce qu'il n'avait pas voulu admettre à quel point il se sentait seul. Si l'un ou l'autre d'entre eux l'avaient su, il était sûr qu'ils l'auraient invité à sortir plus souvent, même s'il détestait être la troisième roue du carrosse. Passer le week-end à glander à la maison avec Ivan avait été incroyablement génial.

— Ce n'est pas un étudiant, même s'il a dit qu'il pourrait bien reprendre quelques cours.

Pour tout avouer, la veille Ivan lui avait demandé son planning de cours. Parker adorerait le voir assister en auditeur libre à ses différentes classes. Neil pensait qu'étudier était ennuyeux à mourir et détestait l'écouter lui parler de ses cours. Ce qui était une des raisons pour lesquelles il n'avait jamais pris la peine de le présenter à Alicia et Chris.

— Oh, c'est vrai ? Raconte-nous tout.

Alicia agita une frite devant lui pour appuyer son ordre. Parker l'attrapa et la mangea. Elle avait meilleur goût que la petite salade qu'il avait commandée et déjà finie.

Parker exposa rapidement ses interactions avec Ivan depuis que celui-ci avait emménagé.

— Bon Dieu, est-ce que nous pouvons échanger nos colocataires ? demanda Chris. Le seul fait qu'il sache cuisiner le rend meilleur que Thom.

Euh, non. Thom était un mec sympa, mais Parker n'allait pas lâcher Ivan.

— Tu l'aimes bien, n'est-ce pas ? demanda Alicia. Peut-être que tu devrais lui demander de sortir avec toi.

Parker s'étouffa avec sa bouteille d'eau.

— Lui demander de sortir ? Pas question.

S'il avait été en train de parler avec Neil, il aurait dit qu'il n'aimait pas Ivan de cette façon. Mais Alicia ne jugeait jamais, et il acceptait qu'elle sente à quel point il était attiré par Ivan.

— Pourquoi pas ? reprit-elle, il est célibataire.

— Il est divorcé, oui. Mais il avait une femme. Il est hétéro.

Alicia renifla d'un air méprisant.

— Ouais, parce qu'aucun mariage n'a jamais cassé parce que le gars *sortait du placard*. Ça pourrait peut-être même expliquer pourquoi il s'est fait plumer dans le divorce.

Euh… Parker n'avait jamais eu cette impression chez Ivan. Il serait capable de le dire, n'est-ce pas ?

— Je ne pense pas qu'il soit gay. Et je ne pense pas qu'il sache que je le suis. Je n'ai pas encore trouvé le bon moment pour lui dire.

Parker ne faisait pas un super boulot en le cachant, mais sortir du placard et avouer son homosexualité à un mec comme Ivan était beaucoup plus terrifiant que de présumer qu'il l'avait déjà deviné.

— Tu n'es pas inquiet à propos de sa réaction, hein ? Parce que si c'était un vrai homophobe, il aurait posé la question avant d'emménager, non ?

Chris attrapa une des frites d'Alicia.

Était-ce un comportement normal ? Parker était à peu près sûr de ne pas pouvoir poser cette question à un colocataire potentiel – discrimination et tout ça – mais était-ce le genre de choses qu'Ivan aurait demandé s'il s'en souciait ?

— Poserais-tu ce genre de questions ? demanda-t-il à Chris.

— Absolument pas, mec. Je m'en fous complètement. Mais je te le dis, j'ai entendu toutes sortes d'histoires à propos de connards de colocataires. Si tu es nerveux, on peut venir chez toi, traîner un peu pendant que tu le dégages.

Parker fut obligé de sourire. Les mots 'te protéger' étaient sous-entendus. La diligence de Chris à se dresser pour lui, signifiait plus qu'il n'aurait su le dire, et il était un homme imposant et intimidant. Quelle que soit l'orientation d'Ivan, il ne pouvait pas croire que l'homme qui avait si tendrement bandé son tibia blessé puisse devenir dangereux simplement en découvrant que Parker était gay. Et il était sûr d'avoir bien dissimulé son attirance.

— Eh bien, lui demander de sortir avec toi reviendrait au même que de lui faire une formidable déclaration de tes sentiments. Et tu découvrirais s'il est gay et s'il a un penchant pour toi.

274

— Il n'en pince pas pour moi. Je serais capable de le sentir, donc lui demander de sortir avec moi ne ferait que rendre les choses gênantes à la maison. Et il ne vit là que depuis moins d'une semaine.

— Mais bien sûr. *Toi*, tu peux dire si quelqu'un en pince pour toi. Parker, tu pourrais tirer un coup à l'instant, si tu voulais bien juste ouvrir les yeux.

Parker jeta un œil autour de lui dans la cafétéria. Tout ce qu'il vit fut Thom assis avec quelques amis. Thom agita légèrement la main dans sa direction, et Parker lui rendit son geste.

— Qu'est-ce que tu racontes ?

— Tu es aveugle à faire peur, dit Chris en secouant tristement la tête.

Parker fronça les sourcils, en signe d'incompréhension, mais aucun d'eux ne s'expliqua.

Bien que le sujet ne soit pas abordé méchamment – pas comme lorsque Neil le taquinait – il le mit un peu sur la défensive, ce qui signifiait qu'il était temps de changer de conversation.

— Et vous, parlez-moi du Mexique.

Alicia tendit la main et tapota la sienne, lui adressant un regard de compassion qu'il ne comprit pas vraiment.

LES PORTES de l'ascenseur s'ouvrirent, et Ivan permit à la foule de le projeter en avant. Un lumineux puits de soleil provenant des portes vitrées du hall illumina un coin géométrique du sol en granit poli. Un voile de sueur se forma sur son front comme si la climatisation de l'immeuble avait été programmée sur 'feux de l'enfer', mais la température réelle était sans importance.

Dehors, sous le soleil, il faisait meilleur, mais pas plus frais. La brise aida, en dépit des odeurs sous-jacentes de la ville – vapeurs d'essence, détritus, urine. Il tourna au coin d'une rue, ne voulant pas endurer tout de suite l'étouffant confinement du métro. Surtout compte tenu du détour qu'il avait besoin de faire pour séparer ses deux vies.

La première porte devant laquelle il arriva était une minuscule boutique de fallafels. L'odeur de graisse, de viande assaisonnée et de galettes de pois chiches frites était presque trop à supporter, mais ils avaient un frigo avec des boissons gazeuses, et il acheta deux cannettes glacées, une pour la boire et l'autre pour la presser contre son front.

Était-il supposé mentir à son thérapeute ? Même à celui qui avait été désigné par le département ? Devoir mentir sur tout, y compris sur ses cauchemars qui empiraient, devait annuler tous les effets bénéfiques de sa thérapie. En supposant qu'il y en ait. Mais la dernière chose dont il avait besoin était que le mec lui prescrive des somnifères. Pas moyen qu'il permette à des médicaments de le mettre sur la touche, pas alors qu'il dormait dans la maison d'un malfaiteur. Un gentil, adorable et magnifique trafiquant, mais cela ne le rendait que plus dangereux.

Si le péché n'était pas attirant, le crime ne serait pas aussi jouissif.

Une fois encore, il n'avait jamais eu de cauchemars en mission d'infiltration avant. Il n'avait jamais eu à mentir sur plusieurs fronts non plus. Sa famille pensait qu'il était sur une mission légitime de couverture. Ses collègues et les enquêteurs de l'UES pensaient qu'il était en congé administratif, à se remettre les idées en place. Parker pensait qu'il était un vendeur d'assurances hétéro et divorcé. Son psy pensait qu'il résistait à la thérapie en élevant volontairement des barrières, mais le Dr Sanchez était juste une personne de plus à laquelle il ne pouvait pas faire confiance avec la vérité.

Quand son psy avait décidé qu'il avait besoin de le voir deux fois par semaine au lieu d'une, Ivan n'avait pas réalisé que cela signifiait subir deux interrogatoires différents en une seule journée. Cumuler un entretien avec l'enquêteur de l'UES et un psy le même jour semblait mortel. Il ne referait pas cette erreur deux fois, s'il pouvait l'éviter.

Putain, avait-il jamais été aussi fatigué ?

Laissant sa tête basculer en avant, il essaya d'étirer les nœuds de son cou. Ils étaient arrivés, durs comme des billes, alors qu'il avait tenté de sauver ce gamin qui saignait à mort, et rien, pas même l'orgasme de la nuit dernière, n'avait suffi à les estomper ne serait-ce qu'un peu. La douleur sourde derrière ses yeux devait provenir d'une combinaison de manque de sommeil et de sa tension musculaire.

Ivan regarda sa montre. Il devait y aller s'il ne voulait pas passer deux heures à faire des détours en pleine heure de pointe pour rentrer chez Parker. Il pourrait vraiment perdre l'esprit s'il devait endurer ça.

IVAN ARRIVA à la maison sans autre incident, et il resta dehors debout sur le trottoir. Son estomac gronda, et il inspecta la rue. Qu'est-ce qui lui demanderait le moins d'énergie : marcher deux blocs pour aller chercher un repas à emporter ou préparer le dîner ?

276

Respirant profondément, il fixa la porte d'entrée en se frottant la nuque. Peut-être qu'il devrait simplement aller se coucher. L'effort minimum absolu.

Dans la maison, il renifla. Ça sentait... la nourriture ?

— Parker ?

Parker jaillit hors de la cuisine avec un grand sourire.

— Ivan. Tu es rentré. Je pensais que tu arriverais plus tard.

Ivan lui rendit son sourire, se laissant glisser avec facilité dans l'identité de son colocataire. Cauchemars ou non, rentrer à la maison, vers Parker, était bien mieux que de retourner dans son appartement vide ou d'écumer les bars pour brancher quelqu'un.

— Certains jours sont meilleurs que d'autres.

— J'ai fait le dîner. J'ai essayé en tout cas. C'est juste de la soupe, mais je pensais que je ne pouvais pas trop la rater, et que l'heure à laquelle tu rentrerais n'aurait pas beaucoup d'importance.

Le dîner était fait. Incroyable. À quand remontait la dernière fois qu'il était rentré à la maison pour le dîner ? Des mois. Bien avant que Colin ne déménage.

— Je suis sûr que c'est bon.

Il fit quelques pas vers Parker, mais s'arrêta quand il réalisa qu'il s'était mis en mode pilote automatique pour l'étreindre et l'embrasser. Parker pouvait être gay, mais Ivan *Baker* ne l'était pas.

— Y a-t-il quelque chose d'intéressant ce soir sur cette énorme télé qui est la tienne ?

Ivan n'avait aucune affinité pour un programme en particulier. Avec ses horaires, se laisser porter par une série télé était un effort inutile, mais il serait heureux de regarder à peu près n'importe quoi.

Parker haussa les épaules. Il retourna dans la cuisine pour remuer la soupe. Ivan le suivit et se versa un verre de vin.

— Tu en veux un ?

Cela lui valut un autre sourire timide, un qui semblait dire que Parker n'était pas habitué à la simple courtoisie.

— Bien sûr, merci.

Lorsque l'attention de Parker retourna vers la gazinière, Ivan saisit la bouteille de vin ouverte.

— As-tu envie d'aller courir à nouveau ce soir ? demanda Parker.

Après leur journée de paresse sur le canapé samedi dernier, Ivan avait passé une partie du dimanche à montrer à Parker les rudiments de la course à pieds. Ils n'étaient pas allés loin, mais d'après ce qu'Ivan avait pu voir, Parker ne faisait aucun exercice régulier particulier et il était sûr que cela ne pouvait pas lui faire de mal de contrer certains de ses pires excès universitaires.

— Tu as aimé ça, n'est-ce pas ?

Parker fit un bruit qu'Ivan prit pour un acquiescement.

— Je suis un peu endolori, mais oui.

— Ça ira au bout de quelque temps.

Ivan se dressa plusieurs fois sur la pointe des pieds, testant ses propres muscles. Après la journée qu'il avait passée, cependant, croire qu'il serait capable de se motiver suffisamment pour aller courir ce soir était… optimiste, au mieux.

— Je ne pense pas avoir le courage ce soir. Je suis crevé.

Parker tourna la tête vers lui et fronça les sourcils.

— Tu as vraiment l'air fatigué. Je pensais que tu avais dit que ta journée s'était mieux passée aujourd'hui.

Un rire sardonique s'échappa de ses lèvres quand il attrapa un autre verre à vin sur une haute étagère.

— Non, je pense que j'ai dit que certains jours étaient meilleurs que d'autres. Ce n'est pas parce que je suis rentré à une heure décente, plus ou moins, que ça signifie que le travail était meilleur.

Il ne voulait vraiment pas penser à sa journée. Les différentes facettes de sa vie étaient un peu trop nombreuses pour être contenues dans son cerveau.

La soupe fit des bouillons et crachota. Avec l'attention de Parker à nouveau axée sur la gazinière, Ivan s'accorda le loisir de l'étudier. Le contentement qu'il avait ressenti après avoir été accueilli par le sourire heureux de Parker était un sujet sur lequel il ne voulait pas s'interroger. Il n'avait pas envie non plus de s'attarder sur ce qui avait décidé Parker à faire un détour par la case 'criminel' alors qu'il donnait vraiment l'impression d'être sur le droit chemin.

Plus tard. Il s'autoriserait à y penser plus tard. Jusqu'à ce qu'il ait une chance de fouiller la place, jusqu'à ce qu'il ait une chance de suivre Parker et d'évaluer ses associés, il continuerait d'être Ivan Baker, vendeur d'assurances. Ce gars-là était beaucoup moins compliqué. Il aimait plutôt bien la vie d'Ivan Baker.

Il s'approcha de Parker, un verre de vin à la main, et le fit glisser vers lui sur le comptoir à côté de la gazinière.

278

— Voilà ton verre.

— Oh merci. Peux-tu attraper des bols ?

— Bien sûr.

Ivan recula, ne sachant pas si la requête visait à l'éloigner ou pas. Il prit une petite gorgée et posa son propre verre avant de se retourner pour attraper les bols en question.

— Oh merde !

Le crash du verre fit tournoyer Ivan qui se retrouva en position accroupie cherchant à atteindre un pistolet qu'il ne portait plus. Parker baissa les yeux vers le verre brisé, le vin rouge épars sur le sol comme du sang. Il fallut un moment à Ivan pour se convaincre qu'il n'y avait pas de danger, aucune raison pour son pouls de battre la chamade à ce point.

Parker se pencha et ramassa un des plus gros éclats. Ivan avait tort, il y avait un peu de danger.

— Stop.

Parker se figea, la main tendue.

— Laisse-moi nettoyer ça.

Ivan prit une profonde inspiration, essayant de calmer son cœur galopant.

— Je peux le faire, déclara Parker.

Ivan lui adressa un sourire.

— Je pense que c'est mieux si je n'ai à te donner les premiers soins qu'une fois par mois, tu ne crois pas ?

Le froncement de sourcils perplexe sur le visage de Parker fut rapidement remplacé par une rougeur embarrassée. Pendant une seconde, Ivan pensa qu'il était allé trop loin avec sa gentille taquinerie, mais Parker se mit à rire.

— D'accord, tu as raison.

Parker se redressa et allait faire un pas en arrière quand Ivan secoua la tête. Ivan l'attrapa par la taille et le porta hors de la cuisine pour épargner ses pieds nus.

V

TRENTE MINUTES plus tard, la cuisine était propre, Ivan était repu avec une soupe à peu près mangeable et un vin tout à fait correct pendant qu'un film d'action qui ne demandait aucune réflexion, mais qui était divertissant, passait sur l'énorme télé de Parker. S'il y avait une chance qu'il puisse s'envoyer en l'air, cette mise en scène serait son idée d'une soirée parfaite.

Un petit pincement dans le cou lui rappela que tout n'était pas tout à fait parfait. Il se frotta la nuque, tournant la tête de côté pour essayer de se soulager un peu de son inconfort.

— Ça va ?

— Ouais, ouais. Juste un peu de stress, ou peut-être que j'ai dormi dans une mauvaise position.

Ce qui ne serait pas entièrement faux. Tout allait de travers avec ses récentes habitudes de sommeil.

— Hum… je pourrais te masser.

Les narines d'Ivan s'évasèrent. Cela devait être invitation. Le désir pulsa doucement dans son bas-ventre, mais un énorme panneau d'interdiction se mit en travers de son esprit. Il pouvait ne pas aimer Neil, mais cela n'excusait pas de tromper quelqu'un. Il ne voulait pas lui faire ça. Pas après sa propre expérience. Les conflits de ses règles de vie, les exigences de son travail et son désir écrasant de Parker s'enchevêtrèrent dans son esprit.

Suivre un plan d'action approprié devenait plus difficile avec chaque minute qui passait. Ce qu'Ivan Bekker voulait faire n'avait pas d'importance, mais que ferait Ivan *Baker* dans cette situation ?

Et si Ivan Baker n'était pas aussi hétéro qu'il le croyait et que c'était la raison pour laquelle il avait divorcé… Il pourrait permettre à Parker de lui faire un massage.

— Oui, bien sûr, ce serait bien.

Parfait. Le ton employé ne le faisait pas paraître trop désireux de sentir les doigts de Parker sur lui.

Parker sourit comme si Ivan lui avait en quelque sorte accordé son vœu le plus cher.

— Tu veux t'asseoir là devant moi ? Nous pouvons déplacer la table.

S'asseoir par terre ? Eh bien, ses muscles n'étaient pas aussi raides, et s'il s'asseyait par terre, il pourrait facilement se convaincre que c'était complètement innocent.

Il s'installa entre les genoux de Parker, la chaleur de son corps réchauffant l'air autour de lui. À la seconde où ses doigts le touchèrent, Ivan perdit la trace de l'intrigue du film. Avec effort, il retint un gémissement alors que les doigts puissants s'enfonçaient dans les nœuds qui menaçaient de transformer son cou en pierre.

Les minutes passèrent, et Parker ne semblait pas se lasser. Alors que la plupart des poings tendus s'assouplissaient, son mal de crâne sourd battait en retraite. Depuis combien de temps n'avait-il pas été aussi détendu ? Le toucher de Parker se transforma en mouvements légers entrecoupés de pressions fermes. Un autre gémissement menaça de lui échapper alors qu'une nouvelle tension sexuelle montait lentement. Il baissa davantage la tête, donnant à Parker un accès plus facile à son dos. Le plus cher désir d'*Ivan* à cet instant, était d'enlever sa chemise et de laisser Parker toucher la peau nue de son dos, mais il n'osa pas. Il y avait tellement de raisons de ne pas se retourner et de pousser Parker sur le canapé, sous lui, mais la seule sur laquelle il pouvait se concentrer à l'instant, était que Parker avait un petit ami. Quelle que soit la tendresse qu'Ivan imaginait, elle n'était rien de plus que celle d'un colocataire attentionné. Également très inattendu de la part d'un trafiquant de drogue, mais il n'était pas censé savoir ça. Ivan Baker ne savait pas ça, et prétendre qu'il ne savait rien soulagea son esprit.

— Hum, hé, murmura Parker.

Ivan leva la tête et se retourna pour regarder Parker. Sa bouche était beaucoup plus proche de la sienne qu'il s'y attendait, suffisamment proche pour que son souffle chaud lui chatouille la lèvre supérieure et il se lécha les lèvres, attirant le regard assombri de Parker, et Ivan se demanda s'il pouvait arrêter l'inévitable basculement de sa tête alors qu'il l'inclinait pour un baiser.

LE COUP soudain donné sur la porte brisa l'ambiance aussi efficacement qu'un coup de feu. Parker recula et Ivan bondit sur ses pieds, allongeant inconsciemment la main pour attraper son arme. Qui ne se trouvait nulle part à proximité et encore moins sur lui. Merde ! Parker resta sur le canapé, abasourdi, son regard rebondissant d'Ivan à la porte.

Bien que le son soit trop étouffé pour qu'Ivan puisse dire s'il s'agissait d'un homme ou d'une femme, le 'ouvre cette putain de porte' était très clair. Et celui qui criait était furieux.

— Est-ce que tu attends quelqu'un ?

Parker secoua la tête avant de contourner Ivan pour aller ouvrir la porte. Ivan lui saisit le bras.

— Attends. Qui que ce soit, il a l'air plutôt en colère.

— Je ne peux pas. Je ne devrais pas l'ignorer, si ?

Sur quelle planète vivait ce gamin ? Quand on commençait à mettre pied dans le trafic de drogue, des gens en colère étaient souvent accompagnés d'armes à feu ou de couteaux. Parker était prêt à ouvrir la porte comme s'il y avait des Témoins de Jéhovah de l'autre côté, voulant discuter du salut de son âme. Pourtant, ni lui ni Parker n'avait d'arme d'aucune sorte.

— Ils vont probablement abandonner et s'en aller.

À moins qu'ils ne décident de revenir et de tirer sur les fenêtres.

La porte s'ébranla à nouveau.

— Ivan Bekker, espèce d'enfoiré. Sors ton cul de là.

Parker leva un sourcil.

— On dirait que c'est pour toi.

Ouais, mais c'était quelqu'un qui utilisait son vrai nom. Il donnerait n'importe quoi, là maintenant, pour avoir le poids rassurant de son Glock sur lui.

— Reste ici.

C'était la seule protection qu'il pouvait offrir, mais Parker ignora ses instructions tandis qu'il se déplaçait pour se poster derrière lui.

Ivan tira sur la poignée de porte, mais comme d'habitude, elle ne bougea pas. Il dut tirer dessus d'un coup sec pour ouvrir la porte gonflée d'humidité en grand, le laissant complètement à découvert et vulnérable face à ...

— Trish ?

Il aurait dû reconnaître sa voix tout de suite, mais il ne s'était pas attendu à la voir. Pas ici.

— Qu'est-ce que tu fous ici, Ivan ? Où diable étais-tu passé ? Et, bon sang qui est-ce ?

Trish le poignarda de son doigt sur l'épaule.

— Calme-toi.

Sa partenaire était vraiment en pétard, et une sensation de malaise s'accrocha à son estomac. Comment l'avait-elle trouvé ? Avait-il eu tort de croire qu'elle n'avait rien à voir avec la taupe du département ?

— Ne t'avise pas de me dire de me calmer. Tu ne peux pas disparaître comme ça, sans...

Ivan la repoussa avec son corps et ferma la porte derrière lui. Elle allait faire sauter sa couverture – si sa présence signifiait que ce n'était pas déjà fait. Mais il ne put voir aucune une trace de duperie ou d'intention meurtrière dans ses yeux. Ses tripes lui disaient de lui faire confiance, et sa tête lui disait qu'il n'avait pas d'autre choix.

— Je ne vais pas discuter de ça avec toi ici. Pas avant que tu te sois calmée.

Ivan parla d'une voix forte et colérique, mais quand Trish fut sur le point d'exploser, il posa un doigt sur ses lèvres, dans l'espoir de la faire taire avant qu'elle ne le morde ou ne dise quoi que ce soit de plus compromettant.

— Joue le jeu. Je suis Ivan Baker. Tu es mon ex-femme, lui murmura-t-il.

Les yeux de Trish s'élargirent, son regard volant vers la porte derrière lui pour se reposer ensuite sur lui.

— Divorce à l'amiable ? murmura-t-elle en retour.

Ivan grogna.

— On n'aurait pas dit ça il y a une minute. Et non, tu m'as complètement plumé.

Un sourire diabolique éclaira son visage.

— C'est bon ça.

— Viens.

Ivan l'attrapa par le bras et l'entraîna vers le trottoir.

— Fais semblant d'être en colère et fais-moi une scène en agitant les bras, mais parle plus bas, d'accord ?

Trish se composa un visage, se glissant parfaitement dans son rôle.

— Je suis furieuse contre toi. Qu'est-ce que tu fous, être signalé absent sans permission alors que tu es sous le coup d'une enquête ? Tu n'es certainement pas déjà en train de te l'astiquer avec ce mec, si ?

Secouant son doigt devant son visage, Ivan répondit.

— Je ne suis pas signalé absent sans permission. Sarge sait où je suis. Et je ne suis pas en train de me le faire. Je suis son colocataire. Mais plus sérieusement, tu ne peux en parler à personne.

— Ton téléphone est éteint, et tu ne vis pas chez toi.

La voix de Trish s'éleva, et Ivan la fit taire d'un 'chut'.

— Je fais juste semblant. Je suis sous couverture.

— C'est quoi ce bordel ? Bekker…

Ivan se racla la gorge et regarda autour de lui.

— Désolée, désolée. Mais tu es en congé administratif le temps d'une enquête. Pourquoi as-tu ressuscité Ivan Baker ?

Ses mains se déplacèrent à ses hanches, la faisant totalement ressembler à une mère en train de réprimander son adolescent récalcitrant.

Ivan haussa les épaules.

— Je n'ai pas eu le choix. C'est une longue histoire, et je ne peux pas te la raconter maintenant.

— Rejoins-moi pour un café ? Ou un dîner ? Je suis inquiète pour toi. Ça pourrait te faire suspendre ou même virer.

À cet instant, il n'était pas sûr de savoir si l'un ou l'autre était une mauvaise chose. Seulement, il ne voulait pas que Parker ou lui se fasse tuer dans l'intervalle.

— Vas-y, maintenant. Je t'appelle quand je peux.

— Tu ferais mieux. Ou Trish *Baker* reviendra, et elle causera plus de boucan.

Elle poussa son corps agressivement contre le sien et saisit son entrejambe. Avec un jappement, il bondit en arrière.

— Bordel, c'était pour quoi ça ?

Un autre sourire démoniaque tordit ses lèvres.

— Peu importe celui qui part ou pourquoi, on doit leur rappeler ce qu'ils perdent. En plus, c'est bon pour ton mec là-dedans.

Ivan suivit sa légère inclinaison de tête pour voir le rideau de la fenêtre de l'entrée remuer. À défaut d'autre chose, cela cimenterait son histoire de couverture. Avec un peu de chance.

— Au fait, comment m'as-tu trouvé ?

— Je pense que tu vas devoir trouver un moyen pour qu'on se voie si tu veux le savoir.

Ivan la dévisagea. Sa légèreté était-elle réelle ? Ou une façon de le mettre en confiance ?

— Oh, pour l'amour de Dieu. Je t'ai suivi de chez ton psy. Et ce n'était pas facile, espèce de connard sournois.

Si quelqu'un pouvait le suivre, ce serait Trish. C'était elle la sournoise de leur paire, et il ne l'avait pas du tout repérée. Il devrait être sur ses gardes, bien que ses instincts lui disaient qu'elle était juste inquiète pour lui.

— Sauve-toi avant que quelqu'un d'autre ne te voie, ou ne relève tes plaques.

— J'y vais, mais sérieusement. Sois prudent.

— Ça ira. Comment va Kurt ?

Il s'inquiétait de laisser savoir combien il se souciait de Kurt et que cela puisse l'entraîner dans tout ce pétrin s'ils pensaient qu'il était un moyen de pression. Kurt devait se concentrer sur sa guérison, et surtout de ne pas se faire aspirer dans cette sale affaire.

— Stable. Il va bien.

Il poussa un soupir de soulagement. Même si Trish était impliquée, elle ne pouvait certainement pas se méfier de lui, demandant des nouvelles d'un collègue inspecteur.

Trish donna une légère pression sur son avant-bras avant de grimper dans sa petite Mazda et de s'en aller. Toute cette opération aurait pu s'écrouler autour de lui si elle avait amené avec elle une voiture de police pour le réprimander. C'était encore possible si les sous-fifres de Razhin surveillaient les lieux et décidaient de lancer une recherche sur ses plaques d'immatriculation, mais il n'avait rien vu qui prouvait une quelconque surveillance. Pour l'instant.

Laissant ses épaules s'affaisser, il se traîna vers la maison. Parker était remarquablement absent du rez-de-chaussée, ce qui était dommage. S'occuper de Trish avait défait tout le bien que le massage lui avait procuré, et Ivan aurait été plus que ravi que Parker reprenne là où il s'était arrêté. Ils avaient été interrompus juste à temps, cependant, parce que dix secondes plus tard et Ivan aurait su à quel point les lèvres de Parker s'adaptaient bien aux siennes, et il soupçonnait qu'elles pourraient s'adapter mieux qu'avec n'importe qui d'autre qu'il avait rencontré.

QUAND IL entendit le gazouillement non familier d'un téléphone qui sonnait, Ivan rejeta ses couvertures, le cœur battant à tout rompre et regarda autour de la pièce en essayant de trouver ses repères. Dès qu'il identifia son environnement comme étant sa chambre chez Parker, il prit une profonde inspiration et essaya de localiser la source du bruit. Il tira le téléphone de sa poche de pantalon, mais ne réussit pas à prendre l'appel avant qu'il ne s'arrête de sonner. Pianotant sur quelques touches, il changea la sonnerie pour en programmer une qui, non seulement lui permettrait de la reconnaître, mais qui ne ressemblait pas au bruit d'un réveil matin à l'agonie. Il n'avait pas reconnu le numéro de téléphone, mais seule une personne pouvait l'appeler sur ce portable.

Il se frotta les yeux, puis regarda l'heure à nouveau. Comment avait-il pu dormir jusqu'à onze heures ? Pour changer, ses cauchemars n'avaient pas perturbé son sommeil. Se levant, il jeta le téléphone sur le lit et s'étira. L'appel téléphonique était un rappel désagréable qu'il était là pour faire son boulot, pas pour traîner à regarder des films avec Parker et à se faire masser, même s'il en avait tiré plus de contentement en faisant cela qu'il n'en avait ressenti depuis longtemps.

Après un rapide contrôle mental du planning que Parker avait laissé à son attention, il se souvint que, normalement il devrait être seul jusqu'à environ quinze heures. Largement assez de temps pour petit-déjeuner et effectuer une fouille correcte de la chambre de Parker, et peut-être de quelques autres pièces de la maison. Une fois qu'il en saurait plus, se serait davantage familiarisé avec l'emploi du temps de Parker, il aurait peut-être à le filer. Il ne savait pas quand Parker rencontrait ses fournisseurs, mais il le devrait à un moment ou à un autre. Être étudiant était, en fait, une couverture parfaite, même s'il s'était attendu à un peu plus d'activité sous forme 'd'amis' ne faisant que passer. Assez longtemps pour échanger de l'argent contre de la marchandise, peut-être certains d'entre eux restants pour converser d'un ton léger un peu plus longtemps, pensant qu'ils étaient réellement amis avec leur dealer, ou dans une tentative malavisée de draguer Parker. En fait, pour un mec aussi attirant, Ivan était étonné qu'il ait pu se débrouiller pour avoir autant de temps libre.

Il s'empara d'un jean, mais ne s'embêta pas à enfiler un tee-shirt et descendit pieds nus. Les marches grinçantes lui étaient déjà devenues familières. Saisissant une pomme à croquer, il jeta un œil dans le frigo. Cela valait-il le coup de préparer un petit-déjeuner élaboré ? Il pourrait faire à dîner un peu plus tôt pour eux d'eux ; il y avait pleins de bonnes choses pour faire une poêlée toute simple.

Toussant alors qu'il s'étouffait presque avec un morceau de pomme, Ivan se redressa et claqua la porte du réfrigérateur. Il n'arrêtait pas de se laisser bercer par l'idée que ceci était une sorte de rendez-vous longue durée, voire une relation. Ils ne vivaient pas vraiment ensemble ; Parker avait un petit ami, et vraisemblablement un engagement prolongé avec la prison.

Un étrange sentiment de lucidité l'envahit, et il s'assit lourdement à la table de la cuisine. Merde ! Il avait vu quelques-unes des retombées sur un jeune gamin – membre d'un gang depuis longtemps et seulement quelques années plus jeune que Parker – qui avait été impliqué dans une stupide guerre de territoire et avait fini en prison. Le mec avait été une sucrerie pour les détenus affamés depuis des années. Parker aurait le même effet d'attraction, et à moins qu'il ne possède des capacités de combats de rue qu'il avait jusqu'ici bien cachées à Ivan, il serait encore moins apte à survivre en prison.

Une chose à la fois. Il devait savoir qui il avait en face de lui. Et cela signifiait trouver tout ce qu'il pouvait à propos des opérations de Parker en évitant aussi longtemps que possible de faire un rapport complet à Martelli. Ivan était ici tout seul, et par Dieu, il allait faire plein usage de cette autonomie. Après tout, juste parce que Martelli avait reçu un tuyau et que Parker avait fumé avec Neil ne voulait pas dire qu'il allait fricoter avec Razhin. Bien des tuyaux s'étaient révélés faux par le passé.

Même s'il avait l'intention de travailler avec Razhin, certainement que Parker, avec son cœur tendre, ses manières prévenantes et à qui sa défunte mère manquait toujours, pouvait être dirigé dans une direction qui ne le conduirait pas tout droit en prison.

Il jeta le trognon de sa pomme dans la poubelle et se lava les mains avant de se diriger vers l'escalier grinçant. Le silence fut sa seule réponse au coup qu'il donna sur la porte de chambre de Parker. Prenant une profonde inspiration, il l'ouvrit.

Les doubles fenêtres étaient toutes deux ouvertes de quelques centimètres, faisant flotter les rideaux dans la chaude brise d'été. L'air frais était agréable, mais Ivan ne put s'empêcher de traverser la pièce pour regarder au travers, évaluant la possibilité pour un cambrioleur d'entrer dans la maison par cet accès totalement non protégé. Non pas que les serrures seraient d'un quelconque effet dissuasif pour un cambrioleur déterminé, mais les fenêtres ouvertes étaient une tentation alléchante quand la maison pouvait résister d'une quelconque manière.

Le toit incliné du porche se tenait sous son nez avec bienveillance. Il ne serait pas difficile de l'escalader et d'entrer par la fenêtre, si ce n'était pour deux facteurs : le toit avait clairement besoin de réparations – le reste de la toiture était-il dans le même état de délabrement ? Si c'était le cas, Parker devrait sans doute en être averti – et, alors qu'un arbre fournissait une ombre partielle, il y avait quelques branches qui masquaient le champ de vision de chaque fenêtre depuis la rue. La probabilité d'être observé serait le moyen de dissuasion le plus efficace. En outre, il serait difficile d'aborder le sujet avec Parker. *Oh, en passant, j'étais dans ta chambre, et ce n'est pas très prudent de laisser tes fenêtres ouvertes...*

Ouais, cela ne se passerait pas bien du tout. Ça pourrait même lui valoir le prix du pire colocataire qui soit, s'il ne se faisait pas botter le cul et mettre à la porte.

Une autre brise s'engouffra dans la pièce, portant avec elle un aperçu de la chaleur de midi. Peut-être que Parker ne laissait la fenêtre ouverte qu'occasionnellement, les jours où il n'était pas supposé faire une chaleur torride. Sinon, cette pièce devait devenir étouffante, surtout quand il n'y avait pas d'ombre ni de courant d'air avec la porte fermée. Sa propre chambre avait l'avantage d'avoir plusieurs arbres de grande envergure dans le petit jardin devant sa fenêtre pour l'empêcher de devenir trop chaude sous le soleil. Mais bon, la chambre de Parker ne recevait la lumière directe du soleil qu'en début de matinée.

Il se retourna vers la chambre et se dirigea directement vers le lit avec ses draps défaits. Effleurant l'oreiller froissé d'une main légère, il crut un instant pouvoir encore sentir Parker dans les draps. Sans l'interruption à temps et pourtant inopportune de Trish, il aurait pu se réveiller dans ces mêmes draps. Le matelas était ferme, avec un plateau-coussin. Fort semblable à celui que lui et Colin avaient envisagé d'acheter avant qu'ils se séparent. Maintenant, Ivan était heureux qu'ils n'aient pas dépensé l'argent, mais c'était un achat inhabituel pour un étudiant universitaire.

Caresser les fichus draps de Parker n'était pas ce pour quoi il était ici, et il s'obligea à arracher sa main alors qu'il s'agenouillait. Il enfonça une main entre le matelas et le sommier. Pas la cachette la plus inventive, mais pratique pour un nombre surprenant de criminels manquant de prévoyance.

Ivan fit le tour du lit, mais ne trouva rien à part les étiquettes du matelas. Deux paires de chaussures et un pull à capuche avaient élus domicile sous le lit, avec assez de moutons de poussière pour le soulager de la suspicion que Parker puisse avoir une sorte de trouble obsessionnel compulsif du nettoyage. Probablement que garder les choses propres et rangées, en particulier dans la cuisine et la salle de bain, avaient été une habitude nécessaire quand il s'occupait de sa mère, une habitude dont il ne s'était pas débarrassé après sa mort. Pour laquelle Ivan lui était reconnaissant. Son propre dortoir quand il était étudiant avait été une porcherie, et il avait enduré assez de conditions sordides pendant ses missions sous couverture pour apprécier que la maison de Parker soit plus agréable que d'être chez lui. En dehors de tout ce truc de 'peut-être devoir l'arrêter'.

Ivan secoua la tête. Trop tôt pour s'en faire à ce sujet. Il n'avait rien trouvé qui vaille la peine d'ouvrir une enquête ou de requérir un mandat ni quoi que ce soit d'autre. Si une part de lui espérait qu'il ne trouve rien, alors quoi ?

S'asseyant sur le lit, il réfléchit à l'endroit où il devrait chercher ensuite. Il ne voulait pas perdre de temps à se décarcasser à chercher dans les cartons si ce n'était pas nécessaire. Les gens ne cachaient pas une merde de cette importance dans des cartons à moins de le vouloir, et Parker n'avait pas à le faire.

Table de chevet, placard ou commode. Il devrait tous les fouiller de toute façon. Il évita l'intimité de la table de chevet en faveur de la commode et fouilla soigneusement dans chaque tiroir, à la recherche de tout ce qui pourrait être lié au trafic de drogue. Merde, un joint ou deux n'étaient même plus illégaux de nos jours. Aussi fort qu'il ait voulu débouler dans la chambre de Parker pour l'empêcher de se défoncer l'autre soir, il n'avait aucun argument à avancer. Un peu d'herbe pour un usage personnel n'était pas un problème, mais Martelli croyait qu'il y avait beaucoup plus qui transitait entre les mains de Parker. Après avoir vérifié le contenu de chaque tiroir, il les retira de la commode et vérifia si quelque chose pouvait être collé sur le dessous ou à l'intérieur de la structure.

À part de la poussière et quelques sous-vêtements légers – fourrés bien au fond du tiroir avec les étiquettes toujours accrochées dessus – Ivan ne trouva absolument rien. Les strings attisèrent son imagination plus longtemps qu'il ne voulut bien l'admettre. Il n'avait jamais été un fan de strings, mais il était étrangement heureux que Parker n'ait pas jugé bon de jouer les mannequins pour Neil.

Il se redressa et s'étira, laissant craquer ses vertèbres. Ayant déjà décidé de laisser l'inspection des cartons pour une autre fois – en supposant que cela devienne nécessaire de les fouiller – il jeta un œil à sa montre. Encore deux heures au moins. Il pouvait éliminer la table de nuit de ses recherches, et il aurait encore le temps de s'occuper du placard.

Commencer avec le second tiroir fut une erreur, et Ivan le referma presque aussitôt après l'avoir ouvert. Sex-toys. Pas beaucoup, considérant que Parker pouvait clairement se permettre davantage s'il le voulait.

Mais bon, et si ces deux jouets étaient les favoris de Parker ? Pour ce qu'Ivan en savait, l'un des cartons pouvait contenir une pléthore de jouets moins capables de donner du plaisir à Parker que les deux dans le tiroir. Ivan se secoua. Peu importait cette histoire de sex-toys, le plus important était le petit ami en chair et en os et penser à Parker avec des sex-toys était infiniment plus facile et plus excitant que de l'imaginer avec Neil.

Se préparant pour une autre surprise, peut-être plus perverse, Ivan ouvrit le tiroir du haut. Il cligna des yeux. Qu'est-ce que c'était que ça ? Toute personne ayant besoin d'un jouet impliquant des tuyaux à vide et une prise électrique était bien plus perverse que lui. Avec précaution, il sortit un des tubes pour s'assurer que rien n'était caché au fond du tiroir. Un masque, comme celui d'un pilote de chasse, était attaché au bout. Ce qui ne rendait pas son utilisation plus compréhensible, mais au moins l'extrémité du corps pour laquelle cet appareil était conçu devint plus évidente.

Le grincement explosif de la porte d'entrée gonflée d'humidité propulsa Ivan de sa position assise sur le lit. Il fourra l'appareil dans le tiroir et le referma aussi vite qu'il le put sans le claquer. Il n'avait pas perdu deux heures à faire ça, impossible. Parker devait être là plus tôt pour une raison quelconque. Ivan se glissa hors de la chambre et referma la porte au moment où le premier craquement provenant des marches annonçait son ascension. Se cacher dans sa chambre serait la meilleure option, mais si Parker était revenu à la maison parce qu'il ne se sentait pas bien ? Il aurait besoin de le savoir parce que cela modifierait ses plans pour le dîner.

À la place, il se glissa dans la salle de bain et tourna rapidement le robinet pour se mouiller les mains. Il les sécha sur la serviette de toilette et sortit de la pièce. Rien de plus anodin que d'utiliser les toilettes.

— Neil ?

Ivan trébucha presque sous le choc. Neil était la dernière personne qu'il s'attendait à voir en haut des escaliers, et pourtant, cela n'aurait pas dû être une telle surprise.

— Où est Parker ?

Neil le regarda comme s'il avait perdu la tête, mais était-ce vraiment une question bête ? Il n'avait pas eu l'impression que Neil vivait ici, de même qu'il ne lui semblait pas qu'il ait une clé. Et même si c'était le cas, étaient-ils tous les deux réellement à un point de leur relation où Neil pouvait s'inviter pendant que Parker n'était pas chez lui ? Si oui, ils étaient probablement sur le point de rendre tout cela officiel. Ivan fronça les sourcils. Il ne devrait vraiment pas se prendre la tête avec la vie sociale de Parker.

— Je ne sais pas. En cours ou ailleurs.

Il frôla Ivan en le dépassant et tendit la main vers la poignée de la porte de la chambre de Parker.

— Est-ce que Parker sait que tu es ici ?

Neil fit un pas en arrière, un air menaçant sur le visage.

— Sais pas. Est-ce qu'il sait que *tu* es là ? N'es-tu pas supposé être en train de bosser ? Tu as un loyer à payer, tu te souviens ?

Le venin dans la voix de Neil le surprit, et il dut prendre un moment pour trouver une réponse adéquate. Parce que oui, que faisait-il à la maison à cette heure ? Stupide faux boulot dans les assurances. Il aurait dû choisir un job qui le faisait bosser chez lui… Minute.

— J'ai pu travailler à la maison aujourd'hui.

Le grognement en réponse était teinté d'incrédulité.

— Peu importe. Si je découvre que tu mens à propos de ton job et que tu gruges Parker sur le loyer, tu seras foutu dehors plus vite que ta femme t'a éjecté. Il n'a pas besoin d'un locataire, et je lui ai dit dès le début.

— Je ne mens pas.

Il ne pouvait pas se permettre que l'un ou l'autre regarde de plus près son passé falsifié. Pas s'il espérait éviter d'attirer l'attention des sbires de Razhin.

— Je m'en moque. J'ai tout autant le droit d'être ici que toi.

Neil leva la main vers la porte, mais celle d'Ivan lui saisit l'avant-bras sans qu'il en soit conscient.

— Vraiment ? Donc, je n'ai aucune considération en tant que locataire payant un loyer ? Tu peux juste débarquer ici quand ça te chante, sans prévenir ?

— Pourquoi ? Qu'est-ce que tu as à cacher ? Outre le fait de vouloir le cul de Parker.

Le rire moqueur de Neil trancha dans le vif, et le visage d'Ivan s'échauffa. Il n'avait rencontré Neil qu'une seule fois auparavant. Comment avait-il su ?

— Non ! Bien sûr que non !

Neil poursuivit comme si Ivan n'avait pas parlé.

— Peur que je débarque alors que tu essayes de mettre la main sur mon mec ? Bonne putain de chance. Tu es bien trop vieux pour lui.

Le rougissement d'Ivan s'intensifia. Il le savait, mais cela ne l'avait pas empêché de vouloir Parker. Ni même l'existence du petit ami de Parker, qui avait toutes les raisons d'être furax.

— Je ne sais pas si tu croyais qu'emménager ici te donnerait l'opportunité de mettre la main sur des queues plus jeunes, ou si tu pensais que Parker serait assez naïf pour s'abandonner à ton cul reconverti, mais crois-moi, ça ne marchera pas. Tu devras aller te trouver une proie ailleurs.

Neil ouvrit la porte de Parker et la claqua au visage d'Ivan avant que ce dernier ait pu complètement réaliser qu'il pensait que son emménagement était une sorte de stratagème tordu pour obtenir des faveurs sexuelles d'un jeune homme sans méfiance. Le verrou tourna, et tous les autres sons furent atténués par de la musique tonitruante s'échappant de la station d'accueil qu'Ivan avait remarquée un peu plus tôt.

Ivan se glissa de nouveau dans sa propre chambre. Fermer la porte ne coupa pas le battement sourd et persistant s'infiltrant sous chaque porte. Cela n'atténua pas non plus son inquiétude. L'attitude insolente de Neil était inattendue, mais sa propre réaction troublée l'avait été plus encore. Il n'avait aucune idée de ce qu'il devait penser ou faire. Défoncer la porte de Parker et jeter Neil dehors – son premier instinct à chaque fois qu'il était dans les environs – endommagerait irrémédiablement la connexion naissante qu'il construisait avec Parker.

À bien des égards, il ne pouvait même pas blâmer l'hostilité de Neil. Ivan voulait vraiment coucher avec Parker, et celui-ci était le petit ami de Neil. Ivan essaya d'imaginer comment il se sentirait si son propre compagnon avait un colocataire qui voulait lui mettre le grappin dessus. 'Pas heureux' fut la réponse, et il ne voudrait pas non plus être ami avec le gars qui bavait sur son mec.

Le problème était que, chaque jour, cela devenait de plus en plus difficile de ne pas toucher Parker, de s'empêcher de se laisser s'installer dans une relation imaginaire. Il ne s'était jamais senti aussi bien et en sécurité avec quelqu'un d'autre. Peu importait ce qui arrivait à l'extérieur de chez Parker, l'intérieur ressemblait à un temps mort dans sa vie de folie. Il avait un travail à faire, et Parker risquait d'aller en prison à la fin de celui-ci, mais plus longtemps il pouvait l'ignorer, mieux c'était. Peu importait à quel point Parker était doux à la maison, Ivan n'avait pas ce qu'il fallait en lui pour laisser un trafiquant de drogue s'en sortir comme ça. Ce n'était pas la première fois qu'il s'entendait bien avec un criminel pendant qu'il était infiltré, mais c'était le premier qu'il voulait dans sa vie… La vie d'Ivan Bekker, pas la fausse vie d'Ivan Baker.

Il s'était déjà imaginé présenter Parker à ses parents, à ses sœurs. Rick l'avait vu ; Trish aussi. Parker, malgré la différence d'âge, s'entendrait très bien avec ses amis et sa famille.

Merde ! Il devait sortir d'ici. Aller courir, faire des courses, n'importe quoi. Quelque chose pour garder son esprit loin de savoir que Neil traînait sur le matelas duveteux de Parker parce qu'il appartenait à ce lieu, parce que Parker le voulait là.

Parker avait corrompu son esprit, et cela l'effrayait complètement. Pendant un moment, il souhaita avoir quelqu'un à qui parler, mais il n'y avait personne. Même son nouveau thérapeute était hors de portée, et il forçait déjà sa chance en marchant sur un fil aussi tenu entre sa vie réelle et son rôle d'agent infiltré.

PARKER DÉBOULA en haut de l'escalier et fit irruption dans sa chambre.

— Oh, Neil, salut.

Son ami était étendu sur son lit comme si la chose lui appartenait. Chose amusante, Neil n'avait jamais passé la nuit dessus, même s'ils avaient couché ensemble dessus une fois ou deux. Sa mère, quelques mois avant sa mort, avait insisté pour que Parker ait un nouveau lit, un des meilleurs que l'argent pouvait acheter, parce qu'elle voulait s'assurer qu'il fasse tout ce qui était en son pouvoir pour avoir suffisamment de sommeil. Elle savait à quel point les derniers jours avant sa mort pouvaient être stressants, et le lit avait rendu ses nuits blanches au moins plus confortables.

— Salut. Je pensais que tu finissais tôt aujourd'hui. Qu'on aurait pu traîner.

— Non Aujourd'hui, c'était une de mes journées interminables. Pourquoi pas ce soir ?

Ça ne l'était pas, pas exactement, mais dire à Neil qu'il passait parfois vingt heures par semaine à faire du bénévolat au centre de réhabilitation pour ceux qui avaient subi des traumatismes physiques ne lui aurait valu qu'un roulement d'yeux et une gentille – ou peut-être pas si gentille – moquerie. Neil ne comprenait pas son envie de finir ses études et d'avoir une carrière. Il pensait qu'il devrait investir tout l'argent que sa mère lui avait laissé dans son projet de boîte de nuit. Non pas qu'il ne croyait pas au rêve de Neil, mais le fonds que sa mère avait monté ne fonctionnait pas de cette façon, et il ne disposait d'aucun moyen de rembourser un prêt hypothécaire. Peut-être que s'il louait sa maison de campagne de Muskoka, il aurait un revenu que les banques considèreraient comme acceptable, mais il ne voulait pas le faire. Comme il l'avait dit à Ivan au cours d'une de leurs conversations durant le week-end, il avait tellement de bons souvenirs de sa mère et de ses grands-parents dans cette maison, qu'il ne pouvait pas supporter l'idée de la vendre ou de la louer, mais il n'était pas prêt non plus à y retourner. Pas encore.

— Nan, peux pas. Des gens à voir, des affaires à gérer.

Les mots auraient pu être une critique passive-agressive destinée à provoquer la culpabilité de Parker pour ne pas lui remettre les fonds qui lui permettraient de démarrer sa boîte de nuit, mais il choisit de le prendre comme une preuve que Neil allait faire en sorte de s'organiser pour que ses rêves se réalisent par lui-même. Ce serait mieux de cette façon. Il tirerait plus de fierté dans l'accomplissement d'un tel projet tout seul, et Parker admirait la passion dont Neil faisait preuve.

— Où est Ivan ?

Si Ivan avait passé une bonne journée, il devrait probablement être déjà rentré de son travail.

— *Où est Ivan ?* Comment diable le saurais-je ?

Le ricanement contenu dans la voix de Neil indiqua à Parker qu'Ivan était devenu un nouveau sujet sur la liste des tabous de son ami.

Parker jeta son sac à dos dans un coin et ouvrit le placard, à la recherche de vêtements plus confortables.

— Je pensais juste qu'il serait rentré maintenant.

— Il était là quand je suis arrivé ici. Ce qui était louche parce qu'il était quelque chose comme… deux heures.

— Deux heures ?

Neil traînait dans sa chambre depuis deux heures de l'après-midi ?

— Qu'est-ce que tu as fait tout ce temps ?

Neil fit un geste négligent vers la station d'accueil.

— J'ai écouté quelques nouvelles chansons pour le club. Fumer un joint. Fais un petit somme. Tu vois, quoi…

C'était une sorte d'épiphanie. Neil avait fumé dans sa chambre, et il ne l'avait même pas remarqué. Neil venait-il souvent à la maison pour faire ça ? Assez souvent en tout cas pour que Parker soit maintenant immunisé contre l'odeur. Pathétique tout ça. Ivan devait penser qu'il était une sorte de drogué.

— Tu es sûr que tu ne veux pas rester ce soir ? Tu as mangé ?

— Je te l'ai dit, j'ai des gens à voir.

Mais il avait le temps de traîner tout ce temps tout seul chez lui ? Il ouvrit les rideaux en grand, laissant entrer un peu de l'éclatante lumière du soleil, et examina le lit à la recherche d'une trace de quelqu'un d'autre. Même si Parker avait clairement fait savoir à Neil la dernière fois que coucher ensemble dans son lit était une ligne qu'il ne franchirait plus à nouveau, son ami pouvait avoir amené un mec ici.

Neil sauta hors du lit, mais à part les plis causés par le fait d'avoir dormi dans ses vêtements, rien n'indiquait qu'il y ait eu des relations sexuelles d'une quelconque nature dans son lit. Si Parker n'en avait aucune ici, son meilleur ami ne pouvait pas non plus. Pas alors qu'il avait son propre appartement pour se taper ses coups d'un soir.

— Je dois y aller. Mais fais gaffe à toi. Je n'ai pas confiance en cet Ivan.

Oh Seigneur ! Quoi encore ?

— Pourquoi ?

La lèvre de Neil se tordit, juste un peu.

— Il était à la maison quand je suis arrivé ici. Tu es sûr qu'il a un job et qu'il peut payer le loyer ?

— Je pensais que je n'avais pas besoin de l'argent du loyer.

Combien de fois Neil lui avait-il dit qu'il n'avait pas besoin d'argent quand il avait décidé de passer une annonce pour un colocataire ? La solitude était une raison stupide selon l'avis de son ami. S'ils étaient sortis ensemble, il aurait cru que Neil était jaloux, mais il n'avait jamais été du genre jaloux. Il était son meilleur et plus vieil ami et était resté avec lui durant quelques-uns des pires moments de sa vie. Il lui devait sa loyauté, et si cela signifiait passer outre ses excentricités, eh bien, c'était ce que faisaient les amis.

Neil prit une inspiration qui coupa court à une moquerie railleuse.

— Tu n'en as pas besoin. Mais depuis que ce vieux type est là, tu peux tout aussi bien profiter de l'argent du loyer.

Vieux type ? Neil avait-il *regardé* Ivan ? Bien sûr, il était plus âgé, mais tellement sexy que ça faisait presque mal de le regarder. Ivan était le genre de mecs sur lequel Parker bavait dans les magazines et les pornos, mais qu'il n'aurait jamais le courage d'approcher pour un rencard.

— Il ne devait pas se sentir bien ou être malade. Un truc dans le genre.

Ivan ne dormait pas bien. Plusieurs fois, Parker avait entendu des bruits provenant de sa chambre. Il avait pensé entrer pour voir si Ivan allait bien, mais cela ne semblait pas approprié, et il se calmait toujours avant que Parker n'ait pris une décision.

— Il a dit qu'il travaillait à la maison, mais je ne sais pas. Je ne fais pas confiance à ce mec. Je pense qu'il est ici pour ton cul. C'est peut-être un harceleur et toi, qui voulais un colocataire, tu lui as permis de s'introduire exactement là où il voulait.

— Un harceleur ? Neil, c'est ridicule. Et il n'est pas là pour mon cul.

Oh, si seulement ! Parker lui offrirait sans une seconde d'hésitation si Ivan était intéressé.

— Je t'ai dit qu'il est hétéro. J'ai rencontré sa femme.

— Je me fous que tu rencontres le harem de ce type. Cet homme est gay et il veut se taper ton cul. Il a probablement passé la journée à renifler tes slips.

Une bouffée de chaleur envahit le visage de Parker et une lueur d'espoir s'alluma en lui. Plutôt malade de sa part qu'il trouve l'idée flatteuse et sexy. Ivan pouvait-il être gay ? Était-ce peut-être la raison pour laquelle il avait divorcé ?

— Tu es sûr que tu ne veux pas rester ? J'ai un film d'horreur qu'on pourrait regarder.

Il n'en avait pas, mais Neil détestait ce genre de film. Pour une raison quelconque, avoir en même temps Neil et Ivan dans la maison ensemble était comme de naviguer à travers un champ de mines. Il ne voulait pas passer la soirée à éviter les bombes de Neil et dévier ses commentaires acerbes et pas très subtils.

— Bon sang, Parker, va t'acheter du goût avec l'argent du loyer que le vieux te donne.

Il leva les yeux d'exaspération et ramassa son sac.

— À plus tard.

— Salut, Neil.

Parker se tint debout près de la fenêtre, et après quelques secondes, vit Neil marcher dans l'allée. Après qu'il eut disparu, il resta là, ne voulant pas admettre qu'il guettait le retour de son colocataire. Il devrait probablement étudier, mais il était complètement absorbé, et il ne se sentait pas l'envie de traîner dans sa chambre. Cela semblait un peu antisocial si Ivan devait rentrer à la maison. Il se changea rapidement pour enfiler un jean plus confortable et un tee-shirt plutôt usé et plein de trous et descendit regarder la télévision.

La porte d'entrée s'ouvrit avec fracas au moment où il mettait un pied au sol, et il sursauta. Sa première pensée – que Neil avait oublié quelque chose – fut immédiatement dissipée par l'homme blond en sueur et au visage rougi qui se tenait dans l'embrasure de la porte.

— Ivan.

Parker n'avait de souffle pour aucun autre mot. Le tee-shirt blanc collait aux muscles bien dessinés, presque transparent. Même cela ne pouvait se comparer aux shorts longs de survêtement qui avaient été lavés si souvent qu'ils en étaient presque aussi usés que le tee-shirt qu'Ivan portait. Il ne savait pas où il était allé, mais il avait l'air délicieux. L'humidité avait assombri ses cheveux blonds leur donnant une couleur de miel ambré et coiffés en épis désordonnés. Les cernes sous ses yeux attestaient de son épuisement.

— Oh. Parker. Salut. J'étais parti courir.

Courir. La chaleur et l'humidité de la journée avaient fait leur office – à moins que le mec ait trottiné tranquillement à travers la ville et soit revenu – parce que, quand Parker l'avait accompagné, Ivan avait été loin d'être aussi en sueur et épuisé. D'un autre côté, il y était peut-être allé doucement avec le novice qu'il était.

— J'aurais pu t'accompagner, si tu avais attendu.

Quelque part Ivan réussit à hausser un sourcil et contourna Parker pour attraper une bouteille d'eau dans le réfrigérateur. La rebuffade pouvait n'être rien de plus qu'une illustration de son état d'épuisement, mais Parker en ressentit un pincement à l'estomac. L'attitude d'Ivan le fit hésiter à essayer de savoir si Neil avait raison. Il avait eu sa juste part de rejets dans sa vie, et il n'était pas prêt à en faire l'expérience avec son nouveau colocataire.

Néanmoins, Parker le suivit dans la cuisine.

— Tu veux que je prépare quelque chose pour le dîner ?

Le regard sombre qu'il obtint en retour lui fit faire un pas en arrière. Peut-être qu'il avait demandé trop d'attention. Les colocataires passaient-ils normalement autant de temps ensemble ? Il savait que Chris et Thom étaient amis, mais Chris passait tout son temps avec Alicia.

Parker faillit s'excuser, mais il ne savait pas ce qu'il avait fait de mal, et Neil l'avait souvent envoyé promener par le passé pour être tout le temps en train de s'excuser. En plus, il n'avait plus faim du tout.

Quand Ivan pencha la tête en arrière pour finir la bouteille, Parker choisit la voie de la lâcheté en allant s'asseoir devant la télévision. Il s'était vite habitué à passer ses soirées avec Ivan. Cela ne faisait que quelques jours, mais c'était peut-être pour ça qu'il n'avait pas de petit ami. Il demandait trop de leur temps et d'attention de leur part.

Il changea de chaîne, mais ne put se concentrer sur l'émission qu'il regardait.

— Où est Neil ?

Ivan s'appuya contre le chambranle de la porte, un peu moins rouge qu'avant, mais toujours aussi humide et délicieux qu'il l'avait été quelques instants plus tôt.

— Parti. Pourquoi ? répondit Parker d'un ton acerbe.

Il ne voulait pas mettre l'accent sur leur différence d'âge, parce qu'il voulait qu'Ivan le regarde comme un homme... En supposant qu'il soit, comme Neil le soupçonnait, gay. Le ton mordant et maussade n'aidait probablement son cas en aucune manière.

Le regard courroucé sur le visage d'Ivan s'atténua, et comme le reste de son corps se détendait, Parker prit conscience de l'état de tension et de rigidité dans lequel il s'était tenu depuis qu'il était rentré à la maison.

— Sans raison. Je pensais juste à quitter les lieux, je ne voulais pas empiéter sur votre temps ensemble.

Empiéter sur leur temps ensemble ? Façon plutôt étrange de dire les choses, mais le sentiment était agréable. Même si Parker voulait passer du temps avec Ivan bien plus qu'avec Neil. Son ami ne semblait jamais se soucier de ce que Parker voulait faire.

— Il doit travailler ce soir. Nous pourrions regarder un autre film.

Parker regardait peut-être trop de films, mais il adorait ça, et il n'aimait pas beaucoup les endroits où Neil l'emmenait, quand il prenait la peine de l'inviter, bien sûr. Il devrait probablement accepter l'une des nombreuses propositions d'Alicia de sortir. En fait, oui, il le ferait. La prochaine fois qu'elle l'inviterait, il irait, quoi qu'il arrive. Sa soudaine conviction le fit sourire. Pendant un moment, avant qu'Ivan ne lui sourie en retour, son expression fut complètement indéchiffrable.

— Et tes cours ? Je ne veux pas te tenir éloigner de tes études.

— Nan. Je suis complètement à jour.

— Que dirais-tu de quelque chose de différent ?

Différent ? Le ventre de Parker papillonna alors qu'il imaginait les différentes choses qu'ils pourraient faire, surtout s'ils commençaient avec un massage comme l'autre soir. Toucher Ivan lui donnait tant de plaisir, même si son colocataire ne voulait pas le toucher en retour.

— Bien sûr. À quoi pensais-tu ?

S'il vous plaît que ce soit à s'embrasser ou au sexe ou...

— Est-ce que tu joues aux cartes ?

Fronçant les sourcils, il fixa Ivan pendant un moment, essayant de comprendre où le mot 'cartes' pouvait bien s'insérer avec 'toucher Ivan', avant de traiter la question.

298

— J'avais l'habitude de jouer à cribbage [6] avec ma mère, et Neil a essayé de m'apprendre le poker, mais je n'arrive pas à comprendre la stratégie qu'il y a derrière ce jeu.

— Je pense me souvenir comment fonctionne cribbage, donc nous pouvons y jouer, mais tu n'as pas besoin de connaître la stratégie du poker pour y prendre plaisir.

Le coton étouffa ses derniers mots alors qu'Ivan tirait sur le bord de son tee-shirt pour s'essuyer le visage. La vaste étendue d'abdominaux ciselés et parsemés d'une traînée d'or flou menant à sa ceinture de pantalon, hypnotisa Parker.

Le tee-shirt retomba, ramenant les circuits de logique de Parker à peu près à la normale.

— Mais, Neil dit…

Ivan grogna et leva les yeux.

— La stratégie est importante seulement si tu joues à ce jeu pour de l'argent, au casino ; faire capoter la stratégie de joueurs sérieux en faisant jouer des néophytes peut bien les faire chier. Là, je ne fais que parler du style de poker habituel des mecs en soirée. La plupart du temps c'est pour le plaisir, même si parfois tu peux engager un billet de vingt dans la partie. Merde, j'ai souvent participé à des parties où les gars devaient avoir une antisèche sur laquelle était notée quelle main était la meilleure.

Ça sonnait bien mieux que la façon d'apprendre style sergent major de Neil, comme s'il essayait de préparer Parker pour un tournoi de poker à mort. Au moins il se souvenait qu'une main pleine battait un flush.

— D'accord, ça m'a l'air amusant.

Amusant. L'ingrédient manquant essentiel quand il jouait aux cartes avec Neil.

— Nous pouvons commencer avec cribbage, si tu veux.

— Et pour le dîner ?

Cette fois, Ivan sourit largement et tout son visage s'éclaira.

— Il n'y a pas de dîner correct les nuits de poker. Nous n'avons pas le temps de faire du chili et j'ai bien trop chaud de toute façon, mais nous avons des légumes, des bâtonnets et du fromage. Ce sera suffisant.

---

6 Le Crib – également nommé *Cribbage* ou *121* - est l'un des jeux de cartes les plus populaires du monde anglophone. Il se joue avec 52 cartes normales où les cartes de 2 à 10 valent leur valeur nominale, les as 1 et les valets, dames et rois 10. L'objectif est d'être le premier à atteindre 121 points ou plus accumulés en plusieurs donnes.

Le sourire était contagieux et suscita l'excitation dans le ventre de Parker, ainsi qu'une minuscule pointe de déception puisqu'il n'y aurait aucune excuse pour le toucher accidentellement, comme cela aurait été le cas s'il avait donné à Ivan un autre massage ou s'il l'avait convaincu de s'asseoir sur le canapé à côté de lui.

— Tu veux bien commencer à préparer les encas pendant que je me douche ?

Ivan tourna les talons et monta bruyamment les marches après que Parker eut hoché la tête. Il dut s'agripper au bord du comptoir pour se stabiliser alors qu'un flot d'images le frappaient – Ivan, mouillé, plein de savon et glissant, se touchant, se frottant. La vapeur faisant des volutes vers le plafond, la condensation rendant les coins du miroir et de la fenêtre troubles.

Parker pouvait s'imaginer se glisser à l'intérieur de la salle de bain et regarder les mouvements déformés d'Ivan à travers le rideau de douche transparent. Il se rincerait en fermant les yeux et en levant la tête vers le pommeau de douche, un sourire heureux sur le visage. Ensuite, il appuierait un bras contre le carrelage tandis qu'il saisirait son sexe dur de son autre main et…

L'eau s'arrêta de couler, coupant court au fantasme de Parker avant que les détails ne l'excitent davantage.

Le désir alluma un battement impatient dans son bas-ventre, et il chercha désespérément un peu d'air dans l'espoir d'apaiser le feu qu'il ressentait avant qu'Ivan redescende. La dernière chose dont il avait besoin était de l'accueillir avec une érection massive. Il était peu probable qu'Ivan le prenne comme un compliment.

Au moment où les pas de son colocataire se firent entendre dans la cuisine, Parker avait presque fini de préparer leur collation, mais une légère érection persistait. Il se rajusta subrepticement avant de faire face à Ivan, espérant que son érection n'était pas trop évidente.

— Est-ce que tu veux une bière ?

— Non. Juste de l'eau. J'ai couru assez loin pour que mes jambes ressemblent à du caoutchouc, et j'ai besoin de me réhydrater. Mais prends-en une, si tu veux.

Ivan agita un jeu de cartes vers lui et posa le paquet sur la table avant d'attraper deux bols posés sur le comptoir.

— Nous utilisons tes cartes ? demanda Parker.

Parker les reconnut pour les avoir aperçues lors de sa petite incursion dans la chambre d'Ivan. Il plaça le dernier plat de leur collation sur la table.

— Est-ce que c'est important ?

Parker s'assura que son visage était correctement solennel.

— Eh bien, elles pourraient être marquées. Je ne saurais pas faire la différence.

Les yeux d'Ivan s'agrandirent avant qu'il se mette à rire.

— Non, je te l'ai dit, c'est pour le plaisir. Les cartes marquées, c'est pour les affaires.

Il lui adressa un clin d'œil, et Parker rit aussi.

— Parce que je suis un gentleman, et que tu peux être sûr que je ne triche pas, je vais te laisser battre les cartes en premier.

Parker leva les yeux avant de saisir le paquet de cartes et de les mélanger.

— Je dois t'avertir, je suis plutôt bon à cribbage.

— Et alors ? Je vais te faire mordre la poussière au poker.

Avec un large sourire, Parker distribua les cartes.

VI

'JE VAIS travailler maintenant. Je devrais être à la maison à temps pour le dîner.'

Ivan ignora le pincement de déjà vu que ces mots lui causèrent. Il avait souvent dit la même chose à Colin, et il soupçonnait que de tels mots n'étaient pas communs pour des colocataires. En fait, il savait qu'ils ne l'étaient pas, mais quelque part, Parker et lui étaient tombés dans une relation plus proche qu'il n'en avait eue avec aucun colocataire. N'en ayant jamais eu auparavant, Parker ne réalisait probablement pas à quel point c'était inhabituel, mais Ivan ne s'en préoccupait pas. Il n'était pas prêt à abandonner le réconfort que Parker lui apportait. Pas encore. Pas avant qu'il n'ait de preuve concrète de quoi que ce soit. Une couverture pouvait durer des mois, même s'il serait surpris que Martelli soit capable de le couvrir pendant si longtemps. Il avait besoin d'en finir avec ça rapidement pour son patron... Mais aussi le plus lentement possible pour Parker.

Ne voulant pas risquer de se faire prendre dans la maison deux jours d'affilée par un Neil jaloux et suspicieux, Ivan était en train de mettre en œuvre l'autre partie de son plan. Une bonne chose dans le fait d'aller courir était qu'il avait repéré quelques endroits d'où il pourrait observer la maison s'il en avait besoin. Il se dirigeait vers l'un d'eux maintenant, parce que Parker devait bientôt sortir pour aller en cours. Il l'avait suffisamment observé pour savoir que Parker se rendait toujours sur le campus en marchant, et Ivan aurait à le suivre, probablement pendant plusieurs jours, pour s'assurer qu'il se rendait bien là où il disait aller, aussi bien que pour observer les gens avec lesquels il interagissait.

Au besoin, il prendrait des photos avec son téléphone. La prochaine fois qu'il irait à son rendez-vous de thérapie, où durant sa prochaine entrevue avec l'UES, il s'arrêterait chez lui, ou dans un endroit sûr, pour les télécharger.

Il s'appuya contre un poteau téléphonique en bois. Pendant qu'il attendait, il défit les vieilles agrafes rouillées, utilisées pour fixer des millions de tracts au fil des ans.

Parker arriva en vue, pas vraiment souriant, mais clairement heureux avec le monde. Sa joie atténua son agitation et le fit sourire. Il remua ses doigts qui le démangeaient de toucher les cheveux hérissés de Parker.

Une fois le jeune homme suffisamment loin, Ivan se glissa hors de l'espace lui servant de cachette et suivit ses fesses bien moulées à distance respectable.

Après avoir failli se retrouver face contre terre trois fois et avoir heurté une demi-douzaine de piétons à l'épaule, il dut envisager que, peut-être, il était un peu trop fixé sur ce cul délectable.

Les trottoirs étaient obstrués d'étudiants se dirigeant vers leurs cours, engorgeant l'entrée d'une station de métro, mais Parker ne s'arrêta pour parler à personne. Il contourna les larges groupes, se déplaçant comme un homme ayant un but. Martelli était certain que la façade de l'étudiant était une manière simple d'accéder aux acheteurs ; Ivan n'en était pas aussi sûr. La plupart des espaces communs ne requerraient aucune carte d'étudiant ; tout ce dont Parker aurait besoin de faire serait de flâner et il ramasserait probablement des clients à la pelle. Ivan avait également vu Parker travailler à la maison, donc il sauvait les apparences avec au moins un cours, et il avait besoin de vérifier quelles parties du planning que Parker lui avait fourni étaient vraies. Une fois son emploi du temps assimilé, il serait en mesure de mieux évaluer les lieux d'échanges potentiels ou les points de vente. À ce jour, il n'y avait aucune preuve que Parker utilisait sa maison pour une quelconque activité illégale, à moins que Neil ne travaille pour ou avec lui.

Un certain nombre d'hommes et de femmes jetèrent des regards appréciateurs au passage de Parker, et quelques-uns examinèrent même son cul bien que, autant qu'Ivan puisse en juger, Parker ne se rende même pas compte de ces attentions. Que ce soit parce qu'il était déjà pris ou parce qu'il était totalement ignorant de sa propre attirance, cela restait un mystère à résoudre. *Après* le grand mystère qui consistait à savoir qui étaient ses fournisseurs. Ivan identifierait les acheteurs, mais ils ne seraient que de petits poissons, particulièrement s'ils prenaient soin de ne pas acheter plus que la dose légale autorisée pour un 'usage personnel'.

Parker traversa la rue et gravit les marches d'un bâtiment absolument quelconque. L'effet d'entonnoir de la porte sur la pression des corps exhorta Ivan à raccourcir la distance entre eux, car il ne voulait pas perdre sa proie.

L'approche soudaine d'une foule éleva sa température. De la transpiration se forma sur sa lèvre supérieure. Ces endroits ne disposaient-ils pas d'air conditionné ? Haletant légèrement à la sensation imaginaire de manquer d'air, son rythme cardiaque augmenta encore un peu plus. De grands sacs à dos et des cartables le repoussaient dans toutes les directions, et essayer de ne pas penser à toutes les armes qu'ils pouvaient dissimuler ne lui faisait calculer leur nombre que plus fiévreusement.

La taille de Parker et les pointes blondes distinctives de ses cheveux étaient les seules raisons pour lesquelles Ivan était capable de le garder en ligne de vue, et il se frayait obstinément un passage après le jeune homme. Une fois dépassée la première intersection du couloir, suffisamment de gens dévièrent de son chemin pour lui permettre de mieux respirer.

En haut d'une volée de marches, Parker ouvrit une porte. Ivan évalua la disposition de la pièce alors qu'il dépassait la porte qui se refermait doucement et continua sa route. Avec un peu de chance, il serait en mesure d'en trouver une qui ouvrait à l'arrière de l'amphithéâtre, et il pourrait se glisser dans la salle sans que Parker le voie. À défaut, il devrait trouver un endroit pour garder l'entrée sous surveillance et espérer que Parker sorte en utilisant la porte par laquelle il était entré.

Ivan resta debout à côté de la porte suivante et attendit. Quelques instants plus tard, un autre étudiant l'ouvrit, révélant la même salle dans laquelle Parker était entré. Ajustant sa casquette bas sur ses yeux, Ivan se glissa à l'intérieur et scanna l'amphithéâtre du regard à la recherche de Parker. À mi-chemin de son inspection, ses cheveux distinctifs agirent comme un phare, et il se glissa sur une chaise pour s'y avachir, juste au cas où Parker déciderait de jeter un coup d'œil derrière lui.

Le problème était qu'à peu près tout le monde dans cette classe, en dehors de Parker, avait l'air louche et suspect. En particulier ceux dont les regards le scrutaient. Pour ceux-là, il tenta de déterminer s'ils s'asseyaient près de lui ou lui parlaient. Échangeaient un contact visuel avec Parker. Quatre filles et deux garçons s'étaient installés dans une rangée à proximité de Parker, mais avec l'aménagement des sièges – type stade – et la distance, il était difficile de dire s'ils avaient d'autres motifs ou s'ils étaient simplement attirés par son visage magnifique.

Que Parker soit constamment dévisagé faisait grincer Ivan des dents, il se concentra donc sur le jeune homme et ses réactions.

Parker n'était pas aussi ignorant de l'attention qu'il l'avait été dans la rue, mais l'inclinaison de sa tête enfoncée dans ses épaules indiqua à Ivan qu'il n'était pas à l'aise. Pas la réaction d'un gars qui essayait de se faire une place dans le commerce de drogue.

Le professeur entra, suivi de près par une jeune fille cherchant visiblement quelqu'un. Tout le langage corporel de Parker changea soudain et il lui fit signe. Elle sourit et se fraya un chemin jusqu'à la place à côté de lui puis l'embrassa sur la joue. Le fait que Parker soit gay fut la seule chose qui empêcha Ivan de bondir comme un ressort et de l'envoyer valser. Il n'était pas sûr de savoir pourquoi il était si zélé à protéger la 'propriété' de Neil. Et même si Neil n'avait pas été dans le tableau, il n'y avait aucun moyen qu'Ivan puisse être en mesure de se présenter en tant que petit ami potentiel. Rien que le fait de penser de cette façon à propos d'un gars sur lequel il enquêtait, un gars qui était probablement destiné à se retrouver en prison, était… ridicule. Pathétique. Et flinguerait sa carrière, bien qu'elle soit le cadet de ses soucis à l'heure actuelle.

Qui était cette fille ? Une amie ? Une cliente ? Un autre revendeur ? Le tee-shirt rose pâle avait l'air plutôt innocent.

Ivan laissa à nouveau errer son regard sur l'assemblée d'étudiants. Presque tout le monde avait son ordinateur portable ou sa tablette sortis. Quel changement depuis ses années d'université, quand il prenait des notes avec un stylo et du papier. À l'époque, quelques âmes ambitieuses enregistraient la conférence. Il n'y avait tout de même pas si longtemps de cela. Bêtement, il n'avait même pas apporté un stylo avec lui. Pourquoi diable n'avait-il pas mieux organisé cette expédition ? Ne rien avoir avec lui pour prendre des notes faisait certainement de lui la personne la plus suspecte de la salle. Hum… mis à part le gars à côté du mur du fond, qui semblait se remettre d'une sérieuse cuite de la nuit précédente.

Le professeur rappela la classe à l'ordre et commença à parler. Ivan l'ignora complètement pour contempler le profil de Parker. La concentration lui donnait un air sexy, et il semblait vraiment intéressé par le sujet. Parfois, il laissait son regard errer vers la fille en rose, mais elle était elle-aussi concentrée sur la conférence, pas sur Parker. Ce qui fit qu'Ivan la détesta un tout petit peu moins.

DEUX HEURES passèrent rapidement ; regarder Parker était plus intéressant que n'importe quel autre boulot de surveillance qu'il avait fait. Le bruissement des sacoches de portable et le clic des écrans d'ordinateur se fermant informèrent Ivan que la classe touchait à sa fin, bien que le débit de paroles du professeur n'ait pas changé. Ivan baissa la tête et se glissa dehors pour se placer au bout du couloir, assez loin, l'espérait-il, pour que, même si Parker daignait jeter un œil dans sa direction, il ne le remarque pas en train de l'observer.

Parker et la fille en rose émergèrent de la classe, riant et se souriant l'un l'autre. Ivan attendit qu'ils aient presque atteint la porte avant de commencer à les filer.

Il faillit presque les perdre au moment où ils franchissaient la porte et il se précipita pour rattraper son retard. La fille en rose était trop petite à l'apercevoir à travers la cohue, et il dut faire un écart, contournant plusieurs étudiants qui tentaient de se frayer un chemin dans le bâtiment. À l'extérieur, Ivan se dressa sur les pointes de pieds, cherchant les cheveux teints et hérissés de Parker.

Là. Ivan accéléra, déterminé à ne pas le perdre de vue.

Ils s'arrêtèrent. Ivan fit de même, vacillant légèrement en le faisant. Dans la cour, il n'y avait absolument aucune couverture possible et aucune raison pour Parker de s'être arrêté.

Comme un seul homme, Parker et la fille en rose se retournèrent comme s'ils savaient que quelqu'un les suivait et qu'ils étaient déterminés à le confronter.

Le souffle d'Ivan s'arrêta alors que le regard de Parker rencontrait le sien et que la reconnaissance inondait ses traits. La chaleur envahit les joues d'Ivan. D'une certaine manière, ce jeune novice trafiquant de drogue l'avait surpris à le surveiller. Il y avait des années qu'il n'avait pas connu un tel degré d'échec.

— Ivan ?

— Tu connais ce mec ? demanda la fille en rose en le regardant de la tête au pied, l'évaluant.

— C'est mon colocataire.

Les joues de Parker prirent quelques couleurs aussi, mais Ivan ne savait pas pourquoi il pouvait être embarrassé.

— C'est ton colocataire ?

La fille en rose sembla encore plus intéressée, et elle se rapprocha, le scrutant sous la visière de sa casquette.

— Hmm.

Ses lèvres pincées et son expression pensive rendirent Ivan plus nerveux que s'il s'était trouvé face à une douzaine de trafiquants de drogue avec des armes automatiques. Cela lui rappela désagréablement sa mère essayant de le surprendre en train de mentir.

— Je suis Alicia.

Elle lui tendit sa main, et Ivan n'eut d'autre choix que de la serrer. Elle avait une poigne plus ferme qu'il s'y attendait compte tenu de ses vêtements à la Barbie.

— Ivan.

— Oui, comme il l'a dit, répondit-elle en souriant et pointant son pouce en direction de Parker.

Cette fois, la chaleur de son visage s'intensifia en raison d'un embarras d'un autre genre. Il se tourna vers Parker, qui le regardait toujours avec un air interrogateur.

— Que fais-tu ici ?

Seigneur. Réfléchir au quart de tour était l'une des aptitudes particulières d'Ivan, mais ces derniers temps, essayer de rassembler ses pensées revenait juste à essayer de nager dans la mélasse.

— Je… J'ai mentionné mon désir de prendre des cours en auditeur libre, non ?

Putain. Il l'avait fait, n'est-ce pas ?

— Je pensais en tester quelques-uns. Peut-être choisir quelque chose pour le prochain semestre.

Ivan laissa échapper un soupir. Cela semblait parfaitement cohérent.

— Des cours en auditeur libre, vous dites ?

La voix d'Alicia contenait une note de quelque chose qu'Ivan eut du mal à identifier. Ce n'était pas du scepticisme. Pas précisément. Et elle ne semblait pas pouvoir s'empêcher de sourire, bien qu'Ivan soit bien plus préoccupé par la réaction de Parker.

— Quelle coïncidence de vous voir ici.

— N'est-ce pas ?

Une légère panique lui tordit l'estomac. Il ne pouvait pas foirer ça.

— J'ai un peu traîné sur le campus et je pensais avoir reconnu Parker.

Le sourire de Parker s'éclaira davantage, rivalisant avec celui qu'il lui avait dédié quand il l'avait battu à cribbage. Le Poker n'avait pas mieux réussi à Ivan, mais perdre en avait valu la peine, parce qu'ils avaient passé un très bon moment.

— Nous allions à la cafétéria pour déjeuner. Tu veux venir ? demanda Parker.

Ivan fixa les yeux de Parker, vérifiant que l'invitation était authentique. Mais il n'y avait pas d'hésitation ni de méfiance dans son expression, et puisque sa filature était clairement finie pour aujourd'hui, il pouvait tout aussi bien travailler à consolider sa relation avec lui. Pour changer, il y avait

307

une partie de cette mission d'infiltration qu'en fait il appréciait, et toutes les bonnes choses qu'il pouvait apprendre sur Parker seraient une façon pour Ivan de l'aider quand viendrait le moment de l'arrêter.

La CAFÉTERIA avait quelques sandwiches décents et, étonnamment, des frites savoureuses. Ils trouvèrent une table dehors sous un parasol. L'humidité collait leurs vêtements à leur peau, mais le ciel était clair et ensoleillé, et la brise occasionnelle empêchait la température d'être insupportable. Ivan prit un siège à côté de Parker. Alicia lui adressa un petit sourire qui disait qu'elle lisait quelque chose de plus dans ses actions qu'il n'avait l'intention d'en dévoiler, mais changer de place maintenant ne ferait qu'attirer l'attention sur ce qui avait fait sourire Alicia.

Deux mecs séduisants se dirigèrent vers leur table, le brun semblait mécontent à propos de quelque chose. Ivan se raidit. Ils n'avaient pas l'air shootés ou ivres, mais il aurait du mal à garder Parker et Alicia en sécurité pendant qu'il s'occuperait d'eux s'ils étaient là pour causer des ennuis. Son impossibilité à appeler des renforts le faisait davantage paniquer que sur n'importe qu'elle autre mission d'infiltration sur laquelle il avait été assigné. Était-ce parce que tout avait l'apparence de l'innocence ? La vie de Parker, à la surface, était inoffensive, rien ne pouvant éveiller l'attention de quiconque, pourtant Ivan savait que c'était un mensonge total. Ou que la plus grande partie l'était, et il avait du mal à discerner de quelles parties il s'agissait. Cela seul suffisait à le rendre nerveux au possible.

— Ivan, voici mon petit ami, Chris, et son colocataire, Thom. Les gars, c'est le colocataire de Parker.

— Vous êtes sûr que vous devriez manger ces frites ? Ceux de votre âge ne sont-ils pas supposés surveiller leur cholestérol ?

Le regard mauvais de Thom s'intensifia, et Ivan fronça immédiatement les sourcils. Il était un officier de police décoré, un des meilleurs inspecteurs de la Brigade Anti-Drogue. Il commençait à en avoir un peu ras le bol que les amis de Parker le traitent de vieux. Il n'était pas si vieux, merde, même s'il y avait une différence d'âge de douze ans entre lui et Parker. D'accord. Bon, peut-être que ce n'était pas le meilleur exemple.

Il se mordit la langue pour retenir une réponse vicieuse, mais ne put retenir son sourire quand Chris frappa Thom sous la table. Ivan n'avait pas manqué l'expression affamée de Thom envers Parker, mais celui-ci restait

308

détendu à ses côtés. Un rapide coup d'œil lui confirma qu'il ne lui retournait pas son intérêt.

Des regards noirs s'échangèrent entre les deux hommes, de même que quelques phrases coupantes. Curieusement, Parker remarqua la tension entre Thom et lui, mais ne sembla pas s'apercevoir le moins du monde qu'il en était la cause. Ivan ne serait pas celui qui l'éclairerait. Si Thom n'avait pas eu les couilles de faire le premier pas, Ivan n'allait pas l'aider.

— Ouais, c'est ça.

Alicia renifla avec mépris.

— As-tu vu son corps de rêve ? Je pense qu'il peut manger une frite ou deux.

Ivan haussa un sourcil de remerciement à l'attention d'Alicia avant de découvrir ses dents vers Thom dans une approximation de sourire, le même sourire qui avait intimidé des suspects plus coriaces que lui. À son crédit, cependant, Thom ne céda pas un pouce de terrain. Il copia le sourire d'Ivan et le lui renvoya en pleine figure. Il y avait une meilleure façon de traiter avec Thom, parce que même s'il voulait Parker de toutes ses forces, le jeune homme en était inconscient, comme il l'avait été envers chaque personne qui lui avait lorgné les fesses aujourd'hui.

— Alors, Parker, parle-moi de tes autres cours.

Ivan poussa la cuisse de Parker avec la sienne, reprenant la conversation comme si l'altercation n'avait pas eu lieu.

Les yeux de Parker s'élargirent, et il bégaya un moment avant de parler. Alicia sourit avec indulgence, et Ivan fit de même, même s'il ne le voulait pas. Il avait espéré trouver quelque chose sur les habitudes et les contacts de Parker, mais tout cela semblait si innocent.

Lorsque Thom copia la tactique d'Ivan – faire parler Parker – il commença à l'interrompre pour poser ses propres questions, ce qui échoua. La considération appuyée de chacun d'eux troubla considérablement Parker, au point qu'Ivan était prêt à envoyer Thom rouler sous la table.

Parker repoussa sa salade à moitié mangée et vérifia son téléphone.

— Oh, j'ai oublié. J'ai… j'ai un rendez-vous quelque part.

Il s'écarta de la table, saisit son sac, et disparut avant que quiconque ait pu réagir.

— N'avait-il pas, hum, un autre cours cet après-midi ? demanda Ivan.

Il avait eu l'intention d'y participer lui aussi. Parker avait-il reçu un message d'un fournisseur ? D'un acheteur ? Qui que ce soit, la façon dont il était parti ne permettait en aucune façon à Ivan de le suivre.

— Oui. Je suppose qu'il va sécher.

Alicia secoua la tête.

— Si tu veux toujours assister à quelques classes, j'ai un cours d'anthropologie cet après-midi.

Ivan fixa Parker des yeux jusqu'à ce qu'il disparaisse, puis reporta son attention vers ses compagnons de déjeuner.

— Euh, merci, mais je devrais probablement aller un peu au bureau.

Ivan finit son sandwich, assez lentement pour ne pas paraître impoli, mais il lui brûlait de partir. Chaque minute qui s'écoulait ajoutait une nouvelle couche à sa colère. D'abord Parker avait fait capoter sa surveillance, puis il l'avait abandonné avec ses amis. Bon Dieu, Parker.

— Ravi de vous avoir tous rencontrés.

Ivan prit une note mentale de leurs noms et apparences, juste au cas où ils seraient impliqués, bien que le déjeuner ait été presque douloureusement inoffensif.

Il hocha la tête vers les amis de Parker et se dirigea vers la maison.

Il n'y avait personne dans la maison. Où diable Parker avait-il disparu ? Quand serait-il de retour ? Ivan essuya la sueur de son front et fronça les sourcils.

Peut-être avait-il déjà des doutes et c'était la raison pour laquelle il avait faussé compagnie à Ivan. Il avait besoin de terminer la fouille de sa chambre ; Parker pouvait rentrer à la maison à tout moment.

Il laissa la porte de sa chambre ouverte, juste au cas où il aurait besoin de s'en aller rapidement. Il n'avait pas l'intention de se faire surprendre ni par Neil, ni par Parker.

Une boîte d'archives se trouvait sur l'étagère du placard près de la porte. Ivan l'attrapa, grognant un peu sous son poids inattendu. Ça pouvait être des armes. Des pains de marijuana. Il posa la boîte par terre et souleva le couvercle.

Merde. De l'argent. Beaucoup, beaucoup d'argent. Probablement pire que des armes ou de la marijuana. Il avait vu des gens se faire tuer pour un dixième d'autant de liquide. Son premier réflexe fut de le prendre et de courir, mais l'argent en lui-même n'était pas une preuve de quoi que ce soit. Ivan replaça le couvercle. Une petite partie de lui avait soupçonné – espéré – que Parker ne soit pas impliqué dans quelque chose de louche. Mais d'expérience, tant de cash n'était jamais, jamais innocent.

310

Peut-être qu'il y avait une explication. Même si l'argent signifiait exactement ce que Martelli pensait, peut-être qu'Ivan pouvait trouver un moyen de convaincre Parker qu'il avait bien plus de potentiel que de devenir un vulgaire petit délinquant. Le mec était intelligent et beau. Finir ses études et se lancer dans une carrière légitime le garderaient en sécurité et en bonne santé, contrairement au fait de devenir un criminel.

Bon sang, qu'est-ce qui n'allait pas chez Parker ?

Merde. Caméras. Qu'est-ce qui n'allait pas chez *lui* ? Avec autant d'argent, il serait logique que Parker ait installé une caméra de surveillance et il aurait dû y penser plus tôt. Il réagissait mieux que ça, en règle générale. Venait-il à l'instant de se démasquer lui-même ? L'adrénaline inonda ses veines.

Ivan balaya le placard des yeux, mais ne trouva rien indiquant la présence d'une caméra. Il hissa la boîte et la reposa sur l'étagère. Il referma la porte derrière lui. Debout devant le placard, Ivan inspecta visuellement chaque recoin de la chambre, cherchant un endroit où une caméra pourrait avoir être cachée ou un quelconque récipient contenant d'une caméra miniature standard.

Rien. Aucun œil noir perçant ne l'espionnait. Il poussa un profond soupir, essayant désespérément de calmer son cœur battant la chamade, de stopper le tremblement involontaire de ses doigts. Le sang battait dans ses oreilles, bloquant les bruits de la rue. Mener une fouille quelconque sans savoir où se trouvait Parker ni quand il rentrerait était une réaction de débutant de toute façon. Il se glissa hors de la chambre, déterminé à faire en sorte que Parker n'ait aucune raison de se méfier quand il reviendrait finalement à la maison.

La PORTE d'entrée gonflée d'humidité s'ouvrit et fut reclaquée à l'étage supérieur. Ivan jeta un coup d'œil vers l'escalier, mais continua délibérément de plier ses vêtements maintenant propres. Cela ne l'intéressait pas d'avoir une nouvelle altercation avec Neil, et que Parker l'ait laissé tomber aujourd'hui l'irritait toujours. Le problème était que, maintenant qu'il avait eu quelques heures pour réfléchir, il n'était pas sûr de savoir ce qui causait sa mauvaise humeur : le fait que cet homme bien plus jeune ait réussi à déjouer aussi facilement sa surveillance, l'énorme quantité d'argent dans son placard, ou le fait que Parker l'ait abandonné derrière lui.

Quoi qu'il en soit, il n'était pas pressé de remonter de la buanderie. Malheureusement, Ivan n'avait pas beaucoup de vêtements ici, et les plier, même avec la plus grande précision, ne lui prit pas si longtemps. Sans rien d'autre pour l'occuper dans le sous-sol inachevé, rester en bas plus longtemps n'aurait signifié rien d'autre que de la lâcheté. En outre, ce genre de sautes d'humeur insensées n'était pas normal chez lui. Pas du tout. C'était une chance de prouver qu'il pouvait les surmonter. Sa force de volonté était plus forte que ça.

Peut-être qu'il serait chanceux. Peut-être que Parker serait monté dans sa chambre pour étudier ou… autre. Il inspira profondément et prit le panier à linge sous le bras avant de grimper les marches.

Alors qu'il en atteignait le sommet, des sanglots étouffés devinrent audibles. Avec un froncement de sourcils, il posa le panier et monta pieds nus dans le salon.

Parker était recroquevillé sur le canapé, les bras enroulés étroitement autour de ses longues jambes repliées sur sa poitrine, la tête inclinée dans la direction opposée d'Ivan. Ses épaules minces étaient secouées, et une larme cristalline trembla sur son menton, étincelante dans un rayon de soleil de fin d'après-midi, avant de tomber sur son tee-shirt. Il tuerait quiconque avait blessé Parker. Sauf s'il avait rompu avec Neil. Le petit sursaut de joie était tout à fait inapproprié face à la misère de Parker.

— Qu'est-ce qui ne va pas ?

Parker haleta de surprise et sursauta, les mains agrippées aux coussins du canapé.

— Oh. Je ne pensais pas que tu étais à la maison.

Il essuya le dos de ses mains sur son visage et renifla bruyamment avant de se lever.

— Je faisais juste un peu de lessive. Es-tu blessé ?

Aucune trace de sang ou de contusion n'était visible, mais Parker devait être impliqué avec des gens déplaisants, et ces gens ponctuaient souvent leurs conversations avec leurs poings.

— Non. Je vais bien.

Le regard de Parker vola à travers la pièce comme un homme s'apprêtant à s'enfuir, un regard qu'Ivan ne connaissait que trop bien, même si en général, quand il le voyait, c'était parce qu'il était sur le point de menotter quelqu'un.

— Je vais monter.

— Assieds-toi.

312

Ivan n'avait pas ressorti sa voix officielle autoritaire depuis le raid où il avait tué ce gamin, Dmitri, mais Parker y répondit instantanément et retomba en position assise. Des yeux rougis étaient fixés sur lui, plus verts qu'il ne les avait jamais vus. La douleur dans les yeux de Parker implorait un sursis, et Ivan était impuissant face à tant de douceur.

C'était peut-être une erreur, mais il ne pouvait pas laisser Parker comme ça. Ivan s'assit à côté de lui et l'attira dans ses bras. S'il sentit bêtement un réalignement dans son propre univers personnel alors que Parker s'installait contre sa poitrine comme s'il n'existait que pour le bercer, eh bien, il mettrait ça sur le dos de ses satanées étranges sautes d'humeur. Parce que quoi que ce soit, cela ne pouvait être réel.

— Est-ce que tu veux que j'appelle Neil ?

Ou alors Parker était-il en train de pleurer à cause de quelque chose que Neil avait fait ?

Le souffle de Parker eut un loupé.

— Non. Il penserait que je suis un idiot pour… ça.

Ah oui. Pas de rupture, alors.

— Quel est le problème ? Je ne pense pas que tu sois un idiot.

Tentant, magnifique et presque parfait, mais jamais idiot. Sauf quand on en venait à son choix de petit ami.

— Je… je… suis bénévole. Au centre de réhabilitation post-traumatique.

Ivan cligna des yeux, essayant de donner un sens à cette déclaration. Bien que Parker ait gardé cette petite information pour lui jusqu'à maintenant, Ivan n'arrivait pas à comprendre en quoi cela était lié à ses larmes. Au lieu d'insister, cependant, il fit glisser sa main dans le dos de Parker en mouvements doux et circulaires alors qu'une nouvelle crise de larmes imbibait son tee-shirt.

— Je t'ai dit que je voulais passer une licence en sociologie, n'est-ce pas ?

Ivan laissa échapper un grognement affirmatif après avoir réalisé que Parker n'avait pas levé la tête pour voir son hochement de tête.

— Eh bien, une fois que je l'aurai, j'aimerais obtenir ma maîtrise en kinésithérapie. Bref, même si retourner étudier à temps partiel semblait être une bonne idée, je trouvais que cela ne remplissait pas assez mes journées. Je me retrouvais tout seul, très souvent. À broyer du noir. La maison était si… vide.

Et pourquoi Neil n'avait-il rien fait à ce sujet ? Parker avait dit quelque chose à propos de lui essayant de lancer une boîte de nuit, mais à part ça, Ivan ne savait pas du tout à quoi d'autre il occupait son temps. Si Ivan avait du temps libre à passer avec un petit ami sympa, heureux et doux comme Parker, rien au monde ne le tiendrait à l'écart.

— Et Neil ?

L'épaule de Parker se souleva sous la main Ivan dans une faible tentative pour la hausser.

— Il a été super de rester avec moi juste après la mort de ma mère, mais je ne pouvais pas lui demander de me tenir compagnie.

Les muscles d'Ivan se tendirent pendant un moment, comme s'il se réfrénait vaillamment de secouer Parker, parce qu'en vérité c'était Neil qu'il voulait secouer, voire pire. Tenir compagnie à son petit ami alors qu'il s'habituait à un nouveau chapitre de sa vie ne signifiait pas automatiquement tomber dans une relation de co-dépendance. Le désir étrangement chronométré de Parker d'avoir un colocataire prit soudainement tout son sens. La maison n'était pas grande, mais c'était plus grand que nécessaire pour les besoins d'un homme, en particulier pour un homme qui n'avait pas de horde d'amis traînant chez lui tout le temps ou qui avait effectivement un petit ami qui ne voulait clairement pas emménager.

— Quoi qu'il en soit, j'ai pensé que faire du bénévolat au centre de réhabilitation traumatologique serait bien sûr mon CV, et j'avais déjà pas mal d'expérience pour prendre soin d'un patient en phase terminale.

Les yeux d'Ivan sortirent presque de leurs orbites sous le choc.

— Et tu pensais que le bénévolat avec des patients en phase terminale serait une bonne chose si peu de temps après la mort de ta mère ?

Parker laissa échapper un grognement humide.

— Non. Je ne suis pas complètement idiot. Peut-être que je le serai un jour, parce que ça aide vraiment, de savoir que j'ai rendu les choses plus faciles pour maman. Mais non, on m'a désigné pour assister une des kinésithérapeutes. Elle travaille avec des patients en phase terminale, mais surtout, elle travaille avec des victimes d'accidents, ceux dont la mobilité a été sévèrement touchée.

Cela ne semblait pas avoir l'air mal. Probablement beaucoup moins déprimant.

— Mais… quelque chose est arrivé aujourd'hui, avança Ivan.

Parker hocha la tête contre son cou, essayant de se blottir encore plus près de lui.

— Steve. Il était plus âgé que moi de quelques années. Il est resté paralysé après un accident de moto. Ses humeurs étaient parfois erratiques – la thérapie peut être difficile – mais la plupart du temps, il était optimiste et déterminé. Il… Il s'est suicidé.

Une nouvelle rivière de larmes chaudes mouilla son tee-shirt alors que Parker était à nouveau secoué de sanglots. Ivan avait vu beaucoup de choses merdiques dans sa vie, mais Parker était beaucoup plus compatissant que lui. Il ressentait les choses si fortement.

— Je suis désolé, Parker. Ce doit être dur de perdre quelqu'un que tu connaissais et dont tu prenais soin comme ça.

Était-ce mieux ou pire que de tirer sur un jeune gamin dans l'exercice de ses fonctions, puis d'échouer à le sauver ? Ivan attira Parker plus près de lui, tirant autant de réconfort de lui qu'il en donnait lui-même.

— Je ne savais pas. Je ne savais pas que c'était devenu aussi difficile pour lui.

Ivan enveloppa son autre bras autour de Parker, essayant de lui donner toute la force qu'il pouvait.

— Parfois, nous ne pouvons pas savoir. Parfois, les gens ne te laissent pas voir tout ce que tu voudrais voir.

Parker se blottit contre lui pendant plusieurs minutes jusqu'à ce que les larmes silencieuses s'épuisent, et il renifla à plusieurs reprises. Les larmes et la sueur, due à leur proximité, trempèrent leurs deux tee-shirts, l'humidité devenant légèrement inconfortable.

Dès que Parker fit mine de se redresser, Ivan obligea ses bras à s'écarter.

— Allons. Lève-toi, le cajola Ivan. Attrape une bouteille d'eau au frigo. Tu es probablement un peu déshydraté. Je vais aller nous chercher de nouveaux tee-shirts.

Tête baissée, Parker obéit.

Ivan attrapa deux tee-shirts propres de son panier à linge tandis que Parker profitait de cet instant pour se moucher. Quand Ivan entra dans la cuisine, Parker s'était séché les yeux et avait récupéré une bouteille d'eau dans le réfrigérateur. Il jeta les tee-shirts en coton sur le comptoir et retira le sien en le faisant passer par-dessus sa tête. Il fit un geste pour réclamer celui de Parker qui enleva rapidement le sien également. Ivan prit leurs deux vêtements et les jeta vers l'escalier menant au sous-sol. Il les mettrait dans la machine à laver plus tard.

Se tournant vers Parker, leur situation le frappa en plein dans l'aine. Parker leva la bouteille à ses lèvres et la vida, l'action attirant l'attention sur sa pomme d'Adam proéminente et l'étirement de sa peau entre ses mamelons érigés. Ivan, torse nu, se tenait à cinquante centimètres d'un Parker à la peau dorée lui aussi torse nu. Le doux Parker qui pleurait la perte d'un homme qui avait choisi de laisser cette vie derrière lui. Qui avait pris soin de sa mère malade. Dont le petit ami le laissait seul et solitaire. Qui était l'homme le plus sexy, le plus magnifique qu'Ivan ait jamais vu. Qui le faisait rire et sourire, même quand il ne devrait pas.

La tentation était trop grande. La chaleur dans son cœur était trop écrasante. Ivan tendit la main et la pressa contre la peau douce du ventre de Parker.

Contre toute attente, Parker ne grinça pas des dents, mais Ivan le sentit presque fléchir en réponse, et ses pommettes virèrent au rouge vif.

— Est-ce que tu es d'accord avec ça ? demanda Ivan.

— Je suppose. Mais je ne suis pas, tu sais… tonique comme tu l'es.

La voix de Parker était aussi douce et hésitante que le bout du doigt qu'il fit glisser le long des abdominaux d'Ivan. Celui-ci siffla à la sensation follement érotique de Parker le touchant.

— J'adore ce petit ventre.

Ivan le caressa doucement, espérant que Parker soit en train de se tortiller pour une autre raison que de la timidité ou de la gêne. Parker n'était pas aussi tonique que lui-même, c'est vrai, mais il n'était pas gras, et Ivan ne mentait pas. Il adorait que son ventre ne soit pas comme le sien.

— Pourquoi ?

— Il te rend moins intimidant.

— Intimidant ? Je ne suis pas intimidant.

La déclaration sembla vraiment dérouter Parker. Ivan garda sa paume contre son ventre chaud et le regarda dans les yeux.

— Oh, mais tu l'es. C'est la seule part de toi qui n'est pas parfaite.

Parker haleta comme le rouge de ses joues augmentait d'une nuance.

— N'importe qui serait heureux de t'avoir, reprit Ivan. Tu es gentil, tu as bon cœur et tu es si foutrement magnifique que tu pourrais être mannequin.

Ivan laissa son regard vagabonder sur les traits parfaits. Ceux qui résonnaient en lui comme un gong. S'il y avait un moyen de remettre Parker sur le droit chemin, de l'empêcher de devenir un criminel à part entière, Ivan ferait n'importe quoi. La prison tuerait Parker ; il serait mis en morceaux. Autant qu'Ivan veuille penser que c'était dans sa nature de vouloir le protéger, c'était plus viscéral, plus primitif que ça. Parker pouvait ne pas être sien en vérité, ne pourrait jamais être sien, mais du fond de son cœur et de son âme, Ivan le désirait. Le voulait assez pour jeter sa morale et ses principes par la fenêtre, professionnels et personnels. Et toute la bonté de Parker ? Il n'était pas destiné à une vie de crime. Quels qu'aient été les choix qu'il avait faits jusqu'à présent, ce devait être des erreurs. D'une façon ou d'une autre, il convaincrait Parker, et aussi Martelli, de cela.

— Mais je ne suis… pas parfait.

La voix de Parker semblait étranglée comme s'il manquait d'air, ses yeux s'ouvrant en grand, ses pupilles devenant sombres. La chaleur émanant de la poitrine nue de Parker enveloppa celle d'Ivan, et ce dernier voulut en toucher plus, comme il l'avait fait plus tôt. Il voulait être aussi près qu'ils l'avaient été sur le canapé, mais avec seulement de la peau entre eux. Il voulait cela plus que sa prochaine respiration.

Les ravages des larmes étaient encore visibles autour des yeux et du nez de Parker, plus rouges que ses joues déjà bien colorées, et Ivan souhaita pouvoir faire disparaître sa douleur.

Il se mordit la lèvre et plongea dans les yeux brûlants, voulant plus que tout convaincre Parker qu'il était parfait. Parfait pour lui. Neil devrait être la seule personne présente ici, à le réconforter. Ivan devrait se sentir coupable ; il désirait quelque chose qui ne lui appartenait pas. Et si le contact de la peau douce de Parker le brûlant au fer rouge était tout ce qu'il aurait jamais, il ne voulait pas faire marche arrière. Si Parker regardait, cependant, il pourrait probablement voir dans les yeux d'Ivan tout ce qu'il n'osait pas dire.

Comme Ivan continuait de le fixer, les yeux de Parker s'agrandirent. Il se rapprocha, piégeant la main d'Ivan entre eux, et prit ses joues dans la coupe de ses mains. Baissant la tête, Parker pressa ses lèvres pleines et souples contre les siennes. C'était en tout point aussi glorieux qu'Ivan l'avait imaginé et il débattit avec lui-même au moins une demi-seconde complète avant d'approfondir le baiser, permettant à la réponse de Parker de s'intensifier, de devenir franche. Ivan glissa ses deux mains autour de sa taille mince, se délectant de la sensation de la peau satinée du jeune homme. Parker poussa ses hanches contre celles d'Ivan, et il gémit contre sa bouche.

Savoir que Parker était aussi dur qu'il l'était lui-même scella l'affaire. Il prendrait ce qu'il lui offrait. Il essaierait de fournir le réconfort dont Parker avait besoin. Il aurait largement le temps demain matin de se haïr pour avoir fait en sorte que Parker trompe son petit ami.

PARKER N'AVAIT jamais été embrassé comme Ivan le fit. Voracement et tendrement à la fois. Des lèvres douces, une langue chaude, des mains avides et un corps dur entrèrent tous en scène. Chaude sous ses paumes, la peau d'Ivan était souple et recouverte d'un duvet de poils. Les quelques mecs avec qui il avait couché étaient épilés comme si leur vie en dépendait, mais les poils d'Ivan le firent frissonner. C'était un homme qui était enveloppé autour de lui, un homme dont la langue explorait sa bouche. Un homme qui disait que Parker était parfait, et – à moins qu'Ivan n'ait une vue imparfaite – dont la faim ne faisait aucun doute. Il ne pouvait pas se méprendre sur le sexe dur pressé contre lui.

Ivan guida leur baiser, brûlant et chargé d'électricité, et Parker fit de son mieux pour fusionner leurs corps. Aussi fort qu'il refusait de croire les affirmations d'Ivan à propos de sa perfection, la méfiance qu'il ressentait envers les amis de Neil n'existait pas avec lui. Tout ce qu'il voulait, c'était plus.

— Hé.

Ivan sépara leurs lèvres et recula de quelques centimètres. Ses yeux étaient d'un bleu magnifique vus de si près, et ses lèvres étaient rougies et toutes aussi délicieuses qu'elles le paraissaient.

— Ouais ?

Ce n'était pas tout ce qu'il obtiendrait, n'est-ce pas ? Mais bon… Ivan était hétéro, et hétéro ou non, il savait sacrément bien embrasser.

— Est-ce que tu es d'accord avec ça ?

Il y avait une lueur étrange dans les yeux d'Ivan, mais ce n'était certainement pas de la confusion.

— Ouais.

Apparemment, il n'était pas capable de prononcer d'autres mots. La peau, juste sous la mâchoire légèrement ombrée de barbe d'Ivan, attira son attention et bien qu'il n'ait jamais pris les commandes avec personne, Parker lécha l'endroit avant d'égratigner doucement sa peau de ses dents, descendant le long de son cou, et de la sucer.

Ivan gémit et agrippa étroitement Parker qui n'arrêta pas de le goûter, mais sa réaction le réchauffa de l'intérieur, et si sa bouche n'avait pas été occupée, il aurait souri.

318

Parker pourrait festoyer pendant des jours avec la peau douce et salée d'Ivan. Il fit à nouveau remonter ses lèvres vers sa mâchoire et les frotta sur sa barbe naissante, appréciant le côté râpeux et les picotements. Ivan glissa une main sous la ceinture de Parker pour saisir ses fesses, et ce fut à son tour de rejeter la tête en arrière, haletant.

Quand il redressa la tête, essayant de reprendre là où il avait laissé les choses, Ivan lui sourit et attrapa son menton avec son autre main. Il n'aimait pas...

Avant qu'il puisse finir sa pensée, Ivan avait pressé leurs lèvres ensemble à nouveau, et Parker ne put se plaindre. N'eut pas envie de se plaindre. Il pourrait l'embrasser pour toujours. Sauf qu'embrasser pour toujours signifiait qu'ils ne passeraient jamais aux étapes suivantes, et excitantes.

La main d'Ivan sur son menton se déplaça lentement le long de son torse et chatouilla son ventre, faisant sauter le premier bouton de son jean. Quelque part, il retint son souffle, alors même qu'il retournait les baisers d'Ivan. Il aurait eu besoin de plus de pratique pour être capable de gérer deux mains et une langue se déplaçant en même temps sur son corps.

Avec un mouvement rapide, Ivan plongea dans son pantalon, une main se refermant autour de son gland, l'autre envoyant ses doigts glisser entre ses fesses, et Parker gémit dans la bouche d'Ivan.

Être caressé des deux côtés le fit se tortiller. Se concentrer sur sa respiration, les baisers, les sensations et le toucher le submergea, il arracha ses lèvres de celles d'Ivan, haletant. Le regard sauvage dans les yeux bleu foncé fixés sur lui piégea son souffle dans ses poumons. Personne ne l'avait jamais regardé comme ça avant, pas même lorsque d'anciens amants s'étaient retrouvés sur le point de s'enfoncer en lui. Ses bourses se contractèrent, et il repoussa Ivan loin de lui d'un geste vif.

L'expression troublée d'Ivan se refroidit alors qu'un froncement de sourcil plissait son front.

— Est-ce que ça va ? Je suis désolé, je n'aurais pas dû...

Parker le coupa d'un doigt qu'il posa sur ses lèvres, un sourire fragile sur le visage.

— Je vais bien. J'étais sur le point de... euh... de me trouver excessivement bien et de t'en mettre partout sur les doigts.

Le froncement de sourcils resta en place pendant un moment avant que la chaleur ne revienne. Entre le sourire béat et les yeux bleu saphir qui n'avaient aucune raison d'être aussi sexy, Parker eut une suée. Comment

319

était-il supposé faire preuve d'un quelconque contrôle avec la tentation que représentait Ivan ? Il devrait y arriver s'il ne voulait pas que ceci prenne fin trop tôt.

Ivan avait d'autres idées, cependant. Il arracha les boutons du jean de Parker et le repoussa bas sur ses hanches. Il le poussa ensuite contre le comptoir de la cuisine et se mit à genoux, avalant le sexe de Parker sur toute sa moitié dans un mouvement fluide. Preuve positive expliquant pourquoi le mariage d'Ivan avait échoué, parce qu'il était impossible qu'il n'ait jamais fait cela auparavant.

Ensuite, il n'y eut plus de place dans la tête de Parker pour penser tandis qu'Ivan le suçait en le prenant complètement dans sa gorge, brûlant tous les regrets et les pensées cohérentes dans un flash de plaisir.

Parker cambra le dos et envoya jaillir des volées de sa jouissance dans la bouche accueillante d'Ivan, emmêlant ses doigts dans les courts cheveux blonds pour s'ancrer au sol.

Il appuya sa tête contre le placard alors qu'il tentait de reprendre son souffle. Ivan continua de lécher son membre sensible, le nettoyant, mais l'embarras empêcha Parker de regarder. Quelques secondes. Il n'avait tenu que quelques secondes face à l'enthousiasme et aux compétences d'Ivan. Et maintenant il serait attendu de lui qu'il rende la pareille, et aussi fort qu'il désirait lécher le corps d'Ivan dans son entier, il ne pourrait pas cacher qu'il n'était pas aussi bon – et de loin – qu'Ivan l'était.

Pourtant, il ne pouvait pas le laisser comme ça. Se mordant la lèvre, il baissa la tête, et Ivan, sentant le poids de son regard, releva les yeux. Parker haleta légèrement. Les lèvres roses d'Ivan, légèrement gonflées de leur effort, se trouvaient à quelques millimètres de son sexe toujours brillant, et son souffle était chaud sur sa peau. Les chances qu'il refasse ce qu'il venait de faire étaient minuscules, vu le pathétique manque de contrôle de Parker, et un nouveau regret s'épanouit dans sa poitrine, parce qu'il pouvait ne jamais voir à quoi ressemblaient les lèvres d'Ivan sur lui, le suçant.

Pourquoi ne l'avait-il jamais fait à quelques-uns des amis de Neil ? La plupart d'entre eux lui donnaient la chair de poule, mais la pratique était la clé de l'amélioration, et il était clairement terrible en ce qui concernait le sexe. Pas étonnant qu'il n'ait jamais été capable de garder un petit ami.

— Je suis désolé.

L'embarras étranglait les mots alors qu'ils se frayaient un chemin hors de la gorge de Parker.

— Pour quoi ?

Ivan se redressa, laissant traîner ses doigts le long du ventre de Parker se faisant. Une érection impressionnante tendait la braguette de son jean, tandis que le propre jean de Parker s'étalait à ses pieds.

Pour quoi ? Ivan avait été là, dans les tranchées. Parker fit un geste de la main vers sa verge à demi dure.

— Pour être parti si vite.

Ivan regarda avec incertitude par-dessus les épaules de Parker.

— Je voulais te donner une autre porte de sortie.

— Une autre porte de sortie ?

Pourquoi le fait d'avoir son sexe dans la bouche d'Ivan affectait-il si lamentablement sa compréhension ?

Caressant distraitement la clavicule de Parker – couvrant sa nuque de chair de poule – Ivan continuait d'éviter son regard.

— Une dernière chance de changer d'avis. À propos de coucher avec moi.

Un essaim de papillons fous dansa dans son estomac, et il lâcha la première chose qui lui vint à l'esprit.

— Je ne veux pas changer d'avis. Je te veux.

Mais alors, il voulut ravaler sa langue ; il n'avait jamais dit ça tout haut à personne.

Cela avait été la bonne chose à dire. Ivan le regarda finalement dans les yeux, les pupilles balayées d'un désir qui arquait entre eux comme de l'électricité, ramenant le sexe de Parker à la vie une fois de plus.

Ivan haussa les sourcils.

— En plus, c'était vachement torride, de te regarder.

Parker rit nerveusement, très conscient de sa nudité totale.

— Tu as regardé.

— Oh, oui.

Les mots étaient prononcés d'une voix rauque, plus profonde que le ton normalement employé par Ivan, et ils atteignirent directement la psyché de Parker. Il ferait probablement tout ce qu'il voudrait à chaque fois qu'il utiliserait ce ton.

— Euh… bégaya Parker.

— J'ai aussi remarqué ça.

Ivan lécha la clavicule de Parker sur toute sa longueur, le faisant frissonner. Personne ne l'avait touché là, pas avec intention, et il n'avait pas réalisé à quel point la peau était sensible à cet endroit. Ou peut-être était-ce juste Ivan, qui le regardait intensément comme s'il était… délicieux.

321

Ivan fit remonter sa bouche vers celle de Parker et l'embrassa, la salinité qui s'attardait suite à sa libération épiçant le goût de sa langue. Parker émit un gémissement qui provint du fond de sa gorge et se pressa contre le corps musclé d'Ivan.

— Alors, tu n'as pas changé d'avis ?

Ivan prononça les mots contre les lèvres de Parker, l'embrassant presque alors qu'il parlait.

Ouais, c'est ça. Si quelqu'un devait changer d'avis, ce serait l'ancien hétéro.

— Non.

Le souffle de Parker se mêla à celui d'Ivan, et il comprit soudain pourquoi certains mecs n'aimaient pas embrasser. À bien des égards, c'était plus intime que tout autre acte sexuel.

— Et toi ? Veux-tu que je change d'avis ?

— Non ! Seigneur, non.

Eh bien, dans ce cas.

— Vas-tu me baiser ici ? demanda Parker.

Mais d'où diable venait cet homme sexuellement aguicheur ? se demanda Parker. Neil serait si fier de lui.

Il lui adressa un sourire dont il avait le secret quand Ivan gémit et fléchit les hanches contre lui.

— Allons-y.

Ivan recula, permettant à Parker de s'écarter du comptoir. Celui-ci fit un pas en direction de la porte et trébucha rapidement dans son jean froissé.

Ivan le rattrapa avant qu'il ne s'écrase face contre terre, mais la quasi-collision lui valut un autre afflux de sang au visage.

— Allez viens maintenant. Je t'ai donné une chance de changer d'avis. Ne va pas t'ouvrir le crâne juste pour t'en tirer.

Parker rit à la taquinerie d'Ivan et eut droit à une gentille claque sur les fesses alors qu'il gravissait l'escalier.

SUR LE palier, Parker s'arrêta, le bruit des pas d'Ivan juste derrière lui. Son lit était plus grand et confortable, mais… Une image de lui portant son appareil stupide, bruyant et bizarre le poussa vers la chambre d'Ivan. Bien sûr, la machine était un mal nécessaire, parce qu'elle faisait en sorte qu'il ne s'arrête pas de respirer au beau milieu de la nuit, mais après les moqueries de Neil, il ne voulait certainement pas qu'Ivan le voit avec ça sur

322

le nez. Il serait beaucoup plus facile pour lui de se lever et de quitter son lit qu'il le serait de le convaincre de partir, en supposant qu'Ivan veuille même envisager le fait de dormir à côté de lui toute la nuit.

— Tu es sûr ? Le lit est assez petit là-dedans.

— Tu prévois de laisser beaucoup d'espace entre nous ?

Non, vraiment, que lui était-il arrivé ?

Ivan se transforma en la bête sauvage que Parker avait entrevue plus tôt, alors qu'il le traquait pratiquement sur le palier.

— Pas un foutu centimètre.

Parker eut à peine le temps d'ouvrir la porte avant qu'Ivan ne l'accule par derrière, ses mains lui caressant le torse en de longs mouvements vigoureux.

Lorsque le bout de ses doigts rugueux passa sur ses mamelons sans vraiment le faire exprès, Parker sursauta. Rien de ce que faisait Ivan n'était mal. Il aimait tout. Même quand il le fit basculer sur le lit, avec ses fesses en l'air, le laissant vulnérable.

Il aurait préféré se coucher avec lui en face à face, mais il avait déjà eu un orgasme spectaculaire ; il ne serait pas pointilleux sur la façon dont il recevrait le second. Pas quand Ivan était celui qui les distribuait.

Mais il se trompait. Ivan caressa ses fesses pendant un moment, les malaxant, avant de le pousser sur le lit. Parker s'allongea sur le dos et n'eut que quelques secondes à attendre tandis qu'Ivan ôtait son jean et ses sous-vêtements. Il rampa ensuite jusqu'à lui depuis le bord du lit comme un lion affamé. L'absence totale d'hésitation de sa part, en tout cas quand il s'agissait de parties nues du corps d'un homme touchant d'autres parties nues du corps d'un autre homme, renforça sa révélation antérieure qu'Ivan n'était pas novice en ce qui concernait le fait de baiser des mecs.

Parker remercia la divinité quelconque qui veillait sur les timides garçons gays parce que, s'ils avaient tous les deux été hésitants, ils auraient pu passer des mois à se danser autour avant que quoi que ce soit n'arrive. Dans la matinée, Parker devrait certainement se demander si coucher avec un mec qu'il connaissait à peine, et son colocataire par-dessus le marché, était une bonne idée, mais pour l'instant, il voulait Ivan en lui si fort qu'il ne put empêcher ses jambes de s'ouvrir totalement, ses genoux remontant vers sa poitrine de leur propre volonté.

Le regard d'Ivan voyagea le long de son bas ventre, l'embarrassant et l'excitant à la fois. Il ne se rappelait pas avoir jamais été exposé comme ça, avec son partenaire heureux de simplement le regarder. Avec des

323

mouvements lents et délibérés, Ivan pressa leurs sexes ensemble, et un sifflement leur échappa à tous les deux. Si chauds, si durs. Parker ne put s'empêcher de pousser ses hanches vers le haut. Seigneur, il n'allait pas jouir à nouveau si vite, si ?

D'un autre côté, Ivan ne semblait pas pressé d'attraper le lubrifiant et les préservatifs, et Parker savait très bien qu'il avait les deux, même s'il n'allait pas en souffler mot.

Avec les lèvres et la langue d'Ivan se déplaçant sur son cou, ses oreilles et sa poitrine – en veillant à se concentrer sur la zone nouvellement découverte et érogène le long de sa clavicule – il réussit à distraire Parker de penser à baiser, parce que même baiser n'avait jamais était aussi bon, comme si Ivan pouvait jouer avec lui pour toujours.

Le frottement constant de son érection contre la sienne, rendue délicieusement glissante par le liquide transparent, preuve de son excitation, le rapprocha de plus en plus du bord.

Chaque centimètre de peau pressée contre Ivan le picotait grâce à ce contact. Parker passa ses paumes le long des avant-bras duveteux d'Ivan avant d'atteindre et d'enfoncer ses doigts dans son dos lisse, donnant plus d'appui à ses poussées pour répondre à celles, synchronisées, d'Ivan.

La prochaine fois, il explorerait Ivan de haut en bas. Ces muscles durs suppliaient de recevoir un examen plus approfondi, incluant léchage et succions.

Ivan glissa une main sous Parker et saisit sa fesse, aidant ses poussées. Il suivit la manœuvre et attrapa le cul d'Ivan à deux mains.

Puis vint le point de non-retour. Parker n'allait plus durer très longtemps. Merde.

— Ivan, je vais…

Ivan agit rapidement et l'embrassa, sa langue s'emmêlant sauvagement au gémissement profond provenant de sa poitrine et qui accompagna la jouissance de Parker partout sur son ventre.

Parker se relâcha sur le matelas, trop satisfait pour se soucier d'avoir eu deux fantastiques orgasmes alors qu'Ivan n'en avait eu aucun. Il continuait de baiser sa bouche de sa langue, frottant toujours son sexe en rythme contre celui maintenant glissant de Parker.

Alors qu'il profitait toujours des répliques frémissantes de son orgasme et de la flexion rythmique du fessier d'Ivan sous ses paumes, Ivan interrompit le baiser et rejeta sa tête en arrière tandis que tout son corps se raidissait.

324

L'immobilité soudaine de l'homme au-dessus de lui le laissa libre de se concentrer sur les secousses subtiles du sexe d'Ivan se déchargeant et du flot de chaleur inondant sa propre verge et ses testicules. Il s'effondra contre lui, son souffle rude et saccadé atteignant son oreille. Parker sourit au plafond. S'ils ne bougeaient pas rapidement, ils seraient collés ensemble, mais il n'y avait nulle part ailleurs où il aurait préféré être.

Il faudrait qu'il soit prudent, cependant. Ivan avait pu prouver qu'il n'était pas aussi hétéro que Parker le croyait, mais il venait juste de sortir d'un mariage éphémère et amer. Les chances qu'il veuille se lancer dans une nouvelle relation étaient certainement presque nulles. Mais, alors qu'ils se reposaient ensemble, en sueur et repu, il pouvait rêver. Rêver qu'ils feraient ça toutes les nuits. Quand Ivan rentrerait à la maison après une dure journée à vendre des assurances – et Parker n'avait jamais imaginé qu'un tel travail serait aussi stressant – il pourrait l'apaiser, le nourrir et l'emmener au lit. Heu… Un peu comme Ivan l'avait fait pour lui un peu plus tôt. Peut-être que le rêve n'était pas aussi improbable et extravagant.

La respiration d'Ivan se stabilisa et il planta un léger baiser sur le cou de Parker avant de tendre le bras pour attraper un tee-shirt qui gisait par terre. Il glissa sur le côté et frotta leurs bas-ventres avec.

— Dégueu.

Parker fit en sorte que la moquerie soit évidente dans sa voix.

Ivan haussa un sourcil.

— Eh bien, j'aurais pu utiliser ton tee-shirt.

— Impossible. Le mien est encore en bas.

— Peu importe. Pourquoi je ne te montrerais pas ce que dégueu signifie ?

Ivan grimpa à nouveau à califourchon sur lui, le menaçant de frotter le coton humide sur son visage. Parker lutta et tourna la tête d'un côté à l'autre, essayant d'éviter la serviette improvisée souillée de sperme.

Quand ils furent tous les deux à bout de souffle de leur petite chamaillerie, Ivan jeta le tee-shirt froissé à travers la pièce et attira Parker contre sa poitrine, ses lèvres effleurant sa nuque dans un semblant de baiser.

Ses paupières s'alourdirent alors qu'il se laissait allait dans la chaleur des bras d'Ivan. Une respiration profonde, qui résonna de façon alarmante comme un ronflement, le ramena complètement à la conscience. Il ne pouvait pas s'endormir ici. Ce n'était tout simplement pas possible.

Il s'extirpa des bras d'Ivan. Il n'avait même pas de vêtements à rassembler, parce qu'ils étaient tous encore en bas. Il devrait les ramasser dans la matinée.

— Où vas-tu ?

La voix endormie d'Ivan le fit s'arrêter.

— Dans ma chambre.

— Tu peux rester ici, tu sais. Ça ne me dérange pas.

Parker contempla Ivan par-dessus son épaule. Il le voulait. Il le voulait vraiment. Mais il ne devrait pas dormir sans son stupide et détestable appareil. Si son manque de prouesses sexuelles n'avait pas fait fuir Ivan, cela le ferait sûrement. Il ne pensait pas qu'un petit ami pourrait passer outre le respirateur artificiel, peu importait que ce soit juste après la première fois qu'ils aient couché ensemble. Comment le pourraient-ils ? Parker pouvait à peine se regarder lui-même sans frémir.

— Je ne peux pas. Je... ne peux simplement pas.

Parker se retourna et s'enfuit. Coucher – en réalité, dormir – avec un mec signifiait plus pour lui que d'avoir de simples rapports sexuels, et il était à peu près sûr que c'était tout ce qu'Ivan pensait que c'était. Tout ce qu'il avait à faire était de le garder intéressé jusqu'à ce qu'il se remette des émotions négatives de son divorce. Et vivre avec lui, lui donnerait de nombreuses possibilités de le faire.

Dans sa chambre, son lit semblait si grand, et cette nuit, parmi toutes les autres nuits, il ne serait pas aussi confortable qu'il l'était habituellement.

Soupirant, il s'assit et sortit le tube noir détesté et le masque de sa table de nuit et se prépara à dormir. Il s'allongea sur ses draps frais, l'appareil respiratoire branché, souhaitant qu'Ivan soit encore enveloppé autour de lui, souhaitant pouvoir encore sentir le parfum de sa transpiration et de sa jouissance.

VII

DU SANG recouvrait la poitrine de Parker, et des éclaboussures tachetaient la peau couleur cendre de son visage. Ivan travaillait frénétiquement pour endiguer le flot de sang et faire en sorte qu'il continue de respirer, que son cœur continue de pomper, mais il savait, alors que les yeux verts couleur rivière s'assombrissaient, qu'il allait échouer. Encore une fois. Avec une profonde inspiration étranglée, comme si le cauchemar avait physiquement réussi à l'étouffer, Ivan s'assit dans son lit en haletant.

Les narines dilatées, il saisit le coin du drap et essuya la sueur qui coulait sur son visage et de sa poitrine. Parker n'était pas le seul qu'il échouait à sauver dans ses rêves, mais il était certainement le visiteur le plus fréquent de ses cauchemars. Et le plus terrifiant. En quelques jours, il avait réussi à devenir une personne très importante dans sa vie, et autant qu'il veuille croire que c'était à cause de l'enquête, il ne pensait pas que ce soit ça.

Il s'était senti blessé, de façon déraisonnable, lorsque Parker était retourné dans sa chambre la nuit dernière. Peu importait les chances qu'Ivan lui avait données. Après que tout ait été dit et consommé, la culpabilité d'avoir trompé son compagnon devait l'avoir rattrapé. Merde, elle avait rattrapée Ivan aussi. Il pensait que dans la lumière froide du matin il n'aurait aucun regret ; qu'il serait absous quelque part de toute culpabilité parce qu'ils n'avaient pas eu de rapport anal. Ouais, il était un putain de vrai héros. Mais le sexe anal n'était pas la quintessence du sexe. Des lèvres avaient été embrassées. De la peau nue avait été caressée. Des sexes avaient été touchés et sucés. Des hommes avaient joui. La pénétration ne voulait rien dire à côté de ça. Ils avaient eu des rapports sexuels.

Ivan avait sciemment conspiré avec Parker pour tromper Neil. Le fait qu'il déteste Neil ne rendait pas ça meilleur. Aucune excuse n'était valable, comme il l'avait dit à Colin. Il ressentait toujours cela, mais maintenant il pouvait ajouter la culpabilité ternie et étouffante en plus de ses autres problèmes. Ce qui ne tenait pas compte de son travail. S'impliquer avec un suspect n'était pas seulement le territoire des romans d'amour à deux balles, mais un énorme putain de tabou professionnel.

Il savait ce qui avait déclenché le rêve ce soir. Il avait espéré la présence de Parker dans ses bras pour garder ses rêves au large, mais il était parti. De façon totalement inattendue. Ivan n'avait jamais pensé que son lit étroit et extra ferme serait un jour confortable, surtout pas avec une seconde personne, mais il avait été agréablement surpris par le choix de Parker de venir dans sa chambre. Ce matin, ce n'était plus si surprenant. Il avait probablement été conscient tout du long que le lit serait un rappel continu de son infidélité, comme le propre lit d'Ivan l'avait été jusqu'à ce qu'il le remplace.

Saisissant un pantalon de survêtement, il se leva et l'enfila, essayant d'ignorer le sperme séché qu'il avait oublié de nettoyer la veille. Il avait besoin de prendre une douche et de foutre le camp d'ici avant que Parker se réveille.

Un coup d'œil à sa montre lui assura qu'il avait suffisamment de temps. Les cauchemars qui jonchaient ses rêves avec des morts et le gardaient semi conscient la plupart de la nuit, avaient au moins assurés qu'il se réveille avant le soleil. Les étudiants de l'âge de Parker n'étaient généralement pas des lèves-tôt.

APRÈS UNE douche rapide, qui ne sembla pas déranger le sommeil de Parker, il s'habilla rapidement. Ivan saisit ses draps et le tee-shirt souillé et descendit les jeter dans la machine à laver. Dormir dans ces draps-là, ce soir, serait... difficile au mieux.

Comme il versait le détergent dans la machine et la lançait, son estomac gronda, un nauséeux mélange de faim et de regret. Il avait prévu de passer une autre journée à traîner avec Parker, à 'tester' des cours, mais prétendre que rien n'avait eu lieu la nuit dernière, surtout s'ils tombaient sur Neil, serait impossible. Il gardait déjà tellement de secrets qu'ils distendaient son esprit comme un ballon prêt à éclater. Une pression supplémentaire et tous ses préparatifs minutieux exploseraient en un désastre chaotique et peut-être mortel.

Il devrait suivre Parker à nouveau parce que fouiller la maison était juste hors de question. Il ne pouvait pas rester ici seul toute la journée, à se souvenir. Du sexe était du sexe et il s'était engagé dans pas mal de sexe, avant Colin, avec Colin, et après Colin. Mais même avec son ex, au début idyllique de leur relation, cela ne lui avait jamais bousillé l'esprit comme

328

le sexe avec Parker l'avait fait. Ce n'était pas une situation normale, pas du tout, et il devait s'en rappeler.

Ivan se traîna au rez-de-chaussée avec l'intention d'avaler un petit déjeuner rapide avant de prendre son poste d'observation et d'attendre que Parker sorte pour aller en cours. Puis il trébucha sur son jean bien usé et ses sous-vêtements sur le plancher de la cuisine. Le regret prit le pas sur sa faim et se transforma en colère, qui le brûla si puissamment qu'il put à peine respirer. Maudit soit Parker pour faire de lui 'l'autre homme', et maudit soit-il encore pour être tout ce que Ivan désirait. Un faible grondement monta de sa gorge, et il envoya son poing dans le mur.

La douleur se propagea de ses jointures le long de ses doigts et éclata jusque dans son bras. Il le recula, tenant son poing. Au moins, il n'avait pas réduit sa main en bouillie en la projetant contre un mur de béton. Seule une petite bosse et quelques éclats de peinture persistaient pour montrer où il avait perdu le contrôle. Et maudit soit Parker pour être un criminel en premier lieu. S'il n'avait pas décidé de devenir un délinquant, Ivan ne l'aurait jamais rencontré, et à cet instant, cela n'aurait pu être qu'une bonne chose.

La douleur dans ses articulations pulsait au rythme de la colère échauffant ses oreilles alors que le sang suintait de ses éraflures, et il voulut secouer Parker. Tout était de sa putain de faute. Il voulait crier sur lui, enfoncer son poing dans le visage stupide de Neil. Quand il réalisa qu'il avait fait quelques pas vers l'escalier, il prit une profonde inspiration tremblante et la retint, dans l'espoir de se calmer. Le bruit que fit la porte de la salle de bain quand Parker la ferma tendit les fils déjà bien malmenés de son self-control. Il devait foutre le camp d'ici.

Sa main gauche tremblait si fort qu'il eut du mal à refermer ses doigts autour de la poignée de porte, mais l'humidité avait été minime pendant la nuit, et il n'eut pas à mettre tout son poids et sa force pour l'ouvrir. Les battements de son cœur s'accélérèrent lorsque la chasse d'eau fut tirée.

Sors d'ici, sors d'ici, sors d'ici.

Ivan claqua la porte derrière lui et se mit à courir sur le trottoir. Il ne savait pas où il allait, mais il courut comme si sa vie en dépendait.

PARKER SORTIT de la salle de bain en vacillant. Il n'avait pas dormi aussi bien qu'il l'aurait dû après deux putains d'orgasmes spectaculaires, mais il n'avait que lui et son appareil à blâmer. Perdre tout ce poids alors qu'il prenait soin de sa mère aurait dû faire disparaître son apnée du sommeil. Mais ce n'était pas le cas. Même s'il avait décidé de passer la nuit avec Ivan, prendre le risque de dormir sans sa machine, sachant qu'il ronflait plus fort qu'une demi-douzaine de tronçonneuses, rendrait impossible de lui faire face au matin. Un jour, il aimerait se réveiller dans les bras de quelqu'un, quelqu'un dont il se souciait, mais le tuyau noir et le masque hideux était efficace un moyen de dissuasion.

Une fois encore, il n'avait jamais imaginé que quelqu'un d'aussi sexy et doux qu'Ivan puisse un jour s'intéresser à lui. *Un petit pas après l'autre.*

Aucune force au monde n'aurait pu l'empêcher de jeter un coup d'œil par la porte ouverte d'Ivan. La chambre vide et le matelas dépouillé fut une gifle inattendue au visage de Parker. Il avait dû se réveiller à l'aube, déjouant l'espoir qu'il avait eu de pouvoir regarder un Ivan endormi, emmêlé dans les draps dans lesquels ils avaient couchés ensemble, et peut-être sourire au souvenir de sa fougue.

Ah, eh bien. Cela ne le surprit pas tellement qu'Ivan veuille laver ses draps après leur intermède sexuel. C'était une habitude que Parker approuvait en fait, après un incident dégoûtant avec un de ses rencards plus tôt dans l'année. Les draps du gars avaient indéniablement crissés, et cela importait peu qu'il s'agisse d'autres types ou de lui-même. Parker avait fui, et il n'avait jamais été aussi heureux de sa vie que les perspectives de rendez-vous soient si peu nombreuses et espacées.

— Ivan ?

Il n'y eut pas de réponse, alors il descendit et essaya à nouveau. Rien. Où était-il allé ? Hier, il avait dit qu'il retournerait avec lui à l'université. Il ne savait pas pourquoi Ivan avait décidé de tester les mêmes cours que lui, mais il avait apprécié que ses amis le rencontrent. Il avait apprécié de passer du temps avec lui, dehors, en public. Cela les faisait ressembler un peu plus à des colocataires. Il rit. Après la nuit dernière, 'colocataires' ne semblait plus tout à fait la bonne description, mais il ne savait pas s'il y avait un terme qui ne ferait pas flipper Ivan. Colocataires avec bénéfices ? Ou alors pouvaient-ils passer au grade d'amis avec bénéfices ? L'application libérale desdits avantages pourrait voir une autre promotion de leur statut dans quelques mois, et Parker allait travailler vers cet objectif comme il ne l'avait jamais fait pour aucun autre.

Le rez-de-chaussée était vide sauf pour son jean et ses sous-vêtements sur le plancher de la cuisine, charriant avec eux de doux souvenirs de la nuit

330

précédente. Ivan serait-il prêt à répéter leur interlude 'cuisine' ? Cette fois, Parker regarderait et, l'espérait-il, tiendrait un peu plus longtemps.

Le bruit métallique distinctif d'une machine à laver légèrement décalée attira son attention vers le sous-sol.

— Ivan ? appela-t-il, mais sans obtenir de réponse.

Un rapide voyage en bas des marches lui révéla un sous-sol vide. Avec un froncement de sourcils, et des pas plus mesurés, Parker remonta à l'étage principal.

Où diable Ivan était-il allé ? Était-il parti pour une course matinale ? S'il ne revenait pas bientôt, il n'aurait pas le temps de se doucher avant que Parker parte en cours. Aussi proche des examens de mi-trimestre, il était dangereux de louper des cours magistraux. Il jeta une pomme et une barre de céréales dans son sac. Pendant que son pain grillait, il courut porter son jean et ses sous-vêtements au sous-sol, remontant juste à temps pour voir le toast surgir du grille-pain. Alors qu'il attrapait un plat dans le placard, une ombre sur le mur à côté du meuble attira son attention. Assiette en main, il regarda l'endroit. Était-ce une fissure ? Il passa ses doigts sur le mur, la peinture s'écaillant au sol en réponse. Le mur était enfoncé sous ses doigts. Cette maison avait été la sienne depuis toujours, et il en connaissait chaque centimètre comme son propre corps. Ce renfoncement était nouveau. Comme c'était étrange.

Il tartina rapidement son toast de beurre d'arachide en y ajoutant une petite touche de confiture, et il s'assit à la table, regardant la dépression arrondie. Qu'est-ce qui aurait pu causer ça ? Et quand était-ce arrivé ?

Après avoir fait la vaisselle et un peu bricolé, il ne put patienter davantage. Ivan n'allait pas revenir. Il avait peut-être oublié, ou peut-être que son patron avait eu besoin qu'il retourne travailler, mais quoi qu'il en était, le jour de Parker s'était terni.

Après avoir touché brièvement une dernière fois le comptoir où il s'était appuyé pendant qu'Ivan lui balayait l'esprit tout en ravageant sa verge, Parker jeta son sac sur son épaule et quitta la maison.

IVAN PILA devant la porte de la maison. Il espérait vraiment avoir la bonne adresse. Il arpenta lentement le porche minuscule de long en large pendant qu'il attendait. Impossible qu'il s'attende à une réponse immédiate. La chaleur dans l'air devenait oppressante alors que midi approchait, mais cela ne tenait pas compte du désespoir d'Ivan d'entrer dans la maison.

Un coup d'œil à sa montre lui confirma qu'il n'était même pas dehors depuis plusieurs minutes, mais il frappa son poing – le gauche – à nouveau sur la porte. Le droit était enflé et égratigné et ça avait été un putain d'enfer de le protéger dans les transports en commun en pleine heure de pointe matinale. Plus d'une fois, il avait dû ravaler un cri de douleur alors que certains passagers ne se doutant de rien le bousculaient ou le heurtaient à cet endroit avec un étui d'ordinateur portable ou un sac à main.

Le léger grondement d'un moteur de voiture le fit se tourner vers la rue. Il était – quasiment – certain que personne ne l'avait suivi, mais il ne serait pas surpris de voir passer régulièrement des flics en train de faire des rondes, juste au cas où. Il se plaqua contre la maison et regarda attentivement, à travers les branches tombantes d'un arbre à feuillage persistant, le coin de la véranda. La Crown Vic blanche pouvait être une voiture de police non banalisée, ou ce pouvait être une personne âgée. Quasiment personne d'autre ne conduisait ces choses.

Plissant les yeux, il regarda fixement le chauffeur, qui conduisait probablement une dizaine de km/h sous la limitation de vitesse pour une rue résidentielle. Il enregistra la vision éclair d'une paire de lunettes et des cheveux blancs juste au moment où la porte s'ouvrait avec fracas derrière lui. Il sauta dans les buissons tandis qu'il se retournait sur lui-même pour faire face à la nouvelle menace.

Le cœur battant, il s'accroupit dans une posture défensive. Il lui fallut quelques secondes pour reconnaître l'homme en face de lui.

— Ivan ? C'est toi ?

Il se redressa de toute sa hauteur et avança à nouveau sur le porche, essayant de réprimer son embarras suite à sa réaction excessive. Cela ne l'empêcha pas de jeter un autre regard nerveux sur le quartier avant de parler.

— Kurt, j'ai besoin de te parler.

— Bien sûr, viens à l'intérieur.

— Est-ce que ton copain est à la maison ?

— Mon copain ? Vraiment ?

Kurt leva les yeux, mais conduisit Ivan à l'intérieur et ferma la porte derrière eux.

— Davy est au travail.

L'air frais frappa Ivan au visage, le froid le rafraîchissant après la chaleur du soleil. Il se fichait que Kurt objecte à sa terminologie, tant qu'ils étaient seuls. Et il avait complètement zappé le nom de Davy, donc 'copain' sonnait très bien.

Il suivit la lente progression de Kurt dans le salon, où il s'assit avec précaution sur le canapé. Pas étonnant qu'il lui ait fallu autant de temps pour venir ouvrir la porte ; le gars souffrait clairement. Il avait perdu plusieurs kilos depuis qu'on lui avait tiré dessus, en plus de ceux qu'il avait perdus à se tracasser concernant son coming-out. L'homme avait besoin d'un sandwich, ou trois.

Kurt éteignit le téléviseur et fit un signe vers l'une des chaises. Ivan s'assit sur le bord de l'une d'elles, incapable de se détendre.

Il prit une profonde inspiration.

— Je suis désolé. Je suis un ami de merde. Je suis content que les choses fonctionnent avec Davy. Tu devras me raconter ça un de ces jours.

— Parce que tu es attendu quelque part ? Simon m'a dit ce qui t'était arrivé pendant le raid. Visiblement, il n'en a entendu parler que tardivement, mais il m'a effectivement dit que tu étais en congé administratif jusqu'à nouvel ordre.

Kurt fronça les sourcils.

— L'UES ne te blâme certainement pas pour la mort de ce gamin ?

Ivan étouffa un gémissement. Il n'avait pas voulu parler de Dmitri du tout. Particulièrement pas lorsque l'image de Parker à sa place était encore si vivace dans son esprit. Donc, il ignora la question.

— Kurt, mec, j'ai besoin d'aide. Je ne sais pas à qui faire confiance.

— Bien sûr. Que se passe-t-il ?

Ivan remua les doigts de sa main et siffla alors que la douleur l'assaillait.

— Merde, Ivan, qui donc as-tu frappé ? Et pourquoi ?

— Longue histoire. Mais c'était un quoi, pas un qui.

— On dirait que tu t'es fêlé les os. Laisse-moi aller chercher quelque chose pour bander cette main, et alors tu pourras me raconter ton histoire.

Kurt se leva, se tenant droit avec prudence. Peut-être avait-il encore des sutures. Ivan n'était même pas sûr de savoir depuis combien de temps il était sorti de l'hôpital, mais il était encore furax que son travail l'ait empêché de lui rendre visite.

— Je ne sais pas.

Tendu comme s'il s'était enfilé une douzaine d'expressos complétés de quelques cafés au lait, Ivan bondit pour regarder par la fenêtre.

— Ce n'est pas comme si l'un de nous avait un endroit où il devait être, déclara Kurt en quittant la pièce, se déplaçant lentement mais sûrement.

Il avait tort. Ivan était censé être ailleurs. Il aurait probablement dû laisser une note pour Parker, pour lui faire savoir qu'il ne l'accompagnerait pas en cours aujourd'hui, mais il était bien trop tard pour avoir ce genre de regret, qui était assez mineur pour le noyer dans une mer bien plus grande de regrets pour avoir couché avec lui. En outre, il écrivait comme une merde avec sa main gauche et Parker n'aurait pas été capable de la lire.

Après avoir arpenté la pièce plusieurs fois, il retourna se poster près du rideau, cherchant la moindre trace d'une surveillance quelconque. Rien. Pour l'instant.

— Qu'est-ce que tu cherches ?

Le retour furtif de Kurt le fit sursauter, mais pas au point qu'il soit prêt à l'attaquer, comme il l'avait été devant la maison.

— Rien.

Pour l'instant.

— Viens t'asseoir ici à la table. C'est plus facile si je n'ai pas à me plier ou à me tourner.

Ivan ne voulait causer aucune douleur à Kurt – il avait été source de douleur pour bien trop de gens dernièrement – donc il fit ce qu'il lui avait demandé.

Kurt l'examina attentivement, ses yeux bleus concernés.

— Tu as une mine de déterré. Tu veux me dire ce qui se passe, ou vais-je devoir te le tirer par les vers du nez ?

L'humour intentionnel lui arracha un grognement de surprise – pas vraiment un rire, mais aussi proche qu'il pouvait s'en approcher aujourd'hui. Kurt était un fils de pute difficile, mais là tout de suite, un singe manchot aurait pu lui faire mordre la poussière.

— Sérieusement, Ivan. Tu as dit que tu avais besoin d'aide. Dis-moi comment je peux t'aider.

Kurt lui prit la main et commença à la nettoyer et la bander.

Ivan parla tandis qu'il lui fournissait les premiers soins. Tout ce bordel avait commencé seulement quelques jours plus tôt, mais on aurait dit des années. Il réussit à expliquer comment il avait fini chez Parker avant que Kurt fasse une pause dans les soins qu'il lui prodiguait et le regarde attentivement.

— Nom de dieu, Ivan ? Sarge n'avait pas à t'envoyer sous couverture comme ça.

Kurt fit courir des doigts agités dans ses cheveux bruns, les faisant se dresser dans toutes les directions avant de finir de bander la main d'Ivan.

— Cela va complètement à l'encontre des règlements. Tu pourrais perdre ton job pour un truc comme ça. Et des arrestations pourraient même ne pas te sauver les fesses.

Ivan haussa les épaules et joua avec les boutons de la télécommande du téléviseur à côté de lui. Ces questions l'avaient inquiété lui aussi, mais avec une taupe dans le département et lui ne voulant pas que Parker se fasse arrêter de toute façon, il se demandait s'il était encore taillé pour ce job.

— Ce n'est... Pas vraiment la question.

Kurt fronça les sourcils et laissa échapper un sifflement de douleur.

— Merde, je ne peux même pas faire ça, dit-il.

— Ça va ? demanda Ivan.

— Oui. Ou ça ira. Le temps que je guérisse, enfin tu vois.

Ivan relâcha son souffle qu'il n'avait pas réalisé avoir retenu. Ses conneries stupides, sa main, ses problèmes, n'étaient rien comparés à ce que Kurt avait traversé. Il se leva, prêt à partir.

— Je devrais y aller. Je dois régler ça par moi-même.

— Assieds-toi, bon sang, Ivan.

Kurt grimaça et se leva aussi, carrant les épaules. Malgré sa récente perte de poids, Kurt était toujours plus costaud et il n'hésita pas à le rappeler à Ivan.

— Kurt, je...

— Tu vas m'obliger à te faire t'asseoir ?

— Putain, non.

Kurt essaierait, peu importait les blessures supplémentaires que cela lui causerait. Il n'y avait pas à s'y méprendre vu la lueur de menace dans ses yeux, et Ivan ne pouvait pas en être responsable.

Cette fois, il se laissa tomber sur une chaise face à Kurt, qui s'assit à nouveau avec précaution.

— Parle, Ivan. Maintenant.

— Si quelqu'un passe de l'intérieur des informations à la mafia Russe, tu es le seul à qui je puisse faire confiance. C'est pourquoi je suis là. Je... ne sais pas quoi faire.

Ivan laissa tomber sa tête dans sa main.

— Tu dois arrêter ça. Il n'y a aucun moyen que ce gamin soit un acteur majeur d'aucune sorte. Tu en aurais entendu parler depuis le temps.

— Je n'ai pas encore fini.

Ivan continua de lui raconter son histoire, et Kurt l'écouta attentivement.

— D'accord, attends, il est possible que Sarge soit sur quelque chose. Même si la mère de ce gamin lui a laissé un gros héritage, il n'y a aucune raison pour lui de garder autant d'argent dans son placard.

Ivan détourna les yeux pour regarder la pièce autour de lui, essayant de repousser l'admission de la pire des choses. La seule chose qui le ferait virer, qui rendrait toute cette enquête inutile.

— Ouais. Je sais. Mais ce n'est pas tout. Kurt… Je suis tellement baisé. Ce gamin…

Non. Il ne pouvait pas l'appeler gamin.

— Parker. Il est… Je suis… Nous…

Le dos de Kurt se raidit, et ses yeux s'agrandirent.

— Tu l'as baisé ?

Le souffle d'Ivan lui échappa d'un coup.

— Ouais. Et ce n'est pas un gamin.

Il fallait que cela soit clair. La culpabilité lui pesait suffisamment sur la conscience sans y ajouter le détournement au berceau.

— Alors… Pourquoi ? Ce n'était pas nécessaire pour ta couverture, non ? Je croyais que tu avais dit y aller en tant qu'homme divorcé ?

Oh Seigneur. Non. Tellement inutile pour sa couverture. Mais il n'avait pas pu s'en empêcher. Il dévisagea Kurt, ne voulant pas le dire à voix haute.

— Cela n'arrivera plus jamais. Je le jure.

L'expression de Kurt s'adoucit, et Ivan regarda par-delà son épaule.

— Oh. Merde, dit soudain Kurt.

— Hum. Ouais.

Au moins, il n'avait pas à sortir du placard et dire qu'il n'avait simplement pas pu s'en empêcher. Il avait dû y goûter. Juste une fois.

— Que vas-tu faire ?

Ivan sourit, ou au moins essaya autant qu'il le put. Depuis que Kurt vivait maintenant avec Davy, il supposait qu'il avait obtenu sa 'fin heureuse', mais Ivan l'avait vu avant que lui et Davy ne soient ensemble, et il avait été plutôt mal en point. Kurt n'allait pas lui rabâcher les oreilles pour avoir été stupide, et il appréciait son amitié plus qu'il ne saurait le dire. Même s'il n'y avait pas de fin heureuse dans son propre avenir, il était content que Kurt ait trouvé Davy. L'inquiétude, la détresse et la douleur émotionnelle qui avaient pesé sur lui comme un manteau la dernière fois qu'ils étaient

336

sortis ensemble avaient disparu. Les problèmes actuels de Kurt étaient tous physiques, enfoiré de chanceux.

— Je ne sais pas.

— Va voir Sarge. Dis-lui que c'est un fiasco. Ce que tu fais est foutrement dangereux.

— Ouais, mais si je pars, est-ce que ce sera plus dangereux pour Parker ?

— Pour Parker ? Pourquoi ?

— La fuite. Et si Razhin découvre que nous étions en train d'enquêter sur lui ? Je ne pense pas que Parker réalise à quel point ces gens sont dangereux.

— Merde, mec, tu ne peux pas faire ça. Tu ne peux pas lui parler de ça. S'il découvre que tu es flic, tu es celui qui sera en danger, et personne n'ira en prison, crois-moi. Tu ne peux pas faire ça.

— Je peux. Je crois. Tu ne l'as pas rencontré, Kurt. Il est tellement naïf. Si doux. Je ne pense pas qu'il se rende compte à quel point le commerce de la drogue est insidieux. Lui et…

Ivan s'interrompit lui-même. La dernière chose dont il voulait parler était du putain de petit ami de Parker.

— Quoi qu'il en soit, je ne pense pas qu'il soit encore trop tard, il ne doit pas être trop impliqué.

— Il l'est bien assez pour que Sarge ait entendu parler de lui.

— Je m'en moque. Sarge doit se tromper. Arrêter Parker le tuera. Il n'a pas du tout une mentalité de criminel.

Il n'avait pas réalisé à quel point il était devenu passionné quand il avait pris la défense de Parker. Le trafic de drogue voyait plus que sa part de récidivistes, assez pour qu'Ivan ne croit plus vraiment à leur réinsertion, mais Parker était différent. Il devait l'être. Il ne pourrait pas le supporter s'il mourrait ou était brisé en prison.

Kurt serra les lèvres, mais le poids du regard de celui qui sait, était trop dur à supporter. Au lieu de cela, il laissa ses yeux balayer la pièce. Une pièce blanche plutôt choquante, maintenant qu'il y prêtait attention.

— Ivan, écoute-moi.

— As-tu déjà entendu parler de peinture ? l'interrompit-il. Elle se décline en couleurs. Tu devrais y réfléchir.

— Ivan, pour l'amour de Dieu.

Ivan soupira et regarda Kurt droit dans les yeux.

— Ça ne va pas. Je ne sais pas pourquoi tu as accepté ça. Je ne sais pas pourquoi Sarge t'a demandé de le faire. Mais ça ne sent pas bon.

— Ouais, je sais.

Ivan laissa échapper un rire frôlant l'hystérie.

— Je n'ai jamais pensé que Sarge m'aimait beaucoup. Ça m'a complètement surpris quand il m'a confié cette affaire, mais il y a des moments où j'ai l'impression de sentir des yeux sur moi. Des gens qui m'observent, même si je ne peux pas les voir. Je pense qu'il s'attend à me voir échouer. Qu'il m'a mis sur ce coup pour... quelque chose. C'est fou, cependant, n'est-ce pas ?

Ivan se mordit la lèvre jusqu'à ce qu'elle saigne, parce qu'un rire encore plus hystérique montait de sa poitrine, et il ne pouvait laisser Kurt l'entendre. Il était en train de perdre son putain d'esprit.

— Ivan, mec, tu es un des meilleurs inspecteurs que je connaisse. Je ne peux pas croire que Sarge monte un coup contre toi. Je ne peux y voir aucune raison possible. Aucune. Peut-être qu'il y a une taupe, et peut-être qu'il est secoué par tout ça, assez pour faire foirer ta mission. Et crois-moi, il a sérieusement merdé ici. Je te le dis comme je le pense, je ne veux pas que tu continues là-dedans. Mais si tu penses que tu le dois, je mettrai Simon au courant. Je ne peux pas faire grand-chose ; je suis moi aussi en congé administratif. Mais tu peux aller le trouver, en toute confiance, si tu as besoin de quoi que ce soit. Pigé ?

Simon. En tant que nouveau venu dans le département, il serait fort peu probable qu'il soit connecté à la taupe, et d'ailleurs, c'était manifestement un problème de la Brigade Anti-Drogue, pas de celle des Homicides.

Ivan hocha la tête.

— Merci.

— Comme pour le blanc.

Kurt fit un geste de la main en direction des murs.

— Nous organisons une partie de peinture dans quelques semaines. Ça me ferait très plaisir que tu en sois.

— Il n'y a rien que j'aimerais mieux. Je vais essayer de venir, d'accord ?

Ivan ne pensait pas qu'il serait là, et l'expression de Kurt disait clairement qu'il l'acceptait. Ivan serait soit toujours sous couverture, ou peut-être mort, s'il avait tort sur le rôle de Parker dans l'organisation de Razhin.

Il se leva. Kurt avait besoin de se reposer, et lui avait besoin de rentrer à la maison – celle de Parker. S'il mettait son cul en route, il aurait peut-être une heure pour aller fouiner dans ces autres boîtes qu'il avait vues dans son placard, et s'assurer qu'il ne rate rien avant que Parker revienne du centre de traumatologie. Son travail en tant que bénévole était encore une autre raison pour laquelle il refusait de considérer Parker comme une cause perdue.

— DONC, OÙ est ton coloc sexy ? demanda Alicia en donnant une chiquenaude dans l'épaule de Parker qui essaya de sourire.

— Je ne sais pas. Il était parti quand je me suis réveillé.

— Eh bien, peut-être qu'il devait retourner travailler. Passer tout son temps à fixer ton beau cul ne va pas payer la pension alimentaire, tu sais ?

Parker détourna les yeux. Ivan avait déjà passé une bonne partie de son temps avec son cul très nu et apparemment ne voulait plus rien avoir affaire avec lui. Quand apprendrait-il ? Le sexe était juste du sexe. Une fois que c'était fini, il devrait être capable de l'oublier. Jusqu'à présent, cela n'avait pas été si difficile, mais aujourd'hui, le fait qu'Ivan le batte froid le blessait plus qu'il ne s'y était attendu. Contrairement aux quelques autres gars avec qui il avait couché, il pensait vraiment qu'Ivan l'avait aimé, qu'il n'avait pas seulement été intéressé par une baise rapide.

— Il n'est pas intéressé par mon cul.

Plus maintenant qu'il l'avait déjà eu.

Les sourcils d'Alicia se haussèrent avant qu'elle se mette à rire.

— Tu ne peux pas vraiment être aussi aveugle, n'est-ce pas ?

Si, apparemment il le pouvait. Ses yeux brûlaient, et il cligna des paupières pour essayer de les apaiser.

— Qu'est-ce que tu racontes ?

Alicia se pencha pour sortir sa tablette.

— Comme si tu ne le savais pas. Merde, je pensais que Chris allait devoir s'interposer pour mettre fin à une bagarre entre Ivan et Thom.

— Thom ? Qu'est-ce qu'il vient faire là-dedans ?

La confusion l'aida à regagner un certain contrôle sur ses émotions.

— Sérieusement. Tu es vraiment aveugle à ce point, n'est-ce pas ?

Alicia secoua la tête.

— Thom craque totalement pour toi. Chris a dit que sa soirée avait été déprimante au possible à l'appartement, à cause de Thom parce qu'il se

339

morfondait à ce propos. Il n'était pas difficile de voir les étincelles entre toi et Ivan, ça c'est sûr. On aurait pu faire cuire un steak hier avec la chaleur dégagée entre vous deux.

Parker pressa une main sur ses joues pour s'assurer qu'elles n'étaient pas réellement en feu.

— Je n'avais pas idée que Thom était intéressé. Je pensais…

En fait il n'avait pas pensé beaucoup, mis à part le fait qu'il avait présumé que Thom ne l'aimait pas. Comment avait-il pu ne pas s'en apercevoir ? Là encore, même en sachant qu'il serait plaqué aujourd'hui, il n'était pas sûr qu'il aurait choisi Thom plutôt qu'Ivan. Peut-être pas la chose la plus intelligente ; Thom semblait vraiment être un chic type, et il était mignon. Mais Ivan consumait ses pensées.

— Oh, eh bien, je ne sais pas. C'était probablement juste pour le sexe.

La mâchoire d'Alicia s'en décrocha, et cette fois, Parker était sûr que ses joues étaient enflammées. Il n'avait pas été dans ses intentions d'admettre ça devant quelqu'un.

— Tu as couché avec Ivan ? Je suis choquée et pourtant, je ne suis pas surprise du tout. Tu dois tout me raconter !

Tout ? Seigneur, il était déjà embarrassé et blessé. Il regarda Alicia fixement.

— Il n'est pas ici aujourd'hui. Il a quitté la maison sans me laisser une note. Qu'y a-t-il de plus à dire ?

— Oh !

Alicia lui adressa un sourire triste et une pression sur l'avant-bras.

— Je suis sûre qu'il y a une bonne raison. Ne t'inquiète pas. Cette intensité ne peut pas juste s'en aller comme ça, quoi qu'espère Thom.

Le professeur entra dans la classe, lui accordant un sursis. Il essaya de prêter attention au cours, mais il ne pouvait penser qu'à Alicia, si oui ou non elle avait raison et à comment il allait expliquer le fait de sauter le déjeuner aujourd'hui.

Commencer à travailler plus tôt au centre lui donnerait d'autres sujets auxquels penser.

LA SUEUR dégoulinait du corps d'Ivan alors qu'il s'effondrait contre la porte. La journée avait été foutrement chaude et les deux wagons de métro dans lesquels il était monté avaient une climatisation défectueuse. Il pensait également que quelqu'un l'avait suivi, donc il était descendu avant son arrêt et avait marché… En fait, cela n'aurait été qu'une douzaine de blocs s'il avait été capable de prendre une route directe, mais il avait serpenté sans but, essayant d'identifier qui, si quelqu'un il y avait, le suivait.

Il poussa un soupir de soulagement en quelques respirations haletantes. Courir pour l'exercice ne l'avait pas réellement préparé à ce niveau de vigilance et de paranoïa. Il aurait préféré courir un marathon ou deux plutôt que de sentir constamment ces yeux invisibles derrière lui.

Après avoir déboulé au sous-sol pour mettre sa lessive dans le sèche-linge – et aussi pour vérifier qu'il n'y avait personne en bas – Ivan fit un tour rapide de la maison. Comme il le soupçonnait, il n'y avait personne. Tant que Neil ne déciderait pas de débarquer à nouveau à l'improviste, il devrait disposer d'une heure au moins pour finir ses recherches dans le placard de Parker.

Il changea de tee-shirt et utilisa une serviette pour se sécher ; il n'y avait aucune raison d'alerter Parker en transpirant partout sur ses affaires.

Plus ou moins propre et sec, il entra dans la chambre de Parker et se dirigea droit vers le placard, malgré le grand lit qui se cachait derrière lui. Le regret de ne pas avoir partagé ce lit avec Parker était ridicule et si Ivan ne découvrait pas comment le détourner de sa voie vers la délinquance, et bien, le mec devait pouvoir passer ses nuits dans un lit aussi confortable que possible. Les lits en prison n'étaient pas fournis équipés d'un surmatelas.

Avec précaution, il souleva et posa la boîte dans laquelle il avait trouvé l'argent. Un rapide coup d'œil lui confirma qu'il était toujours là. Découvrir d'où il pouvait bien venir était la mission d'un autre jour. Il passa rapidement les dossiers de la boîte en revue. Parker n'avait pas vraiment de système de classement. Les avoirs, les factures et les notes d'électricité pour deux propriétés différentes étaient mélangées ensemble et non triées par date. Cela paraissait étrange pour un étudiant qui était toujours à jour dans son travail, mais là encore, il était en charge de toutes les factures depuis une période de temps relativement courte.

Ivan trouva des documents relatifs à un fonds de placement qui payait les frais de Parker, ce qui expliquait beaucoup de choses, mais qui n'expliquait pas les dépenses énormes pour ce qu'il présumait être une fermette à Muskoka que Parker avait mentionnée. Il parcourut les papiers de ses acquisitions et un puits de désespoir s'ouvrit dans son estomac. Celles-ci faisaient mention de dépenses liées à la culture de marijuana à grande échelle. La maison à Muskoka devait se trouver sur une large parcelle de terrain. Merde. L'argent devait provenir de Razhin, finançant la

341

conversion. Il avait moins de temps qu'il ne le pensait pour sortir Parker de cette situation. Il était peut-être déjà trop impliqué pour que Razhin le laisse filer, si le gros paquet de cash était une quelconque indication.

Il fourra tout à nouveau dans la boîte et la remit en place. Merde, merde, merde. Il y avait une autre boîte sur l'étagère dans le fond du placard. On aurait dit une petite malle de voyage. Il ne pouvait imaginer quelque chose de plus incriminant que ce qu'il avait trouvé jusqu'ici, mais il pouvait aussi bien vérifier pendant qu'il était là.

Les charnières rigides lui indiquèrent qu'elle ne devait pas être ouverte très souvent. À l'intérieur se trouvait un désordre épars de photos. Tant qu'il n'y avait pas de photos de Parker posant à côté d'un plant de marijuana, il n'y avait probablement rien d'intéressant là-dedans, mais cela ne l'empêcha pas d'en fouiller le contenu. Il vit quelques clichés de la mère de Parker, qu'il reconnut grâce aux quelques photos posées sur le manteau de cheminée en bas.

Il parcourut les autres, cherchant des photos de Parker, mais ce n'est pas avant d'en voir une avec sa mère, les bras enroulés autour d'un jeune adolescent, qu'Ivan réalisa avoir manqué... une tripotée de photos de Parker.

Sortant une poignée de photos de la boîte, il s'éloigna du placard pour se diriger dans la chambre de Parker afin de regarder les clichés à la lumière du soleil qui ruisselait à travers les fenêtres. Au moins Parker avait assez de bon sens pour garder les fenêtres fermées les jours de record de chaleur et d'humidité.

Le jeune Parker était adorable. Il y avait des traces de son visage magnifique, mais le garçon était grassouillet, ses pommettes saillantes cachées sous le capitonnage de la graisse de bébé. Il y en avait quelques-unes de Neil également, qui ressemblait beaucoup à ce qu'il était maintenant. Il ne put trouver aucune photo datant des deux dernières années, ce qui vraisemblablement était le moment où la santé de la mère de Parker s'était détériorée au point où elle n'avait plus voulu être prise en photo. Quelque part durant ces deux années, Parker avait probablement perdu plus de vingt kilos pour révéler l'homme magnifique qui se cachait dessous. Le sourire était le même et Ivan toucha une des photos du bout des doigts. L'hésitation et l'incertitude de Parker de même que son manque d'arrogance prenaient maintenant tout leur sens. Il n'avait probablement pas l'habitude d'être l'objet de l'attention de tout le monde.

Du mouvement derrière la fenêtre lui fit lever les yeux. Parker était sur le trottoir, presque devant la maison. Merde. Il avait complètement perdu la notion du temps à regarder ces photos. Rapidement, il fourra les clichés dans la boîte et la replaça sur l'étagère avant de se précipiter hors du placard, refermant soigneusement la porte de la chambre juste au moment où la porte d'entrée s'ouvrait. Son regard vola entre la salle de bain et la chambre. Il avait besoin de quelques minutes pour calmer les battements rapides de son cœur et sa respiration courte, donc il opta pour la chambre et ferma la porte aussi doucement que possible, espérant ainsi indiquer qu'il serait là pour un moment.

Il tendit l'oreille, à l'écoute. Le grincement révélateur lui fit retenir son souffle, attendant que Parker rejoigne sa chambre. Alors, il pourrait se détendre. Penser à des options.

VIII

Parker resta un instant debout sur le palier à regarder fixement la porte fermée d'Ivan. Il était rentré à la maison avant lui, ce qui était inhabituel. Avait-il des difficultés au travail ? Si les agents d'assurance travaillaient à la commission, peut-être avait-il du mal à vendre des polices. Cela pourrait expliquer son comportement légèrement erratique.

Il leva la main dans l'intention de frapper, mais le souvenir de la disparition d'Ivan ce matin ramena à la surface toutes ses angoisses d'insuffisance. S'il pensait qu'ils étaient amis, ou au moins, s'il s'agissait plus que d'un coup d'un soir, il se confierait à Parker. Et alors il saurait où était sa place.

Sa propre chambre était à la fois confortable et réconfortante, mais ce qu'il voulait plus que tout, c'était se blottir avec Ivan sur son lit étroit. Le sexe était facultatif. Ses bras autour de lui l'avaient si bien apaisé, il n'avait pas réalisé à quel point il avait besoin que quelqu'un le touche, le tienne.

Avec un soupir digne de l'adolescent angoissé, hypersensible et torturé qu'il avait été, il poussa la porte de sa chambre et la claqua derrière lui puis se jeta sur son lit. Il regarda la porte ouverte de son placard, les deux chemises froissées qu'il mettait quand il sortait en boîte par terre avec leurs cintres, et fronça les sourcils.

Il fermait habituellement la porte de son placard quand il partait, un tic étrange qu'il n'avait jamais cessé de faire depuis l'enfance. Il avait détesté avoir la porte de son placard ouverte quand il était enfant, les vêtements et les chaussures, si inoffensifs pendant la journée, devenaient l'ombre de monstres qui rôdaient la nuit, dans l'attente qu'il s'endorme. Il avait pris l'habitude de fermer la porte de son placard et de ne jamais le laisser ouvert. Certes, il avait été dans un état d'esprit plutôt instable ce matin après avoir réalisé qu'Ivan était parti, mais il était difficile de croire que cela ait été assez pour perturber une habitude qu'il avait depuis des années.

D'ailleurs, il était également certain de ne pas avoir touché à ses chemises depuis plusieurs semaines. Pas depuis la dernière fois qu'il avait accompagné Neil et avait été presque malmené. Neil semblait penser qu'il avait besoin de s'envoyer en l'air et l'avait présenté à quelqu'un qu'il pensait correspondre au profil. Mais le gars avait était brutal. Parker s'était échappé avant que les choses n'aillent trop loin, un peu meurtri physiquement et moralement à cause des piques de dérision de Neil parce qu'il n'était pas allé jusqu'au bout. Les clubs n'avaient jamais vraiment été son truc – si on ne le regardait pas comme une bête curieuse, on l'ignorait – et il avait réussi à éviter toutes les invitations ultérieures de Neil. Si ce n'était pas pour les rendez-vous d'affaires de son ami, il aurait eu plus de mal à le décourager.

Parker se releva du lit et remit les chemises sur les cintres. Ce qui amena son attention sur la boîte pleine de papiers sur l'étagère juste au-dessus de lui. Le commentaire d'Alicia n'avait pas quitté son esprit durant les jours qui venaient de s'écouler. Aurait-il dû ouvrir la maison cette année ? Il n'était pas trop tard. L'endroit était fortement lié aux souvenirs de sa mère – des bons, pas comme certains déprimants qui subsistaient ici. C'était la raison pour laquelle il avait changé les meubles de la majeure partie du rez-de-chaussée et avait complètement réorganisé la chambre principale : pour que cela ne lui rappelle pas le temps où sa mère avait été en bonne santé, heureuse et vivante dans cette pièce.

Une fois que la santé de sa mère avait commencé à lui faire défaut, ils avaient cessé d'aller à la maison de campagne. Retourner là-bas serait-il mieux ou pire depuis qu'elle était morte ? Peut-être qu'inviter certains de ses nouveaux amis à y aller pourrait aider. Il avait dit à Neil qu'il ne vendrait jamais cet endroit, mais qu'il ne pourrait peut-être jamais y retourner non plus. Il avait peut-être été un peu hâtif, même s'il pouvait être pardonné. Il avait fait cette déclaration quelques semaines seulement après la mort de sa mère, après que Neil lui ait posé des questions sur la fermette.

Il était certain d'avoir le nom d'une société qui pourrait se déplacer et remettre la propriété en état pour la saison d'été, quelque part dans cette boîte. Cela ne pouvait pas faire de mal de leur passer un coup de fil, pour savoir ce que la prestation incluait et combien cela coûterait.

Il prit la boîte et l'amena jusqu'au lit. Il souleva le couvercle, mais il ne reconnut pas – tout de suite – les liasses d'argent. Paniqué, il en sortit quelques-unes et les jeta sur le lit.

De l'index, il en toucha une, doucement, comme si elle pouvait mordre. Qu'est-ce que c'était que ça ? Il n'avait aucune base de référence pour même estimer combien d'argent cela représentait. L'une des liasses avait un papier qui l'enveloppait provenant de la banque, mais les autres étaient un méli-mélo de gros billets de banque.

Bon sang, mais d'où cela venait-il ? Si Neil l'avait su, il aurait demandé s'il pouvait en emprunter pour son fichu club. Il devait y avoir plus qu'assez ici pour financer le risque de se lancer dans l'ouverture d'une boîte de nuit.

Le rire criard d'un des enfants du quartier, assez fort pour être entendu à travers la fenêtre fermée, le fit sursauter. La porte de la chambre d'Ivan s'ouvrit et se ferma, et Parker trembla en remettant à nouveau l'argent dans la boîte. Il replaça le tout dans le placard. Il pourrait rester là pendant quelques jours jusqu'à ce qu'il sache quoi faire. Appeler la police pour leur dire qu'il avait trouvé de l'argent dans son placard n'avait pas exactement l'air de faire très sain d'esprit, mais cela pourrait être son meilleur plan d'action. Dans quelques jours. Une fois qu'il aurait eu le temps d'y penser. Neil l'accuserait de se voiler la face, mais il ne pouvait s'en empêcher. Parfois, prétendre que les choses n'arrivaient pas était la seule façon pour lui de les gérer.

Prenant quelques profondes inspirations, il se regarda dans le miroir. Non, il ne ressemblait pas à un gars qui venait de voir plusieurs milliers de dollars en cash se matérialiser dans son placard.

IVAN AVAIT la tête dans le réfrigérateur quand Parker descendit dans la cuisine. Peut-être qu'il pourrait l'aider à préparer le dîner, en supposant qu'il n'ait pas été complètement rejeté.

— Hé, Ivan, tu es rentré tôt.

Ivan se retourna, se cognant presque la tête sur la poignée de la porte du congélateur.

— Quoi ? Oh, salut, Parker. Je ne t'ai pas entendu.

Parker réussit quelque part à s'abstenir de lever les yeux au ciel. Une façon de souligner l'évidence.

— Comment s'est passé le travail ?

Il devrait probablement juste demander où Ivan était allé, au lieu de lui offrir une sortie facile.

— Le travail ? Oh, c'est vrai, oui, le boulot s'est bien passé. Chargé.

Chargé. C'est pour ça qu'il était à la maison avant Parker. Mmh, mmh. Et son évidente confusion par rapport à la question peina Parker. Ivan pensait-il vraiment qu'il était complètement incapable de reconnaître un mensonge quand il en entendait un ? Il ne voulait pas demander cela, mais la nervosité d'Ivan l'avait rendu nécessaire pour sa tranquillité d'esprit.

346

— Euh, je peux te poser une question ?

Le petit mouvement d'Ivan aurait pu être un haussement d'épaules, Parker ne sut pas vraiment l'interpréter, mais son attitude d'ennui exagéré lui fit mal.

— C'est… Euh… Es-tu allé dans ma chambre ?

À la seconde où il lâcha les mots, il voulut les reprendre. Ça avait l'air tellement accusateur, mais il n'avait simplement aucune explication pour l'argent et voulait écarter Ivan.

Plus du tout ennuyé, Ivan se redressa et lui jeta un regard noir.

— Ce serait une invasion de ta vie privée. En outre, tu as rendu tout à fait clair que je n'étais pas le bienvenu dans ta chambre.

Tout ça parce qu'il avait dormi dans sa propre chambre la nuit dernière ? Pourquoi Ivan s'en soucierait-il ? Pourtant, si expliquer son état pouvait arranger les choses avec la tentative d'amitié et – oserait-il espérer – de relation qu'ils développaient, Parker l'avouerait et espèrerait qu'Ivan ne s'en aille pas.

— Écoute, à propos de la nuit dernière…

Ivan fit un geste de la main.

— Non. Tu n'as pas besoin de dire quoi que ce soit. C'était une erreur. Cela n'aurait pas dû arriver, et cela ne se reproduira plus. Tout va bien entre nous.

Parker cligna des yeux, mais avant qu'il puisse se défaire du choc, Ivan avait attrapé une pomme et disparu à l'étage comme si les chiens de l'enfer lui mordillaient les talons.

Une erreur. Il était toujours une putain d'erreur. La meilleure nuit de sa vie n'aurait pas dû arriver et ne se reproduirait plus. Parker n'avait même pas eu l'opportunité de demander à Ivan s'il testerait plus de cours à l'université. De toute évidence cela avait été un stratagème pour lui faire baisser sa garde. Le seul réconfort – et c'était si insignifiant qu'il pouvait à peine l'appeler réconfort – était que Parker ait eu deux orgasmes et Ivan un seul. Là encore, c'était peut-être la preuve de son manque d'expérience qui avait calmé l'excitation d'Ivan. 'Mauvais coup' était une étiquette dont il ne se souciait pas vraiment, en particulier avec lui. Au moins Ivan l'avait coupé avant qu'il n'avoue son apnée du sommeil, ce qui aurait rendu son humiliation complète.

Avec des doigts tremblants, il sortit son téléphone portable et appela Alicia.

— Euh, salut, ça t'intéresse de sortir ce soir ?

347

La dernière chose que Parker voulait, c'était de passer la soirée à essayer d'éviter Ivan.

— Eh bien, j'allais aller voir un film avec Chris et Thom. Tu es le bienvenu si tu veux te joindre à nous.

— Tu es sûre ? Et pour Thom ?

Il ne voulait pas blesser le mec, mais il n'allait certainement pas sauter dans son lit.

— Il ira bien. C'est un chic type, bien qu'il puisse essayer de te faire changer d'avis sur Ivan.

Cela ne fonctionnerait pas. Il lui faudrait du temps pour surmonter son engouement stupide pour Ivan, et une nuit avec un mec sympa n'allait pas y parvenir. Mais cela l'empêcherait de penser à Ivan et à son comportement blessant. Du moins, Parker l'espérait-il.

— À quelle heure ?

— Tu veux qu'on se retrouve chez Lettie dans une heure ? Nous allons manger un morceau d'abord.

— Bien sûr.

Parker raccrocha et fit tambouriner ses doigts sur le comptoir. Une heure. S'il partait maintenant, il pourrait traîner à la librairie ou dans un café jusqu'à l'heure de retrouver ses amis. Il n'avait aucun intérêt à attendre ici. Il considéra brièvement le fait de laisser une note à Ivan, mais de toute évidence l'homme se fichait de ce qu'il faisait, ou de quand et avec qui il le faisait.

Il glissa son téléphone dans sa poche, s'assura d'avoir son portefeuille, et sortit.

Ivan ÉTAIT un con. Il ne pouvait pas gérer cela. Il avait regretté son éclat quelques minutes après l'avoir laissé sortir et était redescendu pour s'excuser, mais Parker était introuvable. Il avait essayé d'attendre, même si cela signifiait le voir avec Neil, rentrer ensemble, même si cela signifiait les regarder monter dans la chambre de Parker ensemble. Mais son sommeil agité, rempli de cauchemars, le laissait seulement de plus en plus fatigué chaque jour, et il s'endormit avant que Parker ne rentre à la maison. Pour changer, cependant, ses rêves furent remplis d'une variété de films érotiques avec Parker et lui dans les rôles principaux.

Il avait accueilli le matin d'une manière pas plus reposée que d'habitude, mais au lieu d'être trempé d'une sueur froide, son pantalon de pyjama était collant de sperme. Après s'être nettoyé, il erra au rez-de-chaussée avec des yeux fatigués et irrités pour découvrir que Parker était déjà parti. Ou peut-être qu'il n'était jamais rentré à la maison. Et cette pensée lui fit mal comme un abcès dentaire toute la journée. Il essaya de ne pas y penser, mais la douleur refusa de partir.

Sa journée avait été assez difficile sans y ajouter l'infinité de saveurs induite par sa culpabilité vis-à-vis de Parker. Il avait dû endurer un autre fichu rendez-vous avec l'UES, avait dû mentir durant une autre séance de thérapie inutile, et puis, sur le chemin détourné qu'il prenait pour rentrer à la maison, il avait été piégé dans les transports en commun quand un accident avait bouché le trafic. Finalement, quand il avait était sur le point de frapper le gars qui n'arrêtait pas de le bousculer alors que la chaleur et l'odeur corporelle augmentaient de minute en minute, Ivan s'était frayé un chemin hors du bus. Il n'avait pas confiance en son humeur face aux banlieusards qui ne pouvaient garder leurs putains de sacs pour eux, donc il avait marché à nouveau. Les nuages intermittents lui donnant un peu de répit dans cette chaleur.

Quand il réalisa que ses pieds l'avaient conduit sur le campus universitaire, et qu'il suivait mentalement un tracé qui l'amènerait au cours du vendredi après-midi de Parker, il grogna et se força à passer devant le stade, puis le Musée de la Chaussure Bata, que ses sœurs aimaient, et entra dans le premier pub qu'il trouva.

L'intérieur sombre et frais calma ses nerfs à vif, et une bière ou deux ne pouvaient qu'aider. Une fois calmé, une fois qu'il aurait laissé assez de temps à Parker pour qu'il rentre à la maison, Ivan suivrait et s'excuserait. Parker avait été infidèle, et il pouvait difficilement le blâmer de ne pas vouloir répéter l'erreur. Être l'autre homme était une position qu'Ivan n'avait jamais pensé prendre un jour, mais quand il s'agissait de Parker, il avait peur de ne pas être capable de refuser si celui-ci lui faisait un geste du doigt.

PARKER S'ASSIT sur le canapé, les bras croisés, durant le quatrième épisode d'un marathon *Docteur Who*. Habituellement, il pouvait se perdre pendant des heures dans ses émissions préférées de science-fiction, mais au lieu de cela, il ne cessait de vérifier l'heure de façon obsessionnelle. Il avait espéré rentrer à la maison vers… un foyer. Depuis qu'Ivan lui avait fait à dîner la première fois, rentrer à la maison, retrouver son colocataire, lui avait semblé juste. Coucher avec lui avait tout changé, et il n'était toujours pas sûr de savoir si le problème venait de lui ou si Ivan n'était rien de plus qu'un connard de gay inavoué. Il était resté dehors tard après les cours, flânant dans un café, espérant le retrouver en train de préparer le dîner quand il passerait la porte, mais la maison était vide. Complètement vide. S'ils ne pouvaient pas passer au-delà de ça, comment pourraient-ils continuer à vivre sous le même toit ? Parker serait prêt à faire comme s'ils n'avaient jamais couché ensemble s'il pouvait faire revenir son nouvel ami. Ivan lui manquait.

Paranoïaque, il avait même vérifié sa chambre quand il était rentré à la maison, pour s'assurer que ses affaires étaient toujours là. Qu'il n'avait pas déménagé sans un mot. La logique lui disait que déménager serait une réaction extrême, parce qu'il n'avait jamais autant voulu que quelqu'un reste.

Comme les ombres s'allongeaient et que l'heure tournait, Parker dut envisager l'idée qu'Ivan pourrait ne pas rentrer. Bon sang, il pourrait même avoir un rencard. Ivan sortirait-il avec un mec ou était-il si profondément dans le placard qu'il essayerait de s'impliquer avec une autre femme ? Il enroula ses bras autour de son ventre et se balança pour conjurer le soudain coup de poignard de douleur causée par cette pensée.

Il aurait dû dire oui à Thom qui l'avait eu pour lui seul au cinéma la nuit dernière – ce qui en fait avait ressemblé de façon alarmante à un double rendez-vous – et lui avait demandé de sortir avec lui ce soir. Parker avait en fait dû utiliser l'expression 'c'est compliqué' pour la première fois de sa vie. Quand sa vie sexuelle avait-elle été compliquée ? Jamais. Même maintenant, seul dans cette maison vide, peut-être que ce n'était pas si compliqué après tout. Ivan n'était pas là. Il ne voulait pas lui, pas pour autre chose que tirer un coup.

Thom avait été très doux concernant le rejet et, si seulement Alicia ou Chris avaient mentionné Thom plus tôt, peut-être qu'il aurait été impliqué dans une relation. Peut-être qu'il n'aurait pas passé d'annonce pour un colocataire, et qu'il n'aurait jamais rencontré Ivan.

Son cœur se serra. N'avoir jamais connu Ivan était… impensable. D'une certaine manière, ses émotions avaient été surimpliquées avec lui, et maintenant il était confronté à son propre rejet. Il devrait peut-être reconsidérer la question. Appeler Thom et voir s'il était encore disponible. Avec lui, peut-être qu'il pourrait simplifier sa vie sexuelle. Remettre Ivan à sa place de colocataire où il appartenait au lieu de le considérer comme taillé pour être un petit ami potentiel.

Un jour, il serait capable d'imaginer vivre ici avec quelqu'un d'autre qu'Ivan, même s'il n'avait pas été tout à fait capable de s'imaginer dormir à ses côtés portant son pitoyable masque de pilote de chasse.

La porte d'entrée s'ouvrit avec fracas, et Parker sauta sur ses pieds, son humeur s'éclairant en un instant.

— Ivan ?

— Oh, putain, non.

Neil se dépêcha de se rendre dans la cuisine, chargés de sacs de courses.

— Comment peux-tu réellement me confondre avec ce vieux con ?

Parker ignora la question clairement rhétorique.

— Que fais-tu ici ?

Neil leva les yeux au ciel, exaspéré.

— Ravi de te voir aussi.

— C'est quoi tout ça ?

Parker recula tandis que Neil vidait un sac après l'autre de diverses collations, en particulier de bières et d'alcools haut de gamme.

— Nous allons avoir des gens ici ce soir. Une fête.

Fermant les yeux, Parker compta jusqu'à dix. Puis vingt.

— Une fête ? Pourquoi ici ?

— Je veux faire bonne impression. Ce sont des investisseurs potentiels dans le métier, et chez moi c'est trop petit.

Un véritable ami ne ferait pas remarquer que Neil pourrait se permettre d'avoir un meilleur appartement s'il ne dépensait pas autant d'argent en fringues, chaussures et joints, donc il resta silencieux.

— Je ne veux personne chez moi.

— Pour l'amour de Dieu, Parker. Tu es encore plus vieux schnoque ennuyeux que ton colocataire.

Vieux schnoque ennuyeux ? Aucun de ces mots ne décrivait Ivan.

— C'est un peu excessif.

— Oh peu importe, Parker. Tu vas finir par t'assécher et ressembler à un de ces vieux cons qui passent leur temps à crier aux autres de dégager de leur pelouse avant même d'avoir vingt-cinq ans. Tu as besoin de t'envoyer en l'air, et j'ai besoin d'investisseurs. Il y a des candidats potentiels pour ces deux choses qui arrivent...

Neil tordit le poignet pour vérifier l'heure sur encore un autre jouet coûteux.

— Dans moins de trente minutes. Alors, aide-moi à préparer cet endroit, d'accord ?

Parker ne bougea pas. Il n'avait jamais vraiment dit non à Neil avant. Reconnaissant envers lui pour son amitié, Parker laissait généralement Neil faire ce qu'il voulait. Autant il ne se sentait pas d'humeur à la socialisation, peut-être que cela ne lui ferait pas de mal de rencontrer quelques-uns des gars avec lesquels Neil pensait qu'il pourrait avoir une touche. Après tout, cela ne lui réussissait pas si bien de choisir ses propres partenaires sexuels. Et il n'avait vraiment rien d'autre à faire que de bouder devant la télévision. Ce qui était du plus haut pathétique.

— Très bien. Donne-moi les chips.

Il les versa dans des bols et les apporta dans le séjour. Neil le suivit avec des plats de cacahuètes.

— Et éteins cette merde de feuilleton de tocard coincé.

Neil n'attendit pas que Parker obéisse, mais prit la télécommande et changea pour une chaîne musicale du câble. Pas la même que celle qu'Ivan aimait, et Parker se pinça presque pour avoir encore une fois pensé à lui.

— Seuls les obèses stupides aiment cette merde futuriste, et tu peux faire mieux que ça.

Parker se mordit la lèvre contre la réponse qu'il était tenté de faire. Il n'y avait pas si longtemps, Parker avait été l'un de ces obèses stupides dont Neil parlait si dédaigneusement, mais cela n'avait rien à voir avec les goûts en matière de divertissement, peu importait à quel point Neil aimait généraliser. Ce soir, il verrait qui Neil avait invité pour lui, et demain il pourrait appeler Thom et organiser un rendez-vous.

UNE BIÈRE avait cédé place à cinq. Ou six ? Peut-être sept, avec une assiette de nachos pour imprégner l'alcool. Ivan mangeait habituellement de la nourriture saine, faible en graisse, mais les chips grasses couvertes de fromage avaient été parfaites. Peut-être que c'était son équivalent de 'noyer son chagrin dans la crème glacée'. Le temps que la nuit tombe, il avait regardé un match entier de baseball. Même s'il n'aurait pas pu se souvenir de l'équipe ou du score si sa vie en avait dépendu, le serveur connaissait son nom, et il était agréablement ivre. Capable de faire face à Parker – et Neil, s'il le devait.

Il retourna chez Parker, la musique d'une fête toute proche frappant ses oreilles. Il semblait être un peu tôt pour ce genre de chahut. Sa montre, cependant, lui disait le contraire. Merde, il était presque onze heures. Pas trop tard, pour une fête, mais il avait définitivement passé plus de temps dans ce pub qu'il l'avait réalisé.

Quand il tourna dans l'allée, il lui fallut quelques instants pour réaliser que la fête venait de la maison de Parker. C'était quoi ces conneries ? Le colocataire ne méritait-il pas au moins un avertissement ? Ou une invitation ? C'était sûrement la chose polie à faire. Un éclair de tissu blanc dans l'étroit chemin entre la maison de Parker et celle du voisin le retint d'entrer.

Avec quelques restes de furtivité, il se glissa sur le côté de l'habitation. Le spectacle qui l'accueillit le maintint sur place pendant un moment. Neil était à genoux dans la poussière à sucer une queue qui n'était pas celle de Parker. Une joie intense l'envahit, que peut-être Parker pouvait être convaincu de le laisser tomber, mais elle fut talonnée de près par la colère que Neil puisse tromper son petit ami. Puis la confusion, parce que Parker l'avait lui aussi trompé. Seigneur, il était si foutrement confus, et l'alcool nageant dans son cerveau ne l'aidait pas. Dégainant son téléphone, il prit une photo. Juste au cas où Parker aurait besoin d'une preuve, bien qu'avoir une photo soit pathétique et mesquin.

Il recula aussi silencieusement qu'il le put et fit irruption dans la maison. Il se fraya un chemin parmi plusieurs hommes accompagnés de femmes légèrement vêtues et trop maquillées sur des talons de douze centimètres. Aucune de ces personnes ne ressemblait à l'idée qu'il se faisait des amis de Parker, mais qu'en savait-il ? Peut-être que c'étaient des clients.

Cette pensée le dégrisa un peu, et il poussa jusqu'au salon, cherchant. Il trouva finalement Parker, pressé contre le mur par un homme aux cheveux sombres d'à peu près la même taille que lui, mais plus musclé. Ils s'embrassaient, et Parker se tortillait. La colère inonda son esprit, et il arracha le gars de Parker pour l'envoyer balader.

— Bordel, mais qu'est-ce que tu fous ?

Ivan n'était pas sûr de savoir auxquels des deux il s'adressait, mais le grand type répondit.

— Je l'ai vu en premier.

— Et alors ?

— Alors tu peux simplement passer ton chemin avant que je t'éclate la tronche.

353

Il s'en foutait. Juste parce que ce gars avait gagné quelques bagarres de bar, il imaginait qu'il savait se battre. Mais sa position, intimidante pour un novice, était complètement trompeuse.

— Ce n'est pas parce que tu l'as vu en premier que ça veut dire quelque chose, connard.

Une veine s'imprima sur le front du mec, et il fit craquer les jointures de ses doigts. Dans quelle émission de catch avait-il piqué ça ?

— Comment tu m'as appelé ?

— Comme si j'étais la première personne à t'appeler comme ça. Tu en fais des tonnes, arrête ton cinéma.

Il quitta le mec des yeux pendant une seconde pour observer Parker et le type choisit ce moment précis pour porter son coup. Ivan tira avantage de son élan, bloquant son coup de poing et l'envoyant valser dans le mur. Le gars tomba au sol, gémissant et serrant sa tête.

Ivan l'ignora. Le perdant ne serait plus un problème, et il se foutait complètement que la petite fête se soit interrompue pour regarder leur altercation. Aucun d'eux n'importait. Seul Parker comptait, et qui était en train d'embrasser ce trou du cul alors que son *petit ami* suçait un autre mec dehors.

— Qui diable est ce type ? Et que se passe-t-il ici, bordel ?

Parker baissa les yeux sur le grand type pendant un moment avant de l'enjamber, s'approchant d'Ivan.

— Je crois qu'il a dit que son nom était Bran ? Brad ? Pas sûr.

Pas sûr. Il avait embrassé un mec, et il ne connaissait même pas son nom. La colère gronda plus intensément, et il serra les mains en poings. Avec l'alcool engourdissant son esprit, il sentait à peine les jointures qu'il s'était fêlées plus tôt. Frapper quelqu'un du poing, même Brad, n'allait pas améliorer les choses. Parker tendit la main pour toucher son bras, et Ivan recula. Il ne pouvait pas le laisser le toucher. Il ne pouvait pas.

— Neil a invité quelques personnes à venir faire la fête.

— Oh, vraiment ? Et sait-il ce que tu étais en train de manigancer avec Brad ?

Ivan secoua la tête. Il ne pouvait pas entrer dans le sujet pour le moment, pas alors qu'il regardait ses lèvres gonflées par les baisers.

— Peu importe. Mais la prochaine fois, je m'attends à être informé de toute fête potentielle. Je vis ici aussi.

Neil se glissa aux côtés de Parker et passa un bras autour de sa taille. Comment Ivan avait-il pu ne pas le voir entrer dans la pièce ?

— C'est la maison de Parker, il peut faire ce qu'il veut. Il n'a certainement pas besoin de ta permission, Ivan.

Ils se tenaient à côté l'un de l'autre, tous les deux avaient leurs lèvres gonflées, Parker par des baisers et Neil de sa rencontre récente avec le sexe d'un autre type. Ivan trembla sous l'effort qu'il fit pour ne pas faire voler ses poings. Quand Neil lui adressa un petit sourire satisfait et embrassa la joue de Parker avec ces lèvres qui étaient enveloppées sur la queue d'un inconnu quelques minutes plus tôt, la main d'Ivan vola à son côté.

La clarté balaya sa colère en une seconde alors qu'il réalisait à quel point il avait été proche d'étrangler Neil. Parker perturbait complètement ses émotions, et il était foutrement hors de contrôle. S'il avait eu son arme de service sur lui, Neil aurait pris une balle et cela l'effrayait à le rendre complètement dingue.

Il scruta les deux jeunes hommes. Bien que son plus cher désir soit de quitter la maison, il ne pouvait pas être vu en train de battre en retraite aussi loin. Il hocha abruptement la tête vers eux et monta dans sa chambre.

Derrière lui, Neil parla.

— Brad, ça va ? C'est juste le colocataire bizarre de Parker. Les vieux peuvent être de tels emmerdeurs.

Le colocataire bizarre. Également instable, il venait de le prouver sans aucun doute. Cette enquête était pleine de victoires.

PARKER FROTTA ses lèvres avec la manche de sa chemise et essaya de ne pas grimacer quand Neil aida Brad à se relever. Il était comme tous les autres gars que Neil lui avait présentés. Avide, arrogant, et présumant qu'il plierait en deux quiconque proclamerait avoir une plus grosse queue. Contrairement à la plupart des autres, Brad savait embrasser, mais contrairement à sa récente expérience avec Ivan, l'embrasser n'était... pas bon. En plus du baiser baveux, le gars puait. Qu'avaient donc tous ces mecs avec un peu de cash à exhiber ? Jamais ils n'avaient pensé à être prévenants ou même propres ? Merde !

Fixant les escaliers où Ivan s'était échappé, il fallut que Neil lui donne un coup de coude dans les côtes pour attirer son attention.

— Quoi ?

Neil le foudroya du regard.

— Vraiment ? Tu aimes ce vieux schnoque qui n'est pas sorti du placard, hein ?

Parker haussa les épaules. Neil et lui n'avaient jamais eu le même goût en ce qui concernait les mecs, ce pour quoi Parker s'en était pris plein la tête. Même après la façon dont ils avaient laissé traîner les choses, et après l'explosion étrangement violente de son colocataire, il aimait Ivan bien plus que Brad, sans comparaison. Il ne pouvait pas oublier ces nuits où ils dînaient ensemble en regardant des films. Traîner ensemble ou avec des amis. Le sexe canon. C'était le genre de relation que Parker voulait. La relation qu'il avait rêvé d'avoir avec Ivan.

— Essaie de t'arranger pour que rien ne soit cassé, d'accord ? Je vais me coucher.

— Te coucher ? Pas tout seul, je suppose.

Le regard cinglant et méprisant qu'Ivan avait dirigé sur Parker n'était pas de bon augure, mais il voulait clarifier les choses entre eux, s'il pouvait.

Sans un regard en arrière, il monta les marches. En dehors de Neil, il ne connaissait pas une seule personne à la fête, et il se foutait comme de l'an quarante que quiconque puisse penser qu'il était impoli.

À l'étage, Parker se tint entre les deux portes closes. La maison était bien construite – la musique, à fond au rez-de-chaussée, était suffisamment atténuée en haut pour que ni lui ni Ivan n'aient de mal à dormir. Il devrait simplement aller se coucher, mais il n'était pas fatigué, et la tension entre lui et Ivan était si dégradée, en particulier comparée à la façon dont ils s'étaient si bien ajustés tous les deux. L'histoire de sa vie, mais il ne voulait pas qu'il disparaisse comme les autres petits amis potentiels l'avaient fait. Musique ou pas. S'il ne clarifiait pas les choses avec lui, il ne serait pas capable de dormir parce qu'il s'inquiéterait à ce sujet. Et s'il était éveillé et inquiet, il devrait ajouter la pile alarmante de cash qui s'était matérialisée parmi ses papiers. Ce qui fut suffisamment motivant pour faire quelques pas en direction de la porte fermée d'Ivan.

Parker lécha ses lèvres soudain sèches, prit une profonde inspiration, et frappa. Et attendit. Il relâcha son souffle. Attendit un peu plus. Avait-il frappé assez fort ? Ivan l'avait-il entendu ? Il n'avait sûrement pas réussi à s'endormir durant les dix minutes qu'il lui avait fallu pour monter.

Il jeta un œil autour de lui, comme si quelqu'un pouvait le voir se conduire en parfait imbécile, puis colla son oreille contre la porte. Le silence, pas même des voix atténuées de la télévision n'atteignirent ses oreilles.

Il leva la main pour frapper à nouveau, mais fit un bond en arrière lorsqu'Ivan cria :

— Quoi ?

— Puis-je entrer ?

Le ronchonnement atténué aurait très bien pu ne pas être une réponse affirmative, mais Parker choisit de le prendre comme tel et tourna la poignée.

Ivan était assis sur le lit, une serviette enroulée autour de sa main, une bande de gaze sur la table de chevet.

— Je n'avais pas réalisé que tu t'étais blessé.

Bien que, maintenant qu'il y prêtait une attention appropriée, il se souvint d'un éclat de blanc sur la main d'Ivan au cours de son altercation avec Brad.

— Je… Euh, c'est arrivé plus tôt, mais j'ai empiré les choses.

Le regard d'Ivan glissa dans la pièce, cherchant à se poser partout sauf sur lui.

Parker s'assit à côté de lui et posa la main d'Ivan sur ses genoux. Il enleva la serviette humide et fraîche, révélant la bande de gaze d'un précédent travail de bandage. Avec soin, il défit la bande. Les ecchymoses étaient plutôt moches, mais il n'y avait que quelques croûtes.

— Comment t'es-tu fais ça ?

Frapper les gens n'était pas quelque chose que des agents d'assurances faisaient au cours de leur journée. Et pour la énième fois, il se demanda à quel point le travail d'Ivan allait bien. Peut-être qu'ils pourraient réfléchir à quelque chose à propos du loyer pour alléger son fardeau financier.

— Je… Euh, te dois une réparation pour le mur de la cuisine.

Parker serra la main d'Ivan de surprise et ce dernier siffla de douleur.

— Oh, désolé.

Ivan avait frappé le mur ? Quand ? Pourquoi ?

— N'as-tu pas une fête à laquelle assister ?

L'Ivan hargneux s'était soudain transformé en Ivan grognon.

Parker termina rapidement son bandage.

— C'est la fête de Neil. Je ne connais personne. Je préfère rester ici avec toi.

Là. Il s'était dévoilé pour changer, son cœur voltigeant.

— Tu connais au moins Brad… En quelque sorte.

Parker fronça les sourcils et essaya d'attraper le regard d'Ivan, mais échoua. De toute évidence, il se foutait de ce qu'il avait dit.

— Neil essaie toujours de me brancher avec ses amis. Brad était juste un peu plus insistant que la plupart des autres.

Ivan se redressa, puis bondit du lit et domina Parker de sa taille.

— Neil essaie de te brancher ? Pour l'amour de Dieu, Parker ! Pourquoi tolères-tu ça ? Et il te trompe aussi. Tu mérites tellement mieux que ça.

Parker ne sut même pas quoi dire. Ivan était en colère contre lui et en son nom, tout ça en même temps ? Durant une minute entière, il l'observa, essayant de trouver un sens à ses paroles.

— Neil ne me trompe pas. Nous sommes juste amis.

Ivan se figea.

— Ce n'est pas ton petit ami ?

Quelques vrilles de colère se tissèrent dans le cerveau de Parker. Ivan pensait clairement qu'il était infidèle lui aussi.

— Je sais que tout le monde ne pense pas la même chose, mais je ne serais jamais infidèle.

Et il était un peu blessé qu'il puisse penser ça de lui.

Ivan tendit la main pour toucher sa joue.

— Je suis désolé.

— Pour ?

Il en avait assez de cette confusion et il ne voulait plus d'autres malentendus.

— Je… Mon…

Le visage d'Ivan blanchit, et il secoua la tête comme s'il essayait de s'éclaircir l'esprit.

— Désolé. J'ai pété un plomb une fois à cause de quelqu'un qui m'avait trompé.

Pas sa femme en tout cas, ou il lui aurait été impossible de tout lui prendre.

— As-tu… As-tu trompé quelqu'un quand nous…

Il n'était pas complètement impossible qu'Ivan soit déjà en train de voir quelqu'un d'autre. Et s'il avait trompé sa femme avec un homme à qui il tenait ?

— Non. Je ne le ferais jamais. Je veux dire…

Ivan soupira et s'assit à côté de lui.

— Je t'ai voulu à la minute où je t'ai rencontré. J'ai commencé à t'apprécier. Je me détestais pour avoir cédé l'autre soir, parce que je pensais que tu étais pris.

L'amas fragile de tension que Parker ressentait vola en éclats et disparut.

— Et c'est pour ça que tu as dit que c'était une erreur et que cela ne se reproduirait jamais ?

Ce qui voulait dire, juste peut-être, qu'il pouvait avoir Ivan. Pour lui. Le colocataire devenant petit ami – un peu cliché, et peut-être un peu trop tôt, mais il n'objecterait pas. Pas avec Ivan. Parker ressentait déjà de l'affection pour lui, tellement.

— Ouais. Je ne voulais pas de ça, pour aucun de nous deux, mais je n'ai pas pu résister.

Cette fois, quand Ivan prit sa joue en coupe, Parker accentua la caresse. Ivan passa ses doigts le long de sa mâchoire, le léger frottement un peu gênant parce qu'il avait été si pressé de partir ce matin qu'il avait oublié de se raser.

— Pas pu résister ?

D'autres gars avaient dit ça avant, mais il ne les avait jamais crus. Cela avait toujours l'air tellement ringard, mais Ivan était si sincère. Ses lèvres se courbèrent en un petit sourire entendu, et il fit glisser ses doigts sur le long du cou de Parker pour les plonger sous le bord de sa chemise. À la première caresse sur sa clavicule, il laissa échapper un hoquet de surprise, rapidement suivi par une réponse enthousiaste dans son bas ventre.

En quelques secondes, ils furent nus, le poids chaud et rassurant d'Ivan le pressant dans le matelas. Il sourit avant de fondre sur lui, ses lèvres se déplaçant sur celles de Parker.

L'excitation d'Ivan frottait contre la sienne, et sa bouche s'ouvrit sur un gémissement. La langue d'Ivan fouilla profondément, et il la suça lentement.

Ils bougeaient ensemble, la passion de Parker se nourrissant de celle d'Ivan, grandissant et emplissant la chambre. La dernière fois n'avait pas été un coup de chance extraordinaire. C'est ce que le sexe était supposé être : c'était ce dont il avait manqué avec ses ex petits amis et ses aventures sans lendemain. Ivan était si chaud, mais ce n'était pas ça. C'était un mec bien, et il traitait Parker si bien. Le rendait plus sexy que n'importe quelle personne qu'il avait jamais rencontrée.

Ivan fit glisser ses lèvres vers le bas, sa langue se précipitant, goûtant son cou. Il se déplaça, piégeant l'érection de Parker contre les abdos fermes. Il releva la tête, un sourire diabolique à tomber courbant ses lèvres habiles. Avant qu'il puisse demander ce qu'Ivan avait en tête, il se pencha et lécha la clavicule de Parker.

— Ivan, merde !

Parker releva ses hanches, son sexe glissant contre le ventre d'Ivan, le duvet créant une délicate friction le long de la chair sensible.

Ces lèvres démoniaques descendirent et, sans hésitation, Ivan prit Parker dans sa bouche. Tordant les draps dans ses poings, Parker gémit et écarta les jambes. Il y avait si longtemps qu'il n'avait pas été baisé par autre chose que des jouets, mais si Ivan continuait cette délicieuse torture, il serait fait. Et il voulait – avait besoin – de se montrer à la hauteur de ses attentions.

— Arrête, s'il te plaît.

Les sourcils dorés se plissèrent alors qu'Ivan relevait la tête. L'air rafraîchit la peau humide et surchauffée de Parker.

— Qu'est-ce qui ne va pas ?

Il se tortilla.

— Rien. Mais je ne suis pas loin, et…

Pouvait-il le dire ? Pouvait-il réellement le dire tout haut ? Mais il n'en eut pas besoin. Les yeux d'Ivan s'obscurcirent et ses hanches ruèrent contre le lit. Ils étaient définitivement sur la même longueur d'onde.

De légères caresses sur la longueur de Parker gardèrent son désir en éveil tandis qu'Ivan allongeait la main vers la table de nuit. Il laissa tomber du lubrifiant et des préservatifs à côté de lui, la bouteille en plastique froide frôlant sa peau.

Ivan donna un coup de langue sur le fluide clair s'écoulant du gland de Parker alors qu'il ouvrait le petit emballage et enfilait le préservatif sur lui-même. Il saisit la bouteille de lubrifiant et en fit sauter le bouchon.

— Est-ce que tu utilises souvent le gode de ton tiroir ? demanda Ivan.

Le désir avait échauffé la peau de Parker, mais il réussit encore à y ajouter un rougissement d'embarras. Le jouet était étonnamment proche des proportions d'Ivan.

— Assez souvent.

Les yeux d'Ivan croisèrent brièvement les siens, et il donna un nouveau coup de hanches, à l'évidence aussi désireux de le prendre que Parker l'était d'être pris.

— Dépêche-toi, s'il te plaît.

Il voulait Ivan si fort qu'il était presque prêt à s'arracher la peau.

Avec un grognement rauque, Ivan ondula jusqu'à aligner leur corps. Une main lubrifia Parker, puis étendit plus de lubrifiant sur le préservatif. S'installant entre ses jambes, il guida son sexe pour pénétrer Parker, la pointe exerçant seulement la plus légère des pressions contre son corps.

360

Cette fois, le sourire d'Ivan était avide de désir, oui, mais également si doux, si plein de tendresse.

— Détends-toi, chuchota-t-il avant de se pencher et de capturer les lèvres de Parker.

Son sexe glissa en lui alors que sa langue baisait sa bouche.

Les poussées fluides des hanches d'Ivan rendaient Parker complètement fou. Il fit de son mieux pour bouger avec lui, mais entre les baisers sensuels et la pression parfaite et en rythme sur sa prostate, il était en train de perdre le contrôle.

Ivan recula, brisant le baiser. La nouvelle position changea l'angle des poussées, forçant des gémissements gutturaux du plus profond de la poitrine de Parker.

— Si foutrement sexy.

Ivan lui sourit et enroula une main autour de son érection.

Parker cambra le dos, ses jambes se raidissant un instant avant qu'il explose, en criant son nom. Son sexe tressauta et il jouit, recouvrant la main d'Ivan. Quelques secondes plus tard, Ivan ferma les yeux et frémit entre ses jambes, trouvant sa propre libération.

Parker resta immobile et rassasié alors qu'Ivan s'occupait du préservatif et le nettoyait gentiment. Il n'avait jamais connu meilleure partie de sexe, mais ce fut le léger baiser et les mots de gratitude murmurés qui lui donnèrent l'espoir d'un futur avec Ivan.

IX

IVAN ÉTAIT tellement baisé, et pas dans le bon sens du terme. Il attira Parker plus près de lui, profitant de la chaleur de sa peau contre la sienne, et alluma le minuscule téléviseur sur sa commode. Il venait de coucher avec un suspect, encore. Pendant plusieurs heures, il avait oublié qu'il n'était pas Ivan Baker, vendeur d'assurances, vivant une suite de petits drames avec un petit ami potentiel. Il avait oublié la raison principale pour laquelle avoir des relations sexuelles était une erreur, et ce n'était pas à cause du fait de tromper l'autre. Quand Parker lui avait dit qu'il était célibataire, c'était comme si d'épais nuages se déplaçant rapidement avaient brusquement disparu, laissant place au soleil et aux arcs en ciel partout. Il voulait que Parker soit sien plus que tout, mais les preuves de quelques graves délits liés au trafic de drogue s'accumulaient, et ce ne serait pas long avant qu'il lui faille en parler avec Martelli.

Mais s'il devait sauver Parker, il avait besoin que celui-ci lui fasse confiance, et cela signifiait ne pas le repousser. Signifiait passer autant de temps avec lui qu'il le pouvait. Une petite voix dans sa tête – très loin et très faible, lui rappelant un peu celle de Trish – lui disait qu'il rationalisait pour obtenir ce qu'il voulait, mais il la fit taire. Cette opération sous couverture était un véritable enfer, et peut-être que Parker était sa compensation.

Il caressa légèrement la peau nue de Parker alors que la respiration de celui-ci devenait régulière et que son corps se détendait dans cet état qui précédait le sommeil. Cette fois-ci, peut-être que la présence de Parker chasserait les cauchemars. Et sinon, il serait capable de se réveiller et de voir que Parker allait bien, qu'il était vivant et respirait.

Il était trop tôt pour lui pour qu'il puisse s'endormir, il se contenta d'écouter à moitié ce qui se disait à la télé tandis qu'il fixait Parker, essayant de mémoriser cet instant en prévision du moment où il devrait retourner seul dans son appartement.

La respiration de Parker se transforma rapidement en ronflements, ce qui le fit sourire. Pour un homme si doux et si mince, il ronflait sacrément fort. Une bonne chose pour lui, qu'il puisse s'endormir à peu près n'importe où, quel que soit son environnement, même si ses récentes habitudes de sommeil le faisaient mentir à ce propos. Pourtant, il avait un bon pressentiment pour ce soir. Une bonne nuit de sommeil et il serait de retour à la normale. Il l'espérait.

Lorsque ses paupières se firent lourdes, il éteignit la télévision et s'installa sur son oreiller, les bras fermement enroulés autour du corps qui était parfaitement taillé pour le sien.

Juste avant qu'Ivan s'endorme, les ronflements de Parker stoppèrent brusquement, devenant presque plus bruyants du fait de leur absence. Quelques secondes plus tard, Parker se raidit et se redressa.

Le mouvement brusque déclencha un sursaut d'adrénaline chez Ivan, et il sauta hors du lit. Allumer la lumière lui permit d'évaluer la chambre à la recherche de menaces, tout en essayant de localiser des armes potentielles en lieu et place de son pistolet.

— Quoi ? Qu'est-ce qui ne va pas ?

Rien ne semblait sortir de l'ordinaire – même le rythme lancinant du la musique d'en bas n'avait pas beaucoup changé.

— Je… Je ne peux pas dormir ici. Je dois retourner dans ma chambre.

Ivan serra les dents, ravalant la réponse sarcastique qui menaçait de lui échapper. Ne pas dormir ensemble les empêcherait de trop s'attacher l'un à l'autre, mais merde ! Il s'était senti plus à l'aise qu'il ne pouvait se souvenir l'avoir été depuis un sacré bout de temps.

Parker sortit du lit avec le même regard honteux sur son visage, un rougissement échauffant ses joues, et il refusa de croiser le regard d'Ivan alors qu'il rassemblait ses vêtements. Cette fois, cependant, il fut capable d'engager quelques circuits logiques. La dernière fois, il avait vu cette réaction comme la réponse coupable au fait de tromper son petit ami, mais si cela n'avait pas été le cas, alors que se passait-il ?

Il prit une profonde inspiration et se força à parler calmement.

— Pourquoi ne peux-tu pas dormir ici ?

— Je ne peux simplement pas.

La rougeur sur le visage de Parker devint plus vive, adoucissant les traits marqués de colère d'Ivan.

— Hé. Tu peux me le dire.

Ivan passa ses bras autour de Parker, indifférent aux vêtements qu'il serrait contre sa poitrine. Il étudia attentivement son visage, attendant que ce dernier veuille bien le regarder.

Quand Parker releva finalement les yeux, l'incertitude qu'Ivan lut en eux lui fit le serrer un peu plus fort dans ses bras. Il pouvait ne pas être capable de protéger Parker de tout, mais de ça ? Quelle que soit la raison qu'il avait de ne pas vouloir dormir ici, Ivan était sûr qu'il pouvait le protéger.

— Qu'est-ce que c'est ?

Sa voix chuta d'un registre, se faisant plus câline.

Parker repoussa les bras d'Ivan et le regarda sombrement.

— Très bien. Si tu veux tellement le savoir, viens.

Ivan attrapa un slip et l'enfila avant de le suivre dans sa chambre. Dans le couloir, la musique enfla ; la fête battait toujours son plein.

Une fois à l'intérieur, Ivan ferma la porte à clef tandis que Parker jetait ses vêtements sur une chaise et se dirigeait vers sa table de nuit.

Ivan rit presque. Cela n'avait certainement rien à voir avec le nombre limité de ses sex-toys, si ?

Parker sortit le masque de pilote de chasse et les tubes noirs, et son envie de rire disparut. Merde. Ce sex-toy pervers complètement bizarroïde ? Non, cela n'expliquerait pas… non.

— Je ne comprends pas.

— C'est une machine de ventilation spontanée en pression positive continue qu'on appelle aussi CPAP, et elle me permet de respirer quand je suis endormi.

— Te permet de respirer ?

Ivan ne comprenait pas pourquoi Parker avait l'air tellement en colère alors qu'à la pensée qu'il ait besoin de quelque chose pour lui permettre de respirer, l'effrayait à un point inimaginable.

Parker haussa une épaule.

— D'accord, très bien. Peut-être que ce n'est pas aussi dramatique que ça.

Il se laissa tomber sur le lit, les épaules affaissées, en signe de défaite.

— Explique-moi, s'il te plaît.

— J'ai une maladie appelée apnée du sommeil. Ça me fait ronfler, et je vais arrêter de respirer pendant quelques secondes, plusieurs fois par nuit. Si je n'utilise pas l'appareil quand je dors, je vais me réveiller avec des migraines, et ça fout en l'air ma pression artérielle.

— Mais ce n'est pas comme si tu allais arrêter de respirer complètement, si ?

Parker entortilla le tube autour de son poing.

— Probablement pas. Ça n'est jamais arrivé pour l'instant, de toute façon.

— Donc, tu as besoin de ça. Quel est le problème ?

Plissant les yeux vers lui comme s'il venait d'une autre planète, Parker attendit simplement. Il attendit assez longtemps pour qu'Ivan fasse enfin la lumière. Était-il vieux avant son âge ? Cela ne semblait pas si bouleversant, mais bon, les choses étaient toujours plus dramatiques et source d'angoisses quand vous étiez jeune. Pourtant, Parker n'avait probablement jamais eu d'aventure d'une nuit, pas ici du moins.

Mais il était bien trop épuisé pour passer plus de temps à aider psychologiquement Parker ce soir, et il ne voulait pas perdre les vestiges de sa lassitude post-orgasmique à parler du sujet.

— Eh bien, sangle-toi ça et dormons un peu.

Dormir. Il pourrait vraiment dormir ce soir s'il parvenait à tenir Parker dans ses bras toute la nuit.

— Je ne peux pas !

— Pourquoi pas, bon sang ?

Ivan enleva son slip et grimpa dans le lit de l'autre côté de Parker.

— Jamais Neil ne passerait la nuit. Parce que c'est trop bruyant.

Ivan se redressa, muscles tendus comme s'il était prêt à se battre.

— Je pensais que vous n'étiez pas ensemble.

Les narines de Parker s'évasèrent.

— Nous ne le sommes pas. Seigneur. Mais c'est mon meilleur ami depuis que nous sommes enfants. Passer la nuit sans avoir de relations sexuelles est possible, tu sais.

Se renfonçant dans les oreillers – maintenant qu'il n'avait pas à aller mettre son poing dans la figure de Neil – il fit un geste vers l'appareil.

— Et rester la nuit, quel que soit ton état de santé, est également possible.

Avant qu'il puisse déterminer si la lueur suspecte dans les yeux d'Ivan n'était rien de plus qu'un jeu de lumière, Parker dirigea son regard vers le masque dans ses mains. Avec des doigts tremblants, il effectua les gestes qui étaient clairement une seconde nature.

— Allez viens.

Ivan tapota le lit, et Parker grimpa à côté de lui.

— Dormons un peu, Darth [7].

---

7 Référence au personnage de Darth Vador dans série de films la Guerre des Étoiles.

Les yeux de Parker s'élargirent par-dessus le masque, et il leva une main pour le retirer.

— Calme-toi. Je plaisante.

Il passa un bras autour de la taille de Parker et l'approcha de lui. Avec les muscles raides et inflexibles de son amant, Ivan avait un peu quelque part l'impression d'essayer d'enlacer une planche de surf, mais il persévéra. Il pressa son nez dans son cou et lui donna un petit baiser. Tout à coup, les muscles de Parker se délièrent, et l'homme dans ses bras devint souple. Ivan se détendit, respirant l'odeur de musc à côté de laquelle il adorerait s'endormir pour le reste de sa vie.

PARKER DANSA autour de la cuisine, la stéréo… n'étant pas à fond, parce qu'Ivan dormait toujours, mais à un volume suffisant qui lui permettait de chanter. Dormir à côté d'Ivan avait été meilleur qu'il ne l'avait imaginé, parce que chaque fois qu'il l'avait fait, il n'avait pas son appareil. D'une certaine manière, il avait eu de la chance en rencontrant un mec génial qui était super au lit et qui ne se souciait pas que Parker n'ait pas d'expérience, pas plus de son état de santé.

Leur sommeil n'avait pas été complètement ininterrompu. Ivan s'était réveillé plusieurs fois durant la nuit avec ce qui semblait être une sorte de cauchemar, mais dès qu'il avait regardé et touché un peu Parker, il s'était rendormi.

Sortant des bols et de quoi préparer des pancakes, Parker se mit à chanter en cœur avec la chanson. Elle était un peu démodée, mais elle lui faisait penser à Ivan – tout le faisait, ces derniers temps – et il connaissait les paroles. Il pouvait ne pas être un très bon cuisinier, mais des pancakes, ça il pouvait faire, et Ivan méritait d'être régalé pour une fois. Peut-être qu'ils pourraient aller au marché aujourd'hui comme Ivan l'avait suggéré plus tôt. Des trucs de petit ami, même s'il ne voulait pas se précipiter à étiqueter leur relation. Après tout, il venait juste de sortir d'un mariage. Pourtant, il ne pouvait pas attendre pour dire à Neil qu'il avait raison. Et il était si heureux maintenant, il pourrait même ne pas lui faire de scène pour le bordel démentiel qu'il avait laissé après la fête. Aujourd'hui, rien ne pouvait gâcher sa bonne humeur.

Des bras chauds s'enroulèrent autour de lui par-derrière. Soupirant, il s'appuya en arrière contre la poitrine d'Ivan. C'était comme ça que c'était censé être. C'était ce dont il avait manqué et qu'il voulait.

— Bonjour.

La voix d'Ivan était rocailleuse de sommeil, et la pression de lèvres contre sa nuque le fit se sentir chez lui. Tant qu'il ne précipitait pas les choses, et attendait qu'Ivan soit prêt pour une autre relation, les choses seraient géniales.

— Que fais-tu ?

— Des pancakes.

— Oh, ouais ? Je devrais te faire dormir avec moi toutes les nuits.

Parker ferma les yeux et retint vaillamment une supplique pour qu'il fasse exactement cela. Ivan s'était moqué de son état, n'avait pas bronché ni paniqué et, si ce matin était un quelconque indicateur, n'avait rien perdu de son attirance pour lui.

— Prêt à manger ?

Ce fut une chose plus sûre à dire.

— Bien sûr.

Parker servit les pancakes qu'il avait faits. Probablement pas assez pour les satisfaire tous les deux, mais il pourrait en faire d'autres plus tard.

Assis en face de lui à table, Parker sourit timidement à Ivan. Il n'avait jamais pris le petit déjeuner avec un homme, après avoir passé la nuit avec lui, mais c'était assez foutrement génial. Était-ce trop tôt pour suggérer qu'ils dorment dans la même chambre tous les soirs ? Ivan pourrait plaisanter là-dessus. Ils n'avaient discuté de rien ; il pourrait ne pas vouloir être exclusif. Mais il était si content de ne pas avoir appelé Thom hier soir. D'une certaine façon, même s'il avait couché avec Thom, il savait qu'il ne se serait pas réveillé aussi heureux que ce matin. Il ne ressentait rien avec lui de ce qu'il avait avec Ivan.

— Les invités de Neil ont laissé un sacré bordel, dit Ivan entre deux bouchées.

— Ouais, je sais. Je nettoierai après le petit déjeuner. Et après peut-être que nous pourrions aller au marché Saint-Lawrence ou faire autre chose si tu veux ?

Il attendit, respirant à peine. Et si, maintenant qu'ils avaient couché ensemble, Ivan ne voulait pas faire des trucs comme sortir ensemble ? Il ne savait même pas vraiment s'il acceptait le fait d'être gay. Et même s'ils sortaient effectivement en 'rendez-vous', il devrait être prudent sur la façon dont il interagissait avec lui en public.

— Pourquoi le laisses-tu faire ça ? Il tire avantage de toi, tu sais.

367

Parker grimaça. Peu importait ce que les autres pensaient, il n'était pas si naïf.

— Lorsque nous avons emménagé ici après la mort de ma grand-mère, j'ai commencé une nouvelle école où je n'avais pas d'amis. Personne ne voulait être ami avec le petit nouveau, surtout pas…

Il déglutit difficilement. Ivan avait été plus tolérant qu'il ne s'y était attendu sur son apnée du sommeil, mais Parker avait fait l'expérience, de première main, et à plusieurs reprises, des préjugés que les gays avaient contre les mecs en surpoids. Il avait perdu la plus grande partie de son excès de poids, mais il pouvait facilement en reprendre un peu, et il n'était certainement pas aussi tonique que l'était Ivan.

Un sourcil se souleva alors que les yeux bleus lumineux d'Ivan le dévisageaient.

— Surtout pas…, l'invita à poursuivre Ivan.

— Surtout pas le nouveau garçon obèse.

Parker murmura les deux derniers mots, mais Ivan l'entendit, parce que ses yeux s'adoucirent, prenant une expression gentille et il espérait que ce ne soit pas de la pitié.

— Est-ce la raison pour laquelle il n'y a pas de photos de toi ici ? Tu devrais en mettre quelques-unes de ta maman et toi.

Ivan toussa comme s'il avait avalé de travers, puis se racla la gorge.

— Je veux dire, tu dois en avoir, non ?

Parker hocha la tête.

— Je parie que tu étais un enfant très mignon.

Il n'y avait aucun doute dans la voix d'Ivan, et Parker fut capable de retrouver le sourire.

— Alors, tu es reconnaissant qu'il ait été sympa avec toi ? C'est pour ça que tu laisses Neil te marcher sur les pieds ?

— Yep. Il a été mon ami et m'a aidé à tout traverser. Il m'a aidé quand ma mère est morte. Je sais qu'il peut être un peu égoïste, mais il est là pour moi. Il est une constante dans ma vie. En plus il est aussi mon premier.

Les yeux d'Ivan s'arrondirent.

— Ton premier quoi ?

Avait-il vraiment besoin de préciser ? Il n'aurait pas dû le mentionner en premier lieu. Parler de sexe, surtout quand il s'agissait de sa propre vie sexuelle, n'était pas quelque chose avec quoi il était à l'aise.

— Tu sais. Mon premier… mec.

Quelque part, il ne s'attendait pas au regard noir.

— Maintenant, je le déteste encore plus.

Quoi ?

— Pourquoi ? Oh !

La lumière se fit et Parker ne put s'empêcher de sourire. Soudain, un grand nombre des actions d'Ivan prirent tout leur sens. Il n'avait jamais connu quelqu'un de jaloux à son propos avant, et il découvrit qu'il aimait ça. Beaucoup.

— Ouais, 'oh'.

Ivan lui sourit en retour.

— Tu aimes ça, n'est-ce pas ? Aucun autre ex-petit ami que je devrais connaître ? D'autres secrets ?

Parker ne comprit pas pourquoi le sourire d'Ivan se transforma en une expression presque effrayée, mais il n'avait aucun souci à se faire.

— Aucun ex-petit ami. Du moins, aucun à qui je parle encore. Mais tu te souviens de Thom à l'université ? Il voulait me demander de sortir avec lui.

— Bien sûr qu'il le voulait. Il ne pouvait détourner les yeux de ton cul.

Incroyable. Tout le monde savait sauf lui. Il avait l'habitude que les gens le regardent, mais généralement parce qu'il était le garçon obèse. À moins que quelqu'un ne vienne à lui et le lui dise, il ne savait jamais quand quelqu'un le désirait, et cela n'arrivait pas très souvent. De ce qu'il en savait.

— Habituellement, les mecs sont intéressés par Neil. Je suppose que je suis juste habitué à ne pas recevoir d'attention.

— Neil ? Tu plaisantes, n'est-ce pas ?

— Non.

Parker n'était pas sûr de savoir pourquoi Ivan était si furieux, mais il aimait en fait le sous-entendu qu'il pense qu'il était plus attirant que Neil.

— Et je déteste Thom, aussi, soit dit en passant, bien que... Attends... Tu n'as pas couché avec lui, dis-moi ?

— Non.

— D'accord, alors, je le déteste un peu moins que Neil.

Le son qui s'échappa des lèvres de Parker fut presque un petit gloussement. Oui, il pouvait s'habituer à cela.

— Tu as bien dit secrets, cependant.

Neil ne serait pas en mesure de l'aider à décider de la bonne ligne de conduite, et il ne savait pas à qui d'autre demander. Il faisait confiance à Ivan pour ne pas l'induire en erreur.

— Euh, oui, je l'ai fait. As-tu autre chose à me dire ?

369

— Tu te rappelles quand je t'ai demandé si tu étais entré dans ma chambre ?

Ivan pâlit légèrement et eut l'air beaucoup moins heureux que quand il avait admis avoir eu des relations sexuelles avec Neil.

— Oui.

— Je suis vraiment désolé si j'ai eu l'air de ne pas avoir confiance en toi, parce que c'est le cas, j'ai confiance en toi.

Il lui faisait réellement confiance. En fait, il avait davantage confiance en Ivan qu'en Neil pour beaucoup de choses ; l'une d'elles était pour ne pas se moquer de lui.

— D'accord, c'est bon.

La bouche d'Ivan remua légèrement un peu comme s'il voulait en dire plus, mais à la fin il la garda fermée et repoussa son assiette, même s'il y restait encore quelques morceaux de pancake imbibés de sirop.

— Voilà le truc. Je pense que quelqu'un est entré dans ma chambre.

Parker tendit la main et serra celle d'Ivan.

— Je ne pense pas que c'était toi. Tu n'avais aucune raison de le faire, mais j'ai trouvé de l'argent dans mon placard. Beaucoup.

Ivan fronça les sourcils.

— De l'argent ?

— Ouais. Des liasses, comme tu peux en voir dans les films, juste là dans une boîte où je range des papiers. Je n'ai pas l'habitude de passer beaucoup de temps à faire du classement.

Parker regarda d'un air penaud la pile de courrier qui s'entassait dans un panier dans un coin de la cuisine.

— Je ne sais pas comment il est arrivé là, et je ne sais pas quoi faire à ce sujet.

— Tu ne sais pas comment il est arrivé là ?

Qu'est-ce qui n'allait pas avec Ivan ? Répéter ses paroles n'était pas d'une grande aide.

— Bizarre, non ? Je n'ai aucune idée de ce que je dois faire. Dois-je appeler la police ? Bien qu'ils risquent probablement de se moquer de moi.

— Combien d'argent ?

La voix d'Ivan donnait l'impression d'être étranglée.

— Je ne sais pas. Je l'ai juste remis là où je l'avais trouvé. Plusieurs milliers, je pense.

Ivan se repoussa de la table et commença à arpenter la cuisine, passant une main sur son visage. Un tremblement froid secoua le ventre de

Parker. Il n'était pas sûr d'avoir déjà vu Ivan dans une telle détresse, et cela le faisait légèrement paniquer.

Quand il s'arrêta et se tourna vers lui, le léger doute de peur se transforma en véritables nausées. Le parfum de sirop d'érable devint écœurant.

— Quel est le problème ? Ce n'est pas ton argent, si ?

— Pouvons-nous parler au salon ?

Ces mots ne précédaient jamais rien de bon. Parker pouvait ne pas avoir beaucoup d'expérience dans le domaine des relations, mais il en savait assez pour savoir ça.

— Bien sûr.

Avec des pieds de plomb, il suivit Ivan. Il s'assit à sa place habituelle sur le canapé, mais Ivan le surprit en s'asseyant à côté de lui.

— Écoute, je…

Ivan regarda le plafond, et Parker voulut lui dire de simplement cracher le morceau, mais il ne voulait pas le contrarier davantage.

— Merde, Parker, je ne… Je n'ai jamais eu à…

Le genou d'Ivan commença à bouger rapidement de haut en bas. Parker étouffa un rire nerveux, parce qu'il se souvenait de quelqu'un, au lycée, qui lui disait que cette sorte de tic nerveux était le résultat d'une répression sexuelle. Après la nuit dernière, Ivan ne pouvait souffrir de ça. Chose stupide à laquelle penser, mais il voulait se concentrer sur autre chose que l'agitation d'Ivan. Parce que ces mots ressemblaient à des mots de rupture. Il n'était pas sûr de savoir comment la pile magique d'argent les avait amenés ici.

Non. C'était son insécurité qui parlait. Si cela avait quelque chose à voir avec le sexe fantastique qu'ils avaient eu, alors Ivan était le mec bizarre ici, pas lui.

— Je suis un flic infiltré.

Parker cligna des yeux. Pas un vendeur d'assurances.

— D'accord. J'ai déjà regardé l'émission 'cop show'. Je comprends que tu ne dois probablement pas dire ça à tout le monde.

Il refusait d'être blessé qu'Ivan n'ait pas eu confiance en lui en ce qui concernait cette information. Après tout, ils ne se connaissaient que depuis moins d'un mois.

Une détonation bruyante emplit la pièce alors qu'Ivan faisait craquer les jointures de sa main saine.

— Je suis censé enquêter sur toi.

371

— Sur moi ?

Parker n'avait rien d'autre à dire. Il se leva et se mit à arpenter la pièce lui aussi.

— Pourquoi moi ?

— Commerce de drogue. Peut-être trafic de drogue. Tu es un collaborateur présumé de Viktor Razhin, chef de la mafia russe.

— Commerce de drogue ? Trafic ?

La voix de Parker grimpa dans le registre du soprano et se fissura, mais il n'avait aucun contrôle là-dessus.

— Je ne suis pas un dealer ! Et je ne connais personne du nom de Viktor Razhin, ou même aucun trafiquant.

Ses yeux se posèrent sur deux livres sur l'étagère, et il dut serrer les poings pour s'empêcher de les jeter à la tête d'Ivan. Il n'avait jamais été quelqu'un de violent, mais ça... Ça le blessait plus que n'importe quoi. Ivan pensait qu'il était un trafiquant de drogue.

— Je sais que tu ne l'es pas. Tu ne peux pas l'être.

Ivan tourna des yeux bleus suppliants vers lui, et il voulut désespérément croire que tout cela n'était pas un mensonge.

L'étau autour de son cœur se desserra légèrement, jusqu'à ce qu'une pensée lui vint.

— Mais tu ne le savais pas jusqu'à ce que je te pose la question à propos de cet argent. Parce que si j'étais un trafiquant de drogue, j'aurais su à quoi servait cet argent.

Il n'y avait aucun moyen de se tromper sur le regard coupable sur le visage d'Ivan. L'étau se resserra comme un boa étranglant son dîner, et Parker déglutit difficilement pour garder son petit déjeuner là où il était.

— Hé, je suis désolé. Je ne sais pas si cela va aider, mais après t'avoir rencontré, je ne voulais pas croire ce que mon patron m'avait dit à ton sujet.

— Tu as couché avec moi en pensant que j'étais un trafiquant de drogue.

Et pas seulement couché. Il avait accepté Parker, lui avait fait penser à l'avenir, avait été tendre avec lui. Et tout cela était faux. Un mirage fabriqué. Mais pourquoi ? Pour l'amener à s'incriminer ? Ses yeux brûlèrent et il se détourna d'Ivan. Il avait pris tellement de Parker. Il n'aurait pas la chance de voir à quel point il l'avait affecté avec cette révélation.

Le canapé craqua, et une fraction de seconde plus tard, la chaleur du corps d'Ivan rayonna contre son dos. Il voulait se pencher en arrière, recevoir le réconfort qu'il lui offrait, mais il ne pouvait pas.

— Le sexe ne faisait pas partie de la mission. Je le jure. Je n'ai pas pu te résister.

La main d'Ivan se posa sur son épaule, mais Parker fit un mouvement pour s'en défaire.

Les mots qu'il aurait adoré entendre juste une heure plus tôt, les mots que personne ne lui avait jamais dit avec la profondeur des sentiments qu'Ivan leur insufflait, et les mots qu'il ne pouvait plus prendre pour argent comptant parce qu'il était un menteur de merde et un putain de grand acteur.

— Eh bien, tu aurais dû.

Parker était fier que sa voix n'ait pas vacillé d'un pouce. Il se mordit l'intérieur de sa joue fortement pour retenir ses larmes. Il s'écarta d'Ivan et se retourna.

Rester bien campé sur ses positions face aux yeux suppliants d'Ivan lui prit tout ce qu'il avait.

— Je sais que ce n'est pas une excuse, mais je faisais mon travail. J'ai toujours besoin de le faire.

— Super. Et maintenant que tu sais que je ne suis pas un trafiquant de drogue, tu peux retourner à ta vie, Ivan Baker. Oh, attends. Est-ce que c'est même ton vrai nom ?

Une grimace tordit ses lèvres. Il était sûr d'avoir crié le nom d'Ivan la dernière fois qu'il avait joui. Il lui avait presque dit qu'il l'aimait, même si c'était trop tôt. La pensée que même son nom puisse ne pas être vrai... Sa respiration s'enfonça et s'accéléra, sa vision se brouilla.

— Parker. Reprends-toi, bon sang ! Assieds-toi et respire. Lentement, régulièrement.

Des mains chaudes comme des braises empoignèrent ses épaules et le poussèrent sur le canapé. Parker fit de son mieux pour faire ce qu'Ivan lui disait, parce qu'il ne voulait pas s'évanouir comme un putain de minable.

Après quelques instants à suivre les instructions de respiration, il recentra ses yeux sur Ivan, accroupi entre ses jambes.

— Tu vas bien ? Tu hyper-ventilais.

Parker hocha la tête. Physiquement, oui, il allait bien.

D'une main hésitante, Ivan frotta ses genoux avant de s'asseoir à côté de lui.

— Mon nom est Ivan Bekker.

Au moins, le Ivan n'avait pas changé. Mais Bekker ?

— Hé, c'est comme ça que ton ex-femme t'a appelé. C'est assez proche de Baker, je pensais avoir mal entendu. Comment t'a-t-elle trouvé ?

La tête d'Ivan retomba en arrière contre le canapé.

— Ce n'est pas mon ex-femme, c'est ma partenaire.

— Ta partenaire ? Comme un partenaire de travail ?

— Ouais.

Une brève poussée de plaisir réchauffa son cœur avant qu'il se rappelle que ce n'était pas parce que son ex-femme n'était pas réelle que cela signifiait qu'ils étaient en position d'entamer une relation. Ivan *Bekker* était un sale menteur qui pensait qu'il était un trafiquant de drogue.

— Pourquoi s'est-elle montrée ici, alors ? Est-elle ton renfort pour sauver les apparences ou un truc du genre ?

Parce qu'elle avait joué le rôle d'ex-épouse bafouée à la perfection. Elle et Ivan pourraient être des acteurs hollywoodiens.

— Je n'ai pas de renfort sur cette opération.

La lassitude dans sa voix épuisa Parker rien qu'à l'entendre.

— Mon patron, Sarge, pense qu'il y a une fuite dans notre département. Nous avons organisé un coup monté qui a mal tourné, et il a sauté sur cette occasion de faire tomber Razhin sans l'alerter de nos actions.

— Je déteste être rabat-joie et briser tes illusions, mais je ne connais vraiment pas ce Razhin.

— Peu importe. Il y a suffisamment de preuves dans ta boîte à l'étage pour te connecter à la culture de marijuana, assez pour t'envoyer à l'ombre très longtemps.

La panique explosa dans sa poitrine.

— Culture de marijuana ? Quelle culture de marijuana ?

Impensable ! Ivan allait le mettre en prison ? Il devait y avoir une erreur.

— Combien de parcelles de terre possèdes-tu dans la région où se trouve ta petite ferme ?

La question bizarre passa à travers la panique qui brouillait son cerveau.

— Quelques acres, je pense. Mais c'est seulement à une centaine de mètres de la Georgian Bay elle-même. Pourquoi ?

— À en juger par les factures dans ta boîte de rangement, la plupart de ce terrain est probablement recouvert entièrement de plants de marijuana.

— Les factures ? Qu'est-ce que tu racontes ?

Se pourrait-il qu'il soit un trafiquant de drogue et qu'il ne le sache pas ?

— Les factures. Avec l'argent.

La colère fut plus puissante que son état de panique agitée.

374

— Tu as fouillé ma chambre. Tu savais à propos de l'argent, et tu sais à propos de factures dont je ne connais même pas l'existence. Est-ce que tu essaies de me piéger ?

Cela avait plus de sens que toutes les autres choses qu'Ivan avait dites.

— Pas du tout. Je le jure. Parker, s'il te plaît. Nous devons nous rendre. Transmettre ça à mes collègues.

— Mais cela ne veut-il pas dire que je vais être blâmé de tout ça ?

Même si sa maison de campagne était couverte d'herbes, il méritait peut-être une partie du blâme. Après tout, il n'avait pas fait grand-chose pour s'assurer d'entretenir la propriété. Il avait passé beaucoup de temps à éviter les souvenirs de cet endroit... Trop de temps, de toute évidence.

— Je vais faire de mon mieux pour que cela n'arrive pas. Il y a quelque chose qui cloche vraiment ici.

Les larmes jaillirent de nouveau, mais cette fois il voulait qu'Ivan le prenne dans ses bras et lui dise que tout irait bien. Peu importait qu'il lui ait menti et l'ait trahi, il se sentait toujours en sécurité avec lui. Parker fut dangereusement près d'ouvrir la bouche et de le supplier de le protéger.

— Que pouvons-nous faire ?

C'était mieux. Beaucoup plus digne et adulte.

— Comment me suis-je retrouvé impliqué dans tout ça ?

— Nous devons nous rendre. Mais si tout ça est lié d'une manière quelconque à Razhin, il pourrait avoir vent du fait que je t'emmène au poste avec moi et penser que tu es une menace. Le problème est que les seules personnes en qui j'ai confiance sont les flics des Homicides.

Oh mon Dieu. Un baron de la drogue pourrait penser que lui, Parker Wakefield, représente une menace. Un maillon faible qui aurait besoin d'être coupé. Que ne donnerait-il pas pour un des joints de Neil, là, maintenant. Merde ! Pour l'instant, il devait faire confiance à Ivan pour le garder en sécurité. Une fois que tout serait fini, il pourrait s'inquiéter de ne plus jamais lui reparler pour toutes les emmerdes dans lesquelles il l'avait entraîné.

— Alors, allons-y.

Il y avait beaucoup de fenêtres chez lui. Et tous ces gars à la fête de la nuit dernière. Et si l'un d'entre eux était Razhin ou un de ses... hommes de main ? Était-ce une expression que les vrais criminels utilisaient ? Et s'ils avaient mis sa maison sur écoute ? Neil traînait avec de vrais voyous. Peut-être que l'un d'eux avait planqué une saloperie dans sa chambre. Il mettait rarement le nez dans cette boîte en particulier.

375

Ivan mit une main sur son genou.

— Respire. Calme-toi. Je dois d'abord passer un coup de téléphone.

Parker agita sa main, indiquant par là à Ivan qu'il pouvait aller au diable pour ce qu'il avait à faire. Qu'il se calme, disait-il. Pas de problème, putain. Plus tôt ce serait fini, mieux ce serait. Ensuite, il pourrait retourner à son existence dépourvue de petit copain. Se concentrer sur ses études et ses amis. Des choses qui n'allaient pas trancher son cœur en lambeaux... littéralement ou au figuré.

IVAN JETA un regard en arrière et regarda Parker avant de prendre son téléphone et de sortir sur le porche. Seigneur. Il avait presque fait pleurer le mec. Il était un tel moins que rien. Ils avaient passé une nuit fantastique, et il avait dû tout ruiner. Découvrir avec certitude que Parker n'était pas le criminel auquel il s'était attendu avait été un soulagement de courte durée parce qu'immédiatement après, il avait dû écraser son moral. Et il n'était pas plus près de découvrir qui était le responsable.

Il ne s'était pas attendu à utiliser le numéro de téléphone de Kurt, mais il le composa rapidement et attendit qu'il décroche. Il n'eut pas à le faire longtemps.

— Kurt, c'est Ivan. J'ai besoin de m'extraire.

Appeler Kurt en premier et terminer la mission sans en avertir Martelli pouvaient être une décision qui mettrait fin à sa carrière, mais il ne pouvait penser à aucune autre façon de protéger Parker. Pas quand Martelli était si déterminé à faire tomber Razhin à travers lui. Il ne serait jamais capable de vivre avec ça sur la conscience si Parker finissait en dommage collatéral.

— Déjà ? Est-ce que ça va ? Qu'est-il arrivé ?

— J'ai tout dit à Parker.

— Tout ? Ivan, bon sang ?

— Je crois qu'il n'est pas le gars après qui je suis, et je devais juste le faire.

Ivan fit tambouriner les doigts de sa main gauche contre la brique rugueuse, les muscles de sa mâchoire contractés.

— D'accord, d'accord. Nous allons trouver une solution à tout ça. Peux-tu attendre jusqu'à demain ? Simon n'est pas en ville et je suis toujours en arrêt médical.

Le tambourinement s'accéléra, suffisamment pour égratigner le bout de ses doigts.

376

— Dimanche ?

Il pouvait s'arranger pour qu'ils restent ensemble un jour de plus ; il pouvait endurer les regards alternativement blessés et accusateurs de Parker.

— Tu dois m'aider, Kurt. J'ai trouvé une preuve qui suggère qu'il y a une importante culture de marijuana du côté de Muskoka, mais ce n'est pas Parker. J'en suis sûr. Je ne peux pas le laisser aller en prison.

Sa voix se brisa, et il toussa pour essayer de se couvrir, mais le hoquet de surprise à l'autre bout de la ligne lui indiqua qu'il avait échoué.

— Ne t'inquiète pas. Nous allons trouver une solution, je te le promets.

Ivan grogna. C'était une promesse que personne ne pouvait faire ; il était flic depuis trop longtemps. Mais il en prit bonne note dans un coin de son esprit.

— Je suis désolé, mec. Je déteste te mettre ça sur les épaules.

— Non. Ne sois pas désolé. Nous sommes amis. C'est pour ça que je suis là.

Ivan laissa tomber son front sur le mur de briques, tremblant. Il ne méritait pas un ami comme Kurt, mais il prendrait tout ce qu'il pourrait avoir.

— Merci.

— Accroche-toi. Je vais parler à Simon.

Ivan raccrocha et entra à nouveau chez Parker. Peut-être qu'il pourrait demander à Rick ou à Kurt de l'aider à remballer ses affaires une fois que tout ceci serait terminé.

— Tout va bien ?

Parker était dans la cuisine en train de nettoyer les restes du petit déjeuner. L'un des plus doux matins qu'il avait jamais eus et tout ce qu'il avait maintenant était un souvenir contaminé.

— Ouais. Nous irons au poste demain.

Le problème était que maintenant que tout avait été dévoilé, ils étaient plus exposés que jamais. Peut-être qu'ils ne l'étaient pas vraiment, mais c'est à ça que cela ressemblait. Vulnérables. Comme s'il y avait une enseigne néon dehors proclamant non seulement leur méfiance, mais aussi combien d'argent se trouvait à l'intérieur, protégé par aucune arme traditionnelle. Ils pouvaient aller à l'hôtel, mais il n'y avait aucune garantie qu'il puisse garder Parker en sécurité là-bas, et il pourrait mettre plus d'innocents en danger si les hommes de Razhin venaient chercher l'argent avant qu'il le donne à Simon.

— Un dimanche ?

— Ouais. Ma… liaison sera disponible, et même si le maintien de l'ordre est un travail de tous les jours, les dimanches sont généralement plus lents. Nous aurons une meilleure chance de régler tout ça, de t'obtenir une protection adéquate.

Plus les gens sauraient que Parker était innocent, moins il était probable que la taupe du département soit un danger pour lui.

— Alors, que faisons-nous aujourd'hui ? Je… J'avais suggéré d'aller au marché. Euh, plus tôt. Avant… Tu sais.

Parker regarda vers le plafond et renifla.

Seigneur. Ivan voulait faire ça. Terriblement. Faire des activités normales avec Parker était un baume apaisant pour ses pensées torturées.

— Nous pouvons toujours.

Prétendre que tout allait bien ne serait pas facile, mais cela tuerait quelques heures. Bien que l'exposition au marché puisse augmenter son impression de vulnérabilité, il serait également plus facile d'échapper à un quelconque poursuivant.

— Non, nous ne pouvons pas.

Parker se tourna vers lui, du feu dans les yeux.

— Peut-être que tu es un bon acteur, mais je ne le suis pas. Et en passant, comment je sais que tu es flic ? Tu ne m'as certainement pas montré de plaque. Pour ce que j'en sais, tu es celui qui essaie de me piéger. Ou peut-être es-tu une sorte de harceleur.

Les mots et le ton furent comme un coup de poing. Il s'était attendu à de la colère de la part de Parker, et qu'il le déteste, mais il n'avait pas pensé que cela arriverait si vite.

— Premièrement, si tu es dans une situation où tu penses que tu as un harceleur dingue aux fesses, pour l'amour de Dieu, ne le laisse pas avec toi seul dans une pièce, et ne le confronte pas. Deuxièmement, je peux t'amener à un collègue, si besoin est. Je ne porte pas de pièce d'identité avec moi sous couverture, mais lui en a, et il peut se porter garant pour moi.

Les yeux de Parker s'agrandirent, mais il ne fit aucun mouvement pour s'échapper. Bien. Quelque part au fond de lui, il savait qu'Ivan n'était pas le gars qu'il décrivait.

— Enfin, tu as dit que tu pensais qu'il y avait plusieurs milliers de dollars là-haut, n'est-ce pas ?

Il attendit patiemment, et quand Parker hocha la tête, il continua.

378

— Alors, si cet argent était le mien, ou si j'étais en train d'essayer de te piéger, il ne serait pas dans mon intérêt de te faire savoir qu'il y a bien plus que ça là-haut.

Un froncement de sourcil plissa le front de Parker avant qu'il demande :

— Combien d'argent y a-t-il ?

— Environ un quart de million.

— Un quart de million ? De dollars ? Pas possible, merde. Je ne te crois pas.

— Tu as une quantité dangereuse d'argent dans cette boîte.

— Non. C'est de la folie.

Parker se leva et courut vers l'escalier, Ivan sur les talons.

Dans la chambre principale, il arracha la boîte de rangement du placard et la jeta sur le lit. Quand il sortit une liasse, Ivan la lui arracha des mains.

— Je vais te prouver combien il y a, mais au cas où les techniciens pourraient tirer des empreintes des billets, je ne veux pas des tiennes partout là-dessus. Ce serait plus difficile de prouver que tu es innocent si tu as touché chaque putain de billet.

Ivan compta le nombre de billets contenu dans une liasse. Un son étouffé en provenance de Parker lui fit lever les yeux. Le visage cendreux et pâle, Parker observait le billet brun de cent dollars qu'Ivan avait séparé du paquet où un billet de vingt se trouvait à chaque extrémité.

— Je pensais qu'ils étaient tous de vingt dollars.

— Tu étais supposé penser ça.

Les couleurs n'étaient pas si différentes et chaque liasse avait été soigneusement arrangée de manière à ce que seuls les billets de vingt encadrent ceux de cent.

— Mais même s'il n'y avait que des billets de vingt, cela représenterait toujours environ quarante mille dollars. N'as-tu pas remarqué à quel point c'était lourd ? Chaque billet pèse environ un gramme. Autant d'argent pèse probablement aux alentours de deux kilos et demi.

— Je… non. Et je n'ai jamais sorti tout l'argent de la boîte. Ça, euh, m'a fait paniquer.

— Bien. Ça doit te faire paniquer. J'ai vu des gens se faire tuer pour quelques centaines de dollars, mais autant d'argent relève considérablement les enchères.

— Merde, Ivan, je…

Quoi que Parker allât dire, il fut interrompu par la sonnerie de son téléphone. Il le tira de sa poche et fixa l'identité de l'appelant. Avec une expression bizarrement penaude, il répondit.

— Salut.

Parker resta silencieux pendant un moment avant de froncer les sourcils.

— Neil, allô ?

Parker écouta, son froncement de sourcils s'accentuant. Jusqu'à ce qu'il laisse tomber le téléphone comme s'il l'avait mordu. Celui-ci glissa sous le lit, et Ivan plongea pour le récupérer. L'appel avait été déconnecté.

— Quoi ? Qu'est-ce qu'il y a ?

— Il savait.

Parker trébucha contre la commode et couvrit ses yeux d'une main tremblante.

— Savait quoi ?

Ivan n'avait pas paniqué jusqu'à ce que Parker montre des signes évidents de peur.

— Parker ?

Ivan attendit pendant que Parker se frottait le visage. Il leva les yeux, ces yeux couleur rivière le suppliant d'arranger les choses. S'il le pouvait, il le ferait.

— Neil m'a appelé sans le savoir, en appuyant par inadvertance sur une touche, son téléphone devait être dans sa poche. Je pense que c'est son argent. Il parlait à quelqu'un d'autre, et il savait au sujet de l'argent, avant même que je ne lui en parle.

— Neil. D'accord, ça a du sens. Il a un accès facile à tes affaires et… Attends. Tu lui as parlé de ça ? Quand ?

Le regard de Parker vola autour de la pièce, et le rose souligna ses pommettes saillantes.

— Pendant que tu étais dehors sous le porche en train de passer ton coup de fil.

— Pourquoi ?

— Putain, pourquoi crois-tu ? Connard. J'étais paniqué, d'accord ? Et en colère contre toi. Neil est mon meilleur ami, et il m'a aidé à traverser les pires moments de ma vie. J'espérais qu'il m'aiderait à traverser ça.

Les yeux de Parker se mirent à briller, et Ivan voulut se frapper.

Ce matin ne s'était définitivement pas déroulé comme chacun d'eux l'aurait voulu. Il ne pouvait pas vraiment reporter la faute sur Parker pour avoir demandé conseil à son plus vieil ami, surtout qu'il ne l'avait pas vraiment mis au parfum du fait que, d'après lui, Neil était le suspect le plus probable. Il n'était pas sûr de savoir si c'était le manque de sommeil ou sa jalousie qui avait embrumé son esprit à propos de ce détail maintenant évident, mais c'était un rappel de plus qu'il avait royalement foiré depuis le premier jour. Parker était furieux contre lui, pouvait ne jamais vouloir lui reparler après que tout soit fini, et Ivan ne pouvait pas lui en vouloir, même si le trou qu'il laisserait dans sa vie serait plus dévastateur que le départ de Colin.

— Tu lui as dit que j'étais flic ?

Avait-il enquêté sur le mauvais gars depuis tout ce temps ?

Les lèvres de Parker devinrent une ligne mince alors qu'il les pressait ensemble, mais il hocha la tête.

Il n'y avait pas de temps à perdre pour reconnaître la peur et l'angoisse que cette simple action causait.

— As-tu un sac de sport ou autre chose ? Un sac à dos ? Nous devons sortir ça de cette maison et trouver un endroit sûr.

Ivan alluma la lumière dans le placard et le balaya rapidement des yeux pour trouver quelque chose qui pourrait convenir. Il ne pouvait pas laisser cette preuve ici.

— Où vas-tu emmener ça ?

— Je ne sais pas encore. Mais c'est peut-être la seule chance de prouver que tu as été piégé. Nous ne pouvons pas laisser Neil mettre la main là-dessus.

— Je suis désolé, mais je ne peux pas… Je ne sais pas comment faire face à ça. Vous m'avez menti tous les deux, et pourtant, quelque part, je te fais confiance, et non au mec que je connais depuis des années.

Seigneur, il ne pouvait pas se permettre que Parker recule maintenant. La prison serait un enfer pour lui, et si Neil avait quoi que ce soit à voir avec les preuves dans cette boîte, il n'y avait aucune chance qu'il se soucie que Parker prenne à sa place.

— Écoute, nous allons amener tout ça à Kurt ou Simon. Quelqu'un qui pourra prouver que je suis un flic. Me croiras-tu alors ?

Parker leva une épaule dans un semblant de haussement.

— Est-ce que tu penses que… Neil vient pour ça ?

Il fit un geste de la main.

— Oui, absolument.

381

Il était inutile de lui dire qu'il avait commencé un décompte dans sa tête, calculant combien de temps s'était écoulé depuis que Parker l'avait balancé à Neil. Quel flic de merde il faisait, il ne savait même pas où vivait Neil, donc il ne savait pas combien de temps cela lui prendrait d'arriver ici depuis son appartement. Dès que Parker et l'argent seraient quelque part en sécurité, il le découvrirait. Il espérait que l'argent serait suffisant pour relier Neil à quelque chose afin qu'il puisse arrêter ce merdeux. Ou pour demander à quelqu'un qui ne soit pas en arrêt comme lui ou Kurt d'arrêter ce merdeux.

— Je pense que j'ai un sac à dos extra large dans un de ces cartons.

Ivan sentit Parker s'éloigner, mais il continua à fouiller dans le placard à la recherche d'un sac.

— Où est ta voiture ? Près d'ici ?

— Pas vraiment. Je loue un garage, mais c'est à une distance équivalente à, à peu près, deux arrêts de métro.

Merde. Il emporterait la boîte telle quelle, mais un sac serait plus facile à emmener dans les transports en commun.

— Je me demande ce qu'il fait ici ?

À ces mots, Ivan releva les yeux. Parker se tenait près de la fenêtre, regardant dehors. Abandonnant sa recherche d'un sac, Ivan se dirigea vers la fenêtre. Debout sur le trottoir en face de la maison du voisin se trouvait le gars que Neil avait sucé à la fête. Il avait un pote avec lui, et ils se tenaient debout à côté d'un grand SUV noir comme s'ils attendaient quelqu'un, mais leur vigilance accrue était évidente à voir.

— Tu connais ces types ?

— Ce sont des amis de Neil. Ils étaient là hier soir. Mais je ne les connais pas.

Celui qu'Ivan avait reconnu de profil se tourna pour faire face à la maison, et il se rendit compte qu'il le connaissait d'ailleurs, pas seulement de la fois où Neil s'était occupé de lui derrière la maison. Le fils de Razhin.

— Nous devons sortir d'ici.

Ivan retourna deux cartons avant de trouver le sac à dos que Parker avait mentionné.

— Ouais, c'est ce que tu dis.

Ivan renversa le contenu de la boîte de rangement dans le sac à dos, et Parker poussa un cri de protestation.

— Nous devons partir maintenant.

382

— Pourquoi ? Et ça a pris des heures à classer. Merde qu'est-ce qui ce passe ?

— Ces gars-là dehors… Eh bien, l'un d'eux est Léo, le fils de Razhin, et tous les deux sont armés.

Les renflements distincts sous des vestes trop chaudes pour l'été firent la lumière dans son esprit en un instant.

— Des armes à feu ? Tu es sûr ?

Parker se pencha plus près de la fenêtre, et Ivan le tira en arrière.

— Est-ce que tu essayes de te faire tirer dessus ?

— Je ne peux simplement pas le croire. Peut-être que tu n'es pas un flic. Peut-être que tu es dingue.

— Parker, merde, tu ne peux pas simplement nier l'argent et le fait que Neil le savait. Et il fait bien trop chaud pour porter ce genre de vestes.

La dernière petite étincelle de défiance s'envola, et Ivan fut presque triste de la voir s'en aller. Trahison. Ce n'était pas la même chose que de découvrir Colin au lit avec quelqu'un d'autre, mais cela devait être similaire.

— Regarde.

Ivan garda la tête de Parker près du bord de la fenêtre alors que Léo ouvrait sa veste, révélant la crosse noire d'une arme à feu.

— Est-ce que tu as vu ça ?

— Oh, bordel de merde !

Parker laissa échapper un léger sifflement alors qu'il essayait de contrôler le volume de sa voix.

— N'as-tu pas une arme ?

— Non, je n'ai pas d'arme. Ce n'est pas du cinéma. Je suis en congé administratif, et je suis infiltré en tant que vendeur d'assurances. Même si j'en avais eu une je ne peux pas créer une fusillade dans une rue résidentielle.

Son cœur battit plus vite et sa respiration s'accéléra, les scènes de la dernière fusillade devenant aussi vives qu'elles l'étaient seulement dans ses cauchemars. Un rapide coup d'œil par la fenêtre confirma que les deux hommes s'approchaient. Ils ne marchaient pas assez vite pour que quiconque y regarde à deux fois, mais ils se déplaçaient avec un but et Ivan ne pouvait s'y méprendre. Il plia les doigts en un poing serré, espérant cacher son tremblement.

— Que faisons-nous ?

Ivan courut jusqu'à la salle de bain, tourna le robinet de la douche et arrangea la porte pour la fermer derrière lui avant de s'élancer à nouveau vers la chambre et de verrouiller la porte. Il enfila le sac à dos sur ses épaules et pressa Parker contre le mur. Il était peu probable que les hommes, même s'ils devaient lever les yeux, soient capables de les voir à travers la fenêtre, mais il ne voulait prendre aucun risque. Il n'y avait qu'une seule façon d'éviter une balle dans le dos, et cela requérait de la furtivité et un bon timing. Restait à espérer qu'il puisse compenser le manque de ces deux choses chez Parker.

— Tu bouges quand je te le dis compris ?

Parker hocha la tête, mais il avait l'air confus.

— Nous allons sortir par la fenêtre et foutre le camp d'ici.

— Par la fenêtre ?

Parker se tortilla contre lui.

— Je ne peux pas faire ça.

Ivan se pencha en arrière un moment pour regarder directement dans les yeux de Parker.

— Il le faut. C'est le seul moyen.

Ils étaient piégés là-haut comme des chats dans un arbre. Il aurait préféré sortir par l'arrière, mais il n'y avait même pas le toit d'une véranda pour les aider à descendre.

Un autre hochement de tête rapide et un déglutissement difficile lui répondirent. Tendant la main, il enroula les doigts de sa bonne main sous le rebord de la fenêtre et attendit. Aucun coup à la porte ou de sonnette ne précéda le vacarme des hommes essayant d'ouvrir la porte, et Ivan utilisa le bruit pour couvrir celui qu'il fit en ouvrant la fenêtre.

— Dehors, murmura-t-il.

Parker pâlit, mais suivit ses instructions. Ivan passa après lui, le sac à dos le déséquilibrant légèrement. Ils se déplacèrent rapidement jusqu'au coin de la maison parce qu'il espérait utiliser le grillage et l'absence de fenêtres de ce côté pour masquer leur fuite. Parker pâlit davantage alors qu'il regardait par-dessus le bord du toit du porche. Ivan calcula le risque. Le bruit des hommes négligents dans la maison s'amplifia. Il n'avait que quelques minutes pour disparaître hors de leur vue. Ivan jeta le sac dans les buissons pour amortir sa chute et se contorsionna pour descendre sur le support du porche.

— Allez viens. Je te rattraperai si tu tombes.

Ivan parla aussi fort qu'il l'osa, espérant par tout ce qui était saint qu'il n'allait pas se prendre une balle dans la poitrine alors qu'il regardait vers le haut, attendant Parker.

384

Il n'eut pas à attendre aussi longtemps qu'il s'y était attendu ; le long corps de Parker descendit rapidement le grillage avec un minimum de bruit. Plus tard, il lui faudrait le féliciter pour sa capacité à garder la tête froide sous la pression. Merde, il faisait probablement mieux que lui parce qu'il ne savait pas à quel point un corps était fragile. Il ne savait pas quelle quantité de sang un corps pouvait contenir. Les dommages qu'une balle pouvait infliger.

Le bruit sourd des pieds de Parker dans la boue du jardin le secoua de sa transe.

— Par où ?

— Suis-moi. Vite.

Ivan attrapa le sac à dos et courut, restant à proximité des maisons. Tant qu'ils pouvaient rejoindre l'endroit d'où il avait observé Parker, il pourrait les semer, définitivement. Mais les prochaines quelques minutes seraient critiques. Si les hommes de Razhin comprenaient ce qui s'était passé et sortaient trop tôt, ils étaient morts.

X

Trente minutes plus tard, transpirant et haletant, Parker se tenait à côté d'Ivan face à une pittoresque petite maison d'un étage beaucoup plus proche de sa propre maison qu'il ne l'aurait cru. Était-ce une maison sûre ? Parker n'avait vu personne les suivre, mais Ivan avait été plus occupé à esquiver les éventuels poursuivants que de lui parler. Des doutes quant à le suivre aveuglément étaient venus et repartis. Maintenant, il en était à sa quarantième ou cinquantième pensée, mais au moins ce n'était pas aussi effrayant que certains endroits auxquels Parker pouvait imaginer… Si Ivan était un genre de harceleur fou au lieu d'un flic. Il n'était pas sûr à cet instant même lequel était le plus crédible, mais lui faire confiance semblait juste et naturel.

Parker toucha le téléphone dans sa poche. À quel point était-il facile de suivre les gens grâce à leurs téléphones portables ? Peut-être que c'était seulement facile si c'était le gouvernement qui était après vous.

Ivan pressa la sonnette, restant appuyé sur elle. Dans des circonstances normales, une telle impolitesse lui aurait fait frapper son bras pour l'éloigner, mais la tension avait transformé Ivan en une masse grouillante de nerfs, et cette anxiété s'était plus que transmise à Parker. Quand il n'était pas en train de demander à Ivan de lui parler, il continuait de courir à cause de ce qu'il avait vu à travers les fenêtres de sa maison. Des hommes avec des armes à feu, probablement envoyés par Neil, étaient venus chez lui. Peut-être pas pour lui, mais pour les preuves qui se trouvaient chez lui. Preuves qui le désignaient comme une sorte de trafiquant de drogue. Peut-être pire. Baron de la drogue ? Comment appeliez-vous quelqu'un qui dirigeait une énorme plantation de marijuana ? Il voulait tellement qu'Ivan ait tort à propos de tout cela. Il voulait revenir au moment où il tombait amoureux d'un vendeur d'assurances récemment divorcé, pas courir à travers la ville avec un inspecteur infiltré paranoïaque qui était un parfait inconnu, bien qu'ayant vécu avec lui pendant deux semaines.

Un homme aux cheveux bruns ébouriffés, qui était encore plus musclé qu'Ivan, ouvrit la porte en grand avec un regard mauvais. Il avait à peine craché un 'Quoi ?' furieux lorsqu'il reconnut Ivan, et le souci remplaça la colère.

386

— Ivan ? Que fais-tu ici ?

Ses yeux bougèrent.

— Est-ce que c'est Parker ?

L'incrédulité dans la voix de l'homme fit fléchir ses épaules, se retrouvant sur la défensive. Qui était-ce, et comment connaissait-il le nom de Parker ?

— C'est parti en sucette, Kurt.

Ivan regarda derrière eux pour la millionième fois.

— On ne peut pas parler ici.

Kurt n'avait pas l'air heureux, mais au moins maintenant Parker savait qu'il était l'un des amis flics d'Ivan.

— Entrez dans ce cas. Je pensais que vous vous rendiez demain.

Quand Kurt s'écarta de la porte, Ivan poussa Parker dans la maison, devant lui. Avec Ivan refermant la marche, il suivit Kurt jusqu'à un salon entièrement blanc. Joliment meublé, avec quelques oreillers et couvertures colorés jetés çà et là, mais tout de même plutôt austère. Parker n'était pas un maniaque concernant les standards de qui que ce soit, mais il n'aurait jamais choisi blanc comme jeu de couleurs pour autre chose qu'une cuisine. Trop dur à garder sans tache ni trace.

— Asseyez-vous.

Kurt n'avait pas l'air très accueillant, mais il ne semblait pas non plus énervé.

Parker s'assit sur une des chaises. Kurt s'assit prudemment sur le canapé, laissant échapper un grognement tranquille.

— Est-ce que ça va ? demanda-t-il.

Kurt lui adressa un sourire, un qui envoya une vague de désir inattendue en lui. Il n'était pas aussi sexy qu'Ivan, mais c'était un homme très séduisant. Parker sourit timidement en réponse, espérant qu'il ne remarque pas l'afflux soudain de sang à ses joues.

Le bruit du sac d'Ivan touchant le sol le fit sursauter. Ivan le foudroya du regard avant de s'asseoir dans l'autre chaise.

— Il va bien.

— Je vais bien, répéta Kurt sans rancune. J'ai subi une opération il y a deux semaines, et je récupère moins vite que je le croyais. Qu'est-il arrivé ?

Ivan pointa le pouce en direction de Parker.

— J'aurais dû enquêter sur son ami Neil. D'une certaine manière, il est en train de le piéger. Seulement, Je ne sais pas encore comment.

— D'accord. Mais pourquoi toute cette urgence ?

Au moins, Kurt n'avait pas demandé si Ivan était sûr de lui. Après avoir vu tout cet argent et les factures, Parker était presque sûr d'avoir acheté toute cette merde lui-même.

— Ma couverture a sauté, et Neil a découvert que nous savions pour l'argent. Il n'a pas fallu longtemps avant que Léo Razhin et un de ses potes ne débarquent à la maison, armés.

La vérité était que Parker avait foiré. C'était sympa de la part d'Ivan de le couvrir, mais cela ne compensait pas pour tous les mensonges. Pour avoir couché avec lui sous de faux prétextes, comme à peu près tous les autres gars – certes très peu – qui s'étaient glissés dans ses draps.

Les yeux de Kurt s'étrécirent alors qu'il regardait Ivan.

— Et vous êtes venu directement ici ? As-tu appelé quelqu'un d'autre ?

— Non.

Fermant les yeux, Kurt laissa retomber sa tête sur le dossier du canapé. L'exaspération semblait une réaction étrange de sa part qui, autant que Parker puisse en juger, n'était que marginalement impliqué.

— Tu as toujours le téléphone que Martelli t'a donné ?

Ivan ne répondit pas, il sortit juste le téléphone en question et le laissa tomber sur la table du salon.

— Appelle la police. Signale ça anonymement.

Ces mots eurent l'effet d'une gifle en plein visage, et Parker se leva.

— Je pensais que vous, les mecs, étiez la police. Pourquoi auriez-vous besoin d'appeler la police ?

Parce qu'ils auraient pu le faire de sa chambre au lieu de s'échapper comme des fugitifs. Tout cet épisode terrifiant pourrait déjà être terminé.

Ivan se leva et lui fit face, ses sourcils froncés se rejoignant entre ses yeux.

— Tu doutes encore de moi ? Je ne suis pas le méchant dans cette histoire.

— Tu ne l'es pas ? Mis à part un appel étrange de Neil, toute cette merde a commencé dès que tu es arrivé dans ma maison ! Comment puis-je savoir que ce n'est pas un petit jeu subtil ? Peut-être que vous êtes dedans tous les deux.

Les yeux qui se levèrent au ciel lui donnèrent envie de mettre son poing dans la figure d'Ivan, mais le gars avait déjà traversé beaucoup de choses, même s'il était complètement dingue. Être en colère et dans le déni était plus facile à gérer que la douleur déchirante de perdre le 'ce qui aurait pu être'. Il n'avait pas réalisé à quel point la profondeur de ses sentiments pour Ivan s'était développée jusqu'à ce qu'il ait découvert que celui qu'il connaissait n'existait pas et que le 'heureux pour toujours' qu'il avait envisagé ne pourrait jamais arriver. La colère était facile en comparaison.

— Dans quoi, tous les deux ? Quelle raison aurais-je de monter une imposture aussi élaborée ?

Parker haussa les épaules, et Ivan se mit en colère. Bel et bien en colère. Du genre de celle qui, s'il était flic, obtenait probablement des aveux immédiats. Il leva ses poings, l'un d'eux toujours soigneusement enveloppé par son bandage et Parker fit un pas en arrière.

L'horreur remplaça rapidement la fureur d'Ivan.

— Je n'allais pas te frapper.

— Je sais.

Mais il mentait peut-être. Ivan sentit son incertitude, parce que ses narines s'évasèrent et que ses yeux s'emplirent de larmes.

— Jamais. Je le jure. Je ne te ferai jamais de mal.

Mais il l'avait déjà fait. Simplement, pas physiquement.

Ivan se retourna et sortit de la pièce en claquant la porte sur ce qui était vraisemblablement la salle de bain, mais Parker n'en était pas sûr. Il se tourna vers Kurt, qui se redressa sur le canapé, bouche bée.

— Merde. Je n'avais aucune idée que c'était à ce point-là.

— Quoi ?

Parker n'avait aucune foutue idée de ce qui venait de se passer. Il se laissa retomber sur la chaise.

— Je vais t'expliquer ça dans une minute. Quelle est ton adresse ?

Il avait perdu toute énergie pour se battre. Quoi qu'il se passait n'allait pas le mettre en danger à la minute, et c'est à peu près tout ce qu'il était en mesure de traiter comme information. Il la donna à Kurt, qui prit immédiatement le téléphone qu'Ivan avait laissé derrière lui.

— Bonjour ? Oui, je voudrais signaler un cambriolage. La maison de mon voisin. Deux hommes que je n'ai pas reconnus, et ils étaient armés.

Il y eut une pause pendant que Kurt écoutait. Il donna l'adresse de Parker et une description réaliste de l'ami de Neil, bien qu'il se trouvât loin de l'autre gars.

— Mon nom ? Non, je préfère ne pas le dire. Mais s'il vous plaît, dépêchez-vous. Ils ont l'air plutôt hargneux.

Kurt raccrocha le téléphone et le jeta sur la table.

— Qu'est-ce qui se passe, bon sang ? Pourquoi avez-vous fait ça ?

389

— S'ils sont toujours là, ce dont je doute, cela pourrait les tenir occupés un petit moment. Les faire arrêter et ne plus les avoir dans nos pattes le temps de tirer tout ça au clair. Une demi-heure, c'est long, mais peut-être qu'ils n'auront pas eu la chance de retourner complètement ta maison.

— Retourner ma maison ?

— Je suppose que l'argent est là.

Kurt montra le sac du doigt. Parker avait presque oublié l'argent. Non, pas presque, il avait juste essayé désespérément de l'oublier. Il inclina la tête et évalua Kurt. Était-ce après cela qu'il en avait ? Peut-être qu'ils mentaient à propos d'être flics et qu'ils en avaient seulement après l'argent de Neil. Peut-être que Neil ne voulait pas le piéger, mais essayait de garder l'argent en sécurité en le cachant chez lui.

Kurt grogna et secoua la tête.

— Reste ici. Je reviens tout de suite.

La gêne dans les mouvements de Kurt était évidente, et Parker aurait dû reconnaître avec quelles précautions il bougeait. Il avait vu plus qu'assez de patients traumatisés se déplacer de la même façon.

Il eut suffisamment de temps pour s'interroger sur la disparition d'Ivan avant le retour de Kurt.

— Là. Mon badge et ma pièce d'identité.

Touchant les objets qu'il lui tendait, Parker ne put voir aucune raison de ne pas le croire.

— S'il vous plaît. Aidez-moi à comprendre.

Kurt saisit son épaule pour tenter de le réconforter avant de se rasseoir sur le canapé.

— D'abord, l'appel téléphonique. Appeler anonymement signifie qu'Ivan ne sera pas exposé et que personne ne s'attendra à ce que tu sois là pour répondre aux questions. Les questions viendront, mais cela nous donne un peu de marge de manœuvre.

— Et que se passe-t-il avec Ivan ?

Il devrait davantage s'inquiéter à propos des problèmes dans lesquels Neil l'avait fourré, et il était toujours sacrément en colère après Ivan pour l'avoir traité comme de la merde, mais sa peine le blessait plus profondément que sa trahison. Au fond de lui, Parker savait qu'Ivan ne le blesserait pas physiquement, mais il ne l'avait également jamais vu aussi furieux avant.

Après un regard vers le couloir, duquel émanait le faible son de l'eau qui coulait, Kurt reporta son attention vers Parker.

390

— Qu'est-ce qu'il t'a dit ? À propos de sa vie réelle, je veux dire. À propos de la façon dont il en est venu à travailler sur cette enquête.

Enquêter sur lui. Une éruption de colère brûla une partie de la confusion.

— Pas grand-chose.

Parker exposa ce qui lui avait été dit. Après s'être entendu à nouveau, il fut surpris d'être tombé là-dedans. Même si Ivan avait apparemment dit la vérité – cette fois – il devait avoir une formidable capacité pour faire en sorte que les gens l'aiment, et le croient. Ce qui rendait la décision de Parker de coucher avec lui encore plus suspecte. Avait-il été manipulé depuis le début ? Ivan avait-il eu des arrière-pensées, comme d'essayer d'obtenir une confession ?

Kurt se pencha en avant et baissa la voix.

— J'avais peur de ça. Je suis inquiet pour lui. C'est tellement…

Kurt s'arrêta et scruta les yeux de Parker.

— Quoi ?

— Écoute, je te connais à peine, et si tu cherches à créer des problèmes à Ivan, je nierai avoir dit quoi que ce soit.

Créer des ennuis à Ivan ? Parker n'allait jamais chercher à le revoir après que tout soit fini. Il ne devrait pas se préoccuper de ce qui se passait avec Ivan, précisément pour cette raison, mais il voulait – avait besoin de – savoir.

— Je ne le ferai pas. Je le promets.

— Cette enquête était totalement officieuse, suffisamment pour qu'il puisse se faire virer à cause d'elle, même si ce n'est pas de sa faute. Mais ce n'est pas le pire de tout.

Virer ? Et ce n'était pas le pire ? Parker fit signe à Kurt de continuer. Si Ivan revenait de la salle de bain, il n'aurait sans doute jamais l'occasion d'entendre la suite.

— As-tu entendu parler de cette saisie de drogue il y a deux semaines ? Ça a fini en fusillade. La presse a crucifié la police

— Oui, bien sûr.

Il ne regardait pas beaucoup les informations, mais cela n'avait pas échappé à son attention. Cela était arrivé le jour avant l'emménagement d'Ivan.

Kurt lui tapota l'épaule.

— C'est à ce moment-là que je me suis fait tirer dessus. C'est à ce moment-là qu'Ivan a tué son premier homme.

391

Parker en eut le souffle coupé.

— Tué ?

— Ouais, un des jeunes hommes de main, peut-être un an ou deux plus jeune que toi. C'était une question de vie ou de mort, et je sais qu'il a essayé de sauver le gamin, mais il n'a pas pu. Son patron l'a attrapé avant même qu'il puisse se laver du sang qui le couvrait et l'a envoyé après toi, en utilisant son congé administratif pour couvrir le fait que ce n'était pas une enquête officielle.

— Mais qu'en est-il… des Affaires Internes ? Ne devrait-il pas leur parler ?

— L'Unité des Enquêtes Spéciales. Oui, il l'a fait. Il a été blanchi assez vite, en fait.

— Alors, comment est-il… Attendez. Il aurait également dû recevoir une assistance psychologique, non ?

Kurt hocha la tête.

— Mais il a dû mentir effrontément à son thérapeute parce qu'il ne sait pas d'où vient la fuite dans le département. Son patron est en train d'utiliser ses séances comme une excuse pour prolonger son congé, mais il n'ira pas mieux tant qu'il ne pourra pas faire le ménage avec son psy.

Ivan avait tué un homme. Dans l'exercice de ses fonctions. Parker s'affala dans le fauteuil. Pas étonnant qu'il ait été si nerveux à la maison. Beaucoup de choses devenaient claires. Puis, comme s'il avait été électrocuté, Parker se redressa.

— Oh mon Dieu. Il se dirige vers un cas de trouble de stress post-traumatique [8] à part entière.

— Oui, je le pense aussi.

Kurt se tourna vers le couloir à nouveau.

— Et ça ne s'améliorera pas après l'avoir mis dans cette situation.

Parker aurait dû le voir. Il n'était pas psy ni quoi que ce soit, mais il avait vu les ravages causés par de graves traumatismes à chaque fois qu'il avait été bénévole au centre de traumatologie. Un peu de sa colère et de sa douleur s'évaporèrent. Pas complètement, mais il ne pensait pas qu'Ivan avait eu l'intention de le faire tomber amoureux. C'était de sa propre stupide faute.

---

8 PTSD : Post Traumatic Stress Disorder. SSPT ou ESPT en français 'Syndrome ou État de Stress Post traumatique'. Désigne un type de trouble anxieux sévère qui se manifeste à la suite d'une expérience vécue comme traumatisante.

— Que pouvons-nous faire ?

Sans l'existence de l'argent, il aurait pu attribuer tout ce gâchis au SSPT, mais cet argent était douloureusement réel.

— Découvrir ce qui se passe et apporter à Ivan l'aide dont il a besoin. C'est un bon inspecteur et un homme bien qui tire le meilleur parti d'une situation foireuse. Je ne veux pas que cela le marque à vie.

Impulsivement, Parker tendit la main et tapota le genou de Kurt.

— Vous êtes un bon ami. Peu de gens prendraient des risques comme ça.

Et il devrait le savoir. Même sans cela, il savait que Neil ne se sacrifierait jamais pour lui.

Kurt sourit, un sourire triste qui dit à Parker qu'il avait une longue histoire derrière lui.

— J'ai touché le fond, il n'y a pas si longtemps. Il m'a fallu l'aide de mes amis et de ma famille pour m'en sortir. Comment pourrais-je ne pas faire la même chose ?

— Qu'en est-il de la famille d'Ivan ?

— Ils sont proches, mais je pense qu'il ne leur a pas donné la chance de voir qu'il est en train de s'autodétruire.

Ses sœurs et ses parents étaient-ils un mensonge, un maillon de sa couverture ? Parker ouvrit la bouche pour poser la question, mais le bruit de la porte de la salle de bain s'ouvrant amena leur discussion à une fin abrupte et inconfortable. Quand Ivan revint dans la pièce, il ne regarda pas Parker dans les yeux, mais à part ça, il avait l'air recomposé.

— Et maintenant ? demanda Kurt quand Ivan ramassa son téléphone.

— Nous devons étudier les papiers dans le sac, découvrir ce qui se passe. Cela pourrait être tout ce que nous avons. Si Neil prend peur, il démantèlera l'opération de la fermette de Parker.

Maintenant qu'il l'observait de plus près, la tension due au fait de continuer à vivre comme si de rien n'était était évidente. Ivan avait besoin d'aide, et vite.

— Ta plantation de marijuana présumée, tu veux dire ?

— Ouais. Je suis en train de penser que je devrais simplement aller faire un tour là-bas, passer l'endroit en revue.

— Non. Bon sang, Ivan. Je ne fais peut-être pas partie de la Brigade des Stupéfiants, mais je sais très bien quelle est la puissance de feu des gens qui protègent ce genre de choses. Tu n'y vas pas. Donne-moi l'adresse, et j'appellerai Simon. Il a toujours un tas d'amis dans la Police Montée Royale Canadienne, et ils seront mieux préparés pour y aller.

Parker frissonna. Ses précédentes expériences avec la culture de marijuana venaient des films, mais si ceux-ci étaient même seulement vaguement proches de la réalité, il ne voulait pas non plus qu'Ivan y aille seul. Il espérait juste qu'aucune personne innocente qui ne se méfierait pas, n'essaierait de faire de la randonnée sur ses terres. Pour l'amour de Dieu. Pourquoi n'y avait-il pas porté plus d'intérêt ? Pourquoi avait-il laissé Neil se charger de tout ? Il avait permis que cela se produise.

— Qui est Simon ?

Kurt interrompit ce qu'il allait dire.

— Mon partenaire dans la police. Il travaillait avec la PMRC avant d'être transféré dans les services de police de Toronto.

La Police Montée Royale Canadienne. C'étaient des policiers fédéraux, mais Parker se fit une image dans la tête d'un groupe d'hommes dans ces uniformes rouges traditionnels essayant de monter furtivement à cheval à travers un champ de marijuana.

Dommage que Simon ne soit pas le compagnon de vie de Kurt. Parker était à peu près certain qu'il était gay, et étant donné combien lui et Ivan semblaient avoir en commun, même leur âge, il serait beaucoup plus heureux si l'autre homme séduisant était pris.

— C'est effectivement une bonne idée.

Ivan se détendit un peu.

— Êtes-vous prêts à passer au crible les trucs que j'ai apportés ?

— Oui, bien sûr. Étalons ça sur la table de la cuisine, et nous pourrons les étudier.

Parker n'était pas sûr que Kurt soit d'attaque. Il bougea avec raideur et était peut-être un peu plus pâle que quand ils étaient arrivés. Il aiderait s'il le pouvait, mais il ne ferait probablement que les gêner. Non pas qu'il sache même ce qu'il fallait chercher.

Dès que Kurt eut raccroché avec Simon, les deux inspecteurs enfilèrent des gants en latex et commencèrent à éparpiller les documents, laissant l'argent dans le sac par terre.

Quelques instants après avoir commencé à fouiller dans les preuves, Kurt et Ivan semblèrent oublier Parker. Ils lui posèrent quand même quelques questions en route, qui ne servirent qu'à l'alarmer sur l'état de sa participation apparente dans... quoi que ce soit que Neil et ses potes aient monté.

Parker repoussa sa chaise loin de la table, loin des piles de documents incriminants.

Ivan et Kurt mélangèrent et organisèrent le pêle-mêle qu'était devenue sa vie, les vieux papiers poussés de côté avec à peine un regard, les nouveaux inspectés avec soin.

Un homme mince aux cheveux sombres, magnifique, et à peu près du même âge qu'Ivan et Kurt, apparut dans l'embrasure de la porte.

— Eh bien, bonjour. Kurt, je ne savais pas que nous allions avoir des invités. Es-tu sûr d'être en forme pour ça ?

Kurt leva les yeux, et la joie dans son expression donna l'impression à Parker d'observer quelque chose de privé. De beau, mais privé. Son estomac se serra un peu d'envie.

— Je vais bien. Fort comme un bœuf.

Kurt il lui adressa un clin d'œil, et le bel homme leva les yeux au ciel.

— Davy, c'est Ivan. Tu te souviens que je t'ai parlé de lui ?

Davy sourit à Ivan et lui serra la main avant de se pencher pour embrasser Kurt sur les lèvres. Le petit tiraillement de jalousie devint un énorme tourbillon. Il voulait ça, tellement, mais au moins il n'avait pas à s'inquiéter à propos d'Ivan et Kurt. Celui-ci ne l'avait pas regardé de la façon dont il regardait Davy, comme si le soleil, la lune et le monde entier étaient enveloppés dans un emballage aux cheveux bruns.

— Kurt m'a tellement parlé de toi. C'est bon de te rencontrer enfin.

Davy se tourna vers Parker et sourit.

— Mais celui-là ne peut pas être un autre de tes copains flics, n'est-ce pas ?

Parker secoua la tête alors que Kurt et Ivan répondaient tous les deux par la négative.

Davy s'approcha, les mains tendues.

— Ça va ? Tu as l'air un peu éreinté.

— C'est une longue histoire, Davy. En ce moment, nous essayons d'empêcher Parker de se faire arrêter pour quelque chose qu'il n'a pas fait.

— Oh non.

Davy lui tapota amicalement la tête.

— Ils vont arranger les choses pour toi. Mais je peux voir que tu ne fais que te tracasser. Laisse-moi nous préparer quelque chose à boire et nous irons regarder un film ou quelque chose dans l'autre pièce. Quelque chose pour t'occuper l'esprit et t'éloigner de ça.

Davy trébucha sur le sac alors qu'il se dirigeait vers le réfrigérateur.

— Euh, Kurt, est-ce que c'est un sac plein d'argent ?

— Ouais. Environ deux cent mille.

Kurt tendit à Ivan une autre feuille de papier.

— Dollars ?

Le mot fut étranglé alors que Davy blanchissait.

— Ooookay. Parker ?

Il se leva. Il ferait n'importe quoi pour sortir de cette… situation irréelle.

— Hé, ça va aller.

Davy lui donna une étreinte bien trop rapide. Le réconfort des bras d'une autre personne était un luxe dont il n'avait pas réalisé avoir autant manqué. Mais Davy était un étranger. Qu'est-ce que Parker ne donnerait pas pour se trouver à nouveau dans son lit, avec les bras d'Ivan serrés autour de lui.

Parker hocha la tête.

— Merci.

Avant qu'ils aient une chance de partir, quelqu'un frappa à la porte d'entrée. Lui et Davy s'immobilisèrent tandis que Kurt et Ivan se rassemblaient à leurs côtés. Parker avait vu Ivan faire le même geste plusieurs fois, et avec une soudaine clairvoyance réalisa qu'ils cherchaient à s'emparer d'armes qui n'étaient pas là. Sa bouche se dessécha de peur et il trébucha contre le comptoir.

— Ivan Bekker. Si tu es là, ouvre-moi cette fichue porte.

Ivan se détendit.

— C'est Trish.

— Ta partenaire ? demandèrent Parker et Kurt en même temps.

— Ouaip.

Il fit un mouvement vers la porte, mais le bras de Kurt s'interposa pour l'arrêter.

— Tu es sûr de pouvoir lui faire confiance ? Et pour la taupe ?

— Kurt, mec, je ne sais pas. Mais Sarge avait tort à propos de Parker. Peut-être qu'il se trompe aussi à propos de la fuite. Je ne peux pas croire que Trish me… Nous… Trahirait comme ça.

Les yeux de Kurt s'assombrirent.

— Je suis le premier à te dire que ton partenaire peut te cacher des choses, mais si tu penses que nous pouvons lui faire confiance, je te croirai sur parole.

Le martèlement et les cris continuèrent.

Ivan laissa échapper un petit rire.

— Si nous ne la laissons pas entrer, elle enfoncera la porte.

396

Kurt hocha la tête.

— Très bien. Laisse-la entrer.

Tous les trois suivirent Ivan jusqu'à la porte. Parker était certain qu'aucun d'eux ne respirait jusqu'à ce que la porte s'ouvre pour laisser apparaître Trish sans aucune sorte d'arme ou de mauvais compagnon.

— Bordel, qu'est-ce qui se passe ?

Trish poussa Ivan à deux mains, et il tomba en arrière contre le mur.

— Trish, Trish, c'est bon. Allez.

Elle adressa un regard noir à chacun d'eux, mais laissa Ivan l'emmener dans le salon.

— Parle-moi, Bekker. Tu vas me dire la vérité tout de suite, ou je demande un transfert.

— Comment m'as-tu trouvé ?

C'était également la première question de Parker.

— J'ai entendu l'appel à propos du cambriolage dans ta… maison ? Sa maison.

Trish pointa Parker.

— Je suis allée là-bas. L'endroit était un putain de désastre, et Léo Razhin et l'un de ses partisans ont été emmenés en détention. Ils étaient furieux, et ils l'ont fait sentir à cette maison. Personne n'avait vu aucun de vous, cependant.

La vision de Parker s'obscurcit. Sa maison était saccagée ? Qu'auraient-ils fait s'ils avaient trouvé Ivan ou lui dans la maison ? Il n'osa pas y penser, et il chancela sur place. Ivan recula d'un pas et passa un bras autour de lui.

Il permit l'étreinte pendant un instant avant de repousser son bras. Autant qu'il veuille son réconfort, comment pourrait-il l'accepter ?

— J'ai vérifié à ton appartement et chez tes parents. Je savais que tu étais ami avec Kurt, alors j'ai essayé ici ensuite.

Elle hocha la tête vers Kurt.

— Bonjour, soit dit en passant. Contente de vous voir debout et en forme.

— Merci.

— Qui est-ce ? demanda Trish d'un geste du menton vers Davy. Kurt répondit.

— C'est Davy, mon compagnon.

Les yeux de Trish s'adoucirent.

— Ravie de vous rencontrer, Davy. Désolée de faire irruption comme ça.

397

Davy écarta ses excuses d'un geste de la main.

— Ravi de vous rencontrer aussi.

Elle se tourna à nouveau vers Ivan.

— Sérieusement, est-ce que ça va ? Bon Dieu, dis-moi ce qui se passe.

Parker ne pouvait pas voir le visage d'Ivan, mais ce qu'y vit Trish lui fit écarquiller les yeux, et elle jeta ses bras autour Ivan, l'étreignant. Il lui rendit son étreinte, et une jalousie irraisonnée jaillit en lui. Elle faisait partie de la vraie vie d'Ivan, une vie dont Parker ne pouvait faire partie.

Rapidement, ils lui exposèrent la situation, et elle mit un coup de poing dans l'épaule d'Ivan pour avoir pensé, même un instant, qu'elle était la taupe.

— Alors, quel est le plan ?

Trish avait patiemment attendu d'entendre toute l'histoire, mais maintenant, elle était prête à entrer dans l'action. Parker pensa que cela devait être épuisant de travailler avec elle, mais cela pouvait expliquer pourquoi Ivan avait une attitude si décontractée. Sauf, bien sûr, si cela n'avait pas été vrai non plus. Il détestait, absolument détestait, ne pas savoir quelles parts d'Ivan étaient vraies, ou même si toutes l'étaient.

Ivan les ramena dans la cuisine et fit un geste vers les piles de papiers sur la table de la cuisine.

— Simon va nous faire savoir ce qui s'est passé dans la maison de campagne de Parker. Comme il n'est pas en arrêt, dès qu'il reviendra en ville il soumettra les documents en tant que preuves et fera une vérification des antécédents de Parker, pour voir exactement dans quoi il est impliqué.

— Eh bien, je peux le faire. Mettre les choses en route. Tirer avantage de l'arrestation de Léo.

— Quelque part là-dedans, nous espérons pouvoir être en mesure de prouver que Neil a dérobé son identité et fait les achats pour la plantation de marijuana, mais même avec Léo en garde à vue, nous n'avons rien qui relie Neil à Razhin.

Kurt passa un bras autour de Davy, et Parker ne put s'empêcher de remarquer à quel point il se penchait lourdement sur lui. Les cernes sous ses yeux attestaient de son récent passage en chirurgie. Soit il souffrait, soit il était fatigué, ou les deux. Ils devaient partir avant de retarder davantage le rétablissement de Kurt.

— Attends, j'ai quelque chose.

Ivan tira son téléphone et naviguait dans ses photos.

Jetant un coup d'œil par-dessus les épaules de tout le monde, Parker vit Neil en train de tailler une pipe à Léo. À l'extérieur de sa putain de maison.

— Bon dieu, quand as-tu pris cette photo ? Et pourquoi ?

Tout le monde se tourna vers lui. Merde. Il n'avait pas voulu parler du tout, mais penser à Ivan en train d'espionner Neil comme ça le rendait fou.

Les joues d'Ivan rougirent, et il ne voulait toujours pas rencontrer les yeux de Parker. Il ne l'avait pas fait depuis leur épisode un peu plus tôt, ce qui le rendait malade.

— Je l'ai prise quand je pensais qu'il te trompait, marmonna Ivan.

Trish plissa les yeux alors qu'elle l'examinait, mais elle ne dit rien avant de regarder à nouveau la vie de Parker exposée sur la table de la cuisine de Kurt.

— Ce n'est pas grand-chose, mais ça pourrait fonctionner. Qu'est-ce que c'est ? dit-elle en prenant un petit lambeau de papier.

Le certificat de naissance de Parker.

— Ce sont les vieux documents de Parker. Rien de pertinent à ce qu'a fait Neil, déclara Ivan.

— Je ne suis pas si sûre de ça.

Le regard attentif de Trish fit se tortiller Parker. Qu'est-ce qui était donc si intéressant à propos de son certificat de naissance ?

Elle agita le certificat devant Ivan.

— Sais-tu qui est son père ?

— Non. Parker m'a dit que son père n'était jamais là.

— C'est vrai, gamin ?

Trish tourna ses yeux bruns déterminés vers lui.

Parker haussa les épaules.

— Ouais. Il était infidèle à sa femme. Quand ma mère est tombée enceinte, il lui a donné de l'argent pour qu'elle se tienne à l'écart. Elle l'a bien investi, et entre ça et ce dont elle a hérité de ses propres parents, nous n'avons jamais eu besoin de lui.

— N'as-tu jamais essayé de le retrouver ?

Il avait travaillé sur ses sentiments là-dessus longtemps auparavant.

— Non. Il ne voulait pas de nous, et je me foutais de qui il pouvait être. Pourquoi est-ce qu'on parle même de ça ?

Une pensée le frappa.

— Attendez. Il ne fait pas partie de l'organisation de Razhin, n'est-ce pas ?

S'il était le fils d'un criminel, cela expliquerait plus facilement pourquoi il avait éveillé les soupçons des flics.

Ivan saisit le certificat que tenait Trish. Le sang se répandit sur son visage, et il eut l'air encore plus en colère qu'il ne l'était un peu plus tôt.

— Bordel, j'y crois pas, grogna Ivan. C'est impossible.

— Hé, du calme.

Trish posa une main sur l'avant-bras d'Ivan pour le retenir, mais il la repoussa et fourra le certificat de naissance de Parker dans sa poche de chemise.

Composant un numéro sur son téléphone, Ivan se dirigea vers la porte d'entrée.

— Sarge, c'est Bekker, grogna-t-il dans l'appareil. Rencontrez-moi au quartier général. Maintenant. C'est urgent.

Ivan attrapa un jeu de clés sur un crochet à côté de la porte, sortit en courant de la maison, et monta dans l'une des voitures dehors. Les pneus crissèrent alors qu'il s'éloignait.

— Vient-il juste de voler ma voiture ? demanda Davy.

— Qu'est-ce que c'était que ça ? asséna Kurt d'un ton cassant. Quel nom figurait sur ce certificat ?

— Sergio Martelli.

Trish sortit ses clés de voiture.

— Je ferais mieux de le suivre. Parker, avec moi. Tu ne restes pas hors de ma vue.

— Prends ça avec toi, lança Kurt. Plus tôt nous le consignerons, mieux ce sera.

Kurt commença à se baisser pour attraper le sac, mais Davy l'arrêta d'un hochement de tête.

— Interdiction de soulever des objets lourds. Laisse-moi faire.

Davy enfila une paire de gants en latex et poussa tous les papiers dans le sac à dos.

Il ne comprenait toujours pas.

— Qui est Sergio Martelli ?

Outre le bon à rien qui avait eu une liaison avec sa mère et l'avait abandonnée dès qu'elle avait découvert qu'elle était enceinte.

— Le patron d'Ivan. Autrement connu sous le nom de Sarge, soupira Kurt.

— Oh !

Parker y réfléchit un instant. Il n'était pas sûr de saisir toutes les implications, ni pourquoi exactement cela importait, mais rien n'allait l'empêcher d'accompagner Trish et de découvrir ce qui se passait, merde. Sa vie avait été mise sens dessus dessous par un homme qu'il pensait aimer et un autre qui ne l'avait jamais aimé du tout.

À CHAQUE minute qui passait alors qu'Ivan attendait, sa colère augmentait. Il s'assit derrière le bureau de Martelli, patientant. Il voulait voir la tête de son patron quand il entrerait. Ivan mit le bazar dans ses papiers, déplaça son agrafeuse. Il étudia la possibilité de le rappeler, mais décida de ne pas le faire. Bien sûr, il était furieux comme un beau diable, mais c'était un week-end, et cela pourrait prendre quelques minutes à Martelli pour se dégager de toute obligation familiale ou tournée électorale dans lesquelles il pouvait être engagé. Enfoiré.

La porte du bureau s'ouvrit plus tôt qu'Ivan ne l'avait prévu et il se leva, même s'il resta derrière le bureau.

— Ivan. Qu'y a-t-il de si urgent ? Avez-vous quelque chose ?

— Oui, j'ai un connard pour patron.

Les yeux de Martelli s'agrandirent.

— Qu'est-ce qui ne va pas chez vous ?

— Qu'est-ce qui ne va pas chez moi ?

Ivan balaya les fichiers sur le bureau et le retourna.

— Putain, pourquoi ne me l'avez-vous pas dit ?

— Vous dire quoi ?

Martelli poussa une chaise de côté au lieu de s'asseoir.

Ivan poussa un cri muet de frustration. Ses mots suivants ne furent pas du tout calmes eux non plus.

— Pourquoi ne m'avez-vous pas dit que le suspect, Parker était votre fils ?

Martelli pâlit et lui cria en pleine figure.

— Bordel, fermez-la, Bekker. Ça n'a rien à voir avec l'enquête.

— Ah non ? Qu'est-ce que vous ne me dites pas d'autre ? Y a-t-il vraiment une fuite dans le département ?

— Ce n'est pas impossible, mais je ne pense pas. Ce coup de filet tournant à l'aigre était probablement une coïncidence. Vous savez qu'ils ne se déroulent pas toujours sans heurt.

401

Les doigts d'Ivan se contractèrent, cherchant désespérément à s'enrouler autour du cou de Martelli. Il l'avait transformé en monstre paranoïaque, sursautant à la moindre ombre, sur la base d'un mensonge.

— Pourquoi diable m'avez-vous envoyé après votre fils ?

Ivan cracha les mots, tellement furieux qu'il en tremblait. Il était fier d'avoir réussi à prononcer ces phrases de façon cohérente.

— Baissez la voix, bon sang. Écoutez, j'avais besoin de votre aide. Je suis désolé que cela ait tourné de cette façon, mais j'ai entendu des rumeurs selon lesquels ce garçon était impliqué avec Razhin. S'il était arrêté, ma liaison avec sa mère sortirait au grand jour. Ma femme demanderait le divorce, et il n'y aurait aucune chance que je sois élu.

Soudain, tout devint clair. Ironique, vraiment. Coucher avec Parker lui avait permis de profiter de la meilleure nuit de repos qu'il avait eu depuis la fusillade, bien que son esprit ne soit toujours pas remis, il était plus lucide qu'il ne l'avait été depuis des jours.

— Vous m'avez utilisé.

Son patron avait profité de son état de choc après la fusillade pour lui faire accepter une enquête qu'il n'aurait jamais dû commencer en premier lieu.

— Qu'alliez-vous faire si je vous avais apporté la preuve de la culpabilité de Parker ? Alliez-vous l'enterrer ?

— M'avez-vous apporté la preuve de sa culpabilité ?

— C'est votre fils. Cela ne vous fait-il rien qu'il ait presque été tué aujourd'hui ? N'êtes-vous pas concerné qu'il ait été seul depuis la mort de sa mère, et que le gars qu'il pensait être son meilleur ami l'ait piégé ? Ait usurpé son identité ?

Martelli haussa les épaules.

— Je n'ai rien à faire de l'enfant. Ma femme a menacé de me quitter si je ne mettais pas un terme à notre liaison et ne payais pas la mère de Parker. D'ailleurs, j'ai déjà quatre enfants. Je n'en ai pas besoin d'un autre.

— Espèce de connard.

Ivan balança un poing, la douleur explosa alors que ses jointures meurtries rencontraient une mâchoire solide. Satisfait, il attendit tandis que Martelli chancelait légèrement. Une fois que l'homme eut retrouvé son équilibre, il utilisa son autre main pour frapper son patron à l'estomac, puis le poussa contre le mur.

Le bureau trembla, les photos et les décorations officielles glissant le long du mur pour se briser en éclats de verre. Du sang coula de la lèvre fendue de Martelli alors qu'il se recroquevillait au sol, les bras autour du ventre.

Deux policiers en uniforme jaillirent par la porte ouverte, précédant le chef des Homicides, l'inspecteur Nadar. Juste derrière lui, Kurt, Davy, Trish et Parker étaient visibles. Parker avait le même regard stupéfait et incrédule qu'il lui avait porté depuis qu'Ivan avait avoué être inspecteur de police. Il détestait cela, détestait qu'il ne lui fasse plus confiance, mais il n'avait aucun droit à cette confiance. Il avait trahi Parker, presque aussi terriblement que son père l'avait fait – envers chacun d'eux.

— Assez, tonna Nadar.

— Arrêtez-le, souffla Martelli depuis le sol. Il est viré.

Nadar haussa un sourcil.

— Je ne pense pas. Pas avant que nous allions au fond de cette affaire. Escortez-les dans des salles d'interrogatoire séparées.

Ivan quitta le bureau, ignorant les pleurnicheries de Martelli.

— Je suis désolé, Ivan. Je devais appeler quelqu'un.

Le visage de Kurt était livide.

— C'est bon.

Il ne faisait aucun doute que Kurt avait agi avec les meilleures intentions. Il s'était déjà résigné à perdre son travail. Quand il avait accepté cette mission, il avait su que c'était une possibilité, mais il n'avait pas réalisé que ce serait parce que son patron était un connard égoïste. Néanmoins, il aurait préféré ne pas partir en disgrâce alors que Parker était là pour en être témoin.

Sans lui jeter un autre coup d'œil, parce qu'il ne pouvait plus supporter de voir ce regard blessé dans ses yeux, Ivan suivit le policier en uniforme vers une salle d'interrogation. Il s'effondra dans une chaise en plastique inconfortable et reposa ses jointures palpitantes contre le métal froid de la table. Demander de la glace était hors de question ; il ne voulait pas admettre une faiblesse de plus. Pas devant ses très bientôt ex-collègues.

XI

PARKER SE mit une nouvelle fois à faire les cent pas. Pas lentement. Tournant en rond. Il avait été escorté jusqu'à une salle d'interrogation des heures plus tôt. Kurt – et non Ivan, bon sang – lui avait assuré qu'il n'était pas en difficulté et n'avait pas besoin d'un avocat, mais le patron de Kurt l'avait passé au grill. Lui avait arraché chaque détail, y compris sa relation personnelle avec Ivan. L'inspecteur Nadar avait su qu'ils avaient eu des rapports sexuels ; Ivan l'avait confessé presque immédiatement. Parker avait essayé de le protéger du mieux qu'il avait pu, mais apparemment celui-ci n'était pas intéressé par la protection qu'il pouvait lui offrir.

Avec une expression sinistre, Nadar était parti. Trish s'était brièvement arrêtée et lui avait apporté quelque chose à boire. En dépit d'être à peu près de l'âge d'Ivan, elle avait une vraie aura de matrone qui l'enveloppait, tout un changement par rapport à ce qu'il avait vu de leur altercation enflammée.

Maintenant, cependant, il voulait juste rentrer chez lui. En fait, il voulait que quelqu'un lui amène Ivan pour qu'il lui explique ce qui se passait. Pour savoir si tout ce qu'ils avaient connu ensemble n'était qu'un foutu mensonge, ou, mieux dit, si tout n'avait été que pour la mission.

La porte s'ouvrit, et Parker se tourna vers le nouvel inquisiteur. Mais ce n'était que Kurt. Il avait l'air fatigué et à bout.

— Asseyez-vous, Kurt. Est-ce que vous êtes resté ici tout ce temps ? demanda-t-il.

Parker n'avait pas oublié que l'homme se remettait d'une blessure par balle et d'une chirurgie.

— Ouais, dit-il en haussant les épaules et en faisant la grimace.

Il frotta son épaule blessée pendant un moment.

— Est-ce que je peux y aller ? Ou quelqu'un va-t-il me dire ce qui se passe ?

Un soupir profond et audible fut la première réponse de Kurt.

— Désolé. Nadar a bossé comme un dingue, et cette histoire s'est résolue plus vite que je le pensais.

Il se laissa tomber dans une des chaises en plastique incroyablement inconfortable et fit signe à Parker de le rejoindre.

404

Cela avait été rapide ? Avec un grincement strident du pied métallique sur le linoléum, Parker tira une chaise et s'assit sur le bord. Attendant. À l'expression de Kurt, ce qui allait suivre pourrait ne pas être bon.

— Nadar met un coup d'accélérateur parce que cela implique les nôtres, mais tu devrais être libre de t'en aller bientôt.

— D'accord. Quoi d'autre ?

Parce que cela ne lui apprenait absolument rien du tout.

— Nous avons arrêté Neil sur plusieurs accusations liées à la drogue.

Okay, d'accord. Cela avait du sens. Pour une raison quelconque, les flics pensaient que Parker était responsable des crimes de Neil.

— Pourquoi moi ? Pourquoi Ivan n'enquêtait-il pas sur Neil ?

Kurt baissa les yeux, et un poids noir et lourd se forma dans le ventre de Parker.

— Je suis désolé, Parker. Il a également été accusé de vol d'identité et de fraude. Quand nous avons vérifié tes antécédents, nous avons été capables de comprendre d'où provenait tout l'argent. Il a pris une énorme hypothèque sur ta propriété de Muskoka. Il a utilisé l'argent pour mettre en place cette culture de marijuana, et nous suspectons qu'il a remboursé ses dettes de jeu auprès des Russes.

Toutes les paroles de Kurt avaient un sens, mais n'étaient pas en relation avec sa vie ennuyeuse et calme. Sauf pour les dettes de jeu. Neil avait toujours été super sérieux à propos de son poker. Parker lécha ses lèvres sèches et déglutit.

— Vous avez dit hypothèque ?

— À hauteur de cinq cent mille.

— Un demi-million de dollars ?

Des taches se formèrent devant ses yeux, et il oublia comment respirer.

— Hé. Hé. Inspire et expire. Inspire et expire.

Kurt saisit ses mains, brûlant presque ses doigts soudain exsangues. Parker suivit les instructions de Kurt jusqu'à ce qu'il n'y ait plus aucun danger qu'il s'évanouisse.

Comment pouvait-il être aussi stupide ? Pourquoi n'avait-il pas vu ce que Neil faisait ?

— Qu'est-ce que je vais faire ? Comment… Puis-je même me tirer de ça ?

— Il y a un groupe de soutien qui peut te donner quelques conseils.

Kurt glissa une carte de visite vers lui.

— Si tu peux te permettre de prendre un avocat, fais-le.

— J'ai déjà un avocat.

405

Dieu merci.

— Bien. Avec Neil en garde à vue, tu as d'excellentes chances de voir tout ça se résoudre au mieux de tes intérêts, mais ton crédit immobilier va en prendre un coup pendant plusieurs mois, au moins. Probablement jusqu'à ce que le procès soit fini. Sois juste heureux qu'il n'ait pas eu l'opportunité de prendre un emprunt sur ta maison.

Heureux. Non, non, heureux n'était pas le mot qu'il aurait choisi pour décrire son humeur. En moins de vingt-quatre heures, la vie de Parker avait été complètement retournée. Son meilleur ami était en prison pour avoir volé son identité, son amant était un parfait inconnu, et son père...

— Et Martelli ?

Il allait sûrement payer pour ce qu'il avait fait.

Kurt le regarda sombrement, les sourcils froncés.

— Alors, tu ne savais vraiment pas qui il était ? Tu n'as jamais essayé de le trouver ?

— Pourquoi l'aurais-je fait ? Ma mère et moi nous en sommes très bien sortis sans lui, et s'il n'a jamais voulu de moi, pourquoi m'en soucierais-je ?

Abandonner sa mère quand il avait découvert qu'elle était enceinte avait en fait été une bonne chose. Ce qu'il avait fait à Ivan était totalement impardonnable ; cela ne serait pas évident pour lui pendant quelque temps si l'égoïsme de son père avait détruit la santé mentale d'Ivan en même temps que sa carrière.

— Il prend sa retraite.

Kurt renifla de dégoût.

— Nadar a pensé qu'un départ en retraite tranquille en échange de la conservation du poste d'Ivan en valait la peine.

Kurt continua d'expliquer. Quand son père avait pensé qu'il était impliqué avec Razhin, il avait pris avantage de la désorientation d'Ivan pour enquêter en douce. Personne n'avait aucune idée de ce qu'il avait l'intention de faire si Parker était coupable, mais il avait été terrifié que leur lien de parenté devienne publique s'il finissait par se faire arrêter et passait en justice. Cela aurait détruit ses chances d'être élu et probablement lui aurait coûté sa riche épouse qu'il avait essayé de garder quand il avait laissé tomber sa mère en premier lieu. Ironie du sort, ses actions pouvaient toujours avoir le même effet, et Parker ne pouvait dénicher en lui aucune once de compassion. Tellement stupide.

— Et pour... Euh... Suis-je en sécurité ? Ils savent où j'habite.

— Tu devrais l'être. Pour autant que nous le sachions, Léo savait à ton sujet, mais Neil ne faisait pas partie du groupe Razhin. Pas encore. Il avait déjà remboursé ses dettes de jeu et travaillait sur la culture de marijuana pour les impressionner. Ils devraient se foutre que tu témoignes contre lui. Mais la Brigade des Stupéfiants à quelques informateurs utiles dans ses rangs. Nous allons faire passer le mot que tu n'as rien à voir avec les faits et gestes de Neil. Jusque-là, une voiture de patrouille fera des passages réguliers devant chez toi. Je vais te laisser mon numéro de téléphone et je prendrai des nouvelles moi aussi.

Cela le fit se sentir un peu plus en sécurité, mais pourquoi Kurt prendrait-il de ces nouvelles ?

— Où est Ivan ?

Le regard de Kurt glissa au loin.

— Il a dit que c'était mieux de cette façon. Une rupture nette.

Il toussa.

— Est-ce tout ce qu'il a dit ?

Kurt tapota sa main, comme si cela allait, en quelque sorte, rendre la douleur supportable.

— Il a dit que tout ça faisait partie de son boulot.

Parker glissa au fond de la chaise comme si Kurt l'avait frappé en pleine poitrine. La douleur éclata dans son cœur, tranchante et brûlante. Il avait eu peur qu'Ivan le rejette, mais la vraie raison était presque aussi douloureuse que de perdre sa mère. Et cet enfoiré n'avait même pas eu la décence de le faire lui-même.

— Je ne sais pas si ça aide, mais vous n'auriez pas pu vous voir tous les deux de toute façon. Une relation compromettrait l'affaire.

— Oh, c'est pratique.

Rien de tel que de se faire larguer par le collègue de votre amant dans un putain de poste de police après que votre vie vienne juste de vous exploser à la figure. Il était un plus gros raté maintenant que lorsqu'il était le gamin obèse sans amis.

— Vous êtes tous les deux témoins, et un avocat de la défense s'en donnerait à cœur joie avec tes… euh… interactions avec Ivan.

À force de volonté, il réussit à empêcher son visage de trahir son état de choc. Combien de détails Ivan avait-il donnés à ses collègues ? L'humiliation fut la seule chose qui contint son cri d'agonie.

— Je suis désolé, mon garçon. Je peux… Y a-t-il quelque chose que je puisse faire ?

Parker secoua la tête. S'il ouvrait sa bouche maintenant, les larmes tomberaient, et c'était inacceptable.

— T'appeler un taxi pour rentrer ?

Il hocha la tête si fort que son cou se contracta. Sortir d'ici était impératif. Laisser ce cauchemar derrière lui. Essayer de rafistoler les restes déchiquetés de sa vie.

IVAN SE tenait à la fenêtre et regardait Parker marcher vers un taxi. Les réverbères brillaient sur le trottoir, humides d'un orage qui avait éclaté peu après qu'il soit arrivé au poste. Parker se traînait comme un vieil homme battu en lieu et place du jeune étudiant dynamique qu'il était. Ce n'était pas entièrement de la faute d'Ivan, mais la culpabilité lui pesait. De toutes les personnes qui l'avaient trahi aujourd'hui, il était le seul qui le regrettait.

Le reflet de Kurt, brouillé par la pluie, se matérialisa sur la vitre à sa droite.

— Il ira bien, n'est-ce pas ?

Il ne pourrait pas le supporter si ses actions mettaient Parker en plus grand danger que celui auquel ils venaient d'échapper.

— Il devrait. Aucune raison pour que Parker soit plus qu'un faible signal sur le radar de Razhin.

Kurt ne lui mentirait pas, et à cet instant, il ne pouvait pas faire confiance à son propre raisonnement.

— J'étais…

Ivan toussa inconfortablement. Comment admettiez-vous à vos amis que vous étiez en train de perdre l'esprit ?

— Il n'y avait pas de complot. Personne n'était suspect. Personne ne surveillait la maison, pas vrai ?

— Non. Personne. Neil essayait de les intéresser, mais il n'était pas allé très loin avec ce plan.

Parker jeta un coup d'œil furtif par-dessus son épaule, vers le haut du bâtiment, avant de monter dans le taxi.

— Je pense que tu aurais dû lui parler.

La main de Kurt était chaude sur son épaule.

— Je ne pouvais pas.

Ivan toucha la vitre froide du doigt.

— Il aurait pu vouloir attendre.

408

— Ça n'a pas d'importance. Je suis trop foutu, et même s'il avait été prêt à attendre, nous n'aurions pas pu avoir de contact avant la fin du procès. Je ne pouvais pas lui demander d'attendre des années. Pas pour moi. Nous ne nous connaissons que depuis deux semaines. Il va survivre.

Kurt lui donna une légère pression avant de retirer sa main.

— Mais, et toi ?

Seigneur. N'était-ce pas *la* question ? C'était stupide de tomber aussi profondément amoureux aussi vite, mais peut-être que cela témoignait de l'état de dépression dans lequel il était tombé. Il appuya son front contre la vitre froide alors que ses yeux le brûlaient. Il refusa de les cligner jusqu'à ce que le taxi disparaisse de sa vue. La douleur de perdre Parker avait déjà commencé, mais il pouvait dès maintenant s'habituer à elle. Il allait devoir apprendre à vivre avec cette brûlure pour le reste de sa vie.

— Où est Nadar ?

Répondre à la question rhétorique de Kurt aurait été inutile.

— Dans son bureau.

Ivan hocha la tête. Il avait eu des heures pour réfléchir à son prochain plan d'action, et tout ce que cela lui avait demandé était quelques instants à son bureau pour l'accomplir.

— Merci.

Il se tourna vers Kurt et le regarda droit dans les yeux. Les remerciements n'étaient pas seulement destinés à sa simple réponse. Sans son aide, il serait en état d'arrestation à l'heure actuelle, et définitivement viré. De cette manière, il pouvait partir à ses propres conditions.

— Quand tu veux, Ivan.

À L'EXTÉRIEUR du bureau de Nadar, Ivan s'arrêta et frappa à la porte.

— Entrez.

Le ton de l'inspecteur était brusque, mais pas inamical, même si l'homme avait tous les droits d'être furieux contre Ivan là, tout de suite. Non seulement son drame l'avait fait se déplacer durant le week-end, mais il avait également eu à s'impliquer dans une affaire très désagréable.

Ivan évita la chaise, mais ce qu'il avait à faire ne prendrait pas très longtemps. Pas la peine de se mettre à l'aise.

— Pouvez-vous s'il vous plaît faire passer ça aux personnes concernées ?

Ivan déposa une enveloppe non scellée sur le bureau.

Nadar fronça les sourcils et pointa la chaise.

— Asseyez-vous.

Il ramassa l'enveloppe et en tira la lettre, le froncement de sourcils s'amplifiant au fil de sa lecture.

Ivan préférait ne pas le faire, mais il était redevable envers lui pour s'être dressé en faveur de Parker et de lui-même. Pour le moment, il était son officier supérieur. Il s'assit.

— Non, dit Nadar.

— Que voulez-vous dire par non ?

De toutes les réponses, il ne s'était pas attendu à celle-là.

— Je veux dire, non.

Nadar glissa l'enveloppe dans un tiroir de son bureau.

— Vous n'êtes aucunement en condition de prendre ce genre de décision. Vous avez été mis à rude épreuve, et vous n'avez pas été en mesure de bénéficier des avantages de la thérapie prescrite à cause de la situation dans laquelle vous avez été mise de force. Si vous démissionnez, la ville perdra un bon élément, et je veux que vous soyez en mesure d'évaluer toutes vos options. Aller en thérapie. Prenez du temps pour vous reposer, vraiment cette fois. Ensuite, nous verrons.

Ivan secoua la tête.

— Vous ne comprenez pas. J'y pensais déjà avant ça. Les missions sous couverture pèsent sur mes épaules, et je ne peux plus le supporter davantage. Par ailleurs, revenir sous les ordres d'un nouveau supérieur, après ce qui s'est passé… Ça ne sera pas très long avant que tout le monde réalise que je suis celui à blâmer.

Martelli avait été un officier populaire, en dépit de ses pensées constantes sur la façon dont ses actions affecteraient ses chances aux élections.

— Ce n'est pas votre faute. Pas du tout. Mais je comprends vos préoccupations. Vous et votre partenaire, si elle souhaite être transférée, serez les bienvenus dans mon département. Les Homicides n'ont que très peu besoin de faire appel à des missions d'infiltration, et le changement pourrait vous faire du bien. Un mois. Revoyons-nous dans un mois, et nous verrons où vous en êtes et si vous ressentez toujours le besoin de nous quitter.

Était-ce un répit bien nécessaire ou étaient-ils simplement en train de prolonger son agonie ? Pourtant, cela ne pouvait pas lui faire de mal de suivre les directives de Nadar. Les changements d'humeur, le tempérament à fleur de peau, et les cauchemars devaient être traités. Il préférait de loin avoir une couverture médicale avec laquelle le faire.

— Un mois.

Ce n'était pas trop accordé à Nadar, même s'il n'avait pas beaucoup d'espoir de changer d'avis.

IVAN GISAIT sur son lit, les yeux fixés au plafond. Il ne se rappelait pas vraiment quand il s'était douché pour la dernière fois, avait mangé ou fait quoi que ce soit d'autre. Hier avait été un flou d'interrogations et de douleur. Hier, il avait dit adieu à Parker, et déjà les jours s'allongeaient devant lui, une éternité de solitude. La dernière fois qu'il s'était douché, c'était chez Parker, une vie plus tôt.

Chaque pensée de Parker faisait bouillir son estomac de regrets. Manger était complètement hors de sa portée, et jusqu'à présent la seule chose qui l'aidait était de fixer le plafond blanc, repoussant toute autre pensée de son esprit. Malheureusement, il ne pouvait rester ici pour toujours. Sanchez l'attendait plus tard dans l'après-midi pour une session d'urgence.

Tordant la tête, il vérifia le réveil sur sa table de chevet puis s'assit dans le lit. Il n'y avait aucune bonne raison pour que tous ses muscles lui fassent mal comme s'il couvait la grippe. S'il ne se levait pas maintenant, il n'aurait pas le temps d'aller chercher son téléphone chez Rick avant son rendez-vous, et il était peu probable qu'il ait envie de parler avec quelqu'un après ce rendez-vous.

S'il avait encore eu une ligne fixe, il aurait appelé Rick pour lui demander de le lui déposer, mais il ne pouvait vraiment pas rester sans téléphone.

Après avoir étiré ses vieux muscles, Ivan attrapa quelques vêtements et se mit en route vers le parking de son appartement.

— Ivan, qu'est-ce que tu fais ici ?

Les cheveux blond clair de Rick étaient ébouriffés et il semblait avoir enfilé un jean à la hâte

— Désolé, est-ce que je tombe à un mauvais moment ?

Bien sûr, il était deux heures un lundi après-midi, mais les horaires de travail de Rick étaient fluides, ce qui avait facilité les choses pour Ivan pour traîner avec lui plus d'une fois. En mission, les horaires d'Ivan étaient sérieusement perturbés.

— Non, c'est bon. Viens, entre.

411

Rick le fit entrer, un froncement de sourcils sur le visage.

— J'ai juste besoin de mon téléphone.

Il ne gagnerait pas le prix de la conversation amicale aujourd'hui.

— Bien sûr, chéri. Tu as reçu beaucoup d'appels, mais à part ça, rien d'inhabituel. Je ne crois pas. Dois-je toujours rester à l'affût ? Que s'est-il passé ?

Ivan le suivit jusqu'à la cuisine où Rick tira son téléphone et son chargeur du comptoir.

— C'est une longue histoire.

Une dont il ne pouvait supporter de parler pour l'instant.

— Tout va bien, maintenant.

— Bien ?

Rick ramena le téléphone d'Ivan vers son corps.

— Chéri, tu n'as pas l'air bien du tout. Où est cette petite chose avec laquelle tu as emménagé ? Ne devrait-il pas prendre soin de toi ?

Ivan se retint de soupirer. Penser à Parker était comme un mal de dents. À chaque fois qu'il y touchait, la douleur explosait, aiguisée et chaude, puis s'estompait en une douleur sourde qu'il ne pouvait pas complètement ignorer.

Les yeux de Rick s'emplirent de sympathie. L'homme essayait de ne pas se soucier des gens, mais quelque part, Ivan s'était infiltré derrière ses défenses.

— Oh, mon grand. Je n'aurais pas dû en parler. Où vas-tu maintenant ?

— Un rendez-vous chez le docteur.

Un sourcil long s'éleva.

— D'accord, bien. Parce que, chéri, tu as une mine détestable.

Ivan laissa échapper un petit rire fatigué. La plupart des gens auraient pu penser que les paroles de Rick étaient dures, mais il sentit de la préoccupation dans son ton. Rick faisait de son mieux pour garder leurs interactions sur une note légère et faisait un effort particulier pour ne pas s'attacher de façon romantique. Quelque chose à propos de cela l'effrayait totalement. Si Rick avait un jour traversé ce par quoi Ivan passait maintenant, il ne lui reprochait pas une seconde sa réticence.

— Je vais bien.

Ou ce serait le cas s'il continuait de répéter ce mantra.

— Je vais te croire sur parole. Pour l'instant.

Rick se plaça à côté de lui, apparemment incapable d'éteindre le mode flirt.

— Mais fais-moi savoir si je peux te remonter le moral. Quand tu veux, mon grand, quand tu veux.

Les lèvres d'Ivan se courbèrent en ce qu'il espéra être un sourire, mais qui probablement ne dépassa pas le stade de la grimace.

— Merci, Rick, mais…

Le flirt s'évanouit, et Rick l'étreignit.

— Fais-le-moi savoir. On dit que la meilleure façon de surmonter la perte d'un mec est d'en prendre un nouveau. Ou quelque chose comme ça.

Un autre petit rire fatigué lui échappa, et Rick sourit.

— Je te laisserai t'accrocher à moi n'importe quand.

— Merci, Rick.

Ivan fourra son téléphone et le chargeur dans ses poches.

Il était temps de faire face au psy. Sanchez n'accepterait pas ses affirmations disant qu'il allait bien cette fois. Pas après que Nadar l'ait complètement informé de son cas. Il demanda presque à Rick de lui servir un shot de tequila, mais l'alcool ne ferait qu'empirer sa situation. Avec un soupir, il s'en alla. Dans des circonstances normales, il aurait accepté l'offre de Rick en une minute, mais c'était avant qu'il rencontre Parker.

S'il ne pouvait pas avoir Parker, son esprit et sa libido avaient décidé qu'il ne pouvait baiser personne d'autre pour essayer d'oublier. L'exact opposé de sa réaction après que Colin l'ait quitté, et c'était nul à chier.

PARKER S'ASSIT sur le sol de son salon saccagé. Étonnant de voir tout ce qui pouvait être détruit en moins d'une heure. Son avocat et son assureur lui avaient tous deux assurés qu'il était chanceux. Que cela aurait pu être pire. Après tout, ils n'avaient pas brûlé la maison. Léo et son pote auraient pu vandaliser l'endroit tout entier, mais à la place ils s'étaient engagés dans une recherche destructive et approfondie de l'argent. Peut-être que s'ils étaient restés dans la maison plus longtemps – et il serait éternellement reconnaissant à Kurt qu'ils ne l'aient pas été – ils auraient pu passer à la destruction de sa propre demeure. Structurellement, l'endroit était sain. Les murs, les portes et les fenêtres étaient intacts. Cependant, ils avaient éventré chaque matelas, oreiller, et coussin. Brisé la plupart de ses appareils électroniques. Vidé le contenu de chaque tiroir et placard au sol. Cela n'avait pas beaucoup affecté ses vêtements, mais il ne lui restait plus aucune assiette ni aucun verre.

Il avait laissé passer un certain nombre de choses à Neil au fil des années, mais savoir que celui-ci était responsable rendait facile à Parker d'endurcir son cœur contre son ami de longue date. Neil avait peut-être été son ami à un certain point, mais quand les dettes de jeu l'avaient acculé à la mafia russe, il n'avait eu aucun scrupule à les rembourser et à monter une petite entreprise à ses dépens. Si seulement Neil lui avait demandé. Parker l'aurait aidé, mais il était évident que son ami avait prévu qu'il tombe à sa place en dernier ressort.

La dette de Neil avait détruit son taux de crédit, et Parker allait peut-être devoir finir par le rembourser, mais avec Neil en prison, il y avait une forte possibilité qu'il s'en sorte financièrement indemne. Finalement. Sans Ivan pour se porter garant pour lui, Parker aurait très bien pu finir en bouc émissaire, ce que son ex-ami avait eu l'intention de faire de lui.

Plus seul qu'il ne l'avait jamais été, il voulait haïr Ivan pour tout le mal qu'il avait causé, mais à côté de la perfidie de Neil, il ne pouvait pas. Ivan n'avait rien fait de tout ça méchamment, pas comme Neil. Plus que tout, Parker voulait qu'il revienne dans sa vie, mais Ivan ne voulait pas de lui. Leur relation – si on pouvait l'appeler comme telle – était terminée. Son avocat avait même applaudi la décision d'Ivan, ce qui fit étrangement s'adoucir Parker envers Ivan et détester son avocat, juste un peu.

La sonnette retentit, brisant la contemplation déprimante de sa maison. Il se hissa sur ses pieds. Probablement l'expert en assurance.

Parker tira sur la porte gonflée d'humidité pour révéler Alicia.

— Parker.

Elle le prit dans ses bras.

— Tu m'as manqué en classe aujourd'hui. J'ai une faveur à te demander, alors j'ai pensé à passer te voir puisque tu n'as pas répondu à mon message.

Hein ? Il avait dû éteindre accidentellement son téléphone.

— Désolé. J'ai passé un week-end de fou.

— Ah oui ?

Alicia agita ses sourcils, et Parker grogna.

— Pas dans ce genre-là.

Ou du moins pas samedi, ni dimanche. Il recula et lui fit signe d'entrer.

— Par l'enfer, Parker. Merde, qu'est-ce qui s'est passé ?

— C'est une longue histoire.

Une qu'il n'était pas prêt à raconter encore, bien que la raconter à quelqu'un pourrait la rendre un peu plus crédible. Un jour, il lui dirait, mais pas aujourd'hui, la blessure était trop vive. Il avait trop perdu.

— En gros, ma maison a été cambriolée, et on a saccagé la place.

— Oh non ! Est-ce que tu vas bien ? Ont-ils attrapé les gars qui ont fait ça ?

— Je vais bien.

Presque.

— Et oui, ils ont arrêté les mecs.

En temps normal, il lui aurait offert un siège, mais il n'y avait aucun endroit où s'asseoir. Alicia enjamba les débris, évaluant les dégâts.

— Quelle était cette faveur ?

Alicia leva les yeux vers lui.

— Oh, eh bien, Chris et moi avons décidé d'emménager ensemble, mais mon bail se termine bientôt et lui en a encore pour quelques mois avec le sien. J'allais te demander si je pouvais louer ta chambre supplémentaire jusqu'à ce que son bail soit levé. Je ne peux pas emménager dans cet endroit minuscule avec lui et Thom – la salle de bain peut engendrer toute seule une toute nouvelle forme de vie – mais je vais trouver quelque chose d'autre.

Le monde, qui lui avait semblé si sombre il y a un instant, devint un peu plus convivial et chaleureux.

— Non, pourquoi ? Tu peux toujours emménager. Mais au lieu d'un loyer, peux-tu m'aider à remettre cet endroit en ordre ?

— Tu es sûr ?

Alicia regarda autour d'elle comme si elle avait perdu quelque chose.

— Hé, où est Ivan ?

Son petit sourire s'estompa.

— Cela fait partie de la longue histoire. Ivan a déménagé.

Parker eut un hoquet. Les larmes avaient lutté pour se libérer pendant des heures, mais sa dernière déclaration les laissa s'échapper. Alicia laissa entendre un petit cri de détresse et l'attira dans une étreinte.

— S'il te plaît, dis-moi qu'Ivan n'a pas fait ça.

— Non.

Le mot sortit plus sanglotant qu'il l'aurait souhaité, mais il n'avait jamais été bon pour se comporter en mec macho dépourvu d'émotion.

— Oh, bien.

Alicia soupira.

— Je l'aimais bien.

— Moi aussi. Mais c'est fini.

Parker était toujours en colère. Ivan l'avait fait tomber amoureux. Il ne s'était jamais rendu compte que cela puisse arriver si vite, mais c'était le cas ; puis il avait disparu de sa vie. D'une certaine manière, il était presque reconnaissant de la distraction qu'offraient les réparations de sa maison.

— Tu vas emménager ? M'aider ?

— Bien sûr, je vais t'aider. Chris et Thom aideront aussi, je le sais.

Ce qui signifiait qu'il devrait parler à Thom, lui faire savoir qu'il n'était pas prêt pour sortir, ni s'engager dans une relation. Au moins, aucun des amis de Chris ne serait un total connard à ce sujet, pas ceux de Neil.

Alicia embrassa sa tempe et recula, essuyant les larmes du visage de Parker avec ses mains comme sa mère avait l'habitude de le faire.

— Commençons tout de suite. Qu'est-ce qui est le plus urgent ?

Curieusement, l'appareil qui lui servait à respirer la nuit avait survécu.

— La vaisselle. J'ai besoin de vaisselle.

— Va te laver le visage et nous irons faire un saut chez Honest Ed's. Ils doivent avoir des trucs bon marché.

Un autre rayon de soleil perça la noirceur de son existence. D'une certaine manière, il survivrait.

XII

IVAN FIXA la porte, le cœur battant dans sa poitrine. Il s'était fait une règle de ne jamais passer devant la maison de Parker jusqu'à maintenant. Il savait qu'il n'aurait pas la volonté de ne pas entrer et supplier Parker de lui pardonner. Cela avait été la bonne décision. Une rupture franche était le seul moyen pour lui d'être capable de renoncer complètement à Parker.

Il n'avait pas encore repris le travail. La fin du mois sur lequel il s'était mis d'accord avec Nadar approchait rapidement. Avec une thérapie appropriée et le fait de ne pas s'inquiéter à propos de chaque mot qu'il prononçait, lui avait fait faire beaucoup de progrès avec son SSPT. L'opération non autorisée l'avait mis en retrait, mais il était à un point où il était presque prêt à retourner travailler, prêt à être transféré aux Homicides.

Un coup de klaxon dans la rue le fit tressaillir, mais au moins il ne cherchait plus à esquiver les tirs chaque fois qu'il entendait un bruit inattendu. Kurt avait raison ; ce travail inachevé le harcèlerait jusqu'à ce qu'il voie Parker une dernière fois. Une dernière fois pour tuer l'espoir persistant qu'il n'avait pas été en mesure d'étouffer.

Il avait toujours la clé de la maison de Parker – qu'il conservait précieusement dans le tiroir de sa table de chevet de son appartement à demi vivant – mais ce ne serait pas bien de l'utiliser. Les affaires qu'il avait emmenées chez Parker avaient été mises dans des carton et livrées chez Kurt quelques jours après que toute cette mauvaise histoire soit retombée, une considération inattendue de la part de Parker ; les envoyer à son travail aurait informé tout le monde qu'Ivan était un raté.

Une respiration profonde et il frappa à la porte. Des bruits de pas se firent entendre dans l'escalier et il connut un moment de peur en se demandant ce qu'il ferait si Parker avait un petit ami avant que la porte s'ouvre en grand.

Parker était là, grand, magnifique et stupéfait. Mais son choc passa rapidement, et il fronça les sourcils.

— Ivan. Que fais-tu ici ?

— Salut. Parker.

Merde, il aurait dû répéter ce qu'il allait dire, mais bon sang, il n'avait même pas été sûr d'avoir les couilles de vraiment frapper.

— J'ai envoyé tes affaires à Kurt. Je n'avais pas ton adresse.

La critique dans ses paroles mesurées le mit presque à genoux.

— Je sais. Merci.

Inutile de dire qu'il n'avait pas ouvert les cartons, il les avait seulement poussés dans un placard où ils ne seraient pas un rappel constant de son ex-colocataire.

Parker croisa les bras et le regarda fixement, attendant.

Il se racla la gorge.

— Puis-je entrer ?

Faisant un pas de côté, Parker lui fit signe d'entrer. Que faudrait-il pour le faire sourire ? Ivan avait-il toujours la capacité de le faire sourire ? C'était la seule qu'il voulait. Il entra jusqu'au salon et s'arrêta net.

— Tu as tout redécoré.

— Je devais le faire. L'endroit a été détruit.

Ivan ferma les yeux. Seigneur. Il n'avait même pas pensé à ça.

— Je suis tellement désolé, Parker. Tellement désolé.

Il aurait dû être là pour aider.

— Pourquoi es-tu là, Ivan ?

Ouvrant les yeux, l'intérieur était assez similaire pour créer de la chaleur au creux de son ventre. Malgré tout, il avait été heureux ici, heureux avec Parker.

Il se retourna vers lui. Ses yeux n'étaient pas froids – Parker n'était pas capable d'être froid – mais il était distant. Lointain. Aussi fort qu'il veuille l'attirer dans ses bras et l'embrasser, il n'en avait plus le droit. Plus maintenant et peut-être jamais plus.

— Il y a eu un développement dans cette affaire. Neil a plaidé coupable à une accusation mineure et il va témoigner contre Léo. Je ne sais pas si nous pourrons faire tomber Razhin, mais de cette façon, nous n'avons pas besoin d'aller jusqu'à un procès.

Pourrait-il sauver ce qu'ils avaient eu ?

— Est-ce la seule raison pour laquelle tu es ici ?

— Non.

Il s'approcha, entrant dans l'espace personnel de Parker et le saisit par les épaules. C'était tout ce qu'il pouvait faire pour s'empêcher d'embrasser l'homme, mais c'était trop tôt.

— Je suis ici parce que tu m'as manqué. J'ai été un connard total, mais la seule chose sur laquelle j'ai menti était mon travail. Je le jure. Je pense… Je pense que nous pouvons faire quelque chose pour que ça marche. Je t'…

Les yeux de Parker s'agrandirent, mais Ivan ne sut dire si c'était parce qu'il avait presque avoué être amoureux ou si c'était pour autre chose. Il ne s'était jamais senti comme ça avant, pas même avec Colin. Ça avait été un véritable combat de passer à travers chaque journée sans le voir. Il aimait Parker, mais il le détestait peut-être ; il devrait attendre et repousser sa confession pour plus tard.

— Et, euh… Es-tu retourné travailler ?

Les mains d'Ivan glissèrent de ses épaules. Il devrait être heureux que Parker ne le jette pas dehors, même s'il avait espéré qu'il tomberait simplement dans ses bras.

Il avança dans le salon et s'arrêta, pas très sûr de savoir s'il devait s'asseoir ou non.

— Bientôt. Je pense. Nadar m'a offert un transfert aux Homicides. En ce moment, je travaille sur mon SSPT.

— Vraiment ? Oh, je suis si heureux.

Le contact de la main de Parker sur son dos était léger, comme une plume, mais lui donna la chair de poule sur la nuque.

— Est-ce que tu vas mieux ?

Ivan se retourna brusquement, Parker était si proche, son souffle réchauffant sa joue.

— Mieux, oui, mais tu me manques toujours. Pouvons-nous… euh… sortir ensemble ? Commencer peut-être par des rendez-vous ?

— Rendez-vous ?

La voix de Parker était incrédule et de façon peu flatteuse.

— Non.

Trois petites lettres, une syllabe lui arracha les tripes, le laissant dans l'incapacité de respirer.

— Je veux que tu reviennes emménager ici.

Le manque d'air le faisait-il halluciner ?

— Revenir ?

Parker se lécha les lèvres, et Ivan se força à ne pas se laisser distraire par ses paroles.

— Je pense que nous avons dépassé le stade des rendez-vous, tu ne crois pas ?

419

— Cela fait moins de deux mois que nous nous connaissons, et j'étais au fond du trou. Pourquoi veux-tu que j'emménage ? Ne le demande pas parce que tu es seul.

Ces mots étaient une erreur. Les yeux de Parker flashèrent, et il recula.

— Je suis plus jeune que toi, et je n'ai pas la même expérience que toi, mais je ne suis pas désespéré d'avoir de la compagnie. Alicia a emménagé avec moi tout de suite après cette affaire. J'aime l'avoir ici, mais tu me manques. Ce que nous avions me manque. Et ce n'était pas un mensonge, je veux que cela revienne. Une fois que Kurt m'a ouvert les yeux, j'aurais dû savoir que tu avais un SSPT. Si tu es aidé, je pense que nous pouvons… Recommencer, oui, mais commencer en tant que couple.

Il voulait y croire. Il voulait que cela ne soit pas une sorte de plaisanterie cruelle, mais comment Parker pouvait-il être aussi sûr ?

— Comment… Pourquoi ?

Il prit du recul ; la proximité de Parker affectait la logique de ses pensées.

— J'ai eu un mois pour décider de ce que je voulais si jamais tu te montrais, ou si Kurt finissait par me dire où tu vivais.

— Tu… es resté en contact avec Kurt ?

Parker haussa une épaule négligemment.

— Je voulais savoir comment tu allais.

Cela ne pouvait pas être aussi facile, si ? Il serra les poings pour contrôler son tremblement.

— Et si nous avions dû aller jusqu'au procès ? Cela aurait pu prendre des années.

— J'aurais attendu. Quand c'est juste, tu le sais simplement.

Parker fit un pas en avant.

— Qu'en dis-tu ? Nous pouvons attendre jusqu'à ce que ton bail se termine, si tu veux.

Ivan inspira une profonde goulée d'air. Pouvait-il faire ça ? Pouvait-il parier sur ses sentiments, sur eux ? Mais alors il regarda au plus profond des yeux de Parker. Il voulait chaque opportunité de voir ces yeux, de se réveiller aux côtés de Parker. Sortir ensemble serait ridicule, parce qu'il voulait rentrer à la maison.

Ses yeux brillaient, et sa bouche était sèche, mais il hocha la tête.

— Je peux me permettre de casser mon bail.

Parker le dévisagea un instant, la tête penchée sur le côté, le jaugeant. Puis il sauta sur Ivan, ses lèvres trouvant les siennes comme si elles appartenaient à cet endroit. Ce qui était le cas.

Quelqu'un gémit – peut-être lui – alors que leurs langues luttaient, frénétiques et désespérées. Ivan glissa ses mains sous la chemise de Parker, le serrant plus près de lui. Il l'étreignit aussi fermement, pressant leurs corps immédiatement excités ensemble.

— Oh, mon Dieu. Hum.

Une voix de femme s'infiltra dans leur moment de passion. Si elle avait attendu plus longtemps pour parler, l'un d'eux ou tous les deux auraient été nus.

Ivan recula sa tête, les yeux dilatés couleur rivière de Parker le tentant de ne pas se préoccuper d'avoir une audience. Ayant l'air presque drogué, Parker se tourna vers celle qui les avait interrompus.

— Salut, Alicia. Ivan est à la maison.

À la maison. Il donna une petite pression à Parker.

— C'est ce que je vois.

— Bonjour, Alicia.

Il sourit timidement, cherchant la désapprobation dans son expression. Même si Parker lui pardonnait, ses amis pouvaient ne pas le faire.

— Salut, Ivan. Emménages-tu à nouveau ?

Il hocha la tête.

— Est-ce que c'est un problème ?

— Pas si Parker est d'accord avec ça.

— Oh, c'est bon pour moi.

La raucité sensuelle dans les mots de Parker échauffa les joues d'Ivan. Lui donna envie de courir jusqu'à leur chambre.

— Ce ne sera pas bizarre de vivre ici avec nous ? demanda-t-il à Alicia.

Cela faisait longtemps qu'il n'avait pas eu de colocataires. Au moins, de ceux avec qui il ne couchait pas avec.

— Oh, je ne suis ici que temporairement. Mon bail finissait avant celui de Chris, c'est pour ça que j'ai emménagé jusqu'à ce qu'on puisse trouver un endroit ensemble.

Ivan se détendit. Il préférait ne pas mettre Alicia dehors, mais il voulait construire un foyer avec Parker plus que tout.

— Alors… va chercher tes affaires. Maintenant.

421

Parker le poussa amicalement de côté. Ivan se mit à rire. La dernière fois qu'il avait ri, c'était dans cette maison, avec cet homme. Il n'était pas prêt d'oublier ce que cela faisait.

Alicia leur sourit, l'approbation écrite sur son visage. Bien.

— Eh bien ?

Parker le poussa à nouveau.

— Ça va me prendre un certain temps d'emballer mes affaires. Tu es sûr ?

Parker se raidit dans ses bras.

— Pas toi ?

Rapide. Tellement rapidement. Mais il ne pouvait s'en soucier moins. Il voulait chaque moment qu'il pouvait avoir avec Parker. La vie était fragile et éphémère, et il n'allait pas foirer cette relation. Parker représentait trop pour lui.

— Je suis sûr.

Ivan jeta un coup d'œil vers Alicia.

— Non, dit-elle avec emphase.

— Quoi ? demanda Parker.

Parker était confus, mais Ivan savait très bien sur quoi elle mettait son veto.

— Pas de réconciliation sur l'oreiller jusqu'à ce que je sois loin, très loin. Pigé ?

Le sang inonda le visage de Parker, et Ivan ne put s'empêcher de rire à nouveau. Son petit ami était encore si innocent.

— Mieux vaut acheter des bouchons d'oreilles pour ce soir.

Ivan pinça les fesses de Parker et, chose incroyable, son visage rougit davantage.

— Eh bien, dit Parker, si nous ne sommes pas en passe de coucher ensemble, tu ferais mieux d'aller emballer ton appartement.

Parker leur jeta un regard noir à tous les deux.

— Je vais étudier à l'étage, déclara Alicia. Pas d'entourloupes. Aucune. En particulier sur le canapé, parce que je dois m'asseoir dessus moi aussi de temps en temps.

Ivan tira son petit ami – il faudrait longtemps avant qu'il se lasse de ce mot – sur le nouveau canapé. Dès qu'Alicia aurait déménagé, il baiserait Parker dans chaque position possible là-dessus. Mais il y avait quelques petites choses qu'il avait besoin d'éclaircir avant de s'éclipser au plus vite pour emballer ses affaires.

— N'as-tu pas d'autres questions au sujet de Neil ou de ce qui va lui arriver ?

Ivan ne lui avait donné que la plus brève des explications.

— Non, Kurt m'a déjà tout dit à ce sujet.

Oh, ce salaud sournois. Jouer sur les deux tableaux, en veillant à ce que Parker sache ce qui se passait et en aiguillonnant Ivan pour qu'il revienne.

— C'est une bonne chose.

Parker se pelotonna contre Ivan et frotta son nez dans son cou, le faisant se tortiller.

— Apparemment, il y a eu aussi beaucoup de dégâts dans ma maison de campagne. Dès qu'ils auront fini de démanteler et de retirer tous les plants et le matériel de traitement de la drogue, nous devrons aller là-bas et évaluer les dégâts, pour savoir tout ce qui nous faudra réparer.

— Je suis tellement désolé. J'aurais dû me douter qu'il y aurait beaucoup de retombées. J'ai un peu d'argent à la banque.

Il l'avait épargné dans le but acheter un appartement, mais il n'en avait plus besoin maintenant. Et il avait déjà la voiture qu'il désirait, l'attendant dans le parking de son appartement actuel.

— Non. Tu n'as pas besoin de faire ça. Je ne peux pas souscrire de prêts bancaires ni quoi que ce soit d'autre jusqu'à ce que tout soit effacé de mon rapport de crédit, mais je peux prendre un prêt sur mon fonds en fiducie. J'ai dû le faire pour arranger les choses ici, et je devrais être capable de le faire pour réparer la maison de campagne.

Ivan se rapprocha pour mettre quelques centimètres entre eux et prit le visage de Parker en coupe dans ses mains.

— Le penserais-tu, alors que nous sommes ensemble dans cette histoire ? Que nous sommes un vrai couple, partageant une maison ?

Parker hocha la tête autant qu'il le put avec les mains d'Ivan le retenant.

— Je veux tout partager avec toi. Je veux que tout ceci soit à nous.

— Alors, laisse-moi investir dans notre fermette. Laisse-moi payer pour les réparations.

Un minuscule sourire heureux ourla les coins de la bouche de Parker. Parfait pour un baiser.

— Merci.

Ces lèvres étaient irrésistibles, et Ivan lui vola un rapide baiser avant de parler.

— Alors, était-ce la seule fois où tu as parlé à Kurt ?

Un soupçon de rose ombra les pommettes de Parker.

— Non. Il a été assez gentil pour me tenir au courant. À propos de l'affaire et… euh… de toi.

— Moi ? C'est vraiment un salaud sournois.

Mais il ne pouvait s'arrêter de sourire. Le fait que Parker se soit suffisamment soucié de lui pour demander de ses nouvelles le réchauffa.

— Ça ne t'ennuie pas ?

Ivan laissa un autre baiser approfondi répondre pour lui.

— Donc, si tu as été en contact avec Kurt, t'a-t-il invité à sa pendaison de crémaillère demain ?

— Oui. Mais je n'allais pas y aller. Principalement parce que mon avocat m'a dit que tu avais raison à propos de rester sans contact.

— Si tu n'as pas de plans, veux-tu y aller ? Avec moi ?

Il n'avait pas participé à la partie de peinture organisée par Kurt, surtout parce qu'il n'avait pas été d'humeur à entretenir des relations sociales deux semaines plus tôt. Jusqu'à cet instant précis, il n'avait pas été sûr de vouloir aller à la pendaison de crémaillère non plus et faire semblant d'être heureux. Maintenant qu'il était réellement heureux, il voulait présenter Parker.

— Oui, je le veux.

Parker pressa son corps tout contre celui d'Ivan, se tortillant presque dans son besoin de se rapprocher. Le contact de ses lèvres sur le dessous de sa mâchoire le fit lui-même se tortiller légèrement.

Ivan tourna la tête pour enfouir lui aussi son nez dans son cou.

— Si nous montons, tu penses que tu peux rester silencieux ?

— Peut-être, répondit Parker en souriant.

Saisissant la main de Parker, Ivan le hissa du canapé.

— Elle ne s'attendait pas vraiment à ce qu'on se réconcilie *sans* passer par la case chambre à coucher, n'est-ce pas ? Elle a de la chance que nous ne nous déshabillions pas ici.

Parker étouffa un petit rire et hocha la tête, le regard brûlant alors qu'il balayait Ivan de haut en bas.

Oui. Alicia avait de la chance qu'il ait assez de retenue pour attendre d'être l'étage, mais c'est tout ce qu'on pouvait attendre d'un homme qui avait été à moitié mort au cours du mois dernier.

— IVAN ! ET Parker ? Je suis tellement content de vous voir.

Davy leur donna chacun une accolade et les fit entrer dans la maison.

Kurt était dans le séjour avec plusieurs personnes, dont deux seulement qu'Ivan connaissait. Parker en connaîtrait encore moins, mais ce n'était pas grave. Ils ne s'étaient pas remis ensemble depuis 48 heures. Pas question qu'Ivan laisse son délectable petit ami errer dans une maison pleine d'hommes gay. Eh bien. Tout le monde ici n'était pas gay, mais une bonne partie l'était. Aucun d'eux n'aurait d'illusions à propos de savoir avec qui sortait Parker.

— Tu connais tout le monde ? demanda Davy.

Ivan secoua la tête.

— Non, mais ce n'est pas grave. Nous gèrerons.

Parker se rapprocha et Ivan enlaça leurs doigts. Bien que Parker n'ait jamais parlé de son homosexualité, Ivan suspectait qu'il était nerveux en présence de groupes de personnes qu'il ne connaissait pas.

Kurt les aperçut et s'excusa après du groupe d'hommes et de femmes avec lequel il était en train de parler. Alors qu'il approchait, son regard prit note de leurs mains enlacées et il sourit.

— J'en déduis que les choses ont fonctionné ?

— Il emménage, répondit Parker en se détendant légèrement.

— Ouais ? Eh bien, tu as déjà une certaine expérience dans ce domaine, n'est-ce pas ? Ivan connaît mon partenaire, Simon, mais je ne crois pas qu'aucun de vous n'ait rencontré sa femme ou mes frères.

Kurt les conduisit vers le centre de la pièce. Parker sourit tandis qu'il était présenté à Simon, son partenaire aux Homicides, et sa femme, Jen, ainsi qu'à deux de ses frères.

Leur acceptation facile de la présence de Parker à ses côtés lui permit de se détendre davantage. Pendant quelques minutes, la conversation tourbillonna autour d'eux, les laissant dans leur propre oasis, juste lui et Parker.

— Tu sais, Kurt a six frères et sœurs.

Les yeux de Parker s'agrandirent.

— Ils ne sont pas tous là, si ? Cet endroit serait plein à craquer.

— Je ne sais pas s'ils se montreront tous ce soir ou pas. D'après ce que j'ai compris, la famille se fait un devoir de toujours se rendre disponible pour les anniversaires, les mariages et les naissances, mais d'autres événements n'embarquent pas tout le monde.

Ivan sourit.

— Ma famille aime la tradition du dîner du dimanche.

Parker pâlit.

— Ta famille.

Ivan sourit et donna une petite pression sur son bras.

— Ne t'inquiète pas. Ils t'aimeront. Si tu es d'attaque, je t'emmène les rencontrer demain.

— Demain ?

— Fais-moi confiance. Ils savent à quel point j'étais misérable sans toi. Mes sœurs tout particulièrement vont t'adorer.

Parker serra les lèvres et hocha la tête.

— Ivan, je ne savais pas que tu serais là !

Ivan s'écarta de Parker pour accueillir le nouveau venu.

— Rick ? Comment vas-tu ?

Le blond souple l'étreignit fortement et garda ses bras drapés autour du cou d'Ivan. Parker n'était pas enchanté, mais il ne dit rien. Pas maintenant. Ivan recula de l'étreinte de Rick, mais ne parvint pas à s'en échapper complètement.

— Je suppose que tu connais Kurt, n'est-ce pas ? demanda-t-il.

— Oui, je connais Kurt. Nous allons nous retrouver dans le même département, quand je retournerai travailler.

Rick savait qu'il avait été mis en congé imposé et qu'il avait travaillé pour la Brigade Anti-Drogue. Heureusement, il n'avait pas insisté pour avoir une explication sur le comportement erratique et mystérieux d'Ivan quand il avait emménagé avec Parker.

— Comment connais-tu Kurt ?

— Davy est l'un de mes meilleurs amis.

Merde, le monde était vraiment petit.

— Alors, mon grand et fort flic, est-ce que tu te sens mieux ?

Les paroles de Rick firent froncer les sourcils de Parker.

Il fit un pas en avant.

— C'est *mon* grand et fort flic.

— Oh, oh, le garçon a des dents.

— Rick, ça suffit.

Ivan connaissait Rick suffisamment bien pour savoir qu'en fait il n'était pas en train d'essayer de prétendre à quoi que ce soit, mais qu'il était juste en train de tester Parker. Parfois, il foutait la merde juste pour provoquer une réaction chez les autres, mais c'était un bon ami, l'un des rares qu'Ivan avait ; il ne voulait pas que Rick et Parker soient en conflit.

— Je ne suis pas un garçon, et il est à moi.

Une fois encore, Ivan pourrait s'habituer à un Parker possessif.

426

— Vraiment, Rick ? N'es-tu pas un peu vieux pour t'engager dans un combat de coqs avec un minet ?

Ils se tournèrent tous vers la nouvelle voix.

— Ian ?

Ivan toussa, mal à l'aise. Il ne s'était pas attendu à être entouré par trois hommes avec lesquels il avait couché, même si Ian n'avait été qu'un coup d'un soir. Plus qu'un coup vite fait et anonyme dans un club, mais cela ne s'était pas développé en rencontres semi-régulières comme ça avait été le cas avec Rick.

— Ivan ?

L'emprise de Rick autour de son cou se resserra, et Parker les toisa sombrement tous les trois.

— Ivan.

Parker n'était pas stupide, et il commençait à être en colère.

— As-tu couché avec ces deux mecs ?

Ni Rick ni Ian ne furent heureux de cette révélation. Ivan se débarrassa finalement de Rick et enroula ses bras autour de Parker.

— Je t'ai parlé de cette mauvaise rupture, tu te souviens ?

Parker hocha la tête avec raideur, les yeux brillants. Il devait régler ça.

— Je suis devenu un peu dingue par la suite. J'ai couché avec un tas de gars. Mais Rick et moi sommes devenus amis.

Un reniflement irrité arriva de derrière, mais à l'instant, personne ne comptait plus que Parker.

— Mais pas depuis ? Attends.

Parker ferma les yeux et prit une profonde inspiration.

— Je n'ai pas le droit de te poser cette question. Mais jamais plus, d'accord ?

Ivan effleura ses lèvres sur celles de Parker.

— Pas depuis que je t'ai rencontré. Je ne pouvais pas.

En voyant son sourire aveuglant, Ivan se demanda combien de temps ils devaient rester dans les parages pour être polis. Avec un bras niché autour de la taille de Parker, ils se retournèrent vers Rick et Ian, qui se tenaient face à face, en train de se fusiller l'un l'autre des yeux. Kurt les rejoignit, apparemment inconscient des sous-courants antagonistes.

— Hé, je vois que vous avez rencontré mon autre frère, Ian, dit Kurt.

— Ian est ton frère ? répondit Parker d'une voix choquée.

Kurt haussa un sourcil.

427

— Oh. Je vois. Lequel d'entre vous était membre du club des conquêtes d'Ian ?

Parker pointa un doigt vers Ivan, tandis que son visage s'échauffait. Peut-être que Kurt n'était pas insensible aux courants sous-jacents, mais plutôt habitué à eux. Apparemment, depuis la rencontre d'Ivan avec le frère de Kurt, le gars était sorti du placard. Tant mieux pour lui.

— Et Ivan a couché avec Rick aussi.

Super. Parker avait-il besoin de déballer tous ses secrets ?

Kurt hocha la tête.

— Eh bien, ça explique les regards noirs.

— Tu… tu n'es pas contrarié ? demanda Ivan à Kurt.

Ivan n'avait jamais été en position de devoir être protecteur envers ses frères et sœurs à cause de leurs amants ; ses sœurs avaient toutes les deux trouvé leur partenaire quand Ivan était encore adolescent, mais Kurt pouvait le prendre différemment.

— Non. Pourquoi le serais-je ? J'ai toujours su qu'il était du genre débauché, mais je n'ai découvert que récemment que c'était des mecs qu'il se tapait.

Kurt se retourna, une expression taquine sur le visage, mais de toute façon, Rick et Ian avaient tous les deux disparus sans que personne ne s'en aperçoive.

Kurt secoua la tête.

— Davy va les tuer s'ils sont encore une fois partis sans nous le dire.

Encore une fois ? Les paroles vaches d'Ian à propos du combat de coqs prenaient beaucoup plus de sens.

— Hé, en parlant de partir, ça te dérange si nous faisons pareil ? Salue Davy de notre part ?

Kurt rit et attrapa Ivan à l'épaule.

— Ouais, pas de problème.

Sur leur chemin vers la sortie, ils firent signe à quelques personnes, mais ne s'arrêtèrent pas. Dehors sur le porche, Parker le tira pour qu'il s'arrête.

— Vraiment ? Personne pendant que nous étions séparés ?

— Vraiment. Personne depuis que je t'ai rencontré. Je…

Il était encore trop tôt pour parler du mot commençant par *A*, non ? Parker l'était envers lui, cependant.

Les yeux de Parker s'adoucirent, comme s'il avait su ce qu'Ivan était sur le point de dire.

— Je sais. Moi non plus. Jamais plus personne d'autre.

— Personne d'autre. Je te le promets. Tu es tout ce que je veux. Pour toujours.

Parker passa un doigt sur ses lèvres.

— Pour toujours.

La peur du rejet

Remerciements

Comme d'habitude, je dois remercier mon équipe de supportrices : Alex, Dottie et Chudney. Je ne serais pas ici sans vous. Je voudrais également remercier le « *Mantastic Book Club* » pour m'avoir prêté une oreille attentive et m'avoir écouté pleurnicher. Mesdames, vous êtes fabuleuses ! Et Dolorianne, merci pour le brainstorming supplémentaire.

I

FRONÇANT LES sourcils, Rick Haviland passa une main sur ses abdominaux. Oui, le tee-shirt rose était aussi moulant que les vêtements qu'il mettait pour sortir en boîte, mais il était passé, miteux comme tout et quasiment en train de partir en lambeaux. Enfin bon, il se rendait seulement chez son ami Davy pour les aider, lui et son nouveau petit ami Kurt, à peindre leur maison, et bien qu'il n'ait absolument aucune intention de couvrir de peinture ses vêtements de tous les jours, il voulait aussi paraître à son avantage.

En partie parce que c'était ce que ses amis attendaient de l'éternel clubbeur qu'il était, et en partie – bêtement peut-être – à cause de Kurt.

Kurt était un flic à tomber, qui malheureusement appartenait – lèvres, queue et cul – à Davy. Cependant, même s'il l'avait dragué plutôt de manière plutôt agressive avant qu'il se mette en couple avec Davy, Rick n'aurait jamais couché avec l'inspecteur sexy, peu importait la fréquence avec laquelle il apparaissait dans ses fantasmes. À la seconde où il avait posé les yeux sur Kurt, il l'avait étiqueté comme un 'coup d'une vie'. Rick ne couchait pas avec les coups d'une vie. On ne pouvait pas faire confiance à un homme si sérieux, de même qu'un homme sérieux ne pouvait pas lui faire confiance. Il savait combien les relations sentimentales pouvaient détruire les gens et il était déjà suffisamment perturbé sans y ajouter un cœur brisé, ou pire.

Cependant, cela ne voulait pas dire qu'il n'aimerait pas que Kurt lui jette un regard appréciateur ou deux. Peut-être irait-il jusqu'à un rapide pelotage. Davy ne lui en voudrait certainement pas pour ça. Kurt avait été récemment blessé dans l'exercice de ses fonctions et le scénario intégral du héros blessé avait bien fonctionné pour lui. Cependant, durant le séjour de Kurt à l'hôpital, Rick avait eu trop peur pour son ami pour même flirter. Il ignorait comment Davy pouvait supporter de construire sa vie avec un homme ayant un travail si risqué. Le seul fait de se trouver dans une relation sérieuse était déjà bien assez dangereux.

La sonnette retentit, le tirant de la contemplation de sa tenue. Il dévala les escaliers, même si c'était probablement pour se faire embarquer dans une discussion théologique avec ces charmants garçons que les mormons

433

s'obstinaient à envoyer pour 'répandre la bonne parole'. Rick ne devrait jamais leur ouvrir cette satanée porte, mais il se régalait à engager la conversation avec de jeunes hommes qui avaient à peine l'intelligence de débattre correctement, et il ne semblait jamais avoir la force de fermer la porte avant que les deux parties soient extrêmement frustrées. Cette fois-ci, avec un tee-shirt si serré que ses mamelons déchireraient probablement le tissu s'ils durcissaient, peut-être réussirait-il à séduire l'un d'eux jusqu'à le faire entrer dans son antre.

Rick ouvrit la porte en grand, la hanche rejetée sur le côté, la meilleure position pour exposer son bas ventre.

— Rick, souffla Oscar, son regard plongeant exactement à l'endroit où il l'avait espéré, même si Oscar n'avait pas été la cible visée.

— Oscar. C'est une surprise.

Rick cilla. Ils avaient couché ensemble la nuit précédente chez Oscar et Rick était parti peu après minuit. Qu'il se montre sur son perron moins de douze heures plus tard était pour le moins inhabituel. Mais là encore, en tant qu'interne en médecine, ses horaires étaient aménagés bizarrement.

Oscar avança jusque dans l'espace personnel de Rick, puis chercha à obtenir quelque chose de bien plus personnel de ses fesses en les lui agrippant d'une main ferme.

— Ne t'ai-je pas épuisé la nuit dernière ? demanda Rick.

Le sexe dur pressé contre son ventre et les lèvres sur son cou étaient une réponse en soi, et la réponse était un non clair et définitif.

Oscar ondulait contre lui et le souffle de Rick se fit plus court.

— Tu aurais dû rester la nuit dernière, murmura Oscar.

Le souffle chaud fit frissonner Rick, mais les mots déclenchèrent un frémissement qui remonta le long de son dos. Il ne donnait pas dans les nuits complètes. Il ne laissait aucun de ses coups rester chez lui non plus, qu'importait leur degré de fatigue.

Pourtant, les lèvres et la langue talentueuses d'Oscar sabotèrent sa détermination à ne pas arriver en retard à la 'partie de peinture', et Rick décida d'ignorer les mots. Oscar connaissait les règles du jeu. Rick avait fait très attention à lui expliquer que leur relation serait d'ordre purement sexuel.

La main d'Oscar se fraya un chemin vers le devant de son jean, prenant en coupe son érection bourgeonnante, ses doigts se tortillant sous ses testicules.

434

Saisissant le cul ferme d'Oscar, Rick envoya ses bonnes intentions dans les flammes brûlantes de sa libido. Il serait définitivement en retard à la partie de peinture de Davy et Kurt. Pour la meilleure des raisons : être baisé par un mec qui savait ce qu'il faisait.

— Ou j'aurais pu venir ici hier. Et rester toute la nuit.

Oscar termina sa phrase avec une morsure ferme sur le lobe de son oreille.

Rick se figea. Oscar essayait certainement d'instiller de l'érotisme dans ses paroles de manière maladroite ; il ne pouvait s'agir de son seul plan cul qui se transformait en coup d'une vie devant ses yeux.

Oscar continua à le caresser, gardant sa queue intéressée, ce qui convenait à Rick, même s'il n'était pas sûr que ce soit une bonne idée.

— Euh, Oscar…

Rick poussa contre son épaule sans conviction.

Redressant la tête, Oscar fixa Rick d'un regard intense.

— Nous devrions emménager ensemble.

Cette réflexion totalement inopportune donna à Rick la force de s'écarter.

Nom de Dieu ! En temps normal, Rick avait un nombre de potes réguliers avec lesquels il s'amusait, tous attentivement sélectionnés pour être bons au pieu, prudents avec leur santé sexuelle et contre l'idée d'une relation durable. Oscar était le seul mec avec qui il couchait régulièrement à l'heure actuelle après qu'il eut mis un terme au statut 'plan cul' d'Ivan. Ivan, au moins, avait reconnu que Rick n'était pas capable de s'attacher émotionnellement, mais à l'inverse de la plupart des réguliers de Rick, ils étaient restés amis. Oscar ne prenait pas ce chemin. Certainement pas avec cet assaut frontal.

— Oscar, nous n'allons pas emménager ensemble. Je ne donne pas dans les relations sérieuses. Tu te souviens ?

Il avait des règles qui empêchaient que cela arrive. La plupart du temps, il perdait des gars parce qu'ils décidaient qu'ils voulaient finalement s'installer, mais c'était rarement avec lui. Rick ne rencontrait jamais leur famille et s'assurait toujours d'avoir un moyen de locomotion s'ils se rencontraient quelque part.

L'homme essaya de l'attraper avec ses bras comme des tentacules, mais Rick exécuta un léger pas de côté pour leur échapper.

— Allez, Rick. Je sais que tu ne vois personne d'autre à l'heure actuelle. Nous sommes déjà pratiquement dans une relation.

435

Les sourcils de Rick se haussèrent haut sur son front. Il se pouvait qu'il n'y connaisse pas grand-chose en relation de couple, mais ce n'était pas parce qu'aucun d'eux ne voyait quelqu'un d'autre que cela signifiait automatiquement qu'ils étaient dans une relation exclusive. C'était exactement la raison pour laquelle il était énervé. Plus il vieillissait, plus il était difficile de trouver des mecs adéquats pour faire un roulement. Et maintenant, il allait se retrouver dans la regrettable position de… devoir auditionner. Il devrait probablement être plus enthousiaste à cette idée, mais pour l'instant, il en voulait férocement à Oscar de le mettre dans cette situation en devenant non seulement un mec prêt à s'engager, mais en plus un mec qui voulait garder Rick.

— Tu es fou ? Il faut plus que quelques baises et un manque de concurrence pour faire une relation. Tu dois t'en aller.

Oscar lui adressa un regard blessé qui devait vraisemblablement se vouloir attendrissant, mais Rick en avait fini.

— Rick, bébé. Nous pourrions être si bien ensemble. Et le sexe était épique.

Comment un mec qui parlait comme un surfeur défoncé avait-il réussi l'école de médecine ?

— Non. Dehors. Ne m'appelle pas. Pas d'attaches, pas de relations. Tu dois partir.

Rick carra les épaules et croisa les bras, espérant avoir l'air aussi fermé que possible.

Les yeux d'Oscar s'agrandirent, et ses joues rougirent.

— Mais… je pense que je t'aime.

Rick leva les yeux au ciel.

— Ridicule. Si tu veux un petit ami, sors et va en chercher un. Tu es vraiment canon, tu ne seras pas célibataire longtemps, mais je ne suis pas ce mec.

Amoureux de lui ? S'il vous plaît. Il poussa Oscar hors de chez lui et claqua la porte, tirant les verrous. S'appuyant contre elle, il attendit les inévitables coups qui signifieraient qu'Oscar n'avait pas laissé tomber. Il n'eut à attendre que quelques secondes, mais ce fut malgré tout un choc suffisant pour faire battre son propre cœur un peu plus fort.

Oscar appela son nom, cajola, supplia. Le portable de Rick sonna et sonna encore. Il gémit. Si Oscar l'obligeait à changer son numéro, il serait vraiment très énervé. La première chose qu'il allait faire serait de bloquer son numéro de téléphone.

Dix minutes passèrent et Rick commençait juste à se demander s'il devait appeler la police quand les pneus de la voiture d'Oscar crissèrent finalement dans l'allée. Rick allait avoir besoin de se calmer un peu avant de rejoindre Davy et Kurt. Il glissa sur le sol, attendant que son pouls revienne à la normale.

Il devrait se dépêcher s'il ne voulait pas être trop en retard. Être en retard l'obligerait à donner des explications. S'il avait été retardé parce qu'il s'était fait baiser, cela aurait été une chose, mais il ne voulait pas expliquer ce fiasco à ses amis. Ils lui auraient probablement suggéré de lui laisser une chance, mais il n'y avait aucun moyen que cela arrive.

LE PETIT pavillon bien entretenu n'était pas hanté. Ce n'était pas un refuge de tueurs en série ni un lieu infesté de cafards. Cependant, Ian O'Donnell avait l'estomac noué et ses paumes étaient moites à la pensée de sonner à la porte. La seule chose effrayante à l'intérieur de cette maison était son petit frère, Kurt, qui était tombé amoureux d'un dénommé Davy, et qui avait choqué toute la famille en révélant son homosexualité à sa propre putain de fête d'anniversaire.

Personne n'avait été contrarié ou en colère ou odieux. Personne sauf Ian. Il avait quitté la fête, évitant Kurt et le reste de la famille pendant des mois. Ce n'était pas la première fois que Ian avait pensé que le bébé de la famille menait une vie plus facile que le reste d'entre eux, mais c'était la première fois qu'il avait laissé ses sentiments insidieux interférer dans sa relation avec son frère. Ensuite, son stupide frère s'était fait tirer dessus dans l'exercice de ses fonctions et les sentiments blessés de Ian avaient cessé d'importer. Tout ce qui comptait, c'était d'arranger les choses avec Kurt, si seulement il savait comment faire.

Jetant un coup d'œil aux voitures dans l'allée alors qu'il arpentait le trottoir, il se demanda s'il serait plus facile ou plus difficile de parler à Kurt si d'autres personnes étaient présentes. Il avait conduit jusque chez Kurt des douzaines de fois depuis qu'on l'avait laissé sortir de l'hôpital et, aussi tentant que cela soit de rentrer chez lui et d'attendre un autre moment, c'était la première fois aujourd'hui qu'il avait été capable de se persuader de sortir de la voiture.

Kurt devait lui pardonner, même si Ian avait été un idiot égoïste et égocentrique. Si Ian avait altéré de façon irréparable sa relation avec son frère, cela laisserait un vide dans sa vie qu'il ne pourrait jamais combler, et il ne pourrait blâmer que lui-même.

Avec une profonde inspiration, il remonta l'allée à grandes enjambées et sonna à la porte.

Un homme mince et débraillé le fit entrer dans la maison, le menant à Kurt.

Il y avait d'autres hommes dans la pièce, et l'odeur de peinture fraîche était lourde dans l'air, mais il le remarqua à peine.

— Que fais-tu ici ?

Son petit frère se leva et fut immédiatement flanqué d'un homme aux cheveux sombres et d'un blond. L'un d'eux devait être Davy.

Ian ne savait pas comment répondre à cette question posée sur un ton presque agressif. Il voulait juste prendre Kurt dans ses bras mais ne savait pas si le geste serait bien accueilli ou même douloureux. Ian était allé à l'hôpital, mais il n'était entré dans la chambre que lorsque Kurt était endormi, incapable d'affronter son frère et sa propre honte.

Les rides légères de chaque côté de la bouche de Kurt lui indiquaient qu'il endurait toujours la douleur et cela le tuait de voir souffrir son frère.

Kurt avait l'air… en meilleure forme qu'il l'avait été à l'hôpital, mais considérant qu'il avait été bien plus grand et plus musclé que Ian, le poids qu'il avait perdu après avoir été blessé le faisait paraître presque frêle. Ian avait envie de tourner les talons et de s'enfuir mais il ne pouvait pas.

— Oh mon Dieu, Kurt ! C'est l'un de tes frères ?

Le ton incrédule dirigea brièvement l'attention de Ian vers le petit homme blond debout à côté de son frère. Ian ravala sa surprise. L'homme était absolument adorable. Le tee-shirt élimé rose pâle s'étirait sur un torse et des abdominaux bien sculptés. L'homme n'était en aucun cas bardé de muscles, mais il avait l'air fort et ferme, comme un danseur de ballet. Il y avait un petit trou dans le col de son tee-shirt et Ian voulut y faufiler un doigt et tirer dessus d'un coup sec pour le déchirer et dénuder la peau dorée. Le jean taché de peinture et quelque peu lâche pouvait s'avérer plus problématique, mais il y avait une déchirure en haut d'une cuisse qui suggérait toutes sortes de choses à Ian.

— S'il te plaît, dis-moi qu'il est gay lui aussi !

L'intérêt dans sa voix et ses yeux ne prêtaient pas à confusion, et malgré la tâche qui avait amené Ian ici, il ne put s'empêcher de soutenir le regard du blond. S'ils avaient été dans un club, cela n'aurait été qu'une question de minutes avant qu'ils se retrouvent dans les toilettes, la backroom, ou la ruelle. À moins, bien sûr, qu'il s'agisse de Davy, l'homme avec lequel son frère avait emménagé. Dans ce cas, il espérait que l'homme n'était pas le genre à suivre la promesse qui filtrait dans ses yeux.

— Il est hétéro, dit Kurt avec à peine une inflexion dans la voix.

Nous y voilà. Déjà. Le moment de vérité. Ian avait envie de vomir.

Mais la vérité était tout ce qu'il pouvait offrir. La seule chose qui pouvait combler la brèche. La vérité qu'il n'avait jamais dite à personne sauf aux hommes qui ne connaissaient pas son vrai nom, tout comme il n'avait jamais avoué en quel super héros il aimait se déguiser quand il était enfant.

— En fait, non.

Le blond poussa un cri aigu et afficha une expression enthousiaste empreinte d'excitation qui présageait une bonne baise, mais sa queue devrait prendre un ticket le temps qu'il règle les choses avec son frère. Le même frère qui le regardait d'un œil noir comme s'il pensait que Ian lui faisait une plaisanterie particulièrement cruelle. Les lèvres de Kurt s'étrécirent, son visage sévère de flic en étant une preuve évidente, et il agrippa Ian par le bras, le guidant vers la porte menant au sous-sol. Kurt relâcha sa poigne de fer et indiqua d'un geste de la main à Ian de le précéder dans les escaliers.

Ian descendit dans les ténèbres, comparant le grincement des marches à la bande originale d'un film le menant à sa mort certaine.

— Hé, tu ne m'emmènes pas en bas pour me tuer, n'est-ce pas ?

Kurt grogna.

— Je devrais, espèce d'idiot.

— Un sol en terre pour enterrer mon corps ?

Ian ne pouvait s'empêcher de tirer sur la corde.

— Tu es très loin du compte. C'est notre salle de gym personnelle.

Son frère alluma les lumières, éclairant une pièce entièrement équipée d'appareils de musculation. Pendant un moment, il fut distrait. Faire du sport n'était pas son activité préférée – Kurt était le dingue de musculation dans la famille – mais il pouvait facilement se voir travailler dans une pièce pleine d'appareils hauts de gamme comme celle-ci.

— Oh mon Dieu, Kurt. C'est incroyable.

Davy était-il aussi un allumé de musculation, ou cette pièce était-elle uniquement celle de Kurt ?

— Arrête de tergiverser. De quoi est-ce que tu parles ?

Seigneur, n'en ai-je donc pas déjà dit assez ? Est-ce que je vais devoir l'épeler à haute voix et faire des schémas ?

439

— Sérieusement, Ian, que voulais-tu dire là-haut ?

Kurt avait l'air assez en colère pour le frapper. Même sa récente blessure par balle ne l'empêcherait probablement pas d'amocher Ian s'il choisissait de le faire.

Schémas et épellation, donc. Ian commença à faire les cent pas, essayant de choisir le meilleur point de départ.

— Je… je suis gay.

Kurt fronça les sourcils.

— Et toutes ces filles ? Ces strip-teaseuses ?

Sa famille entière pensait qu'il était un coureur invétéré. Se jetant sur tout ce qui portait une jupe – du moins en leur présence. La réalité était qu'il enchaînait véritablement les conquêtes mais que si ses proies n'étaient pas munies d'une queue, il passait son chemin.

— Je pourrais te poser la même question. Tu as eu des petites amies.

Mais Kurt avait eu le courage de faire ce que Ian n'avait jamais pu, et ce dernier n'avait pas pu s'empêcher de détester son frère, juste un peu, pour cela.

— Donc, tu viens juste de t'en apercevoir ?

La légère nuance de scepticisme dans le ton de Kurt informa Ian qu'il n'avait pas arrangé les choses, pas encore. Kurt continuait de penser qu'il pouvait être la victime d'une plaisanterie, comme quand ils étaient gosses. Ils avaient cinq autres frères et sœurs, mais seulement les trois plus jeunes – Kurt, Dylan et lui – avaient toujours semblé avoir une fascination sans fin et prendre un malin plaisir à se tourmenter les uns les autres. Cependant, ce sujet n'était pas celui à choisir pour plaisanter. Ian le savait mieux que quiconque et il ne ferait jamais ça à Kurt, donc il fut peiné que Kurt ne lui fasse pas confiance.

— Non, je m'en suis rendu compte il y a un moment. Des années. Les femmes étaient juste une couverture.

Cela faisait maintenant presque vingt ans qu'il cachait sa sexualité, effrayé de laisser quiconque, même les personnes les plus proches de lui, connaître ce noir secret. Quand Kurt était sorti du placard auprès de leur famille – sans aucune répercussion – cela avait brisé Ian de l'intérieur. En plus d'une myriade d'émotions négatives qui avaient émergé parce que garder sa sexualité secrète était complètement superflu, il en avait voulu à mort à Kurt. Il avait laissé sa jalousie et sa colère submerger tout son bon sens et, maintenant, il ne lui restait plus que sa honte et sa culpabilité.

— Des années ? Tu es sérieux ? Mais pourquoi, bon sang ?

440

— J'avais peur. Je pensais que je perdrais tout le monde. Alors, je l'ai caché. Quand tu me l'as dit, tout... content de toi... et confiant, je pensais que tu l'avais découvert et que tu te moquais de moi. Ensuite, quand j'ai réalisé que tu disais la vérité et que tout le monde l'avait accepté sans aucun problème, j'étais en colère contre toi.

Ian baissa les yeux sur le sol, incapable de faire face au reproche qui devait se trouver dans le regard de Kurt. Son petit frère avait été le plus courageux des deux, ouvrant la voie pour lui, et il avait quand même été un putain de lâche.

— Viens ici.

Kurt l'attira dans une étreinte. Ian ne méritait pas le pardon de Kurt mais il le prendrait. Il s'accrocha aux fortes épaules de son frère, ses yeux le brûlant. Il ravala un sanglot et enfouit son visage dans la chemise de Kurt. Il s'était senti très seul en restant à l'écart de sa famille, mais ne pas parler à Kurt et Dylan régulièrement avait été presque insupportable.

Son frère l'encouragea à se diriger vers un banc couvert de vinyle, et ils s'assirent en silence pendant un moment, le temps que Ian se reprenne.

— Est-ce que tu vas le dire à tout le monde ?

— Ouais. Faire semblant est en train de me tuer. Je n'arrive pas à croire que tu as eu le courage de l'avouer à ta propre fête d'anniversaire.

Dès qu'il avait retrouvé ses couilles, où qu'elles aient disparu, Ian avait décidé qu'il était temps de faire le ménage. Kurt était seulement le premier arrêt. Leur mère préparait un dîner de famille tous les dimanches. Tous ses frères et sœurs et leurs enfants ne se montraient pas chaque week-end, mais Ian se fichait de savoir qui serait là. Ses parents étaient les prochains sur sa liste. Après cela, les cinq autres frères et sœurs devraient être une promenade de santé.

— Eh bien, j'avais une très bonne raison de le faire. As-tu vu mon petit ami ? demanda Kurt avec un grand sourire.

Ian sourit en réponse et essuya ses yeux humides.

— Le mignon petit blond avec le tee-shirt rose ?

Le blond avait été l'homme le plus sexy dans une pièce remplie d'hommes canons, il était donc normal que Kurt l'ait déjà revendiqué.

— Tu as un petit ami ?

— Non, juste beaucoup d'aventures sans lendemain.

Beaucoup. Il ne savait absolument pas ce que cela représentait d'être en couple.

— Eh bien, viens là-haut. Laisse-moi te présenter Rick.

— Rick ?

Le blond ne ressemblait pas beaucoup à un Rick, mais ce serait un nom facile à crier pendant qu'il s'enverrait en l'air.

— Le mignon petit blond avec le tee-shirt rose. Mon Davy est le grand aux cheveux sombres.

— Allons-y. Je vais rester et vous aider, si tu veux bien.

RICK ENVOYA un rouleau trempé de peinture frapper le mur, causant un léger retour de fines gouttelettes. Seigneur, quel idiot ! Il passa le rouleau de haut en bas jusqu'à ce que toute la peinture qui le couvrait soit utilisée, puis le reposa sur le plateau avant d'essayer d'essuyer les éclaboussures jaune citron sur ses bras. Il réussit seulement à étaler le jaune le long de ses avant-bras.

Il ne savait pas pourquoi il avait été si désinvolte avec Ian. Lui, mieux que quiconque, savait à quel point cela pouvait être difficile de sortir du placard. Bien sûr, cet homme devait se douter de la façon dont sa révélation serait reçue, étant donné que la révélation en question était faite à un frère gay qui avait emménagé avec son petit ami. Davy lui avait dit que Kurt et son frère s'étaient éloignés ces derniers mois, et que cela était sûrement dû à l'annonce de Kurt concernant son homosexualité, mais Kurt était une personne très privée et Rick n'avait rien entendu de plus. Pour ce qu'il en savait, les frères avaient pu s'éloigner pour une raison totalement différente. Leurs histoires de famille ne concernaient pas du tout Rick, bien qu'il puisse faire une exception dans le cas de Ian.

En supposant que Ian ne le déteste pas d'avoir agi comme un idiot superficiel. Rick avait affiché son côté clubbeur-qui-ne-pense-qu'au-cul dès qu'il avait vu Ian, et agi avant d'avoir réalisé la signification des mots de Ian pour le reste du monde et non pas seulement sa queue.

Rick avait toujours eu un petit faible pour Kurt, avec son extérieur de flic sévère et ses muscles gonflés. Mais Ian était comme une version plus alléchante, raffinée et polie, avec des cheveux noirs au lieu de bruns et des yeux bleu pâle au lieu de bleu foncé, très bien foutu.

— Hé, Rick.

La voix profonde de Kurt le fit se retourner et, comme si ses pensées l'avaient conjuré, Ian était là.

— Euh, salut.

Non, il ne ferait pas de miracle avec cette oraison extraordinaire.

— Rick, je te présente mon frère, Ian. Ian, voici mon ami, Rick.

Les yeux de Ian soulignés de rouge et la timide vulnérabilité dans son expression réveillèrent quelque chose au plus profond de Rick. Même si Ian était un coup d'une vie, comme l'était Kurt, il ne pouvait se résoudre à le négliger. Pas après son manque de considération un peu plus tôt.

Il tendit la main.

— Ravi de te rencontrer, Ian.

Ian prit sa main.

— Heureux de te rencontrer également.

La chaleur était de retour, la chaleur qu'il aurait juré avoir vue plus tôt quand Ian avait promené son regard sur Rick de la tête aux pieds, et plus particulièrement sur un endroit précis entre-deux. Ian tint sa main plus longtemps que la coutume l'exigeait et frotta l'intérieur du poignet de Rick avant de le relâcher. La chair de poule s'étendit le long du bras de Rick au contact révélateur, et pourtant subtil.

Ian se tourna vers son frère.

— Je pense que je vais rester ici, aider Rick.

Kurt leva les yeux au ciel et partit. Le cœur de Rick se mit à battre plus vite quand il réalisa qu'ils étaient seuls.

— Alors, je suis presque sûr que la peinture est supposée être étalée sur le mur.

Ian sourit de toutes ses dents et la timidité disparut en un éclair alors qu'il tendait la main et passait un doigt sur la joue de Rick, descendant le long de son cou jusque sur sa clavicule.

Le sang se répandit sous sa peau, le réchauffant et faisant gonfler son sexe. La combinaison d'embarras et d'excitation soudaine et violente était déconcertante, mais pas complètement déplaisante.

— Peut-être que tu devrais me montrer comment faire.

La voix de Rick était devenue grave et la dilatation des pupilles de Ian, rétrécissant l'anneau d'un magnifique bleu iris, lui indiqua qu'aucun d'eux n'était vraiment emballé par l'idée de peindre. C'était une bonne chose que l'agacement de Rick un peu plus tôt l'ait incité à travailler vite… la cuisine était presque finie.

Ian glissa un doigt dans un trou du tee-shirt de Rick et le contact inattendu de la peau sur sa poitrine fit palpiter son sexe, le mettant dans un état d'excitation totale.

— Peut-être que je le devrais. Parce que, à mon avis, tu as ruiné ce tee-shirt.

Les mots de Ian furent accompagnés d'un bruit de déchirure alors qu'il poussait son doigt à l'intérieur. Il n'alla pas loin, et le trou n'était pas beaucoup plus gros qu'avant, mais Rick se sentait presque nu. Un coup d'œil à l'entrejambe de Ian lui confirma qu'ils étaient bien sur le chemin d'un plaisir mutuel. Rick voulait ouvrir le jean de Ian d'un coup sec et le sucer, juste là, dans la cuisine de Davy. Mais si Davy ne les tuait pas, Kurt ne se gênerait probablement pas pour leur faire sérieusement savoir ce qu'il en pensait. Il avait beau être un magnifique morceau de flic gay, Kurt était d'une pruderie alarmante.

Une fois qu'ils seraient seuls, Ian déchirerait-il simplement son tee-shirt ? Ce n'était pas aussi facile qu'il y paraissait dans un porno, mais Rick frissonna à la pensée qu'on le lui fasse.

Ian s'approcha davantage et empauma sa queue. Rick grogna et ses hanches tressautèrent contre la pression chaude et bienvenue.

— Veux-tu que nous partions d'ici ? demanda Rick en copiant le geste de Ian et en étant récompensé d'un gémissement.

— Oui, mais je lui ai promis que j'aiderai.

Ian fronça les sourcils et recula, les séparant.

Non, cela ne fonctionnerait jamais. Le sexe de Ian avait semblé être une œuvre d'art lorsqu'il s'était trouvé dans la main de Rick. De celles que Rick était tout à fait prêt à vénérer.

— Il ne reste qu'un seul mur à peindre dans la cuisine. Et il y a au moins quatre autres gars qui travaillent dans la maison avec Davy.

Les lèvres de Ian se courbèrent en un sourire féroce qui coupa le souffle de Rick.

— Dans ce cas, trouve-moi un rouleau et finissons ce mur.

ILS FINIRENT ensemble de peindre la cuisine et de nettoyer les rouleaux en un temps record, et ce malgré les nombreux pelotages et tripotages. Rick était prêt à exploser, et il était certain qu'aussitôt que Ian et lui seraient seuls, le premier orgasme serait extrêmement rapide. Puisqu'il avait l'intention d'en avoir plus d'un avec cet homme ce soir-là, la rapidité du premier n'avait pas d'importance.

— C'est parfait.

Ian ne regardait pas les murs en disant cela, alors Rick ne put s'empêcher de se pavaner, juste un peu, sous son regard admiratif.

— Prêt à partir d'ici ?

— Oui.

Le mot unique de Ian était sincère et empathique. Rick n'était pas certain d'avoir déjà été aussi excité ou prêt à tout pour un homme. Bien sûr, Oscar l'avait échauffé un peu plus tôt, mais il ne l'avait jamais désiré avec cette intensité. Cette luxure était entièrement pour Ian et Rick voulait passer des heures à la calmer.

— Où ça ?

Rick n'était pas prêt à proposer de se rendre chez lui ; Ian avait intérêt à ne pas avoir de colocataires.

— Chez moi.

Parfait.

Ils se faufilèrent par la porte arrière et contournèrent la maison sans tomber sur quelqu'un. Rick fixa sa voiture avec consternation. Il s'était fait prendre en sandwich, ce qui ruinait leur volonté de s'esquiver sans dire au revoir. Aucun d'eux n'avait envie de faire face à quelque taquinerie que ce soit qui leur serait adressée parce que ni son érection ni celle de Ian n'avaient désenflées. Tous ses amis sauraient où ils allaient.

— Tu veux m'envoyer ton adresse ? Je te rejoindrai dès que j'aurai récupéré ma voiture.

Ian le pressa contre la voiture de… quelqu'un. Rick était trop concentré sur Ian pour prêter attention à la couleur, la marque ou le modèle.

— Tu n'as qu'à venir avec moi. Je te ramènerai ici plus tard.

Pour appuyer ses paroles, Ian ondula des hanches et le sexe de Rick tressauta. Il ne faisait jamais ça. Il ne se rendait jamais quelque part sans son propre moyen de locomotion, mais c'était le frère de Kurt. Il plongea son regard dans les yeux bleus hypnotiques de Ian, inexplicablement tenté de l'embrasser. Il pouvait bien faire une exception, non ? Pour le transport. Embrasser n'était toujours pas au menu, cependant. Embrasser impliquait une intimité qui conduisait les hommes à devenir des mecs sérieux.

— D'accord, allons-y.

Étrangement, il n'eut aucun regret avoir brisé sa règle sur le moyen de locomotion, mais ils devaient partir d'ici avant qu'il en brise une autre.

D'UNE PRISE ferme sur son fessier, Ian guida – ou poussa pratiquement – Rick dans son appartement. Il le voulait nu et dans son lit, tout de suite.

— Bel endroit que tu as là.

445

Le souffle de Rick était court et il mentait sans état d'âme parce que Ian n'avait même pas allumé en entrant.

— Merci.

Ian lui mordilla la nuque et fut récompensé d'un gémissement.

— Montre-moi ta chambre.

Ouais, comme si ça se discutait, pensa Ian. Il possédait un canapé qui pourrait s'avérer confortable pour baiser, mais comme il avait toujours dissimulé son orientation sexuelle, il ne s'était jamais senti à l'aise à l'idée de ramener un mec chez lui, par peur que l'un de ses nombreux frères ou sœurs ou même un collègue le découvre. Il était si dur à la pensée d'avoir Rick nu dans son lit, dans ses draps, qu'il aurait pu déchirer sa braguette de la seule pression de son sang pulsant dans sa queue.

Il enroula ses deux bras autour de Rick, par derrière, une main sur la bosse couverte de denim causée par l'érection de Rick et l'autre se faufilant sous son tee-shirt pour trouver la peau chaude et duveteuse de son ventre. Un cri de désir animal s'échappa des lèvres de Rick et le contrôle déjà bien entamé de Ian vacilla. Sans le lâcher, Ian réussit à les conduire jusqu'à sa chambre.

Une fois qu'ils arrivèrent près du lit, Rick se libéra de l'étreinte en se tortillant et se débarrassa de son tee-shirt.

— Déshabille-toi, Ian, pour l'amour du ciel. Ça fait des heures que tu me rends dingue !

— Toi aussi.

Cela ne faisait pas des heures, mais leurs préliminaires 'peinture' avaient duré plus longtemps qu'ils en avaient tous les deux l'habitude. Ian enleva son propre tee-shirt, certain d'avoir entendu une couture craquer dans son empressement, mais saisit Rick par la taille avant qu'il ait eu le temps d'ouvrir le premier bouton de son jean. Ian porta ses deux mains à cet endroit pour le débarrasser de son pantalon. Les mains de Rick sur sa braguette rendirent les siennes instables, mais quelques secondes plus tard, il repoussait son jean jusqu'à ses genoux, libérant un sexe de bonne taille.

Ian enroula ses doigts autour de lui et le caressa. Il glissa la main plus bas et prit en coupe une paire de testicules imberbes. Il voulait sa bouche et ses mains partout sur lui, mais il voulait aussi écarter les jambes de Rick et s'enfoncer profondément en lui. Il voulait le faire hurler de plaisir. Faire trembler les murs et brûler les draps de l'intensité de leur débauche.

La maladresse de Rick qui se trémoussait pour essayer de retirer son jean et ses chaussures tout en baissant le pantalon de Ian fut probablement la seule chose qui empêcha Ian d'exploser de plaisir au contact des doigts forts de Rick sur la peau nue de son sexe.

— Allez, allez !

Rick ne s'embêta même pas à baisser le jean et le caleçon de Ian plus loin que ses fesses avant de saisir sa queue à deux mains.

Le gémissement étouffé qu'il laissa échapper aurait pu être embarrassant, mais tout ce qui comptait était de se retrouver en Rick, tous les deux ruant vers la ligne d'arrivée. La prochaine fois, ils pourraient y aller plus lentement et cela donnerait à Ian plus de temps pour l'explorer.

— Sur le lit.

Si Rick n'avait pas eu une prise ferme sur son sexe, Ian l'aurait tout simplement poussé en arrière comme un homme des cavernes.

Rick obtempéra sans protester. Il recula jusqu'au milieu du lit tandis que Ian attrapait le lubrifiant et des préservatifs dans le tiroir de sa table de chevet. Il les jeta vers Rick qui s'empara du lubrifiant.

— Couvre-toi, mon chou. Je m'occupe du reste.

Ian fut confus jusqu'à ce que Rick enduise deux de ses doigts du liquide huileux et se les enfonce en lui. Dans tous ses états, il pressa la base de son sexe pour se retenir de jouir. Rick se tortillait et gémissait alors qu'il s'étirait lui-même et Ian déroula un préservatif avec des mains tremblantes, craignant de manquer la fête s'il ne s'y joignait pas très vite.

Le contact de ses mains sur les cuisses de Rick fut comme un signal. Rick retira ses doigts et écarta les jambes en grand en guise d'invitation, remontant les genoux vers sa poitrine.

Ian ne perdit pas plus de temps pour presser son sexe contre le petit trou de Rick qui rendit les armes à l'intrusion sans même lutter. Il glissa sur toute sa longueur, profondément, et frissonna. Rick était si étroit et chaud !

— Bouge, bon sang, bouge !

La demande de Rick fut accompagnée d'une poussée de reins et Ian n'eut pas la force de se retenir.

Vite et fort, il pilonna Rick, le claquement de leurs peaux lui faisant l'effet d'une bande sonore érotique qui l'encourageait.

— Merde, merde, merde, gémissait Rick tout bas.

Il saisit sa queue et se caressa deux fois. La vue de l'éjaculation de Rick et la contraction de son cul autour de lui envoyèrent surfer Ian sur son propre orgasme. Ses muscles se serrèrent, ses hanches tressautèrent et des flashs de couleurs voilèrent sa vision alors qu'il se vidait dans le préservatif.

447

Incapable de faire quoi que ce soit, Ian se laissa tomber sur Rick et la petite part de son esprit encore en état de penser se réjouit de la sensation de la semence d'un autre homme sur son ventre. Être en contact peau contre peau sur toute la longueur de son corps fut presque suffisant pour le recharger complètement. Toute cette peau nue d'homme et aucune inquiétude à avoir sur le fait de se dépêcher ou de se cacher. Il était déjà impatient de recommencer.

Les mains de Rick caressaient son dos et, par-dessus le battement effréné du cœur de Ian, la respiration haletante de Rick lui parlait d'un orgasme qui rivalisait avec le sien.

Après un petit moment, les muscles de Ian obéirent finalement aux ordres de son cerveau. Il sortit, avec regret, du corps de Rick, jeta le préservatif dans la corbeille et attrapa son tee-shirt pour nettoyer les fluides collants de leurs deux corps.

Les paupières tombantes, il s'installa en cuillère derrière Rick et le serra contre sa poitrine comme s'il l'avait fait toute sa vie, puis il pressa ses lèvres sur sa nuque. Entre sa lassitude post-orgasmique et sa journée émotionnellement stressante, son épuisement le submergea. Il n'eut que le temps de regretter de ne pas pouvoir rester éveillé pour un second tour avant que le sommeil le gagne.

II

RICK SERRA ses baskets contre sa poitrine et s'adossa contre la porte la plus proche. Il était trop tôt pour qu'un voisin de Ian soit par monts et par vaux. Ce n'était pas son genre de faire cela. Il ne se rendait pas chez des hommes au hasard. Mais bizarrement, Ian l'avait atteint sous sa cuirasse. Assez pour que lorsqu'il avait ouvert les yeux à ses côtés – encore quelque chose qu'il ne faisait pas – il songe à le réveiller pour un autre tour. Ses amis pouvaient bien penser qu'il était une salope finie, mais il était rare qu'il aille jusqu'au bout avec quelqu'un qu'il venait juste de rencontrer. Une masturbation ou une fellation en boîte n'était... pas grand-chose et ne comptait pas vraiment.

Il regrettait parfois de ne pas pouvoir profiter des parties de sexe matinales. Il avait entendu de bonnes choses à ce propos, mais ce moment précis était le plus proche qu'il ait jamais été de passer toute une nuit avec quelqu'un. Quelque chose chez Ian retenait son attention.

Le problème, c'était qu'il ne savait pas comment étiqueter Ian. Pouvait-il l'ajouter à sa liste d'amants réguliers – non exclusifs – ou ressemblait-il trop à Kurt ?

Avec un dernier regard à la porte de Ian, Rick enfila ses baskets et se dirigea vers l'ascenseur.

Dehors, l'aube qui pointait rendait le ciel brumeux et l'humidité commençait déjà à rendre ses vêtements inconfortablement collants. Rick maudit sa queue. Il n'y avait aucune autre raison pour expliquer qu'il se soit laissé conduire jusqu'ici par Ian. Les belles mirettes bleues de Ian avaient convaincu sa stupide queue de briser une de ses foutues règles.

Rien que pour cela, Ian était dangereux. Rick descendit la rue avant de se poser à un arrêt d'autobus pourvu d'un banc. Il tira son téléphone ultra fin d'une de ses poches très serrées et appela un taxi. Au moins, il y avait un abribus à cet arrêt, ce qui rendait l'étincelant lever de soleil presque supportable. Il grimaça légèrement quand il entra en contact avec l'aluminium gelé, un rappel inconfortable qu'il était allé jusqu'au bout avec un homme qu'il venait à peine de rencontrer. Mais Ian était vraiment bon au pieu.

La nuit précédente, il n'avait pas tout de suite réalisé que Ian avouait son homosexualité à son frère. Une fois qu'il s'en était aperçu, la timide vulnérabilité de Ian avait tiré sur sa corde sensible, autant que sur un autre organe plus proéminent. Il n'avait cependant pas fallu longtemps pour que la timidité de Ian disparaisse, et la dichotomie laissait Rick incertain quant au fait qu'il soit un coup d'une vie, ou non. Rick espérait que non. Parce que Ian ferait un fantastique plan cul.

C'était probablement trop demander que Ian ait une carrière qui requérait le port d'un uniforme, comme Kurt. Rick aimait vraiment les uniformes, bien qu'après l'épreuve traversée par Kurt, il ne sache pas s'il mettrait un mec comme lui dans son petit carnet ; il n'était pas certain de pouvoir supporter que l'un de ses hommes soit blessé dans le cadre de son travail. Ian et lui n'avaient pas passé beaucoup de temps à parler. S'il le revoyait, il finirait par découvrir ce qu'il faisait dans la vie.

Le taxi s'arrêta et Rick maudit encore sa faiblesse. Si seulement il s'en était tenu aux règles, il aurait eu sa propre voiture et il serait déjà chez lui. Il tapota ses poches et grogna.

Merde, non.

Rick frappa à la fenêtre.

— Attendez une minute.

Le chauffeur de taxi obéit avec un grognement indistinct qui aurait pu – ou non – être un véritable mot. Rick ferma les yeux et réfléchit une seconde. Kurt et Davy n'avaient pas exactement eu la main lourde avec la bière à leur partie de peinture la nuit précédente, et aucune brume alcoolisée ne planait sur les souvenirs de Rick. Il avait pu caler son téléphone et son portefeuille dans la poche de son pantalon, mais ses clés n'y seraient pas rentrées. Il les avait emportées chez Davy et Kurt et les avait posées sur une étagère. Et ne les avait jamais récupérées quand il s'était éclipsé dans le sillage de Ian.

Merde.

Il était bien trop tôt pour aller chez Davy et il ne pouvait certainement pas sonner chez Ian pour lui demander de le laisser revenir. Il y avait bien ce loquet cassé sur la fenêtre du sous-sol de chez lui. Il avait envisagé de le faire réparer, mais son quartier était tellement sûr que cela ne lui avait pas paru important. Maintenant, il était content de ne pas l'avoir fait. La fenêtre du sous-sol serait un passage très étroit, même pour quelqu'un d'aussi mince que lui, mais il pouvait le faire, et il n'aurait pas besoin de subir sa *marche de la honte* à une heure tout à fait humiliante de la journée.

450

— C'est bon, allons-y.

Rick monta dans le taxi et donna l'adresse de chez lui. Heureusement, il avait son portefeuille, sinon il aurait atterri dans un resto qui ne fermait pas la nuit, à traîner avec une bande de jeunes enivrés en train de ronfler. Il avait peut-être l'air d'un éternel clubbeur, mais il regardait du mauvais côté des trente-cinq ans, avait un boulot respectable et une maison. Toutefois, sa réputation de fêtard était celle dont ses amis avaient l'habitude et celle qui lui permettait de baiser dans les conditions qu'il aimait. Révéler son statut 'mature' amènerait plus de mecs sérieux à lui tourner autour, et cela ne lui conviendrait jamais.

RICK PAYA le chauffeur et sortit du taxi. Il était toujours en train de s'admonester de ne pas avoir pris sa voiture et de s'être endormi chez Ian, mais il n'arrivait pas à regretter la soirée. Pas entièrement. Écarter les jambes pour Ian avait été facile et cela avait collé entre eux, mieux qu'avec tous les hommes qu'il avait connu jusqu'à présent. Mais briser toutes ses règles ? Ce n'était pas sage, pas du tout. En fait, la chaleur qui pétillait dans son ventre quand il se rappelait les yeux bleus intenses de Ian et la façon dont il avait submergé Rick de désir... Ces règles n'existaient pas seulement pour prévenir les coups d'un soir de devenir des coups d'une vie. Elles protégeaient Rick de ressentir trop de choses. Des choses qui conduisaient à des relations. Et une relation, pour Rick, était tout à fait impossible.

Il leva les yeux de sa sobre contemplation du trottoir en béton vers sa porte d'entrée et s'arrêta net. Oscar était avachi là, endormi, avec un énorme bouquet de différentes variétés de fleurs blanches à côté de lui.

La bizarrerie de la veille était déterminée à déteindre sur cette nouvelle journée. Bon sang. Il avait eu assez de mal à réconcilier sa panique d'avoir brisé ses règles avec l'euphorie d'avoir vécu une magnifique – bien que brève – partie de jambes en l'air. En fait, il pouvait probablement blâmer Oscar pour tout ça. Rick avait été si ébranlé, avant d'aller chez Davy et Kurt, qu'il avait été bien trop conscient du sex-appeal de Ian.

L'irritation supplanta toutes ses autres émotions confuses. Rick gravit les marches du porche d'un pas décidé et tapota l'épaule d'Oscar.

— Réveille-toi. Qu'est-ce que tu fais ici ?

Oscar cligna des yeux d'un air fatigué et lui sourit. Était-ce supposé être mignon ? Parce qu'il n'avait vraiment qu'une envie et c'était de ramper par la fenêtre de son fichu sous-sol – sans avoir à le faire devant un public –

et de prendre une douche. Sans ses clés, il ne serait pas facile d'échapper facilement aux stupidités malencontreuses qui avaient amené Oscar sur le pas de sa porte à… eh bien, il ne savait pas quelle heure il était sans vérifier sur son portable, mais il était bien loin de sept heures du matin quand il avait quitté l'appartement de Ian.

Bien trop tôt pour recevoir des visiteurs, quels qu'ils soient.

— Rick, bébé.

Rick grinça des dents.

— Oh, mon Dieu, ne m'appelle pas comme ça. Qu'est-ce que tu fais ici ?

Levant le bouquet de fleurs, qui était assez gros pour plier sous son propre poids, Oscar sourit, ignorant complètement l'irritation de Rick. En fait, la nature plaisante d'Oscar avait été l'une des raisons pour lesquelles il l'avait fait entrer dans son circuit de rotation, mais en cet instant, cela le faisait paraître délibérément insouciant ou simplement stupide. Aucun de ces traits de caractère ne le rendait attachant pour Rick.

— Je ne sais pas ce qui s'est mal passé la nuit dernière mais je déteste la façon dont nous nous sommes quittés. Je suis désolé.

Vaillamment, Rick réfréna son envie de lever les yeux au ciel. Simplement stupide, ce devait être cela, puisque Rick avait été clair sur ce qui n'avait pas été. Mais c'était un geste attentionné.

— Merci, Oscar.

Rick tendit la main vers le bouquet, pas vraiment certain d'apprécier d'être apaisé avec un tas de fleurs comme s'il était une fille, mais il ne pouvait nier qu'elles étaient magnifiques.

D'un mouvement inattendu, Oscar déplaça le bouquet sur le côté et se pencha pour un baiser. Rick l'esquiva mais faillit basculer en arrière sur les marches de son porche et l'agacement se transforma en une colère véritable.

— Qu'est-ce qui te prend, Oscar ? C'est terminé. Il n'y a plus rien. Pas d'emménagement. Plus de baise. Plus de coups de fil. Terminé. Tu comprends ?

Le visage d'Oscar tiqua à ses paroles.

— Je viens de dire que j'étais désolé. Nous ne sommes pas obligés d'emménager ensemble. Nous pouvons juste reprendre les choses là où elles en étaient. S'il te plaît.

Aussi soudainement qu'elle était apparue, sa colère s'envola, ne laissant que de la tristesse à la place.

— Oscar, je suis désolé. Mais je ne peux plus te voir. Je t'ai dit que je ne donnais pas dans les relations durables, et si tu as commencé à tenir à moi de cette façon, il n'y a aucune chance pour que nous puissions revenir à ce que les choses étaient avant. Ce n'est juste pour aucun de nous.

— S'il te plaît, Rick. Donne-moi une autre chance. Nous ferons comme tu l'entends.

— Pas de seconde chance. Et je t'ai dit ce que je voulais.

Oscar fronça les sourcils.

— Est-ce que ce sont les mêmes vêtements que tu portais hier ? Est-ce que tu vois quelqu'un d'autre ?

Malgré la colère injustifiée qui rayonnait inopinément d'Oscar, un rire nasal échappa à Rick. Aucune personne saine d'esprit n'appellerait ce qu'il avait fait avec Ian la nuit précédente 'voir quelqu'un'. Mais il était indéniable qu'il avait pris son pied et même le léger pincement dans le bas de son dos était suffisant pour le faire sourire, peu importe qu'il ait été partagé sur le fait de briser ses règles.

— Ce ne sont pas tes affaires.

Le seul fait de penser à la nuit fantastique qu'il avait passée avait suffi à adoucir le ton de sa voix et le froncement de sourcils d'Oscar se transforma en air renfrogné. Non, penser à Ian ne lui rendrait aucun service.

— Tu devrais partir maintenant. Aller dormir un peu.

Euh, en y réfléchissant, Oscar avait peut-être été sous l'influence de l'alcool quand il avait eu cette Grande Idée. Rick n'en savait rien, mais le mec pouvait toujours être bourré.

— Est-ce que tu as conduit jusqu'ici ?

Pas que Rick soit en position de lui offrir de le déposer chez lui.

— Je pourrais appeler un taxi.

Oscar grogna et jeta les fleurs à Rick.

— Va te faire foutre.

Sans autre mot, Oscar courut pratiquement jusqu'à sa voiture, monta à l'intérieur et s'en alla promptement.

Rick grimaça. Ça ne s'était pas bien passé, même si Oscar semblait avoir compris son message cette fois. Il posa les fleurs à côté de la porte, prêtes à être ajoutées à son compost, mais plus tard. Maintenant, il avait rendez-vous avec la fenêtre cassée de son sous-sol et une douche. Dans ce putain d'ordre. S'il n'avait pas eu besoin de récupérer à la fois ses clés et sa voiture, il aurait été tenté d'éteindre son téléphone et de se planquer avec un livre ou trois pour le reste du week-end. Il avait besoin de temps pour réfléchir et savoir si Ian ferait un pote de baise convenable ou s'il le

453

troublait trop, mais ce qui était sûr, c'est qu'il n'avait pas besoin de prendre une décision à l'instant.

LA LUMIÈRE du soleil ruisselait sur le visage de Ian, illuminant l'intérieur de ses paupières d'un rouge translucide au lieu du noir absolu qu'il préférait à cette heure matinale. Il roula loin de la chaude clarté et entrouvrit un œil, essayant de se concentrer sur son radio réveil.

Seigneur. Il ne pouvait même pas le voir à cause de l'éclat nucléaire qui se déversait à travers sa fenêtre. Comment avait-il pu oublier de fermer ses doubles rideaux la nuit précédente ? Les lumières de la rue étaient intolérablement lumineuses pour dormir et le soleil du matin était – dans son souvenir – détestable.

Oh, oui. Le sexe. Le sexe fabuleux. Il avait été bien plus déterminé à s'enfouir dans ce corps masculin souple et magnifique qu'il l'avait été à fermer ses rideaux. Au moins, il n'était pas facile d'espionner par les fenêtres de sa chambre, ou quelqu'un aurait profité d'un spectacle gratuit. Mais il ne faisait aucun doute que Ian était seul au lit maintenant. Il s'assit, scrutant la chambre à la recherche de l'homme qui aurait dû toujours se trouver au lit avec lui. Avisant son réveil, il gémit. Il n'y avait aucune bonne raison pour être debout à six heures un dimanche matin.

Il ne restait aucun signe de l'aventure d'un soir de Ian, mis à part le préservatif froissé qui pendait à moitié sur le bord de la poubelle comme la mue d'un serpent.

Désormais complètement éveillé, les yeux ajustés à la lumière, Ian se laissa retomber contre les oreillers. Un léger parfum de musc chatouilla ses narines lorsqu'il froissa les draps, rappelant à sa personne et à son érection matinale une nuit exceptionnelle. Qu'il aurait répétée avec joie ce matin par des activités athlétiques si seulement il ne s'était pas réveillé seul.

Il s'étira et se pelotonna à nouveau dans le lit. Il n'avait nulle part où aller avant le début de l'après-midi. Peut-être pouvait-il dormir pour faire passer sa déception.

Malheureusement, le rappel de la mission capitale à venir chez ses parents un peu plus tard emporta les restes de son sommeil. L'inquiétude n'était probablement pas nécessaire, mais il était en train de se dépeindre des parallèles malvenus : les types en tee-shirt rouge qui accompagnaient le Capitaine Kirk ou les pauvres inconscients qui se battaient contre le Minotaure avant que Thésée s'y attaque. Ceux qui essayaient et échouaient

454

et se faisaient manger par les monstres pour leur peine. Peu importait qu'il se rappelle à lui-même que son imagination faisait des heures supplémentaires, il devenait de plus en plus nerveux.

Il avait besoin de renfort, comme jamais. Ian avait toujours été proche des frères qui l'encadraient en âge, Kurt et Dylan. Tous les trois avaient été presque inséparables durant leur scolarité, et leur lien étroit ne s'était jamais relâché. Sauf que Ian les avait tous les deux sous-estimés en ne leur faisant pas confiance. Dylan méritait de le savoir au moment où leurs parents l'apprendraient, et si quelqu'un pouvait lui fournir le soutien moral dont il avait besoin, c'étaient ses deux frères.

Roulant sur lui-même, il attrapa son téléphone sur la table de nuit. Il chercha parmi ses contacts, espérant que Rick ait ajouté son numéro, mais il n'eut pas cette chance. Eh bien, c'était un problème simple à rectifier si Ian en ressentait le besoin.

Avec un soupir, il appela Dylan.

— Oh, hé ho, alors tes mains ne sont pas cassées.

Ian leva les yeux au ciel.

— Est-ce que Maman te donnerait des leçons de culpabilisation ?

— Quelqu'un doit bien de te culpabiliser.

La voix de Dylan était seulement un peu irritée, et Ian ne lui en voulait pas le moins du monde. Même si son frère était totalement absorbé par les préparatifs de son mariage, il avait quand même fait l'effort d'appeler Ian. Appels auxquels il n'avait pas répondu – quand il n'avait pas carrément évité son frère lui-même, lorsqu'il en avait eu la possibilité. Et Ian n'avait presque jamais pris l'initiative d'appeler quiconque depuis l'annonce hallucinante de Kurt.

— Écoute, je suis… désolé. Je peux expliquer, mais… peux-tu venir dîner chez les parents ce soir ?

— Est-ce que tu vas vraiment y aller ?

Une fois encore, Ian ne pouvait pas s'offenser du scepticisme qu'il entendait dans la voix de Dylan.

— Oui, je te le promets, Dyl.

Ian ne savait pas quoi dire pour le convaincre de l'importance de sa présence, sans faire peur à son frère ou sans tout bonnement divulguer son secret. Lorsqu'il leur avouerait son homosexualité, il voulait le faire sans avoir à simplement lâcher les mots. Calmement, avec soin, préparé.

Cependant, Dylan comprit.

— Je serai là. Ce sera bon de te voir.

— Ouais, toi aussi.

Les yeux de Ian le brûlèrent et, avec sa récente pratique, il s'extirpa comme un pro de l'appel téléphonique avant de se mettre à pleurer… pour tout ce qu'il aurait pu faire.

Il avait pensé à appeler Kurt aussi, mais son état émotionnel était clairement un peu précaire pour le moment. Il lui envoya donc un message lui demandant de se rendre au dîner lui aussi, puis il se détendit à nouveau contre ses oreillers, une partie de sa nervosité le quittant maintenant qu'il avait fait ces quelques minuscules pas en avant.

En remuant, il capta une autre bouffée du parfum de Rick. Avec un sourire au plafond, il se gratta le ventre. Rencontrer le blond sexy avait été une surprise inattendue, mais bienvenue. La nuit dernière avait été très importante, et pas seulement à cause de leur rencontre sexuelle spectaculaire. Il n'avait jamais ramené un mec à son appartement. Après avoir passé toute sa vie d'adulte dans l'ombre, il avait été impatient d'avoir un homme dans son lit, et le blond sauvage et flamboyant avait été pressé d'échapper à la séance de peinture pour le suivre chez lui.

Avoir des relations sexuelles dans son lit avec le souple et mince Rick avait été une source d'inspiration totale. Ian s'étira à nouveau. Il avait bien utilisé plusieurs muscles qu'il était loin de faire assez travailler. Bien qu'il ne soit pas étranger aux coups d'un soir, il ne s'était jamais non plus laissé aller à explorer le corps d'un homme en plein jour. Commencer avec Rick ce matin-là aurait été le début de sa liberté nouvellement trouvée.

Laissant sa main voyager vers son aine, Ian laissa les fantasmes envahir son esprit. Il lui restait quelques heures avant de voir sa famille et de leur dire la vérité. Rick avait manqué un autre orgasme spectaculaire, mais c'était entièrement sa faute pour s'être faufilé dans la nuit comme un voleur.

Salaud. Lui aussi manquerait à Ian. Rick baisait comme un dieu, et Ian chercherait sûrement longtemps avant de trouver quelqu'un qui puisse se comparer à lui.

— Ian ! Il était temps que tu te montres au dîner du dimanche.

Ian leva les yeux au ciel au commentaire de sa sœur aînée.

— Qu'est-ce que ça peut te faire, Caitlyn ? Ce n'est pas comme si tu étais là tous les week-ends non plus.

456

Deirdre et Sean O'Donnell avaient émigré d'Irlande et ouvert un genre de bar familial appelé *Finn's Frolic* au cœur du centre-ville de Toronto. Tous les enfants avaient appris la valeur du travail laborieux en faisant des petits boulots au *Finn's*, et ils étaient toujours de corvée à l'occasion, même s'il n'avait jamais été nécessaire de garder l'affaire à flot ; Deirdre et Sean avaient très tôt fait de leur bar une affaire qui tournait. Il était rapidement devenu une tradition pour ses parents de s'assurer que le personnel employé couvrait les dimanches au pub pour que Deirdre puisse héberger sa large couvée – qui grandissait chaque année – lors d'un repas de famille. Il était rare que tout le monde soit présent en même temps. Maintenant que la plupart de ses frères et sœurs avaient des enfants et des belles-familles, la famille entière ne se rassemblait complètement qu'aux fêtes d'anniversaires des O'Donnell. Même Noël n'était pas aussi sacré pour son père et sa mère. Si vous manquiez une célébration d'anniversaire, il valait mieux que ce soit parce que vous étiez à moitié mort.

— Et comment le saurais-tu ?

Caitlyn le frappa derrière la tête avec un torchon de cuisine.

— Ça fait des semaines que nous ne t'avons pas vu.

Pour la plupart, la fratrie assistait au dîner du dimanche aussi souvent que possible, excepté lors de l'occasionnelle gueule de bois. Peu de famille avec sept enfants pouvait se vanter que tous s'entendent bien, mais c'était le cas. Bagarres, disputes et engueulades étaient monnaie courante, mais au-delà de tout ça, ils s'aimaient les uns les autres et personne ne se sentait jamais seul.

D'un autre côté, personne n'était jamais seul non plus. Il y avait toujours quelqu'un qui savait où vous étiez ou ce que vous faisiez, même si vous souhaitiez le contraire. Ce qui avait été l'une des raisons qui l'avait poussé à garder son secret. Même après avoir déménagé, il avait vécu dans la peur que l'un des membres de sa famille le voie avec un homme. Ian n'avait jamais eu de rendez-vous sérieux avec un homme. N'avait jamais retrouvé un homme pour boire un verre ou aller voir un film. Ni de façon romantique ni avec l'objectif d'avoir des relations sexuelles. Il y avait des clubs partout en ville où il pouvait aller pour tirer un coup et il le faisait, presque aussi souvent qu'il disait à sa famille qu'il sortait chasser les femmes.

La paranoïa était devenue une force directrice dévorante dans sa vie, et autant il était impatient de s'en défaire, autant il en ressentait une inexplicable tristesse. Sa vie était en train de changer – pour le mieux espérait-il – mais la culpabilité et la peur avaient été ses compagnes depuis presque vingt ans et il pensait qu'elles pourraient lui manquer. Pendant quelques minutes, du moins.

Ian dressa la table, étonné de voir ses doigts trembler. Cela ne devrait pas être aussi effrayant. Kurt l'avait fait – il était arrivé et avait craché le morceau comme si ce n'était qu'une formalité. Sa famille ne lui en avait pas tenu rigueur. Ian avait été le seul à s'en faire, et cela avait été de l'égoïsme plus qu'autre chose. Il avait été jaloux que Kurt ait trouvé le courage – et l'acceptation que Ian désirait plus que tout – que lui avait eu peur de rassembler. Maintenant qu'il allait le dire au reste de sa famille, il avait peur. Il était plus effrayé qu'il ne l'avait jamais été. Une peur à ébranler son âme, faire trembler ses os et retourner son estomac l'envahissait.

— Alors, que fais-tu ici ?

Caitlyn se dandina dans la salle à manger derrière lui, son ventre rond comme un ballon de plage indiquant la voie, une corbeille remplie de petits pains dans la main.

— Eh bien, il est presque l'heure du dîner et c'est dimanche, alors à l'évidence je suis ici pour constituer l'équipe de football idéale de papa. Bon d… sang, qu'est-ce que tu crois que je fais ici ?

Ian ne pouvait entendre les hurlements stridents d'aucun des enfants de Caitlyn ou de leurs cousins, mais sa mère le tuerait s'il jurait en leur présence.

— Sais pas. Je ne t'ai simplement pas vu depuis des semaines.

Caitlyn déposa les petits pains sur la table.

Ian fronça les sourcils et scruta les lieux, cherchant Colleen, la jumelle de Caitlyn. Il n'avait entendu personne d'autre arriver mais cela serait un jour à marquer d'une pierre blanche si une seule des jumelles était présente lors d'une réunion de famille.

Avant que Caitlyn et Colleen se marient, les jumelles étaient inséparables. Après leur mariage, elles faisaient toujours beaucoup de choses ensemble, mais leurs maris profitaient de tous les moments où elles ne se voyaient pas. Les jumelles, plus qu'aucun des O'Donnell, n'aimaient pas être seules.

Puis il se départit de son inquiétude. Il avait d'autres choses auxquelles penser. Par exemple quel serait le meilleur moment pour annoncer sa nouvelle ? Juste avant le dîner ? Pendant le dessert ? Les repas, vraiment, n'étaient pas à ce point formels, mais au moins ses frères et sœurs, leurs époux et les parents dîneraient à table, les enfants dans la cuisine.

— Et alors ? demanda-t-il.

— Alors rien. C'est juste que Maman déteste quand tu fais la tête comme une garce mal lunée

— Je ne suis pas une garce mal lunée.

Pourquoi Caitlyn avait-elle choisi ces mots en particulier ? Que savait-elle ?

— Si.

— Non.

Ian se mordit l'intérieur de la joue. Les hormones. Ce devait être les hormones. Ou simplement une sœur aussi chiante qu'un caillou dans une chaussure, comme elles étaient génétiquement programmées pour l'être. Se laisser embarquer dans l'une de ses chamailleries sans intérêt le distrairait de sa confession à venir, mais il n'avait plus six ans, et il essayait, la plupart du temps, d'agir en conséquence.

— Peu importe, déclara-t-elle en secouant la tête. Pourquoi as-tu mis les rallonges à la table ? C'est beaucoup trop grand. Tu vas devoir tout refaire.

L'irritation s'empara de lui et il faillit crier sur sa sœur très enceinte. Qui ne devait pas bien dormir, à en juger par les cernes sous ses yeux.

— Je pensais que tout le monde serait là.

Caitlyn leva les yeux au ciel.

— Où est ton cerveau, idiot ? Ne sais-tu pas compter ?

Ian déglutit et les papillons dans son estomac se transformèrent en ptérodactyles. Avec des griffes. Bizarrement, il avait cru que ce serait plus facile si toute la famille était présente. Il aurait seulement eu à le faire une fois et peut-être que personne ne ferait de scène devant les enfants. Qu'il n'entendait pas, soit dit en passant. Ce rassemblement de famille, restreint et intime, signifiait qu'il aurait de nombreuses occasions d'amener le sujet dans la conversation, et maintenant qu'il était si proche de le faire, il avait envie de vomir. Mais il ne pouvait pas repousser cette discussion indéfiniment. Non seulement son secret était en train de l'étouffer vivant, mais Kurt était déjà au courant et Ian ne lui avait pas demandé de garder le silence.

Peut-être qu'il serait plus simple de tester le courant avec un public réduit. S'il pouvait seulement en convaincre ses paumes moites. Au lieu de ça, il commença à retirer les rallonges comme le lui avait demandé sa sœur, essayant désespérément de ne pas penser à ce qu'il s'apprêtait à faire au dîner.

— Peux-tu m'aider ?

459

Caitlyn grogna.

— Pas vraiment, non, répondit-elle en indiquant son ventre.

— Dans ce cas, sors d'ici, bon sang. Tu es dans mes jambes.

Le regard noir que sa sœur lui adressa aurait pu l'incendier, mais au moins elle s'en alla, le laissant rassembler ses pensées.

RICK FRONÇA les sourcils devant la porte de Davy. Il aurait dû appeler avant – ce serait tellement embarrassant de devoir revenir. Il sonna et attendit.

Davy ouvrit la porte avec un sourire, ce qui le soulagea sur le champ. Si son ami avait été en train d'en profiter au lit, il lui aurait fallu bien plus longtemps pour ouvrir et il aurait été grincheux.

— Rick, qu'est-ce que tu fais ici ?

Rick prit une inspiration.

— Hé, mon mignon. J'ai oublié mes clés ici la nuit dernière.

Il posa un petit baiser sur la joue de Davy avant de s'inviter à l'intérieur.

— Je pensais bien que c'était ta voiture garée dans la rue. Attends, tu n'étais pas avec Ian tout ce temps, n'est-ce pas ?

Errant dans la salle à manger, il attrapa ses clés et les fourra dans sa poche.

— Non, bien sûr que non.

— Je suis vraiment surpris que tu aies laissé ta voiture ici. Je sais que j'ai été hors-jeu un moment, mais tu as toujours été intraitable sur le fait de garder un moyen de locomotion à ta portée.

Il ne voulait pas avoir cette discussion, tout comme il ne voulait pas que Davy spécule sur la raison pour laquelle il pouvait avoir brisé ses règles.

— Ton grand flic bien gaulé est dans le coin ?

Rick ravala un gémissement. Pourquoi avait-il demandé cela ? Davy allait commencer à croire qu'il était obsédé. Bon Dieu, Rick n'était toujours pas sûr de savoir s'il avait suivi Ian chez lui parce qu'il ressemblait à Kurt.

— Non. Pourquoi, tu veux lui poser des questions au sujet de Ian ?

Le ton de Davy était taquin, joueur, et Rick inclina la tête, contemplant son ami. Davy avait traversé une période difficile, mais Rick était si content qu'il soit heureux.

— Non, pas du tout. Pourquoi penserais-tu ça ?

— Sais pas. Ian est plutôt sexy. Et tu es parti avec lui.

— Ne te fais pas trop d'idées là-dessus.

Rick garda une voix légère, aérienne et non concernée. Il n'allait pas se laisser entraîner et poser des questions sur Ian comme une adolescente avec un béguin.

— Ce n'était rien de plus qu'un coup d'un soir.

— D'accord. Eh bien, si tu veux en parler, je suis là.

Davy ne savait pas pourquoi il avait ces règles. Personne ne le savait. Mais elles protégeaient tout le monde, lui inclus.

— Ne t'inquiète pas, chéri. Ce n'est pas parce que tu formes une famille heureuse avec son frère que ça signifie que Ian et moi sommes des âmes sœurs.

L'amertume durcit son ton, et les sourcils de Davy se rapprochèrent. Bon sang. Il allait devoir faire mieux pour que la discussion reste légère.

— Kurt est chez ses parents pour dîner. Tu veux rester traîner à la maison ? J'ai un bon Chardonnay au frais. Nous pourrions nous faire livrer chinois.

Rick pensa à rentrer chez lui. Ou sortir. Étrangement, il n'était pas prêt à utiliser un autre homme tout de suite pour effacer le souvenir de Ian. Cela faisait longtemps qu'il ne s'était pas senti aussi rassasié et ses muscles, aussi détendus. Il voulait savourer la sensation un peu plus longtemps. Il ne voulait pas non plus ruminer toute la nuit. Étant donné son humeur étrange et son comportement atypique avec Ian, s'il était seul, c'était tout ce qu'il ferait.

— Ça me semble être une bonne idée.

Davy appela un restaurant chinois qui livrait à domicile. Ils s'installèrent sur le canapé avec des verres de vin blanc.

Rick ramena ses pieds sur le canapé et fit face à Davy.

— Alors, comment se fait-il que tu laisses ton guerrier blessé sortir tout seul ?

Davy lui adressa un grand sourire.

— Il va beaucoup mieux. Et j'adore sa famille, vraiment, mais ils sont tellement nombreux ! Kurt s'attend à une sorte de drame ce soir donc j'ai préféré passer mon tour. Puis sa famille va le bichonner, je n'ai pas à m'inquiéter.

— Oh… un drame ? Quel genre ?

Les potins pouvaient être amusants quand ce n'était pas à son sujet. Et comme les histoires de famille lui donnaient la chair de poule, il comprenait le besoin de Davy de les éviter.

461

— Kurt pense que Ian va faire son coming out à sa famille.

Rick s'étouffa avec sa gorgée de vin.

— Tu veux dire que la nuit dernière, quand il a dit qu'il était gay, nous – ou plutôt, Kurt – était le premier à le savoir ?

— Il semblerait.

— Oh, eh bien, c'est courageux de sa part.

Rien n'avait laissé croire la nuit dernière, mis à part les yeux rougis par les larmes et un délicieux soupçon de vulnérabilité, que Ian avait l'intention de faire une chose si déroutante et perturbante ce jour-là. Rick avait été une épave stressée quand il avait décidé de faire son coming out. Ça s'était mal passé, et son état de nerf avait certainement été justifié. Dans l'état d'hébétude où il s'était trouvé, il aurait été absolument inconcevable qu'il ait été capable de baiser quelqu'un juste quelques heures plus tard. Mais bon, Rick avait fait son coming out quand il était adolescent et il n'aurait pu mettre personne dans un état agréablement brumeux lorsqu'il n'avait été qu'un jeune puceau, même dans son meilleur jour.

— Je sais. C'est une étape terrifiante même quand tu sais que ça se passera bien.

— Ouais.

Rick descendit la dernière goutte de son Chardonnay. Il savait déjà que le coming out de Davy s'était bien passé et que le sien était allé de travers ; ils n'avaient pas besoin d'en rediscuter. C'était du passé, terminé, et aussi merdique que cela ait été, ça s'était légèrement mieux passé que le reste de son adolescence.

Davy les resservit sans commentaire et Rick avala une autre gorgée.

— Ce vin est plutôt sympa.

Habituellement, Rick était plutôt margarita, mais dernièrement, la tequila lui dérangeait l'estomac. Le mauvais côté des trente-cinq ans. Cependant le vin, le blanc en particulier, n'avait pas le même effet et il devrait probablement en apprendre un peu plus sur le sujet.

— Je sais. En fait c'est un vin Wayne Gretzky.

Rick haussa un sourcil.

— Wayne Gretzky possède des vignes ?

Il était loin d'être aussi fan de hockey que Davy et Kurt l'étaient, mais il s'en fichait, et même ceux qui n'avaient qu'une connaissance approximative du sport savaient reconnaître le nom de ce grand joueur.

— Tu as acheté ce vin juste pour le nom, pas vrai ?

— Bien entendu !

Davy fit un large sourire et fit tinter leurs verres ensemble.

— Mais il est quand même bon. Si seulement il avait joué pour Toronto !

Rick grogna un rire, plus que partant pour être entraîné dans une discussion sur le hockey. Il souhaitait que leur conversation reste banale parce qu'il n'était pas prêt à rentrer tourner en rond chez lui. Sa maison était son chez lui, son bureau et son sanctuaire. Avec une nouvelle consultation qui arrivait cette semaine, il aurait normalement dû passer un dimanche après-midi plaisant à préparer sa semaine de travail, mais il avait été trop ébranlé par Ian pour se concentrer sur quoi que ce soit. Il ne lui était pas venu à l'esprit de se demander si l'un de ses amis voulait sortir, donc avoir Davy à disposition était inespéré. Aussi longtemps qu'il pouvait maintenir la conversation éloignée de sa vie de famille ou de sa vie sexuelle.

IAN REMUA sur sa chaise. Avec seulement ses parents, trois de ses frères et sœurs et deux autres amis de la famille, il était étonné que la conversation n'ait jamais connu d'accalmie pour qu'il fasse son annonce. Il n'y avait même pas d'enfants mangeant à la table de la cuisine pour créer une pause dans les discussions.

Il n'était même pas sûr de ce qu'il avait mangé. Si cela avait eu plus de saveur que de la suie, il ne l'avait pas remarqué. Il pouvait à peine suivre les sujets de conversation.

Quelqu'un mentionna Casa Loma. Le château pittoresque du centre-ville de Toronto recelait des bons souvenirs d'une fête de Noël du bureau quelques années plus tôt, et d'un interlude risqué et alcoolisé avec l'un des membres du personnel de restauration.

Son frère Dylan avait projeté d'y célébrer son mariage à venir avec Stephanie, et enfin, Ian fut capable de prétendre qu'il faisait attention.

— Casa Loma ? Hé, ce serait un très bel endroit pour une réception. Il y a ce magnifique jardin d'hiver. Et ça ferait de belles photos également.

Ian s'arrêta de parler alors que la table entière l'observait.

— Chéri, je suis sûr de te l'avoir déjà dit.

L'air préoccupé de sa mère s'accentua tandis qu'elle le fixait.

— Cela fait des semaines que Dylan et Stephanie ont décidé d'organiser la réception à cet endroit. C'est pour ça que nous sommes en train d'en parler.

La chaleur glissa sur ses joues. Il n'avait certainement pas été à ce point indifférent.

— Désolé, Dylan, Steph.

— C'est bon, déclara Dylan en agitant une fourchette vers lui dans un geste que Ian n'eut aucun mal à interpréter comme obscène. Je suis sûr que tu as été occupé.

Stephanie jeta à son fiancé un regard moqueur et lui donna un coup dans l'épaule, mais Dylan fut loin d'être décontenancé. Son frère aurait été plus cru et graphique s'il avait été seul, Ian le savait très bien.

Ian n'avait pas été aussi occupé que sa famille le pensait, mais la nuit précédente... oui... il avait été très occupé. Avec Rick. Et ce souvenir lui échauffa davantage les joues, alors même qu'il se rendait compte que ce pourrait être l'ouverture parfaite.

— Tu te souviens au moins de la date, n'est-ce pas ? Tu n'as pas prévu autre chose ?

La taquinerie de Dylan était un peu plus gentille que les mots de Caitlyn plus tôt, mais la vérité qu'elle sous-entendait piquait quand même. Il avait été complètement déconnecté pendant trop longtemps.

— Bien sûr que je me souviens de la date. Je suis supposé porter un smoking et tout le tralala.

Il ne se souvenait pas de la date. Du tout. Heureusement, il l'avait notée dans son agenda, mais sortir son téléphone maintenant pour vérifier n'aurait entraîné que des moqueries de la part de tout le monde. Il jeta un regard à Kurt. Si son frère l'aimait vraiment, il grognerait ou ferait quelque chose pour attirer l'attention de la tablée. Kurt renifla à peine et essaya de rester invisible. Ian grimaça. En se blessant au travail, Kurt avait sans doute reçu bien plus d'attention familiale qu'il en avait voulue.

— Oui, mais tu réalises qu'ils vont être jaune moutarde, hein ? Cette couleur a une signification particulière pour la famille de Steph.

Dylan sourit adorablement à sa fiancée tandis que Ian lui jetait un regard horrifié.

Il n'avait pas vraiment accepté de porter un smoking jaune, n'est-ce pas ? Et de toute manière, où serait-il possible de trouver un déguisement pareil ? Il serait peu vraisemblable que le magasin où il avait loué son costume pour le bal universitaire ait en stock une telle aberration.

Le ciel soit loué, il n'avait pas accepté de l'*acheter*. N'est-ce pas ?

— Euh... Est-ce qu'il va être spécialement confectionné ?

Tout le monde, sauf ses parents, se mit à rire, et Ian fut presque sûr que son père engouffra une pleine fourchette de pommes de terre pour s'empêcher de faire pareil.

Les yeux de sa mère pétillèrent, juste un peu.

— Chéri, tu devrais vraiment essayer de venir dîner à la maison plus souvent.

— Pardon, maman. Mais le smoking est une plaisanterie, pas vrai ?

Parce que cela avait besoin d'être confirmé.

— Bien sûr, idiot.

Les paroles de Dylan étaient suffisamment moqueuses pour que Ian n'en prenne pas offense, mais sa fiancée, Stephanie, lui lança un regard mauvais et sa mère s'éclaircit la gorge en signe d'avertissement. Deux de ses frères et sœurs l'avaient traité d'idiot en un jour. C'était un nouveau record depuis qu'ils avaient tous été diplômés.

Son père avala finalement sa bouchée de pommes de terre.

— Même si nous préférerions que nos enfants ne s'appellent pas les uns les autres par d'autres noms...

Dylan eut la grâce de paraître contrit.

— ..., mon garçon, tu connais notre Stephanie, n'est-ce pas ? Je ne connais rien du tout à la mode, mais je suis convaincu qu'elle ne choisirait rien qui ne soit pas élégant.

Eh bien, cela était certainement vrai. Dylan avait choisi une femme attirante et sophistiquée qui savait cependant comment s'amuser.

Ian avait toujours besoin de vérifier son calendrier. Si cela se trouvait, il avait d'autres obligations cérémonielles qui requéraient sa présence. La conversation dériva sur la robe de mariée et celles des demoiselles d'honneur, et l'interlude pour sa confession passa. Il devrait faire plus attention à la conversation ; peut-être qu'un autre moment convenable se présenterait naturellement.

La conversation prit un nouveau tournant, passant du placement des invités lors du dîner de mariage à la fête d'anniversaire de sa sœur la plus âgée, Erin. Au moins, il était sûr de l'avoir notée sur son agenda, puisque rater les fêtes d'anniversaires des membres de la famille était pratiquement une offense passible de pendaison. On n'organisait pas de grandes fêtes au pub pour les conjoints mais Ian était certain qu'une fois le seizième anniversaire passé, les petits-enfants seraient eux aussi inclus dans le programme des anniversaires.

— Amèneras-tu quelqu'un à l'anniversaire d'Erin ?

Sa mère espérait tellement que ses plus jeunes fils s'installent.

Ian déglutit difficilement et s'étouffa presque. Les grands espoirs de sa mère seraient maintenant dirigés uniquement sur lui parce que Kurt et Dylan, sans crier gare, avaient trouvé quelqu'un avec qui faire leur vie. Il ne restait que lui.

— Quelqu'un ? Non.

Il sortit les mots en bredouillant. L'anniversaire d'Erin avait lieu ridiculement trop tôt pour considérer une telle chose. Une fois qu'il aurait tout avoué, il envisagerait de rencontrer des gens, mais d'abord, il devrait apprendre comment.

— Je te l'ai dit, maman. C'est un tel coureur.

Caitlyn fit glisser une autre portion de légumes dans son assiette en parlant.

— Je suis loin d'être un coureur.

— Eh bien, tu dois faire quelque chose de travers, sinon ces pauvres femmes avec lesquelles tu *sors* – et j'utilise le terme dans un sens large – seraient peut-être intéressées pour une deuxième fois.

La taquinerie de Caitlyn, plus incisive et orientée que celle de Dylan, enflamma la mèche de sa colère parce que sa famille entière venait de mettre le doigt – en tête de toutes autres réalisations inopportunes – sur quelque chose qu'il n'avait jamais osé essayer : sortir avec quelqu'un.

— Est-ce que tu t'en prends à moi parce que tu ne veux pas que quelqu'un remarque que tu es bien plus grosse que Colleen ?

Ses sœurs étaient toutes les deux tombées enceintes en même temps – encore. Apparemment les jumelles ne pouvaient rien faire séparément, mais l'insulte sur le poids n'était rien de plus qu'un coup de couteau dans le vide.

Il ne s'attendait pas à ce que Caitlyn éclate en sanglots et que son mari Mark se mette à lui murmurer doucement à l'oreille pour la réconforter, ou que le reste de la famille lui jette des regards noirs. Heureusement, les larmes ne durèrent pas longtemps, mais le regard que Caitlyn lui adressa, les yeux soulignés de rouge, aurait pu réduire ses couilles à peau de chagrin.

Caitlyn lui jeta un petit pain à la tête, qui tomba ensuite dans son assiette vide.

— Si tu n'es pas un coucheur, tu es définitivement un connard.

— Qu'est-ce que j'ai fait ?

Kurt eut l'air plutôt mal à l'aise et ne voulut pas croiser son regard. Dylan se contenta de rire doucement à son malheur, et ses deux parents lui retournèrent des regards désapprobateurs et sévères.

466

Seul son père prit la peine de répondre à sa question.

— Je ne sais pas pourquoi tu nous as évités, mon garçon, mais si tu ne l'avais pas fait, tu le saurais déjà.

Elle était là, la pointe attendue de culpabilité, qui transperçait directement son cœur. Mais cela n'arrêta pas sa panique momentanée. Y avait-il quelque chose qui n'allait pas avec sa sœur ? Pourquoi n'y avait-il pas prêté plus d'attention ?

— Qu'y a-t-il ? Qu'est-ce qui ne va pas ?

— Caitlyn attend des jumeaux et pas Colleen.

À nouveau, son père fut celui qui répondit.

Ian attendit, se demandant ce qui allait suivre de terrible. Au bout d'un instant, il réalisa qu'il n'y avait rien.

— Vous plaisantez, n'est-ce pas ? C'est tout ?

— Tu sais que tes sœurs sont heureuses quand elles font les choses ensemble, déclara sa mère comme si elle pensait que c'était normal.

— Mais elles n'ont pas le contrôle là-dessus. Pourquoi être aussi bouleversée ?

— Tu le sauras, mon garçon, quand ta propre femme sera enceinte.

Super. Son père était maintenant monté dans le train pour la cause 'occupons-nous de trouver quelqu'un pour Ian'.

— S'il vous plaît. Il a probablement fécondé la moitié de la ville à l'heure qu'il est mais il est toujours incapable d'en garder une seule.

Le ton de Caitlyn était plus détestable que jamais et déclencha un tourbillon sauvage d'émotions.

Il se leva et lui renvoya le petit pain à la figure.

— Je n'ai mis personne enceinte et je ne veux pas d'une putain de fille qui me tourne autour. Je suis gay, bon Dieu.

À la seconde où les mots volèrent hors de sa bouche, il souhaita pouvoir les reprendre, empêcher tout le monde de les entendre. Kurt étouffa un grognement de rire.

Fantastique. Kurt trouvait sa merveilleuse confession amusante. Une fois encore, quelque chose qu'il n'avait pas été capable de faire aussi bien que le bébé de la famille.

— Ian Seamus O'Donnell.

Merde. Sa mère était vraiment en colère si elle énonçait son nom entier.

Il tourna les talons et se dirigea vers le jardin. Il aurait préféré s'en aller, mais il était certain que sa voiture était prise en sandwich par au moins

467

trois autres. Et ils étaient probablement suffisamment énervés pour le faire rester ici toute la nuit.

Il n'aurait pas dû le dire. Pourquoi l'avait-il dit de cette manière ? Aucun de ses discours soigneusement préparés ne l'impliquait en train de révéler son secret pendant qu'il criait sur son agaçante sœur enceinte. Ian donna un coup de pied dans une touffe d'herbe avant d'enfoncer la pointe de sa chaussure dans la terre. Il regarda le jardin, le fond envahi par les mauvaises herbes avec des arbres et des buissons qui avaient été plus clairsemés quand ses frères et lui jouaient là-bas, enfants. Il n'avait qu'un an et demi de plus que Kurt, et Dylan avait le même écart d'âge avec lui. Être si proche en âge les rendait tous les trois plus soudés que les autres frères et sœurs de la famille. Mike avait été un super frère aîné, mais distant, en partie par nature et en partie par le nombre d'années qui les séparait. Erin, en tant que grande sœur, était simplement trop difficile à comprendre la plupart du temps. Les jumelles, entre Dylan et Mike, étaient davantage une entité unique qui grandissait que deux sœurs, et avaient rarement besoin du reste d'entre eux. Pourtant, Ian les aimait tous. Il ne leur avait simplement pas fait confiance avec son secret le plus intime. Même pas aux frères qui avaient été ses plus proches amis en grandissant.

Il n'avait pas voulu qu'ils découvrent la vérité, et prendre ses distances quand il se sentait vulnérable avait été la solution la plus facile. Il avait fait la même chose avec ses amis, dont aucun ne connaissait la vérité non plus.

Ian ramassa une branche morte et la jeta dans le feuillage au fond du jardin. Elle fit un bruit satisfaisant en heurtant un tronc d'arbre bien camouflé sous du lierre.

La révélation de Kurt avait été sérieusement décevante en ce qui concernait sa famille. Personne n'avait remarqué le trouble que cela avait créé chez Ian qui cherchait juste une façon de se libérer.

Le trou d'épingle qu'avait fait Kurt dans son bouclier quand il avait admis son orientation à son frère avait provoqué une telle cassure. Au lieu de parler calmement de son homosexualité à sa famille, sa colère, sa peur et toutes les années de répression avaient explosé tout autour d'eux.

La porte du jardin s'ouvrit et se referma derrière lui. Ses épaules s'affaissèrent. En temps normal ses parents ne l'auraient pas suivi pour lui crier dessus. Ils aimaient que vous reconnaissiez vos propres erreurs. Peut-être parce que dans une famille avec sept enfants, *quelqu'un* savait toujours quelque chose et cacher quoi que ce soit était tellement impossible que vous pouviez tout aussi bien dire la vérité dès le départ. Mike avait-il toujours des problèmes avec l'unité parentale ? Son frère avait toujours semblé si adulte et parfait, même quand il était jeune, que Ian supposait qu'il avait cessé de se sentir comme un gamin stupide bien avant d'avoir atteint la vingtaine. Ian avait trente-trois ans et craignait encore que ses parents lui crient dessus.

De bien des façons, il serait surpris si ses parents n'avaient pas su bien avant ça. Ses parents étaient intelligents et ils s'y connaissaient en affaires, bien qu'aucun d'eux n'ait fait d'études après le lycée.

Il se retourna, prêt à affronter le champ de tir. Au lieu de ses parents, cependant, Kurt et Dylan se tenaient là, le regardant avec amour et inquiétude. Les yeux de Ian piquèrent et sa vision devint floue.

— Allez, viens, assieds-toi.

Dylan indiqua le banc en bois dans l'ombre de l'énorme érable qui marquait le coin sud-ouest de la propriété de ses parents.

Ian s'assit le premier, dos à la maison. Dylan prit place à sa gauche, Kurt à sa droite.

Ils restèrent assis là quelques minutes, une brise chaude remuant les feuilles au-dessus de leurs têtes. Il sentit ses deux frères bouger comme s'ils s'apprêtaient à parler, mais c'était comme s'ils ne savaient pas quoi dire. Ian non plus. Il se contenta de puiser du réconfort dans la présence de ses deux amis – frères – à côté de lui.

Dylan soupira lourdement. Pas de surprise – il était toujours le plus impatient d'eux trois.

— Ian, tu aurais dû dire quelque chose.

Il n'y avait aucun reproche dans le ton de Dylan, seulement du regret.

— Nous aurions compris. Tu le sais depuis combien de temps ?

C'était une question légitime. Kurt n'avait pas été conscient de sa propre orientation sexuelle jusqu'à récemment. Ian avait toujours supposé que son frère était prude ou avait une libido plutôt modérée. Il était probable que Kurt ait pensé la même chose de lui-même jusqu'à ce qu'il rencontre Davy.

— Depuis que j'ai quinze ans.

— Quinze ans ? Ian, pourquoi ?

Ian savait ce que Dylan voulait dire. Pourquoi l'avait-il gardé secret si longtemps ? Kurt savait déjà que Ian le cachait depuis des années, mais il ne lui avait pas tout dit.

Ian se frotta les joues avec le dos de sa main.

— Tu te souviens de ce week-end en camping que nous avons passé à Wasaga Beach ?

469

— Ouais, bien sûr, répondit Dylan en riant. Nous nous sommes mis dans un tas d'emmerdes.

Kurt grogna. C'était l'une des rares fois où ils l'avaient laissé à l'écart, seulement parce qu'ils étaient sûrs que personne n'aurait cru que leur petit frère au visage de bébé avait l'âge légal, peu importait sa grande taille ou ce que leurs fausses cartes d'identité clamaient. Lui, Dylan et un couple d'amis de Dylan s'étaient échappés un week-end pour boire jusqu'à plus soif à Wasaga.

— Je vous en veux toujours de m'avoir abandonné, déclara Kurt en boudant.

— Peu importe.

Dylan tendit le bras dans le dos de Ian pour donner un coup dans l'épaule de Kurt.

— Tu t'es vengé en nous dénonçant.

— Ouch, grogna Kurt.

— Mauviette, répliqua Dylan.

— On m'a tiré dessus !

Dylan inspira vivement.

— Désolé. J'ai oublié.

Ian l'avait presque oublié lui aussi. Ils avaient si facilement retrouvé leur camaraderie d'antan. Mais il avait évoqué cet incident pour une raison et elle n'avait rien à voir avec les souvenirs.

— Bref… ton ami de l'équipe de natation était là.

— C'est vrai, oui. Seigneur, je n'ai plus eu de nouvelles de ce gars depuis une éternité. Quel était son nom déjà ?

La question de Dylan était principalement rhétorique.

— Niels.

— C'est ça, Niels. Oh, mon Dieu, tu avais le béguin pour mon ami, pas vrai ? Pas étonnant que tu aies été aussi foutrement insistant pour assister à toutes les rencontres de natation alors qu'avant cela tu étais incapable de faire l'effort de te lever tôt.

— Oui, eh bien, j'ai vu Niels nu dans cette douche communale au camping. Et j'ai eu une révélation.

— Mais tu as couru après les pom-pom girls toute l'année après ça !

Le choc de Dylan était teinté de scepticisme.

Ian laissa échapper un rire amer.

— Je suivais ton exemple. Tu te souviens de Paul Jenkins ? Je ne pense pas que quelqu'un l'ait jamais tabassé parce qu'il était gay, mais il

470

a subi tout un tas de choses pas très marrantes de la part des athlètes de l'école. Je ne savais même pas qu'il était gay, mais il était petit, maladroit, intelligent comme tout et aussi mignon qu'une fille. Et j'ai appris que je ne voulais pas être différent, pas si cela attirait l'attention comme c'était le cas pour Paul. Je ne voulais pas que quelqu'un me traite comme ça.

— Seigneur, Ian.

Dylan lui pressa l'épaule.

— Je n'aurais laissé personne te tabasser.

— Moi non plus, ajouta Kurt.

Marrant dans un sens, parce que même au lycée, Kurt était plus imposant et plus musclé que Dylan ou lui. Il pouvait bien être le plus jeune, mais Kurt était loin d'être l'avorton de la portée des O'Donnell.

— C'était sacrément facile pour vous, les mecs.

Ian continua de parler par-dessus leurs faibles protestations.

— Sérieusement. Dylan était un putain de chien de chasse, courant après tout ce qui respirait et possédait des seins. Tout le monde semblait applaudir ton comportement – à part nos sœurs. Donc, je t'ai imité.

— Et pour Kurt ? Il n'agissait pas comme ça.

Ian haussa les épaules.

— Je pensais qu'il était un peu prude. Se réservant pour le mariage ou une relation sérieuse. Je suppose que le fait qu'il soit si grand lui a permis d'échapper aux persécutions mais ce n'était pas quelque chose que je pouvais copier.

— Et moi, j'ai toujours supposé qu'il avait une libido modérée.

Dylan adressa un clin d'œil à Kurt par-dessus Ian, et son visage devint rougeaud sous le soleil de fin d'après-midi.

— Ta gueule ! Ian, tu aurais dû m'en parler.

— Kurt, tu étais plus jeune. Tu n'avais même pas quatorze ans quand j'ai vu Niels pour la première fois. Comment étais-je supposé savoir que tu comprendrais ? L'aurais-tu même compris ?

Son frère, blessé, lui tapota le genou.

— Probablement pas. Je ne comprenais pas pourquoi je n'étais pas attiré par les filles, comme vous l'étiez, et je n'ai compris qu'en entrant au lycée que le sexe ne m'intéressait pas plus que ça. Avoir des relations sexuelles ne m'avait jamais semblé vraiment important. Et l'idée de regarder un homme de cette manière ne m'avait jamais traversé l'esprit avant de rencontrer Davy.

— Inconsciente petite chose, se moqua Dylan.

471

Peu de choses l'avaient amusé durant cette journée, mais ça oui.

— Eh bien, tu parles d'un inspecteur de police ! Est-ce ta façon de dire que ta libido *n'est pas* modérée ?

Dylan et lui rirent au rougissement renouvelé de Kurt. Ian devait apprendre à mieux connaître Davy parce qu'il semblait vraiment avoir une bonne influence sur son frère. Mais les mots de Kurt confirmaient que Ian avait été le seul à cacher sa véritable nature pendant toutes ces années. Au lieu de se concentrer là-dessus, il termina son histoire.

— Quand nous avons quitté le lycée, j'avais une réputation de coureur et il semblait que mon rôle dans la vie avait été défini. À l'université, je suis tombé dans un cycle infernal. J'allais dans des boîtes de nuit et je trouvais des mecs à baiser, pas d'attaches, pas de nom, pas de sentiments. C'était sûr et cela me permettait de continuer à prétendre.

Kurt inspira vivement.

— Tu étais… prudent, n'est-ce pas ?

Ian pinça les lèvres et hocha la tête. Il avait eu une frayeur, juste après ses vingt ans. Une frayeur dont il n'avait été capable de parler à personne à part au gars au dispensaire. Il ne s'était jamais senti aussi seul de sa vie, surtout parce qu'il ne connaissait même pas le vrai nom du mec avec lequel il avait couché. Après ça, il avait été le roi du préservatif.

— Eh bien merde, frangin, ça craint. J'aurais voulu…

Dylan s'interrompit.

— J'aurais voulu que tu rencontres une personne comme Davy plus tôt.

— Tu trouveras quelqu'un.

Kurt passa un bras autour des épaules de Ian.

— Tu es une belle prise.

Jusqu'à maintenant, Ian ne s'était jamais laissé aller à espérer qu'il y ait une personne faite pour lui. Comment allait-il briser l'habitude des années ? L'image de Rick, mince et blond, se tortillant dans son lit, fit irruption dans sa tête. Rick ne pouvait pas être cet homme-là, mais waouh… la nuit avait été incroyable. Cependant, penser à l'excellente séance de sexe alors que ses frères étaient assis à ses côtés était trop bizarre, alors il laissa l'image se dissiper.

Tous les trois restèrent assis là, laissant le vent tourbillonner autour d'eux, heureux dans leur silencieuse camaraderie.

Il n'était pas seul. Après la révélation de Kurt, il aurait dû réaliser que sa propre orientation sexuelle n'aurait pas été un problème, mais savoir une chose ne soulageait pas toujours l'angoisse dans votre cœur, et Ian avait

472

joué la comédie pendant trop longtemps. Une comédie que Kurt n'avait apparemment jamais jouée jusqu'à ce qu'il rencontre Davy.

Poussant un profond soupir, il se redressa.

— À quel point sont-ils en colère ?

Ian n'avait pas besoin de spécifier qu'il parlait de leurs parents. C'était avec eux qu'il aurait à traiter en premier. Ensuite, les frères et sœurs.

— Sais pas, répondit Dylan. Mais ils étaient prêts à attendre que tu sois prêt à revenir.

— Je suppose que je ferais mieux d'y aller.

— Caitlyn et Mark sont déjà partis, donc il n'y aura que Stephanie et les parents à la maison, l'informa Kurt.

Ian se leva. Son explosion n'en était pas moins humiliante, mais au moins, il n'avait pas à affronter la langue acérée de sa sœur. Pour le moment.

SEAN ET Deirdre étaient assis à la table de la cuisine, leur conversation légère cessant quand Ian se présenta à la porte. La sensation malvenue d'être un gamin sur le point de se faire gronder le submergea.

Il se glissa furtivement sur sa chaise et attendit. Ses parents échangèrent un regard avant que sa mère pose une main douce sur son bras.

— Chéri. Pouvons-nous en parler ? Calmement ?

— Je suis désolé. J'ai juste...

Ian ne savait pas quoi dire. Pas exactement. Peu importait comment il avait avoué son homosexualité, il avait déjà lâché le morceau le plus important. En discuter jusqu'à plus soif avec ses parents, alors qu'ils étaient en colère contre lui pour avoir été un connard, ne semblait pas le moins du monde amusant. Il avait trente-trois ans, pas treize. Quand il prit conscience que sa lèvre inférieure commençait à avancer pour marquer qu'il boudait, il se reprit. Parce qu'il *n'avait plus* treize ans. Bouder était inutile.

— Parle-nous. Tout va bien. Nous t'aimons. Quoi qu'il arrive.

Les yeux de Ian commencèrent à brûler à la déclaration de sa mère, mais l'entendre apaisa quelque chose en lui.

— Je le sais depuis longtemps. Depuis que je suis ado. Mais je n'ai jamais eu l'impression de pouvoir me confier à quelqu'un. Et ensuite, Kurt l'a juste annoncé sans réfléchir à sa fête et... et tout s'est bien passé. Pour lui. Personne ne lui en a voulu. Et c'est ainsi que ça devrait être, mais...

Sa mère sourit.

— Mais tu t'es senti trahi ? Tu as gardé cela pour toi, tu l'as transformé en un énorme et sombre secret, et soudain tu as réalisé que l'admettre n'était pas aussi… je ne veux pas dire bouleversant, parce que je sais que ça l'est pour toi. Un jour, personne ne se souciera qu'une personne soit gay ou hétérosexuelle, mais jusqu'à ce que ce jour arrive, il est impossible de savoir comment vont réagir les gens, hein, mon garçon ? Mais tu as passé si longtemps à te demander comment nous le prendrions que ton petit frère est arrivé et a volé ta révélation fracassante. Qu'il n'y ait eu aucune conséquence négative a renforcé ton côté compétitif.

Ian cilla à la déclaration de sa mère. Donc, il n'était pas une garce mal lunée, il était un faiseur de drames injustifiés. Charmant.

Sa mère n'avait pas fini.

— J'aurais voulu que tu nous fasses assez confiance pour nous le dire plus tôt. Je n'aime pas que tu aies passé si longtemps à t'inquiéter que notre amour soit conditionnel. Mais il ne l'est pas et ne le sera jamais.

— Viens là, dit son père en se levant et en attirant Ian dans une étreinte d'ours. Ta mère a raison.

Sa mère attendait juste derrière pour lui administrer une étreinte de son propre cru. Les yeux de Ian le brûlèrent à nouveau, mais cette fois-ci, il ne put empêcher ses larmes de glisser sur son visage.

Sa mère s'écarta et renifla avant de lui essuyer les joues comme elle l'avait fait chaque fois qu'il s'était blessé.

— Tu sais que tu dois des excuses à Caitlyn, n'est-ce pas ?

Son père avait toujours un regard sévère, mais il n'y avait pas de désapprobation ou de dégoût. Rien n'était différent. Ian laissa échapper un soupir tremblant.

— Je sais.

— Et à Kurt aussi.

Ian fronça les sourcils.

— J'ai parlé avec lui la nuit dernière. Je me suis excusé de l'avoir évité. Tout est arrangé entre nous.

— Non, Ian. Je ne parle pas de cela. Même s'il s'est rendu compte de son homosexualité seulement récemment, tu te trompes complètement si tu penses que cela a été facile pour lui. Ça ne l'a pas été. Peut-être que tu ne l'as pas vu parce que tu étais trop occupé à te protéger, et je comprends. Mais parle-lui. Tu dois savoir par quoi il est passé. Tu seras surpris de voir à quel point vos situations sont semblables.

— Je lui parlerai.

— Tu es de corvée de vaisselle.

Sa mère s'étira sur ses pointes de pieds pour lui embrasser la joue.

— Mais tu l'avais probablement deviné.

Ian laissa échapper un rire.

— Oui, en effet.

Ils quittèrent la cuisine et Ian ouvrit le robinet d'eau chaude. Sa mère avait un lave-vaisselle – le ciel soit loué – mais elle préférait que les casseroles, les grands plats et les verres soient lavés à la main.

Dylan et Kurt apparurent dans la cuisine quelques minutes plus tard. Dylan attrapa une bière avant de s'en aller mais Kurt s'assit à table.

Ian lui jeta quelques regards furtifs. Qu'est-ce que son père avait voulu dire ? Et était-il prêt à avoir une autre conversation profonde tout de suite ?

Non. Une autre fois. S'il n'avait pas eu droit à une si bonne partie de jambes en l'air la nuit précédente, son humeur serait au plus bas en ce moment-même. Bon sang, il était seulement vingt heures et il avait l'intention de se mettre au lit dès qu'il le pourrait. Le séisme émotionnel était plus éprouvant qu'il l'aurait imaginé. S'il trouvait l'énergie, il ferait un crochet dans l'un de ses repaires habituels pour qu'on lui fasse une fellation et qu'il puisse ainsi passer une bonne nuit de sommeil, mais il était plus probable qu'il s'endorme avec le souvenir de la nuit précédente.

Ou le souvenir de se pelotonner contre un corps chaud et masculin dans son lit. Bizarrement, il pensa qu'il pourrait en fait préférer le confort de ce geste à celui d'une fellation. Cela ne lui ressemblait pas du tout. Ou du moins, cela ne ressemblait pas au coureur qui cachait sa sexualité à tout le monde. Le fait d'être ouvertement gay signifiait-il qu'il serait un mec câlin ? Tenir Rick dans ses bras lui avait paru parfait, mais peut-être serait-ce le cas avec n'importe quel homme si Ian les laissait dormir dans son lit.

— Alors, tu vas te mettre à rencontrer des hommes maintenant ?

Oh, ce n'était pas possible. Il était improbable que son frère puisse lire dans ses pensées, pas vrai ?

Ian haussa les épaules du mieux qu'il put, les poignets plongés dans l'eau mousseuse.

— Je suppose. Je ne sais pas… je ne sais pas vraiment comment faire.

Kurt rigola.

— Moi non plus. Bien entendu, je suis sorti avec des filles, mais ce n'était clairement pas une réussite. Davy et moi ne sommes jamais officiellement sortis ensemble. Et Rick ?

— Oh, il s'appelle vraiment Rick ?

Ian ne donnait presque jamais son vrai nom quand il sortait pour se trouver un plan cul, alors il ne s'attendait pas non plus à ce que ses partenaires sexuels lui donnent leurs vrais noms. Ce qui était une manière de vivre vraiment solitaire, maintenant qu'il y pensait.

Les lèvres de Kurt se retroussèrent.

— Tu l'as rencontré dans ma *maison*. En train de m'aider à la *peindre*. Pendant que je suis en train de guérir après m'être fait *tirer dessus*. Ce n'était pas exactement une soirée mousse à l'Anaconda.

Ian tira une main de l'évier pour lui faire un doigt d'honneur, de l'eau de vaisselle volant pour atterrir juste sur le front de Kurt. Il n'aurait pas pu faire mieux s'il avait essayé.

— Que pourrais-tu bien savoir sur l'Anaconda ? Tu es gay depuis environ trente secondes et, regardons les choses en face, tu es un peu prude.

Ce changement de conversation ne tromperait pas son jeune flic de frère très observateur.

— Ce n'est pas une soirée mousse ici non plus.

Kurt essuya l'humidité de son visage.

— Et comparé à un coucheur, je suppose que je suis prude.

Kurt se leva et jeta un torchon de vaisselle mouillé à Ian.

Quelque part, les mots de Kurt ne le blessaient pas ni ne le mettaient en colère comme ceux de Caitlyn l'avaient fait. Mais Kurt restait toujours son petit frère et méritait une défaite par KO.

— Tu sais, j'ai tiré mon coup plus de fois que tu peux les compter, petit frère.

Ian envoya de l'eau mousseuse sur le tee-shirt de Kurt.

— La qualité vaut mieux que la quantité.

Kurt attrapa une poignée de choux de Bruxelles au beurre sur un plat à proximité et les lui lança.

Ian lâcha un juron et ils commencèrent tous les deux à chercher des munitions. Kurt plongea à nouveau la main dans le bol de légumes alors que Ian enfouissait les siennes dans le reste de pommes de terre.

— Et qu'avez-vous exactement l'intention de faire avec ça ?

Au son de la voix de leur père, ils s'immobilisèrent, pris les mains dans le pot de confiture, pour ainsi dire.

— Euh.

La réponse de Kurt n'était singulièrement d'aucune aide.

— Exactement. Vous feriez mieux de déclarer un cessez-le-feu. Votre mère se fiche que vous soyez gays, mais si vous mettez sa cuisine sens dessus dessous, vous vous retrouverez à nettoyer le chantier avec une brosse à dents. Et Ian, tu te retrouveras seul à le faire, parce qu'elle ne laissera pas Kurt faire quoi que ce soit avec cette blessure.

Une lueur démoniaque brilla dans les yeux de Kurt et il feignit de lancer une nouvelle attaque de choux de Bruxelles.

— Ce n'est pas juste.

L'absurdité de la situation frappa Ian dès que ses mots quittèrent ses lèvres et il se mit à rire. Kurt et son père l'imitèrent.

Son père lui donna une tape dans le dos.

— Pendant une minute, j'ai pensé que nous étions tombés dans une faille temporelle. Mais votre mère pourrait revenir d'une minute à l'autre, alors vous feriez mieux de vous dépêcher et d'en finir. N'oubliez aucun de ceux-là.

Il haussa un sourcil grisonnant en direction des petits choux verts éparpillés sur le sol aux pieds de Ian avant de prendre une bière dans le réfrigérateur et de s'en aller.

— Je vais ramasser les choux, offrit Kurt.

— Non, je te l'interdis. Assieds-toi. Je ne veux pas me faire tuer par Maman ou Davy s'ils découvrent que tu fais trop d'efforts parce que tu dois nettoyer les restes de notre bataille de nourriture. Je m'en occupe.

Kurt devait se sentir affaibli parce qu'il obéit.

— Désolé. Je n'aurais pas dû mettre le bordel.

— Ne t'en fais pas pour ça.

Ian passa ses mains pleines de pommes de terre sous l'eau et les essuya avant de s'agenouiller et de ramasser chaque petit chou glissant pour les jeter dans la poubelle de compostage. Il termina juste à temps parce qu'il n'avait pas plus tôt replongé ses mains dans l'eau de vaisselle que leur mère entrait dans la cuisine pour se resservir un verre de vin. Elle lança un regard évaluateur à Kurt, comme pour s'assurer qu'il n'en faisait pas trop, avant de jeter un œil expert sur le travail de Ian.

— Tu manques de pratique, mon garçon ? Ça te prend du temps.

— Je veux juste m'assurer que tout soit parfait pour toi, maman.

Ian lui adressa un sourire des plus innocents.

— Galopin. Ta vieille mère sait qu'il ne faut pas croire ce sourire de charlatan.

Elle lui sourit en retour et les laissa à leurs affaires.

477

Pendant quelques minutes, il n'y eut que le bruit de la vaisselle s'entrechoquant.

— Donc, que vas-tu faire maintenant ?

Une fois encore, il savait ce que Kurt voulait dire.

— Je ne sais pas. C'était vraiment une grande étape même si, au fond de moi, je savais déjà que la famille ne m'en tiendrait pas rigueur. Je ne pouvais pas penser au-delà. Et je ne mentais pas. Je ne suis jamais sorti avec personne. Les endroits où je vais pour trouver du soulagement ne sont pas ceux dans lesquels je pourrais trouver des mecs à fréquenter, même si j'avais une idée quelconque de quoi faire. Je me sens presque comme l'un de ces gars qui se retrouvent mariés jeunes et divorcent après de nombreuses années, pataugeant ensuite dans l'univers des rendez-vous amoureux.

Comme ce type au boulot qui s'était marié avec son amour du lycée et qui, vingt ans plus tard, 'voulait quelque chose de différent'. Ce pauvre imbécile s'était retrouvé perdu et avait dû apprendre à naviguer dans les eaux infestées des requins de la vie amoureuse, sans gilet de sauvetage. Et pourtant, Ian n'aurait pas hésité une seconde à sauter la tête la première dans ces eaux dangereuses si cela signifiait qu'il pouvait goûter à cet amour particulier que le reste de sa famille avait trouvé.

— Peut-être que Davy pourrait te donner quelques conseils.

— Oui, peut-être. Mais remettons ça à plus tard. Pour le moment, j'ai besoin de… m'habituer à mon nouveau statut. Être moi-même.

Découvrir qui cette personne pouvait bien être.

Kurt lui sourit.

— Tu sais que je suis là pour toi, même si je n'ai fait mon coming out que récemment et que je ne m'en suis toujours pas remis.

— Je sais, petit frère, je sais.

Et, juste comme ça, la culpabilité remonta à la surface et il sut qu'il ne pouvait la faire taire plus longtemps. Cela ne rendrait les choses faciles que pour lui et il avait déjà été bien trop égoïste en ce qui concernait Kurt.

Il posa la dernière casserole mouillée dans l'égouttoir, se sécha les mains et s'assit en face de Kurt. La table de la cuisine était seulement assez grande pour quatre personnes ; si toute la famille était présente pour partager un repas, ils se rassemblaient dans la salle à manger. La table de la cuisine faisait davantage office de cafétéria, s'adaptant aux différents plannings d'une fratrie de neuf. Ce qui voulait dire qu'il se trouvait bien trop proche du regard curieux de Kurt à son goût, mais de toute manière, cela n'allait pas être une discussion facile.

— Je sais…

La voix de Ian craqua et il déglutit avec difficulté.

— Je sais que je n'ai pas été là pour toi. Et je suis désolé.

Kurt haussa les épaules.

— Nous en avons discuté la nuit dernière. Tout va bien entre nous.

Malgré la tentation de laisser couler les choses, de prendre le chemin de la facilité, Ian s'obligea à faire face courageusement. S'il se défilait, ses parents l'apprendraient d'une façon ou d'une autre.

— Non, je veux dire…

Que voulait-il dire exactement ?

— Je n'ai pas été là pour toi. J'ai agi comme un con, et je le sais. Le problème est que, sans pouvoir expliquer pourquoi, j'ai pensé que ce changement de vie avait été facile pour toi. Mais maintenant, je réalise que ça ne l'était pas. Ça n'a pas pu l'être.

En fait, plus il y pensait, plus Ian se rendait compte que cela avait dû être traumatisant. Bien plus que ce par quoi il était passé. Parce que Kurt n'avait pas réalisé qu'il était gay. Il n'avait probablement jamais observé la façon dont sa famille ou ses collègues réagissaient face aux personnages homosexuels à la télévision ou au cinéma. Il n'avait jamais pris la peine mesure de leurs plaisanteries scabreuses amusantes ou moralement répugnantes. N'avait jamais cherché à savoir s'ils méprisaient, ignoraient ou remarquaient un homosexuel haut en couleur croisant leur chemin.

Ian avait passé des années à analyser toutes ces réactions minuscules. Il s'était assuré de choisir une profession dans laquelle son homosexualité ne serait pas un problème parce qu'il s'était résigné au fait qu'en dissimulant son orientation sexuelle, il s'exposait à la possibilité d'être accidentellement sorti du placard. Kurt n'avait jamais eu la chance de choisir sa profession en fonction de son orientation sexuelle.

Toronto était une ville plutôt tolérante, que ce soit au regard de la sexualité ou de l'ethnicité. La police ne faisait pas de discrimination. Mais il devait y avoir une sorte de peur profondément ancrée à la profession d'inspecteur, car son travail et ses collègues pouvaient être amenés à en souffrir. À la différence de Ian, qui avait eu des années pour réfléchir à la manière dont il annoncerait son homosexualité ou répondraient à toutes les questions possibles, Kurt avait dû gérer cela en seulement quelques mois.

Kurt avait toujours été un homme agréable et heureux, et il gérait bien mieux ses émotions que Ian. Cependant, au souvenir de cette période, une pâleur teinta la peau de son frère et un vide se fit dans ses yeux, ce qui peina Ian comme peu de choses pouvaient le faire. Il avait beau n'avoir qu'un an et demi de plus, c'était tout de même son devoir de protéger son jeune frère, et il avait brillamment échoué.

— Ça ne l'a pas été. Non.

La voix de son frère était faible. Comme il ne l'avait jamais entendue avant. Puis Kurt détourna les yeux des siens pour fixer la table, ses doigts jouant avec le coin d'un set de table.

— Je suis là maintenant. Raconte-moi.

Il ne voulait pas savoir à quel point il avait failli à sa mission de grand frère mais ses parents avaient raison. Il avait besoin de l'entendre.

— Ian, j'étais si paumé.

Kurt commença à raconter tout ce qu'il n'avait pas dit à son frère la veille lorsqu'ils s'étaient réconciliés.

— J'ai commencé à boire. Mon humeur était instable. Si Simon ne m'avait pas couvert au boulot, j'aurais probablement perdu mon travail. Si cela avait duré plus longtemps, j'aurais certainement eu besoin de suivre une thérapie.

La culpabilité tordit les entrailles de Ian. Si seulement il n'avait pas fait l'autruche, il aurait pu aider Kurt à traverser cette période difficile. Ses parents avaient raison. Il devait des excuses à Kurt. Il lui devait bien plus que ça mais son frère n'avait plus besoin d'aide. Kurt avait déjà résolu ses problèmes. Où n'était-ce pas le cas ?

— Une thérapie ? Tu vas mieux maintenant ? Tu participes aux réunions des AA ou d'un autre groupe ?

Kurt haussa une épaule et grimaça.

— Je ne serais pas le premier flic à abuser de l'alcool. Je pense que je me suis seulement égaré, mais Davy insiste pour que j'aille parler à quelqu'un. Juste au cas où.

— Et est-ce que tu vas y aller ?

— Pour Davy ? Absolument.

Ian poussa un soupir de soulagement. Il n'avait jamais eu besoin de l'aide de l'alcool ou des drogues pour faire face à son homosexualité. Probablement parce qu'il avait toujours su qu'il ne perdrait pas sa famille même si cette dernière venait à apprendre qu'il aimait les hommes. Mais les abus de substances en tout genre étaient monnaie courante dans la communauté gay et il préférerait s'arracher un bras plutôt que voir Kurt souffrir ainsi.

— Je suis content que tu aies trouvé un homme bien.

480

Il fut capable de le dire sans la moindre jalousie étant donné que cet homme était apparemment tombé du ciel sur les genoux de Kurt, comme une manne céleste.

Kurt leva la tête et sourit.

— C'est un homme bien. Je l'aime.

Il ressentit tout de même un soupçon de jalousie en observant la paix absolue sur le visage de Kurt. Mais Ian l'ignora parce qu'il n'avait pas terminé.

— Je suis désolé de ne pas voir été présent pour toi. J'aurais souhaité… j'aurais souhaité que nous soyons à un moment de nos vies où nous aurions pu nous faire mutuellement confiance avec nos secrets, comme nous en avions l'habitude enfants. C'est principalement de ma faute parce que, si j'avais craché le morceau au lycée ou même à l'université, toute cette histoire aurait pu être évitée. Mais sache que s'il y a quoi que ce soit dont tu as besoin – même si c'est quelque chose que tu ne veux dire à personne d'autre – viens me voir. Ne te laisse pas à nouveau aller comme tu l'as fait, d'accord ? Tu me le promets ?

— Je te le promets. Mais d'une certaine manière, je suis heureux que tout cela soit arrivé.

Ian avait dû mal entendre.

— Tu es heureux ? Tu ne t'es pas fait tirer dans la tête, dis-moi ?

Kurt rit, ses yeux pétillants et la couleur revenant sur son visage.

— Nan. Pas de fracture non plus. Mais ne vois-tu pas ? Si les choses s'étaient passées différemment, j'aurais pu ne jamais rencontrer Davy. Il vaut toutes les épreuves par lesquelles je suis passé.

La douceur de la déclaration de Kurt fit monter les larmes aux yeux de Ian, juste un peu, même si son faiseur de drames intérieur voulait cracher de colère. Même gay – maintenant déclaré – et fier, il ne savait pas comment être un petit ami ou un compagnon. Coureur était le rôle qu'il s'était forgé et cela allait prendre du temps et des efforts pour évoluer vers autre chose.

III

IAN SE glissa sur la chaise de la dernière table disponible du café situé à l'étage principal de son immeuble de travail. Cela faisait moins d'une semaine qu'il avait parlé à ses parents et, quelque part, il s'était attendu à un gros bouleversement dans sa vie. Que les gens remarquent qu'il marchait la tête plus haute, avec plus de confiance. Un peu comme quand il avait perdu sa virginité, il avait été déçu qu'il n'y ait pas un énorme néon lumineux au-dessus de sa tête annonçant ce moment capital. Tout bien considéré, son coming out était presque un non-événement, et il se transformait vraiment en faiseur de drames injustifiés s'il ne pouvait être heureux que les choses se soient passées sans heurt.

Poussant les pâtes dans son assiette de sa fourchette, il soupira et prit son livre. Il N'était pas terriblement intéressant mais il avait promis à son frère Dylan qu'il le lirait.

Le problème, c'était qu'il voulait parler à quelqu'un, mais il ne savait pas vers qui se tourner. Ses amis, même s'ils avaient fait preuve de soutien, ne pouvaient offrir aucun éclairage sur ce que cela signifiait d'être un homme ouvertement gay. Dylan ne le pouvait pas non plus, en supposant qu'il en ait même le temps avec tous les préparatifs de son mariage. Cela faisait longtemps que ses autres frères et sœurs s'étaient mariés et, entre-temps, Ian avait oublié qu'un mariage accaparait toute l'attention des principaux intéressés et qu'ils en venaient à négliger tout le reste. Et Kurt – eh bien, il savait ce qu'être un homme gay signifiait et il avait lui-même fait son coming out, mais il était passé directement de péniblement indifférent au sexe à ouvertement gay avec un compagnon. Son petit frère chanceux avait échappé à l'étape classique de l'homme gay à la recherche de... quelque chose. Kurt avait offert l'aide de Davy mais la période de célibat de ce dernier datait d'il y a plus d'une décennie.

Ce qui le laissait à nouveau livré à lui-même. Sa vie ne pouvait vraiment pas être plus semblable à sa vie 'avant coming out', la seule différence étant que s'il rencontrait quelqu'un de spécial, il pouvait le ramener chez lui pour lui faire rencontrer sa famille. Cela ne résolvait absolument rien du tout à l'instant présent.

— Salut, il n'y a plus de chaise disponible. Ça vous dérange si je m'assieds là ?

482

Ian leva les yeux pour découvrir un homme mince avec des cheveux bruns en bataille, portant un tee-shirt noir et un pantalon cargo kaki, peut-être dans la vingtaine.

— Bien sûr. Prenez une chaise.

À cet instant, toute compagnie était une distraction bienvenue de son livre ennuyeux et de ses pensées perturbantes.

— Je m'appelle Leon Barlow.

Après avoir posé son plateau sur la table, Leon tendit la main et Ian offrit la sienne.

— Ian O'Donnell.

Ian fronça les sourcils.

— Ne vous ai-je pas vu au douzième étage ?

— Oh, oui, probablement. Je suis le nouveau designer graphique pour *Errant.*

Le magazine à scandale en ligne sur les célébrités, qui combinait les potins et les bizarreries du maintenant disparu *Weekly World News,* avait été le sanctuaire professionnel de Ian ces cinq dernières années.

— Sérieusement ? Je suis responsable de clientèle confirmé pour *Errant.*

Leon lui adressa un sourire qui obligea Ian à réviser l'estimation initiale de l'âge qu'il lui donnait de quelques années. Ce mec n'avait pas l'air d'avoir plus de vingt ans. Mais bon, les designers graphiques étaient payés moins cher quand ils sortaient tout droit de l'école et Hector Ramos, le propriétaire du *Errant*, gardait toujours un œil sur les résultats. Le salaire faramineux de Ian aurait fait de lui un candidat parfait au licenciement s'il ne prenait pas en compte le fait qu'il ramenait plusieurs fois son montant en chiffre d'affaires publicitaire.

— Oh. Nous allons travailler ensemble, alors ?

— Sur quelques projets, oui. Quelques-uns de nos annonceurs n'ont pas d'agence ou de personne assez talentueuse pour créer leurs publicités, alors leurs chargés de clientèle en demandent à votre département.

— Génial. Je suis vraiment content d'avoir demandé à m'asseoir ici.

Leon enfourna une pleine fourchette de salade et mâcha.

Ian posa son livre. Un complet étranger lui demandant simplement d'utiliser la moitié de sa table ? Avec son humeur actuelle, il devrait probablement continuer sa lecture, bien que cela ne le dérange pas de discuter avec des étrangers. Mais un nouveau collègue ? Continuer à lire serait extrêmement impoli.

— Bon livre ? demanda Leon en le pointant de sa fourchette.

— Je n'en suis pas encore sûr.

Malheureusement, étant donné le sujet. Mais il n'avait pas été capable de lire suffisamment pour en être sûr.

Leur conversation tourna principalement autour de *Errant*, mais Ian fut surpris de constater combien le temps passa vite, même en discutant boulot.

— Nous devrions remonter.

Leon ne discuta pas et commença simplement à rassembler les restes de son déjeuner.

— Ian, vous êtes du coin, n'est-ce pas ?

— Euh.

C'était une question plutôt ambiguë. Son appartement – non loin du bureau – était à une distance minimale de Boystown [9], il était donc plutôt étonné que personne n'ait deviné qu'il avait fait ce choix délibérément. Leon lui demandait-il s'il était gay ? Parce que Ian était presque sûr que Leon l'était.

En une fraction de seconde, les épaules de Ian se contractèrent. Il avait révélé son homosexualité aux personnes auxquelles il tenait et, bien sûr, chacun de ses plans cul savait qu'il était gay, mais il ne lui était jamais venu à l'esprit qu'il pouvait facilement ressentir une pointe d'anxiété à chaque fois qu'il considérait le fait de l'admettre.

— Je veux dire, de Toronto ? Je viens de Winnipeg, j'ai déménagé il y a quelques mois seulement et je ne connais pas beaucoup de monde en ville. Peut-être que nous pourrions traîner ensemble quelquefois.

Ian relâcha son souffle et ses muscles se détendirent. Il réalisa qu'une grande partie de son anxiété était due à la peur que Leon lui demande de sortir avec lui. Ce mec était bien trop jeune pour qu'ils sortent ensemble, et il n'était pas près d'avoir une relation d'un soir avec un collègue de travail. C'était une source de problèmes en puissance. Mais, s'il voulait seulement qu'ils soient amis, Ian pouvait le faire. Il pourrait lui aussi profiter d'un ami sans trop de bagages personnels.

— Ouais, j'aimerais beaucoup ça.

LE RYTHME de la musique s'installa profondément dans l'estomac de Rick alors qu'il agitait ses hanches sur la chanson vaguement familière. Autour

---

9 Boystown est le surnom donné au quartier dédié à la communauté homosexuelle. (NDLT)

de lui, les corps se tortillaient, le parfum de musc et de bière puissant à ses narines. Nombre d'hommes à ses côtés avaient déjà retiré leurs tee-shirts trempés de sueur et l'humidité dans l'air était mêlée de tension sexuelle.

Rick inspira profondément et la nostalgie l'envahit. À maintenant trente-cinq ans, il avait passé de nombreuses heures à se trémousser en boîte durant sa vie et, alors que les lieux, les vêtements et l'alcool du jour avaient changé, le parfum d'hommes excités et dansants était toujours le même.

Fermant les yeux, il laissa ses autres sens le guider, en partie parce qu'il n'aimait pas comparer son corps lentement vieillissant avec les formes jeunes et fermes qui l'entouraient. Non pas qu'il se laisse complètement décatir, mais cela lui demandait plus d'efforts pour rester mince et tonique qu'il lui en avait fallu dix ans plus tôt. Merde, même deux ans plus tôt, son métabolisme avait rendu ses amis jaloux.

Puis il laissa ses paupières s'ouvrir parce qu'il était également en partie ici pour se rincer l'œil. S'il devait être ici, danser et profiter de la vue faisaient partie de son programme. Tirer un coup ne ferait pas de mal non plus, mais il aurait souhaité avoir un des mecs de son répertoire avec lui pour garantir le sexe. Il avait déjà vu un peu trop de regards compatissants parmi la clientèle de l'Anaconda, cette dernière étant définitivement plus jeune que lui.

Cela n'avait aucun sens, mais les minets d'âge mûr n'étaient pas aussi recherchés que les ours d'âge mûr. Ce n'était pas comme s'il avait le choix en la matière. Il mesurait un mètre soixante-dix-neuf, il était mince et blond. À vingt ans, les gens se pressaient autour de lui dans les boîtes de nuit. À trente-cinq ans, il aimait toujours l'humeur sensuelle d'un club, mais il fréquentait habituellement les lieux qui réunissaient une foule de son âge. Ce qui était probablement un million de fois pire s'il cherchait une masturbation rapide dans les toilettes ou une fellation sur le parking parce que ces endroits recelaient davantage de compagnons ou de maris potentiels.

Encore une fois, s'il avait voulu quelque chose de sérieux, Oscar aurait sans aucun doute été en train de l'attendre. Rick plissa les lèvres. Il détestait devoir rompre avec l'un de ses amants réguliers. En règle générale, celui qui se faisait larguer était Rick, parce que les hommes qu'il fréquentait décidaient qu'ils voulaient une relation sérieuse et la trouvait auprès de quelqu'un d'autre. La proposition d'Oscar qu'ils emménagent ensemble avait pris Rick par surprise, mais ce n'était pas la première fois que quelqu'un devenait soudainement sérieux sans avertissement, réclamant attaches, sentiments et engagement. Un million d'années ne le verrait pas signer pour ça.

Quoi qu'il en soit, la volonté de ne pas s'engager sérieusement avait réduit son répertoire comme peau de chagrin, et il soupçonnait fortement qu'Ivan, son inspecteur de police et possible plan de secours, avait trouvé un homme avec lequel il aimerait devenir sérieux.

Rick ne s'attendait clairement pas à trouver qui que ce soit ce soir-là. Il n'était pas ici pour le sexe, mais si quelqu'un le trouvait dans cette mer de chair mâle et dure, il ne dirait certainement pas non.

La musique changea pour une autre au rythme plus lent. S'il avait eu une perspective sérieuse en vue, il aurait saisi l'opportunité de se frotter contre un entrejambe ou un cul. De poser sa paume sur des pectoraux ou la courbe moite d'une chute de reins. Peut-être même glisser un doigt sous une ceinture, cherchant refuge entre des fesses musculeuses et serrées.

À la place, il choisit de succomber à une autre envie et se dirigea vers le bar.

Le barman apparut devant lui en un temps record ; cela lui plut.

— Que prendrez-vous ?

L'homme sourit d'un air appréciateur, mais Rick avait appris depuis longtemps à ne pas faire confiance aux barmen ou aux strip-teaseurs. Pas quand ils étaient en service.

Que prendrait-il ? Bière, bière ou bière ? Rick indiqua la bouteille ambrée que buvait son voisin d'un geste de la main.

— Ce sera parfait.

— Il est certainement parfait, répondit le barman en lui adressant un clin d'œil. Oh, vous parlez de la bière ! Tout de suite.

Un comédien. Un mauvais comédien. Rick s'empêcha à peine de lever les yeux au ciel et déposa quelques billets sur le bar. Il attrapa la bière et se déplaça pour aller se poster près du mur.

Il grimaça après une gorgée. La bière n'était pas du tout sa boisson favorite, mais étant donné la moyenne d'âge des jeunes hommes qui dansaient, il n'imaginait pas que la cave à vin de l'Anaconda enrichirait son palais amateur.

Il aurait probablement dû prendre de l'eau.

— Rick !

Se tournant, il vit Jon marcher vers lui, vêtu de ses accessoires préférés : un harnais et un pantalon de cuir lui collant à la peau. Il suspectait que la majorité de la clientèle aurait dû se nourrir de nouilles pendant un

486

mois pour être capable de s'offrir un tel pantalon. Rien à voir avec les costumes sur mesure que Jon portait pour aller travailler chaque jour, et Rick ne pouvait décider lequel des deux rendait son ami plus excitant.

— Délicieux.

Rick fit courir un doigt le long des abdominaux de Jon.

— Tu es fabuleux. Aussi plaisant qu'à notre rencontre.

Jon faisait le beau et Rick ne le blâmait pas. Jon avait un an de plus que lui, mais quand Rick l'avait rencontré pour la première fois, il se déshabillait dans le club où lui-même était barman. Aucun d'eux ne ressemblait à un minet anorexique qui ne prendrait pas soin de son corps ; ils étaient davantage bâtis comme des nageurs de compétition. Avec une taille, une carrure, une coupe et une couleur de cheveux identiques, ils se ressemblaient assez pour que le propriétaire ait essayé de les convaincre de faire un spectacle régulier ensemble pour tirer profit de toute cette atmosphère d'inceste, mais Rick n'avait jamais voulu se déshabiller. Cependant, même sans monter sur scène, Jon et lui avaient assez joué sur la ressemblance pour divertir les clients. Les pourboires avaient été… généreux.

Assez étrangement, c'était leur ressemblance qui avait cimenté leur amitié parce que Jon n'avait pas voulu baiser son 'jumeau', et Rick non plus. Sans aucun réel désir l'un envers l'autre pour compliquer les choses, Jon était devenu le premier véritable ami que Rick avait eu quand il avait déménagé loin de chez lui.

— Qu'est-ce qui te prend de boire de la bière ? Je me suis assuré qu'ils commandent le nécessaire pour tes mangoritas.

Il fit la moue. Les mangues étaient fantastiques, en particulier quand elles étaient utilisées pour faire les margaritas.

— Je fais un break avec la tequila pour l'instant. Mais c'était très attentionné de ta part, mon chou.

Il l'embrassa sur la joue et se retrouva les bras pleins d'un Jon à demi nu en train de l'étreindre.

Ils firent tous les deux semblant de ne pas remarquer que l'intérêt soudain autour d'eux avait été causé par leur rencontre. Rick adressa un grand sourire à Jon avant de lécher lentement une large bande de peau de la courbe ronde de l'épaule de Jon jusqu'au lobe de son oreille. Jon frissonna et plusieurs mecs grognèrent. Alors que l'air s'épaississait de phéromones, quelques-uns des spectateurs pressèrent leurs mains sur leur entrejambe alors que d'autres choses s'épaississaient elles aussi. Les hommes. Tous les mêmes.

— Vilain, vilain, murmura Jon à son oreille, donnant l'impression à tous les autres de mordiller l'oreille de Rick.

Le souffle chaud effleurant la peau sensible juste au-dessous de son oreille provoqua un léger frisson chez Rick, et même dans l'humidité du club, ses tétons durcirent.

— Ce n'est pas la raison pour laquelle tu m'as invité ?

Contrairement aux apparences, Jon n'était pas à l'Anaconda pour pêcher l'homme. Il avait récemment investi dans la boîte de nuit et lui avait demandé de passer et de jauger l'endroit. En fait, il l'avait aussi demandé au reste de leur groupe d'amis le week-end précédent, lorsqu'ils avaient repeint la maison de Davy, mais ce dernier et Kurt étaient toujours en train de récupérer de tout un tas de choses. Rick ne pensait pas que Kurt ait jamais mis les pieds dans une boîte gay et il voulait absolument être présent lors de sa première fois.

— Eh bien, ça ne fait pas de mal, dit Jon en lui adressant un clin d'œil.

Oui, si une personne lançait une rumeur en disant qu'un des nouveaux propriétaires était… Rick rit. Il se fichait que Jon s'offre une petite promo sans conséquence.

— Tu es tout seul ? Où sont Davy et Kurt ?

Jon scruta les environs alors qu'il posait la question, comme si plus de personnes se matérialiseraient soudain derrière Rick.

— Tu ne pensais pas que j'aurais amené un rencard, n'est-ce pas, chéri ? Tu sais que ce n'est pas mon truc. Et les tourtereaux sont absorbés par la sortie d'un nouveau jeu.

De toute manière, Kurt n'avait probablement rien d'un clubbeur, et Davy était plus qu'heureux de rester à la maison à sucer la queue de son amant pendant que ce dernier jouait à *Call of Duty* ou quelle que soit la nouveauté geek de la semaine. Bien entendu, Rick était lui-même un geek, mais les jeux vidéo n'étaient pas vraiment son domaine de prédilection.

— D'accord. Ça ne fait rien. Tu es le plus important.

Il l'était ?

— Je le suis ?

— Oui, idiot. Tu as fréquenté plus de boîtes que n'importe qui que je connais. Tu es celui en qui j'ai confiance pour évaluer cet endroit, voir si j'ai besoin de changer quoi que ce soit.

Rick rit. Il était rare que l'on veuille de lui dans une boîte pour autre chose que son talent en matière de masturbation.

— À quel genre de rémunération puis-je m'attendre ?

— Quoi ? Je ne t'entends pas avec cette musique, demanda Jon en mettant son oreille en coupe.

— Conneries.

Mais Rick rit malgré tout. Il n'avait fait que plaisanter.

Un des barmen se dirigea droit vers eux et, à en croire le regard plissé sur son visage, Rick se dit qu'ils n'étaient pas près d'être à court de cerises cocktails.

— Va donc bosser. Je vais faire un tour, je te revois plus tard.

Il donna une tape sur le cul de Jon, un claquement satisfaisant avec bruit amplifié par le cuir. Jon couina, lui lançant un regard noir avant de revêtir son visage 'je suis respectable et responsable' et de se faufiler hors du cercle d'observateurs qui les entouraient.

— Le spectacle est fini, gamins. Revenez à minuit.

Rick les envoya promener, même ceux qui firent un pas vers lui, des promesses de luxure sur le visage. Aussi beaux qu'ils soient, il avait passé cette dernière semaine à penser bien trop souvent à Ian. L'homme s'y connaissait en matière de sexe. Plusieurs fois il avait envisagé d'appeler Davy pour lui demander son numéro, mais même si Ian n'était pas un coup d'une vie, il ne pensait pas que s'impliquer avec le frère de Kurt ferait des merveilles pour la dynamique du groupe. Kurt s'intégrait parfaitement à leur groupe d'amis, malgré ses tendances excessives au machisme, mais si les choses tournaient mal entre Ian et lui, Rick ne voulait pas que ses amitiés en pâtissent. Il n'avait pas de famille et aucune intention de se lancer dans une relation sérieuse. Ses amis représentaient tout pour lui.

Rick s'éclipsa du groupe qui avait espéré que Jon et lui se déshabillent et se mettent à besogner juste là, sur le sol de l'Anaconda. S'il venait à baiser quelqu'un ce soir-là, il préférait ne pas *savoir* qu'on les imagine ensemble.

De l'autre côté de la piste de danse, il s'adossa au mur pour finir sa bière. Il fut un temps où il serait allé danser avec son verre, mais il n'allait pas ajouter un potentiel risque de sécurité au nouvel investissement de Jon. La vue de ce côté était tout aussi bonne, mais il fut agacé de se retrouver à chercher des cheveux noirs et des yeux clairs. Il n'y avait aucune raison à ce genre d'inepties émotionnelles.

Il fit de la place à un couple cherchant un coin sombre à côté de lui. Dans sa vision périphérique, il remarqua que l'un d'eux tombait à genoux et en quelques instants, même par-dessus le vacarme assourdissant de la musique et des bruyantes conversations, les gémissements du mec furent audibles. En fait, Rick pouvait facilement imaginer une succion humide, et son pantalon le comprima. Assez de cet apitoiement. Il n'avait jamais eu de problème à trouver quelqu'un pour le baiser et ce soir-là, il se le prouverait.

Après avoir descendu le reste de sa bière, il posa la bouteille sur une desserte proche, se débarrassa de sa chemise et retourna dans la foule ondulante.

RICK SOURIT à un type roux et baraqué. Musclé, sexy et, à en juger par la dure longueur poussant contre son estomac, intéressé. Certains mecs n'aimaient pas les rouquins, mais Rick était un joueur qui offrait des chances égales. Il se frotta contre le gars, mais ne fut pas vraiment tenté de quitter la piste pour trouver un coin plus confiné.

Il laissa la musique l'emporter et se retrouva bientôt en train de danser avec un autre mec sexy, un Asiatique mince aux cheveux blonds décolorés. À nouveau, il prit plaisir à bouger, allumer, toucher, mais malgré l'invitation évidente, il ne s'autorisa pas à être entraîné. Cette fois, le gars haussa les épaules et alla danser plus loin, laissant Rick seul. Il devait vraiment se faire vieux parce qu'aucun de ces mecs, aussi mignons soient-ils, n'avait l'air assez vieux pour boire. Un orgasme avec un vieux pervers ? Non, merci. Ce n'était définitivement pas ce qu'il était venu cherché dans cette soirée. Merde, il pourrait avoir à appeler un de ses ex-amants réguliers pour organiser un plan cul dans l'espoir que l'un d'eux veuille passer une simple nuit, sans attaches.

Fermant les yeux, il dansa, essayant de décider s'il devait laisser tomber et téléphoner à Oscar. Non, ce serait une erreur. Pire que d'appeler Davy pour avoir le numéro de Ian. Il devrait se contenter d'envisager la soirée comme une faveur qu'il s'offrait et la cantonner à cela. Rentrer, laisser sa main droite lui apporter satisfaction, et dormir un peu.

La musique changea et il s'arrêta un instant. Avant qu'il puisse se retourner pour se diriger vers la porte, deux mains fortes glissèrent autour de sa taille et le tirèrent contre une peau nue et chaude. L'homme derrière lui, pourtant plus grand, était plus proche de la taille de Rick que la plupart des autres hommes qui lui avaient montré de l'intérêt ce soir-là. Ses épaules étaient assez larges pour que Rick se sente curieusement en sécurité et à l'aise alors qu'il plaquait les fesses contre un sexe dur et de bonne taille. Le mec cadrait à la perfection avec Rick.

490

Il leva les mains pour caresser les avant-bras veinés, légèrement poilus, et enroula ses propres bras autour d'eux, les positionnant plus près de son ventre.

Ils se balancèrent ensemble, le menton de son prétendant sans visage posé dans la courbe de son cou. Comme Jon l'avait fait, ce mec titilla la peau douce sous l'oreille de Rick. À la différence de sa réaction avec Jon, son sexe se dressa et poussa contre la braguette de son pantalon. L'homme sans visage extirpa une de ses mains et la fit glisser sur le ventre moite de sueur de Rick, les doigts taquinant la ligne de poils que Rick savait être invisible à l'œil, due à sa blondeur, mais bien présente au toucher.

Un index glissa sous la ceinture de Rick, l'ongle effleurant à peine la fente sensible sur la pointe de son pénis. Rick grogna et laissa sa tête tomber en arrière contre cette épaule solide. C'était ce qu'il avait cherché toute la nuit.

— Je m'appelle Steve et j'adore ton cul, murmura l'homme dans son oreille avant que ses lèvres se posent sur son cou pour le sucer.

Le pouls de Rick accéléra et il ondula, essayant de pousser dans cette main qui n'était pas la sienne pour que l'homme attrape son érection.

— Salut, Steve.

Rick essaya de mettre un peu de son charme ostentatoire dans ses mots, mais cet homme l'avait trop excité, trop vite. Son ton rauque n'était rien de plus qu'une invitation à le prendre. Il était presque prêt à offrir son cul dans les toilettes, et cela faisait des années qu'il avait désiré cela d'un habitué des boîtes de nuit.

Rick se tourna dans les bras de Steve, espérant un peu d'action face à face avant qu'ils poursuivent cela dans un coin sombre. Il aimait une forte prise sur son cul presque autant qu'une main ferme sur sa queue.

Il glissa ses mains jusque dans les cheveux sombres de Steve, tirant un peu pour redresser sa tête.

Des yeux bleus alanguis s'agrandirent lorsqu'ils le reconnurent alors que Rick tirait vivement sur les cheveux toujours pris dans son poing. Ce minuscule mouvement de paupières fut la seule indication que Ian n'avait pas du tout réalisé qu'il sortait le grand jeu pour baiser quelqu'un qu'il connaissait déjà. Le choc de voir Ian n'avait en rien diminué l'érection de Rick ; il était sur le point d'exploser. Merde, comment son corps avait-il reconnu le toucher de Ian, le parfum de Ian ?

Le soupir inattendu, mais pas totalement malvenu, de Ian l'autorisa à mettre une note joueuse et aguicheuse dans ses mots, la main empoignant toujours les cheveux sombres de Ian, le tenant exactement où Rick le voulait.

— Steve, chéri. Je m'appelle… Kurt.

Rick ne lui laissa pas le temps de réagir au faux nom avant de lui incliner la tête et de lui faire la même chose qu'à Jon plus tôt. Il le lécha de l'épaule à l'oreille. Cette fois, l'action était bien plus explosive qu'aucune démonstration de séduction qu'il avait faite avec Jon, et quand Ian gémit, il frissonna avec force.

— Sale petite peste, siffla Ian.

Rick ne put retenir un gloussement.

— Dois-je comprendre que tu n'as pas l'intention de crier mon nom quand tu jouiras ?

Ils ne s'étaient pas écartés, alors Rick poussa les hanches contre celles de Ian. Le choc ne lui avait pas fait perdre son érection, ni le choix calculé de Rick concernant le faux nom.

Ian le pressa contre l'un des piliers qui bordaient la piste de danse. Des corps chauds et humides se trouvaient tout autour de lui mais Rick ne pouvait détacher ses yeux de Ian. Cependant, il retira sa main des cheveux de Ian pour la faire glisser sur ses mamelons érigés.

— Et pourquoi pas, Steve ? reprit Rick en donnant une emphase particulière au nom 'Steve'. C'est un nom court et facile.

— Bon sang, non.

Ian ne pouvait pas l'appeler Kurt, même dans l'intérêt d'un jeu de rôle, mais il n'était pas vraiment en colère. Pas si la raideur qui pressait contre son ventre était une quelconque indication. Rick n'était pas en colère non plus. Les hommes sérieux cherchaient rarement un plan cul sans nom dans les bars. Ce qui signifiait que cela ne dérangerait sûrement pas Ian d'être ajouté à son répertoire. Exactement comme il l'avait voulu.

— Non ? S'il te plaît, Steve, je t'en supplie…, dit Rick comme s'il implorait presque pour être soulagé, amusé par l'expression mécontente sur le visage de Ian.

— Bordel de Dieu, Rick, murmura Ian avant de saisir son visage et de fondre sur lui pour un baiser agressif.

Tous les muscles de Rick s'immobilisèrent de stupéfaction. Il ne faisait pas cela. Il n'embrassait pas. Pas même pendant sa baise frénétique avec Ian le week-end précédent.

Ian utilisa sa langue et ses lèvres pour pénétrer à l'intérieur de la bouche de Rick, sa langue faisant irruption pour piller. Rick nourrit Ian d'un petit gémissement et ses muscles se mirent en mouvement, mais ils n'obéirent pas à son cerveau. À la place, il embrassa Ian à son tour, la dernière chose qu'il avait eu l'intention de faire, mais presque la seule chose qu'il voulait sur le moment.

Jusqu'à ce que les coups de hanches parfaitement synchronisés de Ian, accordés à l'attaque minutieuse de langue qu'il faisait subir à Rick, lui sensibilisent le sexe presque au point de non-retour.

Paniqué, il rompit le baiser et poussa contre les épaules de Ian.

— Attends, attends.

— Quoi ?

Les lèvres de Ian, gonflées par leur assaut sur le visage de Rick, avaient l'air encore plus délicieuses qu'elles l'étaient seulement quelques instants plus tôt.

— Je ne jouis pas dans mon pantalon comme un…

Rick s'apprêtait à utiliser l'analogie 'adolescent', mais étant donné qu'ils étaient entourés par des mecs qui étaient au moins dix ans plus jeunes qu'eux, 'vieux pervers' était plus approprié que jamais.

— Comme un… Je ne le fais pas, c'est tout.

Mais si Ian n'arrêtait pas d'avoir l'air si sensuel, Rick pourrait avoir à dégainer sur-le-champ et en mettre partout sur la piste.

— Alors viens chez moi.

Les yeux bleus de Ian l'imploraient d'une façon qui rendit Rick nerveux, mais cela ne changeait rien à son envie d'accepter. Il n'avait pris qu'une bière, ça devait donc être la luxure pétillant dans ses veines qui embrumait son jugement.

— D'accord.

Ian l'embrassa à nouveau rapidement avant de prendre sa main et de le conduire à l'extérieur.

RICK N'EUT même pas le temps de regretter de monter une fois de plus en voiture avec Ian. Son appartement était étonnamment proche de l'Anaconda ; habiter près de Boystown avait dû lui faciliter la vie pour coucher avec des hommes sans trop s'inquiéter d'être découvert. L'inconvénient, c'était que Rick n'avait pas non plus eu le temps de lui demander comment s'était passée la révélation auprès de sa famille. Ou quoi que ce soit d'autre à propos de lui d'ailleurs, et le fait qu'il ait envie d'en savoir autant était inquiétant.

Le besoin de mots passa au second plan face au plaisir lorsque Ian le poussa contre le mur de son appartement. Comme la semaine précédente, le temps qu'ils avaient passé dehors en public avait nourri leur désir, le magnifiant. Danser avait rendu le désir de Rick encore plus intense parce qu'il y avait tellement de phéromones dans l'air du club... Il était prêt à exploser et, d'après ce qu'il pouvait en voir, Ian était prêt à répéter la frénésie sexuelle du week-end passé.

Puis Ian fit une chose inattendue. Il s'écarta de Rick, juste d'un centimètre, et le regarda droit dans les yeux. N'allaient-ils pas baiser ?

Ian fit un grand sourire, comme s'il pouvait entendre la question de Rick, et fondit sur lui, prenant sa bouche avec toute l'habileté et l'agressivité qu'il avait montrées au club. Un gémissement fit vibrer la poitrine de Rick, mais les lèvres de Ian et sa langue étouffèrent le son.

Rick n'était pas certain de savoir comment procéder parce que, vraiment, il n'embrassait jamais. Pas sur la bouche. Pas même si Ian était en train de mourir de soif dans le désert et que la bouche de Rick était la seule source d'eau. Il remua les hanches, espérant un certain contact sexe contre sexe avant qu'expire son érection actuellement en phase terminale.

Le pouls battant à toute allure, il éloigna sa tête.

— Est-ce que tu prends un plaisir malsain à me torturer ? Touche-moi maintenant. Ou baise-moi. Ça le fera aussi.

Cette fois, le sourire de Ian fut positivement féroce quand il apposa ses mains de chaque côté du visage de Rick.

— Je te touche. Profites-en simplement.

Rick s'étant préparé à répondre à un commentaire désinvolte de Ian concernant l'autoritarisme des mecs passifs, il resta hébété – encore – alors que Ian scellait leurs bouches ensemble. Les doigts de Ian caressant ses joues rendaient l'expérience encore plus intime et érotique, d'une façon que Rick n'avait jamais connue.

Il sentit – et comment, il n'en était pas sûr – que Ian n'avait pas l'intention de répéter leur rapide expérience sexuelle, peu importait à quel point Rick cajolait ou demandait. En temps normal, il aurait supposé que le mec était en train de jouer avec lui et serait simplement parti, mais ce n'était pas un jeu. C'était quelque chose de différent.

Excité et le corps douloureux, il ne souhaitait rien de plus que les débarrasser de leurs pantalons et se faire sauter jusqu'à la jouissance, mais il laissa l'humeur de Ian l'infecter et il plongea les doigts dans ses épaules au lieu de la ceinture de son pantalon.

Rick avait sucé un bon nombre de queues dans sa vie et l'expérience qu'il avait acquise devait être transférable aux bouches ; il n'était pas heureux de rester passif dans cette rencontre inhabituelle. La respiration haletante de Ian réchauffait la peau de sa joue et les gémissements qu'il lui arrachait lui donnaient plus de plaisir que n'importe laquelle des fellations qu'il avait administrées.

Avec la rapidité d'une tortue, ils arrivèrent jusqu'à la chambre, fusionnés au niveau de la bouche. Quand Ian rompit le baiser pour guider Rick vers le lit, une lamentation désolée monta dans sa gorge, mais il réussit à la ravaler avant qu'elle lui échappe. Mais leur baiser avait duré un très long moment et ses lèvres picotaient du soudain manque de pression. Les lèvres de Ian étaient gonflées et roses et lorsqu'il les lécha, Rick ne put supporter plus longtemps la distance.

Attrapant la tête de Ian, Rick le ramena vers lui et commença à l'embrasser. Ian ne résista pas une seconde, mais au lieu de poser à nouveau les mains sur son visage, il les dirigea vers la ceinture de Rick. Cette fois, aucun besoin de déguiser le gémissement. Seigneur, il avait tellement besoin de jouir !

Le temps que Ian ouvre sa braguette, le devant des sous-vêtements de Rick – qui ne cachaient pas grand-chose – était déjà trempé d'une humidité pleine d'anticipation. Ian lui arracha son pantalon et ses sous-vêtements, laissant Rick nu, puisqu'il avait perdu sa chemise quelque part entre le club et la voiture de Ian.

— Déshabille-toi.

Cette fois, Ian obéit à la demande de Rick et se dénuda rapidement et sauvagement. Rick recula en rampant sur le lit et, avant qu'il puisse demander s'il ne devrait pas sortir le lubrifiant, Ian scella ses lèvres gonflées de baisers autour d'un de ses mamelons et aspira. Fortement. Rick arqua le dos et grogna, essayant désespérément d'obtenir une friction sur sa queue. Il ne pensa pas un seul instant à enrouler sa propre main autour de son sexe parce qu'il savait que ce n'était pas ce que Ian voulait.

Ian posa ses lèvres sur l'autre mamelon, l'embrassant d'abord avant de refermer gentiment les dents autour de lui. Et voilà. Rick allait mourir, torturé par une bouche.

Son cœur tambourina et alors qu'il s'apprêtait à supplier à nouveau, Ian ouvrit la bouche autour de la couronne du sexe de Rick, lui dérobant complètement son souffle.

Ian glissa sur toute la longueur, l'avalant en un mouvement fluide, et fit onduler sa langue contre la veine sous le sexe de Rick. Rick retrouva son souffle et cria alors qu'il explosait sur la langue de son amant. Il voulait lui rendre la pareille mais sa vision s'était obscurcie sous la force de son orgasme et il ne pouvait que rester allongé là, paralysé, tandis que Ian s'installait de toute sa longueur contre son corps, sans avoir été soulagé. Un dernier baiser, à la saveur de sa propre semence, fut suffisant pour que Ian éjacule entre eux.

Rick avait dû s'assoupir quelques instants parce que lorsqu'il ouvrit à nouveau les yeux, il était propre et bordé aux côtés de Ian qui avait allumé la télévision. Peut-être que s'il avait été conscient quand Ian les avait placés dans une position si intime et confortable, il aurait trouvé l'énergie d'attraper son pantalon pour s'en aller, mais il était étrangement heureux d'être allongé nu à côté de Ian, à regarder des rediffusions.

RICK GLISSA le long du mur dans le couloir et s'assit sur le tapis pour enfiler ses chaussures. Cela commençait à devenir une mauvaise habitude.

Il avait établi des règles pour une raison. Une putain de bonne raison. Il en avait déjà enfreint deux : celle de dormir après l'acte et celle de ne pas avoir sa voiture avec lui, chacune d'elle répétée deux fois en autant de week-ends. Puis il avait ignoré sans réserve la règle de ne pas embrasser. *Sans réserve.*

Une fois encore, il avait réussi à se réveiller suffisamment tôt pour se faufiler hors de chez Ian avant que la plupart des voisins soient levés et témoins de son départ furtif, mais face aux orgasmes causés par Ian, il se sentait diminué physiquement.

Sortant dans la lueur du petit matin, il frissonna et marcha jusqu'au même arrêt de bus duquel il avait appelé un taxi le week-end précédent. Au moins, il avait ses clés et pouvait prendre le taxi jusqu'à sa voiture, puisque errer dans le coin sans tee-shirt et en pantalon ultra moulant criait sa honte d'un 'lendemain de fête trop arrosée', s'il ne hurlait pas tout simplement 'prédateur sexuel'. Ces messages n'étaient pas ceux qu'un orthophoniste respecté avec un cabinet florissant voulait faire passer. Ce serait encore pire s'il devait rentrer – une fois encore – par effraction chez lui en ayant l'air d'avoir été violé.

Il fit courir un doigt léger sur ses lèvres. Bien qu'il n'ait pas pris le temps de les regarder dans le miroir, elles devaient ressembler à celles de Ian après leur session marathon de roulage de pelles. S'embrasser pendant des heures était comme un jeu aux règles particulièrement sadiques, et quand Ian l'avait finalement sucé, il avait joui si fort qu'il s'était presque évanoui.

Ce qui signifiait tout simplement qu'embrasser était aussi dangereux et intime qu'il l'avait cru quand il avait établi ses règles, mais malgré cela, il ne pensait pas pouvoir résister si Ian était enclin à recommencer.

Étrangement, ils avaient paressé au lit et regardé des rediffusions de *Friends* et *Robot Chicken*. Il avait été surpris que leur sens de l'humour soit semblable. Ian avait passé un bras autour de Rick et ils s'étaient endormis dans cette position. Rick s'était réveillé au même endroit et il n'avait pas été facile de s'extirper sans réveiller Ian.

Merde.

Il frotta son visage d'une main. Pendant une publicité, Ian avait mentionné vouloir échanger leurs numéros de téléphone, mais ils s'étaient endormis avant que Rick ait eu à prendre la décision de le faire ou pas. Même maintenant, aussi fort qu'il souhaitait revivre une nuit comme celle-ci, la pensée d'échanger leurs numéros le faisait haleter et sa gorge se serrer de panique.

Puis il n'allait pas retourner lui demander son numéro maintenant. Ni le demander à Davy. Il allait attribuer cette décision à son subconscient en se disant qu'il le protégeait d'un homme aux tendances sérieuses. La nuit avait été fabuleuse, mais ne plus revoir Ian était plus sûr. Rick pourrait facilement s'habituer à la façon de baiser de Ian mais il refusait de se laisser avoir par un coup d'une vie aguicheur en sous-vêtements. Il en était hors de question.

Le taxi s'arrêta et le hasard voulut que ce soit le même chauffeur que le week-end précédent. Merde. Rick connaissait parfaitement ce regard : cet homme le regardait avec pitié.

Cela ne devait plus avoir lieu de nouveau. *Ian* ne devait plus avoir lieu de nouveau.

L'EMPLOYÉ DU café était plus long que d'habitude mais Ian se fichait d'être en retard au travail. Prendre son pied faisait des merveilles sur son humeur. Bien que Rick l'ait abandonné – encore – il ne pouvait nier avoir eu la meilleure relation sexuelle qu'il ait jamais connue. De sa vie. Ian se disait qu'une partie de cela était due à cette nouvelle possibilité d'avoir un homme dans son lit, mais Rick lui convenait parfaitement. Ils allaient vraiment bien ensemble mais il n'avait pas réussi à obtenir le numéro de Rick, pour l'instant. Il l'aurait. Bien sûr qu'il l'aurait. Il avait juste à être patient.

Son téléphone vibra ; il jeta un coup d'œil à la file d'attente. Il avait probablement assez de temps pour prendre un appel sans être impoli envers l'employé derrière le comptoir, ce qu'il ne voulait particulièrement pas être aujourd'hui puisqu'il s'agissait d'un jeune homme plutôt mignon. Sortant son portable de sa poche, il vit le nom de Kurt inscrit sur l'écran. Il fronça les sourcils et répondit.

— Salut, Kurt. Tout va bien ?

— Oui, pourquoi ? répondit-il avec une voix empreinte de confusion.

— Il est juste un peu tôt pour que tu m'appelles, c'est tout, dit Ian en ajoutant un peu de légèreté dans son ton avant d'enchaîner. Je ne pensais pas que les tire-au-flanc comme toi se levaient avant midi.

— Ha ha, fit-il, sarcastique. Dans quelques années, les gens se souviendront probablement de la fois où je me suis fait tirer dessus comme de la période où j'avais passé des semaines à *glander*. J'espère bientôt retourner au travail, j'essaie de reprendre un rythme de sommeil régulier.

— D'accord, mais il est tout de même étrangement tôt pour que tu m'appelles, que les nouvelles soient bonnes ou mauvaises.

— Comme j'ai oublié de t'appeler ce week-end, Davy m'a engueulé, alors je voulais t'avoir avant que tu partes au travail.

— Waouh. Davy t'a grondé. Si un jour on m'avait dit que…

— Oh, tais-toi.

Mais il n'y avait aucune colère dans la voix de Kurt, et Ian avait su qu'il n'y en aurait pas. C'était un tel soulagement de retrouver cette confortable amitié avec son frère, plus forte que jamais grâce à leurs secrets partagés.

— Tu viens ou pas ?

S'il ne s'était pas trouvé dans un lieu public, il aurait pu lancer une réplique déplacée vu la perche que lui tendait Kurt.

— Venir où ?

— À la pendaison de crémaillère. Samedi.

— Tu fais une pendaison de crémaillère samedi ?

498

— Oui, nous invitons tous ceux qui nous ont donné un coup de main à la partie de peinture… Oh, attends ! C'est vrai ! Tu es parti en douce avec Rick avant que nous puissions t'inviter. Tu travailles vite, frangin !

Bon sang. Kurt ne manquerait jamais une occasion de le lui rappeler, n'est-ce pas ? Ian n'était pas prêt à admettre qu'il n'avait cessé de penser à Rick depuis lors. C'était un secret que Kurt n'avait pas besoin de connaître. En tout cas, pas pour le moment. À la place, il essaya de détourner son attention.

— J'ai beaucoup de pratique, petit frère, beaucoup de pratique. Je pourrais te donner quelques détails.

Son frère feignit de vomir au téléphone.

— Tu n'as pas intérêt. Contente-toi de venir samedi, d'accord ?

— Je serai là.

Ian s'interrompit un instant, mais il était hors de question qu'il demande à Kurt si Rick serait de la partie. Il n'aurait qu'à y aller et espérer. Même si Rick ne venait pas ce samedi soir, Ian aurait sûrement d'autres occasions de le voir maintenant que Kurt et lui se parlaient à nouveau.

— Super.

Kurt raccrocha et, comme il y avait toujours deux personnes devant lui, Ian s'autorisa à réfléchir à la manière dont il pourrait apaiser la nervosité de Rick. Ce serait un défi puisqu'il n'avait jamais fait face à une telle situation.

Quelqu'un se plaça derrière lui dans la file d'attente et tapota son coude, interrompant une scène très explicite dans son imaginaire, et il fronça les sourcils en regardant le nouvel arrivant.

— Salut, Ian.

— Oh, bonjour Leon.

Ian tempéra son irritation. De toute manière, il ne devrait pas être en train de penser au corps nu de Rick. Il n'avait pas besoin d'arborer une érection en se rendant au travail. Ou de donner de fausses idées au jeune serveur.

— Comment vas-tu ?

— Bien, bien. Ça te dérange si j'attends ici avec toi ? La queue est…

Leon fit un geste de la main pour indiquer la file de personnes derrière Ian. Ce dernier se décala légèrement et sourit à son nouvel ami.

— As-tu passé un bon week-end ?

— Pas aussi bon que le tien, je parie, répondit Léon sur un ton suggestif alors qu'il soulevait un sourcil.

499

Bon sang, qu'entendait-il par là ?

— Euh…

— Je t'ai vu à l'Anaconda. Je ne pensais pas que c'était le genre d'endroit que tu fréquentais, mais j'ai cru voir que tu avais trouvé un homme tout à fait à ton goût.

Oh, nom de Dieu. Bien qu'il sache que d'autres homosexuels que lui travaillaient au *Errant*, il avait craint le jour où quelqu'un le verrait dans une boîte de nuit. Au moins, il avait fini par faire son coming out avant que cela arrive, bien qu'il n'ait pas vraiment eu l'intention de rendre cette information publique au bureau.

— Oui, effectivement.

La personne devant eux s'en alla et Leon s'avança pour commander. Lorsque vint son tour, Ian ne s'était pas complètement débarrassé de son rougissement et le sourire du serveur semblait être un peu plus entendu que d'habitude, ce qui ne fit qu'empirer l'état de Ian.

— Désolé, dit Leon. Nous ne sommes pas obligés d'en parler, mais si jamais un jour tu veux que je t'y accompagne, appelle-moi, hein ?

Ian ne savait pas du tout comment répondre. Il s'était toujours rendu en boite en solitaire. Comment cela fonctionnerait-il, exactement ? En outre, ce n'était plus vraiment son terrain de chasse. Il ne le savait pas de façon certaine, mais il supposait que trouver des hommes sérieux avec qui sortir à l'Anaconda était plus difficile que d'y trouver un hétéro. Il commençait à penser à lui-même comme à une personne ayant dépassé le stade des baises anonymes pour le reste de sa vie. Avant qu'il puisse répondre à Leon, ce dernier continua de parler.

— Je suis supposé travailler avec un des éditeurs confirmés cette semaine. Avery. Tu la connais ? Tu as des conseils ?

Ian laissa échapper un petit soupir de soulagement alors qu'ils se dirigeaient vers leurs bureaux. C'était un sujet bien plus facile à aborder pour un homme qui avait passé la majeure partie de sa vie à se cacher. Il était heureux d'avoir un ami gay mais s'ouvrir à lui demanderait du travail.

— Avery est compétente. C'est une vraie emmerdeuse qui ne lâche jamais rien lorsqu'il s'agit de son travail et elle a un sixième sens pour dénicher les histoires qui généreront le plus d'attention. Si tu l'écoutes, tu apprendras beaucoup.

Leon grimaça légèrement et Ian rit.

— Ne t'inquiète pas. Elle peut aussi être très amusante. Fais-moi confiance : donne le meilleur de toi-même et elle te traitera bien.

Les portes de l'ascenseur s'ouvrirent, les déposant à leur étage.

— Merci, je garderai ça en tête.

Leon le salua avec sa tasse de café et fonça dans la direction opposée du bureau de Ian. Ce dernier sourit. Il ne savait pas vraiment si cela était une relation d'amitié ou de tutorat, mais quoi qu'il en soit, cela le mettait de bonne humeur.

IV

RICK S'ESSUYA à l'aide d'une serviette et s'observa dans le miroir. Il était plutôt pas mal. Toujours assez sexy. Mais qu'allait-il porter ce soir-là ? Il devait bien y réfléchir.

Seigneur. Il devait se débarrasser de ses foutues incertitudes. Et les papillons dans son ventre devaient lui laisser un répit. Oui, il espérait que Ian serait à la pendaison de crémaillère, autant qu'il espérait qu'il n'y serait pas. Ce n'était pas la première fois qu'il arrangeait un plan cul régulier ; il n'y avait aucune raison pour toute cette anxiété. Cette dernière était principalement causée par la peur du rejet de Ian. Stupide, vraiment. Ce n'était que du sexe. Une connexion sexuelle agréable, merveilleuse, possiblement prodigieuse, mais rien de plus. Si Ian refusait sa proposition, d'autres hommes l'accepteraient, même si Rick avait des difficultés à en trouver dernièrement.

Peut-être n'avait-il pas été juste envers Oscar. Après tout, Rick n'avait pas bénéficié d'un roulement digne de ce nom depuis quelques mois. Cela n'avait été qu'Oscar, sporadiquement, ces derniers mois.

Oscar s'était peut-être dit que cela ressemblait à une relation sérieuse. Pourtant, une fois que cet homme allait récupérer des heures de sommeil bien nécessaires, il réaliserait qu'il avait mal interprété les choses. Rick ne comprenait pas pourquoi des personnes souhaitaient devenir docteurs quand leur baptême du feu consistait à se priver de mois, voire d'années de sommeil, à la limite de la torture.

Enfin, ce n'était plus comme si le planning d'Oscar le concernait désormais. Merde. Il n'avait toujours pas découvert ce que Ian faisait dans la vie. C'était trop espérer qu'il exerce un métier qui l'oblige à porter l'uniforme ; les uniformes l'excitaient vraiment. Rick souffla, se moquant de lui-même. Ian avait difficilement besoin d'aide pour être excitant. Connaître ses disponibilités serait intéressant. Il semblait être libre durant les week-ends, ce qui était bien plus simple à gérer qu'une personne ayant un travail où les équipes tournent. Il devait faire en sorte d'être aussi sexy que possible ce soir-là, afin de mettre toutes les chances de son côté. Si Ian bavait, il n'y avait aucune chance qu'il refuse la proposition de Rick.

Un léger bruit attira son attention. Venait-il du sous-sol ? Il frissonna légèrement. Il devrait songer à prendre un chat pour pouvoir l'accuser de tous les bruits bizarres. Cependant, la fenêtre de son sous-sol ne fermait pas correctement et, il le savait d'expérience, une personne pouvait s'y faufiler.

Après avoir bien accroché sa serviette autour de sa taille, il se rendit à son placard et attrapa une batte de base-ball.

Il réfléchit une seconde à enfiler des tongs. Le sol de la cave était en béton et vraiment froid, mais s'il essayait d'y entrer en douce, il ne pouvait pas se permettre de faire autant de bruit qu'un homme en train de se faire fesser lors d'une nuit spéciale fétichisme.

L'oreille aux aguets, Rick descendit l'escalier. Il ne faisait même pas noir dehors, donc il n'était pas particulièrement effrayé, plutôt... prudent. La dernière chose qu'il voulait voir en rentrant chez lui après la pendaison de crémaillère de Kurt, ivre et possiblement accompagné de Ian, était sa maison sens dessus dessous après avoir été cambriolée.

Il espérait également ne pas avoir à signaler une effraction dans sa tenue actuelle.

Il n'y avait aucun bruit sortant de l'ordinaire pour un samedi soir, mais cela n'empêcha pas le minuscule frisson d'appréhension de faire dresser les poils de sa nuque quand il mit un pied au sous-sol.

Après avoir vérifié quelques endroits où quelqu'un pourrait se cacher – et il n'y en avait pas beaucoup dans sa cave – il se dirigea droit vers la fenêtre cassée. Il y avait quelque chose par terre, directement sous elle.

Il se pencha et poussa la chose du bout de sa batte avant de pousser un hurlement et de sauter en arrière. Un écureuil. Un écureuil mort. Cette fois, le frisson s'épanouit en un véritable tremblement. Au moins, il était raide, probablement tué sur la route et récupéré par l'un des gamins du voisinage qui pensait pouvoir l'utiliser pour faire une bonne plaisanterie. Du moins, c'est ce qu'il espérait. Oscar n'avait pas été si en colère à propos de leur 'rupture'.

Quoi qu'il en soit, l'écureuil devait partir. Maintenant.

Attrapant un balai et un ramasse-poussière, il se demanda s'il devait le jeter dans la poubelle, mais le ramassage des ordures n'aurait lieu que mardi. Il n'y avait rien à faire. Il allait devoir s'habiller et sortir déposer l'écureuil... quelque part. Les poubelles publiques deux rues plus loin ou le carré d'arbustes derrière la maison. Ensuite il allait devoir désinfecter cette tache au sol et se laver – encore.

La semaine suivante, il réparerait cette fenêtre.

LE DOIGT de Rick hésita au-dessus de la sonnette. Puis il se reprit. Il ne devait pas laisser à Ian le pouvoir de lui dicter ses actions. Il était déjà arrivé bien plus tôt qu'il l'avait prévu, mais il n'était pas certain de savoir si c'était parce qu'il espérait éviter Ian ou être sûr de ne pas le manquer. Ou si l'intrusion de l'écureuil l'avait juste complètement paniqué.

Merde. Ce n'était qu'une fête, il savait faire la fête. Saisissant la poignée de porte, il l'ouvrit et entra d'un pas désinvolte dans la maison de Davy.

Quelques personnes se pressaient dans le séjour, mais il n'en connaissait aucune. Une étrange sensation déconcertante s'épanouit dans son estomac. Soulagement. Ce devait être du soulagement.

Il se rendit directement à la cuisine parce qu'il savait que Davy s'y trouverait. Il pourrait même passer une grande partie de la fête dans la cuisine, perdant son temps avec des mises en bouche et des préparations alcoolisées.

Jouer les esclaves à la partie de peinture deux semaines plus tôt avait vraiment fait la différence. La cuisine, avec ses nouveaux tons jaune citron, était ensoleillée et accueillante bien qu'il commence à faire noir dehors.

— Chéri, tu es magnifique.

Davy se tourna à ses mots et sourit.

— Salut, Rick. Je ne t'attendais pas si tôt. Je suppose que tu as des plans pour la soirée, hum ?

Rick faillit froncer les sourcils mais il réussit à garder son sourire plaisant collé aux lèvres. Ses amis le voyaient-ils vraiment de cette façon ? Davy avait passé dix ans dans une relation extrêmement isolée, en couple avec un flic si terrifié à l'idée de faire son coming out qu'il avait pratiquement gardé Davy sous les verrous, au point de lui interdire de voir ses amis durant leurs dernières années ensemble. Quand cet homme était décédé, Davy avait retrouvé ses amis et ils avaient eu l'impression de ne jamais s'être quittés. Rick était si heureux que Davy ait non seulement trouvé un nouveau partenaire, mais qu'il ait aussi arrêté de se cacher – il ne le ferait tout simplement plus. Cette pendaison de crémaillère était davantage une célébration de cette décision que le simple emménagement de Kurt. Pensaient-ils qu'il était trop superficiel pour le comprendre ?

— Non, mon chou. Pas du tout. Je ne voulais tout simplement pas manquer un seul de tes petits fours au crabe.

Rick en attrapa un sur le plat soigneusement arrangé que Davy portait et l'engouffra. Encore une fois, s'il continuait de dire des choses comme ça, il n'était pas étonnant que tout le monde pense qu'il n'était rien de plus qu'un fêtard en deux dimensions.

Il prit le plat des mains de Davy et le posa sur le comptoir.

— Écoute, mon chou, je sais que je suis rarement sérieux. Et je sais que je ne t'ai jamais dit ça, mais je suis tellement fier de toi. En ce qui me concerne, ce n'est pas une pendaison de crémaillère, c'est une célébration de votre force. La tienne pour t'être battu afin d'obtenir la relation de couple que tu désires et que tu mérites et celle de Kurt pour avoir pris la bonne décision en révélant son homosexualité bien qu'il ait été effrayé. Bien qu'il ait cru t'avoir déjà perdu.

Davy cligna des yeux, ces derniers devenant soudain larmoyants. Rick eut lui aussi besoin de cligner un peu des paupières pour voir par-delà le flou inattendu de sa vision.

— Tu as raison.

Davy jeta ses bras autour de Rick et ils s'étreignirent. Il n'avait pas beaucoup d'amis et lorsqu'il avait perdu le contact avec lui, cela avait laissé un sacré vide dans sa vie.

Rick ignora gracieusement le reniflement de Davy et s'essuya rapidement les yeux du revers de la main avant de le relâcher.

— J'aurais probablement dû devenir psychologue. Il me serait plus facile de dire des choses comme ça.

En fait, il y avait pensé. Mais lorsqu'il avait eu besoin d'aide dans le passé, la seule personne à avoir voulu et pu l'aider avait été une orthophoniste – ou pour être plus exact, une étudiante en orthophonie. En signe de gratitude, il avait pris la même orientation professionnelle qu'elle, bien qu'il soit suffisamment mature aujourd'hui pour réaliser que la psychologie aurait pu être plus utile. Cependant, il aimait vraiment aider les gens. Son choix de carrière en valait donc la peine.

Davy inclina la tête et s'apprêta à parler mais des bruits de pas l'interrompirent. À vrai dire, Rick était surpris qu'ils aient été seuls dans la cuisine pendant si longtemps, mais il était encore tôt. Une fois que les gens auraient été présentés, ils se disperseraient.

— Salut, Rick.

Rick se tourna vers Kurt avec l'intention de dire quelque chose de scandaleux. L'homme ne se troublait pas – beaucoup – mais il adorait voir Davy voler à son secours.

Cependant, au lieu de cela, il regarda Kurt et ne put dire un mot. Il n'était pas difficile de voir les cheveux sombres de Ian et ses yeux bleu clair prendre la place des cheveux bruns de Kurt et de ses yeux bleu foncé. Cela lui embrouilla l'esprit et il imagina Kurt en train de lui faire les choses intimes et excitantes que Ian lui avait faites. Il n'était pas aussi attiré par Kurt qu'il l'avait pensé au début, et les corps des deux frères étaient bâtis différemment, mais il avait l'impression d'avoir quasiment baisé Kurt, et la sensation était si déconcertante qu'elle lui déroba la voix.

Comment les gens faisaient-ils pour coucher avec des frères, que ce soit en même temps ou l'un après l'autre ? Rick était chamboulé d'une manière totalement inattendue.

Les regards inquiets de Kurt et Davy suffirent à le faire réagir et il prononça quelques mots.

— Euh, salut, Kurt.

À en juger par le froncement de sourcils de Kurt, Rick n'avait pas du tout réussi à se comporter de manière habituelle.

Une rougeur ardente enflamma ses joues alors qu'il se demandait soudain si le sexe de Kurt était fait du même moule que celui de Ian. Alors, il rougit encore plus fort parce que Rick n'était jamais embarrassé quand il s'agissait de sexe. Jamais. Il avait mentalement déshabillé Kurt et les avait imaginés en train de baiser chaque fois qu'ils avaient traîné ensemble, même s'il ne ferait jamais, absolument jamais, une telle chose dans la vie réelle. Pas à Davy. Pas même si Kurt et Davy rompaient. Ses amitiés étaient plus importantes que le sexe avec quiconque. Mais pas une fois, pas jusqu'à ce qu'il aille chez Ian après l'avoir rencontré à l'Anaconda, il ne s'était senti aussi embarrassé.

Davy le poussa à l'épaule.

— Ça va ?

Non, ça n'allait pas.

— J'ai juste besoin d'un verre. Longue journée.

Pas vraiment un mensonge. C'était le premier samedi du mois où il recevait des clients et ces derniers avaient défilé toute la journée, depuis l'ouverture du cabinet jusqu'à sa fermeture, et il avait à peine eu le temps de respirer entre deux consultations, peu importait les besoins comme manger ou aller aux toilettes. Si l'invitation avait été faite par n'importe qui d'autre

506

que Davy – ou peut-être Jon – il l'aurait déclinée parce qu'un samedi de consultations le drainait comme peu de choses pouvaient le faire. L'écureuil mort n'avait pas aidé non plus.

Kurt hocha la tête.

— Bien entendu. Il nous reste ce vin que Davy et toi avez savouré il y a quelque temps. Davy dit que tu ne bois plus de tequila.

La rougeur avait commencé à refluer mais les mots de Kurt la firent revenir. Il n'y avait aucune récrimination dans son ton, seulement de l'amusement. Mais il avait été là ce jour-là, en train de boire, à cause de Ian.

— Super. Il est au frigo ? Je peux le prendre.

Mais Kurt l'en empêcha et se pencha dans le réfrigérateur pour attraper la bouteille. Comme une épave, Rick ne put s'empêcher de mater le cul de Kurt, et spéculer et comparer et…

— Tu as un verre ?

Rick sursauta à la question inattendue. Il n'avait même pas remarqué que Kurt s'était redressé et lui faisait face. Ni que Davy avait quitté la cuisine.

Kurt s'avança et se pencha vers lui. Rick se pressa contre le comptoir dans son dos et regarda désespérément par-dessus l'épaule de Kurt, priant à la fois pour un sauvetage et craignant qu'il arrive, mais totalement incapable de forcer ses muscles à lui obéir lorsque tout ce qu'il voulait était fuir. Kurt n'allait certainement pas… Davy ne lui pardonnerait jamais, ne lui adresserait plus jamais la parole.

Rick leva les yeux vers Kurt, confus, effrayé et désarçonné comme jamais, quand soudain Kurt sourit de toutes ses dents et recula, lui présentant le verre de vin qu'il venait d'attraper sur l'étagère au-dessus de sa tête.

Le soulagement l'envahit avec une telle force que ses genoux faiblirent. Prenant le verre dans sa main droite, il utilisa la gauche pour s'accrocher au comptoir, essayant de rester sur ses pieds.

Il se félicita de ne rien montrer de plus qu'un léger tremblement qui n'affecta pas Kurt quand il lui servit le vin.

Comme s'il savait que Rick allait descendre le verre d'une traite à la seconde où il lui tournerait le dos, Kurt sourit et posa la bouteille de vin ouverte sur le comptoir près de la main gauche aux jointures blanchies de Rick.

Kurt indiqua un plat d'houmous et des chips sur la table de la cuisine.

— Amène-ça avec toi, veux-tu ? J'ai un tas de bières à prendre.

Plongeant dans le frigo à peine quelques secondes, Kurt sortit plusieurs bouteilles de bière et laissa Rick seul dans la cuisine.

Il avala le verre de vin comme s'il était à une compétition de cul-sec et respira profondément, laissant l'alcool calmer son agitation. C'était entièrement la faute de Ian. Quand donc une bonne partie de jambes en l'air lui avait-elle dérangé l'esprit autant, voire plus, que n'importe quelle autre partie de son anatomie ? Rick savait que les deux autres frères de Kurt et Ian n'étaient pas gays mais il espérait les rencontrer ce soir-là. Voir s'il avait une réaction similaire face à eux. Peut-être qu'il ne s'agissait de rien de plus qu'un léger faible pour Kurt, suivi d'une fantastique rencontre sexuelle avec un frère qui lui ressemblait fortement. Ce devait être ça. Il n'y avait rien de spécial chez Ian O'Donnell.

Cette affirmation ne l'empêcha pas de verser le reste du vin dans son verre, le remplissant à ras bord.

Il venait juste de prendre le verre, le portant assez près de sa bouche pour que le parfum fruité du Chardonnay lui chatouille les narines, quand une femme plus âgée entra. Elle était un peu rondelette, mais elle avait un visage serein et joyeux, presque comme la femme du père Noël. Elle présentait assez de ressemblance avec Ian et Kurt pour qu'il n'y ait pas vraiment de doute quant à son identité.

— Eh bien, bonjour, mon grand.

Elle l'inspecta de la tête aux pieds et Rick envisagea la possibilité de faire le mort. Tout s'accumulait pour que cette nuit soit la pire de sa vie.

— Vous devez être Rick.

Comment savait-elle ça ? Rick ouvrit la bouche mais rien ne sortit. C'était comme s'il était de retour au lycée. Son cœur se mit à battre plus fort alors que de la transpiration se formait sur sa lèvre supérieure.

— Je suis Deirdre O'Donnell.

Elle lui adressa un sourire doux, mais Rick savait combien il était facile pour ce genre de mère de montrer de faux sourires et de prononcer des mots empoisonnés à un monde qui ne voyait que le bon côté des choses.

Il réussit à hocher la tête, son larynx étant paralysé.

— Mon fils vous a décrit à la perfection. Un blond scandaleux et sexy.

Son sourire se fit plus large.

— J'aime vraiment beaucoup votre chemise.

Rick baissa les yeux sur lui-même, soulagé de ne pas être totalement nu, bien qu'il porte une chemise sur mesure pourpre à manches longues coupée dans un tissu extrafin et transparent, enfoncée dans un pantalon assez serré pour lire les veines sur son sexe comme le ferait un phrénologue. Il avait même mis un peu d'eye-liner ce soir-là, noir au coin puis bordeaux étincelant pour accentuer le choix de couleur de ses vêtements. Mais, dans la ligne de mire de la matriarche des O'Donnell, c'était une chance qu'il se souvienne de son propre nom tellement il était paniqué. De la sueur continuait de se former sur son visage et sous ses aisselles.

— Oh, voici le houmous.

La rusée Madame O'Donnell attrapa le plat qu'on avait demandé à Rick d'emmener dans le séjour.

— Mon Sean l'a demandé. Vraiment, il adore ça.

Elle pinça ses joues avant de s'en aller.

— Nous discuterons plus tard.

Rick se tint là, frissonnant, dans le sillage de la mère de Kurt... de Ian. Cette fois, sa main tremblait si fort que le vin déborda et alla éclabousser le sol.

Merde, merde, double merde. Au lieu d'attraper une serviette en papier, il prit une profonde inspiration. Plusieurs profondes inspirations. Traiter avec des mères poules – réelles ou fausses – dans le cadre de son travail était une chose. Il était capable de se préparer mentalement pour chacune d'elle. Bêtement, il aurait dû s'attendre à ce que les parents de Kurt assistent à la pendaison de crémaillère, mais il ne s'était pas préparé, pas du tout, et il avait été renvoyé à cette horrible époque du lycée où il avait été incapable de parler à qui que ce soit.

Il leva le verre et prit une gorgée avant de le poser prudemment sur le comptoir. Il fredonna quelques mesures d'une simple comptine, un exercice qu'on lui avait donné quand il avait commencé à retrouver sa voix. S'entendre vocaliser remit ses émotions sur les rails et il attrapa finalement quelques serviettes en papier pour essuyer les taches de vin.

Ce ne fut pas avant qu'il soit agenouillé, à frotter le sol, qu'il se souvint de ce que Madame O'Donnell avait dit sur lui.

Quel fils avait dit à sa mère que Rick était sexy ?

RICK PASSA les mains sur sa chemise et respira profondément. Inspire, expire. Encore. Bon sang, il n'allait pas se cacher toute la nuit dans la cuisine.

Il pourrait éviter les parents de Kurt. Ils étaient plus âgés. Ils ne resteraient certainement pas très longtemps.

Reprenant son verre de vin, il colla un sourire sur son visage et entra dans le séjour à grandes enjambées comme s'il était la pièce de choix la plus délectable faite homme.

Personne ne s'arrêta pour le regarder quand il entra dans la pièce. Personne ne le pointa du doigt pour rire de lui. Tout était si douloureusement normal que la tension qui étreignait sa poitrine s'apaisa. Il fit un rapide examen de la pièce, prenant bien note de l'endroit où Madame O'Donnell riait avec une jeune femme qui présentait assez de points communs avec Kurt pour être l'une de ses sœurs.

Portant une grande cape d'insouciance, Rick se déplaça vers l'exact opposé de la pièce comme si c'était exactement l'endroit où il voulait être. Alors, il cligna des yeux. Un homme inattendu et familier se tenait juste à quelques mètres, son bras enveloppé autour d'une jeune et jolie petite chose qui lui rappelait la mer de chair masculine ayant récemment atteint l'âge légal à l'Anaconda.

Rick couina de pur plaisir.

— Ivan, je ne savais pas que tu serais là !

Ivan leva les yeux de son absolue contemplation du beau jeune homme dans ses bras, et son regard brilla lorsqu'il le reconnut.

— Rick ? Comment vas-tu ?

Il étreignit l'homme qui aurait pu avoir une position de choix sur son tableau de service s'il n'avait pas été un homme sérieux jusqu'au bout des ongles. Rick jeta un œil au petit ami d'Ivan, même s'il n'arrivait pas à se rappeler exactement son nom. Parker, pensa-t-il, mais ce n'était pas comme s'ils avaient été présentés. Rick ne voulait pas d'une relation durable pour lui-même, mais si c'était ce qu'Ivan souhaitait, il méritait le meilleur. Ce gamin était-il suffisamment mature pour donner à son ami ce dont il avait besoin pour être heureux ?

— Je suppose que tu connais Kurt, n'est-ce pas ? demanda Rick.

Ivan était magnifique, musclé et chaleureux, et Rick appréciait le confort d'être étreint par quelqu'un qui se souciait de lui sans rien attendre en retour. Le regard sombrement jaloux de Parker lui procura également un plaisir coupable. Il était bon de savoir qu'une beauté comme Parker pouvait se sentir menacée par son cul presque dépassé.

— Oui, je le connais. Nous allons nous retrouver dans le même département quand je retournerai travailler. Et toi, comment le connais-tu ?

C'était logique qu'ils se connaissent. Après tout, il ne pouvait pas y avoir tant d'inspecteurs gays que ça à Toronto, n'est-ce pas ? Mais s'il y en avait davantage, comment Rick pouvait-il les trouver ? Il y avait quelque chose chez les flics – ou les pompiers, les urgentistes, les soldats – qui lui faisait beaucoup d'effet.

— Davy est l'un de mes meilleurs amis. Dis-moi, mon fort et grand flic, est-ce que tu te sens mieux ?

La dernière fois qu'il avait vu Ivan, ce dernier était accaparé par une opération dingue et foireuse pour son boulot. Rick n'avait pas demandé de détails, mais il avait eu l'impression que cela avait impliqué Parker. Étant donné l'attitude heureuse et détendue d'Ivan, et la présence de Parker, il avait dû se tromper. Mais il ne s'était pas trompé concernant le regard acculé d'animal blessé qu'il avait vu dans les yeux d'Ivan.

Les yeux de Parker étincelèrent et il s'avança plus près.

— C'est mon fort et grand flic.

— Oh, le garçon montre les dents.

Ainsi qu'une nature possessive, mais n'importe quel idiot pouvait voir à quel point cela réjouissait Ivan, donc cela rendait également Rick heureux.

— Rick, ça suffit.

C'était mignon qu'ils soient protecteurs l'un envers l'autre. Rick espérait simplement que cela durerait.

— Je ne suis pas un garçon et il est à moi.

Rick serra les dents, essayant de ne pas rire. Parker était si adorable ; il n'y avait aucun doute sur la raison pour laquelle Ivan avait craqué. Il devrait probablement lâcher la nuque d'Ivan, mais il était curieux de voir jusqu'où il pouvait provoquer Parker.

— Tu es sérieux, Rick ? N'es-tu pas un peu trop vieux pour te lancer dans un crêpage de chignon avec un jeunot ?

Tout le monde tourna la tête pour regarder le nouvel arrivant. Rick avait reconnu la voix immédiatement, mais la pointe de colère et d'amertume dans les mots de Ian l'avait choqué.

— Ian ?

— Ivan ?

Oh, putain de merde. Il resserra ses bras autour du cou d'Ivan, mais il n'était pas sûr de savoir s'il essayait de rendre Ian jaloux ou s'il voulait lui tordre le cou – ou celui d'Ivan.

Cette fois, cependant, on ne pouvait se méprendre sur l'énervement de Parker.

— Ivan. As-tu couché avec ces deux mecs ?

Rick avait essayé de faire sortir Parker de ses gonds, mais c'était Ian qui avait déclenché sa vraie colère.

Carrant les épaules, Ivan se libéra de l'étreinte de Rick. Ce dernier s'écarta lentement, les nerfs vibrant sous la tension. Le dernier endroit où il voulait se trouver était entre deux forces opposées sur le champ de bataille.

Ian, cependant, se fichait complètement du drame qui couvait entre Ivan et Parker. Il fixait un regard bleu furieux sur Rick.

— On ne dirait pas qu'il va te ramener chez lui ce soir. Que vas-tu faire ? ricana Ian, surprenant Rick par sa véhémence.

Tellement de répliques lui vinrent à l'esprit, mais chacune d'elles le ferait ressembler à une adolescente agacée.

— Tu me demandes ce que je vais faire ? Qu'est-ce que *toi* tu vas faire ?

Ce n'était pas mieux mais, au moins, Ian et lui s'étaient éloignés des oreilles indiscrètes.

— Je ne me glisserais certainement pas hors de son lit comme une traînée sournoise.

Un son inarticulé de rage s'échappa de ses lèvres. Le sarcasme de Ian piqua comme un millier de coupures de papier, et toute la confusion et la peur de Rick au sujet de Ian s'amalgamèrent en une boule de fureur enflammée.

— Je ne suis pas celui qui erre à la recherche de plans cul anonymes dans des bars remplis de jeunots, trop effrayé pour utiliser son propre nom, chéri.

Il laissa le dernier mot s'étirer comme l'aurait fait la reine des drag queen, sachant que cela énerverait Ian. Rick n'avait pas manqué le fait qu'Ivan connaissait le vrai nom de Ian et cela brûlait comme du jus de citron sur les plaies que Ian avait ouvertes avec ses mots vicieux. Il avait espéré pouvoir retourner la faveur.

— Espèce de connard. Où est-ce que tu prends ton pied, toi ?

Si Rick n'avait pas été aussi foutrement en colère, il aurait fait une plaisanterie sur le fait de jouir au bout de la queue de Ian, mais cela n'avait rien d'amusant.

Un rire enjoué rompit la tension lourde et coléreuse entre eux. Rick jeta un regard au reste de la pièce et se souvint qu'il était à une fête.

— Je refuse de faire ça ici.

Ou même un autre jour, en fait. Il prit un moment pour s'assurer qu'il avait bien ses clés et son portefeuille avant de contourner Ian et de sortir de la maison. Il s'excuserait auprès de Davy et Kurt plus tard pour son départ précipité mais il n'allait pas les embarrasser, ni lui-même d'ailleurs, en ayant une querelle étrange et bruyante avec le frère de Kurt. Ian lui avait peut-être donné des orgasmes spectaculaires au cours des deux dernières semaines, mais il n'y avait aucune raison pour toute cette... émotion.

Il ralentit le pas dès qu'il fut à l'extérieur, l'impression de déjà-vu étonnamment forte étant donné les circonstances différentes pour lesquelles il laissait Ian derrière lui ce soir-là, comparé aux deux précédents matins mémorables. Le désespoir, noir et collant, se déployait comme des plantes grimpantes à travers sa poitrine, rendant difficile le simple fait de respirer. Cela pouvait-il être un effet secondaire du vin ? Peut-être l'avait-il bu trop vite ? Il ne pouvait pas être énervé à l'idée de ne jamais plus pouvoir coucher avec Ian.

— Mais qu'est-ce qui se passe ?

Rick flancha. Il n'aurait pas dû ralentir après être sorti mais il ne s'était réellement pas attendu à ce que Ian le suive. Son sentiment inattendu de soulagement était plus terrifiant que le désespoir. Parce qu'il ne ressentait pas cela avec les mecs qu'il baisait. Ce n'était pas intelligent, ce n'était pas possible, et ce n'était pas prudent pour lui de s'impliquer. Cela n'allait pas arriver.

— Rick.

Le ton de Ian était bien plus paisible mais il était trop tard. Rick descendit l'allée et traversa la rue, vers sa voiture, sans même regarder par-dessus son épaule. Ian avait beau être un enfoiré sexy, Rick n'avait pas besoin de ça. Ses doigts tremblèrent, cherchant une cigarette qu'il n'avait pas fumée depuis plus de dix ans.

Debout près de la portière conducteur, il fouilla sa poche, essayant d'en sortir ses clés.

Les pas de Ian l'alertèrent de sa présence. Pourquoi ne laissait-il pas tomber l'affaire ? Ils ne signifiaient rien l'un pour l'autre ; ils n'étaient même pas amis. Il n'y avait aucune raison de se prendre la tête, même s'il appréciait à contrecœur la détermination de Ian.

Faisant volte-face, il s'adossa à sa voiture.

— Pour qui t'es-tu habillé comme ça ? Lui ?

La voix de Ian était grave, presque menaçante.

— Quoi ?

Ian ne semblait pas ivre mais il ne voyait pas ce qui pouvait justifier son comportement, mis à part l'alcool.

— Ça.

Ian se rapprocha et fit courir ses mains sur le torse de Rick, de sa taille à ses pectoraux, avant de pincer ses mamelons à travers la chemise extrafine.

— Tu l'as mise pour Ivan ?

— Non.

La jalousie apparente de Ian provoqua son déni.

— Même si cela ne te regarde pas.

Les lèvres de Ian se courbèrent en un semblant de rictus.

— Qui, alors ? Kurt ? Davy ? Eux tous ?

Rick haussa les sourcils. D'où cela sortait-il ? Ce n'était peut-être pas important. Il se pouvait que Ian soit trop volatil et sentimental pour être ajouté à son planning de rotation. Il avait appris sa leçon avec Oscar, mais cela ne l'avait pas empêché d'espérer bêtement que Ian et lui puissent maintenir une relation sexuelle basée sur ses conditions. Le fait même qu'il soit en train de parlementer sur le sujet devrait lui faire prendre ses jambes à son cou. Au lieu de quoi, il jeta un regard noir à Ian.

— Peut-être pourrais-tu enlever tes mains de mes tétons.

Il mit autant de venin dans sa voix qu'il le put, car Ian avait déjà découvert combien il aimait qu'on joue avec ses tétons et il ne voulait pas lui donner la chance de faire disparaître sa colère dans une brume de désir.

Dans d'autres circonstances, le pincement plus fort avec lequel Ian répondit aurait mis Rick à genoux, la bouche ouverte, prête à recevoir une queue. Mais cette soirée avait été un grand huit émotionnel dont Ian était le vortex. L'attitude de Ian anéantissait toute possibilité d'une érection.

— C'est quoi ton problème, bordel ? s'énerva Rick en repoussant Ian, sans faire attention aux doigts qui le pinçaient toujours.

Ian vacilla, les yeux voilés d'une ombre projetée par un lampadaire. L'obscurité profonde empêcha Rick de déterminer si Ian était plus ou moins énervé qu'avant, mais il avait appris il y a bien longtemps à se défendre quand c'était nécessaire.

Rick attendit pendant que Ian mordillait sa lèvre.

— J'ai juste… je pensais…

— Tu pensais quoi ? Qu'en agissant comme un connard jaloux… je sucerais ta queue devant ta famille ? Qu'en m'attaquant dans la rue, j'écarterais les jambes contre le capot de ma voiture pour t'offrir mon cul ? Ou est-ce que tu en veux à Ivan de s'être trouvé quelqu'un d'autre ?

— Non, non…

Ian avait du mal à lui répondre mais Rick ne s'était pas attendu à obtenir des réponses en posant ces questions.

— C'est juste que je n'avais pas réalisé qu'Ivan et toi aviez couché ensemble.

— Oh, alors la seule chose que tu as trouvé à faire lorsque tu t'en es rendu compte, c'est d'agir comme un crétin ? C'est bon à savoir, chéri. Je m'en souviendrai la prochaine fois que tu rencontreras un de mes plans cul.

Ian pinça les lèvres.

Bonne idée, compte tenu du fait que chaque mot prononcé par Ian ce soir-là ne faisait qu'aggraver son cas. Le plus surprenant était que Rick ne s'en aille pas et continue de le regarder s'enfoncer.

— Mon chou, ni toi ni moi n'étions vierges. Et nous n'étions pas non plus dans une relation sérieuse. Nous avons baisé. Deux fois. Et après cette... connerie, nous allons devoir nous en satisfaire. Nous voulons clairement des choses différentes.

Ian grogna comme si Rick l'avait frappé à l'estomac. Étrangement, Rick éprouvait aussi des difficultés à respirer, comme s'il avait reçu un coup inattendu au plexus.

— À un de ces quatre.

Rick se tourna à nouveau vers sa voiture et sortit les clés de sa poche. La poigne sur son épaule qui l'empêcha de continuer fut ferme, mais pas douloureuse.

— S'il te plaît, je suis désolé.

Rick laissa sa tête tomber en avant un moment, réfléchissant au fait de briser une autre règle. Il prit une profonde inspiration et céda à la requête non formulée de Ian en se tournant.

Cette fois, il ne dit rien. Il se contenta d'attendre. Et de se dire qu'il donnait une seconde chance à Ian seulement parce que c'était le frère de Kurt et qu'il ne voulait pas que son amitié avec Davy en pâtisse.

La main de Ian se retira lentement et il la porta à sa nuque – le mouvement indicatif d'une forme de détresse interne.

— Pardonne-moi, Rick. Tu as raison. J'ai agi comme un connard. Et je sais que je n'ai aucune raison de le faire. Nous ne sommes pas partenaires, nous ne sommes pas amis, nous ne sommes rien. Je n'ai jamais été jaloux comme ça. Absolument jamais.

Cela effrayait Rick, mais il ne pouvait nier qu'il était gratifiant de l'entendre. Même si rien ne pouvait en ressortir par la suite.

— Ces derniers temps, ma vie est assez mouvementée. Tu sais que je viens juste de sortir du placard, n'est-ce pas ? Eh bien, quand je t'ai ramené à la maison, c'était la première fois que j'amenais quelqu'un chez moi.

Rick émit un petit rire. Ian n'allait quand même pas revenir sur les propos de Rick, lorsque ce dernier avait dit que ni Ian ni lui n'avaient été vierges, et déclarer que cela avait été le cas pour lui, si ? Personne, pas même Casanova, ne pouvait être aussi naturellement talentueux. Jouer avec le corps d'un homme comme d'un instrument de musique venait avec des années de pratique.

— Arrête de mentir. Il n'y a aucune chance que tu aies été vierge.

Un rire surpris s'échappa des lèvres de Ian.

— Euh. Non. Je ne suis plus vierge depuis bien longtemps.

Ian soupira.

— Pouvons-nous aller quelque part ? Je te dois des excuses ainsi que des explications, mais nous pourrions le faire de manière plus confortable qu'en restant debout dans la rue, non ?

Il n'allait pas se laisser avoir. Encore une fois.

— Un café ? Pas chez toi.

À cette heure-ci, il devrait prendre un déca.

— D'accord. Parfait.

Ian regarda autour de lui comme si un Starbucks allait se matérialiser juste là. Il ne connaissait peut-être pas bien le quartier. La maison de Davy n'était pas particulièrement proche de Boystown, et l'appartement de Ian était à un jet de pierre de Charles Street.

— Il y a un café à deux pâtés de maisons au nord d'ici sur Jane. Suis-moi.

Rick soupira lorsque Ian commença à se pencher vers lui. Sans un contact physique pour l'hypnotiser, il ne briserait pas une nouvelle fois sa règle sur le moyen de locomotion.

— D'accord. Oui. Ma voiture est au coin de la rue. Je serai là dans une minute.

Ian le fixa un moment comme pour chercher à savoir si Rick s'en irait à la minute où il lui tournerait le dos. Ce qui n'était rien de moins que ce que Ian méritait, et l'option la plus sage selon lui, mais Rick savait qu'il ne lui ferait pas ça. L'âge le rendait tendre. Il ferait mieux de ne pas être aussi indulgent envers tous les hommes avec lesquels il coucherait à partir de maintenant.

IAN SUIVIT Rick dans le café, le remords et le regret tuant tout désir de s'adonner au plaisir. Il paya pour leurs *latte* décaféinés et laissa Rick les mener dans un coin où se trouvaient des chaises confortables. C'était étonnamment isolé.

Par-dessus le rebord de sa tasse, il laissa son regard errer tandis que Rick ajoutait quatre sachets de sucre à son café et le remuait. Sous la lumière fluorescente, l'hommage gay et sexy de Rick à la mode goth aurait dû paraître sévère et exagéré. Mais il avait simplement l'air sexy, comme il l'avait été chez Kurt et à l'extérieur, dans la sombre nuit d'été.

Le tissu bordeaux extrafin de son haut était parfaitement assorti à la couleur blond doré de ses cheveux. Et, même s'il ne laissait rien à l'imagination, Ian souhaitait toujours le lui arracher. Puis il y avait le pantalon ultra moulant. Déshabiller Rick jusqu'à ce qu'il soit nu serait un challenge, mais un challenge bienvenu.

Ian leva les yeux pour observer ceux maquillés de Rick. Son maquillage était suffisamment extravagant pour que même le caissier du café cligne des yeux, mais Ian avait été excité à la seconde où il l'avait vu. Il avait baisé un certain nombre d'hommes qui portaient du maquillage. Il avait toujours plutôt bien aimé ça, mais les yeux de Rick contrastaient de manière si saisissante avec son teint de porcelaine qu'il paraissait bien plus délibérément sensuel.

Le manque de sang dans son cerveau était loin d'être une excuse pour son comportement merdique, mais c'était certainement un facteur. Il espérait que Rick le comprendrait.

Concentrant son regard sur sa propre tasse, il réalisa qu'il n'avait pas dosé son *latte*. Il y ajouta rapidement du sucre et leva les yeux pour voir que Rick l'observait comme s'il était une espèce étrangère.

Il soupira, prit une gorgée et retint avec difficulté une grimace. Bien trop chaud. Il posa sa tasse sur la table et s'installa dans la chaise.

— Donc.

Super début, Ian. Rick serait incapable de lui résister après cette entrée en matière extraordinaire.

— Donc, le copia Rick, mais avec une minuscule inflexion, comme s'il était amusé par le trouble de Ian.

— Je ne mentais pas. Tu es le premier homme que j'ai amené à la maison. Tu es le premier homme avec qui j'ai eu des relations sexuelles dans un lit.

Les yeux de Rick s'agrandirent de manière comique avant de se plisser, la suspicion brillant dans son regard bleu.

— Mais je n'étais pas vierge, ajouta Ian avant que Rick ne lui pose la question.

— Non. Impossible. Il n'y a pas moyen. Comment cela aurait-il pu être aussi bon ?

Même si Rick n'avait pas l'air heureux, ses mots apportèrent quand même une rougeur d'embarras sur les joues de Ian. Les mecs qu'il avait baisés ne s'étaient jamais plaints, mais savoir qu'il avait rendu cela agréable pour Rick était profondément satisfaisant. Et le savoir ne fit absolument rien pour faire retomber son érection.

— Écoute, je ne suis pas vierge. Tu m'as vu à l'Anaconda.

Les yeux de Rick s'étrécirent à nouveau.

— Oui, je t'ai vu. Steve.

Seigneur. Il fréquentait rarement l'Anaconda. Il préférait se rendre dans un club qui réunissait davantage d'hommes de son âge partageant le même état d'esprit, mais il avait voulu se sortir Rick de la tête et avait pensé que l'Anaconda serait le dernier endroit où il le trouverait.

Personne n'avait attiré son attention jusqu'à ce qu'il remarque un blond mince en train de danser sur la piste, les muscles de son dos brillant de transpiration sous l'effort physique. Ian n'avait jamais eu de genre, mais coucher avec Rick en avait apparemment déclenché un, et il s'était préparé à l'attaque dans l'intention de gagner. Seulement pour découvrir qu'il avait ciblé le seul homme qu'il essayait de se sortir de l'esprit.

Cependant, une fois qu'il avait tenu Rick dans ses bras, toute la colère provoquée par son départ en douce au petit matin s'était évaporée. Il avait été déterminé à le baiser jusqu'à ce qu'il en oublie ses règles ou, s'il échouait, à dormir d'un sommeil suffisamment léger pour l'empêcher de quitter son lit au matin. Il avait failli sur les deux tableaux et, depuis, il n'avait rien fait d'autre que ressasser sa perte.

— Je ne suis pas un moine. J'ai couché avec un tas de gars.

Plus qu'il ne devrait probablement l'admettre.

— Mais j'étais dans le placard jusqu'à récemment. Je n'ai jamais osé aller chez quelqu'un et je n'ai jamais fait assez confiance à quelqu'un pour le ramener chez moi. J'ai baisé des mecs derrière des clubs et dans des toilettes, mais je n'ai jamais eu le luxe du temps. Je n'ai jamais été capable d'explorer, ou de les laisser m'explorer. Je sais que nous ne sommes pas compagnons ou mariés ou engagés l'un envers l'autre d'aucune façon. Je sais que ce n'était que du sexe.

Il n'était pas entièrement convaincu qu'il ne s'agissait que de sexe pour lui mais Rick était déjà suffisamment chatouilleux sur le sujet. Ian n'allait pas admettre qu'il était intéressé par plus si c'était seulement pour que Rick tourne les talons et s'enfuie en courant. Mais quelque chose dans le fait que Rick ait une peur évidente de l'engagement attirait Ian. C'était peut-être idiot, mais il sentait que sa réticence n'était pas causée par le manque d'intérêt ou le désir irrésistible de baiser tout ce qui bougeait. Il y avait une raison derrière cette peur et Ian voulait savoir laquelle.

— Alors pourquoi cette crise de jalousie ?

— Ce n'était pas de la jalousie, pas exactement.

Bien évidemment que c'était de la jalousie, mais même Ian savait que ce sentiment était trop fou et présomptueux pour une rencontre aussi récente.

— C'était plus comme si j'étais… blessé. La manière dont tu t'es faufilé hors de mon lit m'a fait me sentir incompétent. Comme si tu avais honte de t'être abaissé à coucher avec un minable comme moi.

— Chéri, je suis désolé de t'avoir fait ressentir cela. Je ne regrette pas d'avoir couché avec toi, du tout.

De manière inattendue, la froideur moqueuse de Rick disparut et il avança la main pour tapoter le bras de Ian. Même ce léger contact lui picota la peau. Il ne savait pas du tout si son attirance pour Rick avait quelque chose à voir avec le fait qu'il soit son premier partenaire sexuel depuis son coming out, mais Ian voulait qu'il fasse partie de sa vie.

— J'en suis heureux, parce que c'était la meilleure nuit de ma vie.

Peut-être qu'il n'était pas sage de l'admettre, en particulier lorsque Rick avait été si déterminé à le jeter, mais Ian ne reviendrait pas sur ses mots. Pas quand ils provoquaient un rougissement qui s'épanouissait sur les joues de Rick ainsi que la perte de sa désinvolture habituelle.

— Oh… euh, mon chou, c'est…

Rick était troublé, ses yeux s'agitant d'un côté à l'autre du café comme si les autres clients pouvaient lui souffler ce qu'il devait dire.

Charmé au-delà de l'imaginable, Ian ne pouvait que l'observer.

Rick prit une gorgée de son *latte*, essayant de retrouver sa contenance. Il ne fut pas difficile de pointer le moment où son bouclier se remit en place parce qu'il posa sa tasse et regarda Ian avec un petit sourire coquin.

— Nous avons besoin de déterminer quelques règles. Si nous avons l'intention de continuer à nous voir.

— J'écoute.

Il n'était pas vraiment sûr d'être prêt à accepter toutes les règles que Rick définirait, mais il était entièrement d'accord pour faire en sorte que son amant soit le plus à l'aise possible avec cet arrangement. Il finirait peut-être par envisager une relation mais Ian suspectait qu'aucun d'eux ne savait comment en entretenir une. Ce qui voulait dire que tout ce qui comptait en cet instant, c'était de faire en sorte que Rick continue de parler. Parler était habituellement un domaine dans lequel Ian était bon. Il passait quarante heures par semaine à essayer de négocier les compromis les plus raisonnables et bénéfiques pour toutes les parties impliquées. Il n'y avait pas de raison qu'il n'y parvienne pas dans sa vie personnelle.

— Je ne fais pas dans les relations. Pas d'attaches. Pas d'attentes.

Il considéra cela un moment. Parce que, pour une fois dans sa vie, il *voulait* avoir des attentes. Un tel souhait pouvait être inattendu et soudain, mais maintenant qu'il s'était autorisé à être un homme *avec* des attentes, il ne voulait plus les nier. Et peut-être qu'il n'avait pas à le faire.

— Je comprends mais je pense que nous devons aussi prendre en compte le fait que nous sommes liés d'une manière particulière. Parce que nous avons déjà des attaches.

— De quoi est-ce que tu parles ?

La peur prit vie dans les yeux de Rick et Ian répondit immédiatement pour le calmer. Il n'avait jamais monté un cheval de sa vie, mais il avait lu des choses à propos de chevaux surexcités qui nécessitaient une main douce pour être sellés, et Rick lui faisait fortement penser à un cheval sauvage qui n'avait jamais senti le poids d'une selle sur son dos.

— Tu es ami avec Davy. Et Kurt est mon frère et mon meilleur ami. Même si toi et moi finissons par nous haïr, nous serons toujours amenés à nous rencontrer l'un l'autre. Ce sont des attaches.

La respiration de Rick s'égalisa un peu.

— Oui, c'est vrai. Et je préférerais ne pas avoir à m'inquiéter de… créer une scène. En ces situations.

Il y était presque. Ian avait juste à encourager son point de vue.

— Je suis d'accord. Je pense que la réponse à notre inquiétude est que nous devenions amis.

— Amis ?

Rick ne s'était clairement pas attendu à cette option.

— Amis. Avec avantages. Pas d'attaches, pas d'exclusivité.

Ian dut se faire souffrance pour ne pas s'étrangler sur ces mots, mais il était trop tôt. Merde, même Ian n'était pas prêt à s'attacher ou à s'impliquer dans une relation permanente. Pas encore. Mais à la différence de Rick, il était prêt à envisager l'idée comme un futur état de fait. Prêt, bon sang, il était plus que simplement prêt, mais il avait besoin de tempérer son enthousiasme.

— Cela nous donnerait l'opportunité de passer du temps ensemble et, quand les occasions se présenteraient, nous finirions au lit.

La peur dans les yeux de Rick disparut alors qu'il réfléchissait aux paroles de Ian.

— Amis avec avantages. N'est-ce pas la même chose qu'un plan cul régulier ?

— Tu as déjà passé du temps avec un plan cul sans baiser ?

— Eh bien, non, pas vraiment. Sauf avec Ivan.

Les narines de Ian se gonflèrent. Il ne ferait pas une crise de jalousie. Il n'en ferait pas.

— D'accord. Pourquoi as-tu fait une exception pour lui ?

Il méritait une putain de médaille pour avoir gardé un ton neutre.

— Je n'en suis pas vraiment sûr. Je l'ai rencontré peu de temps après qu'il était sorti d'une longue relation et il enchaînait les hommes. Nous avons couché ensemble plusieurs fois mais, très rapidement, il est devenu clair qu'il voudrait d'une nouvelle histoire un jour. La plupart du temps, quand un mec décide qu'il veut quelque chose de plus sérieux, il décide d'arrêter de me fréquenter au même moment. Cependant, Ivan n'était pas encore prêt pour une relation sérieuse, mais nous savions tous les deux que cela arriverait et pas avec moi. Sans savoir comment, nous avons fini par nous contenter de passer du temps ensemble sans coucher. C'était sympa.

Seigneur, il détestait penser à Ivan et parler de lui, parce qu'il ressentait toujours cette colère froide, même s'il cherchait à la dissimuler.

Ian eut une pensée soudaine.

— Et tes autres amis ? Davy et Jon ? Tu as déjà couché avec eux ?

On lui avait présenté deux autres hommes lors de la partie de peinture chez Kurt mais il ne se souvenait pas de leurs noms.

Rick plissa les yeux.

— Pourquoi veux-tu le savoir ?

Ian leva ses mains, paumes ouvertes, comme s'il se préparait à être victime d'une explosion.

— Je veux juste m'assurer que nous fassions bien les choses.

Rick fronça les sourcils, mais répondit.

— Non, jamais. Ça a failli, deux fois, mais ça n'est jamais arrivé.

Si le sexe de Ian avait été doué de parole, il aurait laissé échapper un gémissement de désespoir. C'était exactement ce que Ian avait craint. Le sexe n'aiderait en rien sa cause et pourrait même finir par lui faire du tort. S'il voulait se rapprocher de Rick, il devrait le faire sans l'avantage... des avantages.

— D'accord, très bien. Faisons en sorte de devenir amis. Il y a une projection de minuit des *Aventuriers de l'Arche Perdue* dans un cinéma indépendant près de chez moi. Tu veux y aller ?

— Harrison Ford à son âge d'or ? Bien sûr, cela ne me dérange pas le moins du monde.

Ian ne manqua pas le ton lascif de Rick, et il approuva. C'était l'un de ses films préférés, pour plusieurs raisons.

— Mais qu'allons-nous faire jusqu'à minuit ?

Rick le fixa comme s'il attendait qu'il dise 'sexe'.

Ian se força à hausser les épaules.

— Je ne sais pas. Tu as mangé ? Nous pourrions aller dîner quelque part. Essayer de mieux nous connaître.

— Cela ressemble étrangement à un rendez-vous, chéri.

Un jour, Rick l'appellerait par un nom doux qu'il n'utilisait pas avec chaque personne qu'il croisait au hasard. Un jour.

— Tu ne manges jamais avec Davy ? Tu ne vas jamais boire un coup avec Ivan ? Tu ne regardes jamais de film avec Jon ?

Un haussement d'épaules réticent répondit à sa question.

— Et qu'en est-il des avantages ?

— Concentrons-nous d'abord sur la partie 'amis'. Nous verrons ce que nous ferons de la partie 'avantages' plus tard, nous aviserons.

Au plus grand désarroi de son sexe. Mais le regard déterminé et heureux de Rick indiqua à Ian qu'il faisait la bonne chose. Il avait besoin de dompter ce cheval en douceur pour l'amener à penser comme lui.

— Ça me plaît, chéri, dit Rick en se levant et en lui tendant le bras. Devenons amis.

LE MARDI suivant la pendaison de crémaillère devenue soirée cinéma, Rick suivit Ian dans un petit bar rempli de monde. Ils passèrent l'hôtesse et plusieurs tables avant de monter un escalier étroit. Après avoir dépassé quelques tables supplémentaires, Ian repoussa un rideau et le laissa sortir sur un patio au plancher en bois. L'endroit était entouré par une clôture en bois que Rick associait aux piscines de jardin ou à des chiens qui aboyaient et qui étaient susceptibles de mordre. Étrangement, le patio semblait avoir été construit autour de quelques arbres, et la clôture ainsi que les arbres étaient décorés de petites lumières de Noël blanches.

Ils prirent place à une table isolée et Ian leur commanda des bières.

— C'est un endroit superbe, déclara Rick dès que le serveur s'en alla.

— Oui. D'ailleurs, une partie d'un show télévisé a été filmée ici. C'est supposé être à Washington, mais un bar est un bar, pas vrai ? J'aime que ce petit coin de nature soit ici.

Rick pouvait en comprendre la raison. L'ambiance faisait très 'barbecue au jardin', même si les plats du jour inscrits non loin de là sur un tableau noir étaient des hamburgers gastronomiques et de la cuisine fusion. Il but une gorgée de sa bière et regarda la clientèle. Elle était composée de personnes que l'on croise quotidiennement, normaux.

Pendant plusieurs minutes, ils restèrent assis et burent.

Le silence entre eux commença à rendre Rick nerveux. Après tout, l'objectif derrière cette… rencontre… n'était-il pas d'apprendre à mieux se connaître l'un l'autre ? Il refusait résolument d'appeler cela un rencart, bien que ça le soit probablement davantage que lorsqu'on prend une simple bière avec un ami ou un collègue. Parce que sous tout cela se trouvait la requête de Ian pour qu'ils travaillent à devenir amis. Il ne se souvenait pas d'avoir un jour travaillé pour faire en sorte qu'une de ses relations d'amitié se développe mais bon, comme Ian l'avait souligné, il couchait rarement avec ses amis. Il suspectait pourtant toujours un motif ultérieur.

Motifs ultérieurs ou non, sortir boire un mardi soir représentait si peu de pression que Rick n'avait même pas hésité à accepter la proposition de Ian pour se voir après un rendez-vous d'affaires tardif. Trois jours plus tôt, ils avaient passé une super soirée à regarder *Les Aventuriers*, et si Rick avait commencé à s'inquiéter de la sincérité de l'offre d'amitié de Ian durant les jours qui avaient suivi, personne n'avait besoin de le savoir.

Ian leur commanda une deuxième tournée et quand elle arriva, Rick ne put se contenir plus longtemps.

— Tu ne vas me poser aucune question ?

— Il n'y a pas vraiment d'urgence, si ? Tu as autre chose de prévu ce soir ?

Eh bien, vu comme ça…

— Non. Je pensais juste que tu avais des questions.

— Bien sûr que j'en ai. Mais ce n'est pas un interrogatoire. Nous pouvons simplement rester assis et profiter de la compagnie de l'autre.

Avec un suprême effort de volonté, Rick réussit à ne pas lever les yeux au ciel.

— Oh, eh bien d'accord, mon chou. Je peux faire ça.

Pendant dix autres minutes, peut-être. Le suspense le tuait.

Ian rit.

— Si tu es si impatient, pourquoi ne me demandes-tu pas quelque chose ?

Inclinant la tête, Rick étudia Ian. Que voulait-il savoir à propos de cet homme, si vraiment il souhaitait savoir quelque chose ? Il n'y avait aucune raison de suspecter que Ian et son beau gosse de frère baraqué aient quoi que ce soit de semblable en dehors de leur apparence, mais Rick en savait déjà beaucoup à propos de leur famille grâce au temps qu'il avait passé avec Kurt et Davy. En vérité, il en connaissait probablement davantage sur leurs interactions familiales qu'il le voulait, et il ne pouvait vraiment croire qu'elles soient aussi bonnes que Kurt le laissait entendre.

Jon ne semblait jamais se lasser d'écouter les histoires de Kurt mais cela n'était pas étonnant vu que sa propre famille stupide, qui l'avait jeté dehors lorsqu'elle avait découvert qu'il était gay, lui manquait toujours. Il n'y avait absolument rien qui manquait à Rick chez sa propre famille. La seule nostalgie qu'il avait à propos de son enfance impliquait la culture pop, pas la famille.

— Où travailles-tu ? Tu exerces quel métier ?

Kurt avait peut-être mentionné ce que ses frères et sœurs et leurs époux faisaient dans la vie mais, s'il l'avait fait, Rick ne se serait pas embêté à essayer de retenir cette information.

— Je travaille pour *Errant*.

— Tu te fous de moi. Chéri, tu n'y travailles pas vraiment, n'est-ce pas ? Je pensais que seuls la génération des mordus de vampires gothiques et les vieilles folles caquetant sur le dos des autres travaillaient là-bas !

Errant prenait un virage original en tant que site sur l'actualité des stars, ajoutant les histoires les plus bizarres, comme la manière de savoir si votre voisin était un extraterrestre ou un vampire ou un chupacabra. Les meilleures chroniques étaient celles où ils réussissaient à combiner les scandales de stars avec une touche de paranormal ridicule, comme des bijoux ou décors de film maudits. Ce site ressemblait à une fusion entre le magazine qui rapportait régulièrement avoir vu l'homme chauve-souris

524

et les torchons relatant l'actualité des stars. Avec une tournure résolument canadienne, bien sûr. Rick le lisait secrètement tout le temps.

Ian rit.

— Eh bien, nous avons un peu des deux. Et je suis certain d'avoir déjà entendu le propriétaire se qualifier lui-même de vieille folle. Mais je reconnais ce regard. Tu es un fan, pas vrai ?

— Non, chéri, ce site est absurde. Il ne peut certainement pas y avoir autant de décors de film maudits dans le monde.

— Mmh mm. Pourquoi je ne te crois pas ?

— Très bien, d'accord. Je le lis. C'est un plaisir totalement coupable.

— Exactement ce que le grand patron voulait.

— C'est trop bizarre. La combinaison ne devrait pas marcher du tout et pourtant ça fonctionne. Et sous-entendre que la dernière grosse panne électrique était due à une incursion extraterrestre – simplement grandiose !

Ian prit un instant pour commander une assiette de frites avec un assortiment de sauces mayonnaise et aïoli. Cet homme diabolique devait avoir le même métabolisme rapide que son frère ; Rick n'avait jamais vu Kurt faire attention aux niveaux de graisse des aliments qu'il introduisait dans sa bouche.

— Je sais. Notre patron aimait les deux concepts et il ne pouvait se décider sur la direction à prendre. Alors il a choisi les deux. Entre toutes les émissions de télévision et les films tournés ici, puis le Festival du Film de Toronto, il y a des tonnes de célébrités dans le coin. L'absurdité paranormale fantasmatique donne au *Errant* un concept original qui, je peux en attester, fonctionne.

— Alors dis-moi, chéri, es-tu en charge de photographier le dessous des jupes des célébrités ou de faire des recherches sur les habitudes d'accouplement du loup-garou canadien ?

— Ha ha. Je ne suis pas l'un des pigistes ou des éditeurs. Je suis un responsable de clientèle confirmé. Je suis celui qui collecte l'argent engendré par la publicité. Enfin, je ne suis pas le seul, mais j'ai fait augmenter le chiffre d'affaires de deux cents pour cent sur les trois dernières années.

— Oh, eh bien dans ce cas, je pense que je vais te laisser payer la note ce soir, mon chou.

— En fait, c'est grâce à mon travail que j'ai entendu parler de cet endroit. Beaucoup de bars locaux et de restaurants font leur publicité chez nous, et je vais souvent tester ceux qui semblent intéressants.

— Un garçon intelligent.

Ian eut un large sourire et leva sa bière dans un toast légèrement ironique.

Les frites arrivèrent, chaudes, pleines de graisse et salées. De la salive inonda la bouche de Rick et il connut un regrettable instant où il détesta le flegme de Ian quand il enfourna quatre frites en même temps.

— Prends-en.

Rick secoua la tête mais à chaque bouchée que Ian prenait, sa résolution faiblissait. Il se prépara à ce que Ian le questionne à son tour à propos de sa carrière. Il n'avait absolument pas honte du métier qu'il exerçait, cependant les gens voulaient inévitablement savoir pourquoi il avait choisi cette voie, et c'était une information qu'il ne partageait avec personne.

— Et toi ? Comment subviens-tu as tes besoins ?

Nous y voilà.

— Je suis orthophoniste.

— Qu'est-ce que c'est, exactement ? Enfin, je peux probablement me faire une idée globale en me basant sur la construction du mot, mais j'ai peut-être tort.

Rick plongea un ongle dans une fissure sur la table.

— J'aide principalement les adultes. Dyslexie, troubles de la parole, divers problèmes de langage liés à des attaques vasculaires ou à des maladies. Quelquefois, j'aide des enfants mais, la plupart du temps, il y a des orthophonistes délégués dans les écoles. De temps en temps, un enfant aura besoin de plus d'attention qu'il ou elle peut en avoir à l'école et les parents viendront me demander mon aide.

— C'est incroyable. Bien plus noble que ce que je fais. Pourquoi as-tu décidé de faire ça ?

C'était là que tout s'écroulait.

— Je ne veux pas en parler.

Ian avala ses frites et lécha le sel de ses lèvres. Aussi fonctionnel que le mouvement ait pu être, il fit malgré tout se tortiller Rick. Ian était un homme sensuel et sexy et Rick avait une connaissance très précise et personnelle de la façon dont les lèvres et la langue de Ian bougeaient contre son corps. En silence, Ian le jaugea, un sourcil se haussa légèrement comme pour essayer de catégoriser les résultats d'une expérience. Dans une tentative d'apaisement de son malaise face à l'inspection, Rick descendit le reste de sa bière et posa bruyamment la bouteille vide sur la table. Jetant un œil autour de lui, il fit un signe au serveur, prétendant tout ce temps ne pas être concerné par l'analyse attentive et appuyée de Ian.

— D'accord. Comment as-tu commencé à traîner avec Davy et les autres ?

Le soulagement l'envahit lorsque Ian mit fin à la discussion sur sa carrière. Cette question, il pouvait y répondre – en majeure partie.

— Jon et moi nous sommes rencontrés à l'université. Nous travaillions dans la même boîte de nuit et nous sommes devenus amis.

Pas besoin de mentionner qu'ils étaient d'abord devenus proches parce que le propriétaire voulait qu'ils s'effeuillent ensemble ni que la boîte en question était en fait un club de strip-tease.

— Lui et Davy étaient amis depuis le lycée, alors ils m'ont en quelque sorte adopté dans le groupe.

Il avait été incroyablement reconnaissant de les avoir trouvés. Il s'avéra qu'ils avaient beaucoup de choses en commun, mais le simple fait de trouver des amis avait rendu sa vie tolérable. Agréable, même, bien qu'il soit difficile de travailler autant d'heures tout en allant en cours. Aucun d'eux ne savait pourquoi il avait quitté sa maison familiale ni déménagé à Toronto, mais cela ne les avait pas empêchés de l'accepter comme l'un des leurs.

— Nous avions beaucoup de points communs et quand nous ne traînions pas dans les dortoirs des uns ou des autres, nous étions en boîte de nuit. Puis Davy a emménagé avec son petit ami, celui avant Kurt, et au fur et à mesure du temps, nous l'avons vu de moins en moins jusqu'à ce que son ex petit ami meure et que Davy rencontre Kurt.

Ian voulait-il faire partie de leur bande ? Si oui, était-ce parce qu'il voulait passer du temps avec Rick, se trouver des amis gays, ou passer plus de temps avec son frère ? Rick ne savait pas du tout si être frères signifiait qu'il fallait passer beaucoup de temps à se fréquenter mais même lui, qui essayait d'éviter les situations émotionnelles, avait été capable de voir que le fossé que Ian avait créé entre lui et Kurt, avant d'avouer son homosexualité, avait blessé son frère.

Puis quelque chose changea, se mit en place. Ce fut peut-être les effets cumulés de l'alcool, ou le manque d'insistance de la part de Ian, ou même la fatigue extrême de conserver ses murs dressés, mais la conversation se détendit et coula naturellement. Et Rick s'autorisa même à manger quelques frites.

RICK LEVA les yeux vers les lumières brillantes du fronton. Il avait été un peu surpris, mais pas mécontent, que Ian l'appelle aussi vite après leur sortie de mardi. Il aimait aller au cinéma.

— Mis à part samedi dernier, ça faisait un bail que je n'avais pas pris le temps d'aller voir un film. Que voulais-tu voir ?

Il y avait quelque chose de trop déprimant dans le fait d'aller au cinéma tout seul. Les boîtes de nuit n'étaient pas un problème, en particulier s'il cherchait à tirer un coup. Mais les films et les dîners en extérieur – il s'était toujours senti exposé dans ces situations, comme s'il y avait eu un grand néon suspendu au-dessus de sa tête informant tout le monde qu'il était seul. Plus ses amis et lui vieillissaient, plus ils devenaient casaniers. Par défaut, Rick était devenu plus casanier lui aussi. La plupart du temps, cela ne le dérangeait pas – il avait toujours apprécié sa propre compagnie – mais parfois sa maison semblait trop grande pour lui.

— Peu importe. Nous pouvons simplement assister à la prochaine séance.

Ian sortit son portefeuille et s'avança dans la file d'attente.

Rick le suivit. Du moins, physiquement, parce qu'il n'avait pas du tout suivi le raisonnement de Ian.

— La prochaine séance de quoi ?

Regardant son poignet, Ian vérifia l'heure.

— Il est vingt heures. Est-ce que tu as faim ?

Rick haussa les épaules.

— Je n'ai pas faim, mais j'aime manger du pop-corn au cinéma.

— D'accord. Dans ce cas, nous n'avons qu'à aller voir le prochain film qui se présente. À moins qu'il commence dans les dix prochaines minutes. Dans ce cas-là, nous irons voir le suivant.

Avait-il manqué quelque chose ?

— Tu ne veux pas aller voir un film en particulier ?

— Non, pas vraiment. Mes parents ne pouvaient pas se permettre d'emmener souvent toute la famille au cinéma et, le peu de fois où c'est arrivé… avec sept enfants, il n'y avait absolument aucune possibilité de consensus. Donc mes parents ont mis en place la règle de la 'prochaine séance'. Quelle que soit l'heure à laquelle nous arrivions au cinéma, nous allions voir ce qui était projeté à la séance suivante. Il y avait parfois des exceptions faites, basées sur les critiques, mais nous avons quasiment tous fini par prendre l'habitude d'aller voir la prochaine séance de ce qui passe au cinéma, peu importe de quoi il s'agit.

— Mais, mais…

Rick ne pouvait trouver aucun argument cohérent. Il n'avait jamais rien entendu d'aussi zen. Pas lorsqu'il s'agissait d'un domaine qui était régi par un planning.

— Et si le prochain film est mauvais ? Ou que c'est un genre que tu n'aimes pas ?

Ian écarta les mains, le geste ultime signifiant 'peu importe'.

— J'ai vu beaucoup de bons films que je ne serais jamais allé voir si je n'avais pas fonctionné de cette manière.

— Hum-mm. Et les navets ?

Le sourire de gamin qui illumina le visage de Ian était tout simplement adorable.

— Les navets te donnent tout un tas de choses à raconter.

— Alors comment se fait-il que tu aies su qu'il y avait une projection de minuit des *Aventuriers de l'Arche Perdue* samedi dernier ?

— Hmm. C'est un classique. Je l'ai vu des dizaines de fois et j'ai entendu qu'il était à l'affiche dans un cinéma indépendant. Tout n'a pas besoin d'être gravé dans le marbre, tu sais.

— D'accord, très bien.

Rick fit un geste pour qu'il avance pour acheter les tickets. Sans surprise, il lui fallut quelques minutes pour convaincre la fille derrière le comptoir qu'il voulait réellement deux tickets pour le prochain film, quel qu'il soit, mais cela ne lui prit pas aussi longtemps que Rick s'y était attendu. Ian avait bien réussi à le convaincre, lui, de briser ou d'assouplir plusieurs de ses règles.

Il n'avait jamais rencontré l'un de ces démons proverbiaux à la langue enjôleuse avant, mais il suspectait que Ian puisse être l'un d'entre eux. Convaincant les chats de devenir végétariens et vendant du sable aux Égyptiens. Au point où il en était, Rick commençait à croire que Ian pouvait invoquer le ciel bleu par temps de pluie.

Ian revint du comptoir en agitant deux tickets.

— Nous ferions mieux de nous dépêcher. Nous avons quinze minutes pour acheter de quoi grignoter.

Rick s'empara des tickets.

— *European Death Knot* [10] ? Qu'est-ce que c'est que ça ?

Ian haussa les épaules.

---

10 Pris mot à mot : nœud mortel ou nœud de la mort européen. En Alpinisme, il s'agit d'un nœud de jonction. (NDLT)

529

— Sais pas. Nous verrons bien, n'est-ce pas ? Allez viens.

Ce mec était dingue et si ce film était une daube sans nom, il ferait en sorte que Ian lui soit redevable pour toujours.

RICK S'AFFAISSA contre Ian, toujours en train de glousser alors qu'ils sortaient du cinéma. Ian mourait d'envie de passer un bras autour de lui, de montrer à tout le monde qu'ils sortaient ensemble, mais il n'osa pas. Rick s'était détendu à ses côtés, mais s'il allait trop vite ou prenait trop de libertés en dehors du cadre de 'devenir ami', il suspectait qu'il se retirerait dans sa coquille.

Ian eut un léger reniflement de dérision. Aux yeux d'une personne extérieure, Rick n'avait jamais eu de coquille. Il était ouvertement gay et fier. Mais Ian avait vu des éclats du Rick intérieur, la vraie personne sous le masque qu'il montrait au monde, et c'était le Rick que Ian voulait connaître.

— C'était hilarant. Absolument horrible, mais également hilarant, déclara Rick qui avait du mal à respirer.

— Ouais, je dois admettre qu'avec un titre comme *European Death Knot*, je m'attendais à un enlèvement ou peut-être à quelque chose qui exploserait.

Rick lâcha un autre petit rire.

— Moi aussi. Je peux seulement supposer que le succès de ce film où le mec ronge son propre bras a fait présumer aux producteurs de celui-ci que n'importe quel film d'escalade aurait un succès équivalent.

Quand ils sortirent du bâtiment, la nuit était noire et dégagée et il y avait une morsure un peu fraîche dans l'air. Rick resta proche, leur chaleur corporelle augmentant la température des quelques millimètres qui les séparaient.

— Ne s'est-il pas coupé le bras ?

— Rongé, coupé… Pain au chocolat, chocolatine, c'est du pareil au même.

Ian rit. Il aimait vraiment Rick quand ce dernier ne s'inquiétait pas de ce qu'il disait ou de la manière dont il agissait. Le Rick sarcastique et heureux était un homme avec lequel il voulait passer tout son temps.

530

— Quand même, quand ils ont commencé à balancer des mots comme 'Alpine Cock Ring [11]', 'edging [12]', 'Daisy chain [13]' et 'tea bagging [14]', j'ai cru que quelqu'un avait accidentellement chargé un film porno, dit Ian.

— Je sais, c'est fou non ? Si jamais un truc comme un projet secret gay existe, ce film en est un parfait exemple.

— Vraiment ?

— Mon chou, bien entendu que c'est un gay diabolique qui a placé ces termes. Tu ne trouveras jamais un groupe d'hétéros crédules parlant de 'tea bagging' et de 'cock rings' dans des conversations de tous les jours. Celui qui a inventé ces expressions est probablement littéralement mort d'une crise de rire.

— Peut-être que nous devrions nous essayer à l'escalade.

Ian avait pensé à en faire bien avant de savoir que la moitié des termes évoquait le fait d'être en plein porno gay mais n'avait jamais pris le temps de s'y intéresser. Si tout cela était si divertissant pour Rick, ça pouvait être amusant.

Rick lui donna un coup sur le bras.

— Vraiment ? Tu veux que je sorte et que je risque ma vie et mon corps pendant que j'essaie de ne pas me pisser dessus en riant ? C'est juste méchant, chéri.

Si Ian avait pensé une seule seconde que Rick n'utilisait le surnom 'chéri' que pour lui, il aurait pu l'apprécier. Tel qu'il l'employait, il se demandait si ce n'était pas encore un autre moyen pour Rick d'empêcher les gens de trop s'approcher en évitant de les individualiser. Mais il était trop tôt pour se faire un jugement là-dessus. Il ne pensait pas croire au coup de foudre, mais la première fois qu'il avait vu Rick l'avait changé de manière

---

11 Termes d'escalade ou d'alpinisme ayant tous des connotations sexuelles. Alpine Cock Ring ou ACR est une méthode d'ancrage à la paroi rocheuse qui utilise une corde et un anneau de rappel. Cock Ring est aussi un anneau pénien. (NDLT)

12 Edging : fait de poser la pointe du pied en appui sur une prise sécurisé, ou de se trouver à la limite de basculer vers l'orgasme. (NDLT)

13 Daisy chain : type de sangle à usage spécifique avec de multiples coutures, attaches ou boucles, ou chaîne sexuelle où le partenaire A s'occupe sexuellement du partenaire B qui s'occupe du partenaire C, par fellation, cunnilingus ou pénétration. (NDLT)

14 Tea bagging : quand un grimpeur tombe au-delà de son ancrage, ou quand un homme laisse pendre ses testicules dans la bouche de son/sa partenaire comme un sachet de thé au-dessus d'une tasse. (NDLT)

fondamentale, et tout ce qu'il pourrait faire pour se rapprocher de lui, il le ferait, même si cela signifiait être un chéri parmi les millions d'autres de Rick. Pour l'instant.

— Je ne te voudrais jamais aucun mal.

La tentation d'ajouter le mot chéri à la fin de sa phrase était forte, mais Ian savait qu'il ne pourrait pas le dire avec la même désinvolture. Cela aurait une consonance moqueuse ou amère et aucun des deux ne l'aiderait à se faire aimer de Rick.

— Donc l'escalade est exclue. Que dirais-tu d'un café en attendant ? Nous pouvons discuter d'un autre loisir dans lequel nous lancer.

Rick tira son téléphone de sa poche et regarda l'heure.

— Il est un peu tard, non ? Nous travaillons tous les deux demain matin.

Comme un enfant suppliant pour cinq minutes de plus, Ian n'était pas prêt à ce que leur soirée se termine.

— Si tu étais en boîte, serait-il trop tard ? Tu ne rentrerais pas déjà chez toi, n'est-ce pas ?

Impossible de se méprendre sur le regard concupiscent de Rick. S'il était en boîte à l'instant, il serait probablement en train de se faire sucer dans les toilettes. Ian se détourna de Rick alors qu'il déverrouillait la portière de sa voiture pour ne pas que sa réaction immédiate soit visible. Il avait promis qu'ils seraient d'abord amis et cela signifiait que son érection ne serait pas soulagée. Pas avec Rick, pas encore.

— C'est ce que je pensais. Nous avons tout le temps de prendre un café.

— Je suppose. Même si je ne sors plus tellement en boîte en milieu de semaine.

Ian soupira.

— Moi non plus.

Bien trop souvent, l'idée de tirer un coup n'était même plus suffisante pour lui donner l'énergie de s'habiller et de sortir en semaine, en particulier s'il avait des rendez-vous tôt le lendemain. Rick, cependant, le stimulait comme s'il était à nouveau adolescent.

Rick fit écho à son soupir.

— Et prendre de la caféine à cette heure m'empêche de dormir.

— Moi aussi.

Cela n'avait pas toujours été le cas mais, alors que les années passaient, les choses changeaient.

— Mais je parie que nous pouvons prendre des décaféinés.

— D'accord, nous pouvons faire ça.

Il devait essayer.

— Ou nous pouvons aller chez moi, prendre un verre là-bas.

Merde, merde, merde. Grosse erreur. En un battement de cœur, l'attitude détendue de Rick se dissipa et il fronça les sourcils vers Ian, comme si ce dernier était un prédateur sexuel.

— Hé, c'était seulement une suggestion. Rien de plus, je le jure.

Bon. Il avait déjà découvert que le domicile de Rick était hors limite. Clairement, celui de Ian l'était aussi. C'était bon à savoir. Il revêtit son expression la plus innocente, espérant que Rick accepterait la vérité. Parce que la suggestion n'avait vraiment été que de la pure commodité. Ce qu'il voulait en premier lieu, c'était construire les bases de leur relation, parce que c'était la seule façon pour eux d'avancer et de se faire confiance.

Rick se radoucit et Ian laissa échapper un soupir de soulagement.

— Nous allons nous contenter d'aller prendre un café, ou quel que soit l'équivalent si tard.

— Bien.

Une tête aux cheveux sombres ébouriffés attira son regard et Ian étira le cou pour mieux voir.

— Quoi ?

Rick regarda dans la même direction que lui mais l'homme que Ian avait vu s'était évaporé.

— Rien. Je pensais juste avoir vu un ami du boulot, Leon, ce gars dont je t'ai parlé. J'allais dire bonjour, mais peut-être que je l'ai imaginé.

— Tu vois des choses, hein ? Tu as peut-être besoin de sommeil plus que de café.

Rick lui adressa un clin d'œil mais Ian ne mordrait pas à l'hameçon. Pas question.

— Allons-y. Il y a un café décent à un pâté de maisons d'ici. Nous pouvons laisser nos voitures ici et nous y rendre à pied.

Jusqu'à ce qu'ils arrivent au café, les doigts de Ian le démangèrent du désir de prendre la main de Rick et de descendre la rue comme s'ils étaient un couple.

V

RICK N'ÉTAIT pas sûr de la façon dont c'était arrivé, mais au cours des semaines précédentes, Ian et lui étaient tombés dans une sorte de schéma. Les mardis soirs, ils sortaient boire un verre dans un bar stylé ou dîner dans un endroit à la mode dont Ian avait entendu parler ou sur lequel il avait lu une critique. Pour les endroits les plus populaires, il était possible de devoir attendre des semaines avant qu'une réservation puisse être faite en fin de semaine, mais c'était plus facile les mardis. Les jeudis s'étaient transformés en soirées cinéma. Les samedis après-midi et soirs étaient devenus des jours joker.

À côté de cela, il avait aussi été frappé d'une terrible malchance. Mis à part l'écureuil mort, il avait eu ses pneus crevés à trois reprises, sa voiture rayée par une clé, un feu de poubelle sans gravité, quelques surprises désagréables dans sa boîte aux lettres, et un sac d'ordures en feu qui avait roussi l'extérieur de sa fenêtre au sous-sol. Heureusement, il l'avait réparée, sinon il l'aurait certainement retrouvé sur le sol de sa cave. Il espérait qu'ignorer les faits était la bonne tactique à adopter. Ian voulait qu'il aille voir la police ou même qu'il en parle à Kurt, mais Rick était convaincu que le ou les gamins finiraient par se lasser. À moins, bien sûr, qu'il attrape le petit morveux à l'œuvre. Ce serait une autre histoire. Pour l'instant, il s'agissait principalement d'actes inoffensifs, et aucun n'était susceptible d'entamer sa bonne humeur. Passer du temps avec Ian était la chose la plus amusante qu'il ait faite depuis longtemps.

Ils avaient visité des endroits au centre-ville de Toronto et dans les environs dans lesquels Rick n'était jamais allé ou seulement lors de voyages scolaires. Fort York, Casa Loma, la Tour CN, l'île de Toronto. Le festival de la bière n'avait pas été édifiant mais ils s'étaient amusés. Ce n'était pas non plus uniquement du tourisme. Ils avaient joué au mini-golf ou au bowling 'brillant dans le noir'. Pas une fois ils n'étaient tombés à cours de sujets de discussion. Rick avait même partagé quelques histoires de sa jeunesse. Des histoires simples, sans réel bagage émotionnel, mais il ne parlait généralement pas du tout de son enfance.

Il voyait toujours Jon et les autres les vendredis soirs, mais il n'avait pas mentionné – pas même à Kurt – qu'il fréquentait aussi Ian. Ils avaient tous supposé que Ian et lui avaient consumé leur attraction après deux nuits au lit. Mais la vérité était que chacun de leurs 'rendez-vous amicaux' ne faisait qu'attiser les flammes de Rick et il avait commencé à rêver de sexe. De sexe avec Ian. De beaucoup, beaucoup de sexe avec Ian.

En temps normal, il aurait déjà été en train de chercher quelqu'un à ajouter à son répertoire de plans cul. Mais il n'avait aucun désir de partir en chasse parce qu'il attendait que Ian réalise qu'ils étaient maintenant assez bons amis pour avancer vers l'étape 'avec avantages'… de leur amitié.

Il devait bien avouer que cela faisait un bail qu'il avait été célibataire pendant sept semaines consécutives. Néanmoins, il appréciait tellement de passer du temps avec Ian que cela lui était égal. Chaque soirée 'amicale' provoquait une érection intense chez Rick, bien qu'ils ne fassent rien de plus que s'effleurer 'accidentellement' du bras, de la main ou de la hanche, mais il ne pouvait se résoudre à demander quand ils reprendraient leurs activités sexuelles. Il y avait une peur profondément enracinée en lui qui lui faisait penser que coucher avec Ian ferait de lui la bonne personne, et la pensée de ne jamais le revoir créait une sensation de malaise au creux de son estomac.

Quoi qu'il en soit, il avait réalisé que, jusqu'à présent, chacun de leur 'rendez-vous' avait été – très bien – planifié par Ian. Il était temps que Rick s'implique à son tour, et le plaisir dans la voix de Ian quand il l'avait appelé pour l'inviter à sortir un mercredi soir lui fit savoir qu'il avait fait la bonne chose. En particulier puisque Ian serait indisponible le samedi à cause de l'anniversaire de sa sœur.

Ian allait le rejoindre dans l'un des endroits où il n'avait amené que ses amis proches. La plupart des mecs de son répertoire n'avaient jamais su quel geek il était et, ce soir-là, il allait mettre Ian dans la confidence. Ian s'en doutait sûrement déjà mais, ce soir-là, Rick allait le lui confirmer. Jon, Davy et lui avaient depuis longtemps décidé que les geeks ne tiraient pas assez leur coup, alors ils avaient fait leur possible pour dissimuler leur amour du jeu à tout le monde, sauf entre eux.

— Salut toi.

Lorsqu'il entendit la voix de Ian, Rick pivota sur lui-même.

L'énorme sourire sur le beau visage de Ian était en train de devenir de plus en plus nécessaire à son bonheur.

Ian se pencha en avant, comme s'il s'apprêtait à l'embrasser, mais il s'arrêta à la dernière seconde. Son sourire ne changea pas d'un iota.

— Je n'ai jamais entendu parler de cet endroit.

— Je n'en suis pas étonné. Ils n'ont pas les moyens de se payer des encarts dans le *Errant* mais leur clientèle les garde bien assez occupés.

— Montre-moi le chemin. Je suis prêt à tout.

Après avoir franchi la porte, Rick chercha une table libre, essayant d'imaginer les pensées de Ian en voyant cet endroit pour la première fois.

Plus loin sur la gauche, un couple se leva, laissant un coin banquette libre.

— Là. Prenons celui-ci.

Ian le suivit et attendit qu'il se place d'un côté de la table avant de se glisser sur la banquette en face de lui.

— Humm, fit Ian en jetant un œil autour de lui. J'en déduis, vu le nombre de plateaux de jeu et de pièces sur toutes les tables, que tu m'as amené dans ton club de strip-tease préféré.

Un rire étouffé et bizarre lui échappa par le nez. Passer du temps avec Ian n'était jamais ennuyeux. Il faillit proposer que, selon le résultat de leur partie, le perdant se déshabille pour le vainqueur, mais il essayait d'être discipliné. Il essayait de faire autant d'efforts que Ian pour que cela fonctionne.

— C'est une bonne chose que tu sois mignon, chéri, roucoula-t-il à l'attention de Ian, laissant traîner un ongle le long de son avant-bras.

Voir le frisson de Ian et la chair de poule apparaître sur sa peau donna envie à Rick de lever son poing et de crier de joie. Il n'était définitivement pas le seul à ressentir les effets de l'attirance entre eux.

Ian remua les sourcils.

— D'accord, donc parle-moi de cet endroit.

— Jeux de société. Nous prenons un jeu sur le mur et nous entamons la partie. C'est tout. Le menu est un peu sommaire mais la bière est fraîche.

Retenant son souffle, Rick attendit la réponse de Ian. Mais Ian ne s'enfuit pas et ne ricana pas avec mépris. Il se contenta de lui adresser un petit sourire affectueux, celui que Rick n'était jamais sûr de savoir ce qu'il avait fait pour déclencher.

— Mmmh. Je savais que tu étais secrètement un geek.

Il n'y avait pas grand-chose à dire pour réfuter cette déclaration. C'était vrai.

— Je le suis, un peu.

536

Même s'il ne pensait pas avoir été si transparent sur ce sujet.

— Je me rends déjà compte que je ne reconnais aucun de ces jeux, donc je vais te laisser choisir. Y a-t-il des serveurs ou faut-il se rendre directement au bar ?

— J'ai bien peur que tu doives te rendre au bar.

— Va chercher un jeu, dit-il avant de jeter un œil à quelques tables proches. Ils m'ont l'air un peu plus compliqués que le *Cluedo*, donc tu peux l'installer pendant que je vais nous chercher à boire.

Eh bien, cela avait été incroyablement facile. Rick se leva, s'assurant d'ajouter un petit balancement supplémentaire dans son pas. Juste au cas où Ian regarderait.

Se tournant pour regarder les jeux disponibles, il se positionna de telle sorte qu'il puisse jeter un œil discret vers la table. Il était à peu près sûr que Ian avait les yeux rivés sur ses fesses. Il savait qu'ils ne feraient rien à ce propos pour l'instant, mais il était agréable de savoir que Ian aimait toujours autant ses fesses qu'il l'avait affirmé quand ils avaient baisé jusqu'à être complètement en nage.

Ensuite, il détourna son attention de l'homme sensuel qui l'attendait pour la reporter sur la sélection de jeux. Il aimait *Les Colons de Catane*, et ce n'était pas un mauvais choix pour un débutant, mais il fallait un minimum de trois joueurs. Pareil avec *Betrayal at House on the Hill*. *Horreur à Arkham* comportait trop de détails minutieux et de règles pour un novice. Oh, minute, *Pandémie*. Parfait. Pas trop de règles, et au lieu de jouer l'un contre l'autre, ils auraient la possibilité de coopérer pour essayer de défaire les pandémies à venir.

Il ne savait pas comment Ian réagissait face à la défaite, mais lui-même avait tendance à exulter quand il gagnait. Il n'était pas tout à fait sûr qu'ils soient assez bons amis pour survivre à cela, du moins pas quand il y aurait seulement un vainqueur et un perdant. Dans un groupe, il était plus facile de jubiler sans susciter de trop lourdes rancunes. Avec *Pandémie*, soit ils gagneraient tous les deux, soit ils perdraient tous les deux, et Rick aimait bien mieux ces probabilités-là.

Le temps que Ian revienne du bar, Rick avait installé toutes les pièces du jeu. Ian était intelligent et il prêtait attention. En un rien de temps, il avait assimilé les règles.

— Est-ce l'un des jeux auxquels vous jouez avec Davy et les gars ?

Ian déplaça la pièce de bois sur le plateau de jeu.

— Oh, oui. Nous y jouons. Comment le sais-tu ?

Il avait peut-être mentionné ses soirées du vendredi avec les gars, voire même qu'ils avaient joué à un jeu de société en passant, mais il ne s'en rappelait pas. Après toutes ces années, cacher le geek qui sommeillait en lui était presque aussi naturel qu'éviter de parler de son enfance.

— Kurt m'a invité à venir plusieurs fois.

La gorgée de bière passa par le mauvais trou et il s'étouffa puis la recracha.

— C'est vrai ?

Rick n'avait aucune idée de ce qu'il devait faire de cette information. Cela voulait-il dire que Ian n'avait aucun intérêt pour les jeux de société et qu'il faisait semblant pour lui faire plaisir ce soir ?

— Ça va ?

Ian était à moitié hors de son siège, prêt à lui faire le Heimlich ou un truc du genre, mais Rick lui fit un signe de la main.

— Bien, bien. J'ai juste avalé de travers.

Ça, ce n'était pas quelque chose qu'il disait très souvent.

— Est-ce que tu veux un verre d'eau ?

— Non, je suis bon pour continuer.

Ça, d'un autre côté, était quelque chose qu'il disait fréquemment. Il but une autre gorgée de bière pour confirmer ses dires.

— Donc, Kurt t'a invité à te joindre à nous pour les soirées jeux ? Comment se fait-il que tu n'aies jamais accepté ?

Bon sang. Ils n'avaient joué que quelques tours et il y avait déjà des épidémies à Miami et Sydney. Rick avait le mauvais pressentiment qu'ils allaient faillir à empêcher la pandémie.

Ian haussa les épaules et ajouta plus de marques d'infection sur le plateau.

— Je sais que tu ne veux pas que les gens pensent que nous sommes en couple, et je ne voulais pas te mettre mal à l'aise avec tes amis, donc j'ai décliné. Bien sûr, il commence à penser que je déteste les geeks, mais tu sais… je ne les déteste pas du tout.

La chaleur dans les yeux de Ian produisit une réaction immédiate dans son aine. Maudit soit-il. Au moins, il n'avait pas encore perdu la partie. Aucune raison pour lui de se lever et de montrer à tout le monde à quel point Ian l'affectait. Ce qui ne fit rien pour mitiger la culpabilité qu'il ressentait quant au fait que Ian ne soit pas venu aux soirées jeux. D'après ce que Rick savait, celui-ci n'avait pas vraiment d'amis homosexuels, et les traumatismes de Rick étaient en train de l'empêcher non seulement de

538

fréquenter le frère dont il était proche, mais aussi d'apprendre à connaître le compagnon de Kurt et de se faire un nouveau groupe d'amis qui avaient davantage en commun avec sa nouvelle vie d'homme ouvertement gay.

— Je suis désolé.

— Que je ne déteste pas les geeks ?

— Non, chéri. De t'empêcher de...

Il n'y avait aucune bonne façon de finir cette phrase. Toute parole sortant de sa bouche le ferait passer pour un connard égoïste.

Ian plaça une paume chaude au-dessus de sa main, l'empêchant d'entamer son prochain mouvement sur le jeu.

— Hé. Ce n'est rien. Pour l'instant, le plus important, c'est que les choses aillent bien entre nous. Mon objectif actuel est de consolider notre amitié. Je te le promets.

Rick hocha la tête.

— Mais c'est très amusant. Quand tu seras prêt, fais-le-moi savoir et je me joindrais à vous pour une soirée jeux.

C'était trop beau pour être vrai, et pourtant, il avait pensé cela plus d'une fois depuis qu'il avait rencontré Ian. Pas une fois Ian ne l'avait vraiment déçu.

— PRÊT À aller manger un morceau ?

Rick avait besoin de quelque chose pour éponger la bière ou il pourrait se retrouver à tout simplement emmener Ian chez lui. Ils avaient perdu deux parties de *Pandémie*, mais ils avaient profité de chaque minute. Il avait été surpris de voir à quel point Ian s'était amusé. Et il se sentait encore plus coupable que Ian refuse de se rendre aux soirées jeux à cause de lui, mais la simple pensée de parler de Ian à ses amis rendait sa respiration laborieuse et ses paumes moites.

— La nourriture ici est-elle vraiment si mauvaise ?

— Oui, chéri. Je te l'assure.

Quand ils étaient à l'université, dépenser une fortune dans de la nourriture super salée et à la limite du rassis alors qu'ils jouaient avait été une vraie gâterie, mais dès que Rick avait décroché un vrai travail, il n'avait plus jamais mangé là.

— Où veux-tu manger, alors ?

Ian le suivit alors qu'il rangeait le jeu sur l'étagère.

— *Chez Lettie* ? proposa Rick.

— *Chez Lettie* ? Je n'y ai pas mis les pieds depuis des années. Nous y allions toujours quand nous étions bourrés. La nourriture est-elle bonne quand on est sobre ?

Rick ne pouvait pas vraiment dire qu'il était complètement sobre, mais *Chez Lettie* était un repaire pour lui et ses amis. Le restaurant était ouvert vingt-quatre heures sur vingt-quatre, faisant de lui l'un des endroits les plus populaires pour les ivrognes qui se faisaient mettre dehors après le dernier appel et ceux avec des gueules de bois naissantes. Puisqu'il n'était pas encore vingt-deux heures trente, la clientèle serait principalement calme.

— Allez viens. Allons-y.

— Je te fais confiance.

— Chéri, tu vas aimer cet endroit. De la cuisine maison comme…, commença Rick avant d'incliner la tête. Enfin bon, tu as une mère dévouée qui a été dans les parages toute ta vie. C'est probablement de la cuisine maison comme tu peux en avoir chez toi, bien qu'elle ne sera sûrement pas aussi bonne. Mais je l'aime.

— C'est tout ce qui m'importe.

Quarante-cinq minutes plus tard, ils étaient confortablement calés dans le coin banquette d'un restaurant brillamment éclairé, décoré façon années cinquante, en train de digérer les restes d'un pain de viande et d'une tourte au poulet. Ian avait une très mauvaise influence sur son régime ainsi que sur la fréquence de ses exercices physiques. Ils devraient bientôt s'envoyer en l'air s'ils ne voulaient pas que Rick ingurgite son propre poids pour cause de frustration sexuelle.

— Je l'admets. C'était sacrément bon.

— Mais pas aussi bon que les petits plats de ta mère, n'est-ce pas ?

— Tu devrais venir à un dîner de famille et le découvrir.

L'adrénaline de Rick monta en flèche à la pensée de croiser à nouveau Madame O'Donnell.

— Euh, non. Tu sais que je ne fais pas dans les trucs de famille.

Ce n'était pas la première fois que Ian avait suggéré qu'il vienne à une réception familiale, mais il laissait toujours Rick se défiler. Comme lors des sorties entre gars, d'ailleurs, mais il n'était pas certain de savoir combien de temps il allait pouvoir continuer ainsi. Même s'il était présenté comme un simple ami, leur discrétion allait en dire long sur leur relation. Il avait toujours refusé d'ajouter des hommes mariés à son répertoire parce qu'il ne voulait pas gérer les secrets inavouables. Pourtant, il était en train

540

de devenir un sale petit secret entièrement de son propre fait, parce qu'il avait insisté auprès de Ian pour qu'il ne parle d'eux à personne.

— Je sais, je sais. Un jour, je t'aurai à l'usure.

Même pas en rêve.

Ian lui sourit et caressa le dos de sa main.

— Pas de truc de famille. Tu n'as pas besoin de le redire. Tu es prêt à y aller ?

— Dans une minute. Je dois juste aller aux toilettes.

Rick se fraya un chemin à travers le dédale de tables jusqu'aux toilettes. Avant qu'il y arrive, une main saisit son bras et le fit se retourner.

— Espèce de sale menteur !

De la bière éclaboussa son bras alors qu'un Oscar ivre et en colère agitait un verre devant lui, son autre main fermée en un poing et armée comme s'il était prêt à envoyer un coup.

— Mais qu'est-ce… ?

— Tu m'as dit que tu n'étais intéressé par rien de plus que baiser. Mais pourtant tu es là, avec un rencard.

Oh, ce n'était pas en train d'arriver. Pas du tout. Il devait pisser, bordel.

— Mais c'est quoi ton problème ? Ce que je fais maintenant n'a rien à voir avec toi.

Oscar planta son doigt devant le visage de Rick.

— Il doit te laisser tranquille, putain. Je t'ai vu le premier. J'ai des droits sur toi.

Des droits ?

— Oscar, combien de putains de verres as-tu bu ?

Oscar vacilla sur ses jambes.

— Pour l'amour de Dieu, tu n'as aucun droit sur moi.

— Ce connard ne peut pas t'avoir.

Oscar jeta son verre à terre où il éclata en une pluie d'éclats et de bière blonde.

Rick gronda, montrant les dents.

— Ne fais pas ça. Tu n'as pas ton mot à dire là-dessus.

Oscar ne pouvait pas ruiner ce qu'il avait avec Ian ; il ne le pouvait pas.

— Ta gueule, Rick. Tu ne sais pas ce que tu veux. Tu ne sais pas ce qui est bon pour toi. Ce n'est pas ce mec.

— Oscar, tu as foutrement besoin de dessaouler. Tire-toi d'ici avant que quelqu'un appelle les flics.

541

Jusqu'à présent, personne ne les avait remarqués. Il n'était pas inquiet à l'idée d'être blessé – il avait suivi plus que sa part de cours d'arts martiaux et d'autodéfense, mais cela ne voulait pas dire qu'un client bien intentionné ou un serveur n'appellerait pas la police.

— Tais-toi, Rick. Tout ce que j'arrive à faire, c'est penser à toi. Boire est la seule chose qui me laisse dormir la nuit.

Les paroles étaient indistinctes mais il ne pouvait se méprendre sur les mots d'Oscar. Il ne voulait pas en être responsable mais il aurait dû remarquer plus tôt qu'Oscar était un mec sérieux. Non seulement ça, mais aussi un mec collant. Et qu'il devenait un parfait connard quand on y ajoutait l'alcool.

— Tu dois partir, Oscar. Tu vas te faire arrêter.

Rick essayait de rester calme et posé, mais cela semblait énerver Oscar. Il jeta un œil dans le restaurant. Personne ne les regardait… encore.

Oscar l'attrapa, ses doigts mordant dans la chair de ses épaules, et le poussa contre le mur. Merde, il devait vraiment aller pisser.

Avec un mouvement trop rapide pour qu'Oscar, bourré, puisse le contrer, Rick leva les bras et brisa sa prise.

Les sirènes qui se faisaient entendre dehors auraient pu se diriger dans leur direction. Ce n'était probablement pas le cas, mais il allait s'en servir.

— Bon Dieu, Oscar, les flics arrivent. Tu ferais mieux de te tirer d'ici ou ils vont t'arrêter.

Quelque chose dut pénétrer dans le cerveau embrouillé par l'alcool d'Oscar, parce que ses yeux s'agrandirent de panique. Il tourna les talons et s'en alla en vacillant.

Ian se montra alors qu'il était en train de se frotter les épaules.

— Tout va bien ? Ça fait un moment que tu es parti.

Rick continuait de se masser les épaules.

— Ouais, je viens juste de croiser Oscar. Je ne l'avais pas revu depuis la fois où il m'avait apporté des fleurs après que je lui ai dit que c'était terminé entre nous. Il était un petit peu saoul et… agressif.

— Est-ce que tu vas bien ? Tu veux appeler la police ? Ou devrais-je simplement aller lui mettre une raclée pour toi ?

La dernière question le fit sourire.

— Je ne voudrais pas remettre ta virilité en question, chéri, mais Oscar est un mec costaud.

— Ne me sous-estime pas. J'ai trois frères et l'un d'eux est flic. J'ai appris quelques mouvements.

Ian se gonfla un peu et Rick n'aurait jamais admis avoir un léger fantasme incluant Ian et Kurt en train de se battre ensemble. Pour la première fois, il comprit pourquoi les mecs voulaient toujours que Jon et lui se pelotent.

Une bonne chose qu'il ne soit pas prêt à accompagner Ian à l'une de ces réunions de famille. Le rouge écarlate ne lui allait pas au teint et il avait très peur de piquer un sacré fard la prochaine fois qu'il verrait Ian et Kurt ensemble.

— Je vais bien.

Rick se frotta l'épaule.

— Tu en es sûr ?

Ian leva le bras pour toucher le point qu'il venait juste de masser.

— Il m'a agrippé un peu fort. Ce n'est rien.

— Il t'a agrippé ?

Cette fois, Ian lui parut sombre et menaçant. Et tellement excitant.

— Hé. Ce n'était rien. Il était énervé que j'aie arrêté de le voir. Mais il était saoul. Je te promets que ça n'arrivera plus.

Il l'espérait.

— D'accord, si tu en es certain… Allons-nous-en d'ici.

Une crampe violente lui traversa la vessie et il réalisa qu'il avait oublié pourquoi il était venu jusque-là au départ.

— Euh, oui. Donne-moi juste une minute.

Rick tourna les talons et se précipita dans les toilettes.

— Je ne peux pas y aller. Arrête de me harceler avec ça.

Rick vola une frite dans l'assiette de Jon. Il n'en commandait jamais mais en piquer quelques-unes ici et là ne devrait pas avoir d'effet négatif sur sa ligne.

— Et d'abord, tu fais du sport combien de fois par semaine pour être capable de manger des BLT [15] et des frites quand tu veux ?

Jon tira son assiette loin de Rick.

---

15 Sandwich très populaire aux États-Unis, composé traditionnellement de trois tranches de bacon, de feuilles de laitue et de tranches de tomate, d'où le nom BLT pour Bacon, Laitue, Tomate. (NDLT)

543

— Interdiction de toucher à mes frites si tu continues de détourner la conversation. Tu vas à la fête d'anniversaire d'Erin.

Rick reporta son attention sur son saumon grillé.

— Non, je n'y vais pas. Tu sais que je ne fais pas dans les trucs de famille.

Il avait eu sa dose de famille à la pendaison de crémaillère de Kurt et il n'avait pas envie de se retrouver à nouveau dans cette situation.

— Kurt est ton ami et veut que nous soyons présents à l'anniversaire de sa sœur. C'est un gros événement. Plus important encore, Davy veut que nous soyons là. Ne veux-tu pas t'assurer que la famille de Kurt le traite comme il faut ?

— Waouh, mon chou. La culpabilité était exactement ce qu'il fallait pour me convaincre. Maintenant je veux vraiment y aller !

Rick leva les yeux au ciel et vola une autre frite.

— Les affaires de famille ne sont pas ma tasse de thé non plus ; tu le sais très bien.

Rick le savait. Être reniés par leurs familles parce qu'ils étaient homosexuels avait été l'une des premières raisons pour lesquelles ils avaient accroché quand ils s'étaient rencontrés au club de strip-tease, tant d'années plus tôt. Jon était l'ami le plus proche qu'il ait jamais eu, mais il ne lui avait jamais confié toute l'étendue de ses problèmes familiaux. Il n'en avait pas eu besoin. Il ne restait aucune famille à Jon et Rick s'était déjà résigné à ne pas en gagner une par l'intermédiaire d'un ami. Quand Jon l'avait présenté à Davy, aucun d'eux n'avait eu d'histoires de famille à raconter. Rick s'était installé dans une existence très confortable, entouré d'amis et de quelques potes avec lesquels il couchait. Il s'était battu pour avoir une carrière lui procurant un sentiment d'accomplissement et de fierté. Il avait toujours supposé que la vie continuerait de la même façon que durant ces dernières années. Rien n'avait laissé présumer qu'il y aurait des obstacles sur sa route. Pas de nids de poules, pas de lézardes et pas de déviations sur la route qu'il empruntait.

Puis il avait fallu que Davy parte et se trouve un compagnon avec des parents ainsi que six frères et sœurs qui semblaient tous anormalement impliqués dans la vie de leur fils ou de leur frère. Cette famille ne cessait de déborder dans la vie de Rick. Et il n'aimait pas ça.

— Alors pourquoi y aller ? Je n'ai jamais rencontré Erin. Pourquoi tout le monde voudrait-il que je me rende à sa fête d'anniversaire ? Selon moi, c'est simplement bizarre.

Une autre frite trouva son chemin jusqu'à la bouche de Rick.

— Bien. Petit un : dois-je commander plus de frites ?

— Seulement si tu le veux, chéri.

C'était la meilleure manière de sous-entendre que oui, parce qu'il ne devrait pas manger de frites et n'allait pas admettre qu'il en voulait.

Jon secoua la tête et fit un signe au serveur. Jon le connaissait un peu trop bien, semblait-il. Après que le serveur fut parti, Jon reprit exactement là où il s'était arrêté.

— Petit deux : n'écoutes-tu pas Kurt ? Ce n'est pas comme si nous allions nous immiscer dans un petit dîner de famille intime. C'est plus comme une grosse fête au bar des O'Donnell. Il y a toujours plein de monde là-bas et Kurt veut que nous y allions. Donc, nous devrions y aller. Si ça se trouve, ça va être sympa.

Sympa. Rick préférerait subir une dévitalisation sans anesthésie, mais s'il n'avait pas une excuse valable comme un enterrement ou un séjour imprévu à l'hôpital, il se retrouverait avec non seulement Jon mais aussi tous les autres sur le dos.

— Ta réticence serait-elle due à un frère O'Donnell en particulier ?

Rick fixa Jon dans les yeux. Jon savait qu'il avait quitté la maison de Kurt deux fois en compagnie de Ian, mais il ne lui avait rien dit à propos de 'l'amitié' que Ian et lui développaient. Tout comme il n'avait pas mentionné l'incident avec Oscar. En temps normal, Jon aurait été la première personne qu'il aurait appelée au sujet d'un truc comme ça. Il n'était pas sûr de savoir pourquoi, mais il n'était toujours pas prêt à mentionner qu'il avait passé du temps avec Ian.

— Non. Pas du tout.

Jon haussa un sourcil blond.

— Tu es sûr ?

— Bien évidemment que j'en suis sûr.

Après être tombé dans une routine de dîners réguliers et de soirées cinéma, il n'était pas inquiet de croiser Ian à cette fête, si ce n'est de sembler trop amical à son égard. Seulement, en parallèle de leur amitié, il développait rapidement un cas de frustration grave. Aucun des avantages n'avait pointé le bout de son nez et, bizarrement, Rick ne s'était pas soucié de chercher un nouveau plan cul régulier pour l'aider à les soulager.

Cela ne l'intéressait tout simplement pas et il se surprenait même à chercher davantage d'activités à faire avec Ian, sachant très bien qu'ils n'allaient pas replonger au lit jusqu'à ce que Ian soit sûr qu'ils soient véritablement amis. Ian avait été assez prévenant pour rester à l'écart des soirées entre amis jusqu'à ce qu'ils soient sûrs qu'il n'y aurait aucune bizarrerie, et Rick supposait que c'était la raison pour laquelle ce n'était pas lui qui l'avait invité à la fête d'Erin. Mais la bizarrerie avec ses amis n'était pas la raison pour laquelle il ne voulait pas aller à la fête. Pas du tout.

— Je n'en suis pas si sûr. Que s'est-il passé entre vous ? Ian avait l'air d'être un chic type. Totalement bandant.

Eh bien, il n'allait pas discuter du fait que Ian soit bandant avec Jon. Pas lorsqu'il n'avait pas été capable d'être lui-même intime avec ce corps depuis bien trop longtemps.

— Très bien. J'irai.

— À la fête ?

— Oui, bien évidemment que je parle de la fête. Tu sais, ce sujet dont nous sommes en train de discuter ? Ton anniversaire approche aussi à grands pas, vieil homme.

Rick échangea leurs assiettes.

— Apparemment, tu as besoin de manger mon saumon, mon chou. Il parait que les huiles Omega-3 font des miracles pour la mémoire.

— Crétin, murmura Jon, mais il commença quand même à manger le saumon de Rick.

Rick fit sauter une autre frite dans sa bouche. L'univers serait injuste, vraiment, si une assiette de frites volées avec dextérité contenait le même nombre de calories que s'il les avait commandées lui-même.

RICK RESTA un peu à l'écart, laissant ses amis ouvrir la marche en traversant le parking qui menait jusque chez *Finn's Frolic*. C'était bien plus grand qu'il s'y était attendu. D'après les dires de Kurt, la pièce du fond était assez grande pour accueillir au moins cinquante ou soixante personnes et il y avait une salle publique à l'avant. Si l'on se fiait au nombre de voitures garées dehors, l'endroit était bondé.

Il avait angoissé sur ce qu'il allait porter. De manière raisonnée, il savait que les O'Donnell étaient tolérants face à la sexualité de Ian et Kurt. Mais il ne pouvait se résoudre à croire que leur bienveillance s'étendrait à sa personne, donc il n'avait pas voulu s'habiller comme s'il sortait en boîte. Personne n'avait jamais de problème à définir son orientation à travers ses tenues vestimentaires. Et histoire de devenir encore plus fou, il *voulait* que la famille de Ian l'apprécie. Il voulait leur laisser une bonne impression.

Il voulait savoir s'ils le traiteraient différemment s'ils pensaient qu'il était plus qu'un ami pour Ian. Comme si ce n'était pas assez, il avait commencé à prendre plaisir à séduire Ian. Rien d'ouvertement provoquant, mais assez pour lui faire regretter son moratoire temporaire sur le sexe.

Jon lui tint la porte ouverte, et il ne put cogiter davantage.

Le *Finn's* était bruyant et rempli de monde. D'après ce qu'il voyait, il s'agissait d'un bar typique. Plutôt conforme à ce qu'il s'attendait à trouver dans un bar-restaurant irlandais. La foule était composée de personnes d'âges et de styles différents mais rien ne laissait penser que ces gens deviendraient soudainement de vrais homophobes et bondiraient de leurs sièges pour le lyncher. Comme on le leur avait indiqué, ils se dirigèrent vers la pièce du fond. Jon donna leurs noms et on les laissa entrer.

Cette salle était aussi comble que celle qu'ils venaient de quitter. Le long du côté droit se trouvaient plusieurs tables de billard et des jeux de fléchettes. Une piste de danse couverte de plusieurs tables occupées se trouvait entre l'entrée et une petite plate-forme surélevée, trop petite pour être appelée une scène. Un peu de place avait quand même été laissée pour danser, mais personne n'en profitait. La partie gauche de la pièce était l'endroit où se situait toute l'action. Un bar en bois démodé s'étendait sur presque toute la longueur de la pièce et près de la moitié des gens étaient rassemblés en petits groupes à portée de main du bar.

Kurt et Davy abandonnèrent leur partie de billard et se dirigèrent vers eux, de grands sourires sur leurs visages.

— Je suis tellement content que vous ayez pu venir, les gars. Venez, laissez-moi vous présenter à tout le monde.

— Tout le monde ? N'avons-nous pas rencontré tout le monde à ta pendaison de crémaillère ?

Jon semblait aussi paniqué que Rick. Kurt se contenta de rire.

— Non, pas tout le monde. Tout événement autre que les fêtes d'anniversaires ne requiert pas la présence de toute la famille. Viens.

Rick les laissa partir et fila tout droit vers le bar. Il réussit à se caler dans un coin derrière deux femmes enceintes qui se ressemblaient vraiment beaucoup. Il devait s'agir des jumelles enceintes que Ian avait mentionnées, mais il n'avait aucune envie de se présenter. Peut-être après un verre de vin ou deux.

Rick commanda du vin blanc et attendit.

— As-tu vu ce mec que Ian a amené ?

Ces mots suffirent pour que Rick s'éloigne du bar et écoute la conversation des jumelles.

— Tellement mignon. Tu penses qu'il y a de la romance dans l'air ?

— Je ne sais pas. Il est peut-être mignon, mais il est également très jeune. Ian dit qu'il s'agit seulement d'un ami.

— Un ami. Je n'y crois pas une seconde. Ian peut appeler ça comme il veut, mais ce Leon n'a qu'une envie et c'est de le dévorer.

Leon ? Ian avait amené Leon ? Rick se rappelait qu'il avait mentionné un ami de son boulot qui s'appelait Leon. Et si sa mémoire était bonne, il était aussi gay.

Un poignard forgé d'agonie et de désespoir lui donna un douloureux goût de jalousie dont il n'avait pas l'habitude, et cela ne lui plut pas du tout.

Le verre de vin arriva et Rick s'en saisit, pas sûr de savoir s'il allait quitter les lieux dans la minute ou s'il allait retrouver Ian pour le lui jeter en plein visage. La partie logique de son cerveau plaida pour garder la raison parce qu'il était celui qui avait insisté pour ne pas avoir d'attaches. Pas d'engagement. Même s'il les avait souhaités, Ian n'était sûrement pas le genre d'homme à les vouloir. C'était tel que cela devrait être. C'était mieux de cette façon.

Son verre en main, il balaya la pièce pour trouver ses amis et se dirigea dans leur direction. La chevelure sombre qu'il aperçut du coin de l'œil appartenait plus que certainement à Ian mais Rick était assez petit. Peut-être que Ian ne le verrait pas dans cette foule.

La main sur son épaule – chaude et familière – le contredit très vite.

— Rick ! Tu as pu venir.

Il pouvait faire ça. Collant un sourire enjoué et pourtant vide sur ses lèvres, il se tourna vers Ian.

— Salut, chéri.

Un léger froncement de sourcils glissa un instant sur le visage de Ian avant que son sourire revienne.

— Comment vas-tu ?

Je suis confus. En colère. Excité. Rick inspecta la chemise bleu pâle impeccablement repassée qui rendait ses yeux électriques, s'accordant à une cravate bleu foncé et un pantalon noir. Ajoutez une veste de costume sur mesure et Rick en aurait joui sur place. Ce qu'il n'allait pas admettre.

— Bien. Et toi ?

Ian sourit largement.

548

— Tu es superbe, bien que je doive admettre que j'espérais que tu portes la chemise bordeaux extrafine.

Rick lui adressa un rire peu enthousiaste et mit une main sur sa hanche, prenant la pose d'un mannequin.

— Eh bien, ma foi, c'est comme pour les mariages, ce ne serait pas juste d'avoir toute l'attention sur moi, n'est-ce pas ?

En riant, Ian attrapa sa main.

— Viens avec moi.

— J'ai déjà rencontré la majeure partie de ta famille.

Rick ne put arrêter ses mots paniqués.

— Je sais. Viens rencontrer Leon. C'est un ami du travail. Je crois que je t'en ai déjà parlé.

Leon. Bien, d'accord, Rick voulait rencontrer ce type. Il suivit Ian jusqu'à un petit groupe d'hommes près d'un jeu de fléchettes.

À la seconde où ils s'insérèrent dans le noyau d'hommes, Ian lâcha sa main et un jeune homme aux cheveux en bataille rejoignit Ian comme s'ils ne faisaient qu'un.

— Leon.

Ian enveloppa un bras autour d'épaules plus larges que celles de Rick. Il était également plus grand.

— Je te présente mon ami, Rick.

— Ravi de te rencontrer, chéri.

Rick tendit une main, espérant qu'il n'avait pas l'air aussi mal à l'aise qu'il ne l'était.

— Rick. C'est un plaisir de te rencontrer.

Était-ce un rictus de mépris qui accompagnait les mots de Leon ? La légère courbe de ses lèvres aurait pu être un sourire, mais Rick jouait le jeu mondain depuis longtemps, et il était certain que Leon ne ressentait rien de plus que du dédain pour lui.

Bordel de merde. Il était adorable. Virez la chemise et il collait parfaitement à la foule jeune aux corps tonifiés de l'Anaconda de l'autre nuit.

— Ian, est-ce que tu veux une autre bière ?

Ian hocha la tête à l'attention de Leon.

— Oui, bien évidemment.

Il essaya de donner un billet de vingt à Leon mais ce dernier secoua simplement la tête. Pendant un moment, il sembla que Leon allait se pencher et embrasser Ian avant de s'en aller, mais il se ravisa et se dirigea vers le bar.

549

La conversation s'étendit pour inclure les trois autres hommes qui venaient juste de finir une partie de fléchettes, mais Rick ne pouvait rien faire d'autre que siroter son vin et sourire, le cerveau tout brouillé. Anaconda. Ian avait été à l'Anaconda. Ce qui voulait dire qu'en dépit d'avoir trouvé Rick, il avait dû chercher un homme plus jeune comme Leon. En fait, Rick était probablement en train de regarder l'incarnation du genre d'homme que Ian favorisait.

Tout ce que Rick n'était pas et ne pourrait jamais être. Et il n'avait jamais ressenti ce manque aussi vivement que maintenant. Que Ian ait pu lui mentir était plus douloureux qu'il voulait l'admettre. Qu'il ait pu n'être rien de plus qu'un coup facile. Que Ian puisse vouloir qu'ils soient amis, mais n'essaie jamais plus de chercher les avantages – du moins tant que Leon était lui aussi dans les parages. C'était une erreur. Une énorme et grossière erreur. Toutes les choses qu'il avait dites à Ian, croyant en leur soi-disant amitié. Des choses qu'il n'avait jamais dites à personne, même pas à Jon. Il était idiot.

Il scanna le bar des yeux. La sortie de derrière était plus proche que celle de devant. S'il utilisait celle de derrière, il serait plus rapidement dehors et dans un taxi.

— Excusez-moi un instant.

Personne ne l'entendit, et personne ne s'en soucia.

Rick posa son verre de vin sur une table et se dirigea vers le fond de la salle. Peut-être que tout le monde penserait qu'il allait aux toilettes.

IAN N'AVAIT pas été capable de détourner ses yeux de Rick. Ça le tuait de ne pas pouvoir le toucher ou l'embrasser ou le ramener chez lui et le baiser. Jusqu'à ce soir, il avait été certain d'avoir utilisé la bonne tactique. Ils effectuaient déjà des sorties hebdomadaires régulières que Ian appelait secrètement des soirées en amoureux, peu importait l'étiquette 'amicale' qu'il leur collait pour que Rick se sente à l'aise.

Chaque minute qu'il passait avec Rick le faisait se soucier davantage de cet homme blond mystérieux et il avait toute confiance dans la direction que prenait cette relation.

Jusqu'à ce soir.

Rick avait dressé un autre mur et montrait de nouveau ce visage dénué d'émotions à Ian. Il avait ri et souri et Ian doutait que quiconque à part lui ait pu voir qu'il n'y avait pas de réelle émotion derrière cette

550

façade. Pas même quand il regardait Ian. Cela ne pouvait pas être seulement lié à cet événement familial. Bien sûr, la fête d'anniversaire d'Erin était plus importante que la pendaison de crémaillère de Kurt, et de loin. Mais seulement quelques frères et sœurs avaient manqué la fête chez Kurt. Et, aussi submergé que Rick ait été, Ian avait été capable de lire une réelle émotion chez lui.

— Hé, mec !

Dylan lui frappa l'épaule par-derrière et Ian sortit du cercle dans lequel il se trouvait pour lui parler.

— Ils apportent le gâteau. C'est l'heure de la photo.

Oh, la photo du gâteau. Tout comme les anniversaires étaient sacrés, la photo du gâteau était un rite inviolable de la fête d'anniversaire. Il avait légèrement évolué au fil du temps. Il y avait toujours la photo avec ses parents et tous ses frères et sœurs se tenant debout derrière le gâteau. Ensuite le ou la partenaire et les enfants de la personne dont c'était l'anniversaire, puis la famille dans toute son étendue. Si la personne dont c'était l'anniversaire n'avait pas de conjoint ou d'enfants, la famille prenait juste deux photos. Ian sourit.

— J'arrive dans une minute.

Peut-être que lorsque ce serait son tour, il aurait droit à trois photos. Il rejoignit le cercle qu'il venait de quitter pour les prévenir qu'il s'absentait quelques minutes et remarqua que Rick n'était plus là.

— Où est passé Rick ?

Leon jeta un œil derrière eux et fit un geste de la main.

— Sais pas. Par là, au fond. Aux toilettes peut-être ?

Ian serra les lèvres et étudia le fond de la salle. Aucune tête blonde familière ne lui apparut. Les toilettes n'étaient pas la seule chose qui se trouvait à l'arrière. Il y avait aussi une sortie de secours, et la première réaction de Rick face au stress était la fuite.

— Je reviens dans une minute.

Traversant la grande salle, il dépassa les toilettes. Rick pouvait être en train de les utiliser mais s'il avait quitté le bâtiment, Ian n'aurait pas beaucoup de temps pour le rattraper. L'homme était sournois et rapide.

De l'habitude née d'années de pratique, Ian ouvrit la porte, coinça une pièce dans le pas de porte pour éviter de se retrouver enfermé dehors et sortit.

— Rick !

L'homme venait juste de dépasser la zone abritée par des arbres et entrait sur le parking. Mais il s'arrêta quand même et se retourna.

— Quoi ?

— Où vas-tu ?

Rick ferma les yeux un moment et quand il les rouvrit, ils étaient remplis d'un mépris moqueur ; ce regard n'avait pas été dirigé vers Ian depuis leur confrontation à la pendaison de crémaillère de Kurt.

— Chéri, de toute évidence, je m'en vais. Il n'y a pas grand-chose à se mettre sous la dent ici et nous sommes samedi soir. Les boîtes de nuit n'attendent que moi.

Ian serra les dents. Cela faisait des semaines que Rick n'était plus sorti en boîte de nuit les samedis soir ; Ian était bien placé pour le savoir. Le samedi soir était devenu l'un de ceux où ils sortaient ensemble.

— Que s'est-il passé ?

Comme deux charges opposées, Rick et lui s'approchèrent l'un de l'autre.

— Il ne s'est rien passé.

Un léger ricanement déforma les mots de Rick, cachant la blessure qu'il tentait de dissimuler. Blessure que Ian n'aurait pas été capable de percevoir six semaines plus tôt.

— Hé. Quoi que ce soit, nous pouvons arranger ça.

Ian avança dans l'espace personnel de Rick, incapable de supporter la façon prudente dont Rick se tenait, comme s'il voulait s'enfuir ou s'étreindre lui-même mais n'osait faire ni l'un ni l'autre. Il prit le menton de Rick en coupe, lui inclina la tête vers le haut et fit ce dont il avait eu envie depuis des semaines.

La première pression de lèvres fut légère, tendre et douce. Ian eut un instant pour se réjouir du fait que Rick ne s'éloigne pas, ne le réprimande pas d'avoir brisé une règle, n'agisse pas comme un chat acculé. Alors, il arrêta de penser à tout ce qui n'était pas la bouche de Rick, ses lèvres, sa langue, et la direction vers laquelle pouvait mener ce baiser. Embrasser n'avait jamais semblé aussi vital à son existence qu'en cet instant précis.

La bouche de Rick s'ouvrit sous la sienne et Ian en profita, laissant sa langue plonger pour s'entortiller et jouer avec celle de Rick. L'acidité du vin qu'il avait bu disparut après un moment, ne laissant rien d'autre que l'homme derrière elle. Cette nuit serait-elle celle où les avantages entraient en jeu ? Ian avait-il attendu suffisamment longtemps pour le convaincre qu'ils pouvaient être heureux ensemble sur une base plus permanente ? La complaisance de Rick – non, son active participation – le convainquit qu'il avait réussi à apaiser ses peurs d'engagement.

Se laissant porter par le baiser, il fit glisser ses mains du visage de Rick pour l'attirer plus près de lui. Sans directive consciente de son cerveau, ses hanches ondulèrent contre Rick comme la dernière fois qu'ils avaient dansé dans un club. Rick était tellement à sa place dans ses bras. Plus que n'importe quoi d'autre.

Rick le repoussa et Ian trébucha sous cette force inattendue.

Il s'avança à nouveau. Son cerveau reptilien, non évolué, ne voulait rien d'autre que continuer à éprouver du plaisir et n'avait pas tout à fait saisi les événements en cours. Rick était en colère. En colère comme Ian ne l'avait jamais vu.

— Non. Ça suffit.

— Pourquoi ?

Son cerveau reptilien détenait toujours bien trop de contrôle, parce que Ian était bien plus éloquent que ça d'habitude.

— Ne devrais-tu pas être en train de faire ça avec ton *rencard* ?

Cette fois, le ricanement de mépris n'était pas léger, du tout.

— Mon rencard ? Je n'ai pas de rencard.

— Oh, vraiment ? Et qu'en est-il de Leon ?

— Leon ? Tu n'es pas jaloux de Leon, n'est-ce pas ?

Ian n'avait pas eu l'intention de le dire tout haut, mais la possibilité l'avait réchauffé de l'intérieur. Bien sûr, Leon était mignon, mais c'était un bébé. Et même s'il avait eu son âge, il n'était tout simplement pas Rick. Mais la question rendit Rick encore plus furieux.

— Bien sûr que non, répliqua-t-il sèchement. Pourquoi le serais-je ?

Ian n'était pas sûr de la direction à prendre à partir de là.

Après avoir observé ses frères et sœurs attiser l'attention de leurs conjoints, il avait pensé pouvoir maîtriser ce genre de situation à la perfection, mais il ne s'était jamais trouvé dans une relation avant. Et il était certain qu'il n'arriverait pas à débarrasser Rick de sa colère comme il le ferait avec l'un de ses frères.

— Leon est juste un ami.

— Bien sûr. C'est pour ça que tu l'as invité ici.

— Je dis la vérité.

L'antagonisme de Rick était en train d'exalter la colère de Ian, mais il fit son possible pour la contrôler.

— Je savais que Kurt allait t'inviter alors je ne l'ai pas fait. J'ai pensé que cela te mettrait moins la pression, comme c'est un événement familial.

— Oh, vraiment ? Et en quoi est-ce que cela me concerne ?

Ian laissa tomber ses bras en un geste exaspéré.

— Après tout le temps que nous avons passé ensemble ? Je pensais que tu en serais heureux.

— Oh, je t'en prie ! Si tu voulais sortir avec Leon, tu n'avais qu'à me le dire.

— Je ne veux pas sortir avec lui. Leon est un ami.

— Tout comme je suis un *ami* ? Foutaises. C'est pour ça que tu étais à l'Anaconda cette nuit-là. Tu cherchais Leon, ou quelqu'un comme lui.

Vrai, en quelque sorte. Il était allé là-bas parce qu'il s'était dit qu'il trouverait quelqu'un qui n'était pas Rick et ne lui rappellerait même pas Rick, mais le destin avait eu d'autres plans.

— Cependant, je suis rentré avec toi.

— Oh, ne te sacrifie pas pour moi. Tu es libre de chercher de la compagnie où tu le désires. Si l'odeur du Biactol t'excite, fonce. Pas d'attaches, pas d'engagement, tu te souviens ?

Cette fois, le sarcasme concernant le jeune âge de Leon et le sourire dédaigneux sur le visage de l'homme pour lequel Ian était complètement en train de craquer furent la goutte d'eau qui fit déborder le vase.

— Pas d'attaches… Tu te fous de ma gueule ou quoi ? N'as-tu pas encore compris ? Les amis sont des attaches. Être amis est un engagement. Et tu as besoin de te rentrer ça dans le crâne : nous sommes déjà plus que des amis, même sans le sexe.

Les yeux de Rick s'agrandirent comme des soucoupes face à cette explosion de colère et Ian voulut retirer ses mots inconsidérés dès qu'il les eut prononcés.

— Eh bien, je romps ce lien dès maintenant. C'est terminé, Ian. Qu'importe ce que tu as cru voir, c'est fini. Ne m'appelle plus.

Les yeux brillants, Rick carra les épaules.

— Attends, quoi ? Rick, ne…

La porte derrière lui s'ouvrit avec fracas et frappa le côté du bâtiment avec un claquement métallique qui le fit se retourner.

Son père se pencha dans l'ouverture.

— Te voilà, mon garçon. Nous t'avons cherché partout. Rentre, maintenant. Je commence à penser qu'Erin pourrait aussi être enceinte vu la manière dont elle continue à vous attendre le gâteau et toi. C'est l'heure de la photo.

Ian hocha la tête et se tourna pour supplier Rick de revenir à l'intérieur, de lui donner une chance de… faire tout ce qu'il avait à faire pour inverser cette déclaration qui sonnait comme une fin, mais il était déjà parti.

— Allez viens, maintenant. Que fais-tu là dehors, de toute façon ?

Son père jeta un coup d'œil aux environs.

— Humm. C'est un peu envahi par la nature ici. Nous devrons y remédier, peut-être ajouter un peu plus de lumière. Je ne veux pas que quelqu'un pense qu'il peut faire de drôles d'affaires dans le coin.

Ian n'était pas sûr de savoir si son père pensait qu'il avait été en train de faire de 'drôles d'affaires' mais cela n'avait pas d'importance. Rick était parti et son père le tuerait s'il partait maintenant. Résigné, il le suivit à l'intérieur. Son père continua à parler mais tout ce que Ian pouvait entendre, c'était les mots de Rick, en boucle. Fini. Ils ne pouvaient pas en avoir fini. Quelques minutes plus tôt, ils étaient en train de s'embrasser, de s'embrasser comme Ian n'avait jamais embrassé personne d'autre. Il avait été si sûr de Rick. Ils ne *pouvaient* pas en avoir fini.

Ses yeux brûlèrent et il déglutit avec difficulté. Il ne voulait pas avoir à expliquer à tout le monde ce qui était arrivé. Il pouvait faire bonne figure jusqu'à ce que le gâteau soit coupé et faire en sorte de sourire sur commande, même s'il n'en avait jamais eu moins envie de sa vie.

DES RIRES écorchèrent les oreilles de Ian. Même quand il avait recherché des mecs sexy dans la foule en prétendant évaluer les femmes, il avait toujours aimé l'agitation et le bruit du bar. Ça lui avait donné de l'énergie. Bon sang, la salle n'était même pas entièrement remplie, mais le bruit et le nombre de personnes le secouaient comme des coups au corps. Rien de comparable à la blessure presque mortelle que Rick lui avait portée quelques instants plus tôt et dont il absorbait encore le choc.

C'était la première fois qu'il tentait de construire une relation sérieuse et il n'y avait pas de raison que son cœur soit impliqué aussi vite, mais ça devait être le cas. Cette impression de vide dans sa poitrine n'était pas la conséquence d'un simple ego froissé. Avec six frères et sœurs qui ne donnaient jamais de coups métaphoriques, il était habitué aux sensations d'un ego froissé et de sentiments blessés. Cela en était si loin qu'il ne comprenait pas pourquoi tout le monde cherchait à s'installer dans une

555

relation durable. Son échec était presque suffisant pour le renvoyer tout droit dans son placard.

— Allez viens, Ian, il ne manque que toi.

Erin lui fit signe de s'approcher avec un énorme sourire. Une femme ne devrait pas être aussi heureuse de dépasser les quarante-cinq ans mais sa sœur aînée, tout comme leur mère, ne semblait pas se soucier de son avancée en âge. En même temps, aucune d'elles ne faisait le chemin seule. Même si Ian avait sa famille, il venait de rencontrer l'homme avec lequel il serait capable de partager sa vie, d'une façon dont il ne le pouvait avec ses frères et sœurs et ses parents.

Ian s'approcha de la table sur laquelle était disposé un énorme gâteau d'anniversaire. Sans poser de questions ou se plaindre, il laissa ses sœurs le positionner pour les photos, le coinçant dans la famille entre Kurt et Dylan.

— Tout va bien ? murmura Kurt tandis qu'ils se bousculaient pour la photo.

Ian ne put le regarder dans les yeux. Hocher la tête ne lui donnait pas autant l'impression de mentir, donc c'est ce qu'il fit avant de coller un grand et faux sourire sur son visage quand le barman, appelé pour prendre les photos, cria : 'Cheese !'.

Deux flashs aveuglants de lumière blanche plus tard, sa mère frappait dans ses mains.

— Le reste de la famille, maintenant.

Les conjoints et les enfants, désormais tous habitués à cette routine, s'avancèrent dans la foule rassemblée pour se tenir aux côtés de leur propre 'fratrie'. Une main effleura le côté de Ian et il tourna la tête pour regarder Kurt.

La douleur le saisit à la gorge. La main qui l'avait effleuré avait été celle de Davy lorsqu'il se frayait un passage dans le groupe et enveloppait son bras autour de la taille de Kurt.

Ian avait su. Le jour où il avait avoué son homosexualité à sa famille, il avait su qu'il serait le seul à n'avoir personne sur cette photo, mais il n'avait pas su à quel point ce serait douloureux.

S'il n'avait pas commencé à craquer pour Rick, n'avait pas imaginé Rick se tenant à ses côtés, faisant partie du clan O'Donnell, peut-être n'aurait-il éprouvé qu'un léger sentiment de remords et une urgence renouvelée de sortir davantage pour fréquenter des hommes. Le problème était qu'il ne voulait trouver personne d'autre. Il ne voulait même pas aller dans l'un de ses repaires habituels pour tirer un coup. Il faisait une fixation sur un homme qui ne voulait plus jamais le revoir et il ne savait pas quoi faire à ce sujet.

Jetant un œil dans la salle, il remarqua Leon qui se tenait debout auprès de Parker et Ivan. Leon était en train de devenir un bon ami et pourrait lui tenir compagnie en boîte de nuit, mais Ian ne comprenait pas comment Rick pouvait croire qu'il y avait quelque chose entre eux.

Après d'interminables minutes, cette fichue photo fut prise, mais chaque couple fut saisi d'un incontrôlable besoin de s'embrasser. Il tourna les yeux vers la foule réjouie et davantage de flashs se déclenchèrent alors que des photos supplémentaires étaient prises.

Entouré par sa famille et ses amis, Ian ne s'était jamais senti plus seul dans sa vie. Son coming out n'était-il pas supposé avoir réglé tout cela ? Avouer la vérité le concernant n'était-il pas supposé le faire se sentir entier ? C'était un soulagement, bien sûr, qu'il n'ait pas à faire semblant, mais le désir ardent qu'il éprouvait envers Rick ruinait ce qui aurait dû être un moment décisif dans sa vie.

Sa sœur lui tendit un morceau de gâteau sur une assiette en carton et Ian prit une fourchette et en coupa un bout par habitude. Quand il le porta à son nez, le doux parfum sucré du glaçage lui retourna l'estomac. Il reposa l'assiette, la brûlure de son estomac répondant au tourbillon de ses pensées étourdissantes. Le bruit et les rires dans le bar se firent de plus en plus assourdissants. Il devait vraiment se tirer d'ici.

Il se retourna, essayant de se faufiler vers la porte de derrière – de la même façon que Rick s'était échappé – dans l'intention d'éviter toute conversation à rallonge. Leon n'était pas un problème. Il lui suffirait d'envoyer un message de sa voiture ou de chez lui pour l'avertir qu'il était parti.

— Mon cœur, qu'est-ce qui ne va pas ?

Bon sang. Les habiletés psychiques de sa mère montraient toujours leur nez aux moments les plus inopportuns. Ian prit une profonde inspiration. Ses yeux brûlaient et sa lèvre tremblait, mais il réussit à sortir un 'rien' crédible et fort.

— Conneries.

Ian cilla, la surprise prenant le pas sur son énervement pour le rabaisser à un niveau presque raisonnable. Sa mère ne jurait presque jamais et le faisait généralement seulement pour faire valoir un point de vue. Il ne savait simplement pas quel point elle allait soulever maintenant.

— Tu penses que je ne sais pas quand quelque chose ne va pas avec l'un de mes enfants ?

Son regard bleu se déplaça vers Kurt avant de se poser à nouveau sur Ian.

— Même quand il nous évitait, je le savais dans mon cœur. Avec toi juste là, sous mes yeux ? Je peux voir à quel point tu es fragile. Je suis ta mère et je t'aime.

Les oreilles de Ian chauffèrent, un méli-mélo de souvenirs de son enfance où l'amour affiché de sa mère pour toute sa famille les avait tous embarrassés à un moment ou un autre refaisant surface. Mais la sœur dont c'était l'anniversaire avait commencé à ouvrir ses cadeaux et personne ne leur prêtait attention.

Il avait peur de parler. Peur de laisser toute cette émotion inattendue sortir pêle-mêle en se bousculant. Mais sa mère n'irait nulle part avant d'avoir obtenu une réponse.

— Je pense que je viens juste de me faire jeter.

Il ne put réussir à parler plus fort qu'un murmure sec.

Sa mère lui adressa un sourire triste et doux et le regarda dans les yeux.

— Oh, mon cœur. C'est aussi nouveau pour ce garçon que pour toi. Et il a peur.

— J'ai peur aussi.

Elle laissa échapper un petit rire plaintif.

— Certainement pas autant que lui. Crois-moi. Il est adorable, mais quand j'ai parlé avec lui chez Kurt, j'ai cru qu'il allait déguerpir comme un lapin effrayé.

Ian fronça les sourcils et observa Leon, qui n'était jamais allé chez Kurt, n'avait jamais eu une chance de parler à sa mère. Si sa mère était en train de supposer qu'il tombait amoureux de quelqu'un, ne supposerait-elle pas que c'était de Leon ? Il était certain de n'avoir jamais rien mentionné à propos de Rick à sa famille, même si Kurt devait savoir qu'ils avaient couché ensemble plusieurs fois.

Sa mère répondit avec une tape légère sur son épaule.

— Je ne suis pas bête, tu sais. Ce garçon est assez jeune pour être mon petit-fils. J'ai su à la minute où j'ai vu ce délicieux Rick et la façon dont tous les deux vous vous regardiez l'un l'autre.

Il ne devrait jamais douter des pouvoirs de sa mère.

— Il a dit qu'il ne voulait plus jamais me revoir. Je… je…

Ian ferma la bouche, effrayé que ses larmes se mettent à couler en même temps que ses mots.

— As-tu fait quelque chose de stupide ? Comme inviter ce garçon ici ? Sa mère haussa un sourcil.

— Leon est juste un ami. Et je savais que Rick était nerveux à l'idée que… quiconque pense que nous sommes quoi que ce soit l'un pour l'autre. Seigneur, il avait l'impression d'avoir à nouveau quinze ans, maladroit et incertain. Ça craignait vraiment.

Secouant la tête, sa mère attrapa sa main et la tint, lui donnant un peu plus de réconfort.

— Je pense que tu tiens beaucoup à ce Rick, mon garçon. Ce qui signifie que tu vas devoir le lui montrer, même si ce n'est pas ce qu'il pense vouloir. Et cela inclut de lui montrer que tu ne vas pas trouver un substitut séduisant simplement parce que c'est plus facile. Tu dois aller le chercher. Te battre pour lui. Régler ça. Faire en sorte qu'il sache que Leon n'a aucune chance, parce qu'aussi sûr que j'ai des yeux pour voir, ce Leon te récupérerait en une fraction de seconde.

D'accord, sa mère n'était pas infaillible. Leon ne l'aimait pas de cette manière. Ian serait capable de le dire. Mais le reste de son conseil… il n'aurait aucune chance avec Rick s'il l'autorisait à couper complètement les ponts. Il devait régler cette histoire. Maintenant.

— Vas-y, mon cœur. Il est encore tôt. Je vais aller t'excuser.

Ian sourit et sa mère essuya une larme égarée qui s'échappait.

— Merci, maman.

— Tu sais que je veux te voir heureux. Vous tous. Rick va te mener dans une poursuite sans fin, mais si c'est lui l'élu, c'est lui, point.

Ian étreignit sa mère et courut vers la porte par laquelle il avait eu l'intention de s'échapper quelques instants plus tôt.

Il franchit la porte précipitamment et était sur le point de se diriger vers sa voiture quand il s'arrêta net et sortit son téléphone. Après avoir envoyé un court message, il se mit à faire les cent pas, attendant une réponse. Sa mère avait dit qu'elle allait présenter des excuses pour lui – se montrer à nouveau au bar ruinerait ses loyaux efforts.

Quelques minutes plus tard, Kurt ouvrait la porte de derrière.

— Mais que se passe-t-il, bon Dieu ?

— J'ai besoin de l'adresse de Rick.

— Quoi ? Pourquoi ?

— J'ai besoin de lui parler. Ce soir. C'est important.

— Il est ici au bar. Parle-lui à l'intérieur.

Ian laissa presque échapper une tirade à propos du manque d'observation de son inspecteur de frère mais, quand il y repensa, son altercation avec Rick et le départ de ce dernier avaient probablement eu lieu vingt ou trente minutes plus tôt. Quarante-cinq minutes, au plus. Il n'y avait pas de raison que Kurt sache que Rick était déjà parti vu le nombre de personnes encore présentes dans le bar.

— Il est parti. Nous nous sommes disputés.

— Ian, mais que se passe-t-il, bon sang ? Rick ne se dispute pas avec les gens. Et toi non plus, pas vraiment.

Cette fois, il fit en sorte de regarder Kurt bien en face. Il laissa transparaître toute sa peur pour que son frère la voie.

— J'ai merdé et j'ai besoin de réparer ça. S'il te plaît.

La tension autour des yeux de Kurt s'adoucit.

— Je ne ferais pas ça si tu n'étais pas mon frère, tu sais ? Rick n'aime pas que les gens sachent où il vit.

C'était étrange, n'est-ce pas ?

— Vit-il dans un endroit qui n'est pas…

Kurt coupa court aux mots de Ian avec un geste de la main.

— Non, mais c'est un petit gars sacrément secret. Tu as bien plus de chance de le voir grimper sur une table et arracher son pantalon que tu en as de le voir simplement laisser entrer quelqu'un dans sa maison.

— Je ne suis pas juste quelqu'un. Je te le promets.

Seigneur. Il devait être plus que 'juste quelqu'un'. Il le devait.

— Alors tu dois me promettre que si tu ne parviens pas à régler ça – quoi que ce soit – tu perdras cette adresse. Rick n'a pas besoin que tu lui fasses des histoires. Compris ?

Kurt devint soudain un officier de police bienveillant mais sévère et, s'il n'avait pas été désespéré d'arriver chez Rick, Ian aurait levé les yeux au ciel.

— Je le jure, je le jure.

Kurt retroussa les lèvres, puis envoya une adresse à Ian par texto. Aussitôt que son téléphone vibra avec le message, Ian étreignit son frère et courut vers sa voiture.

VI

RICK VERROUILLA la porte derrière lui et s'écroula contre elle, haletant. Il se rappelait à peine du trajet jusque chez lui mais il avait conduit comme s'il avait le diable à ses trousses. Se laissant glisser jusqu'au sol, il ramena ses genoux contre sa poitrine et enroula ses bras autour d'eux. Dans la sécurité de sa maison, il laissa les larmes couler, les mêmes larmes qui lui avaient brouillé la vue et lui avaient brûlé les yeux depuis le bar.

Comment Ian avait-il pu lui faire ça ? Il lui avait dit qu'il ne pouvait pas passer leur samedi soir habituel ensemble à cause de l'anniversaire de sa sœur. Kurt l'avait déjà supplié d'y assister en compagnie de Jon et des autres, donc ce n'était pas un problème. Il avait stupidement pensé que Ian ne l'avait pas invité parce qu'il avait deviné que sa famille le rendait nerveux.

C'était vrai. Mais ils tenaient une place importante dans la vie de Ian donc il avait cédé et y était allé. Il avait espéré que ce ne serait pas aussi éprouvant s'il se présentait à la fête en tant qu'ami de Kurt plutôt qu'en tant que pseudo rendez-vous de Ian. Il ne voulait personne en train de spéculer à propos de leur... relation.

Mais Leon avait changé la donne. Retourné tout ce qu'il croyait savoir sens dessus dessous. L'avait fait réfléchir au nombre 'd'amis' que Ian pouvait bien avoir. Et se demander lesquels recevaient les avantages que lui-même devrait recevoir. Quels autres mensonges Ian lui avait raconté.

En l'espace de quelques minutes, il était devenu un idiot jaloux.

Nom de Dieu. Il avait été heureux de passer du temps avec Ian, capable de prétendre qu'ils étaient amis. Sur le point de devenir amis avec avantages. Il s'était même surpris à réfléchir à d'autres activités qu'ils pourraient faire ensemble, aux moyens de passer encore plus de soirées avec Ian. Tout ça sous le couvert facile de l'amitié.

C'est alors que Ian lui avait arraché son bandeau.

Comme s'il appuyait sur une plaie ouverte en essayant de la faire saigner davantage, il laissa les mots de Ian remonter à sa mémoire.

Nous sommes déjà plus que des amis, même sans le sexe.

C'était vrai. Ce qui rendait la décision de Ian d'inviter Leon encore plus inexplicable. Maudit soit-il. Ian avait fait en sorte que Rick s'implique plus qu'il le devrait. Plus que ce qui était prudent. Couper les ponts entre Ian et lui était la chose la plus sage qu'il avait jamais faite, mais pourquoi cela devait-il faire aussi mal ?

Un sanglot se coinça dans sa gorge. Avait-il vraiment dit à Ian qu'il ne voulait plus le revoir ? Il vit le nombre d'heures passées sans lui dans une semaine s'étirer à l'infini. Si seulement Ian n'avait pas fait cette remarque, ils auraient pu préserver leur amitié. Rick aurait pu prétendre qu'il ne se souciait pas autant de lui et Ian aurait pu fournir les avantages qu'il avait promis. Cela n'aurait pas été une relation, mais ça aurait été tout ce que Rick pouvait s'autoriser à avoir. Maintenant, il n'aurait plus jamais le réconfort de sa compagnie.

Il renifla et passa une manche de chemise en travers de son visage pour se sécher les yeux. Le rouge marbré n'était tellement pas une couleur qui lui allait. Pleurer sur un homme. Il n'avait jamais fait ça et il n'avait jamais pensé qu'il le ferait. Il faudrait qu'il ajoute une nouvelle règle. Ne pleurer sur personne.

Aussi raide et grinçant qu'un vieil homme, Rick se remit sur pieds.

Il se débarrassa de ses chaussures et lâcha ses clés dans un bol près de la porte. Puis il marcha, comme un zombie, jusqu'à sa chambre. Il commençait à retirer sa chemise quand son regard tomba sur l'horloge. Était-il sérieusement en train d'envisager d'aller se coucher à vingt-et-une heures un samedi soir ? Un éclair de colère l'aida à enterrer sa tristesse. Et si Ian avait essayé de le rendre jaloux ? La frénésie des boîtes de nuit n'avait même pas encore commencé, et il pouvait sortir pour se trouver un joli minet comme Ian l'avait fait. Lui montrer qu'ils pouvaient être deux à jouer à ce jeu-là. Un regard dans le miroir dissipa cette idée. C'était lui le joli minet. Mais, un ourson dehors en ville… ce serait une magnifique contre-mesure à Leon. En supposant que Rick revoie Ian un jour, bien entendu.

Retournant son placard, il trouva la tenue parfaite. Une tenue provocante qui appelait le sexe. Rick était déterminé à sortir et à ne pas revenir jusqu'à ce qu'il ait partagé un orgasme avec quelqu'un qui ne soit pas Ian. Il avait déjà passé des semaines sans que personne d'autre ne le fasse jouir. Sa main droite n'avait jamais été autant mise à contribution. Ce soir-là, il changerait cela. Il allait commencer un nouveau petit carnet. Que Ian aille se faire foutre de l'avoir empêché de le faire plus tôt.

Devant le miroir, Rick passa une main sur sa chemise bordeaux ultrafine. Accompagnée de son pantalon noir moulant, il était superbe. Une fois qu'il arriverait dans cette boîte, il aurait une bouche chaude autour de sa queue en l'espace de dix minutes ; il aurait pu parier de l'argent là-dessus. S'il y avait quelqu'un ici avec qui parier. Étudiant ses yeux, il constata qu'un peu de marbrures dues à ses larmes persistaient. Il devrait probablement se maquiller un peu.

Des larmes montèrent à nouveau, soudaines et inattendues, quand il réalisa qu'il portait exactement les mêmes vêtements que ceux de la nuit où Ian l'avait convaincu de donner une chance à leur amitié peu orthodoxe.

Il ne pouvait se décider entre pleurer à chaudes larmes ou hurler de colère. Ces émotions contradictoires l'avaient presque envoyé dehors pour baiser un inconnu et il avait l'impression d'avoir été déchiré de l'intérieur. Alors, les larmes rompirent leur barrage et coulèrent le long de son visage, une autre règle brisée, celle-là en un temps record. Foutu Ian. Rick se jeta en travers du lit, reconnaissant finalement qu'il avait perdu le désir de coucher avec n'importe qui d'autre, mais n'osant pas s'autoriser à avoir Ian.

Il était en train de perdre l'esprit. Exactement comme sa mère avait perdu le sien.

DES COUPS exagérés sur la porte d'entrée de sa maison lui firent lever la tête de ses oreillers trempés. Il était peut-être trop tôt pour sortir en boîte, mais il était sacrément tard pour que quelqu'un frappe à sa porte.

D'accord, il avait envoyé un bref message à Jon après avoir quitté le bar en disant qu'il ne se sentait pas bien et qu'il rentrait chez lui. Il n'était pas complètement du domaine de l'impossible que Jon soit venu pour s'assurer qu'il allait bien.

Les coups à la porte s'interrompirent un moment ; puis la sonnette retentit deux fois et les coups reprirent à nouveau. Il essuya ses yeux mais il n'avait aucun moyen de cacher les vestiges de rouge dus aux larmes. Même s'il appréhendait de raconter à quel point il avait été stupide, s'il devait le faire avec quelqu'un, Jon serait son premier choix. Et comme son ami ne semblait pas prêt à partir de sitôt, il pouvait aussi bien faire avec.

Il alluma la lumière extérieure et ouvrit la porte à la volée.

— Jon, je...

Mais ce n'était pas Jon. Ian se tenait dehors, pâle comme un linge, un sourire hésitant ornant ses lèvres pleines et suprêmement talentueuses.

563

— Que fais-tu ici ?

Le brusque élan de colère causé par le fait que Ian ait ignoré ses souhaits fut rapidement noyé par une vague de soulagement de le voir à nouveau. Ce qui fut d'ailleurs la raison principale pour laquelle il ne lui claqua pas la porte au nez, comme il aurait probablement dû le faire.

Le regard de Ian le balaya des pieds à la tête et son sourire s'évanouit alors qu'il pâlissait davantage.

— Est-ce que tu sors ?

— Je…

Rick ne savait pas quoi dire. Bien qu'il ait fait tout ce qui était en son pouvoir pour éviter d'avoir une relation sentimentale, il sentait qu'il avait réussi à blesser Ian profondément. Le fait qu'il soit rentré chez lui et se soit préparé à sortir dans la foulée devait ressembler à un coup de poignard dans le dos. Blesser délibérément Ian n'était pas quelque chose qu'il voulait faire, peu importait combien Ian le blessait ou l'effrayait.

— S'il te plaît, ne sors pas. Je veux te parler, tout remettre en ordre. Je ne veux pas te perdre. Je ne veux pas en avoir fini. S'il te plaît.

Une rougeur soulignait les yeux de Ian, un signe révélateur prouvant qu'il ne s'en était pas mieux tiré que Rick ces dernières heures. Savoir que Ian tenait tant à lui le réconforta autant que cela l'effraya. Aussi fou que cela puisse paraître, il ne pouvait se résoudre à répéter le même rejet qu'il avait fait au bar. Si parler lui donnait la chance de garder un petit bout de Ian, il le prendrait. Mais une relation sérieuse était hors de question, peu importait ce qu'il voulait.

Son cœur battant furieusement, il recula, laissant Ian entrer chez lui.

Ian répondit à l'invitation muette et entra dans sa maison, mais il ne prit pas la peine de regarder les lieux ou de faire un commentaire sur son intérieur.

— Étais-tu sur le point de sortir ?

La voix de Ian craqua sous la blessure qu'il ne pouvait masquer.

Rick haussa les épaules.

— Non. Pas vraiment. Pendant quelques minutes, ça m'a semblé être une bonne idée.

Prenant son visage en coupe, Ian lui inclina la tête et l'observa attentivement. Rick cilla, ses yeux encore gonflés et fatigués. Ian caressa la peau tendre de ses pouces.

— Tu es parti pour toutes les mauvaises raisons.

La tendresse dans la voix de Ian le fit frissonner.

— Regarde-toi. Nous faisons vraiment la paire, pas vrai ?

Avec un minuscule hochement de tête, Rick acquiesça. Il ne se faisait pas confiance pour parler. Pas encore.

— Aussi magnifique que tu sois dans cette chemise, nous avons vraiment besoin de parler. Y a-t-il un endroit où nous pouvons nous asseoir ?

Un rougissement fit pulser la peau fine gonflée par les larmes. Comment Ian pouvait-il encore le qualifier de magnifique ? Il ressemblait à une épave. Mais Ian avait raison ; ils avaient besoin de parler.

— Bien sûr.

Pleurer avait rendu sa gorge sèche et sa voix éraillée.

— Suis-moi.

Rick les conduisit dans le séjour où son canapé confortable et luxueux faisait face à la télévision.

— Est-ce que tu veux boire quelque chose ?

De son côté, un peu de courage liquide ne lui ferait pas de mal.

— De l'eau, s'il te plaît.

Reportant leur conversation de quelques minutes supplémentaires, Rick leur apporta un verre d'eau. Même s'il mourait d'envie de boire de l'alcool pour l'aider à traverser cela, il n'avait pas besoin d'être encore plus déshydraté qu'il l'était maintenant.

Quand il revint dans le séjour, il envisagea de s'asseoir dans le fauteuil solitaire sur la droite, mais Ian tapota la place sur le canapé à côté de lui et Rick céda à la requête.

Ian enroula un bras autour de lui, l'attirant plus près. La chaleur de son corps s'insinua en lui, un confort dont il n'avait pas fait l'expérience depuis la dernière fois qu'il s'était réveillé dans le lit de Ian. C'était bon, si bon, mais il n'osa pas s'autoriser à y prendre goût.

Ils restèrent ainsi pendant plusieurs minutes, se touchant simplement. Ils restèrent assis là si longtemps que Rick se demanda même si Ian s'était endormi, alors il remua pour lever les yeux vers lui.

— Je ne sais pas par où commencer, déclara Ian, comme s'il sentait la question de Rick. Leon est un ami. Rien de plus, je te le promets. En fait, je n'ai couché avec personne depuis que je t'ai rencontré. Je n'en ai pas eu envie.

On ne pouvait se méprendre sur l'écrasante sincérité de Ian.

— Moi non plus.

565

Ce n'était pas un comportement stupide s'ils avaient tous les deux agi de la même manière, n'est-ce pas ? L'étreinte de Ian se resserrant autour de lui fut une garantie suffisante qu'il avait dit ce qu'il fallait, pour changer.

— Je pense que ta réaction à la soirée était due à bien plus que Leon. Je sais que ma famille te met mal à l'aise mais je ne sais pas pourquoi. Je sais que tu es contre les relations sérieuses mais je ne sais pas pourquoi. À mon avis, tu veux être avec moi autant que je veux être avec toi mais quelque chose te retient. J'espère que tu me feras assez confiance pour m'expliquer ce qui se passe. Si je sais quel est le problème, nous avons une meilleure chance de le surmonter ensemble.

— Es-tu certain d'être responsable de clientèle ? J'aurais plutôt dit que tu étais psychologue.

— C'est responsable de clientèle *confirmé*.

Ian lui sourit et déposa un baiser sur sa tempe.

— Et même s'il y a certainement un peu de psychologie impliquée dans le fait de garder tout le monde heureux et prêt à accepter les compromis, je pense plutôt que j'ai retenu quelques conseils de mes sœurs. De temps en temps, je les écoute vraiment.

L'expression de Ian se fit sérieuse.

— Mais tu es en train de tergiverser. Ne me fais-tu pas confiance ? Peu importe le reste, nous sommes toujours amis. S'il te plaît, dis-moi ce qui te fait si peur.

Le cœur de Rick manqua un battement. Il voulait le dire à Ian. Il n'avait jamais raconté cette histoire à quelqu'un, jamais. Jon en connaissait une partie mais, quand il avait rencontré Jon, ils venaient tous deux de vivre une expérience brutale et s'étaient rapprochés grâce à cela sans jamais demander à connaître les détails de leurs vies passées.

— J'ai peur de moi, murmura-t-il.

La tendresse confuse dans les yeux de Ian lui donna du courage, mais il ne pouvait raconter cela et s'inquiéter de sa réaction à chaque mot, alors il se cala contre lui, face à l'écran de télévision noir.

— Mes parents ont vécu une vie de couple marié très explosive. Je réalise maintenant que ma mère avait dû présenter des symptômes précoces de maladie mentale. Bipolaire, peut-être. Ils continuaient d'avoir des aventures chacun de leur côté, puis se disputaient l'un avec l'autre à cause d'elles, puis ils se remettaient ensemble et les choses se calmaient pendant un moment avant que le cycle infernal recommence. Je n'étais rien de plus qu'un effet secondaire. Un accident. Ils étaient trop impliqués dans leur propre drame pour s'inquiéter de l'effet que cela avait sur moi. Mais ce n'était pas si mal. Du moins jusqu'à ce que j'aie... quatorze ans. Je savais déjà que j'étais gay et je ne réussissais pas vraiment à le cacher à l'école. J'ai été un peu harcelé, pas tabassé, heureusement, mais il n'y avait aucun endroit... calme où je me sentais en sécurité. Mes parents n'étaient pas enchantés par mon orientation sexuelle mais ils étaient si enfermés dans leur monde qu'ils ne s'en préoccupaient pas vraiment.

Rick s'interrompit le temps de reprendre sa respiration et de rassembler ses pensées.

— Quelques jours avant la fin de l'année scolaire, mon père est rentré à la maison et a dit à ma mère qu'il s'en allait. Cette fois, il éprouvait des sentiments pour sa maîtresse et refusait de la laisser tomber pour la vie chaotique qu'il menait avec ma mère. Elle n'a pas été capable de l'accepter, alors elle a attrapé un couteau de cuisine et l'a poignardé sept fois.

Ian haleta de surprise et le serra plus fort contre lui. Jusqu'à cet instant, Rick s'était attendu à un rejet. Du dégoût, peut-être. Enfin, cela pouvait toujours arriver – il n'avait pas encore fini – mais il était reconnaissant que Ian soit près de lui.

Les doigts de Rick devinrent froids et engourdis alors qu'il essayait désespérément de ne pas se rappeler du sang. Des yeux sans vie de son père. Il frotta ses mains contre ses cuisses, espérant que la friction aiderait.

Ian saisit les mains de Rick de sa propre main libre. Comparée à celles exsangues de Rick, celle de Ian était aussi brûlante contre sa peau que le soleil.

— Qui... je veux dire... comment...

Rick comprit ce que Ian voulait savoir.

— Un voisin a entendu les cris et a appelé la police. Je suis rentré de l'école pour trouver ma maison encerclée par des voitures de police, des camions de pompiers et une ambulance. Je suis arrivé au moment où ils sortaient mon père sur un brancard. D'abord, j'ai pensé qu'il avait peut-être fait une attaque. Jusqu'à ce que je rentre et voie tout le sang.

Il prit son verre d'eau et en avala une gorgée. Même après tout ce temps, le souvenir le rendait nauséeux. Il s'éclaircit la gorge. Aucune raison de parler de l'épreuve du procès et de son année perdue à l'école.

— Ma mère a été déclarée inapte à être jugée et a été internée.

— Et tu avais quatorze ans ? Que t'est-il arrivé ?

Rick haussa les épaules.

— À ce moment-là, j'avais quinze ans. Mon seul parent était la sœur de mon père. Elle a fait son devoir de bonne chrétienne et m'a accueilli chez elle, mais elle détestait ma mère d'avoir tué son frère. Et elle me détestait d'être le fils de ma mère. J'ai été autorisé à rendre visite à ma mère – c'est ma tante qui m'amenait – mais elle voulait seulement savoir pourquoi mon père ne venait pas la voir.

— Tu veux dire qu'elle ne savait pas qu'elle l'avait tué ? Comment est-ce possible ?

— Je suppose qu'elle a bloqué ce souvenir. Aucun des médecins ne voulait me dire quoi que ce soit et, après qu'elle s'est suicidée, je n'étais plus capable de parler pour découvrir le pourquoi du comment.

— Je suis tellement navré, Rick. Attends… tu n'étais plus capable de parler ? Tu veux dire que ta tante refusait de te laisser poser des questions ?

— Non, je ne pouvais vraiment plus parler. Le traumatisme, je suppose. S'il n'y avait pas eu cette conseillère à l'école, qui suivait une formation pour devenir orthophoniste, j'aurais pu ne jamais m'en remettre.

Sa tante n'avait été que plus heureuse qu'il ne soit plus capable de poser de questions ou de se plaindre.

— Donc c'est pour ça que tu as choisi cette profession ?

— Oui. Ce n'était peut-être pas entièrement éthique de sa part de me soigner alors qu'elle était en train de se former, mais quoi qu'ait prétendu ma tante, elle ne s'en souciait pas assez pour me faire aider ou dépenser de l'argent, et j'étais trop frustré et gêné pour chercher de l'aide par moi-même. Mes amis se sont tous éloignés durant le procès et je n'avais personne à part Mademoiselle Abernathy. J'ai eu de la chance qu'elle m'aide parce que, dès que j'ai obtenu mon diplôme, ma tante a décidé qu'elle avait fait son devoir envers son neveu gay et m'a jeté dehors. Parler était une nécessité pour trouver du travail. J'ai déménagé à Toronto et j'ai commencé une toute nouvelle vie.

Il n'était probablement pas utile de lui dire qu'il avait encore de temps en temps des attaques de silence, généralement déclenchées par des femmes comme la mère de Ian, qui essayaient de le materner.

— Inutile de préciser que je n'ai pas eu les meilleurs modèles en ce qui concerne les relations sentimentales et que je n'ai pas vraiment de respect pour le concept de famille.

Ce qui était une façon polie et diplomatique de dire que les familles l'effrayaient complètement.

— Je ne sais pas quoi dire. Je n'en avais aucune idée.

568

Rick patienta, s'attendant à ce que Ian s'en aille. Dieu savait que lui le ferait. Il n'y avait aucun moyen que Ian se soit attendu à ce que Rick ait un tel bagage émotionnel, si énorme et infini. D'une minute à l'autre, il réaliserait qu'il avait eu les yeux plus gros que le ventre et s'en irait. Même s'il ne partait pas, il restait toujours un dernier clou à enfoncer dans le cercueil de leur relation. Jusqu'à ce que Ian effectue ce dernier pas pour partir, il profiterait du confort de ses bras. Ses plans cul n'étaient pas très câlins. Sauf Oscar, et ça avait toujours été plus étouffant que réconfortant.

Ils restèrent assis en silence, l'oreille de Rick pressée contre la poitrine de Ian, écoutant le battement stable et apaisant de son cœur.

Ian remua et Rick se recroquevilla sur lui-même, se préparant à un nouveau rejet alors que Ian s'en allait. Il fut légèrement choqué de se retrouver assis entre ses jambes, le dos appuyé contre sa poitrine, alors que Ian s'adossait lui-même contre le haut accoudoir de son canapé.

Les mains chaudes de Ian frottèrent ses bras de haut en bas et, pendant un moment, Rick attendit qu'il bouge. Heureux au-delà de toute mesure de découvrir qu'il avait tort, il se réinstalla contre Ian qui enroula ses bras autour de la poitrine de Rick.

— Je suis tellement désolé que tu aies dû traverser ça. Je ne sais pas si j'aurais survécu, mais tu n'as pas seulement survécu, tu… tu es si fort. Drôle, adorable, avec une brillante carrière… Je n'aurais jamais deviné.

Fort ? Brillante carrière ? Ian devait être en train de parler de quelqu'un d'autre.

— Merci de t'être confié à moi. Je te comprends beaucoup mieux maintenant et, même si cela va me prendre un certain temps de tout assimiler, il y a une chose que tu as dit qui me laisse perplexe. Tu as dit que tu avais peur de *toi*. Qu'est-ce que ça veut dire ?

Ses yeux le brûlant, il cligna plusieurs fois des paupières pour éloigner les larmes alors que ses membres commençaient à trembler. C'était spécifiquement pour éviter de se retrouver dans cette situation, ou même d'y penser, qu'il avait établi des règles mais il avait déjà tellement donné à Ian qu'il pouvait tout aussi bien aller jusqu'au bout. Il ne pouvait pas continuer à fréquenter Ian sans que ce dernier sache exactement dans quoi il s'aventurait. Ce ne serait juste pour aucun d'eux, pas si Ian désirait plus d'une relation que ce que Rick pouvait lui donner.

— Je suis le fils de ma mère. Et si je faisais la même chose ? La maladie mentale peut être héréditaire. Qu'arrivera-t-il si ma jalousie se transforme en une rage meurtrière ? Je ne peux pas prendre ce risque.

Rick se redressa sur le canapé. Il ne pouvait pas faire ça. Il ne pouvait pas compromettre la vie de Ian de cette manière. Pas même si cela signifiait que son propre bonheur devait être sacrifié.

— Tu devrais partir maintenant. Nous ne devrions plus nous voir.

Rick se leva et s'éloigna, tournant le dos au canapé, avant d'enrouler ses bras autour de lui. Ils n'étaient même pas un pauvre substitut de la force des bras de Ian, mais les bras de Ian allaient partir pour ne plus revenir.

— Non.

Rick se retourna.

— Comment ça, non ?

— D'accord, je comprends pourquoi tu as peur. Mais je n'ai pas peur. Pas de toi. Je n'ai rien vu qui me conduirait à penser que tu es dangereux. Et je ne veux pas partir. Je pense que tu es la bonne personne pour moi. Et je ne crois pas que l'infidélité sera un problème. J'ai baisé un tas d'autres mecs et aucun n'a jamais signifié quoi que ce soit pour moi. Je ne veux pas retrouver cette vie. Je veux construire une vie avec quelqu'un. Quelqu'un qui me comprenne, quelqu'un avec qui j'aime passer du temps, quelqu'un qui m'excite tellement que je pourrais jouir rien qu'en l'embrassant. Je veux que ce quelqu'un soit toi et j'ose penser que tu le veux aussi, et que c'est la raison pour laquelle tu m'as raconté tout ça. Tu me fais confiance avec ton passé, et je te fais confiance pour ne pas me blesser. Ça va marcher, Rick. S'il te plaît, donne-nous une chance.

Ce devait être un rêve. Il était impossible qu'un homme comme Ian signe pour ça.

— Tu es sûr ? Je ne peux pas… je ne suis pas sûr de me faire confiance. Tu risques ta vie en acceptant cela.

Ian se rapprocha et Rick tomba dans ses bras comme s'il était né pour s'y trouver.

— Je suis prêt à mettre ma vie en jeu et, d'après moi, c'est un bon pari. Le meilleur. Mais si tu es inquiet, tu peux toujours parler à un professionnel. Il n'y a pas de honte à demander de l'aide. Même si tu as les mêmes prédispositions que ta mère – ce dont je doute – je suis certain qu'il y a des traitements disponibles et bien plus efficaces que ceux qui existaient il y a vingt ans. Nous pouvons surmonter cela.

— D'accord, murmura-t-il.

Ian se pencha légèrement en arrière pour regarder dans les yeux de Rick.

— D'accord ? D'accord, quoi ?

570

Rick le voulait plus que tout au monde et si ça ne fonctionnait pas, il ne savait pas ce qu'il ferait.

— D'accord, donnons une chance à cette relation.

Le sourire de Ian était une vision magnifique et il lui donna l'espoir que peut-être, juste peut-être, cela pourrait fonctionner.

— Tu ne le regretteras pas.

Mais ses peurs n'étaient pas apaisées aussi facilement.

— Pouvons-nous... pouvons-nous rester discrets pour l'instant ? J'ai toujours eu une piètre opinion des relations sérieuses et je ne veux pas avoir à m'expliquer sur ce sujet avant de m'assurer – de nous assurer – que cela fonctionne.

— Tout ce que tu veux, bébé. Nous pouvons garder ça pour nous pendant un temps. Mais tu dois me promettre que tu assisteras à une réunion familiale en tant que petit ami. Même si ce n'est pas tout de suite, je veux que ma famille sache ce que je ressens pour toi.

— D'accord. Oui, je peux travailler là-dessus.

Il ne ressentit même pas le besoin de faire une remarque sarcastique sur le fait d'être appelé *bébé*. En temps normal, il détestait ça, mais étrangement, cela ne le dérangeait pas venant de Ian.

— Et nous sommes exclusifs. C'est seulement nous.

Rick inclina la tête.

— Je le veux. Vraiment. Mais que savons-nous de la fidélité ?

— Était-ce difficile pour toi de ne pas coucher avec d'autres gars ?

Il réfléchit à la question.

— Eh bien, non.

— Pour moi non plus.

— Mais comment pouvons-nous être certains que ce sera toujours le cas ?

Ses parents avaient sûrement pensé qu'ils seraient fidèles l'un envers l'autre lorsqu'ils s'étaient mis en couple, mais c'était complètement parti de travers.

Ian haussa les épaules.

— Nous ne le pouvons pas. Tout ce que nous pouvons faire, c'est essayer.

Il s'interrompit un moment.

— Écoute, si cela devient trop dur, nous devons faire en sorte d'en discuter. Je peux te promettre ça. Nous discuterons avant d'en arriver au point de tromper l'autre. Qu'est-ce que tu en dis ?

Oui, bien sûr, c'était une promesse qu'il pouvait tenir.

— Ça me paraît bien.

Sentiments, promesses, relation amoureuse et règles brisées. Rick aurait dû être complètement mort de trouille. Au lieu de ça, il voulait juste dévorer Ian.

— Maintenant, mon adorable petit ami…

Un délicieux frisson remonta le long de sa colonne vertébrale aux mots de Ian, son sexe se remplissant et pressant contre sa braguette. Il était le petit ami de quelqu'un. À trente-cinq ans, il était un peu vieux pour être pris de vertige comme un étudiant, mais il ne pouvait réprimer son excitation.

— Oui ?

Ian pinça ses mamelons, qui avaient pointé quand son sexe s'était durci.

— Je crois que j'ai besoin de te montrer à quel point j'adore quand tu portes cette chemise. Où est ta chambre ?

Un léger froncement de sourcil entacha l'instant.

— À moins que… est-ce que c'est trop rapide ? Est-ce que tu veux attendre ?

Si c'était possible, Rick était encore plus excité maintenant.

— Oh non, pas question !

Le sourire de Ian revint et il attira Rick plus près, pressant leurs lèvres ensemble.

Rick gémit et écarta les lèvres sous la langue curieuse de Ian. Il n'avait jamais su ce qu'il ratait en n'embrassant pas ses partenaires – mais après tout, peut-être que seules les lèvres de Ian pouvaient provoquer ces émotions chez lui.

Il leva les mains pour les poser sur les joues de Ian. La sensation de mouvement sous ses paumes était étonnement érotique, comme quand un mec le suçait. Mais c'était meilleur. À la fois plus doux, plus chaud et plus délicieux. Sa légère barbe crissa sous ses doigts et il voulut la sentir contre son ventre, contre son gland et contre son visage quand Ian s'introduirait en lui.

Mais prendre le temps de dire à Ian où se trouvait la chambre signifierait perdre le plaisir intoxicant de ses baisers. Au lieu de ça, il l'encouragea à reculer, le dirigeant vers le lit en le guidant avec son corps.

IAN DEVAIT rêver. Rick avait accepté de leur donner une chance. Bien sûr, il voulait garder leur relation secrète, mais après tout ce qu'il avait traversé, Ian ne pouvait l'en blâmer.

Maintenant, Rick était en train de l'embrasser comme s'il ne voulait jamais s'arrêter. Ian n'était pas sûr de vouloir s'arrêter non plus mais, bon sang, il voulait une autre chance d'explorer le corps nu de Rick. Il n'avait pas pleinement profité de ce corps les deux premières fois et il n'allait pas refaire la même erreur.

L'arrière de ses jambes heurta le lit. Enfin.

Il les fit pivoter et poussa Rick en arrière sur le lit. Leurs lèvres se séparèrent et Ian en ressentit la perte comme celle d'un de ses membres.

Baissant les yeux sur Rick, étendu contre les draps bleus, son sexe palpita dans son jean. Son petit ami – qu'il aimait utiliser ce mot – était si foutrement sensuel.

Il fit courir un doigt sur le visage de Rick, survolant le col de la chemise vers ses mamelons érigés, si visiblement tentant ; la finesse du tissu ajoutait quelque chose de délicieux. Tout était offert à la vue de Ian et pourtant, il se languissait toujours de la peau nue. Après avoir légèrement effleuré ces pointes durcies, il fit glisser sa main le long de la légère ligne de boucles qui cheminait de son nombril jusqu'à son aine. Rick portait son pantalon assez bas pour dévoiler un soupçon de la toison coupée court au-dessus du tissu. La tentation de glisser les mains sous cette ceinture et de tirer, libérant ainsi le sexe de Rick, était presque irrésistible.

Rick se moquait peut-être que Ian fonde sur lui et déchire ses vêtements pour s'adonner au plaisir d'une relation sexuelle sauvage et animale. Et Ian pouvait toujours succomber à ce désir, mais il voulait que leur première fois en tant que couple soit un moment mémorable – spécial. C'était peut-être pathétique et sentimental mais il ne pouvait s'en empêcher. Sa mère croyait en l'amour avec un grand A et elle avait élevé tous ses enfants pour qu'au moins ils le respectent, à défaut de le vouloir. Il s'avérait qu'ils le voulaient tous, même s'il n'avait jamais imaginé que ce serait son cas.

Il tempéra son désir intense et chevaucha Rick. Ses bras le soutenant de chaque côté du corps de Rick, il baissa la tête et aspira doucement les lèvres douces qui s'offraient à lui. Rick gémit et le laissa ouvrir la voie avec de tendres baisers. Un éclat de barbe dorée sur la mâchoire de Rick l'appela, alors il déplaça les lèvres sur la légère rugosité, grignotant la ligne forte de cette mâchoire avant de frotter leurs joues l'une contre l'autre. Cette fois, le grondement de plaisir était le sien.

Se déplaçant vers la peau tendre du cou de Rick, il la mordilla et la suça doucement, Rick se tortillant et haletant sous lui.

— Plus fort, demanda Rick.

— Ça va laisser des marques, dit Ian, bien que son sexe ne vît aucun inconvénient à cette opportunité.

— Bien.

Avec un grondement, Ian ouvrit la bouche sur le cou de Rick et suça. Le long gémissement bas qui déchira sa gorge le fit presque jouir dans son pantalon. Bordel, c'était si excitant !

Reculant, il observa la marque rougie et une sensation inhabituelle de fierté le remplit. C'était sa marque sur son petit ami et la notion primaire du 'mien !' qui résonna dans son cerveau était indéniable.

Il ne pouvait attendre plus longtemps. Il commença par les boutons de la chemise de Rick, les défaisant un à un et léchant la peau révélée par le tissu qui s'entrouvrait.

Rick tenta de le déshabiller mais Ian glissa plus bas sur son corps et replaça les mains de son amant sur le matelas. Au lieu de rester étendu en laissant Ian faire tout le travail, Rick plaça ses doigts dans les cheveux de Ian et caressa son cuir chevelu. Il n'y avait aucune pression, aucune intention de sa part d'essayer de le diriger, seulement la vague impression d'avoir besoin de le toucher en retour.

Ian plaça une main sur le ventre de Rick et écarta les doigts, libérant ainsi son torse du dernier bout de tissu pourpre. Avec la peau dorée de Rick dévoilée au regard de Ian, le rosissement d'excitation qui tachait sa poitrine et son cou était facilement visible.

Il se pencha à nouveau pour embrasser le chemin de boucles blond foncé sous son nombril. Sa gorge reposant contre la bosse dure et chaude de son érection piégée, il lécha le bas de son ventre. Les doigts se contractèrent dans ses cheveux à ce délice prolongé, tirant vigoureusement à chaque fois que Ian trouvait un point sensible.

Finalement, la chaleur et le parfum musqué du sexe de Rick devinrent irrésistibles. Ian était désespéré de libérer son propre sexe et supposait que Rick éprouvait ce même besoin.

Faisant courir sa langue sous la ceinture de son pantalon, il trouva la tête nue et moite de son sexe. Ils gémirent en tandem à la connexion langue-queue. Si Rick n'était pas sur le point de jouir pour *lui*, Ian se serait peut-être un peu mis en colère en découvrant qu'il ne portait pas de sous-vêtements sous son jean.

Il s'assit et ouvrit le pantalon de Rick d'un coup sec, se réjouissant de l'érection qui se trouva soudainement libérée.

— S'il te plaît, murmura Rick.

574

— Alors comme ça, un quelconque inconnu mérite que tu ne portes rien là-dessous ?

D'accord, il était possible qu'il soit toujours un peu en colère.

Au lieu d'avoir l'air penaud, comme Ian s'y était attendu, Rick lui adressa un sourire malicieux.

— Je ne portais rien chez *Finn's.*

Ian en resta bouche bée et il frissonna. Si les choses s'étaient passées différemment ce soir-là, et s'il avait su que Rick était délicieusement nu sous son pantalon, il aurait très bien pu prendre Rick contre le mur du bar de ses parents.

— Oh, mon Dieu. Je suis si heureux de ne pas l'avoir su.

Rick fronça les sourcils. Ian se rappela ses paroles et réalisa qu'elles n'étaient peut-être pas sorties aussi flatteuses qu'il l'avait voulu.

— Je voulais seulement dire que je n'aurais pas été capable de te résister. J'aurais voulu te mettre la tête la première contre le mur pour pouvoir m'enfoncer en toi.

Rick se tortilla un peu, comme s'il venait de s'imaginer exactement le même scénario. Les doigts de Ian se resserrèrent impatiemment sur les hanches de Rick, se réjouissant de voir la manière dont ses mots le faisaient s'agiter et provoquaient l'apparition de minuscules perles de fluide sur la fente qui surmontait sa queue.

— Je vais te préparer, tu as du lubrifiant ?

La peau rosée de Rick s'empourpra davantage et ses yeux volèrent vers la table de chevet ou se trouvait un petit sachet contenant plusieurs lubrifiants, certainement préparé pour tenir dans sa poche quand il était venu au bar. Ian sourit au plan soigneusement pensé de Rick et attrapa le sachet. Il retira complètement le pantalon de Rick et lui écarta les jambes en grand avant d'appliquer un peu de liquide sur ses doigts et de transformer ses mots en action.

— Mais s'il n'y avait pas eu de lubrifiant, je me serais mis à genoux, j'aurais écarté tes fesses et utilisé ma langue pour t'ouvrir bien comme il faut.

Un gémissement d'agonie quitta les lèvres de Rick et Ian eut un large sourire. Oh oui, il allait adorer essayer *cela* plus tard. Pour l'instant, il arrivait à peine à se retenir de ne pas arracher son pantalon pour plonger en lui. Il ne se maîtrisait plus assez pour rendre Rick complètement dingue de plaisir de cette façon, même s'il semblait qu'éviter toute friction contre sa queue fasse plutôt du bon travail.

Il s'essuya les doigts sur son jean, se fichant de devoir le laver plus tard, et plongea la main dans sa propre poche pour en sortir un emballage carré qu'il plaça sur l'estomac de Rick.

— Ensuite, j'aurais sorti mon préservatif très utile et l'aurais roulé sur ma queue.

Ian ouvrit son jean et tira la fermeture d'un coup sec. Un boxer noir comprimait son sexe dur et il repoussa la ceinture sous ses bourses, libérant son érection massive. Il ouvrit l'emballage du préservatif en un temps record et l'enfila. Il positionna les jambes de Rick sur ses bras, les soulevant et les écartant en même temps.

— Puis, je glisserais directement à l'intérieur.

Le dernier mot de Ian fut à peine plus qu'un grognement, la sensation d'être pressé dans l'étroite chaleur de Rick agréable au-delà du supportable. Rick se tortilla, essayant de faire en sorte que Ian s'enfonce davantage en lui ou d'obtenir un contact sur sa queue – quoi que ce soit, cela envoya la dernière once de contrôle de Ian aux oubliettes.

Il se retira et s'enfonça brusquement, encore et encore. Rick grogna mais vint à la rencontre de chaque poussée, la sueur rendant leur peau glissante.

— Touche-moi, bon sang !

Cependant, Ian conservait toujours une minuscule pointe de volonté, alors il sourit à Rick en ignorant délibérément sa demande. Rick aurait pu enrouler une main autour de son propre sexe mais, comme pour la plupart des choses jusqu'à présent, ils étaient sur la même longueur d'onde. Le sexe de Rick appartenait entièrement à Ian et ils le savaient tous les deux.

Il modifia l'angle de ses poussées et Rick montra les dents.

— Ian, bon Dieu !

Rick serra ses muscles internes de frustration.

Soudain, le précipice que Ian côtoyait depuis quelques minutes apparut devant lui et il ne put se retenir d'y plonger. Ses hanches tressautèrent de façon incontrôlable alors qu'il se vidait en Rick, un bruit blanc dans les oreilles alors que le corps de son amant tirait de lui un orgasme hallucinant.

Sans force, il se laissa tomber sur Rick. Quand son esprit S'éclaircit quelques secondes plus tard, Rick était en train de chercher une friction contre le corps de Ian, son corps entier vibrant de son proche orgasme. Ian secoua la tête et glissa prudemment hors de Rick, qui le maudit et envoya son poing contre son épaule.

— J'étais si près, bordel, Ian.

Ian ne prit pas la peine de répondre, il ouvrit simplement la bouche et avala le sexe de son amant sur toute sa longueur en un mouvement fluide.

Son partenaire laissa échapper un sanglot étouffé et poussa, sa queue tressautant et crachant sa jouissance salée dans la gorge de Ian, qui avala chaque goutte puis embrassa la pointe gonflée de son sexe avant de se déplacer pour se blottir contre Rick.

— Connard, murmura Rick entre deux respirations laborieuses.

— J'en conclus que tu ne veux pas recommencer ?

— Bien sûr que si. Connard.

Ian sourit contre la nuque de Rick, se gorgeant du parfum de l'homme satisfait et en sueur.

— Tu sais, tout à l'heure, quand j'ai dit que j'étais heureux de ne pas avoir su que tu ne portais pas de sous-vêtements…

Il s'interrompit et, comme il s'y attendait, Rick se raidit dans ses bras.

— Eh bien, si je l'avais su, cette soirée aurait pu se dérouler un peu différemment, et j'aurais pu être enfoncé jusqu'aux couilles dans ton adorable petit cul quand mon père est venu me chercher.

Rick se tint coi, comme s'il n'était pas sûr de savoir comment répondre, mais ensuite il commença à rire. Ian se mit à rire avec lui et ils firent trembler le lit à la force de leur hilarité.

— Oh, mon Dieu. Il accepte peut-être ton orientation sexuelle mais je doute qu'il veuille te voir en train de baiser un homme devant lui.

Ian renifla de dérision.

— Je t'en prie. Il ne voudrait voir aucun de ses enfants baiser qui que ce soit. Surtout pas à l'extérieur de son bar où nous pourrions faire fuir des clients potentiels ou avoir besoin de quelqu'un pour payer notre caution. Peu importe que tu sois un gars ou une fille, j'aurais eu droit à un sermon sur la protection et le respect de mon partenaire.

Rick rigola et se tourna pour lui faire face.

— Peut-être que nous devrions essayer de le faire la prochaine fois. Ça pourrait être excitant.

— Bien entendu, voyons ! Excitant pour toi, peut-être. Tout ce que tu veux, c'est voir mon père me remonter les bretelles.

— Peut-être.

Le haussement d'épaules nonchalant ne trompa pas Ian une minute. Rick aurait adoré voir ça. Mais même s'il voulait donner à Rick tout ce dont il avait besoin pour être heureux, il n'était pas sûr de pouvoir se résoudre à être surpris – par n'importe lequel des membres de sa famille – en train de baiser.

Il se leva lorsqu'une sensation de fraîcheur sur sa queue lui rappela qu'il portait encore le préservatif.

— Salle de bain ?

Rick s'étira avec la grâce d'un chat avant d'indiquer la porte à sa gauche.

Quand il revint, Rick n'avait pas bougé, ne s'était pas couvert. Ian aurait pu être d'attaque pour un second tour mais, après toute cette agitation émotionnelle, il était épuisé. Il rampa dans le lit et attira son amant contre lui comme s'ils avaient passé toute leur vie à dormir en cuillère ensemble.

— Pas de départ en douce cette fois, c'est compris ? Nous sommes ensemble.

— Même si personne ne le sait ?

— Même si personne ne le sait. Cette relation est pour nous, et nous pouvons édicter nos propres règles sur la façon dont elle devrait se dérouler.

— D'accord, très bien, chéri. Je promets de ne pas filer en douce de ma propre maison.

Rick se blottit dans ses bras.

Le contentement endormi émanant de Rick le réconforta sur le fait qu'il n'était pas du tout ennuyé de s'endormir avec un petit ami. Avec son premier petit ami.

RICK S'AGITA dans les draps au bruit que faisait Ian en utilisant la salle de bain. C'était étrange et plaisant à la fois. Le jour s'étirait devant eux et ils n'avaient rien d'autre à faire que se donner mutuellement du plaisir. Une journée à paresser avec son petit ami. Rick n'avait jamais imaginé qu'un jour comme celui-ci arriverait, principalement parce qu'il ne s'était jamais attendu à avoir un petit ami. Ils s'étaient réveillés tard après une nuit chargée en émotions et Ian avait eu à cœur de le baiser jusqu'à ce qu'il en perde la raison, encore. Rick n'était rien de plus qu'une nouille molle ce matin. Une nouille molle qui se sentait étonnamment légère. Entre les orgasmes, l'acceptation de son passé par Ian et la certitude que ce dernier avait envie de construire quelque chose en prenant en compte les traumatismes de Rick, se trouvait un contentement libérateur et intense.

Bien qu'il ait eu d'autres mecs dans son lit, il n'avait jamais autorisé aucun d'eux à dormir ici ou à passer la nuit. Si des mecs restaient, il n'y avait plus d'échappatoire et cela créait une intimité implicite. Et Rick n'avait jamais voulu l'entretenir. Dormir avec Ian avait été différent de ce à quoi il s'était attendu. Il s'était senti en sécurité, à l'aise et détendu. Et il n'avait pas l'intention de s'en priver plus longtemps.

Ian voudrait-il rester les week-ends à partir de maintenant ? Cela ne dérangerait pas Rick et il aimait son chez lui. Il pourrait envisager de rester chez Ian mais, en toute honnêteté, il ne pouvait pas promettre de ne pas s'enfuir à l'aube s'il dormait là-bas. Ian serait certainement furieux s'il partait de cette manière et Rick commençait à apprécier cette relation qu'ils avaient entamée. Pour continuer dans la bonne direction, il allait devoir convaincre Ian que les nuits passées ensemble devaient se dérouler chez Rick.

Ian revint de la salle de bain, entièrement nu et la peau chauffée par sa douche. Il se glissa dans le lit, l'haleine fraîche et mentholée, et Rick fronça les sourcils.

— Chéri, tu as amené une brosse à dents ? Sache que d'habitude je ne suis pas un homme si facile à mettre dans son lit.

Parce que c'était bizarre, n'est-ce pas ? Comment Ian aurait-il pu être certain que Rick n'allait pas lui claquer la porte au nez ou appeler les flics la nuit précédente ?

— Donne-moi le bénéfice du doute, *chéri*.

Ian mit une petite pointe d'ironie dans ses mots.

— J'ai utilisé ton dentifrice et mon doigt. Cependant, si cela ne t'ennuie pas, je pourrais avoir l'utilité d'une brosse à dents ici, voire même d'un rasoir.

Il lui fallut un moment pour analyser ses sentiments à ce sujet. Étonnamment, cela lui semblait aussi sensé que de laisser Ian passer la nuit ici. Il devait remercier son petit ami pour ça. Faire en sorte qu'ils deviennent d'abord amis avait fait des merveilles pour rendre tout cela acceptable. Mieux qu'acceptable. Agréable.

— Je pense que ce serait bien.

Ian sourit, un sourire doux qui le fit paraître plus jeune et pas aussi dur qu'il en avait souvent l'air. Puis, sans se préoccuper du fait que Rick ne s'était pas encore brossé les dents, Ian l'embrassa.

Rick rompit le baiser avant que celui-ci ne s'approfondisse. Il avait rendez-vous avec la douche et sa brosse à dents avant qu'ils remettent le couvert.

Son estomac gronda alors qu'il sortait du lit et il s'arrêta un moment. Ian rit et l'attrapa au niveau de la taille, embrassant son ventre vide.

— Va te doucher. Je vais essayer de nous préparer un petit-déjeuner.

Ian lui donna un autre baiser sur le ventre avant de lui mettre une claque sur les fesses.

— Vas-y.

Quelque peu déconcerté, Rick se retrouva dans la salle de bain, se préparant à sauter dans la douche. Personne ne lui avait jamais fait le petit-déjeuner avant. Une fois encore, c'était probablement un avantage réservé aux hommes qui acceptaient de passer la nuit avec leurs conquêtes, ce que Rick n'avait jamais fait jusqu'à maintenant.

Il se doucha avec un grand sourire. Le fait d'avoir un réel petit ami semblait prendre une tournure des plus intéressantes. Il refusait de céder à la peur bien ancrée en lui qui lui soufflait que ceci n'était rien de plus que le calme avant la tempête. Il avait traversé assez de tempêtes. Ne méritait-il pas enfin un peu de soleil dans sa vie ?

AU LIEU du pantalon de survêtement qu'il portait généralement pour traîner chez lui, Rick enfila un simple bas de pyjama noir. Le survêtement ne faisait pas parti du style qu'il montrait au monde et il était un peu réticent à l'idée de partager un autre de ses secrets avec Ian si rapidement, même mineur.

Propre et rafraîchi, il s'aventura dans la cuisine.

Ian se tenait devant la cuisinière, vêtu uniquement de son jean et, étant donné que Rick avait débarrassé l'homme de son caleçon seulement quelques instants plus tôt, il n'y avait rien sous ce denim usé et excitant.

— Hé, mon grand.

Rick s'installa à côté de Ian et passa une main le long d'un très beau biceps et sur un pectoral plutôt agréable. Ian n'était pas démesurément musclé mais il était svelte, en forme et tellement sensuel.

Ian attrapa sa main avant qu'elle puisse l'explorer plus au sud.

— Salut, toi. Rien de tout ça pour l'instant.

Il se pencha et embrassa Rick pour apaiser la piqûre de ce qui sonnait comme un rejet.

— Pourquoi pas ?

— Parce que je ne veux pas que tu meures de faim. La nourriture d'abord, ensuite...

Ian fit un geste obscène absolument magnifique que Rick n'eut aucun mal à interpréter comme un anulingus. Le sang se précipita dans son aine et il ne fut pas tout à fait certain de pouvoir manger alors qu'il tremblait d'un pur désir refoulé.

— Euh. Ne pouvons-nous pas sauter le petit-déjeuner ?

— Non. Tu as besoin de garder ton taux de sucre élevé, mon cœur. Pas de malaise pendant l'acte sexuel.

Ian remua les œufs dans la poêle.

Rick allait protester quand l'odeur des légumes sautés et des épices frappa son nez et que son estomac gronda à nouveau, plus fort qu'avant.

— D'accord. D'accord, nous pouvons manger d'abord, je suppose.

Ce ne serait pas un si grand sacrifice. Pas si ces œufs étaient aussi bons que leur fumet le laissait présager.

Ian sourit.

— Assieds-toi avant de maigrir à vue d'œil.

Comme si ça pouvait arriver. Il devrait faire encore plus d'exercice pendant la semaine pour avoir manqué sa séance de sport du jour.

— Qu'est-ce que tu veux faire aujourd'hui ? demanda Ian alors qu'il servait les œufs dans deux assiettes. Le marché fermier, les films…

En temps normal, supposer qu'ils allaient passer la journée ensemble l'aurait poussé à chercher des excuses, mais Rick lui sourit simplement en retour.

— Je ne sais pas. Je… ne pense pas que je suis prêt à sortir quelque part.

Même s'il appréciait énormément la nouveauté de cette première relation sentimentale, il n'était pas prêt à la partager avec le monde.

— Que penses-tu de simplement rester ici ? Nous pourrions regarder des DVD, proposa Ian.

Oui, il pouvait faire ça. Simple, amusant et profiter simplement de la compagnie de l'autre d'une façon qui leur – que *Rick* – leur avait empêché de faire avant ce jour-là avec ses règles.

— Bien sûr. J'ai un tas de films.

Ils mangèrent en silence pendant quelques minutes, Rick bien trop affamé pour faire plus que complimenter Ian et le remercier d'avoir cuisiné. Cependant, avant qu'il ait fini, Ian posa sa fourchette et l'observa pensivement.

— Quoi ?

— Accompagne-moi au mariage de mon frère ? Viens rencontrer ma famille ?

Les doigts de Rick tremblèrent suffisamment fort pour que lui aussi repose sa fourchette.

— Je ne sais pas, chéri.

— S'il te plaît. C'est un petit début. Tu n'as pas besoin d'y être présenté comme mon *petit* ami. Nous pouvons dire que tu es juste un ami. Mais je veux au moins que tout le monde sache que tu es aussi *mon* ami, pas seulement celui de Kurt. Je ne veux pas te pousser mais je déteste ne pas pouvoir parler de toi aux personnes que je connais. Je déteste que Kurt puisse te revendiquer comme un ami et pas moi. Je veux pouvoir dire aux gens à quel point tu es formidable et combien nous nous amusons ensemble. Un jour, je veux pouvoir dire à tout le monde ce que tu représentes pour moi, et c'est un petit pas vers ce jour.

Ce jour mythique, loin dans le futur, semblait ensoleillé et rempli d'arcs-en-ciel et Rick ne pouvait s'empêcher de le vouloir aussi. S'il se mettait en couple avec Ian, il devrait apprendre à interagir avec sa famille. Un mariage pouvait être l'occasion idéale pour commencer. Tout le monde serait trop occupé pour lui accorder trop d'attention.

— D'accord. Très bien. Nous allons essayer. Mais assure-toi de n'utiliser que le mot 'amis'. Je ne suis pas prêt à admettre plus que ça.

Ian lui adressa un grand sourire heureux et recommença à manger. Étrangement, Rick avait conservé son propre appétit, même après avoir accepté de se rendre à un événement familial effrayant. Lui aussi reprit sa fourchette pour finir les œufs délicieux de Ian.

À la seconde où son assiette fut vide, Ian la récupéra ainsi que la sienne et les déposa dans l'évier.

— Prêt ?

— Je suppose, oui. Tu veux choisir le premier film ?

Ian leva les yeux au ciel.

— Nous ferons ça plus tard. Nous avons un autre engagement.

La confusion dura jusqu'à ce que Ian fasse son geste obscène pour représenter l'anulingus et Rick se retrouva au point où il en était avant le petit-déjeuner – si excité qu'il pouvait à peine le supporter.

IAN NE pouvait s'arrêter de sourire. Le film était un policier excessivement dramatique en noir et blanc. Il n'était pas trop mauvais mais ne lui donnait certainement aucune raison de sourire. C'était l'homme recroquevillé à côté de lui, aux légers ronflements attestant de son épuisement, qui en était la raison.

Son pauvre homme adorable. Ian avait mis toute son expérience dans le programme qui avait suivi le petit-déjeuner et il avait usé Rick de la plus sexy des façons. Sa mâchoire brûlait un peu et Rick avait été déterminé à suivre leur plan de paresser et de regarder des films.

Ian avait passé des semaines à travailler pour se trouver exactement là où il était maintenant, et il voulait hurler au monde qu'il avait convaincu Rick qu'ils pouvaient être bien ensemble. Et ils l'étaient.

La chose encore plus incroyable était que Rick s'était confié à lui. Maintenant qu'il savait ce par quoi il était passé, il comprenait pourquoi il avait été aussi méfiant toutes ces années. Mais la méfiance n'était pas une raison pour être seul et Ian allait le lui prouver.

Toute l'angoisse que Ian avait connue en cachant sa sexualité toutes ces années… eh bien, ce n'était pas rien. Cela avait été émotionnellement dommageable à sa façon, mais Rick traversant ces épreuves pour devenir aussi fort et autonome qu'il l'était… Ian admirait le courage de son nouveau petit ami plus que jamais. S'il y avait une chose qu'il voulait montrer à Rick, c'était qu'il pouvait compter sur lui. Parce qu'il ne voulait pas qu'une part de pizza, il la voulait en entier. Il voulait tout avec Rick et, plus que jamais, il croyait qu'ils pouvaient l'avoir.

Maintenant, s'il pouvait juste convaincre Rick de participer à l'une de ses réunions de famille – et ne pas s'enfuir d'effroi devant sa mère – il pourrait lui montrer que toutes les familles n'étaient pas si mauvaises. Après tout, il avait passé sa vie entière avec la sienne et elle était plutôt géniale.

Il caressa le bras de Rick et essaya de se concentrer sur le film, mais c'était trop tard. Il n'avait plus aucune idée de ce qui se passait sur l'écran et était plus attiré par le corps chaud de Rick qu'il ne l'était par le polar. Ce qu'il voulait vraiment savoir, c'était si Rick le laisserait rester encore une nuit après qu'il avait récupéré un costume chez lui pour se rendre au travail le lendemain matin. D'ici ce soir, ils devraient tous les deux avoir suffisamment récupéré pour s'amuser à nouveau.

Des lèvres déposèrent de doux baisers sur sa peau ; il baissa les yeux.

— Salut, toi.

— Salut.

Rick lui rendit son sourire sous un désordre sauvage de cheveux blonds. Quel homme stupéfiant.

— La sieste était agréable ?

Légèrement déconcerté, Rick hocha la tête.

— Désolé, j'ai manqué une partie du film.

— Hé. Tu n'as pas manqué grand-chose.

— Maintenant, je suis encore plus désolé. Tu aurais dû changer de film.

Ian haussa les épaules.

— Il n'était pas déplaisant et je ne voulais pas te réveiller. Est-ce que je t'ai dit que tu avais une maison superbe ?

— Non, mais merci.

L'étage supérieur de la maison était peut-être un peu grand pour une personne seule mais Rick en avait fait un espace confortable. Transformer le rez-de-chaussée en un bureau pour ses consultations était une bonne idée et il pouvait à peine croire que Rick ait réussi tout ça par lui-même.

— Je parie que la cheminée rend cette pièce vraiment douillette en hiver.

— Effectivement.

— Elle a juste besoin d'une œuvre d'art sur le manteau.

Les planches de bois nues appelaient à hauts cris un portrait ou un tableau abstrait.

— Est-ce qu'il y a également une cheminée en bas dans ton bureau ?

— Oui, mais pas dans la salle où je rencontre mes patients. J'ai vraiment eu de la chance de trouver un endroit qui possédait encore une cheminée, et encore plus une au premier étage. La plupart sont démolies quand ces endroits se transforment en appartements.

— C'était un appartement ?

— À l'origine, il s'agissait de deux maisons à étage mitoyennes. Ensuite, l'étage supérieur de chaque maison a été transformé pour en faire quatre appartements. J'ai d'abord acheté l'une d'elles et, quelques années plus tard, la seconde. J'ai seulement ajouté une porte entre les deux au rez-de-chaussée, mais j'ai détruit les murs qui séparaient les appartements au premier étage et rénové l'intérieur.

— Incroyable. Tu as fait un travail fantastique.

Mais il n'avait pas eu l'intention d'entamer une discussion sur l'architecture. Il prit une inspiration. Mis à part quelques plaisants souvenirs, il avait eu beaucoup de temps pour réfléchir.

— Est-ce que je peux te poser une ou deux questions ?

Le sourire endormi de Rick se dissipa alors qu'il se raidissait. Déjà, Ian pleurait la perte de cette chaude étreinte.

— Oui, chéri, je suppose que tu peux.

Ian grinça des dents. Il commençait à détester ces petits noms, parce qu'il avait appris qu'ils étaient un mécanisme de défense que Rick portait comme un bouclier. Chaque fois que Rick les utilisait avec lui, il savait qu'il devait avancer prudemment. Non pas qu'il blâmait Rick pour sa réticence. Il entremêla ses doigts aux siens.

— Qu'est-il arrivé après que tu es parti de chez toi ? Je sais que tu t'es construit une carrière formidable. Tu possèdes une superbe maison. Comment as-tu fait ? Ne te méprends pas, je suis émerveillé, impressionné et en admiration totale. Je suis juste curieux.

Rick détourna la tête. Pendant un instant, Ian s'attendit à ce qu'il s'éloigne complètement de lui, mais il se contenta de lui serrer la main plus fort.

— Ma situation n'était pas aussi sordide que tu l'imagines. J'ai contracté des prêts gouvernementaux pour payer mes années universitaires et j'ai subvenu à mes besoins en étant barman dans un club de strip-tease.

Ian cligna des yeux pendant un moment. Il ressentit un tiraillement viscéral dans le creux de son estomac en imaginant Rick sur scène, un chapeau de cowboy sur la tête, arrachant une paire de jambières amovibles.

— Oh.

— Je ne te mens pas. Le propriétaire a essayé de me faire me déshabiller plusieurs fois mais cela ne m'intéressait pas. Je me faisais assez d'argent en étant barman.

— Non, ce n'est pas ça, j'étais juste en train, hum… de t'imaginer en train de te déshabiller.

Rick jeta un coup d'œil vers lui et dut lire ses pensées sur son visage.

— Oh. J'ai bien sûr appris beaucoup en observant. Et j'ai dépanné Jon avec quelques-uns de ses numéros.

— Jon ?

— Oh, oui. C'est comme ça que je l'ai rencontré. Il se déshabillait dans le même club où j'ai été engagé en tant que barman.

Ian hocha la tête. Cela ne le surprenait pas. Jon était un mec attirant, bien qu'il ne le soit pas autant que Rick.

— Est-ce que tu as un chapeau de cowboy, à tout hasard ?

— Mmmh. Tu n'es qu'un petit pervers, n'est-ce pas ? Je devrais être capable d'en dénicher un. Si tu es gentil.

Le sourire malicieux de Rick réveilla sa queue encore plus.

— Plus sérieusement, continua Ian en inclinant la tête de Rick vers lui pour pouvoir le regarder droit dans les yeux. Tu sais que cela ne me poserait pas de problème si tu avais été strip-teaseur, n'est-ce pas ? Je suis tellement impressionné par ce que tu as accompli.

— C'est simplement que je n'aime pas en parler. Si ça venait à se savoir, cela pourrait ternir ma réputation et nuire à ma carrière, tu sais. Même si la plupart du temps, je n'étais qu'un simple barman. À peu près tout ce que j'ai fait durant mes jeunes années pourrait porter préjudice à ma carrière.

— Il n'y a aucun préjudice, pour moi.

Le sourire malicieux de Rick revint, accompagné d'un regard suspicieusement brillant. Ian choisit de ne pas faire de commentaire, principalement parce que Rick le poussa et l'embrassa et que Ian eut mieux à faire que parler.

VII

Ian se sécha et enroula la serviette autour de sa taille. Des bras glissèrent autour de sa taille par-derrière, des lèvres se pressant contre sa colonne vertébrale.

Il se retourna et embrassa Rick. C'était exactement ce dont il avait rêvé dès qu'il avait envisagé sortir du placard. Il ne s'était pas attendu à ce que Rick accepte une deuxième nuit d'affilée, en particulier parce qu'il avait dû faire éclater la petite bulle dans laquelle ils se trouvaient pour rentrer chez lui et revenir avec un costume pour le travail. Mais au moment où Rick avait accepté, il avait filé avant qu'il puisse changer d'avis et était revenu en un temps record.

Puis ils avaient passé une autre nuit athlétique au lit et Ian n'avait jamais été plus heureux. Il était trop tôt pour penser à emménager ensemble, mais ce petit goût de vie commune était suffisant – Ian allait l'adorer. Cela faisait une énorme différence d'avoir à manœuvrer autour de quelqu'un pour être prêt le matin, une petite danse de couple que Ian appréciait bien plus que le vide de se préparer seul.

Ian passa un doigt sur son menton. Il pouvait partir sans se raser, ce matin-là. Ce qui était une bonne chose parce que, même si le réveil s'était déclenché bien assez tôt pour lui permettre d'aller travailler dans les temps, ils avaient comme qui dirait traîné au lit pendant presque une heure.

— Allons. Je dois me préparer ou je vais finir par être en retard.

Il ne résista pas à l'envie de donner à Rick un autre baiser.

— Je sais. Moi aussi. J'ai un client qui arrive tôt ce matin.

Côte à côte, ils enfilèrent leurs tenues de travail.

Comme s'il s'agissait d'un déguisement, Rick, son clubbeur super sexy, devint Richard Haviland, la version porno soft de Clark Kent. Hyper professionnel et pondéré. Contre toute attente, connaître le corps qui se cachait sous ce fade polo blanc de golfeur et ce pantalon à pinces beige ainsi que les bruits qu'il faisait quand Ian lui léchait les fesses rendaient attirants ces vêtements insipides. Un secret qu'il partageait avec Rick, un secret qu'une grande partie du reste du monde ne connaissait pas.

— Bonjour, M. Richard Haviland. Mon orthophoniste sexy.

Ian poussa Rick contre le mur pour voir s'il pouvait mettre un peu de désordre dans son apparence soignée mais Rick leva une main.

— Oh mon Dieu, Ian. Est-ce que tu portes ça pour travailler ?

Ian baissa les yeux sur le costume vert sombre, le chemise et la cravate noires qu'il portait. Il ne voyait rien qui clochait – pas de taches, pas de plis et tout était bien associé.

— Ça m'arrive, oui, pourquoi ?

— Je pensais que tu travaillais pour *Errant*.

— C'est le cas.

— Mais c'est un site de potins sur les célébrités. Et de paranormal-ou-presque. Je m'attendais à ce que tu portes un jean. Ou un baggy ou un truc dans le même genre. Des tee-shirts de rock.

Ian rit.

— Tu viens de décrire à peu près tous mes collègues. Mais mon département s'occupe de récolter les fonds qui financent le site et paient le personnel. Je n'aurais aucune chance d'amasser la somme d'argent que je récolte actuellement via le revenu publicitaire si je n'enfilais pas la tenue de l'homme d'affaires brillant, au moins les jours où j'ai des rendez-vous avec des clients.

Un regard sombre et pétillant détailla la silhouette de Ian, faisant fléchir son sexe en réponse.

— Ce costume est vraiment très sexy.

La voix de Rick chuta dans un registre plus bas et Ian voulut désespérément ignorer l'heure pour le jeter à nouveau sur le lit. Mais ce n'était pas une possibilité.

— Pareil pour toi, Richard Haviland.

Rick secoua la tête.

— Ne sois pas ridicule. Ce n'est pas sexy.

Ian s'avança plus près.

— Mais je sais ce qu'il y a en dessous et ça rend la chose vraiment très sexy. Je reviens ce soir après le travail et je vais remettre un peu de désordre dans cette perfection artificielle. Te déshabiller jusqu'au string indécent et aguicheur de clubbeur que tu portes et te baiser jusqu'à ce que tu exploses.

Il avait remarqué exactement quel type de sous-vêtements Rick avait mis ce matin-là et il ne correspondait pas du tout à son aspect extérieur.

— Assure-toi de garder ta cravate.

La poitrine de Rick se souleva, ses respirations rapides et lourdes. Il enroula la cravate de Ian dans son poing et l'attira plus près de lui.

588

Un gémissement plaintif à peine audible lui échappa alors qu'il pensait à tout ce qu'ils pouvaient faire avec la cravate de soie noire nouée à sa gorge. Il s'avança vers Rick, les rapprochant davantage. Il pouvait arriver un peu en retard au travail.

Une sonnerie puissante interrompit ses intentions charnelles.

— Merde. Ian, c'est mon premier rendez-vous.

Le sexe de Ian fit part de son déplaisir mais il s'obligea à s'écarter de Rick.

— Partie remise, M. Haviland ? Après le travail ce soir ?

— Absolument, M. O'Donnell.

Rick lui sourit avant de le contourner.

RICK SIFFLOTAIT pendant qu'il mettait de l'ordre dans ses dossiers. Sa réceptionniste était en congé cette semaine-là, ce qui voulait dire qu'il avait pas mal de travail supplémentaire, mais aussi qu'il n'avait pas besoin de répondre à des questions inquisitrices qui le mettraient mal à l'aise à propos de sa si bonne humeur. Cependant, il n'avait pas menti à Ian. Il n'était pas prêt à ce que tout un chacun sache. Une idée s'était enracinée dans son cerveau : si quelqu'un venait à apprendre qu'ils étaient ensemble, sa nouvelle relation brillante et lumineuse lui exploserait en pleine figure.

Après avoir arrangé les dossiers sur le bureau de Jenny afin qu'elle s'en occupe à son retour, Rick se rendit vers la porte d'entrée pour ramasser son courrier.

Il passa les enveloppes en revue mais rien d'urgent ne lui sauta aux yeux. Au bas de la pile, il y avait une enveloppe opaque en papier Kraft sans adresse. Elle avait dû être poussée directement dans la fente par l'expéditeur mais il n'avait aucune idée de ce qu'elle pouvait contenir.

La curiosité s'emparant de lui, il déchira le rabat de l'enveloppe via le système d'ouverture rapide et en sortit quelques feuilles de papier. Les images couleur emplissaient presque toute la surface des feuilles A4 avec une légende au-dessous écrite à la main qui disait 'je te vois' en lettres rouges majuscules.

Il lui fallut quelques minutes, les yeux fixés sur les images imprimées, avant de comprendre ce qu'il était en train de regarder. Ian et lui, sur le lit, en train de baiser. La nuit précédente. Son cœur palpita dans sa poitrine et il laissa les feuilles s'éparpiller sur le sol. Ses pensées se mirent à cavaler dans toutes les directions alors qu'il essayait de décider ce qu'il devait faire.

Peu importait combien il tentait de réfléchir à d'autres options, la seule chose qui lui venait à l'esprit était d'appeler Ian. Ils formaient un couple depuis moins de quarante-huit heures. Était-ce le genre de choses qu'il pouvait lâcher sur son nouveau petit ami ? Il n'en avait absolument aucune idée mais il avait très envie du type de réconfort que pouvait lui apporter Ian.

Il fixa les images par terre. Il ne pouvait pas les laisser là. Avec des doigts tremblants et gelés, il s'accroupit et rassembla les feuilles pour ensuite les remettre dans l'enveloppe.

Après avoir jeté un coup d'œil à la porte, il s'assit derrière le bureau d'accueil et annula rapidement les deux sessions qu'il était supposé avoir plus tard dans l'après-midi. Ensuite, il prit son téléphone et appela Ian.

— Rick ?

— Euh, salut, est-ce que je tombe mal ?

— Non, pas du tout. Je viens juste de sortir d'un rendez-vous. Qu'y a-t-il ?

— Peux-tu... peux-tu...

Comment Rick pouvait-il lui demander ça ? Il avait passé toute sa vie à tracer son chemin seul. Mis à part quelques fois où ses amis l'avaient aidé, il s'en était sorti par lui-même. Il devrait être capable de gérer cela seul mais, en une très courte période de temps, il avait développé une dépendance envers Ian.

— Rick ? Est-ce que ça va ? De quoi as-tu besoin ?

— Peux-tu venir à la maison ? J'ai reçu un drôle de courrier et... ça me fait un peu flipper. S'il te plaît.

— Bien sûr. J'arrive tout de suite.

Ian mit fin à l'appel et Rick ne put retenir un sanglot de soulagement de ne pas avoir à gérer cela tout seul.

Il éteignit les lumières de son bureau et déverrouilla la porte pour que Ian puisse entrer sans aucun effort de sa part. L'enveloppe serrée dans un poing, Rick se traîna péniblement jusqu'à l'étage et se recroquevilla sur le canapé.

Les minutes s'égrenèrent – il ne savait pas combien de temps mettrait Ian pour arriver ici depuis son bureau ou même s'il avait été capable de partir immédiatement.

Après un temps indéterminé, des bruits de pas résonnèrent dans les escaliers. Ian débit déboula par la porte.

— Qu'est-ce qui ne va pas ?

Rick ne bougea pas ; il ouvrit juste la main, laissant l'enveloppe glisser par terre.

Contournant le canapé, Ian ramassa l'enveloppe.

— Qu'est-ce que c'est que ça, bordel ?

— Je ne sais pas. Enfin si, je le sais. Ce sont des photos de nous. En train de nous embrasser. De baiser. Nus. La nuit dernière.

Il ne savait pas ce qui se passait mais ces photos pouvaient ruiner sa carrière. La ruiner. Il travaillait avec beaucoup d'enfants. Leurs parents ne s'étaient jamais souciés de son orientation sexuelle, mais être gay était largement différent de photos de nus. De photos de lui, nu, en train de baiser, pour l'amour du ciel.

— D'où est-ce que ça vient ?

Rick haussa les épaules.

— Je ne sais pas. Je n'ai même pas réalisé que quelqu'un était en train de nous observer.

Ian frissonna.

— L'exhibitionnisme est une chose mais ceci est complètement différent. À ton avis, qui aurait pu prendre ces photos ? Cet Oscar ?

— Honnêtement, je ne sais pas. Il s'en préoccupe certainement plus que je l'avais imaginé mais il ne m'a jamais semblé obsessionnel.

— Nous devrions appeler Kurt.

Une poussée de panique chassa un peu de la léthargie dépressive provoquée par les photos.

— Non. Non, nous ne pouvons pas. Personne n'a besoin de savoir.

Si Kurt était mis au courant, tout le monde saurait. Les photos avaient déjà jeté une ombre sur ce qui avait été l'un des jours les plus heureux de sa vie. Il n'avait pas besoin que des commérages sur Ian et lui se répandent dans leur groupe d'amis et la famille de Ian.

— Rick, je t'en prie, réfléchis-y. Cela pourrait être dangereux.

— Je suis sûr que ce n'est rien. Juste une erreur ou un malentendu. Je vais parler à Oscar.

— Je n'en suis pas si sûr. C'est… une forme de harcèlement. Même si nous n'appelons pas Kurt, avoir un rapport de police archivé pourrait être utile. En particulier vu les choses qui te sont arrivées dernièrement. Il se peut qu'elles soient liées.

Quoi ? Aucune chance qu'Oscar soit un harceleur. Aucune chance.

— Non. Je suis sûr que c'est un simple malentendu.

591

Il devait simplement faire en sorte qu'Oscar efface toutes les copies de ces photos. Il ne pouvait pas permettre qu'elles soient dévoilées publiquement ou sur Internet. Il devrait changer de putain de nom encore une fois alors qu'il s'était vraiment attaché à Rick Haviland.

Ian s'assit à côté de lui.

— D'accord, mais je t'en supplie, ne va pas le voir seul. J'aimerais être présent si tu es d'accord. Je pense toujours qu'un rapport de police serait sage.

— Oscar était un bon gars. Il ne mérite pas un casier judiciaire si c'est une simple erreur.

— Ça ne pourrait être personne d'autre, si ?

La pensée que n'importe qui ayant couché avec lui puisse faire cela le rendait malade. Il ne voyait pas d'objection aux photos sexuelles, bien qu'étant donnée sa profession, il n'ait jamais fait suffisamment confiance à quelqu'un pour en prendre. Il ne voyait même pas d'objection à un peu de voyeurisme contrôlé, mais il y avait quelque chose de sordide dans ces photos qui le faisaient se sentir violé. Leur ressemblance avec des photos-chantage, comme celles dans ce film de la veille au soir, lui faisait se demander s'il en recevrait d'autres. Il avait passé des années à évaluer des hommes pour son répertoire, à s'assurer qu'il pouvait suffisamment leur faire confiance. Oscar n'était pas le premier homme dont il avait mal évalué la possibilité qu'il attendrait plus de leur relation mais, exceptées quelques paroles déplaisantes, il n'avait jamais rencontré de réels problèmes avec lui.

— Non. Je ne pense pas. Je ne vois personne qui ferait une telle chose.

Une pensée soudaine le frappa.

— Cela ne te concernerait pas, si ?

Un rouge sombre se répandit sur le visage de Ian.

— Euh. Non. Je n'arrive pas à imaginer que ça puisse être le cas.

Un soupçon d'hilarité lutta avec sa dépression.

— Oh, c'est vrai. Comment pourraient-ils même te trouver, *Steve*, chéri ?

Il supprima la tonalité traînante de sa voix.

— Je suis désolé de t'avoir appelé au travail. Ce n'était pas exactement urgent même si ça m'a fait flipper. Dois-tu y retourner ?

— Ne sois pas ridicule. J'ai beaucoup de flexibilité dans mon travail alors, non, je n'ai pas besoin d'y retourner.

Ian saisit sa main et le tira pour qu'il se lève avant de l'étreindre fermement.

— Je suis vraiment, vraiment content que tu m'aies appelé.

S'agrippant à cette chaleur dont il avait eu besoin depuis l'ouverture de cette enveloppe, Rick ne put rien faire d'autre que hocher la tête. Il était peut-être un gay haut en couleur, mais ceci réveillait des émotions bien trop identiques à celles qu'il avait éprouvées avant ses dix-huit ans. Être le centre d'attention de quelqu'un, sans qu'il l'ait décidé ou y ait consenti, n'était pas une situation bienvenue. La pointe de jalousie malveillante qui transparaissait réveilla également bien trop de souvenirs de la dissolution violente du mariage de ses parents et de la fin de son enfance.

— Peut-être que tu devrais venir vivre chez moi pendant quelques jours.

— Non. Ça va aller. Je vais parler à Oscar et arranger tout ça.

Rick avait investi beaucoup de temps et d'argent pour transformer cet endroit en un lieu parfait pour sa maison et son bureau, et il n'était pas prêt à l'abandonner. Il aimait sa maison et il aimait que Ian soit ici avec lui. Cependant, il était heureux d'avoir réparé la fenêtre du sous-sol.

— Dans ce cas, laisse-moi au moins rester ici ce soir.

Rick n'était pas certain que cela le dérangerait si Ian décidait de ne plus jamais partir mais le seul fait de penser à une étape si importante fit battre son cœur plus vite. En particulier parce qu'il ne pourrait le cacher à personne. Il n'était pas prêt pour ça. Ce ne serait pas pour bientôt.

— Ce soir. D'accord.

Une nuit de plus et ensuite ils devraient discuter de la fréquence à laquelle cela arriverait dans le futur.

— Promets-moi que tu m'appelleras – ou Kurt – si tu remarques quoi que ce soit d'inhabituel, d'accord ?

Ça, il pouvait le promettre. Il était debout à l'orée d'une vie qu'il n'avait jamais rêvé pouvoir avoir : une carrière qui le comblait, de bons amis qui acceptaient sa nature excentrique, et un petit ami qui... peut-être ne l'aimait pas, mais qui sans aucun doute tenait à lui. Il ne laisserait personne lui prendre cela.

Ajustant sa cravate autour de sa gorge, Ian sortit à grands pas de l'ascenseur avec seulement quelques minutes de retard, bien qu'il arrive au bureau depuis la maison de Rick. Son propre appartement était à un jet de pierre du bâtiment où il travaillait mais Ian était certain qu'il pourrait s'habituer à faire le trajet depuis chez Rick. Non pas que ce soit loin en

593

banlieue. La maison de Rick était toujours à l'intérieur des confins de ce que Ian considérait comme le centre-ville de Toronto et il ne fallait qu'une vingtaine de minutes supplémentaires pour arriver au bureau. Ian espérait passer assez de temps chez Rick pour que ce plus long trajet devienne une chose régulière.

Ian n'avait pas du tout été surpris que Rick ait refusé de venir chez lui, même pour quelques nuits. Dans la meilleure des situations, Rick se sentait plus à l'aise dans son propre environnement, et avoir un harceleur qui prenait des photos d'eux pouvait difficilement être considéré comme la meilleure des situations.

Alors qu'il remontait le couloir vers son bureau, il pensa brièvement à appeler Kurt pour avoir son opinion. Rick semblait convaincu – après sa peur initiale – que les photos compromettantes étaient un problème mineur qui pouvait être résolu facilement.

Ian n'en était pas si sûr. Le harcèlement faisait partie de ces crimes qui étaient rarement aussi simples – son frère l'avait dit plus d'une fois après avoir enquêté sur des homicides de victimes harcelées. Le problème était que la confiance que lui accordait Rick était très fragile, et si Ian faisait la moindre erreur, il pouvait la faire éclater en un million de morceaux et ne jamais être capable de les recoller comme il le fallait. Il avait failli tout perdre sur un simple malentendu et n'avait pas l'intention de perdre Rick au profit d'un ex obsessionnel. En particulier s'il s'agissait d'un ex ayant déjà révélé de sérieux problèmes de gestion de la colère. Pour l'instant, cependant, il attendrait de voir la suite des événements.

Perdu dans ses pensées, il trébucha presque sur Leon.

— Hé, comment ça va ? Tout s'est bien terminé ?

Ian fronça les sourcils, essayant de ne plus penser au harceleur de Rick. Il n'était pas très sûr de savoir à quoi Leon faisait référence.

— Bien terminé ? Oui, bien sûr, je suppose.

— Ta mère a dit que tu avais un ami qui avait besoin d'aide samedi soir ? Oh bon Dieu.

— Oh, oui, désolé. Je suis vraiment désolé de t'avoir lâché.

Leon lui adressa un grand sourire.

— Il n'y a pas de souci. J'avais des personnes avec qui discuter et Parker m'a proposé de rencontrer quelques-uns de ses amis d'université.

C'était logique. Leon était une personne avec laquelle il était étonnamment facile de discuter, mais Parker était plus près de lui en âge que l'était Ian. Les amis de Parker seraient probablement plus enclin à faire ce que Leon désirait faire.

— J'en suis ravi.

— Donc tout s'est bien terminé pour ton ami ?

Ian était très conscient de la confiance immense que Rick avait placée en lui. Il n'était pas près de violer ses confidences, et surtout pas avec Leon. Rick ne lui pardonnerait jamais.

— Plus ou moins. Il y a toujours quelques problèmes à régler mais, pour l'instant, tout est sous contrôle.

— Bien, bien. Nous déjeunos ensemble aujourd'hui ?

— Absolument. Je t'invite, d'accord ?

C'était le moins qu'il pouvait faire pour l'avoir abandonné avec tout le clan O'Donnell. Et, étant donné que Leon venait juste de sortir de l'école et qu'il ne vivait pas à Toronto depuis très longtemps, il n'avait probablement pas beaucoup d'argent de toute façon.

— Merci, dit Leon en souriant à nouveau. Je te retrouve dans ton bureau à midi ?

Ian acquiesça et lui donna une tape amicale sur l'épaule.

RICK TAPOTA du doigt sur l'enveloppe qu'il avait posée sur la table. Il ne voulait pas commander à manger parce qu'il y avait de grandes chances qu'il ne reste pas. Quand Oscar travaillait, il y avait toujours une possibilité qu'il soit appelé pour une urgence et annule à la dernière minute, mais Rick n'avait pas voulu attendre jusqu'au prochain jour de repos d'Oscar pour en finir avec cette histoire. Même si Oscar venait et n'apportait pas de réponse satisfaisante concernant ces photos, Rick ne resterait pas. Cette sandwicherie n'était pas géniale mais elle était proche de l'hôpital, ce qui était pratique pour Oscar.

Son téléphone bipa et il le sortit de sa poche.

Mais le message n'était pas Oscar qui annulait, c'était Ian.

Fais-moi savoir comment ça se passe. Il se peut que je sois un peu en retard ce soir – tu veux que je ramène le dîner ?

Rick sourit légèrement et toucha l'écran. Sans savoir comment, il avait trouvé un homme sérieux qui le réchauffait et l'attendrissait de l'intérieur, qu'il ne voyait pas d'inconvénient à voir tous les jours, et qui lui manquait quand il était seul. Ian s'était en quelque sorte glissé discrètement dans sa vie et dans son cœur. C'était exactement comme c'était supposé être.

Thaï ou italien serait super :)

Un éclair de tissu bleu, alors que quelqu'un se glissait sur le siège en face de lui, lui fit ranger son téléphone dans sa poche arrière et lever les yeux.

— Oscar.

La blouse bleue n'entrait pas vraiment dans sa liste de fétichisme pour les uniformes mais il approuvait quand même. Il pourrait aussi être en train de développer un fétichisme pour les costumes de bureau, en particulier quand Ian les portait.

— Rick.

Oscar semblait avoir des problèmes pour le regarder en face.

Comment quelqu'un amenait-il cela sur le tapis ?

— Je suis tellement désolé.

Oh. Peut-être n'avait-il pas à amener le sujet du tout. Le soulagement qu'Oscar ait abordé le problème était toujours assombri par la déception qu'il soit l'auteur de ces photos. Il n'aimait pas se rendre compte qu'il s'était à ce point trompé à son sujet. Il ne savait toujours pas vraiment comment répondre.

— J'étais saoul et je t'ai vu avec ce mec, et bon...

Oscar soupira.

— Tu as été très franc et très clair quand nous nous sommes rencontrés. Nous avons passé de bons moments ensemble et vouloir te faire changer d'avis ne m'autorisait pas à être contrarié quand ce n'est pas arrivé. Lorsque je t'ai vu avec ce mec, j'ai tout de suite vu que tu l'aimais bien. Beaucoup même. Et je me suis mis en colère. Je suis vraiment désolé.

Rick fronça les sourcils. Une personne pouvait-elle être prise de voyeurisme au point de prendre des photos et de les livrer dans une enveloppe Kraft, tout cela n'étant qu'une erreur d'ivrogne sur un coup de tête ?

— Hum, eh bien.

— Et t'attraper comme ça – j'ai complètement dépassé les bornes. J'aurais dû te contacter plus tôt et m'excuser. Je pourrais me faire expulser de mon internat en médecine avec une connerie pareille, et j'apprécie vraiment que tu n'en aies pas fait toute une histoire.

Cet homme logique et raisonnable était celui qu'il avait jugé au départ et trouvé assez acceptable pour figurer dans son petit carnet. Mais il était en train de s'excuser pour l'avoir agressé, ce qui voulait dire qu'Oscar était en train de parler de la nuit chez *Lettie*, pas des photos du week-end ou même du vandalisme insignifiant.

Il sortit les feuilles de l'enveloppe.

— Et ça ?

Oscar regarda la première et ses sourcils se haussèrent d'une surprise évidente.

— D'accord, donc tu aimes vraiment ce gars. Pourquoi est-ce que tu me montres ça ?

— Tu ne les as pas prises ?

Rick réalisa qu'il préférait être déçu par Oscar plutôt qu'avoir un inconnu sans nom et sans visage qui l'espionnait dans la nature.

— Non, bien sûr que non. Pourquoi est-ce que tu penserais ça ?

Oscar repoussa les feuilles vers lui.

— Je… j'aime vraiment cet homme. Elles sont arrivées chez moi hier et après ton accès de colère chez *Lettie*, j'ai pensé… enfin non, je ne pensais pas que tu sois ce genre de personne, mais tu es le seul qui ait été aussi émotif quand nous avons arrêté de nous voir.

Oscar eut un rire triste.

— Je suppose que nous ne nous connaissons pas vraiment aussi bien que ça. Mon travail est la chose la plus importante au monde pour moi.

Rick hocha la tête. Ça avait été l'une des raisons pour laquelle il avait pensé qu'Oscar aurait été heureux avec leur arrangement.

— Quand je t'ai vu chez *Lettie*, je venais juste de terminer une garde de trente-six heures, j'avais passé douze heures sans manger et j'ai stupidement descendu deux bières avant que la nourriture arrive. C'était un écart de conduite et je reconnais que c'était incroyablement idiot. Mais pour l'amour de Dieu, jamais je n'aurais poursuivi l'affaire en te harcelant et en prenant des photos.

Non, il était impossible qu'Oscar ait mis sa carrière en danger de cette manière. Rick ne s'était pas trompé sur son caractère, pas du tout, et la vérité était transparaissait dans chacun de ses mots.

— Je suis désolé d'avoir pensé que tu puisses en être l'auteur.

Oscar lui tapota la main.

— Je suis désolé de t'avoir donné une raison de penser ça de moi. J'espère juste que tu seras heureux avec cet homme. Si tu ne l'es pas, appelle-moi.

Rick acquiesça mais il n'y avait qu'un seul homme sérieux qui l'intéressait. Si ça ne fonctionnait pas, il n'allait pas chercher à remplacer ce qu'il avait découvert avec Ian.

Oscar se leva.

— Sois prudent, cependant. La personne qui a pris ces photos peut être dangereuse.

Il ne pouvait pas penser à cela maintenant, même si Oscar était du même avis que Ian. Fourrant les photos dans l'enveloppe, il était lui aussi prêt à partir. Il allait aller se trouver un putain de cheesecake pour déjeuner. Peut-être que s'il prenait du poids, ce foutu cinglé les laisserait –Ian et lui – tranquille.

Il laisserait Ian le calmer ce soir-là ; peut-être qu'il lui donnerait même quelques tuyaux sur l'effeuillage. Après s'être assuré que tous les rideaux étaient tirés, bien sûr.

IAN ENTRA dans le bar à vin et avisa ses collègues. Il aurait préféré ne pas venir mais Avery était une super collaboratrice et elle était très drôle. Elle était l'une des éditrices qui avaient fait partie de l'équipe depuis quasiment les débuts de *Errant*, en commençant comme freelance. C'était les efforts de Ian pour amasser les dollars publicitaires qui lui garantissaient une position à temps plein, un des rares postes éditoriaux non indépendants au *Errant*, et ils étaient devenus proches trois ans plus tôt quand elle avait obtenu le job. Elle ne lui pardonnerait jamais s'il manquait le Happy Hour de son anniversaire.

Quoi qu'il en soit, il avait voulu se faire une idée de cet endroit. Rick buvait principalement du vin et, bien que Ian boive davantage de bière, si l'ambiance était bonne, il y amènerait Rick.

Aujourd'hui, cependant, il se contenterait de grignoter et de prendre rapidement un verre ou deux avant de partir. Pour la première fois, il avait envie de rentrer chez lui. Chez lui, pour prendre des vêtements de rechange et se rendre chez Rick. Étrangement, Rick s'était suffisamment détendu pour le laisser rester dormir – quatre nuits d'affilée. Cela pouvait être une conséquence du harcèlement mais son amant ne semblait pas s'en inquiéter outre mesure. En fait, cet célébration d'anniversaire tombait à pic. Ian ne voulait pas trop envahir son espace personnel de crainte que celui-ci regrette ce pas en avant dans leur relation.

Mais Rick l'avait invité à venir après la fête d'Avery, il n'allait pas laisser passer cette occasion.

— Ian ! Te voilà enfin !

Avery leva un verre de vin et l'étreignit d'un seul bras. Quand elle le relâcha, elle s'écarta un peu, mais pas très loin.

598

— Bon anniversaire, Avery.

Quelqu'un saisit son cul à pleine main et il sursauta. Leon se glissa à ses côtés, un grand sourire sur le visage.

Leon avait l'air un peu insolite, vêtu de son tee-shirt moulant et de son habituel pantalon cargo alors qu'il tenait un grand verre ballon rempli d'un liquide pourpre profond. À en juger par la manière dont il avait attrapé ses fesses et son regard flou, le verre dans sa main n'était pas son premier. Il pouvait même ne pas être son second.

— Ian ! Je pensais que tu ne viendrais pas.

— Leon, je n'avais pas réalisé que tu serais là.

— Ouais, Avery et moi sommes devenus proches. Et pas seulement parce que nos bureaux le sont.

Leon et Avery se firent une grimace et se laissèrent tomber contre Ian, riant comme des fous.

— Combien de verres avez-vous bus, dites-moi ? Je pensais n'avoir qu'une heure de retard.

Un haussement d'épaules exagéré fit valser un peu de vin hors de l'énorme ballon du verre de Leon, manquant de peu la chemise de Ian. Il n'avait pas porté une chemise habillée ce jour-là, mais cela ne voulait pas dire qu'il voulait qu'elle soit irrémédiablement tachée.

— Ce truc est grandiose ! Et c'est « un acheté, un demi offert ». Une affaire !

Leon avala une longue gorgée et le vin sombre laissa une petite trace sur sa lèvre supérieure, rappelant une moustache de lait, mais rouge.

Ian secoua la tête.

— Vas-y doucement avec ça. Prendre une cuite au vin rouge, ça peut être vraiment éprouvant.

Dylan avait volé la moitié d'une caisse de vin rouge chez *Finn's* quand ils étaient adolescents. Ni Ian ni Kurt n'avaient assez apprécié le goût pour être plus que légèrement éméchés, mais Dylan avait adoré ça. Pendant quelques heures. Après avoir vomi rouge absolument partout et géré une gueule de bois comme Ian n'en avait jamais vue depuis ce jour, Dylan n'avait plus jamais touché une goutte de vin rouge.

— Pfff, je t'en prie. Je sais tenir la boisson.

Leon se frotta contre lui comme un chiot.

L'attention d'Avery se détourna d'eux – rien de plus naturel puisque c'était son anniversaire – et Ian héla une serveuse. Même dans un bar à vins, il savait qu'il pouvait avoir une bière. Ce serait plus amusant d'essayer une variété de différents vins avec Rick et il voulait préserver cette expérience pour une autre nuit avec lui.

— Leon, je suis vraiment heureux que tu te fasses de nouveaux amis et que tu t'intègres. J'aime travailler avec toi et je suis ravi que tu te plaises ici.

— Merci, Ian. C'est un super endroit pour bosser. Et j'aime travailler avec toi aussi.

Il s'était senti un peu coupable de ne pas inviter Leon à davantage d'événements, mais son amitié avec lui avait commencé juste au moment où sa relation avec Rick s'était intensifiée. Même si Rick voulait que leur relation reste secrète pour l'instant, il était certain que Leon comprendrait s'il savait. Être pardonné d'absentéisme en amitié pendant les prémices d'une nouvelle relation amoureuse était plutôt commun. Leon pouvait faire pire que de cultiver une amitié avec Avery. C'était quelqu'un de très amusant avec qui passer du temps, en particulier après qu'elle avait réalisé que Ian n'était pas intéressé.

Avery appela Leon, qui pinça son cul une nouvelle fois avant de partir. Ian rigola. Il était certain que Leon en serait embarrassé le lendemain.

VIII

— SALUT, IAN, tu as une minute ?

Ian leva les yeux de son ordinateur.

— Bien sûr, Leon. Qu'y a-t-il ?

Leon serrait une tablette contre sa poitrine. La garde-robe entière du gamin consistait en des tee-shirts, ce qui pouvait tout aussi bien être dû à son style vestimentaire qu'à un manque de finances, bien que Ian se souvienne d'un temps où les tee-shirts étaient tout ce que ses frères et lui acceptaient de porter. Mais Leon était un homme attirant et bien bâti. Les tee-shirts moulants pouvaient être une partie intégrante de la parade de séduction du geek gay dans la vingtaine. Sa pâleur et les cernes noirs sous ses yeux, cependant, n'étaient pas séduisantes et avertissaient tout le monde qu'il avait bu trop de vin la nuit précédente et certainement passé une longue nuit à se tenir au-dessus d'une cuvette en porcelaine.

— Pourrais-tu me donner ton avis d'expert sur ces pages ? C'est la première fois que je fais une maquette complète et j'aimerais avoir quelques avis avant de la remettre à Avery.

— Bien sûr.

Ian tendit la main pour qu'il lui donne la tablette.

Ils allaient apparemment sortir une autre de ces vieilles histoires sur le thème 'que sont-ils devenus ?'. Tous les deux mois environ, les éditeurs ressortaient une de ces histoires absurdes pour un vendredi tranquille. Ils les appelaient les *Oubliés du Vendredi*. Habituellement, ça n'avait aucune importance que l'histoire n'ait ni queue ni tête. Les éditeurs feraient en sorte de provoquer des clics et d'attirer des annonceurs, quelle que soit la manière. Dans un cas comme dans l'autre, Ian ne se souciait pas vraiment des histoires qui apparaissaient sur le site, qu'elles soient bonnes ou mauvaises, mais celles-ci étaient particulièrement déprimantes. Une starlette qui avait été prometteuse était désormais sans-abri ou toxicomane, ou bien un inconnu qui avait brièvement frôlé la notoriété était dépeint en mal, de la pire des façons. Et si un cas ne pouvait être taillé pour en faire un meurtre, alors les éditeurs essaieraient de convaincre les lecteurs que des preuves existaient que ces pauvres crétins étaient des extraterrestres, des vampires ou des loups-garous. Ridicule. La plupart des personnes dépeintes n'avaient même pas le pouvoir de se défendre, quoique le site soit excellent pour s'abstenir de rédiger de véritables diffamations.

Le sensationnalisme de ces articles était inouï et Ian s'inquiétait souvent de savoir combien de lecteurs prenaient ces histoires pour la réalité.

Leon avait choisi une police de caractère accrocheuse pour le gros titre. Il avait évité le cliché des lettres dégoulinantes de sang, mais des entailles acérées faisaient penser à des graffitis creusés dans le bois avec un couteau.

— Telle mère, tel fils ?

Ian ne pensait pas grand-chose du titre mais, de toute manière, ils trompaient généralement le lecteur sur le contenu de l'article. Ignorant le reste de la copie, étant donné que ce n'était pas Leon qui l'avait écrit, Ian s'intéressa à l'esthétisme de la police, des espacements, du positionnement des images et des encarts publicitaires.

— Puis-je te le laisser un moment ? Revenir le chercher plus tard ?

Levant les yeux, il nota la pâleur maintenant verdâtre de Leon.

— Bien sûr.

Leon sortit en courant du bureau de Ian. Il considéra un moment le fait de le suivre pour s'assurer qu'il allait bien mais Leon était un grand garçon qui avait réussi à se traîner au travail, malgré la copieuse quantité de vin qu'il avait consommée la nuit précédente. Leon irait bien – au final.

Quand il pencha à nouveau la tête sur la maquette, la photo d'un adolescent blond attira son regard. Le jeune homme ressemblait beaucoup à Rick. Étrange.

C'est alors que le gros titre raviva quelque chose dans sa mémoire. Ils n'avaient sûrement pas…

En un éclair, Ian se leva, ferma la porte de son bureau et revint s'asseoir derrière sa table de travail pour lire.

Telle mère, tel fils ?
Il y a vingt ans, Maria Svenson poignardait son
mari infidèle à mort, ébranlant la paix d'une ville paisible
du nord de l'Ontario…

L'article se poursuivait, racontant l'histoire de Rick de la façon la plus sensationnelle qui soit. Chaque détail était comme une nouvelle piqûre glacée dans son cœur mais celui qui le secoua le plus était le nom du fils que Maria avait laissé derrière elle. Sandor Svenson, dont la véritable identité ainsi que d'autres 'nouvelles choquantes' seraient révélées la semaine suivante. Sandor et Rick étaient-ils la même personne ? Tout menait à croire que oui mais pourquoi Rick n'avait-il pas mentionné qu'il n'était pas Rick ?

Il était écœuré. Complètement écœuré. Et il n'avait aucune idée de ce qu'il devait faire à propos de ça. Entre les détails et les photos, Ian présumait que son petit ami, Rick Haviland, n'était autre que Sandor Svenson. Il était partagé entre l'envie de courir jusqu'au bureau d'Avery pour lui demander à lire les révélations de la semaine suivante, celle de traquer le petit merdeux de pigiste indépendant responsable de cette parodie et de lui donner une leçon, ou bien celle d'appeler Stephanie, sa future belle-sœur, pour qu'elle menace de détruire *Errant* avec une action en justice.

Mais il n'avait rien vu qui ne soit pas la vérité. Même si l'article laissait supposer que Rick s'était déshabillé et probablement prostitué pour joindre les deux bouts, la vérité était que Rick avait travaillé dans un club de strip-tease. Et, alors que l'histoire avait été intelligemment tournée pour sous-entendre que Rick avait fait bien plus que jouer les barmen, cela n'était pas directement affirmé. Merde, même s'il y avait des photos datant de l'époque où Rick travaillait au club, qu'Avery devait certainement garder pour la conclusion de la semaine suivante, elles pouvaient très bien être de Jon. Tous les deux se ressemblaient assez pour qu'une mauvaise photo d'il y a quinze ans puisse facilement être mal attribuée. Bordel.

Le changement de nom le contrariait comme jamais. En fait, pas le changement de nom en lui-même, mais le fait que Rick ne le lui ait pas dit. En connaissant toute l'histoire, il n'était pas surpris que Rick l'ait fait, mais il aurait beaucoup aimé qu'il lui explique pourquoi il avait laissé ce petit détail de côté. Mais le pire dans tout cela était la manière dont le public allait interpréter cette histoire. Qui que soit le gratte-papier d'Avery qui avait déterré cela, il avait réussi à présenter sous un mauvais jour chacune des actions de Rick, et Ian voulait effacer chaque octet de données des ordinateurs du *Errant* jusqu'au dernier.

Seigneur. L'histoire dépeignait Rick comme un pervers aliéné qui pouvait présenter un danger envers les enfants qu'il aidait. Quelles que soient les inquiétudes de Rick sur le fait d'hériter de l'instabilité de sa mère, il n'était pas dangereux. Il n'y avait aucun doute là-dessus dans l'esprit de Ian. Mais cette histoire le tuerait. Il pourrait même en blâmer Ian. Et Ian ne savait pas comment l'empêcher d'être publié.

— AVERY, MERDE, tu ne peux pas le mettre en ligne ! s'écria Ian en entrant en trombe dans le bureau de l'éditrice.

603

Elle grimaça à son arrivée et appuya sur ses tempes.

— O'Donnell, qu'est-ce qui se passe, bordel ? Arrête de hurler, nom d'un chien !

Il n'avait jamais vu personne mettre autant de venin dans un murmure, mais Avery avait réussi.

— Cette histoire.

Il brandit la tablette de Leon devant Avery et elle déglutit péniblement tout en essayant de se concentrer sur sa main qui s'agitait.

— Qu'est-ce qui ne va pas ? C'est une histoire standard des *Oubliés du Vendredi*.

— Tu dois la retirer.

— Non, je ne le ferai pas. C'est une super histoire. Tu connais la politique sur les histoires. Les principaux intéressés se foutent en rogne lorsqu'ils les lisent. Tant que l'éditeur en chef approuve, rien n'est retiré. Celle-ci pousse la ligne de la diffamation, mais elle ne la franchit pas.

— Mais je connais cet homme.

Avery rit mais s'arrêta d'elle-même au milieu de son gloussement et ferma les yeux. Elle resta immobile pendant si longtemps que Ian jeta presque la tablette contre le mur pour la réveiller.

Elle ouvrit les yeux.

— Qu'est-ce que tu fais encore ici ?

— Avery, bordel de merde. Retire cette histoire.

— Non. C'est une bonne histoire.

— Je connais cet homme, Avery. Je t'en supplie. Ça va le tuer.

— Oh, je sais que tu connais cet homme. Ça va rendre la grande révélation de la semaine prochaine encore plus juteuse.

— Quoi ?

L'estomac de Ian commença à s'agiter comme s'il s'était pris une cuite la nuit précédente, ne s'était pas arrêté après deux bières, et n'était pas rentré pour vertueusement baiser son petit ami jusqu'à l'épuisement.

— J'ai toujours su que tu serais magnifique une fois nu.

Le regard concupiscent d'Avery fut ruiné par une autre grimace.

— Tu aurais dû me dire que tu étais gay. J'aurais arrêté de te faire du rentre-dedans. Ou je t'aurais proposé un plan à trois avec un autre mec…

— Bon Dieu…

Il se laissa tomber sur une chaise, la tablette glissant de ses doigts dépourvus de force, le craquement métallique faisant à peine écho dans sa conscience. Bien, alors il allait être sorti du placard en ligne de la façon la plus graphique possible. Sa mère serait sans aucun doute déçue, même s'il ne pensait pas que sa famille prêtait une attention particulière au site. Ils étaient, pour la plupart, trop pragmatiques pour s'intéresser à la propagation de commérages malintentionnés.

— Avery, je t'en prie. Nous sommes amis. Comment as-tu osé envoyer un photographe jusque chez Rick pour obtenir des photos compromettantes ?

— Ne sois pas ridicule. Elles viennent d'une source anonyme.

Ce putain de harceleur. Ian allait le tuer. Ou lâcher sa famille sur cette petite fouine. Rick n'était pas convaincu qu'il s'agisse d'Oscar mais Ian si. Après ce nouveau rebondissement, Rick n'aurait pas d'autre choix que d'appeler les flics et le découvrir de manière certaine.

— Ne fais pas ça, Avery. Retire cette histoire.

Elle haussa les épaules et, tout à coup, il vit le cœur d'un requin qui battait à l'intérieur de la poitrine d'un éditeur impitoyable.

— Ce sont les affaires. Tu devrais savoir ça mieux que quiconque. C'est une excellente histoire.

— Non, ça ne l'est pas. Ce n'est pas comme s'il avait tué quelqu'un. Tout ce qu'il a fait, c'est essayer de reconstruire sa vie et tu vas la lui arracher.

— C'est la politique de la maison. Sutton l'a approuvée. Nous ne retirons pas d'histoires. Cela détruirait notre intégrité journalistique. Maintenant, fous le camp de mon bureau avant que je te gerbe dessus.

Comme il n'était pas impossible que cela arrive réellement, Ian ramassa la tablette et s'en alla.

Intégrité journalistique. Comment diable Avery avait-elle été capable d'appliquer ces mots au produit qu'ils fabriquaient et ne pas s'étrangler de rire ?

Il tituba jusqu'à son bureau et ferma la porte derrière lui. Le seul problème était qu'Avery avait raison. Hector, le propriétaire du *Errant*, était inflexible sur le fait de ne pas retirer d'histoires, parce que plus d'un agent de célébrité leur avait proposé de l'argent pour faire retirer des histoires. C'est pour cela que, des années plus tôt, ils avaient décidé d'une loi : si son éditeur en chef, Randall Sutton, approuvait, les histoires avaient le feu vert. Même la menace d'actions en justice ne le faisaient pas vaciller. Il n'avait perdu aucun de ses procès. Les avocats du *Errant* étaient une bande à laquelle il ne valait mieux pas se frotter.

Ian devait mettre Rick au courant de ce qui se passait, mais comment ? Rick serait dévasté. *Ian* était dévasté. Bien sûr, il n'avait pas lu l'article de la semaine suivante et n'était pas certain que la grande révélation soit de dire que Sandor était Rick, mais les histoires se ressemblaient tellement qu'il n'avait aucun doute sur son contenu. Cependant, Rick n'avait pas pris la peine de lui dire que Rick n'était pas son vrai nom.

Qu'est-ce que cela disait de leur toute nouvelle relation ? Qu'en était-il de la percée que Ian pensait avoir faite ? Il n'avait aucune idée de son importance dans la vie de Rick et de la manière dont ce dernier allait réagir.

IAN ARPENTAIT le séjour de Rick au lieu de s'asseoir sur le canapé à côté de lui. Il était trop agité pour rester assis. Ils avaient reprogrammé leur soirée cinéma à ce soir-là puisque le dîner de répétition de Dylan tombait un jeudi. Avant de quitter le travail, Ian avait appelé Rick pour lui demander s'ils pouvaient se faire une soirée télé à la maison à la place. Il ne s'attendait pas vraiment à ce qu'ils regardent des films mais il n'avait pas non plus voulu prononcer ces mots fatidiques 'il faut qu'on parle'.

— Qu'est-ce qui ne va pas ?

Oh, Seigneur. Les mots s'échappèrent avant qu'il ait pu les arrêter :

— Il faut qu'on parle.

Rick se figea telle une statue. Oui, relation ou pas, ces mots-là détenaient beaucoup de pouvoir.

— *Errant* écrit une histoire sur toi. La première partie sera postée vendredi, et la seconde sera postée dans une semaine, vendredi prochain. Et le harceleur leur a envoyé ces photos.

Un jour, Ian avait vu un film dans lequel un archéologue trouvait un ancien parchemin, et à la minute où il le touchait, le bout de papier se désagrégeait en poussière, détruisant le travail de sa vie. Regarder Rick tomber en morceaux aux paroles de Ian lui évoquait bien trop cette scène.

Puis la rage amalgama toutes ces mottes de poussière pour en faire un animal déchaîné.

Rick laissa échapper un hurlement inarticulé et balaya une lampe sur le bout de la table. Il jeta les papiers, les dessous de verres et les verres de la table basse par terre avec un second balayage du bras avant de s'effondrer dans le canapé et se mettre à sangloter.

Ian enjamba le verre brisé et les morceaux de céramiques pour s'asseoir à côté de Rick et le tenir serré dans ses bras.

— Hé. Ça va aller, je te le promets.

— Tu ne peux pas promettre ça.

606

Il n'avait jamais entendu Rick aussi abattu ; il espérait juste que c'était parce que le son de sa voix était étouffé par sa chemise.

— Si, je le peux. Nous pouvons parler à la fiancée de Dylan. Elle est avocate.

Ian déglutit péniblement. C'était là qu'il s'attendait à ce que Rick le jette dehors.

— Je ne sais pas s'il y a un moyen de retirer l'histoire. Stephanie est compétente mais je ne pense pas que nous aurons suffisamment de temps pour l'impliquer, en particulier avec le mariage, et personne n'a réussi à leur faire retirer une histoire par le passé. Mais nous pouvons lui parler. Il doit y avoir un moyen de contourner cela, ou de te protéger, même si l'histoire sort. Et s'il n'y en a pas… nous y ferons face ensemble, je te le promets.

— Je ne veux le dire à personne d'autre. Je veux juste oublier.

— Chh, chh, je sais.

Ian se balança légèrement, se demandant s'il l'aidait vraiment.

— Je vais devoir changer mon nom encore une fois, déménager.

La panique le submergea. Il ne pouvait laisser cela arriver.

— Non, non, tu n'as pas à faire ça. Tout se calmera avec le temps. Personne ne prend ces histoires au sérieux.

Le site avait tout un tas de lecteurs mais ces personnes devraient se faire interner en asile psychiatrique si elles prenaient ces mots comme paroles d'évangile. Il se rassurait en se disant que ces personnes lisaient *Errant* dans le pur esprit du site : le divertissement.

Rick leva des yeux mouillés de larmes.

— Tu es sûr ?

— Oui. Persuadé. L'article de vendredi dernier traitait de la façon de découvrir si oui ou non ton amant était un extraterrestre. Comment pourraient-ils être pris au sérieux ? Même si quelques-uns de tes patients lisent *Errant*, peu d'entre eux croiront cette histoire, du moins pas sans t'avoir donné la chance de réfuter. Alors, réfléchis à l'idée d'en discuter avec Stephanie ou à un autre avocat si cela te met plus à l'aise.

Rick prit une profonde inspiration et se passa les mains sur les yeux.

— J'aime ce que je fais, Ian. Je ne veux pas abandonner mon boulot.

— Tu n'as pas à le faire, je te le promets.

D'une manière ou d'une autre, Ian ferait en sorte de tenir cette promesse.

607

— Je suppose que tu as raison. Il est impossible que tous mes patients lisent ou croient cette histoire et si j'en perds quelques-uns, je suis certain qu'il ne s'agira pas de mes habitués de longue date.

— Voilà, c'est la bonne façon de voir les choses. Et tu pourrais même gagner quelques patients. Les chercheurs de notoriété.

Rick fit une drôle de tête.

— Beurk. Vraiment ? Enfin bon, il se peut que je ne puisse plus faire le difficile.

Ian respira profondément. Si Rick ne se décidait pas à aller voir un avocat maintenant, il n'y avait aucune raison de spéculer sur la façon dont l'article affecterait son cabinet. Pas avant qu'ils soient sûrs de savoir si cela aurait un quelconque effet.

— Pourquoi ne m'as-tu pas parlé du changement de nom ? C'est une partie vraiment importante de ton passé que tu as juste… omise. Une partie que tu ne peux pas me convaincre d'avoir oubliée.

Ce n'était pas un changement de sujet, mais c'était une partie du puzzle qui inquiétait Ian, en particulier depuis qu'ils étaient supposés être un couple.

— Non, je n'ai pas oublié, pas exactement. Je m'appelle Rick Havilland. C'est l'homme que je suis. Sandor Svenson a traversé un tas d'épreuves mais quand je suis devenu Rick, je me suis battu pour laisser Sandor derrière moi. En tant que Rick, j'ai terminé ma scolarité, j'ai subvenu à mes besoins, j'ai ouvert mon cabinet, j'ai acheté une maison, je me suis fait des amis. Sandor a été rejeté par sa famille et ses amis parce que sa mère était une meurtrière folle. Je ne suis pas Sandor. Je n'ai pas été Sandor depuis plus de quinze ans et j'en suis foutrement heureux.

— Je ne comprends même pas que quelqu'un l'ait découvert. Je pensais que changer de nom aurait empêché quiconque d'apprendre qui tu avais été.

Rick haussa les épaules.

— Ce n'est pas comme si j'étais un témoin sous protection ou que j'avais essayé de couvrir mon identité. N'importe qui peut changer de nom et si une personne est suffisamment déterminée, elle peut retrouver le dossier attestant de mon changement d'identité. Je ne voulais simplement pas avoir à porter le poids de la tragédie des Svenson pour le reste de ma

608

vie. Déménager dans une nouvelle ville et changer d'identité semblait être la meilleure façon de prendre un nouveau départ.

— Alors, d'où vient Rick Haviland ? Pourquoi avoir choisi ce nom ?

— Quand j'étais gamin, mon film préféré était *La folle histoire de l'espace...*

— *La folle histoire de l'espace.*

Ian s'interrompit et y réfléchit un moment.

— Attends. Tu portes le prénom de l'acteur qui jouait Lord Casque Noir ? Sérieusement ?

Rick rigola et Ian crut s'évanouir de soulagement. Il détestait voir Rick malheureux.

— Oui, je le trouvais drôle. Je me suis appelé Richard parce que j'aimais l'idée qu'on puisse raccourcir mon prénom. Il n'y a pas de bonne façon de raccourcir Sandor.

— Lord Casque Noir. Tu es vraiment aussi geek que les autres. Pas étonnant que tu t'entendes si bien avec ces gars ! Et pour Haviland ?

— Honnêtement, je n'avais pas vraiment décidé d'un nom de famille jusqu'à ce que je sorte de la bouche de métro menant au bureau du gouvernement où je me rendais pour remplir les documents administratifs. Il y avait un distributeur de journaux avec un article à propos d'un avion de la compagnie 'de Havilland'. J'ai enlevé le préfixe et changé la façon de l'écrire. Je pensais que ça faisait plutôt pompeux.

— Eh bien, tu es assurément Rick pour moi.

Ian avait en quelque sorte esquivé une putain de balle parce que Rick aurait pu le blâmer d'au moins une partie de ce drame. Ils avaient toujours une montagne de stress à gérer à cause de cette histoire mais ils sortiraient de cette pagaille d'une façon ou d'une autre, aussi longtemps qu'ils seraient ensemble.

RICK S'ASSIT sur le bord du lit, regardant Ian enfiler un costume avant de se rendre au dîner de répétition. Ian avait dormi chez Rick toutes les nuits cette semaine-là et il ne savait pas quoi en penser. Non, il savait parfaitement ce qu'il en pensait. Il aimait bien trop ça. Est-ce que cela s'était passé de la même manière au tout début de la relation de ses parents ? Voulaient-ils passer tout leur temps ensemble ? Aurait-il jamais pensé que Ian dans un costume serait tellement sexy que tout ce qu'il pouvait imaginer était de le déshabiller sur le champ ?

Il n'était pas particulièrement heureux que le dîner de répétition ait lieu un jeudi, leur faisant manquer leur soirée cinéma. Ian avait dit que le prix était plus raisonnable si les mariés faisaient la répétition le jeudi plutôt que le vendredi précédent le mariage, mais cela importait peu à Rick.

Chaque minute qu'il passait loin de Ian était une minute qu'il passait à se languir de lui. Ce n'était pas normal, si ? La maladie mentale de sa mère qui avait tiré vers l'obsession et la jalousie prenait-elle finalement racine dans son propre esprit ?

Il craignait aussi de devenir un fardeau. Il était complètement effrayé par les possibles conséquences de cet article. Il était partagé entre le fait de se dire que cela n'aurait aucune incidence et celui de se dire que s'il avait réussi à changer d'identité et de vie une première fois, il pouvait recommencer. Le plus grand obstacle pour recommencer à zéro était qu'il ne pourrait pas emmener Ian avec lui.

Cependant, Ian avait été un soutien incroyable, essayant de faire abandonner l'histoire à son employeur, restant avec lui, lui réaffirmant que personne ne prenait les articles du *Errant* au sérieux. Avant que ce chamboulement n'arrive, il avait sérieusement envisagé de se rendre au mariage de Dylan en tant qu'ami de Ian. Peut-être même effacer l'étiquette secrète de leur relation. Avec tous les yeux de la famille tournés vers l'heureux couple, sa présence aux côtés de Ian pouvait largement passer inaperçue. Ses deux seuls autres amis présents seraient Kurt et Davy. Aucun d'eux n'était susceptible de l'engueuler parce qu'il était là avec Ian, bien que Kurt aurait pu taquiner Ian.

Mais avec cet article qui était supposé sortir le jour précédant le mariage, il ne pouvait penser qu'à une église pleine de femmes à chapeau, désapprobatrices, murmurant derrière leurs mains gantées avant de lui jeter des regards noirs comme si son passe-temps favori était de frapper des bébés chiens. Il imaginait la mère de Ian le montrant du doigt, escortant ses petits-enfants loin de lui et se levant en plein milieu de la cérémonie pour le faire jeter hors de l'église. Dans tous ces scénarios, il était seul. Douloureusement seul. Même en tant qu'invité de Ian, il y aurait tellement de choses qu'il devrait faire seul. S'asseoir dans l'église pendant que Ian se tiendrait aux côtés de son frère. Se mêler aux invités pendant que Ian se placerait dans la ligne pour recevoir les félicitations. Expliquer aux invités qui il était et comment il connaissait les mariés pendant que Ian serait en train de poser pour le photographe. Bon sang, il était même fort possible qu'il ne soit pas

610

capable de dîner avec son petit ami si le frère de Ian décidait d'avoir une de ces énormes tables d'honneur comme il en avait vu dans les films.

La pression d'avoir à endurer tous ces murmures et ces regards sans savoir si c'était parce que les invités ignoraient que Ian était gay ou parce qu'ils avaient lu ce putain d'article sur sa mère serait intenable.

Il était certainement redevable à Ian d'être présent au mariage comme son compagnon. Dieu savait que son amant avait supporté beaucoup des sautes d'humeur de Rick et tout ce qu'il avait demandé en retour était de pouvoir dire la vérité à sa famille. Pour quelque étrange raison, Ian voulait que tout le monde soit au courant de leur relation. Mais Rick ne pouvait pas y faire face. Pas encore.

— Je ne peux pas le faire.

Levant les yeux après avoir mis la touche finale à sa cravate, Ian croisa son regard dans le miroir.

— Tu ne peux pas faire quoi ?

— Je ne peux pas aller au mariage.

Le visage de Ian se décomposa sous le choc et il se retourna.

— Bien sûr que tu peux. Tu as dit que tu viendrais.

— Ian, c'est juste trop de choses d'un coup. Tu sais que je ne fais pas dans les trucs de famille. Et cet événement est un concentré de famille et de pression.

— Ils vont t'adorer. Tout ira bien. Nous y allons juste en tant qu'amis.

— Je t'en prie. Comment cela pourrait-il bien se passer ? Ils vont tous supposer que nous couchons ensemble et d'ici samedi, ils connaîtront tous mon secret.

Sans se soucier des plis bien repassés de son pantalon, Ian s'agenouilla par terre et lui frotta les genoux.

— D'accord, premièrement, nous... couchons ensemble, donc cela ne devrait pas te déranger qu'ils le croient, même si je vais passer ma soirée à mentir à ce sujet. Et je te promets qu'ils n'auront pas le temps de lire cette histoire, ils seront trop occupés avec les préparatifs du mariage.

Rick s'apprêta à parler mais Ian leva une main pour l'en empêcher.

— En plus, même s'ils la lisaient, ils s'en ficheraient. Je connais ma famille.

— Mais moi, je ne les connais pas.

Une minuscule pointe d'exaspération s'insinua dans le ton de Ian et il se balança sur ses talons.

— Parce que tu ne veux pas les rencontrer, dit-il avant de se lever et de commencer à faire les cent pas. Ma famille tient une place énorme dans ma vie. Je ne vais pas cesser de les voir ; je ne cesserai pas de les voir parce qu'ils ne sont pas l'ennemi dans cette histoire.

— Oh, parce que moi, je le suis ?

Comme s'il était spectateur, Rick pouvait s'observer en train de tout gâcher, petit à petit, mais il ne pouvait s'en empêcher. Pas lorsque la peur et la contrariété annihilaient toute pensée logique et autres sentiments.

— Non, bien sûr que non. Mais je veux...

— Et que fais-tu de mes volontés ? Pourquoi cela ne semble-t-il pas compter ?

— Bien sûr que ça compte, mais...

— Mais rien. Tu n'as cessé de me pousser encore et encore depuis que nous nous sommes rencontrés. Je n'ai même pas eu le temps de reprendre mon souffle que tu étais déjà dans mon appartement, à dormir ici, à laisser ta brosse à dents, à vouloir que je rencontre ta famille, à ignorer le fait que je ne veuille pas de cela. C'est trop d'un coup, trop tôt.

Toute expression quitta le visage de Ian.

— Et quand le voudras-tu ? Quand est-ce que ce ne sera plus trop d'un coup, trop tôt ?

— Je ne sais pas. Je ne le saurais peut-être pas avant que ça arrive, si ça arrive un jour.

— Tu ne peux pas attendre la perfection pour commencer à vivre. La vie n'est jamais *parfaite*, Boucles d'Or. Mais fais-moi signe quand tout sera assez parfait pour toi.

— Si je voulais la perfection, tout ce que j'aurais à faire est de ne jamais quitter la maison, chéri.

Sa réponse joviale n'était pas très appropriée pour une discussion sérieuse mais Ian avait un peu dramatisé la situation.

Les narines de Ian s'évasèrent.

— Je t'interdis de m'appeler *chéri*. Je ne fais pas partie des gigolos de ton cortège.

Aïe. Celui-là le toucha droit dans l'estomac. Un coup inattendu à l'âme.

Ian se rendit dans la salle de bain. Rick ne s'inquiéta pas de le suivre jusqu'à ce qu'il l'entende s'éloigner dans le couloir, loin de la chambre.

— Ian ? Ché...

Il s'interrompit juste à temps pour ne pas dire 'chéri', bien qu'il ne comprenne pas pourquoi Ian s'était soudain offensé de ce mot. Il l'utilisait tout le temps.

Sa porte d'entrée claqua et Rick courut.

— Ian ?

Il ouvrit la porte à la volée et se précipita dehors mais le rugissement de la voiture de Ian alors qu'elle s'éloignait en dérapant lui indiqua que c'était trop tard.

Il cligna des yeux. Ian était habituellement si calme et composé. Qu'avait sa famille de si génial pour qu'il veuille la lui imposer ? Qu'est-ce qui l'avait rendu si émotif et en colère ? Cela n'était pas vraiment surprenant que Rick ne veuille pas se rendre au mariage, mais il ne comprenait pas pourquoi c'était si important pour Ian.

Quand ils se seraient tous les deux calmés, il pourrait peut-être amener Ian à voir les choses de son point de vue. Il pouvait s'agir de sa limite d'implication dans une relation de couple et il ne pourrait peut-être pas lui offrir plus que cela.

Mais il n'aimait pas la façon dont Ian était parti. Il n'aimait pas laisser les choses en suspens, savoir que Ian était en colère contre lui. Malgré ce qui était arrivé avec ses parents, il n'était pas du tout inquiet pour sa sécurité, mais il s'était progressivement habitué à la compagnie tranquille et compréhensive de Ian, et surmonter un tel revirement de situation le laissait avec une boule froide de regret au creux de l'estomac.

Sans aucune envie de regarder un film, de lire ou de faire à manger – toutes les choses qu'il avait eu l'intention de faire pendant que Ian se trouvait au dîner de répétition – il ne savait pas quoi faire.

Retournant dans sa chambre, il rassembla les vêtements dont Ian s'était débarrassé avant de se préparer, puis les plia et les empila sur la chaise qu'il considérait comme celle de Ian.

Peut-être que Jon voudrait de la compagnie ce soir-là. Quoi qu'il en soit, il ne pouvait rester ici. La maison était trop vide et calme. Même s'il ne faisait qu'aller au club et danser, ça tuerait le temps jusqu'à ce que Ian revienne.

Rick se traîna jusqu'à la salle de bain pour se brosser les cheveux et les dents.

La vue d'une seule brosse à dents dans le verre, solitaire, fut comme un autre coup, plus violent, porté à son estomac. La boule froide de regret envahit tout son corps, l'engloutissant, le faisant frissonner.

Savoir que Ian n'allait pas revenir chez lui le fit glisser jusqu'au sol. En dehors du balbutiant et boitillant battement brisé de son cœur, la seule autre chose qu'il sentait, c'était les larmes se déversant comme de la lave le long de son visage.

IX

C'ÉTAIT UNE bonne chose que Dylan ait demandé à Mike, l'aîné de la famille, d'être son témoin, parce qu'il était le seul qui prêtait attention à la répétition. Kurt et Ian s'étaient fait rappeler à l'ordre plusieurs fois, ils devaient faire attention et s'avancer ici ou marcher là. Ian était trop plongé dans sa propre détresse pour demander à Kurt ce qui le distrayait tant, et il était tout aussi content que Kurt ne lui ait pas posé la question non plus. Parce qu'il ne voulait pas mentir à son petit frère – encore – mais il ne pouvait pas parler de Rick. Pas lorsqu'il avait envie de frapper violemment quelque chose en pensant à lui.

Sa mère ne lui pardonnerait jamais s'il finissait par se quereller avec l'un de ses frères deux soirs avant le mariage de Dylan mais il était si troublé, agacé et blessé qu'il s'inquiétait de ne pas pouvoir garder son calme si quelqu'un cherchait à savoir ce qui le distrayait tant.

Merde, il ne pouvait pas croire que Rick l'ait laissé tomber. Il ne le pouvait pas. Rick était inquiet au sujet de la sortie imminente de l'article sur *Errant* et Ian pouvait tout à fait le comprendre. Ce qui ne changeait rien au fait que Rick ne lui faisait pas confiance. D'une quelconque manière, il s'en sortit plus ou moins bien durant la répétition à l'église et trouva son chemin jusqu'au restaurant où devait se tenir le dîner de répétition, mais il ne se souvenait pas comment il était arrivé ici.

Son père se leva et frappa dans ses mains pour obtenir l'attention de tout le monde.

— Deirdre a quelque chose à dire, alors écoutez.

De derrière sa chaise, il tira trois grands cadres et les plaça sur la table devant eux. De l'angle où il se trouvait, il ne pouvait pas voir ce qui était encadré, mis à part qu'il semblait s'agir de trois photos.

Sa mère se mit debout.

— J'ai toujours été bénie avec ma famille. Mes enfants se sont toujours aimés les uns les autres et bien entendus les uns avec les autres... en tout cas ils ont fini par le faire.

Toute la famille, que ce soit du côté de Dylan comme du côté de Stephanie, rit consciencieusement.

615

— Mais mes trois plus jeunes garçons, Dylan, Ian et Kurt, ont toujours été particulièrement proches. Dylan est le premier des trois à se marier et, alors que mon Sean et moi essayions de nous creuser les méninges pour trouver un petit cadeau pour lui, comme ceux que nous avons trouvés pour ses quatre autres frères et sœurs aînés, une seule chose nous est venue à l'esprit. Pour ceux d'entre vous qui ne le savent peut-être pas…

Sa mère hocha la tête en direction des parents de Stephanie et de ses deux sœurs et sourit.

— Nous avons toujours vécu dans la même ferme en banlieue depuis que nous avons emménagé à Toronto. Nous y avons élevé tous nos enfants et dehors, dans le jardin, il y avait un énorme tronc d'arbre mort que Sean a transformé en banc. Bien évidemment, le plus souvent, mes trois petits fauteurs de troubles couraient, criant comme des fous, sur et autour de ce banc. Ils ne s'asseyaient jamais à moins d'être complètement épuisés. À moins que l'un d'eux soit troublé par quelque chose.

Ian fut soudain conscient des regards curieux d'un certain nombre de personnes dans la pièce. À en juger par le léger froncement de sourcils sur les visages de Kurt et Dylan, ils ne savaient pas plus que lui où le discours de leur mère allait mener.

— Quand l'un d'eux était bouleversé ou contrarié, les deux autres le conduisaient dehors jusqu'au banc et ils l'asseyaient entre eux pour discuter de ce qui n'allait pas. Je n'ai pas toujours su ce qui provoquait ces petites réunions mais j'ai toujours su que mes garçons reviendraient heureux et apaisés. Tout comme mon Sean qui a fait de son mieux pour s'assurer que la nature ne réclame pas ce banc de bois. Penser à cet arbre m'a donné la parfaite idée de cadeau, un souvenir de notre famille. Mais j'ai également réalisé qu'un tel souvenir devait aussi être un cadeau pour mes deux autres garçons, et c'est pourquoi il y en a un pour chacun d'eux.

Sa mère leva un des cadres et le retourna.

Il s'agissait de trois photos, les montrant dos à l'objectif, alors qu'ils étaient assis sur l'arbre dans le jardin de ses parents. Celle du haut avait été prise quand ils avaient environ huit ans. Kurt, avec sa tête tirant sur le roux, était assis au milieu. La seconde photo datait de leur adolescence. Les cheveux blond sable de Dylan ressortaient en un point central. La dernière photo… eh bien, elle avait été prise le jour où Ian avait révélé son homosexualité à sa famille ; sa chevelure noire se trouvait entre ses deux frères. Sans sa mère pour le leur faire remarquer, il aurait pu ne jamais réaliser le nombre de fois où ses frères et lui s'étaient mutuellement aidés durant les temps difficiles.

Ian renifla. Il souhaita que Rick ait pu avoir la chance de connaître un tel soutien toute sa vie. Alors, il aurait pu comprendre la position de Ian, il aurait pu accepter que sa famille faisait partie intégrante de sa vie… avant qu'il soit trop tard, avant que Ian ait fait cet ultime pas ce soir-là.

Il y eut quelques toasts supplémentaires avant que le dîner soit servi. Si on le lui avait demandé, Ian aurait pu dire qu'il avait mangé de la viande et des légumes, mais tout avait eu un goût de carton.

UNE FOIS le repas terminé, les invités se déplacèrent et se mêlèrent dans la pièce. Dylan quitta sa future épouse pour rameuter Ian et Kurt.

Dylan scruta le visage de Kurt.

— Bon, tu as l'air d'aller bien. Je ne sais pas pourquoi tu es si distrait. Il doit simplement s'agir d'un truc sexuel bizarre.

Dylan lui adressa une grimace dégoûtée qui fit rire Kurt.

— Davy est plutôt doué côté sexe.

Dylan agrippa sa poitrine comme s'il avait été mortellement blessé.

— Seigneur, ne me raconte surtout rien à ce sujet. Je ne veux rien savoir de la vie sexuelle de mes frères. Mais, une chose est claire, tu es distrait mais pas malheureux. C'est mon putain de mariage. Je pars en lune de miel dans exactement cinquante-six heures et jusqu'au moment de mon départ, tu m'appartiens, alors suis le programme et pense à tes actes sexuels torrides quand je ne suis pas là. Compris, Minus ?

Kurt rit à nouveau.

— J'ai compris.

— Et toi, dit Dylan en plantant un doigt devant la figure de Ian. Si je pouvais te ramener sur ce banc dans le jardin et te faire asseoir entre nous, je découvrirais exactement ce qui te met dans un tel état.

Kurt tourna la tête vers lui et l'étudia attentivement.

— Merde. Tu as raison. Bordel, Ian. Qu'est-ce qui ne va pas ?

— Je ne veux pas en parler.

Bien qu'il puisse se laisser convaincre de le faire s'il y avait une bûche géante sur laquelle il pouvait s'asseoir entre ses deux frères.

— Maman m'a dit que tu amenais quelqu'un. Est-ce que c'est ce qui ne va pas ?

— Kurt, s'il te plait, n'insiste pas. Je ne peux pas en parler.

Parce que maintenant, il n'aurait pas d'invité pour l'accompagner et il ne devrait pas être aussi misérable. Dylan avait raison ; c'était son mariage.

Ian devrait être capable de laisser son drame personnel de côté. Le problème était qu'il venait juste de rompre avec un homme qu'il... Merde. L'homme qu'il voulait dans sa vie comme Kurt avait Davy. Mais il ne pouvait être heureux s'il ne pouvait pas le dire à sa famille. Il avait passé trop de temps à vivre caché et il savait combien c'était difficile.

Sa mère passa près d'eux, interrompant leur discussion 'fraternelle'.

— Ian, mon cœur. Tu amènes ton adorable ami au mariage ?

— Non, maman. Je n'ai pas d'adorable ami.

Leurs questions ne cessaient pas. Ceci n'était-il pas une nouvelle sorte de punition cruelle et originale ?

— D'accord, mon cœur, répondit-elle en tapotant sa joue.

Seigneur. Il refusait d'entendre à nouveau cette question ce soir-là. Ce serait pire au mariage quand il devrait expliquer à tout le monde que son ami s'était désisté et qu'il devait assister au mariage de son frère seul. Le seul membre de sa famille qui n'avait personne. Un perdant qui ne pouvait même pas garder un petit ami secret.

— Excusez-moi, je dois aller aux toilettes.

Il échappa à sa famille aimante et au restaurant bondé pour quelques moments de paix et sortit son téléphone pour appeler Leon.

— Hé, je sais que je te préviens à la dernière minute, mais serais-tu libre samedi ? Mon ami Rick était supposé venir au mariage de mon frère mais il a un empêchement. Ça te dirait de tenir compagnie à un homme en smoking ?

— Ian, bien sûr que j'adorerais venir. Hum... Je ne suis pas obligé de porter un smoking, n'est-ce pas ?

Ian laissa échapper un petit rire involontaire.

— Non, bien sûr que non.

Mais, en se rappelant des vêtements que portait généralement Leon et des quelques commentaires qu'il avait faits au sujet de ses difficultés financières, il réalisa que Leon pouvait ne pas posséder de costume.

— Est-ce que tu as un costume ?

Un silence accueillit sa question.

— Ce n'est pas grave. Je peux t'en prêter un.

Il prit une profonde inspiration avant de retourner à l'intérieur pour endurer la fin de soirée, du mieux qu'il put.

ET PUIS merde. En l'espace d'une soirée entière, chacun de ses foutus frères et sœurs ainsi que leurs conjoints lui avaient demandé qui allait l'accompagner au mariage et il n'avait pas voulu répondre qu'il s'agirait de Leon. Il avait stupidement perdu l'homme dont il était en train de tomber amoureux… *était* tombé amoureux… à cause de ses propres paroles stupides. Il pouvait aussi bien rendre cette semaine mémorable. Ian sortit du bâtiment à grandes enjambées. Il ne voulait pas que sa famille le surprenne en plein appel.

Faisant défiler sa liste de contacts, son doigt survola le nom d'Hector. Tout le monde n'avait pas le numéro personnel du grand patron, et Ian ne l'avait jamais utilisé avant. Si ce foutu article à la con n'avait pas existé, il aurait toujours Rick. Il avait été si près du but quand Rick avait accepté de l'accompagner au mariage. Une fois qu'il aurait vu que sa famille l'acceptait, ils auraient pu annoncer à tout le monde qu'ils formaient un couple et finalement avoir ce que son frère – ainsi que toute sa famille – avait.

Il appuya d'un doigt rageur sur son téléphone et, en quelques secondes, il fut connecté à la ligne privée d'Hector.

— Ian ? Que puis-je faire pour toi ?

Le ton raisonnable et calme d'Hector, celui de quelqu'un qui n'était pas en train de voir sa vie dégringoler autour de lui, ne le rendit que plus furieux.

— Je démissionne.

— Quoi ? Ian, tu es saoul ? Tu es mon meilleur gestionnaire de compte. Tu as reçu une meilleure offre ailleurs ? N'agis pas sans réfléchir. Nous pouvons parler de cela dans la matinée. Je vais me libérer pour te rencontrer.

— Je ne suis pas saoul, Hector. Je refuse simplement de rester dans une boîte qui va non seulement détruire la source de revenu d'un brave homme mais aussi s'abaisser à perturber la vie privée d'un employé.

— De quoi est-ce que tu parles ?

La panique dans la voix de son patron était certainement gratifiante mais Ian ne se faisait pas d'illusions. Le grand patron avait des visions précises sur la façon de gérer *Errant* et, peu importait le temps qu'il dégageait dans son agenda, il ne ferait jamais ce que Ian était sur le point de demander. Cela ne lui laissait pas d'autre choix.

— L'histoire Sandor Svenson. Si vous la publiez, je m'en vais.

Waouh. Deux ultimatums en un jour. Il était vraiment en veine.

— Je ne sais même pas ce que c'est.

— C'est une histoire des *Oubliés du Vendredi*. Elle va non seulement mettre en danger la carrière d'un homme bien, mais elle va aussi révéler mon homosexualité au monde entier, sans que je le veuille.

Il se retint de dire qu'il allait également faire un procès pour diffamation. Il avait vu quantité de gens essayer et échouer, mais il avait toujours l'intention de parler à Stephanie et de découvrir quelles étaient ses options. À l'évidence, une action en justice n'arriverait pas à temps pour empêcher le préjudice subi par Rick, mais il y avait peut-être une chance que les poursuites aident à soulager la douleur.

— Vous savez ce qu'est une bonne histoire ? C'est celle de Sandor qui s'en est sorti alors que c'était loin d'être gagné, la manière dont il a surmonté d'importantes épreuves pour devenir non seulement un membre de la société avec des responsabilités mais aussi un homme bon. C'est une putain de bonne histoire, au contraire de ce récit sordide, dégoulinant de saletés falsifiées.

Il n'y avait plus de retour en arrière possible maintenant, mais Ian s'énervait de plus en plus à chaque mot qu'il prononçait. Comment avait-il pu ne pas se rendre compte qu'il travaillait pour une société si méprisable ?

— Je viendrai la semaine prochaine récupérer mes affaires.

Il n'irait certainement pas au bureau demain, en plus il avait déjà posé un congé pour aider avec les préparatifs du mariage. Ian mit fin à l'appel et éteignit son téléphone. De cette façon, il pouvait ignorer tous les appels d'Hector, et ignorer aussi le fait de ne recevoir aucun appel de la part de Rick.

Il avait rompu avec son petit ami, il avait perdu son travail, il allait voir son cul nu placardé partout sur Internet, il allait devoir faire bonne figure pendant qu'un autre de ses frères offrait sa vie et son âme à une autre personne et il devrait continuer de sourire jusqu'à ce qu'il pousse Dylan dans cet avion pour Hawaii. Il retourna à l'intérieur se trouver une bière ou quatre.

La pire semaine de sa vie.

LES MINUTES qu'il passait seul chez lui s'égrenaient, chacune plus longue que la précédente. Même s'ils ne s'étaient pas disputés, Ian ne reviendrait pas, à cause du mariage. Mais Rick découvrait qu'il y avait une différence de taille, et douloureuse, entre un Ian au travail ou en train de faire les courses et un Ian ne revenant jamais.

Au lieu de sortir jeudi soir, il avait passé une bonne partie de la nuit recroquevillé sur le sol de la salle de bain et, une fois dans son lit, il avait été incapable de dormir et avait fixé le plafond. Il avait essayé d'appeler Ian plusieurs fois mais tous ses appels avaient fini sur messagerie. Ce qui pouvait signifier, ou pas, que Ian filtrait ses appels. Rick n'avait pas pris la peine de laisser un message ; il ne savait pas quoi dire.

Filtrage ou pas, leur dispute avait été bien plus violente qu'il l'avait cru sur le moment, et il ne savait pas comment réparer cela. Le plus drôle, c'était qu'il avait cette folle envie de demander à Ian ce qu'il en pensait. Non que Ian ait plus d'expérience que lui en matière de relations sentimentales, mais il avait beaucoup de relations avec des personnes qu'il aimait. Il savait probablement ce que Rick devait faire pour régler cela mais il n'était pas là pour qu'il le lui demande.

Ce jour-là, Rick eut juste assez d'énergie pour appeler ses patients et annuler leurs rendez-vous. Rien de plus qu'une mesure préventive. Même s'il avait eu l'énergie d'accueillir ses patients, ils annuleraient tous dès qu'*Errant* publierait cette putain d'histoire.

Il n'avait même pas allumé son ordinateur pour jeter un coup d'œil au site. Il était simplement resté allongé comme un poisson mort attendant de pourrir. Aucun client ne l'appela et, plus important encore, Ian n'appela pas non plus.

Ce jour-là, c'était samedi. Quelque part, Ian revêtait un smoking et se préparait à voir sa grande et turbulente famille. À boire un peu, à danser un peu... et peut-être même à rencontrer quelqu'un. Son âme s'étiola légèrement alors qu'il imaginait quelqu'un d'autre admirant la puissance et la beauté de Ian en smoking, et quand il imaginait Ian retourner cette appréciation, il avait envie de vomir.

Ce qui ne lui laissait qu'une seule option.

CHEZ *LETTIE*, Rick s'assura d'avoir une table hors de vue de celle qu'il avait partagée avec Ian. Ce n'était pas difficile. Il était un peu trop tôt pour le rush du dîner rassemblant les personnes qui prévoyaient de sortir en boîte ou d'aller au cinéma du centre-ville.

Jon ne le fit pas attendre longtemps et, haletant, il se glissa en hâte dans le siège en face de lui.

— Rick, mon doux, j'ai l'impression que ça fait une éternité qu'on n'a pas fait ça. J'ai été complètement débordé avec la boîte de nuit et je suppose que tu as aussi été occupé.

Sa mâchoire se serra douloureusement. Il avait été occupé mais pas de la façon dont Jon le pensait.

— Oui, eh bien, c'est en quelque sorte la raison pour laquelle je voulais te voir. Pouvons-nous commander d'abord, avant que je me lance ?

L'estomac retourné, il ne pensait pas pouvoir manger, mais un verre de vin descendrait vraiment bien. Il aurait préféré prendre une margarita mais il ne voulait pas risquer d'irriter davantage son estomac. Il commanda une bouteille à partager, sachant que Jon boirait à peu près n'importe quoi.

Avec un restaurant à moitié vide mais tout un personnel à disposition anticipant le rush du dîner tardif, ils eurent leurs boissons et leurs repas en un temps record.

Malgré l'arôme qui lui mettait l'eau à la bouche, Rick repoussa son assiette. Sa gorge était si serrée qu'il ne serait jamais capable d'avaler de la nourriture solide. À la place, il sirota le Chardonnay doucereux et se demanda par où il devrait commencer.

Jon prit une bouchée, puis posa sa fourchette et l'observa en travers de la table.

— Qu'est-ce qui ne va pas ? Tu as une tête à faire peur.

— Merci, chéri. Voilà de quoi complexer une fille.

Rick cilla. Le sarcasme n'installait pas l'ambiance appropriée.

— Je suis désolé. Je n'aurais pas dû dire ça.

John fronça les sourcils.

— Pourquoi pas ? C'est du Rick classique, exactement comme je m'y attendais. Mais maintenant, tu m'inquiètes vraiment.

Rick prit une profonde inspiration et la laissa ressortir lentement. Il n'y avait pas à tergiverser. Son plus vieil et meilleur ami ne le permettrait pas. En fait, sans son nouvel investissement à l'Anaconda, Jon aurait découvert la liaison secrète de Rick bien avant cela.

— Je suis sorti avec Ian.

— Ian ? Un dénommé Ian… Attends. Ian O'Donnell ? Le frère de Kurt avec qui tu as couché deux fois, et puis… quoi ?

— Il voulait que nous devenions amis alors nous avons commencé à passer du temps ensemble.

— Et pourtant, tu ne l'as jamais mentionné une seule fois ? Nous ne sommes jamais sortis avec vous deux ensemble ? Ça ne sonne pas comme une amitié pour moi, on dirait plutôt une liaison. Pourquoi donc voudrait-il que tu caches une amitié ?

Rick passa ses doigts dans ses cheveux.

— Il ne voulait pas la cacher. C'est moi.

— Pourquoi ? Enfin, je sais que tu n'as jamais eu ou voulu de petit ami, mais si tu as commencé à fréquenter Ian, pourquoi garder cela secret ?

Il pressa un poing contre son estomac et raconta tout à Jon. Absolument tout. Son enfance, son changement d'identité, tout ce qu'il avait seulement dit à une seule personne – Ian.

Quand il eut fini, leur nourriture était froide et il ne restait plus de leur vin que quelques gouttes dans le fond de leurs verres.

— Jésus Christ sur une échasse à ressort. Rick, pourquoi diable ne m'as-tu jamais raconté tout ça ?

Rick se mordit la lèvre et haussa les épaules. Bien que le raconter une deuxième fois ait été plus facile que la première, sa dispute avec Ian le faisait se sentir inexplicablement larmoyant.

— D'accord, d'accord. C'était assez énorme. Tu étais probablement inquiet que je te déteste ou que je ne veuille plus être ton ami, quelque chose de ce genre. J'ai compris. Mais tu sais que ça ne change rien entre nous, pas vrai ? Tu es toujours le premier ami que je me suis fait après que mes parents m'ont jeté dehors. Mon premier colocataire. Tu as toujours été là pour moi, et je suis toujours là pour toi. Toujours, tu saisis ?

Rick renifla et ne put contenir les larmes qui avaient menacé de couler pendant qu'il parlait.

— Oh, Rick. Écoute-moi. Entre toi et moi, tout va bien. Et nous allons faire en sorte que tout aille bien entre Ian et toi.

Jon se glissa hors de son siège et rejoignit Rick sur sa banquette pour enrouler un bras autour de lui. Enfouissant son visage dans le cou de Jon, il se laissa sangloter. Il se demanda si quelqu'un le reconnaîtrait et ajouterait cette séquence-rupture de dernière minute à son histoire pour le *Errant*. Jusqu'à maintenant, sa triste notoriété n'avait pas fait autant de vagues qu'il s'y était attendu.

Quand il eut fini de pleurer toutes les larmes de son corps, Jon lui tendit une serviette en papier. Il s'essuya le visage et se moucha pendant que Jon retournait s'asseoir en face de lui. À un certain moment pendant sa crise, le personnel de salle leur avait apporté des *latte*. Il n'était pas sûr de savoir si c'était une demande de Jon ou si les serveurs s'étaient figurés qu'il était l'une de ces personnes qui devenaient larmoyantes et sentimentales quand elle buvait, et essayaient de le dessaouler. Dans un cas comme dans l'autre, le breuvage chaud et fumant était le bienvenu.

— Je sais qui tu es, déclara Jon. Qui tu es vraiment, que tu te fasses appeler Sandor ou Rick.

Son ami l'observa attentivement, le forçant à garder ses yeux brûlants gonflés de larmes dirigés vers lui.

— Tu as passé ta vie entière à te battre. À chaque fois qu'une personne a suggéré que tu ne pouvais pas faire quelque chose, tu as foncé tête baissée et tu lui as prouvé le contraire. À chaque fois que tu as eu peur d'échouer, tu as trouvé un regain de détermination et persévéré. C'est la raison pour laquelle tu possèdes cette fabuleuse maison et un cabinet prospère. Pourquoi n'utilises-tu pas cette détermination dans ta vie personnelle ? Je sais que tu désires être avec Ian ou tu n'aurais jamais commencé à sortir avec lui. Je sais que tu tiens à lui, peut-être même que tu l'aimes, parce que dans le cas contraire, tu te tournerais vers la prochaine queue disponible sans un regret, comme tu l'as fait toute ta vie. Tu dois te battre pour lui, même si cela signifie que tu doives affronter ton propre caractère et tes peurs.

— C'est bien joli mais s'il ne veut pas de moi ?

Jon leva les yeux au ciel.

— Mon cœur, tu aurais dû avoir un petit ami ou deux avant ça. Tout ce que tu m'as raconté, ce sont des actions prises par un homme faisant son possible pour que tu t'engages. Il faisait tout ce qu'il pouvait pour te mettre à l'aise avec cette idée. Tu l'as juste poussé à bout et mis en colère.

— Et s'il me trompe ? Et si je ressemble trop à ma mère et que je le blesse ?

— Il n'y a aucune garantie dans la vie mais que ressens-tu à la perspective d'avoir des relations sexuelles seulement avec Ian et personne d'autre ?

Rick y réfléchit pendant un moment. Cela avait été étrangement facile de laisser ses autres conquêtes partir et la pensée d'essayer de nouvelles choses avec un homme en qui il pouvait avoir confiance était comme se voir accorder un fantasme auquel il n'avait jamais osé rêver.

— Je me sens bien. Heureux.

— Très bien. Pourquoi serait-ce différent pour lui ?

Il avait raison. Si lui était désireux d'être fidèle, alors il n'y avait aucune raison de supposer que Ian ne l'était pas aussi.

Mais Jon n'avait pas fini.

—Imaginons une seconde que ce soit le cas. Mets-toi dans l'ambiance. Imagine que tu vis avec lui depuis des années. Que vous avez un chien ensemble, une maison, une vie.

Si seulement cela pouvait arriver. Encore plus de choses qu'il n'avait pas cru vouloir.

— Et un jour, tu rentres à la maison et tu découvres qu'il te trompe. Ou qu'il te quitte pour un autre homme. Comment te sens-tu ?

À l'opposé de son fantasme, c'était douloureux à considérer, mais pour Jon, il le fit.

— Blessé. Triste. En colère.

— Et que ferais-tu ?

— Je le jetterais probablement dehors à coups de pied. Et je garderais le chien.

Jon attrapa un couteau à steak sur la table et le brandit vers lui.

— Pas de désir brûlant de le poignarder dans les tripes avec un couteau ?

Rick haleta et se rejeta en arrière.

— Non !

— Je n'ai rien à ajouter. Je ne dis pas que tu ne devrais pas aller parler à quelqu'un qui pourrait t'aider à l'accepter, à gérer tes peurs. Ian avait raison là-dessus. Mais si le pire devait arriver, tu le surmonteras et tu avanceras, avec moi à tes côtés. Tu as compris ?

Il sourit, se sentant plein d'espoir pour la première fois depuis que Ian avait franchi le seuil de sa maison.

— Alors, que suis-je supposé faire ? Et dîtes-moi, monsieur le savant, pourquoi ne puis-je plus l'appeler 'chéri' ?

Jon agita ses doigts comme un oracle à une foire de rue.

— Tout d'abord, *chéri*, tu appelles tout simplement tout le monde *chéri*. Ou 'mon cœur' ou 'mon grand' ou 'mon doux'. Cela représente probablement l'intimité pour lui, une intimité que tu partages avec tout le monde, les rendant tous… insignifiants. Si tu veux l'appeler par un nom qui ne soit pas le sien, trouve quelque chose d'unique. Il veut savoir qu'il est spécial à tes yeux.

Il n'y eut pas de lumière dorée jaillissant du ciel, ni de chants sacrés, mais l'interprétation de Jon était une révélation, complètement juste. Rick pensait peut-être avoir le surnom idéal. Il avait menacé de jaillir de sa bouche depuis des jours et c'était un petit nom qu'il n'avait jamais utilisé avec personne avant.

— Et comment j'arrange cette situation lorsqu'il ne répond pas à mes appels ?

— Eh bien, c'est simple. Va le voir. Maintenant.

— Maintenant ? Il est au mariage de son frère !

— Pas la peine de laisser pourrir la situation. Ils doivent être en train de finir le dîner en ce moment. Ils effectueront leurs discours pendant que tu seras en route, puis ensuite ils ne feront que danser. Il sera plus à même de t'écouter parce qu'il ne voudra pas faire une scène devant sa famille.

Une raison d'être reconnaissant envers la famille. Qui l'aurait cru ? Mais il allait devoir dépasser ses a priori. Ian avait raison. Lui demander d'abandonner six frères et sœurs et deux parents aimants parce qu'ils rendaient son petit ami nerveux était ridicule et il n'avait aucun droit ou même raison de lui demander une telle chose. En particulier s'il s'apprêtait à se battre pour vivre le rêve d'un couple, heureux et adulte.

DU HAUT de son perchoir sur l'estrade à la table d'honneur des mariés, Ian observa les tables de 'parents, conjoints et invités' déployées devant eux. Leon était beau, bien que le costume de Ian soit un peu trop grand pour lui. Il semblait très bien s'entendre avec sa famille. Étant donné qu'il avait à peine eu le temps de dire bonjour à Leon, de le présenter brièvement aux invités, et de lui jeter un costume pour qu'il se change, Ian était heureux que son invité ne semble pas mal à l'aise. Sa famille – celle qui ne faisait pas partie de la noce – était gentille et ils n'auraient pas laissé Leon tout seul, mais une petite pointe de rancœur lui tournait l'estomac, parce que ça aurait dû être Rick assit là, apprenant à les connaître. Si seulement Rick avait eu les tripes de surmonter cette histoire stupide…

Le seul bon point de la journée était que Ian ne célébrait finalement pas le mariage de Dylan avec des photos de lui, nu, en train de s'envoyer en l'air avec son ex petit ami, postées sur l'un des sites de commérages les plus populaires du Canada. Non, il avait la chance de pouvoir sauvegarder ce petit bijou pour le divertissement de la semaine suivante.

Cela allait certainement beaucoup plaire à Leon. Les jeunes ne semblaient pas avoir les mêmes problèmes avec l'intimité que lui. C'était peut-être parce qu'il avait passé la majorité de sa vie adulte dans le placard mais il était d'avis qu'il s'agissait davantage d'un gouffre générationnel. Il n'avait pas grandi en utilisant Internet et il était impressionné, d'une façon dont ne l'étaient pas les jeunes, du pouvoir de destruction que cela avait sur des vies.

Aucun d'eux ne semblait inquiet de ce qu'ils mettaient en ligne ou de qui pouvait le voir ou de comment cela pouvait affecter leur chance de trouver un emploi ou même des problèmes psychologiques causés à ceux dont les photos étaient postées sans leur consentement. C'était une mentalité complètement différente dont il n'avait pas réalisé la portée dans son travail jusqu'à maintenant. Combien d'autres personnes avaient vu leur vie déracinée ou détruite par une des histoires à sensation du *Errant* ? Ça le rendait malade d'y penser, encore plus parce qu'il *n'y avait pas* pensé jusqu'à ce que ça l'affecte personnellement.

Ensuite, il y avait la crainte d'expliquer sa nudité en ligne à ses parents. Oui, ça devait être la pire semaine de sa vie. Il jeta un coup d'œil à son frère qui remuait les doigts à l'attention de Davy comme un gamin frivole avec son premier amour. Bâtard.

Mais peu importait à quel point la semaine était démoralisante pour lui, elle n'était pas la pire. La pire avait été quand Kurt s'était fait tirer dessus et qu'ils n'avaient pas été sûrs qu'il s'en sortirait. Cette semaine arrivait en bonne seconde place, cependant.

Le serveur lui adressa un drôle de regard quand il rassembla les assiettes et trouva celle de Ian toujours bien remplie. Il n'avait pas réussi à manger de repas complet depuis avant le dîner de répétition et n'était pas près de commencer ce soir-là.

Quand les discours commencèrent, Ian s'adossa à sa chaise, faisant semblant d'écouter, laissant les réactions de la foule lui dicter s'il devait plutôt rire ou applaudir. Ne pas avoir de discours à faire était une minuscule bénédiction.

La cérémonie catholique entière avait pris une éternité. Le trajet jusqu'à Casa Loma avait été encore plus long, un accident causant un méchant embouteillage sur l'autoroute Gardiner. La séance photo elle-même avait été interminable et le dîner s'était allongé à n'en plus finir. Il ne voulait rien d'autre que se recroqueviller dans son lit solitaire et froid et se demander quand il aurait l'énergie de chercher un nouvel emploi.

Il resta sur sa chaise alors que le couple de mariés entamait leur danse parentale de rigueur. Après ça, il s'était attendu à ce que le DJ joue quelque chose d'un peu plus énergique pour lever la salle qui avait été gavée d'un copieux menu à onze plats. C'était seulement quatre plats, mais prétendre manger ces quatre plats revenait à en manger onze pour lui. Le DJ le surprit, cependant, en enchaînant encore avec un rythme lent. Sa mère se dirigea tout droit vers son siège et il grogna tout bas.

— Allez, mon garçon, tu m'as assez évitée aujourd'hui.

Pourquoi ne pouvait-elle pas être la typique mère du marié et s'inquiéter seulement de ce qui se passait avec Dylan, pour l'amour du ciel ?

— Salut, maman.

Ian la conduisit sur la piste de danse.

— Charmante cérémonie, n'est-ce pas ? Stephanie était magnifique.

— Oh, tu ne vas pas t'en sortir aussi facilement, mon fils. Ce Leon semble être un assez gentil garçon, mais ce n'est pas cet adorable blond infatigable, et son nom n'est pas Rick. Tu as l'air d'avoir reçu un coup sous la ceinture de la part d'un de tes frères, qu'est-ce qui t'arrive ? Parce que ce petit Leon est aux anges d'avoir été invité par toi et je ne t'ai pas vu l'approcher une seule fois.

Juste comme ça, sa gorge se comprima et ses yeux commencèrent à brûler. Mais le temps où les larmes pouvaient être expliquées par la joie de cette journée était depuis longtemps dépassé.

— Leon est mon invité, maman. Pas Rick.

Jamais Rick.

— Rick est juste l'ami de Kurt et Davy. C'est tout.

Et il devrait se le rappeler.

— Oh, toi, petit menteur. Nous en avons parlé à l'anniversaire d'Erin. J'ai vu comment tu le regardais et, s'il y a une chose que je sais à propos des hommes O'Donnell, c'est quand ils ont trouvé le bon.

— Je ne savais pas que Rick était le bon lors de cet anniversaire.

Sa mère sourit d'un air narquois et ses joues s'échauffèrent quand il réalisa qu'il avait admis croire que Rick était le bon. Damné soit le romantisme excessif de sa mère.

— Oh, mon chéri. Ta tête pouvait ne pas le savoir, mais ton cœur et tes attributs le savaient.

— Maman !

Il ne pouvait pas croire que sa mère ait déjà fait référence à ses parties deux fois au mariage de son frère.

— Tu aurais dû amener Rick. Le laisser s'habituer à nous est la seule façon pour lui de se poser. Comme tous les petits amis et les petites amies le doivent.

— Nous avons rompu. Je crois.

Ça lui avait semblé sacrément définitif quand il était parti en trombe de chez Rick mais il n'avait pas vraiment voulu que ça le soit. Comme Rick l'en avait accusé, cependant, peut-être s'était-il senti coupable de ne pas prendre les désirs et les besoins de celui-ci en considération.

— Alors tu dois réparer cela.

— Comment ? S'il désire avoir ce que je lui propose, ne devrait-il pas simplement me le dire ?

Sa mère secoua la tête tristement.

— Mon cœur, je peux voir à un kilomètre que cet homme est comme un chien battu. Il veut tellement rendre quelqu'un heureux mais il est effrayé et ne sait pas du tout comment faire pour que ça arrive.

— Je ne sais pas non plus. Je n'ai jamais eu de relation avant.

— Vraiment ? Pas de relations ? Même avec tes frères, tes sœurs et tes parents ? Tu sais comment régler les disputes et les chagrins avec ceux que tu aimes. Il ne sait pas. Arrange ça.

Ian se demanda si Kurt ou Davy lui avaient parlé de quelques-uns des traumatismes de Rick parce que, sinon, comment le saurait-elle ? Mais bon, il avait toujours dit qu'elle avait un sixième sens – quand il était question de ses enfants, du moins.

— Je le ferai, maman.

— Et tu vas devoir lui présenter tes excuses pour avoir invité Leon.

— Vraiment ?

— Oui. Tu sais au fond de toi que c'est Rick qui aurait dû être ici et tu n'aurais pas dû essayer de le substituer.

Elle avait raison et c'était pour cela qu'il n'avait pas été capable de parler à Leon de toute la soirée. Sa famille allait se faire des idées sur l'homme qu'il avait amené avec lui et elles seraient toutes mauvaises. Il aurait dû venir seul.

La chanson prit fin et elle lui tapota les joues avant de s'en retourner parmi la foule des invités. Un nouveau groupe de personnes déboula sur la piste de danse alors que le tempo s'accélérait et Ian décida de trouver Leon.

LA MUSIQUE changea à nouveau pour un rythme plus lent juste quand il réussit à trouver Leon sur le bord de la piste de danse.

— Te voilà ! Je t'ai cherché partout, dit Leon, les yeux brillants et le sourire large.

— Leon.

Qu'était-il supposé dire ? Qu'il devait le ramener chez lui parce qu'il n'était pas Rick ? Les dégâts étaient déjà faits et ce n'était pas comme si c'était un rendez-vous amoureux. Ils étaient amis et il pouvait aussi bien essayer de s'amuser. Même s'il avait la permission de sa mère – ce qu'il n'était pas très sûr d'obtenir – Dylan le tuerait s'il partait tôt et Kurt l'aiderait.

Bien sûr, il avait vu Kurt et Davy se faufiler vers le jardin clos hors de la véranda environ dix minutes plus tôt. Il n'y avait pas non plus beaucoup de doutes sur la raison pour laquelle ils s'étaient éclipsés discrètement. Connards.

— Est-ce que tu veux danser ?

Leon enroula ses mains autour du cou de Ian et leva les yeux vers lui. Le simple contact le paralysa pendant un instant. Puis Leon l'embrassa et sa perception du monde s'altéra. Leon était intéressé par plus qu'une simple amitié ou même un coup d'un soir. Il n'y avait qu'une seule raison pour embrasser un homme devant sa famille et ce n'était pas pour demander une fellation dans les toilettes.

Il s'écarta. Oh merde, merde, merde.

— Leon, nous ne pouvons pas faire ça.

— Pourquoi pas ?

Leon s'avança, essayant d'enrouler ses bras autour de Ian à nouveau. Cette fois, Ian attrapa Leon par l'épaule et le tira vers une table vide près de la porte.

— Assieds-toi.

— Je ne comprends pas.

— Leon, je suis vraiment désolé. Je ne savais pas… que tu étais intéressé par moi de cette manière. Je suis amoureux de quelqu'un d'autre.

Il avait essayé si fort de ne pas le dire, de ne pas le penser jusqu'à ce que Rick soit prêt à l'entendre. Et maintenant il le laissait sortir sans faire attention devant un gars quelconque. Sa mère avait raison. Rick était le bon et il devait faire tout ce qu'il fallait pour arranger la situation.

Le visage de Leon se tordit et des larmes lui montèrent aux yeux.

Kurt et Davy approchèrent de la table, donnant à Ian un peu d'espace pour respirer face à l'attachement émotionnel soudain et inopportun de Leon.

— Hé, est-ce que tu as invité Rick ?

Ian fronça les sourcils. D'où venait donc cette question ?

— Pourquoi ?

— Il nous semble l'avoir vu partir juste au moment où nous revenions du jardin mais il était trop loin et bougeait trop vite. Nous ne l'avons pas invité et Dylan ne le connaît pas assez bien pour l'avoir fait, alors nous avons pensé que tu saurais peut-être ce qu'il faisait là.

Son cœur battit plus vite alors que l'adrénaline se ruait dans ses veines. Il n'y avait qu'une seule raison pour que Rick soit venu le chercher au mariage et il y avait une raison bien plus énorme pour que Rick soit parti avant de lui avoir parlé.

— Leon, je dois aller le trouver. Kurt et Davy vont s'assurer que tu rentres chez toi en toute sécurité.

— Mais, mais moi aussi je peux faire tout ce qu'il y a sur ces photos. Je peux te rendre heureux.

Non.

Par l'enfer, non.

Leon ne venait pas juste de dire ça.

— Quelles photos ? demanda Kurt comme s'il était passé en mode interrogatoire.

Ian arrêta Kurt d'un revers de la main et, incroyablement, il se tut.

— Avery t'a laissé voir ces photos ?

Une suspicion terrible titilla les bords de sa conscience, confirmée par l'intense rougissement qui s'épanouit sur ses joues fines.

— C'est moi qui les ai prises, murmura-t-il.

— Pourquoi ? Pourquoi ferais-tu cela ? Et le vandalisme ?

Leon gesticula sur sa chaise, le costume trop grand contribuant à son apparence incroyablement jeune.

— Je l'ai suivi chez lui. La nuit où je vous ai vus ensemble à l'Anaconda. J'étais tellement en colère. Je n'avais pas l'intention de faire quoi que ce soit mais alors j'ai trouvé un écureuil mort. Après ça, j'ai eu l'impression de vous voir ensemble partout et tu ne m'as jamais, jamais regardé comme tu le regardes, lui. Finalement, quand tu m'as invité à cette fête, j'ai pensé que tu avais recouvré tes esprits, mais tu es parti avec lui. Encore. Je vous ai suivis et j'ai pris ces photos. Je ne comprends pas ce qu'il a de plus que moi. Nous avons des tas de choses en commun et nous travaillons au même endroit et, je sais que je suis plus souple que lui, et, et…

Il s'arrêta pour renifler et Ian se refréna à peine de secouer le gamin.

— Donc tu les as données à Avery ?

— Pas exactement.

— Tu sais que mon frère ici présent est flic, n'est-ce pas ? Beaucoup de choses que tu as faites sont illégales. Je veux des réponses ou je lui demande de t'arrêter. Raconte-moi tout.

631

Il ignora le regard anxieux de Kurt qui hésitait, ne se souciant pas qu'il puisse être en train de mentir et que Kurt ne soit pas capable de faire la moindre chose à ce gosse.

— J'étais si en colère. Alors je suis allé voir Avery pour savoir si elle pouvait m'aider à trouver quelque chose qui pourrait... te faire changer d'avis à son sujet. À nous deux, nous avons découvert le changement d'identité, et le reste était facile.

— Changement d'identité ?

Cette fois, Ian ne prêta pas attention à la question de Davy. C'était sans importance jusqu'à ce qu'il sache de quoi il retournait.

— Et elle a décidé que ça ferait une grande histoire pour les *Oubliés du Vendredi*.

Avoir une histoire de choix telle que celle-ci lui tombant toute cuite dans le bec... impossible qu'Avery ait laissé passer ça.

— Oui. Je n'aurais sans doute pas dû lui parler des photos de Rick et toi.

Ian laissa presque sa tête tomber sur la table.

— D'accord, maintenant j'ai besoin de quelques réponses.

La voix de Kurt passa en mode flic en colère, ce qui n'intimida pas Ian le moins du monde, mais il était prêt à écouter parce qu'il espérait vraiment convaincre son frère d'arrêter Leon, voire même de lui donner un petit aperçu de la brutalité policière en passant.

Kurt tira une chaise pour lui et pour Davy, et la paire s'assit. Ian se demanda combien de temps ils pouvaient rester là avant qu'un ami ou un membre de la famille s'aventure par ici.

— Il y a des photos de Rick et toi ? demanda son frère en soulevant un sourcil brun. Le même Rick qui a décampé d'ici il y a quelques minutes ? Est-ce pour cette raison que tu es tout retourné ?

Ian prit une profonde inspiration.

— Écoute, Rick et moi sommes sortis ensemble.

— C'est vrai ? s'exclama Davy, visiblement choqué. En secret ?

— C'est ce qu'il voulait.

Et la vérité ayant presque entièrement éclaté au grand jour, grâce à Leon, il ne causerait pas plus de dommages en racontant au moins une partie de l'histoire.

— Plus ou moins depuis le jour où nous nous sommes rencontrés à la partie de peinture.

632

Cette fois, ce furent à la fois les yeux de Kurt et de Davy qui s'écarquillèrent.

— Il ne voulait le dire à personne. Il a une aversion féroce pour les relations romantiques et les familles, les mères en particulier, et vous savez bien comment est maman. Elle l'a complètement fait paniquer à ta pendaison de crémaillère.

Mais cela ne les rapprochait pas plus du cœur du sujet.

— Quoi qu'il en soit, nous en étions juste arrivés au point où il avait accepté que nous soyons un couple exclusif et il avait accepté de venir au mariage avec moi, même si nous n'allions dire à personne que nous nous fréquentions.

— Puis-je partir, s'il vous plaît ? demanda Leon plaintivement.

Kurt lui lança l'un de ses regards les plus mauvais.

— Tu restes assis jusqu'à ce que j'aie tout entendu. Je pourrais bien t'arrêter.

Leon se calma, une transpiration nerveuse se formant sur son visage.

— Continue.

Kurt tourna à nouveau le regard vers Ian.

— Au début, ce n'était qu'un peu de vandalisme. Des pneus dégonflés, des trucs dans la boîte aux lettres. Je voulais que Rick le signale mais il pensait que ce n'était que des gamins et qu'ils finiraient par arrêter. Mais ensuite, Rick a trouvé un jeu de photos. Il s'agissait de photos imprimées sur papier, de nous deux. Des photos explicites. Nous pensions que c'était peut-être le mec avec qui Rick couchait avant moi. Il était devenu un peu agressif lorsque Rick avait mis un terme à leur relation.

— Tu es en train de me dire que tu as des photos qui auraient pu provenir d'un harceleur ou d'un maître chanteur et que tu ne m'as jamais appelé ?

D'accord, maintenant il était un peu intimidé par la voix de flic en colère de Kurt.

— J'ai dit à Rick que nous devrions appeler la police mais il refusait de le faire. Probablement parce qu'il ne voulait pas expliquer l'histoire du changement de nom.

— Je veux absolument tout savoir à propos du changement d'identité.

Étrangement, Davy était beaucoup plus déterminé que Ian l'aurait supposé.

— Ce n'est pas à moi de te le raconter mais tu peux lire la majeure partie de l'histoire sur le *Errant*. Il était mis en avant dans l'histoire des

633

Oubliés du Vendredi de cette semaine. La deuxième partie, vendredi prochain, inclura également les photos de nous au lit.

— Non, il n'y était pas, déclara Davy en secouant la tête.

— Si, il y était. Regarde l'histoire de Sandor Svenson.

— Il n'y avait pas d'histoire à propos d'un Sandor Svenson.

Ian dévisagea Davy.

— Ne me dis pas que tu lis l'*Errant* ?

Une rougeur adorable colora le bout des oreilles de Davy et le haut de ses pommettes.

— Plaisir coupable. Et d'après le Quid de la semaine dernière, Kurt pourrait en fait être un loup-garou.

Kurt pivota la tête pour jeter un regard incrédule à Davy avant de reporter son attention sur Leon.

Eh bien. Tous les goûts étaient vraiment dans la nature.

— Tu as dû la manquer. J'ai vu la maquette qu'il a montée, dit Ian en pointant un pouce en direction de Leon.

— Je te le dis, il n'y avait rien à propos de Rick. Ou de ce Sandor.

Davy commença à pianoter sur son téléphone.

Ian tira également le sien de sa poche et l'alluma. La quantité de messages vocaux qu'il avait reçus était remarquable. Aucun de Rick, bien qu'il ait manqué quelques appels de sa part. Hector avait appelé trois fois et envoyé un message texte.

La curiosité l'emportant sur tout le reste, il vérifia le message.

Histoire retirée avec mes excuses. Ton poste t'attend si tu le souhaites mais je comprendrais que tu veuilles toujours démissionner.

Ian prit une inspiration profonde et purifiante. Hector et *Errant* avaient eu bien plus de considération qu'il avait espéré. Mais il ne pouvait compromettre son intégrité davantage en travaillant pour eux.

— Ils ont retiré l'histoire.

— Mais, mais…, balbutia Leon. Je pensais qu'une fois l'histoire révélée, tu ne voudrais plus de lui.

— Leon, cette histoire pouvait complètement détruire la vie d'un homme, sa carrière.

— Quelle histoire ?

Davy tapa du poing sur la table. Kurt n'avait plus l'air patient, lui non plus.

— Les gars, ce n'est pas vraiment à moi de vous raconter cette histoire. Mais tout ce que je peux dire, c'est que Rick est un homme étonnant et fort.

Et Leon, même si Rick me quitte après la pagaille que tu as causée, tu ne prendras jamais sa place. En fait, après ce soir, je doute fort que nous nous revoyions à nouveau.

— Mais, et pour le travail ?

— Je démissionne.

Cette simple déclaration déclencha trois vives inspirations mais seul Leon tenta de protester.

— Je m'en vais trouver Rick, essayer d'arranger les choses.

Dylan pouvait bien le tuer ; il ne pouvait attendre plus longtemps.

— Mais, Ian, je ne voulais pas que tout cela arrive, attends…

Leon se leva mais Kurt le repoussa fermement sur la chaise.

— Non, tu restes assis. Nous allons avoir une longue conversation à propos de la vie privée et du harcèlement. En supposant que tu ne veuilles pas avoir une discussion similaire au poste de police.

La dernière fois que Ian vit Leon, il était assis comme un garçon effrayé se faisant discipliner par son père. Et il méritait au moins bien ça, dans la mesure où il était bien assez vieux pour comprendre que toute action avait une conséquence. Au moins, il était apaisé de savoir que le coupable était un jeune homme qui n'avait pas pleinement réfléchi aux résultats de ses décisions, et non un dangereux harceleur qui en avait eu après Rick.

X

Rick se gara dans l'allée et observa sa maison. Il l'aimait, mais n'avait pas pu y mettre les pieds la nuit précédente après avoir vu Ian embrasser ce... ce... gamin canon de vingt et quelques années. Ian avait-il même attendu une heure avant de chercher du réconfort dans le lit de ce mec ? Voir Leon dans l'un des costumes de Ian avait été le coup de grâce. Sa maison était tellement empreinte du souvenir de Ian qu'il était allé directement chez Jon, qui par chance n'était pas sorti pour la nuit.

Mais bon, comme Jon l'avait si pertinemment fait remarquer, ses propres actions avaient difficilement été au-dessus de tout reproche et s'il laissait sa peur repousser un homme auquel il tenait... un homme qu'il aimait, eh bien, il ne pouvait s'en prendre qu'à lui-même. S'il y avait un quelconque moyen de sauver cette relation, il allait devoir prendre sur lui et parler à Ian.

Jon était resté avec lui aussi longtemps qu'il avait pu avant de devoir s'en aller pour voir si tout se passait bien à l'Anaconda, laissant Rick se tourner et se retourner dans le lit d'amis de Jon toute la nuit. Le seul point positif de cette nuit de déferlement d'événements merdiques était que Jon avait dit vrai : perdre Ian avait fait mal et l'avait fait pleurer comme rien d'autre depuis la nuit où ses parents étaient morts mais il n'avait pas eu la moindre envie de le blesser physiquement ou de le tuer. Une chose de moins sur laquelle stresser.

Maintenant, il avait besoin d'une douche, d'un chargeur pour son téléphone, et de nourriture autre que de la crème glacée. Ce foutu Ian allait détruire sa silhouette, surtout s'il n'était plus là pour lui faire perdre le surplus avec une partie de jambes en l'air.

Il balança ses jambes hors de la voiture et s'étira, le bas de son dos protestant contre la mollesse du lit d'amis de Jon. Le soleil du petit matin soulignait seulement son état de déprime et il marcha péniblement vers l'entrée de chez lui, planifiant de passer la journée à se cacher dans sa propre chambre d'amis, où Ian n'avait jamais mis les pieds. Peut-être qu'il se reposerait assez pour trouver le courage de se lancer à la poursuite de Ian et de jeter ce Leon dehors.

Presque à sa porte, il ne remarqua pas le corps sur le banc sous son porche jusqu'à ce qu'il bouge, et il sursauta en criant.

— Rick ?

Les yeux de Ian étaient soulignés de rouge et fatigués.

— Ian ? Qu'est-ce que tu fais là ?

Avait-il vraiment passé toute la nuit ici ? Le déjà-vu était troublant, même s'il était bien plus heureux de voir Ian qu'Oscar.

— Je t'attendais.

Ils parlaient bas tous les deux, comme s'ils avaient peur de s'effrayer l'un l'autre.

— Hum, j'ai passé la nuit chez Jon. Je, euh, je suis allé au mariage, et euh…

— Je sais. Je sais ce que tu as vu et, crois-moi, ce n'est pas du tout ce que tu crois. J'ai essayé de t'appeler.

Ian secoua doucement son téléphone.

— J'ai oublié mon chargeur.

Il prit une profonde inspiration. C'était maintenant ou jamais, alors il repoussa à nouveau ses peurs, plongeant la tête la première dans ce qu'il désirait le plus.

— Tu veux entrer ?

— Avec plaisir.

Rick les conduisit à l'intérieur et ils s'assirent à la table de la cuisine.

— Je suis tellement désolé de tout ce qui s'est passé.

Ian avait parlé avant que lui le puisse, même si Rick pensait que c'était à lui de s'excuser. Puis il poursuivit en lui racontant un récit à peine croyable à propos de ce gamin, Leon, qui paraissait si inoffensif.

— Je ne pense pas qu'il ait réellement cherché à causer du tort, intervint Rick. Je pense qu'il a seulement agi par égoïsme. Si j'étais jeune et impulsif, j'aurais pu faire la même chose pour essayer de te garder.

Rick lui adressa un sourire tremblotant, pas vraiment sûr de savoir si Ian était venu pour se réconcilier ou mettre fin à leur histoire.

— Vraiment ? demanda Ian en se levant et en le tirant jusqu'à ce qu'il fasse de même. J'ai été tellement con. Je n'aurais pas dû partir comme je l'ai fait. Je sais que cela n'a duré que… quelques heures, tout au plus, mais tu m'as tant manqué.

— Moi aussi, je suis désolé. Je n'aurais pas dû laisser mes peurs gâcher ce que nous avions ensemble.

— Ce n'est pas gâché et ce n'est pas à conjuguer au passé. À moins que tu le veuilles.

Le regard bleu et sérieux de Ian plongea dans le sien.

— Non. Ce n'est pas ce que je veux.

Ian prit son visage en coupe et rapprocha leurs visages, ses lèvres aussi nécessaires à son bonheur que l'oxygène l'était à son existence. Le baiser fut doux et chaud, la langue de Ian glissant doucement entre leurs lèvres pour amadouer l'ouverture de leurs bouches.

Une alarme résonna et Rick recula.

— Qu'est-ce que c'est ?

— Oh, j'ai réglé mon alarme au cas où je m'endormirais dehors. Je dois me préparer pour le petit-déjeuner du 'lendemain matin' avec la famille, expliqua Ian en grimaçant. Je pourrais ne pas y aller.

Rick se devait d'être fort. Ian avait une famille comme lui avait les bagages émotionnels d'un mondain des années vingt sur une croisière transatlantique.

— Non. Je ne veux pas que tu te désistes. Y aurait-il de la place pour une personne de plus ?

À en juger par l'énorme sourire et l'étreinte d'ours, cela avait été exactement la bonne chose à dire. Les papillons de crainte dans son ventre n'étaient rien comparé au marasme de désespoir qui l'avait déchiré quand il pensait avoir perdu Ian.

— Vraiment, tu viendrais avec moi ? demanda-t-il, la puissance de son sourire s'atténuant. Cependant, il faudrait que nous y allions maintenant. Ce qui signifie qu'il n'y aura pas de séance de réconciliation sur l'oreiller.

— Ne pense même pas y échapper…, commença Rick avant de prendre une autre inspiration.

Il était temps de se jeter à l'eau. 'Chéri' était exclu.

— … mon amour.

Les lèvres de Ian tremblèrent et il s'agrippa à la taille de Rick.

— Je… je t'aime, balbutia-t-il.

Rick n'avait jamais été si heureux et pourtant si proche de pleurer de toute sa vie.

— Je t'aime aussi.

— Bon sang. Maintenant, je veux vraiment faire l'impasse sur ce petit-déjeuner.

Riant et sanglotant à la fois, Rick embrassa Ian.

— Ne t'en fais pas. Tu pourras te rattraper plus tard, mon amour.

— Est-ce que je peux me préparer ici ? J'ai probablement des vêtements convenables à me mettre là-haut.

— Et partager une douche ?

— Ce n'est pas toi qui viens de dire que nous devrions nous rendre à ce petit-déjeuner ?

Rick leva les yeux au ciel.

— Très bien. Vas-y, je vais voir si je peux trouver un peu de café.

— Oh mon Dieu, du café. Je t'aime encore plus.

Rick éclata de rire, son âme illuminée par la présence de Ian.

IAN EN chemise et pantalon treillis était presque aussi sexy que Ian en costume. Mais bon, Rick trouvait Ian sexy absolument tout le temps.

— Serais-tu d'accord pour y aller dans une seule voiture avec moi ? J'adorerais que nous y allions ensemble.

Une autre règle tomba en poussière. Cela allait être un soulagement de ne plus adhérer à ces règles.

— Bien sûr.

Alors que Rick grimpait dans la voiture, un large cadre emballé dans du papier brun attira son attention. Principalement parce qu'il prenait tout le siège arrière.

— Qu'est-ce que c'est ?

— Oh, mince. Nous devons nous arrêter à mon appartement et le déposer. Maman a dit que j'allais devoir rapporter des affaires de l'hôtel où s'est déroulé la noce et que j'aurais besoin de place sur la banquette arrière.

— Oh, je vois pourquoi tu voulais que je vienne avec toi. Je suis les muscles.

Rick fléchit son biceps et fut étonné de voir de la chaleur dans les yeux de Ian plutôt que de l'amusement.

— Mais sérieusement, qu'est-ce que c'est ?

Ian lui raconta alors une histoire incroyable et touchante à propos d'une famille qui ne traiterait jamais quelqu'un comme une personne indésirable et, pour la première fois depuis des années, un véritable espoir pour le futur s'épanouit dans sa poitrine. Il pouvait faire ce que les familles faisaient avec une famille comme les O'Donnell.

— Je veux le voir.

— Bien sûr, quand nous l'aurons monté jusqu'à mon appartement, je le déballerai. Nous aurons quelques minutes devant nous avant d'être totalement et irrémédiablement en retard.

DANS L'APPARTEMENT de Ian, Rick déchira le papier et posa le cadre contre un mur pour en avoir un meilleur aperçu. La photo était encore plus adorable qu'il l'avait imaginée.

— Celle-là, avec toi au milieu. C'est récent.

Ian avait dit que celui du milieu était le frère concerné par un problème pesant mais il n'avait pas pris la peine de mentionner de quels genres étaient les problèmes. Rick n'avait pas réalisé que ces images couvraient un tel nombre d'années.

— Oui, en effet. Maman l'a prise le jour où j'ai fait mon coming out devant ma famille.

Rick passa les doigts dessus, en espérant que Ian n'aurait plus jamais de raison d'être le frère du milieu.

— Où vas-tu l'accrocher ?

Il ne semblait pas y avoir d'endroit parfait pour l'accrocher dans l'appartement de Ian

Ian haussa les épaules.

— Je ne sais pas si je le ferai. Puisque je n'ai plus de travail, je pourrais ne pas être capable de garder l'appartement, de toute façon.

— Tu n'as plus de travail ? Ils ne t'ont pas viré à cause de cette histoire, n'est-ce pas ?

Ian avait dit qu'il était parvenu à faire retirer l'histoire mais il n'était pas entré dans les détails.

— Non, j'ai démissionné. Je ne peux plus travailler pour eux. Je n'avais pas réalisé à quel point ces histoires pouvaient être dévastatrices et combien ils déformaient la réalité en les rédigeant.

— Mais nous allons probablement nous retrouver tous les deux sans travail. Ce n'est pas bien.

— Comment ça ?

Rick haussa les épaules.

— L'histoire est à la disposition de tous les internautes. Nous n'avons probablement fait que repousser l'inévitable. Sans travail, nous serons tous les deux à la rue.

Il sourit pour faire savoir à Ian qu'il le taquinait. Il avait longtemps réfléchi à cela et, même si cet article nuisait à la réputation de son cabinet à court terme, il était sacrément compétent dans son domaine et il tiendrait bon.

Ian lui adressa un clin d'œil.

— Nous devrons emménager chez mes parents pour avoir un toit sur la tête.

— Ne sois pas stupide, répliqua Rick en donnant un léger coup de poing dans l'épaule de Ian. Ma maison est payée. Tu peux emménager chez moi.

La tension s'installa dans la pièce et ils se figèrent en réalisant ce que Rick avait dit.

— Pas tout de suite, cependant, hein ? déclara Ian, sa voix tremblant juste un peu.

— Non, pas tout de suite, dit Rick avant de toucher le bord du cadre. Il serait parfait au-dessus de ma cheminée.

— Mais tu as dit que tu n'étais pas prêt.

Le désir de Ian pour que cela change, ainsi que son amour, étaient lisibles dans ses yeux.

— Je ne le suis pas, dit-il en déglutissant. Mais considère cela comme une promesse que je le serai, bientôt.

— Merci, dit Ian en l'attirant contre lui et en lui donnant un autre tendre baiser. Je t'aime.

— Moi aussi.

Ian s'éclaircit la gorge.

— Plaisanterie mise à part, je pense que nous parlerons à Stephanie pour voir quelles sont tes options légales mais je serais surpris que cette histoire surgisse encore. Ce n'était que l'angle pris par Avery et le désir de te pourrir de Leon qui ont transformé l'histoire pour ne plus qu'elle reflète ton évolution personnelle et ta force. Ton histoire est remarquable. Et je suis un responsable de clientèle. Je peux travailler dans à peu près n'importe quelle société qui vend de la publicité. Nous nous en sortirons. Et lorsque nous serons prêts, nous pourrons envisager d'emménager ensemble.

Vu la nature raisonnable de Ian et le réconfort qu'éprouvait Rick en ayant son amant près de lui tout le temps, Rick suspectait qu'il serait prêt plus tôt que tard. Il était fatigué d'avoir peur de la vie. Il voulait la vivre, avec Ian.

RICK OBSERVA la salle que l'hôtel-restaurant avait dressée pour le petit-déjeuner du lendemain. La famille de Ian… et celle de la mariée, supposait-il, ressemblaient à une petite armée.

641

— Hé, tout va bien, murmura Ian. Nous pouvons toujours leur dire que tu n'es qu'un ami.

— Non, dit Rick en secouant la tête. Non. Nous ne sommes pas simplement des amis.

Essayant de calmer son pouls galopant, il entrelaça ses doigts avec ceux de Ian. Avec un sourire et une pression rassurante, Ian le conduisit dans la salle.

— Ian, mon cœur, tu as pu venir.

Deirdre O'Donnell se leva d'un bond pour saluer son fils et Rick dut mentalement se préparer à rester calme.

— Bonjour, Rick, je suis si contente que vous ayez pu venir. Et vous allez commencer à m'appeler Deirdre, d'accord ? Ou Maman.

Tout comme son fils, les yeux de Deirdre étaient très expressifs. Elle était vraiment heureuse qu'il soit présent mais Rick n'était pas prêt à l'appeler 'Maman'.

— Merci, Deirdre.

Rick laissa échapper un profond soupir, plus soulagé qu'il aurait pu l'exprimer d'avoir été capable de parler sans trouble du langage.

Elle introduisit rapidement Rick auprès de tout le monde, prenant l'initiative de dire à chacun qu'il était le petit ami de Ian. Il ignorait si elle l'avait simplement deviné ou si Ian le lui avait dit mais il n'objecta pas. Kurt et Davy lui adressèrent des sourires d'encouragement mais ils n'étaient pas surpris non plus.

Après qu'ils eurent tous été servis, Deirdre tourna ce que Rick ne pouvait qualifier que comme un regard maternel désapprobateur vers ses deux plus jeunes fils.

— Je vous attendrai tous les deux pour le repas dominical avec la famille. Amenez Rick et Davy.

— Maman, ne fais pas peur à Rick. Tout cela est nouveau pour lui.

Ian avait lâché la main de Rick pour qu'ils puissent manger mais, aux mots de sa mère, il la glissa sous la table pour la poser sur la jambe de Rick.

— Je vais faire de mon mieux mais il ne me reste plus que deux enfants à marier.

Deirdre haussa les sourcils, adressant des regards pleins d'espoir à Davy et lui. Kurt et Ian piquèrent un fard tous les deux et Rick éclata d'un rire sincère à en perdre le souffle. Il posa une main sur celle de Ian et la pressa.

— Si cela te convient, pouvons-nous commencer à participer aux repas dominicaux ?

KC Burn écrit depuis aussi longtemps qu'elle se souvienne et adore les happy ends (de tous genres). Après avoir quitté Toronto pour la Floride afin que son mari décroche le job de ses rêves, elle s'est découvert un amour pour les romances gays et a accompli son propre rêve : se faire publier. Après quelques années passées à éditer du contenu Web le jour et à négliger son mari compréhensif et solidaire et son chat en manque d'affection le soir pour écrire des histoires sur des hommes qui aiment des hommes, elle fut de nouveau déracinée et réside désormais en Californie. Écrire est toujours amusant et gratifiant, mais écrire les histoires de ses hommes à elle est la chose la plus divertissante qu'elle ait faite depuis longtemps, et elle espère que vous les apprécierez autant qu'elle.

Site Internet : kcburn.com
Twitter : @authorkcburn
Facebook : www.facebook.com/kcburn

Par KC Burn

LES CONTES DE TORONTO
Le chemin de l'acceptation
Faux-semblants
La peur de rejet

HISTOIRES DE TISSUS
Tartan Candy
Kilt versus cravate à motifs

Publié par Dreamspinner Press
www.dreamspinner-fr.com

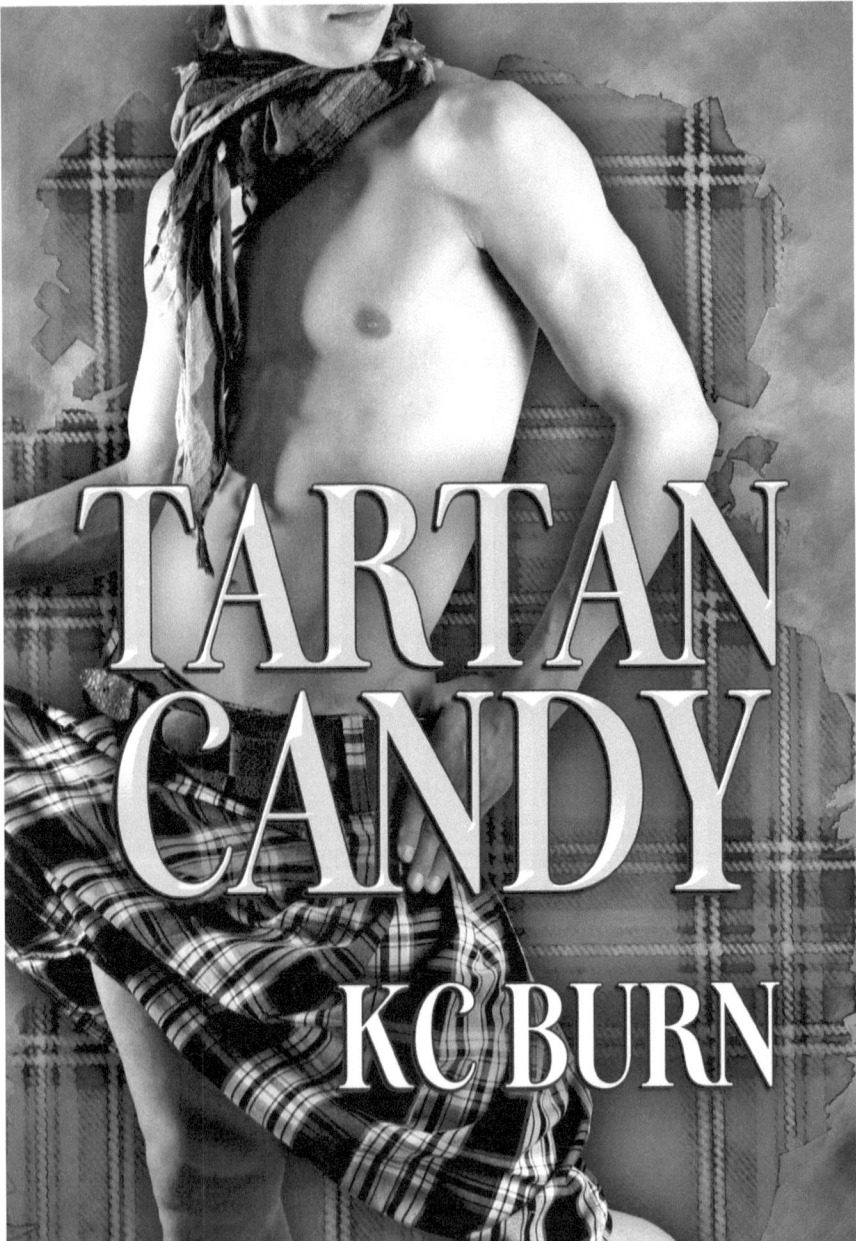

TARTAN CANDY

KC BURN

Histoires de tissus, numéro hors série

Finlay McIntyre (alias Raven) est une star de films pour adultes avec un penchant pour les kilts, jusqu'à ce qu'un accident mette fin à sa carrière et lui retire tout désir sexuel, le laissant avec une estime de soi en berne et sans travail. Il savait que sa carrière dans le porno ne durerait pas éternellement, mais il n'était pas prêt à prendre sa retraite à vingt-huit ans. Tout en essayant de donner du sens au reste de sa vie, Raven accepte d'assister à une réunion des anciens. C'est alors qu'un climatiseur cassé dans sa chambre d'hôtel va tout changer.

Caleb Sanderson, un entrepreneur avec sa propre compagnie de climatiseurs, n'a pas la moindre idée de ce qui l'attend en entrant dans la chambre d'hôtel de Raven pour réparer l'appareil. Ils sont attirés l'un par l'autre, mais Caleb, dans le placard, ne peut pas se permettre une relation homosexuelle… pas avec sa mère qui le presse de produire des petits-enfants. S'il veut garder Raven – qu'aucun placard ne pourrait retenir – il faudra qu'il dise la vérité à sa famille. Mais Raven a aussi ses propres secrets. Il refuse de révéler son passé dans le porno à Caleb, un passé qui pourrait être le dernier obstacle à toute relation.

www.dreamspinner-fr.com

KILT VERSUS
CRAVATE
À MOTIFS

KC BURN

Histoires de tissus, numéro hors série

Quand sa vie s'est effondrée deux ans plus tôt, Will Dawson a pris un nouveau départ en Floride. Son travail au service informatique d'Idyll Fling, un studio de films pornos gays, est idéal pour lui. Lorsque son patron l'oblige à accueillir un nouvel employé, il ne s'attend clairement pas à voir apparaître Dallas Greene, l'homme à cause duquel il a perdu son travail et son compagnon, quand il était encore dans le Connecticut. Il ne sait pas quelles sont les intentions de Dallas, mais il ne se laissera pas duper par un loup caché sous un physique de mannequin. Pas une deuxième fois.

Même si Dallas a accepté avec empressement l'aide de son frère pour lui obtenir un travail, ses compétences sont réellement utiles pour Idyll Fling. Travailler avec Will est un plus, puisque Dallas n'a jamais pu l'oublier. Une bonne relation de travail, ce serait déjà un début, mais Dallas en veut davantage.

Cependant, Dallas ne sait pas combien Will se montre méfiant à son égard, et celui-ci ignore que l'homme pour lequel il se sent déchiré entre amour et haine est en réalité le frère de son patron. Lorsque toutes les vérités éclatent, une question se pose à eux : comment une relation construite sur des mensonges peut-elle perdurer ?

Pour les meilleures
histoires d'amour
entre hommes, visitez

www.dreamspinner-fr.com

www.ingramcontent.com/pod-product-compliance
Lightning Source LLC
Chambersburg PA
CBHW030838030726
47495CB00005B/1279